A FORTALEZA DA SOLIDÃO

JONATHAM LETHEM

A fortaleza da solidão

Tradução
Sonia Moreira

COMPANHIA DAS LETRAS

Título original
The fortress of solitude

Capa
João Baptista da Costa Aguiar

Preparação
Índigo

Revisão
Valquíria Della Pozza
Isabel Jorge Cury

Dados Internacionais de Catalogação na Publicação (CIP)
(Câmara Brasileira do Livro, SP, Brasil)

Lethem, Jonathan
A fortaleza da solidão / Jonathan Lethem ; tradução Sonia Moreira. — São Paulo : Companhia das Letras, 2007.

Título original : The fortress of solitude
ISBN 978-85-359-1010-0

1. Romance norte-americano I. Título.

07-1805 CDD-813

Índice para catálogo sistemático:
1. Romances : Literatura norte-americana 813

[2007]

EDITORA SCHWARCZ LTDA.
Rua Bandeira Paulista 702 cj. 32
04532-002 — São Paulo — SP
Telefone: (11) 3707-3500
Fax: (11) 3707-3501
www.companhiadasletras.com.br

Para Mara Faye

Sumário

PARTE I
Underberg

1.

Como um fósforo riscado num quarto escuro:

Duas meninas brancas, de camisola de flanela e patins de vinil vermelho com cadarços brancos, traçando círculos hesitantes numa calçada de pedra azulada e cheia de rachaduras às sete horas de uma noite de julho.

As meninas murmuravam rimas infantis, *eram* rimas infantis, com seus cabelos rosa-celeste, finos como névoa, fluindo torrencialmente como se nunca tivessem sido cortados. Os pais das meninas tinham deixado que elas voltassem para a rua depois do jantar, desde que antes vestissem a camisola e escovassem os dentes, para se banharem no entardecer rosa-alaranjado do verão, o ar e a luz que pairavam sobre a rua e sobre todo o bairro de Gowanus como a palma de uma mão ou a superfície interna de uma concha. Os homens porto-riquenhos sentados em engradados em frente à bodega da esquina grunhiram diante da aparição, sem saber ao certo o que estavam vendo. Arreganharam os lábios para mostrar os dentes uns aos outros, um gesto que era uma demonstração de paciência, de tolerância silenciosa. A rua estava repleta de chapinhas semi-enterradas no asfalto amolecido, Yoo-Hoo, Rheingold, Manhattan Special.

As meninas, Thea e Ana Solver, brilhavam como uma chama recém-acesa.

Antes dos Solver, uma velha senhora branca já havia se mudado para o quarteirão imbuída da missão de resgatar um dos sobrados violentados, um sobrado que antes era uma casa de cômodos, substituindo quinze homens apenas consigo mesma e seus pertences encaixotados. Ela foi a primeira, na verdade. Mas Isabel Vendle só se movia furtivamente, como um rumor, um apóstrofo dentro de sua *brownstone*, onde nesse momento ela se arrastava de bengala entre o apartamento do subsolo e o seu quarto no térreo, na antiga sala de visitas, para o quarto onde ela lia e dormia sob o esfacelado teto de gesso não restaurado. Isabel Vendle era curva feito o nó de um dedo, seu corpo se dobrava ao redor da cartilagem de velhas feridas. Isabel Vendle relembrava um passeio no lago George num barco lotado, escrevia cartas mergulhando a caneta num tinteiro, umedecia selos passando-os numa esponja sobre um pires. O tampo da mesa era de cortiça. Isabel Vendle tinha dinheiro, mas os cômodos do subsolo da casa fediam a casca de fruta e jornal molhado.

As meninas de patins eram a novidade, sob o foco dos holofotes para iniciar o show: os brancos estavam voltando para a Dean Street. Alguns.

Debaixo do ailanto do quintal, Dylan Ebdus, aos cinco anos, matou acidentalmente um gatinho. Os inquilinos dos Ebdus, que ocupavam o apartamento do subsolo, tinham uma ninhada deles, cinco, seis, sete. Os gatinhos serpenteavam pelo terreno, naquela gaiola vertical de muros de tijolo, em meio ao entulho, às trepadeiras recém-plantadas e às folhas almiscaradas que caíam do ailanto, onde Dylan brincava e explorava sozinho enquanto sua mãe revolvia a terra com um pequeno tridente ou se sentava para fumar enquanto o casal do apartamento de baixo cantava junto, um deles dedilhando um violão desafinado, enfeitado com um adesivo do símbolo da paz. Dylan dançava com os gatinhos minúsculos, de olhos esbugalhados e unhas afiadas, corria atrás deles até que se escondessem na pilha de tijolos infestada de lesmas, e aí, no segundo dia, andando de costas para fugir de um deles, pisou em outro, esmagando-o com seu tênis.

Os inquilinos levaram o gatinho despedaçado mas vivo, enquanto Dylan, chorando, era arrastado para longe dali pelos pais. Mas Dylan entendeu que o gatinho foi misericordiosamente exterminado de alguma forma, afogado ou abafado. De alguma forma. Ele perguntou, mas o assunto também foi abafado. Os adultos só deixaram escapar suas intenções naquele instante da descoberta, permitindo que Dylan vislumbrasse por um momento a raiva e a repugnância que estavam sentindo, depois as reprimiram. Dylan era novo demais para entender o que tinha feito, só que ele não era; eles esperavam que Dylan esquecesse, só que ele não esqueceu. Mais tarde, Dylan fingiria ter esquecido, protegendo os adultos de algo que ele tinha certeza de que eles não saberiam como lidar: ele se lembrava de tudo.

Talvez o gatinho morto fosse a pastilha insolúvel de culpa que Dylan tinha engolido.

Ou talvez fosse o seguinte: sua mãe lhe disse que alguém queria brincar com ele na calçada do outro lado da rua. Lá fora. Seria a primeira vez que ele sairia para brincar na rua, *lá fora*, em vez de no quintal de tijolos mofados.

"Quem?"

"Uma garotinha", disse a mãe. "Vai lá ver, Dylan."

Talvez fossem as meninas brancas, Ana e Thea de camisola e patins. Dylan as tinha visto da janela, e agora elas deviam ter resolvido chamá-lo para brincar.

Só que não eram elas mas, sim, uma menina negra, Marilla, quem esperava na calçada. Dylan aos seis anos reconheceu uma armação quando se viu vítima de uma, sentiu a astúcia urbana de sua mãe, sua sabedoria de habitante nativa. Rachel Ebdus estava sondando o quarteirão à cata de amigos para o filho.

Marilla era mais velha. Marilla tinha um bambolê e alguns pedaços de giz. A calçada em frente ao portão de Marilla estava marcada — aquela fração do chão de pedra irregular era a sua área. Esse era o primeiro contato de Dylan com o sistema que organizava o espaço do quarteirão. Ele jamais entraria na casa de Marilla, muito embora ainda não soubesse disso naquele momento. Aquela faixa de calçada era a sala de visitas de Marilla. Dylan também tinha a sua, embora ainda não a tivesse marcado.

"Vocês se mudaram para cá?", perguntou Marilla depois de ter certeza de que a mãe de Dylan já tinha entrado.

Dylan fez que sim.

"Vocês moram naquela casa toda?"

"A parte de baixo é alugada."

"Vocês têm um apartamento?"

Dylan fez que sim de novo, confuso.

"Você tem irmãos?"

"Não."

"O quê que o seu pai faz?"

"Ele é artista", disse Dylan. "Ele tá fazendo um filme", acrescentou com extrema gravidade. Marilla não se impressionou.

"Você tem uma *spaldeen*?", ela perguntou. "É uma bola, caso você não saiba."

"Não."

"Você tem algum dinheiro aí com você?"

"Não."

"Eu queria comprar bala. Eu podia comprar uma *spaldeen* pra você. Você não pode pedir dinheiro pra sua mãe?"

"Eu não sei."

"Você conhece *skully*?"

Dylan fez que não. Será que *skully* era uma pessoa ou será que era algum outro tipo de bola ou de bala? Dylan não tinha como saber. Teve a impressão de que Marilla estava quase ficando com pena dele.

"A gente podia fazer chapinhas de *skully*. Dá pra fazer com chiclete ou então com cera. Tem vela na sua casa?"

"Eu não sei."

"A gente podia comprar uma vela, mas você não tem dinheiro."

Dylan encolheu os ombros, na defensiva.

"A sua mãe falou pra eu atravessar a rua com você. Você não pode atravessar sozinho." O tom de Marilla era filosófico.

"Eu tenho seis anos."

"Você é um neném. De onde veio esse nome, *Dylan*?"

"É por causa do Bob Dylan."

"Por causa de quem?"

"É um cantor. Os meus pais gostam dele."

"Você gosta dos Jackson Five? Você sabe dançar?" Marilla enfiou o bambolê no corpo, dobrou os joelhos e os cotovelos ao mesmo tempo, fechou os punhos, cerrou os dentes, empinou a bunda. O bambolê rodopiou. Marilla sorria e esticava o queixo na direção de Dylan no mesmo ritmo dos quadris, como se pudesse girar outro bambolê no pescoço.

Quando chegou a vez de Dylan, o bambolê retiniu na calçada. Ele ainda era gordo e roliço, feito o Tweedledee. Não havia quinas no seu corpo para o aro se alojar. Ele mal conseguia girar o bambolê com os braços. Em vez de arquear os joelhos, coisa que não conseguia fazer, Dylan arrastava os pés, dando passinhos para o lado. Não sabia gingar.

Era assim que eles brincavam, Dylan deixando o aro de plástico cair no chão um milhão de vezes. Marilla cantava, encorajando-o, *Oh, baby give me one more chance, I want you back.** Dava socos no ar. E Dylan se perguntava, cheio de culpa, por que não poderiam ter sido as meninas brancas de patins que o tivessem chamado para brincar, em vez de Marilla. A consciência desse desejo herético foi sua segunda ferida. Não era como o caso do gatinho morto: primeiro porque desta vez ninguém iria se perguntar se Dylan tinha entendido o que havia feito, se tinha esquecido depois. Só ele. Era entre Dylan e ele mesmo que teria de se dar para todo o sempre a discussão de se era verdade ou não que ele sentira uma ávida preferência já naquela época, que antes dos muitos anos, antes das muitas estações, antes das muitas horas que viria a passar na rua, antes de Robert Woolfolk ou de Mingus Rude, antes de "Play that funky music, white boy", antes da Intermediate School 293 ou de qualquer outra coisa, ele tinha desejado, contrariamente aos ideais de sua mãe, que as meninas Solver o raptassem e o levassem dali para um êxtase feito de cabelos louros, roupas combinadas e cadarços bem amarrados, com as rodas dos seus patins mal tocando a calçada, ou apenas riscando-a com setas que apontavam para outro lugar, rastros de uma trilha de fuga.

Marilla rodopiava sem sair do lugar, cantando *When I had you to myself I didn't want you around, those pretty faces always seemed to stand out in a crowd...***

Isabel Vendle encontrou o nome num livro surrado, de capa de couro, na Brooklyn Historical Society: Boerum. De Boer, como na Guerra dos Bôeres. Uma família holandesa, fazendeiros, donos de terra. Os Boerum concentravam suas riquezas em Bedford-Stuyvesant e, na verdade, nunca tinham

* "Ah, meu bem, me dê mais uma chance, eu quero você de volta." (N. T.)

** "Quando você era meu, eu não te queria por perto, os rostos bonitos sempre pareciam se destacar na multidão..." (N. T.)

chegado nem perto de Gowanus, a não ser um deles, um filho rebelde, provavelmente alcoólatra, chamado Simon Boerum, que construiu uma casa na Schermerhorn Street e lá morreu. Talvez tenha sido mandado para cá como que para um exílio, como um pródigo, uma ovelha negra curando uma longa bebedeira. Fosse como fosse, ele havia emprestado seu nome — não podia recusar! — ao feixe de ruas espremido entre Park Slope e Cobble Hill, porque Gowanus não servia. Gowanus era o nome de um canal e de um conjunto habitacional. Isabel Vendle precisava diferenciar seu acampamento do conjunto chamado Gowanus Houses e também de Wyckoff Gardens, aquele outro conjunto habitacional que margeava o seu novo paraíso. Precisava distingui-lo do canal, de Red Hook, da Flatbush e do centro do Brooklyn, onde avultava a Brooklyn House of Detention, o presídio monolítico da Atlantic Avenue, rodeado de arame farpado. Sua intenção era explicitar uma conexão com Brooklyn *Heights*, com Park *Slope*. Daí Boerum *Hill*, ou Colina Boerum, muito embora não houvesse colina nenhuma. Isabel Vendle escreveu e assim se fez, e assim as pessoas viriam a morar naquele novo lugar que foi trazido à realidade pela sua mão encarquilhada e seus garranchos apressados, em fuga do passado para o futuro: Simon Boerum e Gowanus, pais desajustados, deram à luz Boerum Hill, um filho respeitável.

Os sobrados daqui estavam doentes. Construídos em estilo holandês, tinham sido retalhados e seviciados, sendo transformados em cortiços para homens com fogões portáteis, cinzeiros e programas de corridas, ou divididos em apartamentos de um andar, onde numerosas famílias de primos viviam amontoadas em cada pavimento e um formigueiro de crianças apinhava os quintais dos fundos e os pátios de entrada. Os sobrados tinham sido cobertos de linóleo e chapas de latão; passado algum tempo, o linóleo e as chapas foram cobertos de tinta; passado mais algum tempo, a tinta fora coberta de mais tinta. Era como uma crosta de revestimento sobre a língua, os dentes e o céu de uma boca. As molduras dos cômodos, as belas sancas, foram cortadas por paredes toscas para fazer corredores, os banheiros atochados com boxes da Sears Roebuck, os closets transformados em cozinhas. Os saguões foram mijados. Essas *brownstones*, esses aprumados sobrados holandeses, eram corpos, corpos violados, mas Isabel ia fazê-las ficar saudáveis de novo, ia enchê-las de casais, de reformadores que recuperariam os tetos ornamentados, repoliriam as lareiras de mármore. Ela já tinha até aliciado alguns. Os primeiros reformadores eram uma mixórdia, verdade seja dita. Uma decepção para Isabel, os beatniks que vieram, os hippies que formavam comunidades só ligeiramente melhores do que cortiços. Eles foram os primeiros e maltrapilhos recrutas de Isabel; não eram bons, só menos ruins.

Por exemplo, Abraham e Rachel Ebdus. Deparar-se com a realidade de um casamento era sempre estafante para Isabel. Ela, Rachel, tinha um olhar desvairado, fumava sem parar e era jovem demais, *Brooklyn* demais, na verdade. Isabel a tinha visto falando em espanhol com os homens que ficavam sentados em engradados na esquina. Esse tipo de coisa não iria resolver nada. E ele, Abraham, era pintor, esplêndido — mas precisava encher as paredes da casa de alto a baixo com pinturas da mulher dele nua? Precisavam as pinturas penduradas na sala às vezes ficar visíveis da esquina da Dean com a Nevins, carne esbatida refulgindo entre cortinas entreabertas?

A esposa sustentava o marido trabalhando meio expediente num balcão do departamento de trânsito, na Schermerhorn Street. Falando espanhol com os homens em mangas de camisa que lustravam carros em frente aos cortiços.

Enquanto o marido ficava em casa e pintava.

Os dois tinham um filho, um menino.

Isabel puxou uma tira de peru defumado da borda do seu sanduíche seco e pôs na frente do focinho indiferente do gato laranja, até que o bobalhão se deu conta do que lhe estava sendo oferecido e abocanhou o peru com dentadas estaladas e maquinais.

Havia dois mundos. Num deles, seu pai andava de um lado para o outro no andar de cima, arrastava cadeiras, pintava debruçado sobre sua minúscula caixa de luz, fazendo o seu progresso incompreensível; no andar de baixo, sua mãe ouvia discos, lavava louça, gargalhava ao telefone, sua voz escalando a curva da longa escada. O ailanto do quintal roçava as janelas do quarto de Dylan, salpicando o sol em bolhas líquidas e tropicais sobre o papel de parede que, por sua vez, retratava uma floresta cheia de macacos, tigres e girafas, enquanto Dylan lia e relia livros do Dr. Seuss ou empurrava, abstraído, seu carrinho Matchbox número 11 com o dedo ao longo do seu único pedaço de pista laranja, ou comprovava mais uma vez a ineficiência do Etch A

Sketch e do Spirograph, a rigidez dos botões, a recalcitrância da substância prateada atrás da janela manchada do Etch A Sketch, a inconfiabilidade dos alfinetes do Spirograph, o modo como invariavelmente entortavam no periélio quando a pressão da caneta aumentava demais, de forma que todas as órbitas deliciosamente científicas encalombavam no momento crucial, transformando-se num total absurdo, numa cabeça com um nariz, num pepino com uma verruga. Se o Etch A Sketch e o Spirograph funcionassem de verdade provavelmente seriam máquinas, não brinquedos; fariam parte do modo como o universo adulto operava, seriam instalados nos painéis dos carros ou usados nos cintos dos policiais. Dylan entendia e aceitava esse fato. Essas coisas eram imperfeitas porque eram brinquedos, e vice-versa. Ele tinha que ser paciente e benevolente com elas, como com crianças retardadas que tivessem sido deixadas sob os seus cuidados.

Em seu mundo doméstico, Dylan podia gravitar numa de duas direções. Uma era para cima, segurando no corrimão solto e barulhento, deslizando sua mãozinha ao longo da madeira macia e lustrosa, depois fazendo seus dedos saltarem por sobre as lacunas das junções, para bater na porta do estúdio e receber permissão para ficar de pé, atrás do cotovelo do pai, e tentar assistir ao que não se podia assistir, o progresso incompreensível de um filme de animação feito por meio de pinceladas únicas aplicadas diretamente no celulóide. Porque Abraham Ebdus renunciara à pintura em tela. As telas que cobriam as paredes, aqueles generosos e artísticos nus, eram seus trabalhos de aprendiz, os rastros sentimentais de seu progresso em direção ao que havia se tornado a obra de sua vida, uma pintura abstrata que se desenrolava no tempo, na forma de fotogramas pintados. Abraham Ebdus havia conseguido concluir talvez uns dois minutos desse filme. Não tinha nada a mostrar, a não ser os esboços e anotações pendurados nas paredes onde antes ficavam as telas. Os pincéis grandes estavam todos secos e endurecidos dentro de latas. Tinham sido substituídos por pincéis como os que os joalheiros usam para remover pó de diamante. E, naquele estúdio de segundo andar onde zumbiam ventiladores de janela, tragando o céu amarelo de agosto para secar a tinta, Abraham Ebdus curvava-se como um joalheiro sobre o seu trabalho, ou como um monge copiando manuscritos, e lambia com os pincéis minúsculos seus fotogramas de celulóide, entregue a uma obra que se tornara reverente e infinitesimal. Dylan ficava ao seu lado sentindo o cheiro da tinta, o leve bafejo acre de pigmento recém-misturado. Ele era da mesma altura que a mesa de luz em que seu pai pintava, seus olhos no mesmo nível e bem perto do tampo, e ficava se perguntando se suas mãos pequeninas não seriam mais adequadas para aquele trabalho do que as de seu pai. Depois de algum tempo, entediado, sentava de pernas cruzadas no chão e desenhava com os pastéis óleo abandonados do pai, retirando-os com todo o cuidado do estojo de lata com rótulo francês. Ou brincava com seu carrinho Matchbox número 11, fazendo-o correr pelas tábuas pintadas do assoalho. Ou abria, com certo esforço, um enorme livro de reproduções, Brueghel, Goya, Manet ou De Chirico, e perdia-se nas imagens, sonhando-se por um momento numa janela da Torre de Babel ou num círculo de bruxas sentadas com um bode ao redor de uma fogueira à noite ou numa fila de meninos com galhos de árvore nas mãos perseguindo porcos através de um riacho. Em Brueghel e De Chirico, Dylan encontrou crianças brincando com aros como o de Marilla e ficou se perguntando se ela deixaria que ele virasse o bambolê dela de lado e o fizesse rolar pela Dean Street abaixo tocando-o com um pau. Mas a menina com o aro e o pau na rua solitária de De Chirico tinha cabelos esvoaçantes como os das meninas Solver, então melhor deixar para lá.

"Eles parecem iguais", disse Dylan, observando seu pai terminar um fotograma e começar outro.

"Eles mudam bem devagar."

"Eu não consigo ver."

"Você vai ver com o tempo."

O tempo, tinham lhe dito, passaria cada vez mais rápido. Os dias voariam. Ainda não voavam ali, no chão do estúdio do seu pai, mas voariam um dia. Os dias voariam, os pedacinhos de filme passariam tão rápido que a imagem daria a impressão de se mover, o verão terminaria, ele entraria para a escola, ele estava *crescendo tão rápido*, esse era o consenso com o qual ele era o único que não podia concordar, atolado como se sentia, praticamente afogado no tempo, ali, no chão do estúdio, esquadrinhando a imagem de Brueghel em busca de outras crianças entre os cachorros debaixo da mesa de banquete, aos pés dos moleiros e suas esposas. Saindo do estúdio do pai, Dylan contava os degraus da escada rangente.

Lá embaixo o problema era outro inteiramente diferente. Os espaços de sua mãe — a sala repleta de livros e discos, a cozinha onde ela fazia comida e ria e discutia ao telefone, a mesa cheia de jornais, cigarros e copos de vinho — eram pura imprevisibilidade e inquietação para Dylan, como aliás também era a própria mãe. As manhãs ela passava fora de casa, na Schermerhorn Street, onde trabalhava. Aí Dylan podia habitar o andar de baixo como um fantasma, enroscando-se ao redor de seus próprios livros ou numa soneca sob o sol inebriante que batia no sofá, comendo sobras da geladeira ou colheradas de chocolate em pó diretamente da lata que deixavam sua boca cheia de lama de chocolate, examinando as palavras cruzadas semiconcluídas abandonadas em cima da mesa, empurrando seu carrinho Matchbox número 11 por entre os cinzeiros ou pela borda do vaso que abrigava a gigantesca crássula que, com seus ramos grossos, borrachudos, intrincados, era outro mundo em que o minúsculo Dylan podia se aventurar e se perder. Então, sempre antes que ele pudesse se preparar ou decidir o que queria dela, Rachel Ebdus chegava em casa, e Dylan descobria que não controlava a mãe. A solidão de Dylan, que seu pai deixava intocada, sua mãe esmagava feito uma uva. Ela podia por exemplo agarrá-lo e, massageando seu crânio com os dedos enfiados no meio dos cabelos, dizer: "Você é tão bonito, tão bonito, tão bonito, você é um menino tão bonito" ou, com a mesma facilidade, sentar-se longe dele fumando um cigarro e dizer: "De onde você veio? Por que você está aqui? Por que eu estou aqui?" ou "Sabe, meu amor, o seu pai é maluco". Outras vezes, ela lhe mostrava uma revista em que havia uma ilustração com a legenda "VOCÊ SABE DESENHAR O SPARKY?" e dizia: "Isso seria moleza pra você. Você poderia ganhar esse concurso se quisesse". Quando queria fritar um ovo, Rachel pedia a Dylan que ficasse do lado dela, quebrava o ovo na cabeça dele e depois botava o ovo correndo na frigideira antes que pingasse. Dylan passava a mão na cabeça, ferido e apaixonado ao mesmo tempo. Rachel botava discos dos Beatles para ele ouvir, *Sergeant Pepper*, *Let It Be*, depois lhe perguntava de qual dos Beatles ele gostava mais.

"Do Ringo."

"As crianças gostam do Ringo", ela lhe dizia. "Os meninos gostam. As meninas gostam mais do Paul. Ele é sexy. Você vai entender um dia."

Ela também chorava, ria, varria cacos de louça quebrada, cortava as unhas dos gatos que moravam no quintal; os dois que tinham sobrado da ninhada do andar de baixo tinham crescido e agora matavam passarinhos regularmente em meio aos tijolos e às trepadeiras. "Tá vendo aqui", ela dizia, apertando a pata do gato para que ele estendesse as garras, "tem um vaso sangüíneo. A gente não deve cortar rente demais senão eles podem morrer de tanto sangrar." Rachel era um poço fervilhante de informações que ele ainda não podia usar: Nixon era um bandido, os Dodgers se mudaram para a Califórnia, comida chinesa dá dor de cabeça, Muhammad Ali se opôs à guerra e foi para a cadeia, os filmes ingleses de Hitchcock eram melhores do que os seus filmes americanos, a circuncisão era desnecessária mas as mulheres preferiam homens circuncidados. Ela era intensa demais para a casa, tinha de descarregar constantemente ao telefone, e intensa demais para Dylan, que, em vez de encará-la, preferia trabalhar com as beiradas de Rachel, esquivando-se de sua força principal para se infiltrar obliquamente naquilo que ele era capaz de entender. Ele podia, por exemplo, descer a escada furtivamente para bisbilhotar as prateleiras dela, nas sombras, debaixo dos nus. Ali, ele podia fingir examinar os livros dela — *Trópico de Câncer, A expedição Kon-Tiki, Círculos da angústia, Os jogos da vida* — enquanto, já sem enxergar direito o que estava a sua frente, entreouvia as conversas telefônicas da mãe, "...ele tá lá em cima... a Califórnia nunca importou... pagando todas as contas... disse que a textura dos cogumelos me fazia lembrar alguma coisa e ele ficou vermelho que nem tomate... ouvindo aquele disco do Clapton às quatro da manhã... não sei mais uma palavra de francês...". Outras vezes, Dylan se aproximava de mansinho, acobertado pelo monólogo de Rachel, achando que era mais um telefonema, e acabava se deparando com alguém sentado à mesa com ela, bebendo chá gelado, compartilhando o cinzeiro de Rachel, rindo, ouvindo, detectando o ruído dos passos de Dylan que Rachel havia ignorado.

"Olha ele aí", eles diziam, como se Dylan fosse sempre o tópico da conversa recém-interrompida.

Em seguida, ele era convocado à mesa para ser apresentado. Dylan só se lembraria das visitas tal como Rachel as descrevia mais tarde para Abraham durante o jantar: o cantor medíocre de música folk que abrira um show do Bob Dylan uma vez e não deixava ninguém esquecer disso, o *yippie** tarado que estava sendo processado por enfiar fichas, em vez de moedas, na ro-

* Membro do Youth International Party, partido de esquerda que esposava valores do movimento contracultural dos anos 60 e 70. (N. T.)

leta do metrô, o homossexual rico que colecionava obras de arte mas se recusava a comprar um dos nus de Abraham porque eram de mulheres, o pastor radical negro da Atlantic Avenue que tinha que xeretar a vida de cada novo morador que aparecia na vizinhança, o ex-namorado que agora trabalhava como afinador de piano no Carnegie Hall mas talvez entrasse para o Corpo da Paz para escapar do Vietnã, o casal inglês que vivia citando Gurdjieff e estava se preparando para atravessar o México de bicicleta, a mulher do grupo de conscientização social de Brooklyn Heights que simplesmente não conseguia acreditar que eles tinham comprado um imóvel na Dean Street. Eram tantas as visitas, e todas invariavelmente passavam a mão na cabeça de Dylan, bagunçando seu cabelo, e perguntavam a Rachel por que ela deixava o cabelo dele ficar comprido daquele jeito, caindo-lhe em cima dos olhos e dos ombros. Dylan parecia uma menina — era a opinião de praticamente todo mundo.

Depois — e esse era no fim das contas sempre o problema básico de gravitar para o andar de baixo — Rachel se levantava da cadeira com o cigarro entre os dedos, levava Dylan até a porta da frente e apontava para as crianças que brincavam na calçada, insistindo para que ele fosse brincar com elas. Rachel tinha um projeto, um plano. Ela havia crescido brincando nas ruas do Brooklyn e fazia questão de que Dylan crescesse do mesmo jeito. Então, expulsava-o do primeiro de seus dois mundos, a casa, para o segundo. A rua, o quarteirão. A Dean Street.

O segundo mundo constituía-se de uma sucessão de áreas da calçada e das fachadas descascadas dos sobrados quase idênticos, pintadas de cores diversas — rosa, branco, verde-claro, vários tons de vermelho e azul, sempre cedendo lugar ao tijolo subjacente. Essas eram as bandeiras dos reinos inexplorados que estavam por detrás e provavelmente determinavam o sistema de áreas de calçada. Pelo que Dylan podia perceber, nenhuma criança jamais entrava na casa de outra. Também nunca falavam de seus pais. Como não sabia falar de mais nada, Dylan infiltrava-se silenciosamente no grupo de crianças, que pareciam compreender isso e abriam vagas brechas em suas rodas para dar espaço para ele. Talvez todas elas tivessem se infiltrado do mesmo jeito.

A Nevins e a Bond Street, que fechavam o quarteirão como parênteses uma de cada lado, eram passagens para o desconhecido, rotas para os conjuntos habitacionais da Wyckoff Street. De qualquer forma, os porto-riquenhos que ficavam sentados em frente à bodega na Nevins eram os donos da esquina. Outro grupo, majoritariamente de homens negros, passava o tempo na porta de um cortiço entre a casa dos Ebdus e a de Isabel Vendle e enxotava os meninos jogadores de bola, gritando para que tomassem cuidado com o pára-brisa de um carro eternamente estacionado em frente ao cortiço, um Stingray, que um porto-riquenho de bigode encerado lustrava a toda hora e raramente dirigia. Por fim, um negro mal-encarado, que olhava de cara feia mas nunca dizia nada, varria a calçada e cortava as ervas em frente a duas casas próximas à Bond Street. De modo que as crianças da Dean Street instintivamente se amontoavam no meio do quarteirão.

Henry era um menino negro que tinha um irmão mais novo, Earl, e um pátio da frente todo cimentado, em vez de um pátio de terra com canteiros arruinados ou mal e porcamente cultivados. O muro baixo que dividia o pátio cimentado de Henry da calçada também era feito de pedra e cimento. Henry era três anos mais velho que Dylan. O pátio e a escada da frente da sua casa eram o ponto de encontro, a base de operações. Meninos mais velhos que moravam mais adiante no quarteirão chegavam e escolhiam lados. Principalmente Davey e Alberto, que moravam do outro lado da rua, perto da esquina, na casa que transbordava de primos e cuja escada era um ponto de encontro para adolescentes fumantes. Eles chegavam girando os braços, quicando uma *spaldeen* nova. Compravam um Yoo-Hoo de morango e dividiam com todo mundo, depois davam a tampinha para o Henry ou para o amigo de Henry, Lonnie, para eles jogarem *skully*. Dylan sentava com Earl na escada da casa de Henry e observava. O feudo das meninas negras de Marilla ficava do outro lado da rua. Dylan nunca mais foi lá depois daquela primeira vez, mas algumas palavras atravessavam a Dean Street entre o pátio de Marilla e o de Henry, e as meninas às vezes atravessavam também. O pátio de Henry era o centro e Henry era o centro. Henry sempre escolhia o jogo.

Duas casas depois da de Henry ficava a casa abandonada. Com as janelas e a porta tapadas com blocos de concreto, a casa abandonada parecia uma múmia com bandagem nos olhos e boca enfaixada, aberta num uivo silencioso. O pátio estava arruinado, sem cerca nem portão. A escada também estava depenada, sem corrimão. Provavelmente alguém arrancara a cerca e o corrimão de ferro para vender como sucata. Como era uma superfície lisa, sem janelas, a casa mumificada oferecia um excelente paredão para o *wall-ball*, um jogo em que uma *spaldeen* era arremessada bem alto contra uma parede por um lançador e agarrada por um apanhador posicionado no campo de asfalto e que tinha de passar chispando entre os carros para conseguir apanhar a bola.

Uma *spaldeen* cabia perfeitamente na palma da mão e muitas vezes parecia ser atraída por ela, como por um ímã. Henry e Davey em especial pareciam ter apenas que dar uma ou duas de suas passadas elásticas e levantar o braço para que a bola surgisse na palma de suas mãos. Os arremessos em que a bola batia na altura do segundo andar da casa abandonada eram os que conseguiam fazer a bola ricocheteada ir mais longe, e o arremesso que conseguisse fazer a bola ultrapassar as cercas das casas do outro lado da rua era um home run. Henry parecia ser capaz de marcar um home run quando quisesse, e o fato de não marcar sempre era um mistério. Henry também podia errar, arremessar alto demais e zunir a bola no telhado, e aí era aquela chiadeira para comprar outra, e era preciso arrecadar os trocados que as pessoas tivessem no bolso. "Quantas *spaldeens* será que já tem lá em cima agora?", indagou Alberto uma vez. "Se eu conseguisse subir lá, aposto que ia passar um dia inteiro atirando *spaldeens* aqui pra baixo."

Dylan e Earl eram então convocados a ir à bodega e dizer a palavra mágica, *spaldeen*. O velho Ramirez lhes fornecia outra bola com cara de desconfiado, fazendo a venda a contragosto. Dylan afagava com carinho a bola rosa novinha em folha, mas entregava-a imediatamente a Henry, e provavelmente só tocaria nela de novo quando já estivesse toda arranhada e flácida, depois de ricochetear ao sabor de milhares de arremessos de efeito. Isso *se* chegasse a tocar nela de novo. Sua chance surgia nos intervalos entre os jogos, aquelas vagas transições em que todos os braços inexplicavelmente se abaixavam e alguém pedia um gole do Yoo-Hoo de outro e um terceiro virava a camiseta do avesso esticada entre os cotovelos, para a diversão das meninas. A *spaldeen* então rolava apática para a sarjeta e Dylan podia apanhá-la e assombrar-se com sua destruição. Agora ela bem que merecia voar para o telhado. Talvez Henry tivesse um sistema, como um árbitro de beisebol tirando bolas de circulação.

A escada da casa abandonada também era um proscênio para segredos, oculto à vista de todos no meio do quarteirão. A faixa de calçada rachada em frente à casa abandonada eram nove metros de terra de ninguém. As árvores da Dean Street se amontoavam, como as crianças, no centro do quarteirão. Pareciam particularmente inclinadas a cobrir a casa abandonada de uma sombra polvilhada de bolhas de luz, como a que o ailanto do quintal lançava sobre o quarto de Dylan, e a abafar os gritos dos pais que chamavam as crianças para jantar até transformá-los em fonemas distantes, como pios de pássaros. Dylan andava pelo seu lado da Dean Street de cabeça baixa e memorizava as pedras da calçada; era capaz de dizer se estava na frente da casa de Henry ou da casa abandonada sem erguer os olhos, só pelo formato do calçamento perto de seus pés, as longas pedras tortas, ou a saliente em forma de meia-lua, ou o trecho só de concreto, ou a depressão cheia de rachaduras que sempre ficava cheia de água depois das tempestades de verão que chegavam de repente e imediatamente partiam as tardes úmidas em pedaços escuros e eletrificados.

Wallball era bola na parede, *stickball* era beisebol jogado com pedaços de pau, *stoopball* era bola na escada e *touch* era uma versão de futebol americano em que para deter o adversário que estava penetrando com a bola bastava tocá-lo. Henry e Lonnie jogavam contra Alberto e Davey na maior parte das tardes, *touch* no meio da rua, negros contra porto-riquenhos, futebol americano de dupla, berrando para apanhar um arremesso longo nos intervalos roubados entre os carros que passavam e o ônibus da Dean Street. O ônibus era o que interrompia o jogo por mais tempo. Os jogadores se espremiam impacientes contra as portas dos carros estacionados para abrir espaço, fazendo sinal para o ônibus passar logo, rápido, rápido, vai! Não precisa ter medo de passar por cima da gente, eles pareciam dizer ao acenar para o motorista. Anda, vai logo, merda, não se preocupa com a nossa vida, a gente se preocupa com a nossa vida.

Um dia Henry bateu na lateral do ônibus com toda a força, com as duas mãos, depois deitou esparramado no chão da rua como se tivesse sido atropelado. O ônibus freou e ficou pulsando no meio do quarteirão, os passageiros torcendo o pescoço para espiar de boca aberta pelas janelas enquanto o motorista descia para ver o que tinha acontecido. Então Henry se levantou, soltou uma gargalhada e saiu correndo feito um alucinado, as pernas girando como num desenho animado, dobrou a esquina e sumiu. Lonnie e Alberto ficaram rindo do motorista e depois apontaram para o final do quarteirão. "Não fui eu, cara", disse Lonnie, ainda rindo, levantando as mãos espalmadas em sinal de inocência. "O quê que tu quer que eu faça? Eu nem conheço o cara, porra. Só sei que ele é um maluco lá dos conjuntos." A mentira foi contada bem em frente ao pátio de Henry, bem em frente à casa dele. Mas dizer que alguém era *lá dos conjuntos* explicava praticamente qualquer coisa, de forma que o motorista só balançou a cabeça desaprovando a brincadeira e voltou para o ônibus. Dylan observava.

As meninas às vezes brincavam de pique. Havia algo ligeiramente lamentável e efeminado em brincar de pique, mas, se as meninas brincassem, Henry e Lonnie brincavam também, e aí Dylan e Earl eram incluídos no círculo de pés a serem batidos — Uni, duni, tê, salamê, mingüê, o sorvete colorê, o escolhido foi você. O pique podia *estar com você*. Quando *estava com ele*, Dylan corria agitando os braços loucamente e às vezes se pegava berrando. Quando *estava com ele*, Dylan ficava meio histérico, ele não sabia dizer por quê. Ninguém dava a mínima, todo mundo berra de vez em quando, parecia ser o veredicto. As brincadeiras se dissolviam misteriosamente, grupinhos se formavam, o pique se partia em dois, um menino saía correndo atrás de uma menina, afastando-a para um canto e para fora da brincadeira. Alvos de atenção mudavam como o ângulo da luz. Um menino podia aparecer com um bolo de *cards* de beisebol um dia, não havia explicação. Potenciais chapinhas de *skully* eram colecionadas, a necessidade de se arranjar cera discutida, mas o jogo em si nunca era jogado. Talvez ninguém soubesse jogar. Isabel Vendle olhava pela janela. Os homens sentados na esquina arrumavam peças de dominó que estalavam quando batiam no engradado, a peixaria da Nevins Street estava sempre cheia de serragem, um menino dos conjuntos aparecia no quarteirão e invadia a privacidade das crianças da Dean Street e todo mundo ficava misteriosamente mal-humorado. Dias inteiros eram misteriosos e, então, caía a noite.

Dylan não se lembrava de ter dito seu nome, mas todo mundo sabia qual era e ninguém ligava para o que pudesse significar. Alguém de vez em quando podia se dar ao trabalho de mencionar que Dylan parecia uma menina, mas isso aparentemente não era culpa dele. Dylan não sabia nem arremessar nem agarrar a bola, mas fazer o quê? Nem todo mundo conseguia, era o sentimento geral. Assim, Dylan privava da intimidade da *spaldeen* em momentos menos concorridos, quando ela deslizava até o meio-fio ou era arremetida rua abaixo pelo pára-lama de um carro em movimento. Dylan ficava contente de ir apanhá-la então para os meninos mais velhos, que ficavam parados com cara de ofendidos, sacudindo a cabeça. A bola podia sair rolando até quase a Nevins Street, até a bodega, onde podia ser detida por um dos jogadores de dominó grisalhos, que a examinavam brevemente antes de devolvê-la. A *spaldeen* sempre saía machucada desses encontros. "Jogue-a no telhado, Henry", Dylan sussurrava enquanto corria para levá-la de volta, sussurrava para si mesmo, mas também para a bola, um feitiço. Às vezes jogá-la no telhado era exatamente o que Henry fazia logo em seguida. Então, em vez de tentar arranjar uma *spaldeen* nova, os meninos mais velhos batiam súbita e furtivamente em retirada, para se juntarem em frente ao portão de Alberto na outra ponta do quarteirão e servirem de alvo para as insinuações e as guimbas de cigarro lançadas pelos adolescentes que ficavam sentados na escada. Os adolescentes esperavam anoitecer. Dylan, o menino branco, não arredava pé do muro da casa de Henry. Dali ele sabia que conseguiria ouvir a voz de Rachel quando ela chamasse, mas de mais adiante ele já não tinha tanta certeza. Da casa de Henry e da casa abandonada até a sua, Dylan conhecia perfeitamente as pedras do calçamento.

O menino ficou no escritório folheando os álbuns de fotografia de Isabel, enquanto a mãe fumava sentada no quintal dos fundos. Isabel observava um esquilo descer em espiral pelo poste de telefone e sair correndo pelo topo da cerca. O esquilo se movia como uma seqüência oscilante de corcundas, rabo e espinha encurvando-se alternadamente. Algumas corcundas são elegantes, refletiu Isabel, pensando no próprio corpo.

Do lado de dentro, um emboçador italiano remodelava uma floreta no teto da sala de visitas, suando no topo de uma escada no canto perto da janela da frente. O menino sentado à mesa de Isabel virava as páginas carregadas de fotos, absorto como se estivesse lendo.

O menino estava encurvado também, sobre o livro. Estava mais para porco-espinho do que para esquilo, decidiu Isabel.

"Você consegue sentir algum gosto nisto aqui?", perguntou Isabel à jovem mãe, franzindo as sobrancelhas.

"Claro", respondeu Rachel. Ela não tinha apagado o cigarro para receber o copo suado de refrigerante com gelo. A fumaça flutuava no ar de agosto, imperturbada.

"De todas as coisas que estão morrendo em mim, a língua é a que está morrendo mais rápido."

"E se você botasse um pouco de limão?", sugeriu Rachel.

"Eu já ponho limão na minha sopa. Não posso botar também no meu refrigerante. Leve a garrafa com você quando for embora. Eu devia beber formol."

Rachel Ebdus ignorou o comentário. Ela não se chocava com nada, o que era um mau sinal, se Isabel estivesse prestando atenção. A jovem mãe recostou-se perigosamente na cadeira, cigarro entre os dedos da mão quase encostada no ombro. Seu cabelo preto despenteado era um caos. Isabel imaginou-o em chamas no seu quintal na tarde ensurdecida.

O homem em cima da escada raspava o excesso com sua espátula e o deixava cair pesadamente no papel de embrulho estendido no chão da sala, que estalava ao receber o peso.

O olhar fixo, intenso, do menino devia estar gastando o brilho das velhas fotografias de Isabel. Ele não virava a página fazia mais de um minuto. Continuava debruçado sobre o álbum como Isabel se debruçava involuntariamente sobre si mesma.

Isabel viu que Rachel observava o emboçador. "A velha arte sobrevive nele", disse ela à mulher mais jovem. "Ele toma cerveja nos intervalos de descanso e fala igual ao John Garfield, mas olha só para o teto."

"Está lindo."

"Ele diz que foi o pai que ensinou o ofício para ele. Ele só está trazendo à tona a beleza que estava escondida. Ele é um instrumento do teto. Não precisa entender nada."

Isabel estava irritada, mas não sabia bem se era consigo mesma ou com Rachel Ebdus. Ela não tinha desenvolvido a imagem inteiramente: a de que, embora muda, a casa falava uma linguagem própria, que ia se revelando à medida que o emboçador dava continuidade ao ofício do pai.

"Ele tem uma bela bunda", disse Rachel.

Do lado de fora, o esquilo guinchava.

Isabel soltou um suspiro. Sentiu uma estranha vontade de fumar um dos cigarros da mulher. Seria possível começar a fumar ao setenta e três anos? Isabel pensou que talvez fosse bom experimentar. Ou talvez ela estivesse só frustrada com a sua própria incapacidade de captar o que quer que fosse em Rachel Ebdus a não ser a insaciabilidade daquela mulher. E os cigarros estavam bem ali ao alcance da mão, no tampo de ferro trabalhado da mesa de quintal de Isabel, ao passo que a bunda do emboçador estava, em todos os sentidos, bem menos acessível.

"Se for uma questão de dinheiro...", Isabel começou a dizer, surpreendendo a si mesma por ir diretamente ao ponto.

"Não, não é", disse Rachel Ebdus, sorrindo.

"Eu não quero te deixar constrangida. Tanto a Packer quanto a Friends School oferecem bolsas em certos casos. Não sei se a Saint Ann's também. De qualquer forma, eu também teria muito prazer em ajudar."

"Não é por causa do dinheiro. Eu acredito na escola pública. Eu estudei em escolas públicas."

"É muito idealismo da sua parte. Eu tenho certeza de que você vai descobrir que todos os amigos dele vão para alguma das escolas particulares."

"O Dylan tem amigos aqui na rua. Eu duvido que eles estejam indo para a Brooklyn Friends ou para a Packer."

Os dias não eram sempre assim. Havia dias que eram como páginas em branco, dias em que nenhum esquilo guinchava nas árvores, nenhum menino folheava seus álbuns de fotografia, nenhum emboçador suava em seu teto e nenhuma vizinha recendendo a radicalismo e a instabilidade conjugal se sentava no quintal para esmagar cigarros dentro das xícaras de porcelana de Isabel e para saborear o ginger ale que Isabel não podia mais saborear, enquanto oferecia como xeque-mate dialógico uma clara insinuação de racismo, dias em que a única nota dissonante em seu sobrado holandês era o gato laranja afiando as unhas nas pilhas de jornais amarrados no apartamento do subsolo até transformá-las em pacotes esfrangalhados fedendo a mijo, dias em que Isabel sentava à sua mesa no último andar da casa arrastando o bico de sua caneta ao longo da linha de assinatura de um cheque a ser entregue a alguma causa razoavelmente digna, ou à sua causa favorita e completamente indigna, seu sobrinho Croft, que se escondera numa comunidade em Bloomington, Indiana, depois de engravidar uma cozinheira negra na casa de Silver Bay e que, segundo ele próprio lhe garantira, dividia a doação mensal de Isabel exatamente ao meio, enviando uma metade para a distante cozinheira e seu filho e doando a outra à caixinha que a comunidade reservava para a compra de alimentos e maconha. Rachel Ebdus que fosse para o inferno. Se Isabel podia subsidiar hippies selvagens e a prole mulata de seus parentes marginais, Rachel Ebdus certamente também podia mandar Dylan — que Deus o ajude — para a Public School 38 para mostrar seu solitário rosto branco no meio daquele oceano de rostos negros e exibir sua cascata de cabelos de menininha no meio daquele mar de cabelos pixaim, se era isso que convinha aos princípios dela. Àquela altura, o que Isabel queria mesmo era que aquele tivesse sido um dia inteiramente sem esquilos, um dia que ela não tivesse passado nem mesmo sentada à sua mesa, mas sim deitada na cama, quieta, ignorando os miados do gato laranja, relendo Maugham ou Maupassant.

Ficou se perguntando se Rachel Ebdus também teria admirado a bunda de Croft. Era provável que sim.

O menino pôs o enorme álbum de fotos em cima da mesa de ferro fundido do quintal e apontou. "Esse é o seu nome, né?", perguntou ele. Isabel virou-se, surpresa.

Na câmara escura, o velho fotógrafo gravara uma fileira de pequenas letras brancas no canto inferior de cada uma das fotos em preto-e-branco dos barcos, do ancoradouro, das festas no gramado: CAIS DOS VENDLE, SILVER BAY, LAGO GEORGE, NY. O menino apertava o sobrenome de Isabel com a ponta do dedo e aguardava uma resposta.

Cais dos Vendle. *Cranberries* embebidas em conhaque. Garrafas vazias rolando na barriga de um esquife. O famoso remo, emaranhado em plantas aquáticas, que se partiu e perfurou o flanco de Isabel, transpassando seu pulmão e quase atingindo a espinha. A velha ferida sobre a qual ela se curvava tão rigidamente.

"Ele sabe ler", disse Isabel, permitindo-se ficar levemente impressionada.

"Ummm-hummm", disse Rachel Ebdus, nasalizando as sílabas enquanto acendia outro cigarro. "Sabe, sim. Ele lê o *New York Times* do Abraham."

"Ele vai conviver com crianças que nunca vão aprender a ler", disse Isabel, sentindo-se impulsiva e um pouco cruel. O fato era inegável. Rachel que se roesse agora.

"Quem sabe ele não vai ensinar a elas?", disse a mãe de Dylan com facilidade, depois riu. "É um problema para ele resolver, a escola. Se eu consegui, ele também vai conseguir." Com o cigarro entre os dedos, apontado para o céu e soltando fumaça, Rachel pôs a mão no cabelo de Dylan.

2.

Skully existia realmente. Era uma ciência mais próxima do Spirogragh e do Etch A Sketch do que da *spaldeen*, e Dylan entregou-se a ela com gratidão. Na verdade, quando o jogo era de fato jogado, ele perdia mais do que ganhava, mas *skully* era uma arte que envolvia a transmissão de um corpo de conhecimentos, como os métodos de uma guilda, e no seu segundo verão no bairro Dylan já dominava todas as noções periféricas do jogo e era amplamente reconhecido por sua perícia. Por exemplo, para desenhar o tabuleiro de *skully*. O primeiro passo consistia em encontrar o quadrado ideal de calçamento e, assim, a longa comunhão de Dylan com a calçada de pedra da Dean Street acabou sendo recompensada. A pedra não podia ter rachaduras nem nervuras, não podia ser inclinada nem abaulada. O quadrado favorito de Dylan era um que ficava em frente à casa pintada de azul, no meio do caminho entre a casa da mulher que sua mãe às vezes chamava, rindo, de *Vendledora Automática* e que Henry chamava de a véia, e a casa do próprio Henry. O que Dylan não contava a ninguém era que havia outros quadrados de calçamento tão bons quanto ou até melhores mais adiante no quarteirão, mas Dylan preferia aquele por ser mais perto da sua casa e da casa de Henry, onde os meninos se reuniam, e também pelo modo como a sombra de uma determinada árvore incidia ali — pela dinâmica de espaço e som, pela combinação de privacidade e acessibilidade, por toda uma série de peculiaridades estéticas sutis e pelo fato também de que Dylan ainda conseguia ouvir sua mãe dali se ela o chamasse da porta de casa. Enfim, teria sido impossível explicitar todas as considerações que entraram na sua seleção, de forma que Dylan preferiu declarar apenas que aquele era o melhor quadrado de todos para jogar *skully*. E todo mundo acreditou. De vez em quando alguém podia até desenhar um tabuleiro de *skully* em outro quadrado, testando a premissa, mas depois da declaração de Dylan a premissa estava estabelecida.

O segundo passo era traçar o tabuleiro na calçada, com giz. Dylan sabia desenhar, muito embora só tenha se dado conta disso pela incapacidade das outras crianças de desenhar igual a ele. Elas largavam seus pedaços de giz ao verem os tabuleiros desenhados por Dylan, e ele ainda era convocado por Marilla a desenhar diagramas de amarelinha para as meninas, que, em outras situações, só queriam saber de debochar dos seus sapatos e das suas calças — Dylan usava o que elas chamavam de *pisadores de barata* e *calças de enchente*. Os tabuleiros de *skully* de Dylan eram retos e limpos, os quatro cantos elegantemente numerados, um, dois, três, quatro, a área do vencedor no centro embelezada com um círculo duplo — uma inovação criada por ele e que, como a sua escolha da melhor calçada, tornou-se oficial, a ponto de Lonnie e Marilla um dia afirmarem desdenhosamente que o círculo sempre fora feito daquele jeito, o que fez com que a autoria de Dylan do círculo duplo para a área do vencedor ficasse para sempre obscurecida.

Outras inovações foram rejeitadas logo de cara. Um dia Dylan bolou um tabuleiro de *skully* em forma de estrela, em que os jogadores teriam de lançar suas chapinhas das quinas triangulares para o centro, como no xadrez chinês, jogo que Dylan aprendera na sua turma do jardim-de-infância. Ninguém entendeu, ninguém jogou — não era *skully*. Dylan apagou o tabuleiro, mas as seis pontas da estrela, que ele desenhara com traços fortes, continuaram levemente delineadas na pedra para atormentá-lo até a próxima chuva forte.

Outra etapa era a fabricação das chapinhas de *skully*. As tampinhas de metal das garrafas de refrigerante e cerveja eram as mais usadas, e as chapinhas forradas com cortiça, ligeiramente mais pesadas, eram as melhores, muito embora acontecesse de vez em quando de alguém testar a sorte com tampinhas de plástico, ou com tampas de metal maiores de algum outro tipo de garrafa ou vidro, como de ketchup, de picles e até de compota de maçã. A fantasia de uma chapinha monstra, capaz de expulsar os adversários do tabuleiro com golpes avassaladores, perseguia a instituição do *skully*. Mas, na prática, as chapinhas maiores eram difíceis de manejar, tendiam a encostar na linha e machucavam o dedo quando você dava um peteleco mais forte. Você podia até improvisar com uma tampa grande antes de enchê-la de cera, mas aí o problema era que ela deslizava demais e saía do tabuleiro com muita facilidade e, além do mais, jogar com uma tampinha sem cera não era jogar *skully de verdade*. Sem cera não tinha graça. Velas podiam ser compradas ou afanadas da bodega do seu Ramirez ou fornecidas por Dylan diretamente do estoque que sua mãe mantinha na mesinha-de-cabeceira. E Dylan tornou-se um especialista em derreter velas, uma operação que sempre era realizada na escada da casa abandonada a fim de não instaurar o pânico nem nos pais nem nas "crianças pequenas" — muito embora Dylan e Earl ainda fossem as crianças "mais pequenas" por ali, fora duas garotinhas mudas com inclementes trancinhas afro nos cabelos — com fósforos acesos. Também era preciso pingar a cera na tampinha de modo que ela endurecesse formando um todo liso, sem fendas nem calombos, para não pular para fora quando atingida pela chapinha de um adversário. Como uma minifábrica, Dylan produzia fornadas de chapinhas de *skully* perfeitas e enfileirava-as na escada: Yoo-Hoo de baunilha com cera rosa, Coca-Cola com cera verde, Coco Rico — a cortiça da chapinha ainda fedendo a açúcar — com cera branca.

Estranhamente, depois da rápida ascensão de Dylan à posição de principal alquimista e filósofo do *skully*, ninguém mais parecia interessado em jogar o jogo. Dylan era o soberano de um quadrado perfeito de calçamento que era constantemente evadido, abandonado em favor de praticamente qualquer outra coisa, incluindo ficar de bobeira no pátio da casa de Henry com as mãos nos bolsos, chutando os tornozelos uns dos outros e dizendo "Vai se foder, veado". Talvez as crianças da Dean Street na verdade nunca tivessem conseguido manter sua atenção concentrada no jogo de *skully* propriamente dito, mas apenas nas atividades anexas, no exercício de desvendar a tradição. Era infinitamente mais fácil dizer para um garoto mais novo que ele não sabia jogar *skully* do que ter que jogar contra ele para ganhar suas chapinhas, e além do mais para que afinal serviam aquelas chapinhas? Todo mundo acabava perdendo as chapinhas mesmo, ou até as atirando perversamente contra o ônibus em movimento para vê-las retinir inofensivamente e sair rolando até cair na sarjeta. Talvez *skully* fosse um saco. Talvez aperfeiçoar uma coisa fosse também destruí-la.

As meninas Solver se mudaram da rua. Essa foi a primeira surpresa. Um belo dia, elas se foram. Isabel Vendle espiou pela janela e viu a caminhonete, os carregadores descendo pesadamente a escada com caixas de bebida cheias de livros e de louça, as meninas na calçada com os patins que pareciam brotar de seus tornozelos, rodopiando intocáveis como sempre, suas últimas piruetas desdenhosas. Os pais das meninas não tinham tido a consideração de dizer uma palavra a Isabel, não tinham tido conhecimento, aparentemente, de que eram linhas numa planta desenhada por Isabel, membros fundadores do Boerum Hill de Isabel Vendle. O círculo se encolheu logo no início, portanto.

Para Dylan, porém, aquela mudança não importava muito. As meninas Solver tinham freqüentado a escola Saint Ann's naquele primeiro ano, tinham se refugiado em Brooklyn Heights. Elas não moravam na Dean Street, pairavam acima dela. Dylan tinha entrado para a primeira série da Public School 38, logo no quarteirão seguinte, uma escola de verdade, segundo Rachel. Uma escola pública. "Só tem três crianças brancas na escola inteira, contando com o Dylan", ele ouviu Rachel se gabar ao telefone. "Não na turma dele, não na série dele — na escola inteira."

Ela falava de um jeito que fazia aquilo parecer importante. Dylan não queria desiludir Rachel, mas na verdade a cada dia o tempo que ele passava na sua sala da P.S. 38 era apenas um prelúdio para as questões do quarteirão. As crianças na escola não olhavam umas para as outras, olhavam para a professora. Ninguém que Dylan conhecia da rua estava na sua turma, a não ser Earl e uma das meninas caladinhas que freqüentavam o pátio de Marilla. Henry, Alberto e os outros eram mais velhos e, embora supostamente estudassem na mesma escola, era como se estivessem em outra galáxia nas horas que Dylan passava ouvindo a srta. Lupnick ensinar o alfabeto, como ver as horas ou quais as principais datas festivas do ano, horas que Dylan passava lendo e relendo os surrados livros infantis da pequena coleção da sua sala até acabar por decorá-los, horas que passava abstraído, rabiscando coisas com o lápis, desenhando utópicos tabuleiros de *skully* com dez, vinte, cinqüenta quinas, desenhando retângulos como os fotogramas do filme pintado do seu pai e colorindo-os até ficarem inteiramente pretos. O alfabeto que a srta. Lupnick ensinava ficava representado na parede acima da cabeça dela por uma série de letras humanizadas desenhadas no estilo dos desenhos animados — a sra. A comendo Abacaxi, o sr. B jogando Bola, e assim por diante — e a insipidez daquele desfile de letras sorridentes aniquilava por completo o ânimo de Dylan. Ele tinha a sensação de que seria impossível construir uma narrativa capaz de levar a sra. A e o sr. B a fazer outra coisa que não fosse comer abacaxi ou jogar bola e não suportava a idéia de arrastar os olhos por aquela fileira de letras em cima do quadro-negro e descobrir o que o sr. L ou a sra. T estavam condenados a fazer. A srta. Lupnick lia histórias para a turma, tão lentamente que era uma agonia. A srta. Lupnick botava discos para a turma ouvir, canções que falavam sobre como atravessar a rua e sobre como pessoas diferentes tinham trabalhos diferentes. Alguém estava tentando diverti-lo? Dylan nunca aprendera tão pouco em toda a sua vida. Olhava para os lados, mas as outras crianças estavam sentadas com o olhar perdido dentro de gaiolas invisíveis à sua esquerda e à sua direita, as pernas enroscadas debaixo das carteiras, o dedo enfiado no nariz. Algumas delas talvez estivessem aprendendo o alfabeto, não dava para saber pela cara. Algumas moravam nos conjuntos. Uma menina era chinesa, o que era estranho se você parasse para pensar. Fosse como fosse, elas não sabiam como se ajudar ou como se comunicar umas com as outras. Crianças mais velhas pegavam os alunos da primeira série depois da aula e levavam-nos embora, sacudindo a cabeça, como se eles fossem retardados. O que eles tinham feito na escola o dia inteiro? Ninguém saberia dizer ao certo. A professora falava com eles o dia inteiro como se fossem cachorros e depois, às três horas, alguém os levava para casa como se estivesse levando um cachorro.

As crianças que eram da sua turma na primeira série podiam continuar sendo da sua turma na segunda série ou você também poderia não voltar a vê-las nunca mais na vida. Talvez não fizesse diferença. Mesmo aqueles que você conhecia da rua pareciam desconhecidos na escola. Dylan ficava tentando encostar a língua no nariz até que alguém o mandasse parar de fazer aquilo. Uma ou duas crianças só pediam para ir ao banheiro quando já era tarde demais e acabavam fazendo xixi na cadeira. Um menino coçou o ouvido até sangrar. Às vezes Dylan mal conseguia se lembrar de como era a primeira série segundos depois de voltar correndo para a Dean Street.

O infeliz do Abraham Ebdus, aquele homem esquisito, talvez estivesse de fato criando algo de interessante, ela admitia em seu íntimo. O tempo era realmente uma série de dias, e o filme da transformação do quarteirão era tão estático quanto uma série de fotogramas pintados à mão, considerados individualmente. O *New York Times* publicara o novo nome que ela inventara para o bairro, *Boerum Hill* — isso já era alguma coisa. Mas Isabel Vendle queria ver o filme em movimento agora, os fotogramas se sucedendo rapidamente, as árvores se agitando ao vento em vez de morrendo naquela quietude úmida, a casa abandonada desmumificada e salva. Crescimento, processo, renovação. A única coisa que se movia no quarteirão eram os meninos no meio do trânsito, como insetos deslizando na superfície de um lago parado, um único branco misturado entre os negros. O incinerador do conjunto Wyckoff Houses era ligado dia sim dia não, ou pelo menos era o que parecia; uma língua de fumaça, que o ar se recusava a dissolver, lambia o céu quase que constantemente. Um homem solteiro comprara a casa coberta com o horrendo revestimento azul e ameaçava reformá-la tão lentamente que era quase o mesmo que não reformá-la nunca. Ele só ocupava um cômodo da casa, perto dos fundos, e estava fazendo a reforma de dentro para fora, de modo que ninguém tinha como saber que a casa não era uma ruína. A casa *era* uma ruína, o quarteirão era um desastre, e a Pacific Street estava avançando mais rápido do que a Dean. Isabel queria poder arrancar aquele revestimento azul com as próprias mãos, o que era uma idéia idiota, mas mesmo assim ela queria poder cobrir de dinheiro o revestimento azul que feria seus olhos feito ungüento, queria poder forrar a Dean Street inteira de dinheiro, queria poder subornar o dono do carro com labaredas pintadas na carroceria para que ele o polisse na Pacific ou na Nevins em vez de na Dean, ou então que o jogasse pelo Gowanus Canal abaixo. Ela não tinha tanto dinheiro assim, na verdade. Tinha folhas de papel em branco, envelopes, selos e dias que se recusavam a terminar — uma tempestade podia romper o calor e, uma hora depois, a umidade já estava lá de novo, sufocando o quarteirão, como se nenhum trovão tivesse retumbado. Isabel escrevia para Croft, que engravidara outra moça da comunidade, *Os meus dias estão chegando ao fim, Croft. Ou talvez não estejam. Não sei dizer se estou muito mais velha do que estava há quarenta e sete anos, quando, ainda menina, o remo perfurou meu flanco, e, Croft, você é um imbecil.* Para ela, Croft estava se transformando num personagem de Graham Greene, de *The Heart of the Matter* ou *Os comediantes*. Croft devia ser mandado para alguma ilha imperial para morrer de calor, devia ser levado a julgamento por autoridades locais enfurecidas.

Ninguém saberia dizer quando exatamente Robert Woolfolk começou a freqüentar o quarteirão. Ele vinha das bandas da Nevins Street, talvez dos conjuntos, talvez não. Um belo dia ele estava ali, na escada da casa abandonada, e no outro já estava sentado no murinho da casa de Henry, olhando para as meninas. Depois jogou uma ou duas partidas, embora jogar bola não fosse muito a sua. Robert Woolfolk era mais alto do que Henry e conseguia lançar a bola tão longe quanto, mas havia alguma coisa desorganizadora nele que lhe dava o dom de melar os jogos, um jeito marrento de movimentar os braços e a cabeça que só podia terminar com ele fazendo um passe errado ou zunindo uma *spaldeen* no telhado. Uma vez, estando a alguns passos de distância da implacável superfície da casa abandonada enquanto um apanhador esperava no meio da rua, Robert Woolfolk, sabe-se lá como, arremessou a *spaldeen* de tal forma que ela voou obliquamente, indo parar direto na janela da sala da casa ao lado, espatifando o vidro todo. Woolfolk corria muito, todo mundo concordou depois disso. Ele evaporou na esquina da Nevins, como Henry tinha feito depois de fingir ter sido atropelado pelo ônibus, aparentemente antes que o vidro desabasse feito chuva em cima do jardim, enquanto a bola penetrava janela adentro, perdendo-se no interior da casa — uma façanha inédita. Os outros meninos ficaram parados olhando, num misto de espanto e rebeldia. Afinal, não tinham sido eles que jogaram a bola. Robert Woolfolk sumiu do mapa por duas semanas depois do seu misterioso arremesso aberrante, duas semanas durante as quais o proprietário da casa ao lado da casa abandonada botou um pedaço de papelão no lugar da vidraça, depois se pôs de plantão todo dia na sua escada durante uma semana, olhando de cara feia para os meninos que passavam a tarde jogando bola na rua e que, por culpa, iam tratar de fazer outra coisa, jogar futebol americano, brincar de pique ou simplesmente ficar derrubando uns aos outros de cima do murinho da casa de Henry, retribuindo a cara feia do proprietário e resmungando baixinho, baixinho demais para que o proprietário pudesse ouvir: "Porra, cara, o quê que você tá olhando?", até que o proprietário se cansou do seu protesto simbólico e chamou um vidraceiro para substituir o pedaço de papelão por uma vidraça nova. Quando julgaram seguro voltar a brandir uma *spaldeen* na rua, os meninos da Dean Street passaram uma ou duas tardes tentando reproduzir o absurdo e famoso arremesso, mas não conseguiram, o ângulo era absolutamente impossível. Quando Robert Woolfolk reapareceu, espiando da esquina antes para ver se a barra estava limpa, eles tentaram convencê-lo a participar da experiência, mas ele se recusou durante dias, preferindo ficar à margem do jogo, amuado. Quando, tendo finalmente sua curiosidade despertada pelo atiçamento das outras crianças, Robert Woolfolk aceitou tocar numa *spaldeen* de novo, o episódio teve um súbito efeito brochante. As crianças correram para longe antes mesmo que ele tivesse tempo de chegar perto da parede, traumatizadas com a possibilidade de o braço dele se projetar de novo daquele seu jeito alucinado, de modo que Robert Woolfolk ficou livre para embolsar a *spaldeen* nova e se mandar para casa, fosse ela onde fosse.

Ninguém parecia saber onde Robert Woolfolk morava.

Robert Woolfolk podia morar nos conjuntos e só não querer contar.

Provavelmente morava nos conjuntos mesmo.

"Fuck é o sobrenome dele", disse Henry um dia, para ninguém em particular.

"Dele quem?"

"Do Robert *Will Fuck*."

"*Motherfuck*", acrescentou Alberto, numa espécie de livre associação. Ninguém mais disse nada.

E a conversa ficou por aí. As palavras se desmancharam no ar, ou pelo menos você teria pensado que sim. Dois dias depois, no entanto, Robert Woolfolk se instalou sorrateiro na escada de Henry e todo mundo sentiu o peso desagradável do seu olhar vigilante. Notava-se o desconforto na linguagem evasiva das crianças plantadas a diferentes distâncias, ninguém brincando de nada em particular naquela tarde imóvel, argilosa. Henry estava especialmente altivo e indiferente, fazendo arremessos de handebol de dentro do seu quintal na direção do encontro da calçada com o murinho, sem olhar para Robert Woolfolk.

"Por que você não vem aqui um minuto?", disse Robert. Ele estava recostado, um joelho dobrado, a outra perna esticada com o pé virado para dentro, os cotovelos apoiados num degrau, os ombros levantados ao lado das orelhas, as mãos penduradas perigosamente. Parecia uma marionete com olhos vivos, seus cordéis momentaneamente soltos.

"Eu já tô aqui", disse Henry.

"Por que você não diz o meu sobrenome de novo?"

A pergunta era que aliança seria aquela que dobrava invisivelmente a esquina da Nevins Street e cuja voz encontrara os ouvidos de Robert Woolfolk, onde e quando. Cada uma das crianças se fez essa pergunta e teve de considerar a hipótese de que ela fosse a única que não sabia, de que as linhas de força estivessem visíveis para todas as outras crianças menos para ela. A garotada da Dean Street se ampliou de repente, uma lufada de ar entrou e saiu do pulmão do verão bem naquela hora. Você ficava tonto de respirar o novo ar.

"Eu nunca disse o seu sobrenome."

"Então diz agora."

"Vai pra casa, vai."

Quando Robert Woolfolk se levantou da escada e partiu para cima de Henry foi como aquele seu famoso arremesso de *spaldeen*. Você jamais teria previsto que o braço ossudo de Robert se enlaçaria na cintura de Henry de forma que os dois desabassem, joelhos dobrando-se juntinhos como namorados grudentos, no chão do pátio de Henry, Robert por cima. Só depois que os dois já estavam no chão foi que Robert começou a bater, ajoelhando-se sobre Henry e socando-o maniacamente, com os olhos e a boca fechados e o rosto inteiro contraído como ele estivesse debaixo d'água, boxeando um tubarão. Henry se enroscou como uma bola. Por um momento, os dois lutadores foram observados a distância, por trás de uma névoa de interferência aquática. Depois o silêncio se rompeu de repente, a luta deixou as profundezas oceânicas para despontar à superfície e as crianças correram para perto para assistir. De que outra forma poderiam ter ouvido os estranhos ruídos, os ganidos quase animalescos que saíam de ambos os corpos no pátio de Henry? Você estava aprendendo alguma coisa. Que crianças brigavam todo mundo sabia, mas as chances de ver uma briga com os próprios olhos mesmo assim eram raras. Ruídos como aqueles podiam sair do seu corpo qualquer dia desses. Valia a pena dar uma espiada, valia a pena esperar um instante antes de apartar a briga, independentemente de quem fosse o seu favorito, coisa que aliás não estava tão clara assim. Então, você resolvia apartar a briga e começava a gritar "Aparta! Aparta!" — palavra que saía por puro instinto da sua boca, muito embora você nunca a tivesse pronunciado na vida. Nesse caso específico, Alberto entrou correndo no pátio de Henry e içou Robert pelos ombros.

"Tá vendo, tá vendo, tá vendo", disse Robert Woolfolk, respirando feito um fole, dedo indicador em riste. Capturado por Alberto, que o segurava pelos braços, ele ainda tentava partir para cima de Henry, e as suas pernas e as de Alberto tremiam como as de um animal dando marradas em sua baia. Robert tinha esfolado as costas da mão no chão, ou talvez nos dentes de Henry, e a ferida sangrava. "Tá vendo, é isso que dá, é isso que dá." Robert Woolfolk se desvencilhou de Alberto e saiu andando em direção à Nevins. Só olhou para trás uma vez, já da esquina, para gritar: "Tá vendo!", quase como se estivesse chamando o nome de alguém. Depois sumiu.

A Nevins Street era um rio de infelicidade atravessando as terras da Dean Street.

Quem lavava as roupas de Robert Woolfolk, por exemplo?

Robert provavelmente não daria as caras de novo durante algum tempo. Robert provavelmente daria as caras de novo depois de algum tempo.

Talvez tivesse um irmão ou uma irmã.

Ninguém tinha como saber.

Não havia nada que se pudesse fazer. Não era culpa de ninguém. Os carros e o ônibus passavam roncando sob a sombra das árvores da Dean Street, furando as bolhas de luz e sombra. Os reflexos bruxuleantes cegavam os motoristas. Os homens que faziam ponto na porta do cortiço anunciavam sua indiferença na maneira como usavam seus chapéus de feltro mesmo naquele calor. Bebiam discretamente de garrafas escondidas dentro de sacos. Tudo o que lhes ocorria dizer eles diziam em espanhol ou guardavam para si. As mães de todo mundo provavelmente estavam na cozinha àquela hora, preparando o jantar — supondo que tivessem mãe. Ninguém olhava para as crianças no pátio de Henry. Ultimamente, nem a velhinha branca olhava mais da sua janela com a mesma freqüência de antes.

Às vezes nem as crianças olhavam umas para as outras. Você podia passar horas discutindo quem tinha dito o que ou quem realmente estava lá quando uma determinada coisa aconteceu. Muitas vezes acabava-se descobrindo que a pessoa que todo mundo achava que tinha dito tal coisa na verdade nem sequer estava lá. As meninas nunca confirmavam nada para ninguém, muito embora você pudesse jurar que elas estavam bem ali, vendo tudo acontecer. Marilla podia conhecer a irmã de um determinado menino e você nunca ouvir uma palavra sobre o assunto. Os dias eram cheios de lacunas, provavelmente porque eram parecidos demais. E, quando uma coisa importante acontecia, era impossível ter uma imagem clara dela. As lacunas iam se alastrando mesmo nesses casos.

Henry, por sua vez, ressuscitou imediatamente e fez pouco caso de seus ferimentos, muito embora um reluzente filete de sangue lhe escorresse do nariz. Fungou o sangue de volta para dentro, limpou os vestígios com as costas da mão e engoliu em seco. Passou a língua nos dentes e endireitou os braços e as pernas, que aliás nem chegavam a estar tão tortos quanto os de Robert Woolfolk. O lábio inchado era mais uma atitude do que qualquer outra coisa, um esgar de desprezo merecidamente adquirido.

"Veado filho-da-puta babaca escroto."

"Huh."

"Aposto que ele nunca mais põe os pés aqui."

"Huh."

De repente parecia perfeitamente concebível que Henry tivesse metido a porrada em Robert Woolfolk, e não o contrário — pela facilidade com que Henry se refez da briga e marcou vários home runs de *stoopball* logo depois, você tinha que se perguntar se não havia se deixado enganar pelas aparências. Nem sempre quem estava por cima era quem estava ganhando. Todo mundo vira como Robert Woolfolk tinha saído correndo depois que Alberto apartou os dois — ou pelo menos andando rápido, com aquelas passadas elásticas. E sozinho, ainda por cima.

Aí é que estava a questão com relação à briga de Henry e Robert Woolfolk: Dylan Ebdus nunca conseguiu determinar se ele próprio estava lá e viu a briga com os próprios olhos ou se apenas a ouviu descrita em todos os detalhes, polida e repolida pelas outras crianças até virar lenda. Dylan simplesmente não conseguia descobrir, e depois de algum tempo parou de tentar.

* * *

O filme estava mudando. Nos fotogramas mais antigos, os primeiros quatro mil mais ou menos, figuras abstratas com jeito de desenho animado cabriolavam sobre uma espécie de paisagem de fundo que lembrava a beira de um lago, uma margem e um céu que podiam ser também uma paisagem desértica com tufos de vegetação aqui e ali. As figuras que ele pintara com seus pincéis finos feito agulhas podiam ser cáctus, fungos, bombas de gasolina, atiradores, aurigas ou recifes floreados — às vezes, em sua cabeça, ele lhes dava nomes de figuras mitológicas, embora soubesse que as alusões à mitologia eram um vestígio, um impulso literário que ele já devia ter purgado do trabalho. Mesmo assim, sem confessar inteiramente, ele havia pintado um minúsculo velocino de ouro em cima do ombro de uma das figuras enquanto ela corria e serpenteava ao longo de uns duzentos ou trezentos fotogramas. Ele via as figuras correrem e serpentearem, é claro, com os olhos da imaginação, como se o filme estivesse sendo projetado. Na verdade, o interminável filme pintado era imóvel, nunca fora exibido. Ele só queria projetá-lo no fim, fosse isso quando fosse. Tinham até lhe oferecido um aparelho de edição movido a manivela, próprio para ver pequenas seqüências de celulóide, mas ele não quis. A imobilidade do filme fazia parte do projeto. Cada fotograma carregava o peso dessa decisão cumulativa. Juntos, os fotogramas formavam o diário de um pintor, um diário que só revelaria ter vida no final.

Agora as figuras, os etéreos dançarinos, tinham desaparecido dos fotogramas. Derretendo-se, tinham se transformado em bolhas de luz. Os pincéis mais finos, as ferramentas de joalheiro, ele os tinha posto na prateleira, deixado que endurecessem. As formas brilhantes que ele pintava agora, as bolhas e retângulos de cor, formas mais simples e mais luminosas, pairavam sobre um horizonte que evoluíra da paisagem lacustre cheia de tufos de junco e de mato dos primeiros fotogramas para se transformar num horizonte nebuloso e distante, um pôr-do-sol ou uma tempestade sobre uma vasta planície levemente espelhada. As formas matizadas do fundo, que de tanto pintar ele já conhecia como se conhece uma língua, como se elas se movessem como palavras do sentido à falta de sentido e de novo a um sentido mais puro — essas formas estavam começando a se fundir ao horizonte, a imergir e emergir das profundezas dos pequenos fotogramas. E ele estava deixando que isso acontecesse. Com o tempo, ao longo de vários dias, as formas se transformariam no que quisessem. Pintando-as uma infinidade de vezes com variações mínimas, ele as purificaria, e a história da sua purificação seria o enredo do filme que ele estava pintando.

Ele tinha começado a olhar pela janela. Um dia, encheu um pincel grosso de tinta e traçou o contorno da torre do Williamsburg Savings Bank na própria vidraça, depois pintou por dentro de forma que a torre pintada encobrisse a torre a distância.

Como nos fotogramas mais novos do seu filme, o vidro pintado achatava a distância, transformando-a em proximidade.

O menino parecia diferente a cada vez que entrava no estúdio.

Sua mulher tinha dito, brincando, que ia pedir à companhia telefônica que instalasse uma linha nova no estúdio para que ela pudesse ligar para ele da cozinha. Agora, quando os dois brigavam, ele esquecia o motivo da briga no meio da discussão. Ele sabia que ela podia identificar facilmente esse momento de rendição, quando a abstração se infiltrava nos olhos dele, apagando a linguagem. Na sua cabeça, ele estava pintando um fotograma. Seus dedos se contorciam, ansiando pelo pincel.

Seu velho professor ligara para ele da Art Students League, para perguntar por que ele não estava mais pintando. Ele respondeu: "Eu pinto todo dia".

A segunda série era a primeira série com matemática. A terceira série era a segunda série com um tempo no pátio da escola para jogar *kickball*, uma versão de beisebol jogada com uma bola mole e gigantesca — de um tom fosco de vermelho e embolotada feito um daqueles tapetes de borracha que se usam dentro da banheira — que era lançada paralela ao chão na direção da base do batedor e que um bom chute podia fazer voar pelos ares. Uma bola voadora era quase impossível de pegar. Parecia maior do que uma criança quando estava lá no alto. Posicionar-se debaixo de uma bola despencando em queda livre era uma burrice sem tamanho, e se você parasse para pensar no que acontecia depois que o *outfielder* invariavelmente fugia da bola, você chegava à conclusão de que praticamente qualquer chute que conseguisse fazer a bola subir era um *home run*. Você simplesmente saía correndo, não esperava nem para ver se eles estavam lançando a bola de volta. Na maior parte das vezes, porém, você não conseguia fazer a bola subir; um chute mal dado rebatia a bola estupidamente de volta para o lançador e você era eliminado logo na primeira base.

Mesmo assim, um home run valia o risco. Se você conseguisse botar aquela coisa bexiguenta no ar, metade das vezes todo mundo dentro de campo caía. Em cada base que você passava, tinha um garoto de bunda no chão.

Qualquer coisa que você pintasse, por mais troncha que fosse, era pendurada na parede. Mas pintar com os pincéis da escola era como pintar com os cotovelos, se você tivesse algum parâmetro de comparação. A tinta da escola secava feito casca de ferida.

Ninguém mais mijava na cadeira.

Escrever um relatório de leitura era contar a história de um livro.

A turma da segunda série tinha duas crianças chinesas e a da terceira, três; uma presença tranqüilizante, já que elas sempre levantavam o braço. Para onde elas iam depois da escola era um mistério. Não eram brancas, mas também não deixavam de ser, o que já era uma vantagem. Evitava que as coisas ficassem pretas e brancas e porto-riquenhas demais. Se aquele ritmo se mantivesse, todo mundo seria chinês quando chegasse à escola secundária, o que, pensando bem, talvez solucionasse alguns problemas.

Não era culpa delas que elas fossem chinesas e, se você lhes perguntasse alguma coisa a esse respeito, elas se limitavam a dar de ombros — elas *sabiam* que não era culpa delas. Todo mundo sabia. Na terceira série você ainda estava só começando a se acomodar na sua pele e ninguém podia esperar que você respondesse por ela. Já da terceira em diante, ninguém sabia o que ia acontecer.

3.

Vendledora Automática estava deitada em sua cama alta no quarto do primeiro andar, a antiga sala de visitas. A luz amarelo-cinzenta de outubro, que se infiltrava através das longas cortinas, estava apinhada de partículas, ciscos flutuantes que faziam a luz oblíqua parecer tão sólida quanto as hastes de carvalho polido da cama, os copos semicheios de água e conhaque pousados na mesinha-de-cabeceira e a bengala apoiada, e mais sólida do que os membros levemente agitados da mulher minúscula encurvada na cama e que agora tateava devagar em busca da bengala, sem levantar ainda a cabeça aureolada de luz do travesseiro em que estava enterrada.

"Eu peguei no sono", disse ela, distante.

Dylan Ebdus não falou nada, mas continuou plantado no limiar do quarto, fazendo questão de não cruzar a linha divisória daquele cômodo impregnado da sonolência e da mordacidade da velha senhora.

"Você demorou."

Dylan reencontrou sua voz. "Tinha uma fila." Ele havia acabado de levar mais um maço das cartas que a velha escrevia à mão em papéis de carta creme para o correio da Atlantic Avenue e ficara esperando sua vez de ser atendido estudando os avisos de "procura-se" e os cartazes que incentivavam as pessoas a colecionar selos e a aprender a ler, arrastando o bico do tênis nos pedaços de papel, nas papeletas amarelas do correio e nos envelopes rasgados do governo que cobriam o chão.

Dylan estava trabalhando para Isabel Vendle por um dólar a hora todo sábado de manhã naquele ano em que completou dez anos, o ano da quarta série. *Vendledora Automática, Vendledora Automática,* Dylan entoava em sua cabeça, muito embora jamais tivesse pronunciado aquele nome em voz alta fora de casa, nem sequer o sussurrado quando estava sozinho na casa de Isabel Vendle na época em que ela foi visitar alguns parentes na região do lago George e ele entrava na casa pela porta do apartamento do subsolo com a chave que ela lhe confiara para que ele recolhesse a correspondência e pusesse ração na tigela do gato laranja.

Vendledora era uma das palavras de Rachel. Rachel Ebdus dava apelidos secretos para as suas visitas e para as pessoas que moravam na Dean Street, e Dylan entendia que esses apelidos não podiam vazar para fora de casa, não podiam vazar nem para fora da cozinha de Rachel. Sua mãe instilara essa duplicidade: havia coisas que Rachel e Dylan podiam dizer um para o outro e havia a linguagem oficial do mundo, que, embora limitada e artificial, era preciso dominar para poder lidar com ele. Rachel explicou a Dylan que o mundo não precisava ficar sabendo de tudo que ele, Dylan, pensava sobre o mundo. Com certeza não precisava ficar sabendo das palavras *dela — babaca, maconheiro, gay, pretensioso, sexy, baseado.* Nem, muito menos, era preciso que os alvos dos apelidos ficassem sabendo dos seus apelidos: *Sr. Memória, Pepe le Peu, Susie Cube, Capitão Vagueza, Vendledora Automática.*

O apelido do pai de Dylan era *O Colecionador.*

Vendledora Automática ficava no primeiro andar todas as manhãs de sábado, enquanto Dylan tirava o lixo fétido e liquefeito da lata da cozinha do subsolo e a forrava com um saco novo. Isabel não conseguia levantar sozinha um saco de lixo cheio, de forma que o fedor ficava se acumulando ali dentro da lata durante sete dias, à espera de que Dylan o libertasse. Nessas horas, o imenso e silencioso gato laranja sempre aparecia lá embaixo para observar a operação. A cabeça dele parecia a de um monstro-de-gila. Dylan não tinha como saber se o gato o detestava, detestava Isabel, ou era apenas indiferente. Também não tinha como saber o que o bicho compreendia sobre a situação dele, Dylan, ali naquela casa, de modo que o gato era completamente inútil como testemunha. Talvez ele nem sequer soubesse que o corpo de Isabel não era para ser curvado daquele jeito, talvez achasse que o corpo dela fosse o padrão da forma humana e considerasse a forma de Dylan, portanto, deplorável. Mesmo assim, o gato laranja era a única testemunha. Ele parecia viver para aquele momento em que, toda semana, o lixo era retirado e a cozinha ficava impregnada do fedor de pó de café usado, casca de laranja e leite azedo.

"Eu não quero mais trabalhar pra senhora", disse Dylan Ebdus a Isabel Vendle naquele momento em que ela nadava em suas cobertas, no mofo e na penumbra. O gato laranja estava sentado numa poça solitária de sol perto da janela do quarto, esfregando ritmicamente sua cabeça de réptil contra uma das patas.

Isabel gemeu baixinho no silêncio.

Dylan esperou.

Do lado de fora, o ônibus da Dean Street resfolegava quarteirão abaixo, atravessando com um estampido o buraco que servia de *home plate* e depois seguindo em frente, estremecido.

"Eu preciso que você faça umas compras pra mim", disse Isabel por fim. "Não no Ramirez. Vá até a loja da senhora Bugge, na Bergen." Isabel Vendle pronunciava o nome da imigrante norueguesa como *Biu-ga*. Todo o resto da população do quarteirão chamava a loja da esquina da Bergen com a Bond — a bodega que não era bodega porque não era administrada por porto-riquenhos, mas sim por uma mulher branca e gorda de olhos minúsculos — de Buggy.

Putz, tu afanou uns bolo lá da Buggy? Me disseram que o pastor alemão da Buggy uma vez arrancou um pedaço da bunda de um moleque.

Da cama, Isabel levantou o braço e deixou que as pontas dos dedos caíssem sobre o tampo da mesinha-de-cabeceira. Suas unhas estalaram de leve na madeira. Dylan se aproximou, cruzando enfim a linha divisória invisível e penetrando na luz de aquário do quarto de Isabel para pegar o dinheiro que estava ali.

"Queijo americano fatiado da Kraft, *muffins* Thomas e um litro de leite." A velha falava como se estivesse descrevendo um sonho recorrente. "Cinco dólares deve dar."

Dylan enfiou o dinheiro de Isabel no bolso, enquanto se perguntava se tinha falado em voz alta. "Eu, não, quero, mais, trabalhar...", começou a dizer de novo, com cuidado, espaçando as palavras.

"Leite *desnatado*", acrescentou Isabel.

"Eunãoqueromaistrabalharprasenhora", Dylan disse rápido.

O gato laranja abriu os olhos de repente.

"Tem gosto de água", comentou Isabel. "Água branca."

O quarteirão estava vazio, a não ser por dois ou três adolescentes sentados na escada da casa de Alberto, perto da esquina. Dylan não sabia onde as outras crianças estavam. Era outubro, estava esfriando, todo mundo estava usando casaco e migrando para outros lugares fora do quarteirão. Henry ia jogar futebol americano no pátio de uma escola perto da Smith Street e Earl nem sequer saía de casa. Alguém havia deixado uma garrafa dentro de um saco de papel na escada da casa abandonada. Dias antes, um cara tinha dormido naquela escada, um daqueles bêbados que só se encostam num canto por algum tempo, depois vão embora. Um saco de papel manchado era como uma calça verde mijada, mais cedo ou mais tarde o xixi acabava aparecendo.

Dylan dobrou a esquina da Bond Street, pensando na coisa maluca que é um quarteirão, uma face tão familiar, as fachadas das casas e o calçamento de pedra um iceberg emerso e mapeado, um iceberg em que o próprio Dylan já fincara sua bandeira, seus tabuleiros de *skully* feitos de giz, os rastros espectrais dos seus pés correndo atrás de uma bola ou fugindo do pique, enquanto o resto do quarteirão permanecia submerso. Havia anos Dylan se agarrava àquela face, debruçado sobre as pedras da calçada como se elas fossem folhas de Spirograph espalhadas no chão do quarto, notando, apenas quando já era tarde demais, que elas faziam parte de uma estrutura que se encurvava para além da Bond e da Nevins, em direção ao desconhecido. Ele preferia mil vezes andar até o correio da Atlantic Avenue para postar as cartas de Isabel a dobrar a esquina para ir à loja da Buggy. Ele não confiava na Bergen Street. Tinha a impressão de que a calçada afundava ali.

Robert Woolfolk estava esparramado em cima da escada ao lado da Buggy, recostado nos degraus como se recostara na escada de Henry no dia da briga, os nós dos joelhos aparentemente mais altos que os ombros embora estivessem apoiados dois degraus abaixo. Dylan estacou ali, antes da loja, comandado. O sol da manhã formava um deserto de luz ao redor dos dois; o trânsito estava silencioso e distante. Dylan podia ver o ônibus lá embaixo, perto da Smith Street, onde parecia descansar num declive, fatigado. Dylan ouviu sinos de igreja.

"Você trabalha pra aquela velha?"

Dylan tentou fazer que não com a cabeça, por milhares de razões. Pensou em Isabel nadando em sua cama, a autoridade mais próxima num raio de quilômetros. Tinha também a Buggy e seu cachorro, a uma vidraça de distância, mas eles estavam entocados numa caverna de produtos, arroz, bicarbonato, Quik da Nestlé. A loja era tão escura por dentro que Dylan imaginava que Buggy murcharia se algum dia saísse para o sol.

"Você tá com o dinheiro dela aí no bolso?"

Dylan tinha certeza de que não tinha dito nada.

"Quanto é que tu tem?"

"Eu tenho que comprar leite", disse Dylan, aparvalhado.

"Quanto é que ela te paga pra fazer as coisas pra ela, um dólar? Você tá com esse dinheiro aí?"

"Ela dá o dinheiro pra minha mãe", Dylan mentiu espontaneamente, espantando a si mesmo.

Robert só virou a cabeça para o lado, com um ar de deboche e preguiça, depois girou a mão pendurada no degrau, como se tivesse acabado de descobrir a capacidade de movimento do seu pulso. Seu corpo continuava esparramado em cima da escada.

Os dois estavam ensaiando alguma coisa, Dylan pressentia. Qual era a dimensão dessa coisa e se era algo pessoal entre ele e Robert ou mais amplo do que isso ele ainda não sabia dizer.

Então, ficou ali parado, estático, enquanto Robert continuava a examiná-lo.

"Vai lá comprar o leite", disse Robert por fim.

Dylan foi andando na direção da porta da Buggy.

"Mas se você voltar aqui com o dinheiro da velha, eu posso ter que tirar ele de você da próxima vez."

Dylan interpretou aquele comentário como uma espécie de reflexão filosófica. Sentiu-se grato pela sugestão implícita de que uma informação privilegiada lhe fora confiada. Ele e Robert podiam avançar juntos a partir daquele ponto para onde quer que fosse preciso.

"Diz pro Henry tomar no cu", acrescentou Robert, numa firula sem sentido.

Dylan abaixou a cabeça ao entrar na loja escura, com fedor de queijo.

O pastor alemão da Buggy avançou detrás do balcão na mesma hora, esticando a corrente até o último limite e ganindo antes de soltar um único e contundente latido. Buggy emergiu então do fundo da loja, como um picle pálido e intumescido subindo à tona dentro de um vidro, para boiar perto da caixa registradora. Quando Dylan saiu da loja com o saco de compras marrom, Robert já não estava mais lá.

Uma semana inteira se passou e mais uma manhã de domingo até que Dylan reunisse coragem para falar. Abraham estava no alto da sua torre, Rachel no seu jardim, Dylan ruminando sozinho no quarto enquanto se vestia ao meio-dia, a hora ritual. Descendo para o primeiro andar, fez uma pausa na cozinha para planejar sua deserção, depois saiu pela escada dos fundos. Foi andando até a mãe, que estava ajoelhada no chão frio debaixo do ailanto desfolhado, destroçando com um tridente um emaranhado de raízes indesejáveis, cigarro aceso entre os lábios. O filtro do cigarro estava manchado de lama. Rachel usava calça jeans, jaqueta de brim laranja e um boné dos Dodgers. Os rebentos rejeitados formavam um montinho verde e marrom que desbotava e murchava no ar enquanto Dylan observava.

Quando Dylan finalmente desembuchou, Robert Woolfolk ficou de fora da história.

"Coitada da Vendledora Automática. Então pára de trabalhar para ela, filho."

"Mas eu já tentei falar com ela."

"Como assim, *tentou*?"

"Eu disse duas vezes."

"Não brinca, Dylan."

"Ela fingiu que não ouviu."

"Ela simplesmente te ignorou?"

Dylan fez que sim.

"Vem comigo." Rachel se levantou e sacudiu a terra das coxas. "Vamos lá juntos."

Dylan absorveu o frêmito da indignação de Rachel e sentiu sua respiração se acelerar. "Talvez fosse melhor você só ligar para ela", disse ele quando os dois entraram na cozinha.

Rachel passou uma escova debaixo das unhas na pia, depois tomou um gole do seu café já frio.

"Vamos ver o que ela tem a dizer", disse Rachel. Dylan ficou calado, compreendendo que estava condenado a entrar na casa de Isabel pelo menos mais uma vez.

No pátio da casa abandonada, os meninos que jamais seriam convidados a trabalhar para Isabel Vendle jogavam um beisebol improvisado: dois *basemen* arremessando uma *spaldeen* entre dois quadrados designados como bases e quatro ou cinco ladrões de base — Earl, Alberto, Lonnie e algum outro menino porto-riquenho. Os ladrões estavam amontoados no meio, saltando e colidindo feito ratos de desenho animado, enquanto Henry segurava a bola e fingia lançá-la uma, duas, três vezes, abanando e mostrando a *spaldeen* para eles como quem mostra a língua, enquanto ameaçava iniciar uma perseguição batendo o pé com força no chão na direção deles, até que o seu blefe se tornou irresistível e, em júbilo e exaustão, os ladrões avançaram todos juntos, galopando na direção da base de Henry como se a mão dele estivesse vazia, e foram eliminados do jogo um depois do outro em rápida seqüência. Os ladrões de base jogavam a cabeça para trás, embriagados da sensação de ter sido enganados, bêbados da destreza de Henry.

Robert Woolfolk não estava entre eles.

Talvez ninguém tivesse visto Dylan olhando. Muitas vezes um menino ficava invisível quando estava andando com sua mãe no meio do quarteirão. Você nem olhava, não queria se ver metido naquele espaço entre um garoto e os pais dele.

Depois Earl acenou, mas era possível que estivesse só apontando para um passarinho ou para uma nuvem no céu. Em vez de retribuir o aceno, Dylan olhou para o céu e fingiu ter visto alguma coisa passar lá no alto, um corpo voando entre os telhados ou cruzando de um lado para o outro da Dean Street.

"Eu sou o Croft", disse o homem que abriu a porta de Isabel Vendle, já se divertindo consigo mesmo. "Você deve ser o menino que trabalha pra Isabel", acrescentou, apertando a mão de Dylan comicamente antes de olhar para Rachel. Seus cabelos pretos tosados eram espantosamente idênticos no comprimento em todas as partes da sua cabeça, incluindo as sobrancelhas. "Ah, você veio com sua namorada, não é? Entra, a Isabel tá lá nos fundos. Eu e ela estamos tomando Coca-Cola, e tem bastante."

Era como se a Vendledora Automática tivesse previsto a afronta que estava por vir e se defendido com o visitante. Ela sempre passava as manhãs de domingo sozinha, à deriva nas ondas da sua cama ou encurvada sobre a mesa, gemendo, estremecendo inteira ao umedecer um selo na língua. Ela sempre esperava por Dylan sozinha e agora lhe passava a perna daquele jeito, negava-lhe a chance de mostrar para a mãe a casa fúnebre em que ele era obrigado a entrar. A sala da frente, antes sempre fechada e escura, agora estava aberta, os cantos que só Dylan e o gato laranja conheciam agora expostos à luz, as cadeiras empoeiradas rearrumadas para abrir espaço para um saco de dormir xadrez, uma mochila de excursionista botando roupa pelo ladrão, camisetas emboladas feito lenços de papel usados, e uma pilha de livros: *God Bless You, Mr. Rosewater; In Watermelon Sugar; Sexus*. Até o fedor de lixo desaparecera misteriosamente.

Vendledora Automática estava sentada diante da mesa do quintal, o cenho franzido, as mãos amarfanhando a seção de imóveis do *New York Times* de domingo. Sobre a mesa amontoavam-se cadernos de jornal, a prometida Coca-Cola e uma profusão de revistas de histórias em quadrinhos coloridas. "O jornal de domingo da Isabel foi roubado hoje de manhã", começou Croft, como se se sentisse destinado a sempre explicar tudo e aceitasse a incumbência de bom humor. Dali a pouco era bem capaz que ele começasse a explicar que ele era jovem e Isabel Vendle velha, ou que eles estavam sentados no quintal de uma casa no Brooklyn.

"De novo", acrescentou Isabel Vendle.

"Eu tive que andar até a Flatbush com a Atlantic para comprar outro", disse Croft. "Eu fui naquela banca que fica numa ilha de calçada no meio do trânsito. E tinha esse monte de histórias em quadrinhos maravilhosas. A gente nunca sabe onde vai encontrar essas revistinhas. Quarteto Fantástico, Doutor Destino, Doutor Estranho, sabe?"

Dylan não sabia ao certo com quem Croft estava falando, até que Rachel Ebdus pegou uma das revistinhas e examinou a capa. "O Jack Kirby é um deus", disse ela.

"Ah, com certeza. Você gosta de história em quadrinhos? Você conhece o Surfista Prateado?"

"Todo mundo tem pôsteres do Peter Max, mas eu acho o Jack Kirky mil vezes mais psicodélico."

Mais uma das palavras de Rachel.

"Sem dúvida", disse Croft. "Mas do que você gosta? Surfista Prateado? Thor? E as histórias do Kirby para a DC? Você já leu *Kamandi: The Last Boy on Earth*?"

Os olhos de Dylan deslizaram pelas capas das histórias em quadrinhos. Um homem de pedra, um homem de fogo, um homem de borracha, um homem de ferro, um cachorro marrom do tamanho de um hipopótamo, de máscara. Foi tudo o que Dylan conseguiu ver antes que o contraste de sol e sombra turvasse sua vista e os desenhos se liquidificassem em bolhas, como figuras abstratas de Abraham Ebdus.

"Raio Negro", disse Rachel, batendo com a ponta do dedo numa figura da capa de uma das revistas. "Dos Inumanos, sabe. O líder dos Inumanos." Rachel parecia emaranhada nos próprios pensamentos e tão espantada quanto Dylan de se ver participando daquela conversa. A força da chegada de Dylan e sua mãe à casa de Isabel Vendle, a flecha da intenção de Rachel ao disparar pelo quarteirão, fora capturada e totalmente redirecionada por Croft e suas histórias em quadrinhos.

"Claro, o tipo forte, caladão", disse Croft, sorrindo. "Já entendi."

"Croft, você é um homem irresponsável", disse Isabel Vendle com um misto de afeto e fastio.

"Minha doce tia Petúnia", foi a resposta obscura de Croft.

"É, sim", continuou Isabel. "E agora um menino irresponsável trouxe a mãe dele aqui para me dizer que ele não quer mais me visitar aos sábados. A gente sabe disso porque ele não está interessado nas suas revistinhas, Croft. Ele está olhando para mim, não está?" Isabel abaixou o seu jornal, que se dobrou sobre suas mãos como uma tenda, depois lançou um olhar fulminante por cima da tenda de jornal. "Você me acha malvada, Dylan? Ou chata?"

Eu te acho *psicodélica*, Dylan teve vontade de dizer.

"Sabe, tia Isabel, provavelmente não existe muita diferença entre essas duas coisas. Não para o menino."

"Você sabia que ele queria parar de trabalhar para você, Isabel", disse Rachel, lembrando vagamente do seu objetivo. "Ele tentou te dizer." Rachel se esticou na cadeira para conseguir tirar o maço de cigarros do bolso da frente da calça, depois ofereceu um a Croft, que recusou.

"É, eu senti que ele estava caminhando para isso", disse Isabel. "Imaginei que fosse conseguir ganhar mais algumas semanas dele."

"Faz parte do processo de amadurecimento, sabe. Essa coisa de fugir de velhinhas assustadoras. Eu mesmo tive que passar por isso", disse Croft.

"Cala a boca, Croft."

Esse foi o fim da discussão e o fim também dos trabalhos de Dylan para a Vendledora Automática. Croft foi até a cozinha buscar mais copos e eles ficaram sentados sob a sombra salpicada de sol, espremendo limão na Coca-Cola e virando as páginas das histórias em quadrinhos, Dylan, Rachel e Croft, enquanto Isabel Vendle borrava as pontas dos dedos de um preto quase total na tinta do *New York Times*. O Tocha Humana era o irmão mais novo da Garota Invisível, a Garota Invisível era casada com o Sr. Fantástico, Ben Grimm era O Coisa e namorava Alicia, uma escultora cega capaz de admirar sinceramente seu corpo horrendo mas monumental, o Surfista Prateado era o arauto do Galactus e o Galactus comia planetas, mas o Surfista Prateado tinha ajudado o Quarteto Fantástico a proteger a Terra, e o Raio Negro não podia abrir a boca porque uma simples sílaba da sua fala era tão poderosa que podia estilhaçar o mundo inteiro — Croft e Rachel explicaram tudo isso para Dylan, balões de diálogo nos quadrinhos de cores fortes sobre o papel amarelo-pálido, enquanto Vendledora Automática mexia os lábios em silêncio e, depois de algum tempo, acabou cochilando em sua cadeira, e a tarde daquele domingo de fins de outubro se transformou em noite, Abraham em seu estúdio escurecendo quadrados de celulóide a golpes de pincel, os nus da sala do primeiro andar sem uma luz que os iluminasse, as esquadrias das janelas dos fundos e as escadas de incêndio pretas contra o fundo do céu riscado de rosa, a rua escura demais para saber direito onde a bola estava indo de forma que a *spaldeen* acabou acertando o rosto de um menino e, de qualquer forma, já estava na hora de jantar. Dylan adormeceu em sua cadeira só por um minuto e, durante aquele minuto, ele e Isabel tiveram *exatamente o mesmo sonho*, mas, quando acordaram, nenhum dos dois se lembrava de nada.

"Deixa eu ver isso um instante."

Deixa eu ver isso: você *via* uma bola de basquete ou uma coleção de *cards* de beisebol ou uma pistola d'água de plástico pegando-as na sua mão, e o que aconteceria depois disso era incerto. O que definia a propriedade era basicamente não deixar que ninguém visse nada. Se você deixasse um garoto ver uma garrafa de Yoo-Hoo um instante, ele tomaria todo o resto da bebida.

"Deixa eu ver, deixa eu experimentar. Eu só quero dar uma voltinha com ela."

Dylan segurava o guidom com força. Abraham tirara as rodinhas no dia anterior, e Dylan ainda cambaleava, ainda tirava os pés dos pedais e arrastava as pontas dos tênis no chão para se equilibrar e frear. "Só se você não sair do quarteirão", disse Dylan, com o coração apertado.

"Você tá com medo que eu fuja com ela? Eu só quero dar uma volta e te devolvo logo. Você andou com ela o dia inteiro, cara. Deixa eu dar só uma voltinha no quarteirão."

Era uma armadilha ou um enigma, o modo como Robert Woolfolk já sabia tirar proveito do sentimento de culpa de Dylan. E o quarteirão vazio conspirava para forçar Dylan a solucioná-lo sozinho. Robert Woolfolk carregava um vácuo ao redor de si, ou revelava com a sua presença o vácuo que existia na Dean Street, aqueles intervalos de tempo em que ninguém via e ninguém sabia o que acontecia bem debaixo do nariz de todo mundo, momentos em que a luz do dia amortalhava o quarteirão inteiro como a sombra das árvores amortalhava a casa abandonada.

O velho Ramirez estava parado na frente da bodega, bebericando um Manhattan Special e olhando para eles com os olhos apertados por baixo do seu chapéu de pescador. Nenhum pedido de socorro poderia atingi-lo ali onde ele estava, vendo a cena como quem vê televisão.

Robert Woolfolk pôs as mãos ao lado das de Dylan nos punhos do guidom e deu um leve puxão na bicicleta.

"Não sai do quarteirão."

"Eu dou uma volta e te devolvo."

"Não, eu tô dizendo pra você não sair daqui da frente."

"O quê, você tá achando que eu não vou voltar? Eu só vou dar uma volta no quarteirão."

O que saiu da boca de Robert Woolfolk era uma súplica e um mantra, irresistível na sua falta de lógica. Seus olhos, enquanto isso, transmitiam hostilidade e um certo tédio.

"Só uma volta."

As pernas de Robert Woolfolk eram compridas demais para se estenderem no espaço entre o banco e os pedais, o que o obrigava a pedalar com os joelhos dobrados, subindo feito montanhas perto do guidom, feito um palhaço num triciclo. Depois, ele resolveu mudar de estratégia e levantou o quadril acima do banco, ficando de pé sobre os pedais e se inclinando de um lado para o outro, com os cotovelos para fora. A bicicleta oscilava, anexada aos membros elásticos de Robert Woolfolk. E foi desse jeito, como uma barafunda de cotovelos sumindo a distância, que ele dobrou a esquina da Nevins montado na bicicleta.

Quando usava a palavra *quarteirão*, Dylan não estava se referindo à Bergen Street, o outro lado.

Quanto tempo demorava para uma pessoa dar uma volta no quarteirão?

Quanto tempo demorava o dobro desse tempo?

O trinco em forma de língua do portão de ferro preto da casa de Dylan chacoalhou com a vibração do ônibus que passava. Embora não houvesse árvores na esquina da Dean Street com a Nevins, folhas vermelhas tinham voado de algum lugar para a sarjeta daquele trecho de rua. Usados para transportar garrafas de leite, os engradados de plástico estacionados em frente à bodega advertiam que você poderia ser multado ou até preso se não os devolvesse à May Creek Farm, Incorporated, o que era um destino bastante improvável se você parasse para pensar.

A tarde murchava feito um balão ao redor de Dylan em sua escada, esperando que Robert Woolfolk voltasse. O velho Ramirez não estava olhando, não havia nada para ver. Dylan estava indefeso contra os minutos que iam se acumulando, que iam se empilhando indiferentes no mostrador distante do relógio da torre do Williamsburg Savings Bank. O dia era como um telefone que ninguém atendia, a calçada muda não parava de tocar. O chamado da vigília de Dylan, abanando os braços no alto da escada, não foi atendido.

Era como se a Nevins Street fosse um desfiladeiro e Robert Woolfolk tivesse desaparecido nele como um coiote de desenho animado, sem fala, deixando um rastro de nuvenzinhas de poeira. Quando Lonnie apareceu quicando uma bola e perguntou a Dylan o que ele estava fazendo, Dylan disse que não estava fazendo nada. Era como se nunca tivesse existido bicicleta nenhuma.

* * *

Abraham Ebdus perdeu um dia inteiro procurando a bicicleta do menino. Percorreu a Wyckoff, a Bergen e a Nevins, sempre com a inevitável sensação de que, em seu lugar, Rachel teria encontrado a bicicleta em menos de meia hora. Ela conhecia o Brooklyn de um jeito que ele não conhecia. Abraham circundou Wyckoff Gardens, sem entrar no conjunto propriamente dito, no labirinto de passadiços, sebes e cercas baixas de arame, sem saber por onde começar se entrasse. A luz coalhava na sombra dos tijolos brancos grafitados dos conjuntos, que pareciam ter sido projetados para serem futuras ruínas. Abraham enfiou a cabeça dentro de um clube social porto-riquenho na Bond Street, um pequeno hangar cheio de jogadores de cartas. Antes de tirar a cabeça, registrou uma pequena mesa de sinuca, paredes revestidas de carpete azul e um cheiro forte de cortiça suja de cerveja. Ninguém lhe dirigiu a palavra.

Por volta do fim da tarde a notícia já tinha se espalhado, de alguma forma. Uma mulher com um bebê de colo saiu de dentro de casa, aparentemente irritada com Abraham por estar perambulando pelas ruas. Abraham e sua família provavelmente eram famosos por serem brancos. E tolos. A mulher passou a criança para alguém que estava na casa e levou Abraham até um terreno baldio na Baltic, um terreno cercado e cheio de entulho transpassado por rebentos de ailanto, a árvore vira-lata que brotava tão rápido quanto uma rachadura num pára-brisa se espalha sob a pressão do dedo. A pilha de carrinhos de bebê quebrados, ripas podres com montinhos de reboco grudados e pedaços de telhados de latão formava um padrão com o qual Abraham Ebdus se recusava a permitir que seus olhos ficassem fascinados. A bicicleta estava no topo da pilha, mais alta do que a cabeça dele, arremessada ali sabe-se lá como, o pára-lama azul retorcido como uma asa quebrada. Mais um dia e o ailanto teria brotado por entre os raios das rodas. Abraham teve que trepar na cerca e acabou sendo forçado a atirar a bicicleta no chão para ficar com as mãos livres e poder descer. Ninguém parecia disposto a ajudar, muito embora algumas pessoas o observassem. Abraham nem sabia se valia a pena resgatar a bicicleta. Se ela tivesse sido roubada para ser usada por outra criança, talvez. Mas aquilo, aquela dilapidação gratuita, era apenas a prova da incompreensão, da resistência da rua. O fato de vultos estarem plantados ali perto, dando goladas em garrafas escondidas dentro de sacos de papel, enquanto ele penava para descer e se juntar à bicicleta na calçada, era absolutamente condizente, combinava com o seu estado de espírito. A bicicleta fora derrotada, e Abraham Ebdus se perguntava por que tinha se dado o trabalho de ensinar ao menino uma habilidade inútil. Abraham sabia que Rachel faria questão de que ele trouxesse a bicicleta para casa para ser consertada, mas desconfiava que o menino nunca mais iria querer andar com ela fora dos limites do quintal.

Marilla e outra menina estavam esperando, jogando o jogo das pedrinhas em frente à escada de Dylan Ebdus.

Marilla cantava num falsete louco, *The prob-lem is you ain't been loved like you sho-huh-hood, what I got will sure-nuff do you good...**

A outra menina — Dylan lembrava de ter ouvido Marilla chamá-la de La-La e se perguntava se aquele poderia ser mesmo o nome dela — agarrava as pedrinhas no intervalo entre os quiques de uma bola, contando ao mesmo tempo em que tragava o ar ruidosamente, *uurrois, uurrês, uurratro, uurrinco*. O jogo estava espalhado logo abaixo do último degrau de Dylan, de forma que não dava para ele passar. Então, sentou-se no terceiro degrau de baixo para cima e ficou assistindo.

"O Robert Woolfolk disse que não pegou a sua bicicleta e que se você disser que ele pegou ele vai ferrar com você", Marilla anunciou de repente.

"O quê?"

"O Robert disse pra você não sair por aí dizendo que ele pegou a sua bicicleta, porque ele não pegou nada."

"Ele disse que ia foder com você", esclareceu La-La, enquanto sua mão avançava distraidamente para procurar o *urroito*, espalhando as pedrinhas.

"Mas eu não disse...", Dylan começou a dizer, pensando que não tinha, não tinha dito nada.

A bicicleta estava no estúdio de Abraham, pára-lama desamassado e decorado agora com o nome de Dylan, pintado na caligrafia do pai. Logo ela

* "O problema é que você não tem sido amado como deveria, o que eu tenho pra dar com certeza lhe fará bem..." (N. T.)

estaria lá embaixo novamente, encostada no hall como um animal empalhado, um alce cego de metal cromado carregado das expectativas dos pais e do pavor de Dylan.

Marilla deu de ombros. "Eu só tô avisando." Acocorada como se estivesse mijando, o bumbum a um centímetro da calçada, Marilla apanhou a bolinha vermelha, atirou as pedrinhas para cima e cantou *You refuse to put anything before your pri-hi-hide — what I got will knock all that — uh — pride aside!**

"Foi o Robert que falou pra você me avisar?"

"Ninguém falou pra eu avisar nada, eu só tô dizendo o que eu ouvi. Você tem um dólar, Dylan? Eu queria comprar bala."

Quem estava na rua? Será que Henry estava no pátio dele? Será que Robert Woolfolk estava escondido em algum lugar?

A cabeça de Dylan Ebdus se virou de repente, como se ele não quisesse olhar. Seus dedos apertaram as duas moedas de vinte e cinco centavos que ele tinha no bolso. Dylan pretendia comprar uma *spaldeen*, um bilhete de entrada em forma de borracha rosa. Pensava em, talvez, praticar arremessos contra a parede da casa abandonada, até que um jogo se formasse em volta dele. Dylan tinha uma habilidade para agarrar bolas difíceis só quando não tinha ninguém olhando, em treinamentos solitários, mas mais dia menos dia essa habilidade poderia se traduzir no gênio de Henry. Apesar de que, pensando bem, não dava nem para lembrar quando tinha sido a última vez que alguém tinha jogado *wallball* na rua. Talvez *wallball* fosse mais uma arte perdida. Jogos esquecidos se acumulavam como os ressentimentos dos perdedores de guerras, sem nunca chegarem a ser registrados na história da rua.

Você nunca pensava em quem tinha arranjado dinheiro nem como tinha arranjado. Todo mundo ficava com o troco quando a mãe mandava comprar leite. Alberto comprava Schlitz para o primo. O velho Ramirez sabia para quem era e, por isso, não se importava de vender cerveja para uma criança, nem cigarros.

Corria o boato de que, no halloween, os garotos dos conjuntos jogavam, ou melhor, atiravam com uma força brutal, ovos nas pessoas. Era uma data

* "Você se recusa a pôr qualquer coisa antes do seu orgulho — o que eu tenho pra dar vai deixar todo esse orgulho pra trás!" (N. T.)

festiva, mas você tinha que ir à escola mesmo assim, o que era um péssimo negócio, uma furada tremenda, cada criança por si mesma, a multidão se dispersando quando o sinal tocava às três horas, e você virava um alvo mais provável ainda se resolvesse se juntar com outro colega, que dirá se tentasse protegê-lo. Você não tinha como proteger ninguém de um disparo de ovo nem de praticamente coisa nenhuma.

Mas e se tudo mudasse? Provavelmente já tinha mudado. Já tinha mudado antes, pelo menos.

Você e *que exército?*

Você e *os seus supostos amigos.*

Você e *a sua mamãezinha.*

Dylan Ebdus ouviu, como quem ouve o assobio inaudível de um cão, o chamado solitário do Spirograph vindo do seu quarto: os alfinetes, as rodas dentadas, as canetinhas vermelhas saltadoras. "Não", ele respondeu para Marilla, aterrorizado. "Eu não tenho dinheiro nenhum."

"Você tem medo do Robert?" Marilla atirou as pedrinhas na calçada com um largo e arrojado movimento de braço, depois franziu as sobrancelhas ao ver o resultado.

"Sei lá."

"Ele tem uma navalha."

"Tell me something good!",* berrou La-La. Em seguida, Marilla largou a bolinha vermelha, que saiu rolando para debaixo da forsítia de Rachel, e as duas meninas se levantaram, afastando-se da confusão de pedrinhas espalhadas no chão, e começaram a dançar, joelhos dobrados, olhos semicerrados, bochechas latejando enquanto cantavam *Ooh ah, ooh-ooh ah, ooh ah, ooh-ooh ah...*

A grade retangular e alongada dessas ruas, dessas fileiras de sobrados estreitos, vista de cima, ao cair de uma noite de fins de outubro: imagine essa paisagem da perspectiva de um homem voador. Que interpretação ele daria para as figuras lá embaixo, uma mulher branca girando seus cabelos pretos enquanto golpeava com a palma da mão os ombros e as costas de um ado-

* "Me conte uma coisa boa!" (N. T.)

lescente negro na esquina da Nevins com a Bergen? Seria um *assalto*? Será que ele deveria *dar um rasante até lá, intervir*?

Quem esse homem voador pensa que é afinal, Batman? *Black*man?

Essas ruas sempre abrem espaço para duas ou três figuras brigarem sozinhas, como que no meio de uma floresta, sem serem ouvidas. As escadas se inclinam para longe da rua, a distância entre uma casa e outra se alarga até virar um desfiladeiro mudo. A nossa solitária figura voadora segue em frente, precisando mais de um drinque do que qualquer outra coisa, e a surra da mulher no garoto continua.

No dia seguinte ao halloween, a calçada do lado de fora da escola estava toda manchada de ovo, bombas que erraram o alvo, listras de gema amarronzada crivadas de fragmentos de casca, tão distendidas pela velocidade que pareciam testemunhar a rotação da Terra em torno de seu eixo, como se não a gravidade, mas uma força centrífuga, as tivesse feito desabar longitudinalmente na superfície do planeta. Os que tinham voltado para casa com um omelete secando em suas calças de veludo e com uma marca oval, vermelha e latejante, impressa na coxa, negavam de pés juntos que isso tivesse acontecido, até que você via lágrimas se acumularem no canto dos olhos. Qualquer garoto honesto consigo mesmo, no entanto, ficava gelado ao vislumbrar a fúria que fermentava nos valentões da Intermediate School 293, os cães raivosos só uma série ou duas à frente. Os lançadores de ovos tinham usado máscaras de desenho animado compradas em lojas — Gasparzinho, Frankenstein, Homem-Aranha —, de forma que faziam lembrar assaltantes de banco do Symbionese Liberation Army ou assassinos da serra elétrica, figuras de pesadelos alimentados por espiadelas furtivas nos noticiários da televisão e nos filmes de terror da sessão da madrugada.

Todo mundo se movia num ritmo preestabelecido em direção aos mesmos destinos indiscutíveis.

Ninguém conseguia apagar completamente da cabeça a imagem de uma lâmina de navalha ou de uma seringa cheia de heroína espetada numa maçã.

Havia dias em que nenhum garoto saía de casa sem antes olhar em volta. A semana depois do halloween tinha um clima de ressaca e ao mesmo tempo uma atmosfera sinistra, o ângulo da luz mudava, o céu batia nos telhados.

Novembro.

"Corre para longe", comandou Henry. Agora ele abanava uma bola de futebol americano, a mais nova atração. Quatro garotos moviam-se como ioiôs amarrados à sua mão, correndo para pular em bando quando Henry finalmente lançou a bola, num arremesso do comprimento da metade do quarteirão. Não importava o que acontecesse, não importava nas mãos de quem a bola acabasse caindo ou as mãos de quem ela acabasse enganando, a expressão de Henry era sempre de decepção. Havia algo de deselegante, de repreensível no fato de a bola descer lá do alto onde ele a havia posto.

Dylan Ebdus esperava na escada da casa de Henry numa bolha de silêncio, vendo que com ele eram seis, pensando se eles o chamariam para a rua para equilibrar os times para um jogo. Tinha detectado uma certa translucidez em si mesmo naquele dia, um talento para ser ignorado. Rachel o tinha feito sair de um retiro de quatro dias no interior do seu quarto, quatro dias em que ele se entrincheirou no poder secreto de seus livros e lápis, nos mistérios da escuta furtiva dos passos de Abraham e do alarido de Rachel ao telefone, nos enigmas do Etch A Sketch e do Spirograph. E algo dessa solidão que ele próprio invocara havia ido com ele para a rua, revertendo-se em seguida para cobri-lo como um manto onde quer que ele estacionasse.

Fique olhando para a Dean Street por tempo bastante e a Dean Street acabará olhando para você.

Mãos nos bolsos, Dylan foi andando para o meio da rua e se encostou num carro. Depois, como que arrastado da beira de uma praia pela correnteza, Dylan começou a flutuar com os outros na direção do lugar em que a bola estava caindo, sem dar nenhum sinal de estar tentando pegá-la, apenas levado para ali pela maré, respirando pela boca, fingindo em silêncio participar do jogo.

"Você viu o Robert Woolfolk?", perguntou Alberto casualmente.

Dylan não se surpreendeu. Sentia a irresistível relevância do nome de Robert. Respondeu que não sacudindo a cabeça.

Pararam de jogar. Henry tentou passar por eles fazendo dribles com a bola. Duas ou três vezes ela chegou a voltar para os seus pés ao invés de sair girando, desviada pelo bico dos tênis dos outros meninos. A bola tinha uma marca de graxa no lugar em que ficara presa debaixo de um carro em movimento, sendo arrastada quarteirão abaixo.

"Ele levou uma surra", disse Alberto, em tom reverente.

Lonnie balançou a cabeça, confirmando a notícia, depois Alberto, depois Earl e Carlton. Eles se juntaram no meio da rua, de olhos arregalados, como que se esquentando ao redor do fogo de seu próprio assombro. Dylan esperou. Henry bateu a bola no chão, enquanto Alberto e os outros olhavam fixamente para Dylan, como se fosse ele quem devesse lhes explicar a surra que Robert Woolfolk levara. Logo depois, Henry dispersou o grupo, com a facilidade de quem dispersa uma gota d'água com um peteleco, ao murmurar "Fundo de campo" e foi recuando, a bola escondida atrás do joelho, os olhos revirando na direção do céu. Os quatro saíram correndo para o lugar onde o olhar de Henry prometia lançar a bola, cada qual sonhando em ser o garoto que se tornaria deus ao fazer a recepção perfeita. Henry deu as costas assim que a bola alçou vôo, desinteressado. Fez um gesto na direção de Dylan e os dois foram andando até a casa abandonada. O ônibus apareceu bem nessa hora, dando-lhes cobertura.

"A sua mãe meteu porrada no Robert, bem ali na esquina da Bergen", disse Henry. "Ele chorou e tudo."

Dylan não disse nada.

"Imagino que ninguém tenha te contado", acrescentou Henry.

Seria possível que existisse uma ilha distante ou um quarto secreto em que a sua vida acontecesse sem que você soubesse? Dylan tentou imaginar o incidente na Bergen Street, a louca colisão de Rachel Ebdus com Robert Woolfolk, mas o holofote dos seus devaneios se desviou para o invisível quarto flutuante na escuridão da casa à noite em que, rolando na cama acordado, Dylan ouvia através das paredes os gemidos rítmicos da mãe ou os sussurros urgentes e zangados do pai. *Imagino que ninguém tenha te contado,* disse Henry, e Dylan começou a submergir na substância que ele represava com silêncio no limiar do sono.

Será que Abraham batia em Rachel, para ela gemer daquele jeito?

Quem metia porrada em quem?

Era óbvio que aquela fúria acabaria escapulindo para fora de casa para esmurrar algum garoto na rua. Pelo menos tinha sido Robert Woolfolk quem tinha levado a surra.

De repente parecia perfeitamente possível que Henry e todos os garotos do quarteirão conhecessem os ruídos que Abraham e Rachel faziam trepando e brigando à noite, e que só Dylan continuasse protegido e cego.

"A sua mãe é maluca", disse Henry. Não disse isso como um insulto, do tipo A *tua mãe é tão feia que o pé-grande tem uma foto dela*, mas com admiração e um certo terror abobalhado na voz.

Dylan percebia agora que não tinha sido exatamente um manto de invisibilidade que encobrira sua presença na rua e o forçara a ficar cambaleando feito uma múmia à margem do grupo, mas sim o ato oculto de sua mãe pairando sobre ele como um campo de força, uma pálida névoa de vergonha. Quem contou a Rachel sobre Robert Woolfolk? Será que Dylan tinha se traído, chorado e murmurado alguma coisa sobre uma navalha enquanto dormia?

Dylan queria dizer a Henry que já sabia do que tinha acontecido, mas não conseguiu mentir. Alberto reapareceu com a bola, correndo na frente dos outros, e jogou-a para o alto. A bola subiu acima da abóbada de galhos desfolhados, no meio da moldura de cornijas, e encontrou um pano de fundo de nuvens baixas em contraste com o qual se iluminou feito uma bomba. Henry se esticou para trás, apanhou a bola com a ponta dos dedos e, enquanto descia o braço, lançou-a para Dylan, num passe furtivo. Dylan abraçou a bola contra o ombro, como um sinal de aliança. Ela chegava a estalar de tão fria, seu couro absurdamente esticado.

4.

Nixon renunciou, e NIXON RENUNCIA era o que dizia a manchete da matéria que ocupava toda a primeira página do *Daily News*, um prazer culposo preso com tachinhas à parede do seu escritório. As letras garrafais combinavam com seu humor naquele verão, seu septuagésimo oitavo verão, o qüinquagésimo segundo desde que o remo cravou seu flanco, e ela imaginava sua própria manchete: VENDLE RENUNCIA. Sentia sua iminente renúncia como o caroço de uma ameixa azeda dentro da boca, sentia-a roçar nos dentes, lá dentro, mas não sabia se devia cuspi-la ou engoli-la: renuncia, renuncia, renuncia. Engolir doía. A mão doía no contato com a bengala, os dedos escorregavam, o pulso vergava. Os olhos doíam no contato com a página de um livro. As palavras doíam. Um dia ela quase entrou em êxtase ao escrever com uma caneta esferográfica nas páginas de *Casanova's Chinese Restaurant* de Anthony Powell, quebrando um tabu de setenta e oito anos: ouviu a voz do pai então, um fiapo de memória, exigindo que ela tratasse com respeito e reverência o cofre-forte encadernado em couro que era a biblioteca dele. Era possível que não houvesse nada pior do que desfigurar um livro, mas agora ela sentia um desejo incontrolável de largá-los, semilidos, do alto do seu deque, para mergulharem na floresta em que seu jardim se transformara. Só o que precisava fazer era girar o pulso, deixar que seus dedos escorregassem mais uma vez. Ela sabia que desistiria, de uma forma ou de outra, que largaria o livro ou morreria pura e simplesmente, antes de terminar os doze volumes do romance de Powell, seu *Dance to the Goddam Music of Time*. Powell tinha escrito demais, tomado demais o seu tempo, e ela o puniu escrevendo em seu livro, uma sucessão sinuosa de linhas, como uma espécie de mar hieroglífico. Será que era ao lago George que ela desejava voltar? Será que era das ondas que ela sentiria falta no fim? Do balanço e do choque das ondas contra as tábuas intumescidas, um beijo num esquife nos minutos que antecederam o momento em que o remo a perfurou?

Dedos escorregam. Os dela escorregavam toda hora, em todo tipo de superfície. Ela nunca tinha moldado nada afinal, só sido esmagada e remoldada. Não espantava que se compadecesse das *brownstones*, as aleijadas, que agora se enchiam caoticamente sem nenhuma consideração pelo plano dela. Veja por exemplo o cantor negro que tinha ocupado a casa entre a dela e a dos Ebdus. Aquilo era progresso? Ele tinha dinheiro, mas parecia drogado. O filho mulato do cantor plantara-se todas as tardes daquele mês de agosto no meio do quintal agreste vizinho ao dela, vestido com o uniforme completo dos escoteiros mirins, olhando para cima altivamente na direção do deque de Isabel e saudando-a como se ela fosse a comandante da sua tropa. A Dean Street produzira seus próprios esporos exóticos, e Isabel não tinha como rastrear nem tomar conta do que germinava agora. Homossexuais colonizavam a Pacific Street; uma comunidade de comunistas ingênuos se amontoava num sobrado da Hoyt Street e colava cartazes em postes de luz anunciando uma sessão de slides sobre a China comunista ou uma campanha para levantar fundos para posseiros de Loisada. Isabel tinha fundado um antro de boêmios. *Eles não vão mais ter uma Isabel Vendle para fazer de gato e sapato.* Mas a verdade era que eles nem sequer saberiam que tinha sido ela quem os reunira ali.

Caminhavam juntos para a Pintchik, na Flatbush Avenue com Bergen, um complexo de lojas interligadas que vendiam tintas, acessórios, ferragens e canos, um negócio que um dia provavelmente já fora apenas uma lojinha de beira de rua, mas que fora se infiltrando pelo quarteirão e ocupando uma loja atrás da outra no térreo de toda uma fileira de casas, pintando-as depois de amarelo-ouro com o nome PINTCHIK berrando em vermelho, *brownstones* transformadas num outdoor do comprimento da rua, *brownstones* com maquiagem de palhaço. Alguma coisa na inequívoca longevidade e especificidade da Pintchik, sua indiferença, fazia Dylan sentir um aperto no peito. Ao que parecia, o Brooklyn não precisava estar sempre se forçando a ser outra coisa, algo constrangido e ansioso, algo apontado na direção de Manhattan, como na Dean Street, na Bergen, na Pacific. O Brooklyn às vezes também podia ficar contente, como ali na Flatbush, de ser ele mesmo, o velho, encardido e resistente Brooklyn. A Pintchik só apontava para a Pintchik como sua origem. Era um covil, uma coelheira, e os homens cabeludos que vendiam argolas de cortina de banheiro e maçanetas de vidro empoeiradas — a matéria tangível da reforma em vez da *idéia* da reforma — por detrás de caixas registradoras abarrotadas de recortes de jornal, esses homens eram coelhos como o Pernalonga ou a Lebre Maluca, empertigados em seus buracos e apenas curiosos ou impacientes com o fato de você ter caído lá dentro. A Pintchik era um Brooklyn branco como Isabel Vendle nunca tinha imaginado.

No caminho para a Pintchik, Rachel ensinou a Dylan a palavra *aburguesamento*. Era uma palavra de Nixon, uma palavra escrota. "Se alguém perguntar onde você mora, você diz que mora em Gowanus", disse ela. "Não tenha vergonha. Boerum Hill é uma babaquice pretensiosa." Hoje Rachel estava falando e Dylan ouvindo, ouvindo, ouvindo. Ela jorrava linguagem como o hidrante aberto pelas crianças porto-riquenhas perto da esquina da Nevins nos dias mais quentes daquele ano jorrava água, desimpedida, borbotoante. Você podia serrar o fundo de uma lata para que ela ficasse aberta dos dois lados e depois usá-la para direcionar a água por um momento para dentro da janela aberta de um carro que estivesse passando, mas a força do jato sempre acabava vencendo no final. Quando Dylan tentou fazer isso, a coluna de água arrancou a lata de suas mãos e arremessou-a às cambalhotas para o outro lado da rua, onde foi parar retinindo debaixo de um carro estacionado. O jato de sua mãe ele não se atreveria a tentar direcionar. "Nunca deixe que eu ouça você dizer a palavra *crioulo*", disse ela, sussurrando a palavra gravemente, sedutoramente. "Essa é a única palavra que você não pode dizer, nunca, nem para si mesmo. Em Brooklyn Heights eles chamam os negros de animais, chamam os conjuntos de *zoológicos*. Aqueles reacionários metidos a besta merecem que assaltem as casas deles. Eles têm mais é que ficar sem seus aparelhos de som quadrifônicos mesmo. A gente está aqui para viver. Gowanus Canal, Gowanus Houses, as pessoas de Gowanus. A Criatura do Lago Gowanus!" Rachel inflou as bochechas, crispou os dedos como se fossem garras e atacou Dylan na entrada da Pintchik.

O que Dylan encontraria se continuasse andando pela Flatbush e fosse além das lojas que vendiam camisas de estampado africano e camisetas com os dizeres TENHO ORGULHO DA MINHA HERANÇA AFRICANA, além da Triangle Sports, além da Arthur Treacher's Fish and Chips, além da própria Pintchik? Ele não fazia idéia. O mundo de Dylan terminava bem ali, debaixo dos ombros encolhidos da torre do Williamsburg Savings Bank. Dylan conhecia Manhattan, conhecia a Londres de David Copperfield, conhecia até Nárnia melhor do que jamais viria a conhecer o Brooklyn ao norte da Flatbush Avenue.

"A gente não vive dentro de uma caixa, a gente não vive dentro de uma caixinha quadradinha, não importa o que certas pessoas digam, a gente não vive dentro de um quadradinho de dezesseis milímetros!" Rachel foi entrando pela Pintchik adentro feito a Rainha Vermelha de *Alice através do espelho*, sussurrando loucamente para Dylan. "Ele não pode pôr a gente lá dentro, a gente vai escapar, a gente vai fugir de dentro daquele fotograma. Ele não pode pintar a gente num quadradinho de celulóide. A gente vai sair fora e correr pra rua! A gente vai colar ele com papel de parede dentro daquele estúdio!"

Lá dentro, Rachel levou Dylan para uma sala cheia de rolos de papel de parede. Ele deveria escolher um substituto para o papel de animais selvagens escondidos atrás de folhas de palmeira, aquela estampa de livro infantil, infantil demais para ele agora. As amostras da loja eram felpudas como veludo, decoradas com símbolos da paz laranja-fluorescente, pores-do-sol de Peter Max, listras de papel prateado ou estampado paisley cor de limão — a Pintchik podia ser implacável e atemporal, mas tinha papéis de parede iguaizinhos às embalagens das mais novas guloseimas lançadas no mercado, Wacky Wafers ou Big Buddy. Dylan se sentia constrangido pelos papéis de parede, que tinham o mau gosto de serem passageiros sem saber. Ele preferia a própria Pintchik, seu padrão amarelo e vermelho de tijolos pintados, suas paredes esmaltadas com fumaça de charuto.

"Eu vou arrancar ele de dentro daquele estúdio como eu boto você lá pra fora pra brincar. Ele que arranje um emprego, em vez de viver no topo da sua montanha feito um Meher Baba..."

Dylan teve um choque ao se deparar com um rolo da sua selva entre as amostras da Pintchik. Ali, ela não parecia nem um pouco melhor do que os papéis de cores fluorescentes e estampados paisley. A selva em que seus olhos se embrenhavam enquanto ele pegava no sono não tinha passado nenhum, era chapada e vazia, corrupta como um anúncio publicitário. Abraham jamais poria papel de parede em seu estúdio.

Dylan queria um papel de parede que fosse tão velho quanto as pedras da calçada, tão profundo e sombrio quanto os fotogramas pintados de seu pai. Queria desenhar um tabuleiro de *skully* na sua parede, queria morar na casa abandonada. Ou na Pintchik.

O Brooklyn era simples comparado à sua mãe.

"Uma gangue do conjunto Gowanus Houses pegou um aluno da quinta série na saída da escola e levou o garoto para o parque. Eles tinham uma faca e estavam desafiando uns aos outros e acabaram *cortando fora o saco do menino*. Ele não lutou, não gritou, nem nada. Não é cedo demais pra você ficar sabendo, meu querido e profundo filho, o mundo é mais louco do que um hospício. Corra se não puder lutar, corra e berre fogo ou estupro, seja mais maluco do que eles, use labaredas no cabelo, esse é o meu conselho."

Eles foram andando da Pintchik para casa pela Bergen, Rachel enchendo os ouvidos de Dylan. Ela não tocou no nome de Robert Woolfolk nem uma única vez, mas, quando eles passaram pela esquina da Nevins com a Bergen, o lugar em que ela *meteu porrada no Robert bem no meio da rua*, Dylan sentiu de novo a vergonhosa excitação gerada pelo episódio, sentiu não só nela mas nele também. Rachel não era responsável pelo que dizia, Dylan tinha plena consciência. Ela também tinha medo. O papel de Dylan era destrinchar o que Rachel dizia e ignorar noventa por cento. O papel de Dylan era decifrá-la.

"Aquele negro lindo que se mudou para a casa ao lado da casa da Isabel Vendle é o Barrett Rude Junior. Ele é cantor, era o vocalista dos Distinctions. Ele tem uma voz impressionante, superparecida com a do Sam Cooke. Eu cheguei a ver eles se apresentarem uma vez, abrindo um show dos Stones. O filho dele tem a sua idade. Ele vai ser o seu novo melhor amigo, essa é a minha previsão."

Foi a última armação de Rachel.

"Se você não quer papel de parede nenhum, a gente arranca o que está lá e pinta, não tem problema. O quarto é seu. Eu te amo, Dylan, você sabe disso. Vem cá, aposta uma corrida comigo até a porta de casa."

Dylan usou sua sensação de desorientação como estímulo para correr, tentou deixar a mãe para trás.

"Tá bom, já chega, a sua mãe tá sem fôlego. Você corre demais."

Dylan diminuiu o passo e os choques estalados dos seus tênis contra a calçada cessaram na esquina da Nevins com a Dean, onde ele ficou esperando que Rachel o alcançasse e jogou a cabeça para trás para tomar ar. Naquele instante, Dylan teve a certeza de que tinha visto de novo: a figura maltrapilha saltando em arco do telhado da Public School 38 para o topo das lojas dilapidadas da Nevins e desaparecendo em seguida da face do céu. O impossível homem saltador. Ele parecia um mendigo.

Dylan não perguntou à mãe se ela tinha visto. Rachel estava acendendo um cigarro.

"Você não só é bonito e genial como tem um par de pernas que eu vou te contar. Eu não diria isso se não fosse verdade. Você tá crescendo, menino."

Medalhas de mérito eram criptogramas, pulsos de informação improvável originários de outro planeta da infância, e Mingus Rude, embora a rigor estivesse se exibindo, parecia encará-las com um distanciamento antropológico não muito diferente do de Dylan. "Nado, fogo, nó, bússola", murmurou enquanto passava os polegares pelas medalhas, indícios talismânicos da existência dos subúrbios de Filadélfia, destroços de um mundo morto.

Mingus Rude fez Dylan esperar no quintal vazio e coberto de mato enquanto ele vestia o uniforme completo dos escoteiros. Depois, plantou-se diante de Dylan enquanto ambos consideravam o absurdo daquilo, mangas e pernas já curtas demais, lenço de pescoço amarelo com uma mancha de catarro que parecia um rastro de lesma. Mingus foi lá para dentro de novo e voltou vestindo um uniforme de hóquei verde e branco com seu nome estampado de ombro a ombro em letras brilhosas e levemente tortas, decalcadas no tecido com ferro de engomar. Na mão, Mingus segurava um bastão todo lascado e com o cabo encapado com várias voltas de fita isolante preta.

Dylan absorveu tudo em silêncio. Depois, Mingus sumiu novamente e voltou vestido num uniforme de futebol americano vermelho-vivo e com um capacete na cabeça em que se lia MANAYUNK MOHAWKS. Juntos, os dois descosturaram a ponta da camisa de náilon ventilado para examinar as ombreiras de espuma e plástico que davam a Mingus Rude a silhueta de um super-herói. As ombreiras recendiam a suor e putrefação, a inacessíveis tardes de vertigem. *Mas você por acaso consegue agarrar uma* spaldeen? *Consegue zunir uma* spaldeen *no telhado*?, Dylan se perguntava com amargura. Mingus Rude logo descobriria que Dylan Ebdus não conseguia.

Dylan se sentia dividido entre a vontade de proclamar que tinha medalhas de mérito em *skully, Etch A Sketch, descer escadas rangentes sorrateiramente e desenhar o* "Skippy" e um desejo de proteger Mingus do deboche, do roubo, da incompreensão. Dylan já podia até ouvir: *Ei, deixa eu ver isso aí, deixa eu dar uma olhada, que é — tu não confia em mim*? Queria proteger a ambos ordenando ao menino novo que nunca, jamais levasse nenhum daqueles bens absurdamente férteis e irrelevantes para a rua para que outros meninos vissem.

Dylan se debatia em silêncio. Ali, no santuário do quintal de cerca alta, a sua vontade era juntar todos aqueles uniformes e queimá-los numa fogueira, como a que Henry e Alberto uma vez fizeram na escada da casa abandonada, queimando jornais, bosta de cachorro seca e os galhos verdes e fedorentos que tinham caído dos ailantos no final do verão, sujando a rua inteira. Dylan queria que Mingus Rude e ele acendessem uma fogueira e fizessem os uniformes se consumirem numa fumaça úmida, até que o plástico enegrecesse e derretesse, até que os números e nomes — as provas — fossem destruídos. Uma fogueira ao estilo da Dean Street, sem medalhas de mérito envolvidas. Em vez disso, porém, Dylan ficou observando Mingus Rude guardar os uniformes melancolicamente no fundo do armário.

"Você gosta de história em quadrinhos?", perguntou Mingus Rude.

"Claro", respondeu Dylan, sem clareza nenhuma. A minha mãe gosta, ele quase disse.

Mingus Rude desencavou quatro revistinhas do chão do armário: *Demolidor* nº 77, *Pantera Negra* nº 4, *Doutor Estranho* nº 12, *O Incrível Hulk* nº 115. Todas tinham sido carinhosamente manuseadas ao limite da destruição: quinas arredondadas, papel escurecido pela respiração quente e atenta, páginas mastigadas pelos olhos. MINGUS RUDE estava escrito com caneta esferográfica, em letras maiúsculas oblíquas, na primeira página de cada uma das revistas. Mingus lia alguns painéis em voz alta, como quem entoa um feitiço, moldando a atenção de Dylan e a sua também. Dylan se sentia permeado por uma espécie de raio de atenção, que o fez sentir um estranho calor na metade do peito que estava virada na direção de Mingus. Teve vontade de passar a mão no cabelo crespo de Mingus Rude.

"Sabe o que andam dizendo agora? Que o Doutor Estranho poderia ganhar do Incrível Hulk construindo uma espécie de gaiola mística, mas não poderia ganhar do Thor, porque o Thor é uma figura divina. Isso, é claro, se o Thor não perder o martelo. Se o cara perde o martelo, ele fica que nem um aleijado."

"Quem é Thor?"

"Você vai ver. Você sabe onde comprar revistinha?"

"Hmm, sei." Dylan se lembrou do que Croft dissera naquela tarde, no deque de Isabel Vendle. A banca de jornal na ilha de calçada no meio do trânsito da Flatbush com a Atlantic. O *Quarteto Fantástico*.

Será que o Doutor Estranho poderia "ganhar" do Quarteto Fantástico?, Dylan se perguntava.

"Você já roubou revistinha alguma vez?"

"Não."

"Não é difícil, não. Você fez colônia de férias este ano?"

"Não." *Nem este ano nem em ano nenhum*, Dylan quase disse. Encontrou um objeto em cima da cômoda de Mingus, uma espécie de diapasão.

"Isso é um garfo", disse Mingus.

"Ah."

"É como um pente, pra cabelo crespo. Não é nada. Você quer ver um disco de ouro?"

Dylan fez que sim e largou o garfo. Mingus Rude era um mundo, uma bomba de possibilidades em plena explosão.

Dylan se perguntava por quanto tempo conseguiria manter Mingus Rude só para ele.

Os dois subiram a escada pé ante pé. O pai de Mingus Rude cedera o subsolo inteiro ao filho, um presente espetacular: dois quartos só para ele mais a posse integral do quintal magicamente vazio. O pai de Mingus Rude ocupava o térreo, o andar da sala de visitas. Como Isabel Vendle, Barrett Rude Junior dormia numa cama posicionada em frente à lareira de mármore trabalhado, atrás da luz suave que se infiltrava pelas cortinas das janelas altas, as janelas monumentais feitas para salas de visitas repletas de pianos, estofados, pedestais com Bíblias do século XVIII, sabe-se lá mais o quê. Mas, ao contrário da cama de Isabel Vendle, a cama de Barrett Rude Junior, estendida ali no chão sob o teto holandês ornado de volutas, era uma imensa bolsa chapada e cheia — como Mingus Rude demonstrou de passagem dando-lhe um repelão com as duas palmas das mãos — de *água de verdade*, um mar ondulante preso dentro de lençóis macios. Os dois discos de ouro eram, estranhamente, exatamente o que o nome prometia: discos de ouro, do tamanho de discos de quarenta e cinco rotações, colados sobre um fundo branco e enquadrados com moldura de alumínio fosco. Não estavam pendurados nas paredes nuas, mas apoiados sobre o consolo abarrotado da lareira, ao lado de notas de dinheiro emboladas, copos semicheios e maços de Kools vazios. "(NO WAY TO HELP YOU) EASE YOUR MIND" (B. RUDE, A. DEEHORN, M. BROWN), THE SUBTLE DISTINCTIONS, ATCO, DISCO DE OURO EM 28 DE MAIO DE 1970, dizia a legenda de um, e "BOTHERED BLUE" (B. RUDE), THE SUBTLE DISTINCTIONS, ATCO, DISCO DE OURO EM 19 DE FEVEREIRO DE 1972, dizia a legenda do outro.

"Vamos descer", disse Mingus Rude, e os dois deixaram os discos de ouro para trás. Dylan desceu as escadas na frente, sentindo-se estranhamente formal segurando no corrimão, imaginando o olhar de Mingus Rude nas suas costas.

No quintal, eles ficaram atirando pedras para o alto, esperando para ouvir o baque que elas faziam ao cair no pátio dos porto-riquenhos. Na verdade era mais Mingus quem atirava, enquanto Dylan observava. Era 29 de agosto de 1974. O ar tinha o cheiro que você sente quando cheira o braço de uma pessoa de perto. Dava para ouvir o tlintlim ininterrupto de um caminhão de sorvete na Bergen Street, provavelmente com a fileira de crianças de sempre pendurada atrás dele.

"O meu avô é pastor", disse Mingus Rude.

"Sério?"

"Barrett Rude Senior. Foi lá que o meu pai começou a cantar, na igreja dele. Mas ele já não tem mais uma igreja."

"Por que não?"

"Ele tá na cadeia."

"Ah."

"Imagino que você saiba que a minha mãe é branca", disse Mingus Rude.

"Ahn-hã."

"Mulheres brancas gostam de homens negros. Você já deve ter ouvido falar nisso, né?"

"Hmm... Ahn-hã."

"O meu pai não fala mais com aquela piranha mentirosa", declarou, soltando em seguida uma risada áspera, de espanto consigo mesmo.

Dylan não disse nada.

"Ele pagou um milhão de dólares por mim. Foi isso que ele teve que pagar pra me ter de volta, um milhão *na chincha*. Pode perguntar pra ele se você acha que eu tô mentindo."

"Eu acredito em você."

"Não *importa* se você acredita em mim, eu tô dizendo a verdade."

Dylan olhou para os lábios e para os olhos de Mingus Rude, para o marrom uniforme da pele, absorvendo tudo. Dylan queria ler Mingus Rude como um livro, queria saber se o menino novo tinha mudado a Dean Street ou só mudado a ele, Dylan, com a sua chegada. Mingus Rude respirava pela boca e a ponta da sua língua saía pelo canto dos lábios com o esforço que ele fazia cada vez que atirava uma pedra. Mingus Rude era negro mas mais claro, uma mistura. As palmas de suas mãos eram tão brancas quanto as de Dylan. E ele usava calças de veludo. Tudo era possível, realmente.

Um garoto de um milhão de dólares não combina com a Dean Street, Dylan sentiu vontade de dizer. Nem a palavra *milhão* combina.

Mingus Rude podia até ser maluco, Dylan não se importava.

Dois dias depois ele já estava jogando, a postos no meio da rua para agarrar a bola, mais um apanhador numa partida de *stoopball*, encostando o corpo num carro estacionado para deixar o ônibus passar. Como se estivesse ali desde sempre. Era um apanhador lacônico, perfeito. Poderia ser o Henry do seu próprio quarteirão, agora transplantado para ali — poderia ser um

Henry da mente, reconhecível em qualquer lugar. Dylan chegou de mansinho, sentou no muro de Henry e ficou assistindo, com Earl e umas duas ou três meninas, crianças mais novas. Mingus Rude era viável, aparentemente. Tinha sido anexado à partida já iniciada, numa hora em que Dylan não estava olhando.

Robert Woolfolk não dera as caras. Fora ele, o último dia de esplendor havia arrancado todas as crianças de que se tinha notícia de casa, espalhando-as pela Dean Street. Duas meninas giravam uma corda para outras três pularem, joelhos reluzindo feito cachos de uvas. Vazia, a escola de ladrilho azul, a Public School 38, zumbia logo ali, no outro quarteirão. Ninguém olhava para ela, ninguém ligava.

"D-man."

"John Dillinger."

"D-Lone, Lonely D."

Dylan não fazia idéia do que Mingus Rude estava berrando, não se reconheceu nos apelidos.

"Ô, Dylan, você é surdo?"

A *capitania* era uma essência que se aninhava em Henry, mais do que em ninguém. Mas um capitão precisava de outro, ainda que inferior, para contracenar com ele, um coadjuvante. Alguém tinha de se oferecer para ocupar a posição. Dylan já tinha visto Alberto assumi-la, Lonnie também, e até Robert Woolfolk uma vez, para disputar uma partida desequilibrada de *punchball*,* que se desfez rapidamente em caras feias e uma falsa contusão. Agora, no final luminoso e cansado do verão, Henry e Mingus Rude eram capitães de *stickball*, sem nenhuma explicação.

O primeiro jogador que Mingus escolheu para o seu time foi Dylan, antes de Alberto, antes de Lonnie, antes de Earl, antes de quem quer que fosse.

"Ele não sabe rebater", disse Henry, dando o seu diagnóstico num tom relativamente solidário. Dylan era um problema para qualquer capitão, um fardo comunitário.

"Eu fico com o Dillinger", disse Mingus Rude, tranqüilo. Depois desatou e tornou a atar o prendedor de pulso de uma luva dos Philadelfia Phillies,

* Tipo improvisado de beisebol jogado com uma bola de borracha e em que, em vez de tacos, os jogadores usam os punhos para bater na bola. (N. T.)

provocativo lembrete da jazida de uniformes enterrados em seu armário. "Escolha o seu homem."

Aquela última tarde de agosto antes do início das aulas lembrava um pouco aqueles instantes pungentes, estonteantes, em que você via um pedaço da abertura de *Jornada nas Estrelas* ou de *Missão Impossível*, antes que alguém o mandasse desligar a televisão e ir para a cama: aquilo ia assombrá-lo, brincar com os seus olhos atrás das pálpebras, mesmo depois que a porta do quarto se fechasse, a luz se apagasse e o seu coração parasse de martelar contra as costelas. Um verão era uma coisa inacabada, partida no final, como uma emenda malfeita. Agora, a chegada de Mingus Rude prometia a possibilidade de *um outro verão*, preso a esse como que por uma dobradiça, feito uma porta além da qual você não conseguia ver.

O cabo de vassoura sujo do suor da palma da mão estava envolvido com um novo pedaço de fita isolante preta, como o punho do bastão de hóquei.

"Você primeiro, Dill."

Os apelidos, Dylan começava a entender, transmitiam a idéia de que ele e Mingus deveriam ser uma coisa um para o outro dentro de casa, longe da rua, e outra coisa completamente diferente lá fora, no quarteirão.

Dentro, fora, uma distinção que Dylan entendia. Uma oposição com a qual conseguia lidar.

Henry arremessou a bola. Dylan girou o bastão na direção de algo que mal viu, uma abelhinha passando acima da sua cabeça. "Primeira bola ruim", disse Mingus Rude, capitão, juiz, locutor.

"Bola ruim?!", caçoou Henry. "O cara foi atrás dela."

"Não interessa", disse Mingus. "Foi alta demais." Para Dylan, ele disse: "Não vira o taco pra essa merda". Para Henry: "Zona de *strike*". Depois, virando-se de novo para Dylan, sussurrou: "Não fecha os olhos".

Você evoluía à vista de todos e secretamente ao mesmo tempo, ia ficando cada vez mais ossudo e peludo, arrancava um dente de leite, cuspia o sangue e continuava jogando, fingia conhecer determinadas palavras quando na verdade era a primeira vez que as ouvia na vida. Chegava um belo dia em que você finalmente encostava na bola, rebatia-a para algum lugar não ilegal e atingia a primeira base antes que o bastão parasse de chacoalhar no chão da rua. Não era nada de mais, você não esperava que ninguém lhe desse parabéns. Dylan dançou em cima da tampa do bueiro de esgoto, a segunda base, desafiando o arremesso, o próximo passo. A recompensa por fazer a bola passar entre as pernas de Alberto. Primeiro rebatedor, marcando *mil pontos*.

Dar vazão a frissons íntimos era como mijar nas calças. Dylan já tinha experiência suficiente para saber se envergonhar de alívios desse tipo.

Dylan marcou ponto até no home run de Mingus Rude. Na sua vez seguinte como rebatedor, Dylan, vítima de uma hiperventilação, não rebateu três *strikes* e foi eliminado. Mas tudo bem. Com cinco garotos se revezando no bastão e nenhuma defesa para estragar a festa, você se levantaria do banco umas cem vezes numa noite como aquela. Você podia ser eliminado noventa vezes e ainda sair no lucro. Você podia tacar a bola num poste de luz e fazer um *triple*, não importava — naquela escuridão, você podia até rebater sem girar o corpo e fazer um *triple*. Você lutava contra a idéia de aquele dia terminar como lutava contra o sono, contra a doença. A mãe de um garoto berrou durante meia hora e nem assim os outros tomaram conhecimento, ninguém foi para casa.

Rachel Ebdus não chamou da porta. Dylan Ebdus ficou se perguntando se Rachel e Abraham estariam aproveitando a oportunidade para meter porrada um no outro, de uma forma ou de outra.

Considerando que ele estava *lá fora* naquele dado momento, Dylan estava pouco se lixando.

Estava cagando e andando.

E o que é que você sabe sobre essa merda, afinal?

Se. Mingus Rude era só quatro meses mais velho do que Dylan Ebdus, mas esses quatro meses batiam no calendário de tal forma que Mingus estava uma série na frente de Dylan, tendo concluído a quinta série em Manayunk, Pensilvânia. Como Henry e Alberto, Mingus Rude ia entrar para a sexta série naquele ano, no anexo da Intermediate School 293, na Butler Street entre a Smith e a Hoyt, na aba do conjunto Gowanus Houses. Terra de ninguém.

"Dil-*icioso*", Mingus chamou-o uma vez, quando Dylan estava no *home plate*.

A I.S. 293 era um sol oculto arrancando crianças aos berros, uma a uma, da órbita da Dean Street. Se Mingus Rude fosse quatro meses mais novo, se Mingus Rude e Dylan Ebdus fossem cursar a quinta série juntos, se. Aí sim, talvez, Dylan pudesse ter tomado conta dele. Ficado de olho.

Uma série de escola era como uma ponte na neblina. Não havia como saber aonde ela ia chegar, nem quem você seria quando ela chegasse.

Uma partida de *stickball* era a sua carreira inteira, a sua vida inteira até aquele momento.

Aquilo não eram innings, eram sonhos de innings. Você não conseguia lembrar quem tinha sido eliminado por último, mal conseguia resgatar da memória a ordem dos rebatedores, até que só sobraram dois caras, Mingus e Dylan. Gus e D-man. Mais um garoto abandonou o jogo e Henry teve que arremessar do jardim externo. Havia um limite para o que você podia fazer, mas você podia tentar bloquear uma bola rasteira com o corpo, como se ela fosse uma granada, pescá-la atrás do pneu de um carro e atirá-la na direção da *home base*, talvez acertando a bunda do cara que tinha acabado de marcar o ponto. A *spaldeen* rosa virou preta, como um pedaço de noite. Um porto-riquenho resolveu estacionar a terceira base em outro lugar, puto com as marcas de dedo. Os intervalos em que você ficava fora do jogo eram como os próprios verões.

A Public School 38 estava pegando fogo. Não, não estava, não.

Se. Se existisse alguma maneira de impedir que Mingus Rude saísse daquele lugar, alguma forma de mantê-lo ali, dentro do bolso de Dylan, na palma suja e dolorida da sua mão, aí talvez o verão não cedesse lugar ao que quer que estava por vir. Se. Se. Sem chance. O verão na Dean Street tinha durado um dia e esse dia tinha acabado; estava escuro lá fora, na verdade já estava escuro fazia horas. O relógio da torre do Williamsburg Savings Bank marcava nove e meia em neon azul e vermelho. Placar final, um milhão a zero. O garoto de um milhão de dólares.

Não era a sua escola que estava pegando fogo, era você.

... e agora o major Amberson estava mergulhado na mais profunda reflexão de sua vida, ela se pegou citando, deitada em seu leito de hospital no Long Island College Hospital, na Henry Street, onde a televisão presa ao teto que transmitia Ryan's Hope e The Gong Show tinha de substituir o aconchego de um lar, enquanto enfermeiras jamaicanas estupidamente mal-humoradas e estupidamente gordas substituíam sua solidão, sua vigília. Ela ia morrer em Brooklyn Heights em vez de morrer em Boerum Hill, porque Boerum Hill tinha

uma prisão em vez de ter um hospital — *e o major Amberson se deu conta de que tudo o que o preocupara e o alegrara nessa vida, tudo o que comprara e construíra* —, e não na sua cama sob o teto trabalhado da sua sala de visitas porque o remo a havia entalhado, esmagado, dobrado feito uma carta dentro do envelope de si mesma, onde permaneceu sem que ninguém a lesse durante cinqüenta e dois anos. Medicamente ilegível agora, no fim: ela vira os residentes esquadrinhando, intrigados, suas radiografias — como é que isso pode estar encaixado ao lado disso? Como é que a velha Vendle pode caber dentro de si mesma, como foi que ela conseguiu, todos esses anos? O corpo dela era Boerum Hill, como o corpo do rei Arthur era a Inglaterra. Ela era todas as contradições de Boerum Hill comprimidas umas contra as outras: ela era a lata de Schlitz dentro do saco de papel marrom deixado no nicho de mármore e gesso que servia para manobrar caixões na curva do poço da escada de uma casa do século XIX. Ela era uma prisão à sombra da qual meninos brincavam. *Tudo o que o alegrara, tudo o que comprara e construíra, tudo aquilo fora insignificante e inútil, pois o major sabia...*

Duas pessoas tinham vindo visitá-la. Croft, é claro, que ficara hospedado uma semana no subsolo da casa dela e vinha ao hospital todos os dias, enchendo-a de pequenos pacotes de alimentos curativos intragáveis, trazendo para ela o *Temporary Kings* e o *Hearing Secret Harmonies*, os últimos volumes do romance de Powell, atraindo olhares irados das jamaicanas furiosas com a sua mania de lavar a comadre dela no banheiro e de fazer perguntas insistentes e inúteis sobre o tratamento que ela estava recebendo. Depois, a pedido dela, Croft levara o gato laranja com ele para Indiana. Só o que ela podia fazer agora era torcer pela sorte do bichano. Quem sabe ele não funcionaria como uma espécie de consciência para aquela comunidade rural, o cerne moral que eles aparentemente não tinham? Croft tinha feito a barba ou deixado a barba crescer — Isabel não sabia ao certo, não conseguia se concentrar em nada a não ser em sua própria irritação, que convergia para algum ponto ao redor da boca de Croft. A casa ia ficar para ele. Croft a venderia, Isabel não queria conjecturar para quem. Isabel descobriu que não conseguiria ler o Powell agora, não conseguiria fazê-lo funcionar, não conseguiria operar as frases. Ficou assistindo ao *The Gong Show* então. Havia o número de um cômico com um saco de papel enfiado na cabeça que ela até que gostava. Engula isso, Anthony Powell!

A segunda pessoa a visitá-la, Rachel Ebdus, também trouxera um livro, que Isabel recebeu atônita: *Woman on the Edge of Time*. Sinceramente, dá para imaginar uma pessoa chamada "Marge Piercy"?! Isabel sorrira e virara o pulso daquele jeito que estava aprendendo a fazer — aquele pequeno largar, aquele pequeno abrir mão, ensaio para a operação mais profunda. Virara o pulso e deixara o livro cair no chão, pedindo em seguida, com um murmúrio mais frágil do que o necessário, que Rachel o pusesse em cima da mesinha-de-cabeceira. Isabel gostava de fingir que estava morrendo enquanto estava morrendo. *Sua boba*, sentiu vontade de dizer, *eu não leio autoras mulheres*.

Rachel Ebdus tinha estado chorando. Ela e aquele marido recluso com certeza andavam brigando de novo. A mulher estava querendo dizer alguma coisa, mas Isabel Vendle decidiu invocar a pequena majestade dos moribundos e impedir que ela o dissesse. *Já não basta o fato de que você vai herdar a minha Dean Street, garota beatnik? Não me venha ainda por cima enterrar as suas mágoas no meu coração moribundo.*

Rachel Ebdus estava falando, mas suas palavras estavam tão distantes para Isabel Vendle quanto pegadas na Lua.

"Eu acho que eu vou", ela ouviu a mulher dizer.

"Isso", disse Isabel. "Vá. É melhor assim." Se Rachel Ebdus estivesse cantando aquelas mágoas na televisão, Isabel já a teria "gongado" há muito tempo — *o major sabia que agora tinha de planejar sua entrada num país desconhecido, um país em que nem sabia se seria reconhecido como um Amberson...*

Depois, Rachel Ebdus já devidamente desencorajada, Croft já de volta ao seu refúgio em Indiana, Isabel ficou sozinha. Boerum Hill era o que era — parcial, recalcitrante, corrupto — e, o que quer que viesse a ser no futuro, o bairro podia se virar sem a ajuda de Isabel Vendle. Tomara que fosse retalhado, que fosse esquecido, que fosse perdoado. *Nós só podemos vir do sol*, ela pensou, irritada consigo mesma por continuar a citar, tão perto do fim, *não havia nada aqui a não ser o sol para começar, a terra veio do sol, nós viemos da terra*. Em seu último sonho, Simon Boerum, o beberrão, veio até ela e levou-a remando até a beira do cais dos Vendle, os dois remos firmes em suas mãos, *então, sejamos nós o que formos, nós só podemos vir do sol...*

Gongo!

* * *

A quinta série era a quarta série com alguma coisa errada. Nada mudava de imediato. Tudo estava sempre à beira de mudar. Àquela altura, você já estava chafurdando na inutilidade na Public School 38 fazia tanto tempo que quase chegava a esperar que o próprio prédio ficasse com vergonha e desistisse. Quem não sabia ler antes continuava sem saber agora, os professores estavam ensinando as mesmas coisas pela quinta vez seguida e fazendo questão de não olhar nos olhos de ninguém, alguns alunos tinham sido reprovados duas vezes e já estavam do tamanho dos serventes. Aquele lugar era uma gaiola para crescer, mais nada. A merenda escolar acabava sendo o grande plano qüinqüenal, a preocupação permanente. Você não podia ser reprovado em matéria de peixe empanado e hambúrguer. Você retinha pelo menos duas mil caixinhas de duzentos e oitenta mililitros de leite achocolatado enriquecido com vitamina D.

Dois garotos negros dos conjuntos, irmãos gêmeos, de fato se chamavam Ronald e Donald MacDonald. Mas se você falasse alguma coisa, os gêmeos só davam de ombros, ninguém os convencia de que aquilo era inacreditável.

As crianças chinesas passavam o dia inteiro sem ir ao banheiro, de tão isoladas que viviam em seu próprio mundo.

Em casa, o telefone de Rachel Ebdus tocava sem que ninguém o atendesse.

Você esbarrava em fronteiras por toda parte. O pátio da escola era dividido em bairros: o bairro dos negros, o bairro das meninas negras, o bairro dos porto-riquenhos, o bairro do pessoal do basquete, o bairro do pessoal do handebol, o bairro dos desenturmados. Através da cerca de arame, alguém pintara a palavra FLAMBOYAN com tinta branca no muro de pedra, além de um quadrado demarcando uma zona de *strike*.

Bruce Lee tinha ficado famoso agora que estava morto.

Um jogo de bola ao cesto acontecia acima do chão, em instantes. Entre um salto e outro você não estava jogando. Estava imóvel, fazendo cara de mau.

Meninas negras tinham uma linguagem própria, feita de pedaços de palavras, uma cantilena mais difícil de aprender do que qualquer coisa dada em sala de aula. Havia uma espécie de ruído geral pelos cantos que você só agora começava a detectar, o equivalente sonoro dos rabiscos indecifráveis entalhados com caneta esferográfica nos tampos das carteiras. Uma voz-rabisco.

Nas primeiras vezes em que alguém disse *Ei, garoto branco,* você achou que era engano. Foi preciso que as meninas o conduzissem para a nova relação, os meninos na verdade eram um pouco mais reservados a esse respeito.

Tênis errados, sapatos errados, calças do tamanho errado. Calças de pescar siri, *calças de enchente.*

Cadê a enchente?

Tá rindo do quê, seu bobão?

Ih, ó só, o garoto tá rindo dele mesmo.

Vindos da I.S. 293 ou do nada, dos conjuntos, garotos mais velhos se aglomeravam nas entradas da escola e em cantos do pátio. Os antigos alunos da quinta série tinham sido uma camada intermediária. Agora você era a camada intermediária. Robert Woolfolk fazia parte de um desses bandos assíduos, o dos bebedores precoces de garrafas escondidas em sacos de papel. Mesmo parado no mesmo lugar, Robert Woolfolk se movia como um joelho torcido, como se estivesse eternamente dobrando a esquina da Nevins montado numa bicicleta pequena demais para ele. Robert Woolfolk sorria feito uma fotografia rasgada; sua voz se esgueirava pelos cantos, infiltrando-se pelo ar. Dylan Ebdus via nos olhos de Robert Woolfolk aquela mesma propriedade indecifrável dos rabiscos.

Red Hook, Fort Greene, Atlantic Terminals.

Você ia construindo associações, que acabavam passando por entendimento. Ninguém explicava nada. A quinta série era uma arte abstrata, pintada um quadradinho de cada vez.

Dylan ainda podia ouvir o telefone tocar lá da cozinha, sentado na escada da frente, esperava, observava, as tardes deslizavam para o crepúsculo, o ar esfriava tanto que os fregueses da bodega abandonavam seus engradados, sacudindo a cabeça, beliscando o nariz gelado, deixando o velho Ramirez sozinho. Dylan e Ramirez eram um par de sentinelas plantadas em suas respectivas portas, vigiando a rua, ignorando um ao outro. Dylan observava os carros esporádicos que desciam da Nevins, observava as mães que levavam os filhos pequenos da YWCA para casa, contava os ônibus que se arrastavam feito pães de forma zumbidores até o sinal, esperavam o sinal abrir, depois se arrastavam em frente. O pátio de Henry estava vazio, o pátio de Marilla estava vazio, alguém tinha visto uma ratazana no pátio da casa abandonada. Bruce Lee e Isabel Vendle estavam mortos e Nixon estava caminhando na beira de uma praia. Ninguém se mudava, ninguém jogava, garotos estranhos passavam em grupos pelo quarteirão. Era uma estação de sumiços, de um silêncio que era como a estupidez nua e crua, como o insuportável silêncio latejante de uma professora que espera uma resposta de uma criança que todo mundo sabe que mal consegue dizer o próprio nome.

Abraham que atendesse o telefone, se é que ele estava ouvindo o telefone tocar. Abraham que dissesse que ela não estava em casa.

Na maior parte dos dias, Dylan ficava esperando, sozinho na rua, até que Abraham o chamasse para jantar. Mingus Rude tinha outros lugares para ir, lugares aonde só iam garotos da sexta série, lugares da I.S. 293 — e tinha outros amigos, Dylan supunha, escondendo as suposições de si mesmo logo depois. Uma ou duas tardes por semana, Mingus vinha andando da esquina com suas passadas elásticas e levantava a mão. Usava um casaco de veludo marrom com gola de pele de ovelha, e não os casacos reluzentes e cheios de enchimento sintético que todos os outros garotos usavam. Mingus Rude carregava seus cadernos e livros escolares soltos debaixo do braço, sem pasta nem bolsa, e largava-os com estrépito sobre o patamar da escada, expressando algo que era ao mesmo tempo menos que desprezo absoluto e mais que domínio total.

Já as revistinhas de história em quadrinhos Mingus Rude tratava como entidades de vida extremamente frágil, pedaços de carne ainda pulsante que ele e Dylan talvez pudessem curar com a fixidez absoluta de sua atenção, com sua reverência. As histórias com enredos que se encadeavam uns nos outros geravam todo um campo de conhecimento especializado, *skully* outra vez, todo letras miúdas e ritual. Dylan ficou horrorizado ao descobrir que havia deixado tanto tempo e tanta história cultural essencial lhe escapar por entre os dedos. Esqueça o que você achava que sabia. O Surfista Prateado, por exemplo, era um caso que você não tinha como entender de verdade se não viesse acompanhando desde o início. Mingus Rude só sacudia a cabeça. Não dava nem para tentar explicar uma coisa tão trágica e mística.

As revistinhas novas chegavam às bancas nas quintas-feiras. Mingus

Rude chegava trazendo uma braçada delas, compradas ou roubadas, Dylan não perguntava. Algumas eram bimensais, outras mensais, você descobria lendo a sessão de cartas. Também ficava na expectativa do lançamento de números especiais, *Anuais* tamanho gigante e séries únicas como a *Guerras Vingadores-Defensores* ou a *Origens*. Em *Origens* você descobria como os super-heróis haviam surgido, sendo que a resposta geralmente era: radiação. Nos *Anuais* e nas *Guerras* você satisfazia, pelo menos temporariamente, sua curiosidade com relação a *quem ganhava de quem*. O Hulk e o Homem de Ferro se enfrentavam durante uma ou duas páginas, sempre com a promessa de liquidar a questão de uma vez por todas em alguma outra ocasião.

A namorada do Homem-Aranha, Gwen, tinha sido morta pelo Duende Verde, o que não tinha tido graça nenhuma. Era por isso que o Homem-Aranha vivia sempre tão deprimido.

O Capitão Marvel não era o Shazam, era muito confuso. Ele tinha sido ressuscitado para garantir o copyright sobre o nome, mas ninguém estava muito convencido de que ele realmente se encaixava no Universo Marvel. As revistinhas da DC, a antítese da Marvel, apresentavam uma realidade chapada e absolutamente risível — o Super-Homem e o Batman eram piadas, heróis arruinados pela televisão.

Na verdade, o Super-Homem enfurnado na sua Fortaleza da Solidão lembrava demais Abraham enfurnado no alto da torre do seu estúdio, remoendo o nada.

O Monstro do Pântano era uma imitação do *Homem-Coisa*, ou vice-versa.

Pairava um certo desconforto com relação a alguns títulos. Desenhistas diferentes desenhavam os mesmos personagens de maneiras diferentes — você às vezes chegava a ficar com dor nos olhos tentando dar conta disso, para conferir um mínimo de continuidade a essas histórias mancas. As revistinhas de super-heróis mais fracos eram incrementadas com participações especiais do Homem-Aranha ou do Hulk, o que complicava terrivelmente a cronologia. Um Einstein fundiria os miolos tentando explicar como o Quarteto Fantástico poderia ter ajudado os Inumanos a lutar contra os Homens-Toupeira, quando pelo claro testemunho da própria revistinha do Quarteto eles estavam presos na Zona Negativa aquele tempo todo.

Quem vinha acompanhando regularmente a revistinha do Incrível Hulk percebeu que, com o tempo, ele perdeu a capacidade de usar os pronomes.

Duas tardes por semana, sentados na escada da casa de Dylan enquanto a luz do dia ia enfraquecendo aos poucos, nunca discutindo nem a quinta nem a sexta série, um assunto básico e misterioso demais para abordar, os dois folheavam revistinhas, ombros encurvados para proteger do vento as capas frágeis, esquadrinhando até a última gota, até o último centímetro quadrado de informação, os créditos, a seção de cartas, o copyright, os anúncios de Sea-monkeys e de manuais de exercícios que prometiam transformar garotos franzinos em homens de músculos de aço. Então, justo quando você começava a achar que estava sozinho, eis que a Dean Street ganhava vida novamente, sendo que Mingus Rude conhecia todo mundo, dizia *Yo* para cada um dos mais de um milhão de garotos diferentes que saíam da bodega do Ramirez com um Yoo-Hoo ou um Pixy Stix, inclusive para Alberto, que tinha ido comprar Schlitz e cigarros Marlboro para o irmão mais velho e para a namorada do irmão mais velho. O quarteirão era uma ilha de tempo, a escola estava a milhares de quilômetros de distância, as mães chamavam os filhos para entrar, o ônibus agora passava com as luzes internas acesas, senhoras gordas voltavam para casa de seus empregos na Secretaria de Educação na Livingstone Street, seus vultos cansados pareciam dentes pretos dentro da boca iluminada do ônibus, Marilla passava para lá e para cá um milhão de vezes cantando *It's true, hah, sometimes you rilly do abuse me, you get me in a crowd of high-class pee-pul, then you act real rude to me,** o dia escurecia ansiosamente, as luzes da rua zumbiam quando começavam a acender, seus postes arqueados decorados com pares de tênis pendurados pelos cadarços, e então, ao cair de uma certa noite, Mingus Rude pergunta, sem nunca desgrudar os olhos de um quadrinho da *Marvel's Greatest Comics* em que o Sr. Fantástico se enrosca todo, transformando-se numa esfera do tamanho de uma bola de beisebol, seu rosto minúsculo inacreditavelmente visível em todos os seus detalhes enrugados, incluindo suas características mechas grisalhas sobre as têmporas, a fim de ser disparado por uma bazuca para dentro da boca vulnerável de um robô de quinze metros de altura e invulnerável em todos os outros aspectos chamado *Toomazooma, o Totem Vivo*: "A sua mãe ainda não apareceu?".

"Não."

"Pô, que merda, cara."

* "É verdade, hah, às vezes você realmente me destrata, me pega numa roda de pessoas de alta classe e me trata com a maior grosseria." (N. T.)

5.

Cinco semanas depois, ele estava pronto para vender os nus. Aquelas pinturas o atormentavam, falavam umas com as outras de paredes opostas em sussurros distorcidos, refletiam sua imagem de volta para ele como espelhos numa casa de espelhos. Elas, junto com o telefone que não parava de tocar, a bancada abandonada da cozinha e os cinzeiros vazios e malcheirosos, faziam o primeiro andar da *brownstone* parecer um crânio sem cérebro, um crânio vazio decorado com memórias, déjà vu. Ela não ia mais voltar, ele sabia, e essa certeza pulsava das telas como rastros de calor.

Erlan Hagopian, um colecionador armênio que morava no Upper East Side, tinha visto as pinturas dois anos antes. Pedira para vê-las depois que uma delas ficou pendurada na parede de uma galeria da Prince Street como parte de uma exposição coletiva, a pedido de um antigo professor de Abraham Ebdus — um pedido que Abraham devia ter recusado, uma vaidade, um erro. Hagopian e o marchand da galeria da Prince Street tinham vindo até a Dean Street para ver as pinturas e também o estúdio de Abraham. Mas Abraham se recusou a deixar que eles vissem o estúdio, protegendo o filme, protegendo sua obra secreta, e inadvertidamente dando a entender que os nus eram recentes, ou que ele ainda pintava telas. E ele não pintava mais telas. Seus pincéis mais grossos apodreciam, não tendo sido nem mesmo devidamente lavados depois da última vez em que os usara. Naquele dia, Erlan Hagopian fizera toda uma cena ao perguntar o preço de todos os quadros da sala juntos, botara a maior banca ao perguntar o número que precisaria ser escrito num cheque para usurpar todo o revestimento de carne da sala de visitas com um único gesto grandioso. Confiante, por certo, de que o pedido lhe seria negado — o armênio lera a circunspecção de Abraham Ebdus bem o bastante para pelo menos chegar a essa conclusão. Talvez não tão bem, no entanto, a ponto de prever o que acabaria levando pela proa: a recusa de Abraham a lhe vender um único quadro que fosse. A recompensa de Abraham Ebdus foi ver o marchand da Prince Street sacudir a cabeça, os óculos escuros e a juba loura, desgostoso, com cara de tacho. Aquela cara valia mais do que qualquer número escrito num cheque.

Agora, dois anos depois, Ebdus telefona diretamente para Hagopian, sabendo que passar por cima do marchand — um segredo que não se sustentaria nem por um chamado "minuto nova-iorquino" se Hagopian de fato comprasse algum quadro — era queimar uma ponte para sua antiga carreira, uma ponte para o SoHo, para Manhattan. Abraham Ebdus ficaria mais que satisfeito se a ponte sumisse. Já dera as costas para aquela cidade do outro lado do rio e caminhava a passos largos na direção oposta, para um deserto de sua autoria, um deserto de celulóide.

Erlan Hagopian, por suas próprias razões de animal ronronante, não hesitou. Parecia reconhecer a lógica da capitulação de Abraham Ebdus: tendo eu lhe pedido que desse o seu preço para uma sala cheia de quadros, você se recusa a me vender um único quadro que seja — e naquele gesto absurdo de supercompensação, naquela subestimação infantil do poder do dinheiro, encontra-se a semente do momento que está por vir, quando você inevitavelmente virá à minha procura, implorando para que eu compre a sala cheia. Naturalmente.

Talvez Erlan Hagopian sempre tivesse desejado comprar uma sala cheia de nus, e agora poderia dizer que tinha comprado. Talvez comprasse salas cheias de nus toda semana. Talvez tivesse intuído a morte da carreira de Abraham como pintor e soubesse que estava comprando uma luminosa e gigantesca lápide. Talvez agora Rachel Ebdus fosse sua amante, prisioneira do luxo numa cobertura da Park Avenue, e as pinturas fossem apenas o selo de uma transação invisível que Abraham Ebdus não fazia idéia de que estava selando. Enfim, fosse como fosse, Erlan Hagopian não pediu para ver as pinturas uma segunda vez. Mandou um cheque e um caminhão.

A amizade de Dylan Ebdus com Mingus Rude vivia em breves janelas de tempo, a pontuação das frases não ditas dos seus dias. Não havia uma história única: pelo que Dylan sabia, Mingus poderia até estar lutando contra os Homens-Toupeira no anexo da I.S. 293, o lugar para onde iam os alunos da sexta série, enquanto Dylan, na quinta série, ainda continuava preso na Zona Negativa — isso não importava, não contradizia nada, eles não eram o Quarteto Fantástico afinal, só dois garotos. Quando Dylan finalmente via Mingus de novo, tanta coisa tinha acontecido no intervalo entre um encontro e outro que era impossível explicar, tanto para um quanto para outro. Porque Dylan pressentia que Mingus também tinha o seu próprio fardo secreto, o seu próprio mundo revirado latejando sob o silêncio. Não havia nada a fazer a não ser retomar do ponto em que haviam parado, buscar o que ainda tinham em comum. O que havia de novo no outro você fingia não estranhar nem um pouco, um pacto travado instintivamente para garantir que você próprio conseguisse segurar as pontas do outro lado.

Nos intervalos entre um encontro e outro, qualquer coisa poderia acontecer e estava começando a acontecer. Um exemplo: o dia em que Robert Woolfolk encurralou Dylan no pátio da escola com a maior facilidade, só fazendo um gesto com seus ombros tortos e dizendo: "*Yo*, Dylan, deixa eu te ver aqui um instante". *Deixa eu te ver*, como se Dylan fosse uma garrafa de Yoo-Hoo para ele esvaziar ou uma bicicleta para ele levar para dar uma volta no quarteirão e nunca mais voltar. Dylan deu um passo, dois passos na direção de Robert Woolfolk, sem saber como dizer não, e se percebeu sozinho com ele.

Robert disse, sonado: "Eu vi os caras levando a tua mãe pra fora de casa, *pelada*".

Dylan: "O quê?".

"No caminhão. Eles embrulharam ela toda com lençóis, mas eles caíram. Eu vi ela desfilando no meio da rua que nem uma *piranha*."

Dylan calculou as distâncias entre o lugar em que eles estavam e as quatro saídas do pátio, desesperado com o vazio de uma tarde de novembro que sucumbira ao Princípio Woolfolk de deserção humana. "Não era a minha mãe", foi o que saiu da sua boca. Não era nem meia resposta para a loucura de Robert.

"Saiu da tua casa, cara, peladona. Não mente, porra. Eles botaram ela num camburão da polícia e levaram ela embora."

Agora Dylan estava atordoado. Será que Robert Woolfolk tinha visto alguma coisa que ele não tinha? Não era possível que Robert estivesse confundindo pinturas com uma pessoa de verdade, carregadores de quadros com policiais, era?

Ao mesmo tempo, o calor do medo começava a queimá-lo por dentro, pois Dylan sabia que, por mais tresloucado que Robert Woolfolk fosse, ele tinha deduzido que Rachel não estava mais por perto para *meter porrada* nele.

Robert continuou, num tom razoável de comiseração. "Enfiaram ela na cadeia, imagino. Botaram a filha-da-puta atrás das grades por ser tão despirocada e escandalosa."

"Ela não estava pelada", retrucou Dylan, com várias voltas de atraso. "Aquilo eram pinturas."

"Ela não tava usando pintura nenhuma quando eu vi ela. Ela tava desfilando no meio da rua pra quem quisesse ver. Pode perguntar pra quem tu quiser, se tu acha que eu sou cascadeiro."

"Cascateiro?" Atordoado, Dylan sentiu vontade de levar Robert Woolfolk até sua casa para lhe mostrar os rastros de poeira e as marcas de tinta desbotada nas paredes da sala de visitas onde os nus ficavam pendurados, imagens desaparecidas de uma mulher desaparecida, fantasmas de fantasmas.

"Não me chama de cascadeiro, porra. Ó que eu encho essa porra dessa tua cara branca de porrada! Me dá a tua mão."

"O quê?"

"Me dá a tua mão, porra. Eu quero te mostrar uma coisa." Robert circundou o pulso de Dylan com seus dedos compridos, virou-o para baixo — Dylan observando, fascinado, como que de um lugar distante — e, com um único movimento brusco, torceu-o para trás na direção da omoplata de Dylan, forçando Dylan a dobrar o corpo para a frente para acompanhar a linha de força. A mochila de Dylan escorregou por cima da cabeça, derramando folhas de caderno no chão de concreto, no campo de visão entre seus joelhos. O rosto de Dylan latejava, inundado de sangue e ar.

"Tá vendo só, não deixa ninguém te pegar deste jeito", disse Robert. "Você faz o que eles querem e eles torcem o teu braço. Eu só tô te mostrando pro teu próprio bem. Agora pega os teus bagulhos e se manda."

Nada disso dava para contar. Sentados sob a tênue luz de inverno que entrava pela janela do quarto de Mingus Rude, ouvindo as batidas da Average White Band e dos chinelos de Barrett Rude Junior atravessarem o teto, ele no andar de cima, Dylan e Mingus no andar de baixo, cabeças abaixadas lado a lado, folheando os números novos de *Luke Cage, Herói de Aluguel* e de *Warlock*, Dylan não podia perguntar a Mingus se ele também tinha visto os carregadores levando os quadros para o caminhão ou se testemunhara, sabe-se lá como, os policiais imaginários de Robert Woolfolk. Não dava para pôr isso em palavras. Em primeiro lugar porque o desaparecimento de Rachel era uma coisa que se recusava a ter um nome, uma forma que pudesse ser registrada na história da Dean Street. E se Mingus realmente tivesse visto aquele desfile de pinturas carnudas, Dylan não queria nem ficar sabendo. Além disso, Dylan não podia contar a Mingus que a balança do terror que Rachel conseguira equilibrar ao dar uma surra em Robert Woolfolk agora estava completamente desequilibrada de novo, porque um instintivo frio na barriga lhe dizia que Mingus e Robert não deviam ficar sabendo da existência um do outro. Se os dois estavam fadados a se conhecer, não haveria de ser Dylan quem iria apresentá-los. E, se os dois já se conheciam, isso era outra coisa que Dylan não estava com a menor pressa de ficar sabendo. Por fim, Dylan não podia perguntar a Mingus Rude se as pessoas negras tinham o hábito de chamar cascateiros de *cascadeiros*, porque Mingus Rude era negro. Mais ou menos.

Então, silêncio, balões de diálogo de história em quadrinhos e as batidas do baixo no som estéreo do andar de cima.

Uma tarde de dezembro, Mingus largou o fichário na escada, uma capa de papelão forrada de tecido azul puído nos cantos, e Dylan viu que, em toda a superfície ao redor do velho adesivo dos Philadelphia Flyers de Mingus, o fichário estava crivado de arabescos feitos com caneta esferográfica, linhas traçadas repetitivamente como os ovais do Spirograph, gestos em busca de alguma forma perfeita fugidia. Lá estavam os rabiscos dos muros da escola, agora transportados para o ambiente familiar da Dean Street e atirados no patamar da escada de Dylan.

"Esse é o meu *tag*, a minha marca", disse Mingus quando percebeu que Dylan examinava a nuvem de ruídos visuais. "Assim, ó." Arrancou uma folha do fichário e, segurando a caneta com os dedos bem perto da ponta, enroscando a ponta da língua no canto da boca em concentração, escreveu DOSE em letras de forma oblíquas. Depois escreveu novamente em desajeitadas letras de balão, o D e o O quase indistinguíveis um do outro, o E tão inchado que seus três bracinhos encostavam um no outro — uma imitação tosca, Dylan teve a impressão, dos marcadores de efeitos sonoros dos quadrinhos da Marvel.

"O que que quer dizer?"

"É a minha marca, Dose. É o que eu escrevo."

Era um dado novo. Qualquer pessoa podia ter uma marca. Mais dia, menos dia, o próprio Dylan poderia ter uma. Maiores explicações viriam mais tarde, ou não. As horas reduzidas da luz do inverno eram elas próprias uma forma de paciência, uma resposta estóica para pergunta nenhuma. Rachel desocupara a vaga de uma certa histeria na casa, sendo substituída pelo telefone e por outros tinidos diversos. Os dias tinham um zumbido, como uma concha do mar. Dylan via televisão, via as cartas que chegavam, via seu pai se arrastando escada acima para ir ao estúdio. Ouvia os discos abandonados da sua mãe em volume baixo, Carly Simon, Miriam Makeba, Delaney & Bonnie. Da janela gradeada da sua sala de aula no segundo andar, Dylan via os serventes atravessando um fino tapete de neve para chegar até as latas de lixo, que estavam cobertas com os recém-visíveis rabiscos. Dylan estava começando a distinguir nomes, camadas no caos de pichações. A maior parte das coisas tinha acontecido antes de Dylan aparecer, por isso era tão importante fingir não estranhar nada. Você via inúmeros exemplos nas reprises que encontrava girando o seletor de canais, *Room 222*, *Papai precisa casar*, *The Mod Squad*. Todas eram ilustrativas da vida cotidiana, da correnteza da normalidade.

Às vezes aconteciam coisas quando eles estavam juntos que Dylan Ebdus e Mingus Rude nunca mencionavam. Como quando resolveram assistir ao Super Bowl na sala de visitas de Mingus Rude, selando antes uma aposta de cinco dólares aos sussurros no quarto do subsolo, Mingus apostando nos Pittsburgh Steelers e Dylan, por uma questão de estética dos capacetes, nos Minnesota Vikings. Depois, subiram pé ante pé para o primeiro andar, sob o olhar vigilante dos discos de ouro. A sala tinha sido reafirmada, a cama d'água escondida, o sofá e uma gigantesca poltrona reclinável dispostos em torno de uma televisão em cores descomunal. Barrett Rude Junior estava sentado como que num trono diante da tela, vestido com uma calça de cetim azul e um robe de seda desamarrado, seus grossos braços repousados um de cada lado, mãos espalmadas, pernas esparramadas a meio caminho da televisão. Caracóis de pêlo preto-e-branco eram como falsos começos, letras cursivas inacabadas na página marrom e lisa do seu peito. Barrett Rude Junior desviou ligeiramente a cabeça do show de abertura do jogo para examinar Dylan, apertando os olhos detrás dos seus óculos de vovó, contorcendo o cavanhaque ao franzir os lábios imensos.

"Esse é o teu amigo, é?"

Mingus ignorou a pergunta e sentou no sofá.

"Qual é o teu nome?"

"Dylan."

"Dylan? Eu *conheci* esse cara, bicho. Pra quem você tá torcendo, Dylanzinho?"

"Hã?"

"Pra quem você tá torcendo?"

"Ele tá torcendo pros Vikings", disse Mingus, distante, imerso numa espécie de transe induzido pelo pai e pela enorme tela pulsante.

"Os Vikings vão perder", disse Barrett Rude Junior, tão categoricamente que Dylan chegou a ficar confuso por um momento — eles não estavam todos ali para descobrir quem ia ganhar? O jogo não era uma reprise, afinal.

"Você conhece os Dolphins?"

Dylan fez que sim, mentindo.

"Eu treinei com eles, no verão de 71. Pega lá a foto, Gus."

Mingus levantou do sofá, foi até o quarto atapetado do pai e voltou trazendo um porta-retratos com uma foto colorida, tirada de baixo, de Barrett Rude Junior vestido num uniforme de futebol americano, bola abraçada ao peito, olhos sonhadores fixos num ponto mundos além da lente.

"O Mercury Morris disse que eu talvez conseguisse entrar pro time como reserva do *wide receiver*, mas eu nunca tive a chance. A porra da gravadora proibiu, achou que eu não ia saber me defender. Me custou um anel do Super Bowl, cara."

Barrett Rude Junior foi se acalmando aos poucos, sua garganta ronronando para ninguém em particular. O jogo em si, quando começou, acabou revelando ser um longo acachapamento verde: de homens robóticos e turbulentos e do interesse de Dylan. Futebol americano era um arranjo de fracassos, uma prova de como a maior parte das coisas era improvável. Mingus não deu bandeira de estar apostando na vitória de ninguém, só torcia maniacamente para que alguém pusesse a bola no ar. Dylan cantava em silêncio junto com os comerciais, *Coca-Cola é isso aí*! Barrett Rude Junior remexia os dedos, tamborilando alguma música no braço da poltrona.

"Gus, pega lá uma Colt na geladeira pra mim, cara."

A enorme garrafa amarela se encheu de gotinhas de suor no ar seco da sala aquecida. A cada gole, Barrett Rude secava os dedos no seu joelho de seda azul, formando manchas escuras que acabavam evaporando, mas deixavam rugas, rastros.

"No intervalo do meio-tempo a cambadinha aí vai pegar dez dólares pra comprar umas coisas pra gente fazer uns sanduíches. Vão lá na Buggy e comprem um pouco daquele queijo suíço que eu gosto. Eu detesto aquele queijo porto-riquenho que tem lá no Ramirez." Barrett Rude Junior pronunciava *Buggy* como o resto das pessoas do quarteirão, não importava que nunca saísse de casa. Os nomes eram conhecidos dentro das casas também. O quarteirão era uma coisa única, inteira, estava provado mais uma vez. As *brownstones* tinham ouvidos, cérebros tiquetaqueantes.

A cambadinha aí eram dois garotos andando juntos.

Dylan e Mingus se embrulharam no casaco e enterraram o chapéu na cabeça quase até os olhos. Um vento brutal irrompia da esquina da Bond Street, fustigando suas pernas finas, assobiando nos buraquinhos de ventilação de seus tênis Keds. Punhos fechados dentro do bolso, palmas das mãos úmidas de suor, nós dos dedos congelados. Depois, a batalha contra o vento para conseguir abrir a porta da Buggy. Ela e seu pastor alemão eram como aparições, criaturas marcianas espiando por trás do vidro. Um garoto negro e um garoto branco comprando queijo e mostarda. Buggy talvez nem soubesse que o Super Bowl estava acontecendo, talvez imaginasse até que Super Bowl fosse o nome de algum desinfetante de privada, de algum produto azul e empoeirado enfileirado na última prateleira da sua loja e que ninguém nunca comprava.

Mingus e Dylan prepararam os sanduíches e os três comeram, Barrett Rude Junior desmanchando-se em elogios ao gosto da mostarda picante, lambendo os dedos, murmurando, emborcando uma segunda garrafa de cerveja. O terceiro quarto do jogo era um deserto de luz holofótica, homens empilhados caoticamente, o tempo desoladoramente esticado. Em outros lugares, aviões carregados de gelo podiam estar caindo, Manhattan podia ter se partido em duas e estar à deriva em mar aberto. O Brooklyn era a ilha do inverno. Lá fora estava preto como a noite. Nunca teria lhe passado pela cabeça que o Super Bowl fosse tão soturno e insistente. Uma tomada de câmera do alto de um dirigível não aliviava coisa alguma. Mingus continuava vigilante, fechado em si mesmo, tolhido e silenciado pela presença do pai. Dylan se arrastou de joelhos até o canto da sala e começou a examinar a coleção de LPs de Barrett Rude Junior, que ocupava o vão da lareira inativa. Passou-os em revista, empurrando-os um a um, primeiro para um lado e depois para o outro, *Afrodisiac* do Main Ingredient, *Black-Eyed Blues* da Esther Phillips, *The Inflated Tear* do Rahsaan Roland Kirk, *Wack Wack* do Young Holt Trio; os nomes e as capas eram janelas para algum mundo distante, tão incrustadas de significados irrecuperáveis quanto qualquer revistinha da Marvel.

"Você não precisa remexer nisso agora, precisa?", disse Barrett Rude Junior, vagamente irritado. "Senta e assiste o jogo." Olhou para Dylan com os olhos apertados, aparentemente vendo-o por inteiro pela primeira vez.

A brancura do menino na casa do homem negro.

"A sua mãe sabe que você tá aqui?", perguntou Barrett Rude Junior.

"A mãe do Dylan foi embora", Mingus informou do sofá.

"A sua mãe foi embora?"

Dylan fez que sim.

Barrett Rude Junior ponderou a questão. A presença de Dylan na sua sala estava explicada, talvez tenha sido sua primeira conclusão. Depois, em câmera lenta, alguma outra coisa lhe ocorreu. Dylan sentiu no olhar espremido atrás de pálpebras pesadas que Barrett Rude lhe dirigia uma chama de ternura, sentiu-a como sentiria a luz de um farol de carro virando-se para envolvê-lo.

"A mãe foi embora, mas o garoto tá segurando as pontas." Barrett Rude Junior falou a frase duas vezes. Na primeira versão, as palavras saíram densas, pausadas, amassadas pela língua. A segunda versão foi um eco melódico da primeira, a frase agora um cântico de exortação, um artifício para desviar a atenção da dor. "A *mã-ãe foi embora, mas o garoto tá segurando as pontas.*"

Dylan fez que sim de novo, emudecido.

O pai de Mingus Rude ainda segurava a grossa garrafa amarela pela base. Balançou-a em círculo, erguendo um brinde a convidados invisíveis. "Isso é bacana. Você é bacana. Agora deixa pra ver os discos alguma outra hora, Dylanzinho. Senta e assiste o jogo."

Será que Barrett Rude Junior lhe lembrava Rachel? Ou será que aquela era apenas a primeira vez que ele ouvia a palavra mãe reverberar no ar por tanto tempo desde o desaparecimento de Rachel? Dylan tinha a impressão de que ela se infiltrara na sala, como uma névoa ou uma nuvem, uma formação. Mingus Rude se remexia no sofá, evitava os olhos de Dylan — ao que parecia também sentia a presença dela, de Rachel Ebdus ou de alguma outra mãe, impondo-se sobre ele como uma força do alto, como o clima. Depois ela sumiu de vista, o foco da câmera se transferiu para a batalha de centímetros, jogadores se contorcendo no chão arrebentado, um capacete abraçado como um bebê na linha lateral, a longa espera até que uma trena fosse levada para a beira do campo.

Quando, no final do jogo, Mingus Rude levantou o punho no ar e disse "Ganhei", seu pai perguntou: "Ganhou o quê?".

"Eu e o Dylan fizemos uma aposta."

"De quanto?"

"Cinco dólares."

"Não sacaneia o teu amigo. Qualquer idiota sabe que os Vikings não têm como ganhar Super Bowl nenhum. Vem aqui. Vem aqui." Quando Mingus chegou perto o bastante, Barrett Rude estendeu o braço e a manzorra, o robe caindo para o lado e deixando à mostra um mamilo estranhamente macio e grande, e deu um tapa no rosto do filho. Poderia até ter sido um tapa afetuoso, se o tom de voz de Barrett Rude e aquele seu chamamento teatral não o tivessem marcado como outra coisa. Dylan viu Mingus balançar o corpo de leve sobre os calcanhares dos tênis, na expectativa de outro tapa mais forte. Mas Barrett Rude ficou distante de repente, examinou a própria mão na frente e atrás, como se esperasse encontrar alguma coisa escrita ali. Depois disse: "Se é dinheiro que você quer, não rouba do teu amigo". Esticou o braço na direção do consolo da lareira, pegou uma nota de vinte dólares do bolo de dinheiro que estava ali e enfiou-a na mão de Mingus. "Agora põe o teu chapéu de novo e leva o Dylanzinho até a casa dele. E quando você voltar, vê se passa um garfo nessa carapinha, não me faz ter que ficar repetindo isso toda hora."

Dias de inverno eram como estática na tela da televisão quando você girava o seletor entre um canal e outro. A neve que apodrecia na rua era como uma gengiva preta e doente. Os conjuntos ficavam hermeticamente fechados, as crianças não saíam de casa. Henry podia ser visto às vezes atirando uma bola de futebol americano para o alto, depois agarrando-a ele mesmo com os braços dobrados em forma de cesta. Alberto o tinha abandonado, trocado-o por amizades novas, mais porto-riquenhas. Era chocante como Henry tinha diminuído, era chocante descobrir como boa parte da sua estatura dependia de Alberto, no final das contas. Mingus aparecia no quarteirão pouco antes do anoitecer ou praticamente sumia durante semanas. As revistinhas foram ficando meio bizarras, eram atiradas para um canto com asco. *Warlock* foi cancelado e ninguém nunca ia saber como terminava a batalha contra Thanos. A idéia de trazer o Jack "King" Kirby de volta para a Marvel, tirando-o de seu exílio na DC, ainda estava ganhando força. Dylan imaginava Kirby num laboratório, descontaminando seu corpo das toxinas do Super-Homem, recuperando-se de um envenenamento por criptonita.

Um cara se atirou do quinto andar da casa de passagem da Nevins, empalando-se nas hastes pontiagudas do portão de ferro, que teve de ter uma parte serrada e levada junto com o cara para a sala de cirurgia do Brooklyn Hospital. A garotada fazia excursões até lá só para ver a grade, até que as reveladoras hastes pontiagudas foram cobertas com uma nova barra de aço colocada por cima das pontas. Foi preciso alguém pular lá de cima para você ficar sabendo que aquilo era uma casa de passagem, e aí, quando acaba, você descobre que todo mundo já sabia. Como acontecia com a Brooklyn House of Detention na Atlantic, você evitava passar por aquele quarteirão por puro instinto de habitante nativo, uma habilidade que você não fazia a menor idéia de que já tinha.

Dylan e Abraham ficavam acordados até tarde para assistir ao *Saturday*

Night Live, mas depois de dez minutos Abraham declarava que não entendia nada e saía procurando pela casa, irritado, um disco do Lenny Bruce que tinha sumido. O tempo estava andando para trás, dizia Abraham. As coisas antigamente tinham importância, tinham graça. Como não tinha como saber, Dylan aceitava a palavra do pai em confiança. Um dia, Dylan encontrou Earl jogando uma *spaldeen* contra o paredão da casa abandonada, dentes trincados enquanto repetia sem parar: "*Eu sou o Chevy Chase e você não*!". Earl estava furioso, desconsolado, de mal com o mundo naquele momento. Para todo mundo, jogar bola era agora uma atividade explicitamente nostálgica. Quando alguns garotos resolviam jogar uma partida de alguma coisa, eles faziam lembrar os porto-riquenhos sentados em engradados na esquina, rememorando o passado, resmungando em ritual. Os jogos de bola se dissipavam como febres falsas, passavam como estados de espírito. Marilla e La-La cantavam, quase aos berros, *Got my sunroof down, got my diamond in the back, put on your shaggy wig woman, if you don't I ain't coming back, oh, shame, shame, shame, sha-ay-me, shame on you! If you can't dance too*!*

Num sábado de março em que a neve da calçada começava a derreter, Dylan se encontrou com Mingus ao meio-dia para ir até a Court Street, atravessando o parque cheio de lixo que se estendia até depois da sede administrativa do distrito, numa missão solene que Dylan não entendia. No parque, eles compraram cachorros-quentes e *knishes* envoltos em papel vegetal engordurado numa carrocinha fumegante. Mingus pagou o lanche com uma nota de cinco dólares amarfanhada que tirou do bolso do casaco e, depois, reembrulhou metade do seu *knish* e guardou-a no mesmo bolso de onde tirara o dinheiro, provisão para a viagem rumo ao destino desconhecido. Logo depois do monumento de guerra, o parque fazia uma curva em direção à beira do Brooklyn, a margem disforme: estacionamentos, chatas de transporte de lixo, depósitos de sucata da prefeitura. A Brooklyn-Queens Expressway era uma sombra trepidante. Debaixo dela, ainda dava para ver paralelepípedos em alguns pedaços das ruas. Em outros, velhos trilhos de bonde jaziam semi-enterrados no asfalto novo.

* "Meu teto solar está aberto, meu diamante está lá atrás, bota a tua peruca cabeluda, mulher, porque senão eu não vou voltar. Ah, que vexame o teu! Se você não puder dançar também!" (O "diamante" provavelmente se refere ao vidro traseiro em forma de losango de um certo modelo de Cadillac.) (N. T.)

Mingus ia na frente, mostrando o caminho. Passaram por baixo da rampa de acesso dos carros para pegar a escada de pedra que ia dar na ensolarada pista de pedestres da ponte, depois iniciaram a travessia, por cima do rio, o trânsito uivando em jaulas debaixo de seus pés, o céu coalhado de cinza grudando nas veias da ponte, a espinha de dinossauro de Manhattan surgindo no horizonte à medida que escalavam a enorme curva acima do rio. As ripas da pista de pedestres eram irregulares, algumas estavam podres. Só uma armação de arame separava as pontas dos tênis de Mingus e Dylan da água pulsante e reluzente. A ponte era uma querela, uma contenda com o espaço.

Pararam depois de atravessar dois terços da ponte. Na enorme torre fincada na boca de Manhattan, havia duas exuberantes pichações, sprays de tinta vermelha, branca, verde e amarela aplicados sobre a pedra áspera numa altura fantástica, as bordas escorrendo como fios de sangue na textura geológica. A primeira dizia MONO e a segunda LEE, sílabas esvaziadas de sentido, como o DOSE de Mingus.

Dylan entendeu então o que Mingus queria que ele visse. Os nomes pintados tinham conquistado a ponte, incorporado-a à vida secreta das ruas, apossado-se dela em nome do Brooklyn. Talvez fosse possível rastrear, passo a passo, a distância entre as letras berrantes, borradas, atemporais de Mono e Lee, com seus mais de três metros de comprimento, e os rabiscos que cobriam fichários e muros, os sinais gnômicos que se espalhavam por toda parte. *Tags* e seus autores invisíveis eram o próximo *skully* ou os próximos super-heróis da Marvel, o novo campo de saber oculto. Mingus Rude tirou o resto do seu *knish* do bolso e deu uma mordida, enquanto os dois olhavam assombrados para as pichações, macacos num monólito, vislumbrando, mesmo que sem entender, o futuro que os aguardava. Os carros que passavam zunindo lá embaixo não sabiam de nada. E, de qualquer forma, as pessoas que andavam de carro não eram nova-iorquinos de verdade, eram vítimas de algum equívoco básico. Os dois meninos aparentemente parados na pista de pedestres na verdade estavam avançando mais rápido do que os carros.

Mil novecentos e setenta e cinco.

Dylan Ebdus e Mingus Rude na primavera de 1975, descendo a Dean Street para voltar para casa, estudando pichações feitas com caneta preta e roxa em caixas de correio e postes de luz, DMD e FMD, DINE II e SCAR 56, tentando quebrar o código, murmurando as sílabas para si mesmos. Dylan e Mingus juntos e sozinhos, em janelas de tempo, pontuação. Um na Nevins, atravessando para o outro lado da rua para não cruzar com um grupo de garotos dos conjuntos, tentando esconder sua cara branca debaixo do capuz do casaco; o outro passando o tempo em bandos dispersos de garotos negros na saída da escola, depois indo para a Dean Street sozinho. Os dois, um da quinta série e o outro da sexta, encalhados em zonas, ou dentro de si mesmos. Garoto branco, garoto negro, Capitão América e Falcão, Punho de Ferro e Luke Cage. Em janelas de tempo, voltando de escolas diferentes para o mesmo quarteirão, duas *brownstones*, dois pais, Abraham Ebdus e Barrett Rude Junior, cada qual abrindo a tampa de papel laminado de suas respectivas refeições congeladas para descobrir que as ervilhas e rodelas de cenoura tinham invadido o purê de batata e o bife de carne moída, depois pondo-as sobre a mesa em melancólico silêncio. Jantar em silêncio ou ao som da televisão abafado pelo alarido de sirenes, a Nevins Street uma rota de fogo, uma trilha de destruição, os conjuntos incendiados novamente, um apartamento do décimo oitavo andar com um colchão fumegante empurrado pela janela até a metade, entalado. A grade de zonas, as ruas de *brownstones* espremidas entre a prisão e os conjuntos, Wyckoff Gardens, Gowanus Houses. As prostitutas na Nevins e na Pacific. Os adolescentes jorrando da escola secundária Sarah J. Hale a tarde inteira, meninas negras já maiores do que a *tua mamãezinha*, a Third Avenue outra terra de ninguém, o terreno baldio onde *estupraram aquela menina*. A casa de passagem, um lugar para pessoas meio lá meio cá, no meio do caminho entre a loucura e a sanidade. Era tudo assim, no meio do caminho, semi-insano. Você saía da sua escola semi-insana e tentava trilhar uma rota pela sua vizinhança semi-insana para voltar para sua própria casa semi-insana, semivazia. Dylan Ebdus e Mingus Rude como vultos atravessando névoas de silêncio a cada duas ou três semanas para ler revistinha ou matar o tempo praticando pichações com caneta esferográfica, exercícios com cartucho de festim, ensaios para alguma outra coisa.

A sala do seu antigo professor não tinha mudado nada, de forma que tudo podia não passar de um sonho, um erro. Ele podia estar saindo de uma aula do City College na rua 135 para visitar a Art Studens League na 57 em

1961, podia ser de novo um garoto da Columbus Avenue olhando embasbacado para os lados como se não fosse sequer nova-iorquino, como se fosse um matuto solto no paraíso dos prafrentex, certo de que estar vendo De Kooning a cada esquina, desfilando seu cavanhaque recém-cultivado e rezando para que ninguém percebesse o seu blefe e o mandasse de volta para o norte da cidade, *uptown*. Na época o Brooklyn era um lugar desconhecido para ele, com exceção de Coney Island, aquela distante e desbotada terra encantada onde, aos dezessete anos e bêbado de Coca-Cola, debaixo das tábuas rangentes do calçadão de madeira, sob faixas de sol e sombra, ele desabotoou o seu primeiro sutiã, o sutiã de Sasha Koster, e, com os colhões doendo, ejaculou espontaneamente em sua cueca justa. Ele devia ter se tocado que, ao derramar suas sementes ali, na areia fria e suja do Brooklyn, tinha se condenado. Devia ter imaginado que, embora a MacDougal e a Bleecker Street parecessem ser o seu futuro, ele acabaria se casando com uma modelo-vivo de Williamsburg, uma ex-aluna da Hunter que abandonara a vida universitária, uma fumante inveterada e maconheira convicta, uma hippie quando os hippies ainda nem existiam, e tendo de criar sozinho o filho dos dois num sobrado a cinco quarteirões de distância do Gowanus Canal. Ao libertar os seios de Sasha Kosher para o ar salgado de Coney Island, ele se comprometera para sempre com o distrito do Brooklyn.

Sua sala não tinha mudado nada e Perry Kandel não tinha mudado nada, ainda continuava genialmente maltrapilho em seu suéter com reforço nos cotovelos, seus dentes e sua pele ainda continuavam cinza como um desenho a carvão apagado, o cabelo revolto como o dos psicanalistas das charges da *New Yorker*. Kandel debruçou seu estômago impassível sobre a mesa para lhe dar um aperto de mão e lhe indicar uma cadeira, depois se recostou de novo e começou a falar como se estivesse retomando uma argumentação que tivesse passado metade de sua vida montando, mas que não chegaria a concluir nem que vivesse duas vezes.

"Os pensadores não estão pensando, Abraham. Os professores não estão ensinando. Os escritores não escrevem, sobem num palco e se masturbam, imitando Mailer e Ginsberg. Nós perdemos uma geração inteira. Rapazes entram aqui na minha sala para me dizer que pretendem viver num domo geodésico e criar abelhas, ou compor música coral em esperanto. Ou fazer happenings. A tradição está morta e enterrada. Nada é bom o bastante, não depois do Warhol, aquele biltre de orelheira. Nem ser simplesmente um homem ou uma mulher é mais considerado interessante. Outro dia eu fui ver um pretenso filme no Quad e, depois de três horas sentado, a única coisa que eu descobri foi que o David Bowie não tem pênis. Aquele lá nem se masturbar pode. Eu, de minha parte, tenho uma ambição menor, fazer com que os pintores continuem pintando, alguns pelo menos. Você, Abe, você é uma triste decepção."

"Você disse que queria me falar sobre um trabalho, Perry. Não me torture."

"Para mim, isso foi um ato de desespero. Você não estava vendendo quando vendeu seus quadros para o Hagopian, estava enterrando pistas, feito um animal culpado. Você tem vergonha da pintura, ela te constrange. O quê, vai me dizer que você está surpreso? Você acha que as notícias não chegam aos meus ouvidos?"

"Por acaso também chegou aos seus ouvidos a notícia de que o meu casamento naufragou?" Abraham Ebdus disse o que ainda não tivera coragem de dizer até aquele momento e olhou bem nos olhos do seu velho professor, querendo chocá-lo e fazê-lo parar de falar. Na verdade, porém, só chocou a si mesmo. Perry Kandel não parou nem para respirar.

"Existe um problema que ninguém nunca solucionou. Um pintor deixa um rastro de casamentos naufragados quando, antes de mais nada, ele tem a sorte de conseguir levar alguém para cama, mas, mas, mas... essencialmente o que ele faz é insistir em continuar cobrindo telas com cola de coelho e pigmento. É assim que ele conquista o direito de continuar naufragando casamentos."

Abraham não ia se rebaixar a ponto de mencionar coisas como filho ou hipoteca. "Se o que você me disse pelo telefone foi só para me fazer vir até aqui para ouvir um sermão..."

"Escuta, é um trabalho. Se é para você ou não, é você quem vai decidir. Ele envolve a aplicação de tinta com pincéis, mas só com fins puramente repreensíveis e de mau gosto, então relaxe. A sua renúncia ao seu talento não será comprometida."

"Eu agradeço a sua preocupação."

"Não há de quê. Um editor conhecido meu, um homem esperto para quem eu volta e meia perco somas consideráveis na mesa de pôquer, me perguntou se eu conhecia algum pintor jovem com inclinação tanto para o figurativismo quanto para o abstracionismo e com uma certa noção de cor. Eu disse claro, conheço uns dois ou três. Ele é o responsável por uma coleção de livros de ficção científica e quer lançá-la no mercado visando um público adulto para variar, o *pessoal universitário* — só Deus sabe o que ele imagina que isso possa ser. Para isso, ele quer alguém de fora da panelinha dos pintores comerciais de sempre. Ele usou a palavra *requintado*. Eu, pessoalmente, tremo só de ouvir essa palavra. Não gostaria nem um pouco de ouvi-la aplicada a mim."

Embora fosse com certeza retomar sua arenga galáctica dali a pouco, Perry Kandel fez uma pausa para saborear esse seu último floreio retórico, como se tragasse um charuto invisível. Depois, já tendo extraído seu preço — Abraham Ebdus estava mais consciente do que nunca naquele dia de que cada pequena coisa neste mundo tinha o seu preço —, seu velho professor rabiscou um nome e um número de telefone na via rosa de um formulário de avaliação de aluno e empurrou-a até o outro lado da mesa.

6.

Capuz da parca forrado de pele de coelho amarrado bem firme em volta do pescoço, visão de túnel mais reduzida ainda por estar de cabeça baixa, o menino só via mesmo os bicos dos seus tênis All Star Converse se alternando à sua frente, no meio de uma janela oval de calçada em movimento. Ele anda desse jeito pela Atlantic Avenue, seguindo até a Flatbush e a Quarta Avenida, mãos enfiadas nos bolsos, o inverno lhe dando uma certa cobertura, uma chance de mascarar mãos, rosto, a brancura toda. Ao atravessar a Quarta Avenida, é obrigado a levantar seu visor forrado de pele, virá-lo para a direita e para a esquerda, em busca do momento certo de atravessar as pistas de tráfego pesado para chegar à banca de jornal na ilha triangular de calçada. Visto através do pára-brisa dos carros fumacentos parados no sinal vermelho da Quarta Avenida, ou das janelas empoeiradas da Doray Tavern ou da Triangle Pawn Shop, o menino talvez lembrasse uma toupeira ou ratazana sobre duas patas, capuz cinza puxado para a frente, num formato semelhante ao de um focinho saliente e inquisitivo, acostumado a farejar perigos no ar.

O vulto de toupeira agora atravessa o cruzamento correndo, refugiandose na banca de jornal. Lá, levanta a cabeça de novo, gira o nariz ansiosamente para um lado e para o outro até descrever um círculo completo, talvez suspeitando ter sido seguido. Por fim, satisfeito, abaixa-se, sob o olhar indiferente do dono da banca, um árabe barbudo que esquenta as mãos sobre o aquecedor portátil enfiado perto dos seus pés no cubículo estreito e forrado de *People, Diario, The Amsterdam News.* O menino-toupeira se ajoelha, puxa a perna da calça para cima e empurra a meia de listras laranja para baixo. Umidamente aninhadas junto ao seu tornozelo encontram-se uma nota de um dólar e três moedas de vinte e cinco centavos. É terça-feira. O menino-toupeira arrasta a nota de um dólar e uma das moedas na borda de madeira gasta e macia da banca, empurrando-as para a frente, depois retira cuidadosamente as revistinhas estalando de novas das frias prateleiras de metal. Um exemplar de cada de *Os Vingadores* nº 138 e *Marvel Team-Up* nº 43, estrelada pelo Homem-Aranha e pelo Doutor Destino, e três exemplares do número de estréia de *Omega the Unknown*, um instantâneo item de colecionador, como prometiam os meses de textos de divulgação entusiásticos publicados nas colunas dos "Marvel Bullpen Bulletins" em outros títulos. O dono da banca olha, balança a cabeça e pisca os olhos vítreos, dando seu consentimento. A parca do menino-toupeira se abre por um perigoso instante, as revistinhas são enfiadas com extremo cuidado por baixo do cós da calça. O menino-toupeira fecha o casaco, relaxa os braços, faz testes para ver se está andando normalmente, se não está denunciando de alguma forma a presença das revistinhas, mas também para ter certeza de que não está amassando os preciosos nºs 1. As duas moedas restantes são agora transferidas para o bolso do casaco. Vão viajar junto com ele, apertadas dentro da palma fechada e suada da sua mão, para serem oferecidas na primeira oportunidade, ao menor sinal de confronto. Dinheiro para o assalto. Andar por essas ruas de bolso vazio é ser muito otário, é pedir para se estrepar.

Essa criatura de puro medo vai andando para casa, passinhos minúsculos para que as revistinhas não escorreguem.

Uma vez em casa, o menino-toupeira despe sua casca protetora. *Os Vingadores* e *Team-Up* são deixados de lado, ficam para depois. Dois exemplares de *Omega the Unknown* são guardados em sóbrios sacos plásticos. Os sacos plásticos são fechados com durex. Os sacos selados são colocados numa prateleira alta, arquivados. O terceiro exemplar, esse é para ler.

O tão anunciado Omega? Acaba que ele era um super-herói mudo, de outro planeta, mais ou menos uma mistura de Raio Negro com Super-Homem, se você permitisse a comparação. A revistinha era bizarra, pior do que insatisfatória. Omega, quando acaba, não era o centro da coisa. A maior parte das páginas se concentrava num outro personagem, um menino de doze anos que tem uma conexão psíquica inexplicada com Omega, um menino órfão, maltratado pelos outros garotos, que vai parar numa escola pública em Hell's Kitchen.

Ei, talvez até os gênios lá da Marvel já soubessem que você estava no inferno. Não importava, não ajudava em nada, porque nem você mesmo tinha permissão para saber disso, não de verdade. Não havia conexão nenhuma entre você e aquele pobre menino indefeso de *Omega the Unknown*, pelo menos nenhuma conexão que você pudesse se permitir enxergar.

Aquele menino? Ele só não tinha um pingo de malandragem, só isso.

Sexta série. O ano da chave de cabeça, o ano da canga, as bochechas quentes e vermelhas de Dylan espremidas no meio do braço dobrado de um ou outro garoto negro, a bolsa da escola escorregando para a sarjeta, bolsos rápida e facilmente revistados em busca do dinheiro do lanche ou de um passe de ônibus. Na Hoyt Street, na Bergen, na Wyckoff, se ele cometesse a estupidez de andar pela Wyckoff. Até na Dean Street, a um quarteirão de casa, diante dos olhos mortos das *brownstones*, à sombra do hospital sibilante, implacável. Adultos, professores, eles estavam tão distantes dali quanto Manhattan do Brooklyn, torres cegas e indiferentes. Dylan, ele era um inseto numa grade de ruas, garoto branco andando.

"Canga ele, cara", eles diziam, atiçando-se. Dylan era o objeto, o ensejo, não fazia a menor diferença se ele os ouvisse. "Canga o garoto branco. Vai lá, negão."

Ele podia ser cangado e empurrado para baixo ao mesmo tempo, abraçado ao quadril de alguém, e depois rodopiado ao ser solto, feito um pião humano, as pernas vergando, cruzando-se nos tornozelos. Ou cangado por trás, sem nunca saber direito por quem, depois que a chave de cabeça se desfazia e ele se via rodeado por três ou quatro garotos, testemunhas de olhos duros, sacudindo a cabeça diante da absoluta falta de sorte de ser branco. Era uma coisa banal, como dar risada. A canga acontecia espontaneamente, era uma brincadeira de meter medo, um trote.

Ele era liberado dela como de um episódio ameno de teatro de rua. "Ninguém te machucou, cara. Não foi a sério. Você sabe que a gente só tá brincando com você, não sabe?" Depois iam embora, abandonavam-no trôpego, esbaforido, enquanto se parabenizavam batendo nas mãos uns dos outros, parecendo mais espectadores admirados do que perpetradores. Se Dylan se engasgava ou gemia, eles ficavam perplexos e levemente decepcionados com o histerismo à-toa do garoto branco. Dylan não entendia nada, ainda não aprendera o seu papel. Nessas ocasiões, eles pegavam seus livros ou seu chapéu do chão e os metiam em suas mãos, tentavam recompô-lo. Um arremedo de afeição vivia na sombra de uma chave de cabeça. Cangador e cangado tinham forjado um estranho pacto.

Você garantia regularmente aos seus inimigos que o que vocês faziam juntos não tinha nome.

Dylan vertia saliva, lágrimas. Nos dias frios, trilhas de catarro das narinas. Uma vez, mijo. Às vezes mordia a língua e sentia o gosto do refluxo, o travo da humilhação engolido de volta. Eles faziam caretas, reviravam os olhos. Dylan era um caso perdido, manchado de vergonha. Eles tentavam relevar.

"Só de tocar nele o garoto sangra, porra."

"Nã, cara, ele é gente boa. Deixa ele em paz, cara."

"Você não vai contar pra ninguém, vai? Porque você sabe que a gente só tá brincando, não sabe? A gente nunca que ia fazer nada contigo, cara."

Dylan fazia que sim, tentava se controlar, não abria a boca. Ficava esperando que lhe dessem os parabéns por engolir o choro, por fazer silêncio.

"Tá vendo? Até que você é legal, prum garoto branco. Agora se manda."

Garoto branco era o seu nome. Crescendo, ele fizera jus ao título, cruzara uma fronteira, ganhara visibilidade. Dylan reluzia feito dinheiro sem dono. O preço do nome era o que quer que ele tivesse no bolso na hora, cinqüenta centavos ou um dólar.

"Ei, garoto branco, vem cá que eu quero falar contigo um instante", um dizia inclinando a cabeça para o lado, com preguiça de tirar a mão do bolso para fazer sinal para ele. Um garoto negro, dois, três. Um perto de um bando, talvez, nunca dava para saber quem estava com quem. Reviravam os olhos, rindo. A cena toda uma citação de si mesma, uma coisa meio tediosa, um número quase indigno de se representar.

Se Dylan ignorasse e tentasse seguir em frente: "*Yo, garoto branco*! Eu tô falando com *você*, porra".

"O quê que é, é *surdo*?"

Não. Sim.

"Ou será que não vai com a minha cara?"

Sem saída.

A verdade: ele atravessava a rua para ter seus bolsos esvaziados. O desfecho era óbvio de qualquer forma. Ele atravessava a rua como se um ímã o puxasse, como que magnetizado pela desgraça, subjugado por uma canga implícita, de forma que ninguém fosse obrigado a dizer *Ah, é? Então agora eu vou ter que te foder, cara. Quem manda tu não ouvir?* Era uma dança, cujos passos tinham sido marcados em cangas passadas. *Me chama de garoto branco que eu te entrego um dólar espontaneamente. Fiquei bom nisso agora.*

"Vem aqui só um instante, cara, eu não vou te machucar. Tá com medo do quê, porra? Você acha que eu vou te machucar?"

Não. Sim.

A lógica era absurda, a não ser como uma polirritmia de intimidação e tranqüilização, uma sedução. "Tá com medo por quê? Você é *racista*, cara?"

Eu?

A gente te canga por você achar que a gente vai te cangar: a gente vê nos teus olhos que você já vem *pré-cangado*.

O teu medo obriga a gente a provar que você tem razão.

Ele era encurralado nas esquinas das ruas, cercado em qualquer lugar. Dois garotos formavam uma jaula humana, uma caixa de desastre à espera na inocente calçada ensolarada, como se ele tivesse entrado na lendária geladeira abandonada.

Duas vozes faziam uma música paradoxal, irrespondível. Os dois atuavam um para o outro, não para Dylan. O prazer estava no contraponto, não havia lugar para uma terceira voz.

"Tá procurando quem? Ninguém vai te ajudar, não, cara."

"Nã, cara, esfria a cabeça. Esse garoto branco é legal, ele é gente boa. Não fode com ele, não."

"Então por que que ele tá me encarando, porra? *Yo*, você é um racista filho-da-puta, cara? Porque se for, eu vou ter que arrebentar os teus cornos só por causa disso, cara."

"Nã, cara, cala a boca, ele é legal. Você é legal, não é, cara? Ei, você tem um dólar aí pra me emprestar?"

A essência, a pergunta básica no centro da charada, formulada milhares de vezes, de milhares de maneiras diferentes:

"Que que tá olhando, cara?"

"Tá olhando o quê, porra?"

"Pára de olhar pra mim, garoto branco. Ó que eu te dou um tabefe, filho-da-puta."

Fora para isso que Robert Woolfolk o tinha preparado. Robert dera de presente a Dylan a sua própria vergonha, o seu silêncio de múmia, para uso diário. Cada encontro trazia a assinatura de Robert — fisgadas de dor e uma lógica torta, metralhadas de perguntas que não levavam a nada. O ritual de garantir que nada acontecera de fato. E a culpa da pele branca de Dylan justificando tudo, encobrindo tudo.

O

que

que

eu

tô

olhando?

Se o menino-toupeira chegava de fato a levantar seus olhos ligeiros do chão, provavelmente era porque estava olhando em volta à procura de um adulto, ou talvez de algum menino mais velho conhecido seu, alguém que pudesse tirá-lo daquela prisão. Mingus Rude, por exemplo. Não que ele tivesse claro na sua cabeça que realmente queria que Mingus o visse daquele jeito, encolhendo-se de medo diante da perspectiva de uma canga, garoto branco com a cara vermelha de ódio. *Ei, eu não sou racista, o meu melhor amigo é preto*! Isso era uma coisa que obviamente não dava nem para pensar em dizer. Nunca ninguém tinha dito quem era melhor amigo de quem. Mingus Rude provavelmente tinha milhares de melhores amigos, caras da sétima série, negros, brancos, sabe lá mais o quê. E o menino-toupeira era tão capaz de dizer preto em voz alta quanto era de responder *Eu tô olhando pra porra da tua cara, caralho*! Enfim, fosse como fosse, Mingus Rude não estava nem perto dali. Os alunos da sétima e da oitava série tinham aula no prédio principal, na Court Street, enquanto Dylan estava sozinho no anexo, a um quarteirão e um milhão de anos de distância, a um milhão de passos aterrorizados e um garoto de um milhão de dólares de distância de lá.

Abraham Ebdus segurava o molho de cartões-postais do mesmo jeito como segurara as torradas queimadas, frouxamente, quase deixando que caíssem, e olhando para eles de cenho franzido, como se tivessem arruinado alguma coisa ou estivessem eles próprios arruinados. Espalhou-os sobre a mesa do café-da-manhã e depois ficou olhando para os próprios dedos. Talvez os cartões tivessem deixado um cheiro ou uma mancha de alguma coisa nas pontas dos seus dedos. Talvez ficassem melhores se ele os raspasse ou besuntasse com manteiga e geléia de laranja. Na verdade, mereciam mesmo era ir para o lixo. Mas, em vez de jogá-los fora, Abraham entregou-os ao garoto.

"Você conhece alguém em Indiana?"

O menino tinha vindo tomar café de mochila nas costas, atrasado, como sempre. Os dois pareciam aqueles velhinhos que moram na YMCA, cada qual acordando ao toque do seu próprio despertador dentro do seu próprio quarto e se encontrando à mesa do café. O despertador de Dylan era um radiorrelógio sintonizado numa estação só de notícias cuja chamada esporrenta, feita de toques de trombetas, efeitos sonoros de teletipo e uma voz que proclamava "A vigília pela notícia não pára nunca", atravessava as paredes do quarto e atingia em cheio os ouvidos de Abraham. Era como ser arrancado do sono levando uma bordoada das notícias da semana na cabeça. O garoto vivia num mundo ansioso. Seu sistema nervoso parecia operar como os circuitos de um robô. Agora ele estava se inclinando sobre a mesa, com a mochila pendurada nas costas da cadeira, e piscando os olhos para os cartões-postais, enquanto tomava um gole de suco de laranja.

"O primeiro chegou um mês atrás", disse Abraham. "Esse aí do caranguejo."

Abraham Ebdus viu que o menino estava precisando de sapatos novos. Dylan arruinava a parte de trás dos sapatos com sua mania de calçá-los sem desamarrar os cadarços. E gastava toda a borda interna da sola com seu jeito de andar com as pontas dos pés, que as palmilhas corretivas não tinham corrigido, viradas para dentro. Dylan queria usar tênis todo dia, um determinado modelo de tênis que era o objeto do desejo de toda a garotada. Dylan tinha falado com raiva sobre o assunto, e Abraham compreendera que o que estava em jogo não era tanto status, mas sim uma espécie de limite máximo da humilhação, a sobrevivência da disposição do garoto até para continuar a enfrentar a escola todos os dias. Abraham comprou os tênis para ele, mas sob a condição de que continuasse a usar os sapatos ortopédicos marrons, que pareciam aqueles chapéus de palha que se usavam em 1950. Tênis só em dois dos cinco dias da semana, era o trato.

O menino passou os dedos sobre os cartões-postais, mas não fez nenhum comentário. "A torrada tá queimada", falou, em vez disso, com a cabeça enterrada nos ombros. Virou duas vezes o cartão com a foto do caranguejo, lendo a mensagem, depois examinando de novo, de cenho franzido, a fotografia em tons de filme tecnicólor do caranguejo vermelho sobre um fundo de areia cor de bronze. Seus óculos escorregaram e ele os empurrou de volta para cima com o polegar, um gesto furtivo executado com a destreza de um fugitivo. O garoto era um bicho-de-toca.

"Me dá aqui esses óculos", disse Abraham.

Dylan não falou nada, só entregou os óculos. Abraham tirou uma chave de fenda minúscula do fundo de uma gaveta da cozinha e ajustou os parafusos das dobradiças da armação de plástico do garoto. Aqueles óculos eram uma merda, feitos de um material de merda, parte do oceano contemporâneo de objetos de plástico. Abraham olhou para eles com desgosto e fez o que pôde, apertou os parafusos, fazendo o seu trabalho de miniaturista. Esse era o nível em que era possível melhorar as coisas. Agora Abraham sentia um certo arrependimento de não ter levado os estranhos e inadequados cartões-postais para o seu estúdio e de não tê-los alterado, forjado a fonte Courier da mensagem datilografada com seus pincéis delicados, consertado aquelas palavras idiotas e enigmáticas para fazê-las dizerem mais do que diziam, repintado a casca vermelho-carro-de-bombeiro do caranguejo em tons naturais de verde e marrom. Como se caranguejos fossem vermelhos daquele jeito antes de cozidos. Gente imbecil.

Abraham Ebdus passara uma hora estudando o cartão-postal do caranguejo no dia em que o cartão chegou, cinco semanas antes, na verdade. O nome inteiro de Dylan fora datilografado no verso, o endereço e a mensagem também, tudo com uma máquina de escrever mecânica cuja fita mal encaixada ornamentava cada uma das letras vacilantemente tecladas com uma tênue subauréola vermelha. Uma inspeção minuciosa revelou também uma pequena trilha de endentações oleosas provocada pelo roçar do cartão na extremidade direita do cilindro da máquina de escrever. O selo de postagem era uma reprodução do LOVE, de Robert Indiana — aquele charlatão — e a mensagem, toda escrita em letras minúsculas e sem pontuação, dizia:

> este caranguejo corre de lado para o oeste
> foge da panela no fogo
> mas não perde a viagem
> nem de barriga vazia
> sonhos de sereia do oceano pacífico
> seja bonzinho d e você um dia verá um

Sem assinatura. O carimbo postal era de Bloomington, Indiana, o que para Abraham não poderia significar menos. Três outros cartões chegaram nas semanas seguintes. O segundo trazia o mesmo carimbo de Indiana, enquanto os dois seguintes indicavam uma errática trajetória rumo ao oeste: Cheyenne, Wyoming, e Phoenix, Arizona. Todos com o mesmo selo do LOVE e igualmente aforísticos, só que agora o datilógrafo resolvera pôr uma indicação de autoria, também em letra de máquina, embaixo dos poemas amalucados, com as iniciais maiúsculas para mostrar que era o nome do autor: *Caranguejo Fujão*. Abraham Ebdus lera as mensagens subseqüentes do Caranguejo Fujão com uma fúria tão grande que chegava a embaçar as palavras disparatadas, fazendo-as nadar diante de seus olhos. De qualquer modo, elas não eram dirigidas a ele.

Agora ele perguntou de novo ao filho: "Você tem algum amigo em Indiana?". Estava jogando verde, não conseguiu se segurar.

Dylan não respondeu, só juntou os cartões como se fossem um baralho e enfiou-os na mochila, sem ler. Guardando-os para mais tarde. Não parecia nem um pouco surpreso.

"Eu devia ter entregado pra você assim que eles chegaram", disse Abraham. "Vou fazer isso de agora em diante. Se chegarem outros."

Dylan ficou olhando para o pai por um instante, enquanto procurava a melhor posição para os óculos recém-ajustados em seu nariz.

"Eu já recebi dois", disse Dylan. "Chegaram no sábado."

Agora foi Abraham quem ficou calado.

Do lado de fora, no último degrau da escada da frente, o garoto olhou para trás para ter certeza de que Abraham não estava espiando pela janela da sala, depois tirou a mochila dos ombros e abriu-a. Lá dentro estavam os seus tênis, Pro Ked modelo 69, de brim azul-marinho, com as listras de borracha azuis e vermelhas na sola como grossas e agradáveis insígnias de autenticidade. Cutucando com a ponta da unha, você descobria que as listras de borracha tinham a mesma textura de chiclete, mas resistente ao mesmo tempo, de uma *spaldeen* nova. Hoje ninguém iria andar atrás dele cantando *Rebotalhos, fazem seu pé se sentir bem, rebotalhos, custam menos que um vintém*, porque aqueles tênis definitivamente não eram rebotalhos. Poucas coisas eram tão claras. Com a mochila ainda aberta, o garoto aproveitou para esconder os óculos, empurrando-os para um canto, ao lado dos seis cartões-postais do Caranguejo Fujão, os dois que ele próprio pegara na caixa do correio e os quatro novos, três deles ainda não lidos, que ele examinaria mais tarde. Seu interesse pelos cartões-postais não ia além de simples curiosidade. As missivas do Caranguejo Fujão eram divertidas, mas não tinham nada a ver com a vida dele, como um programa de televisão datado e essencialmente esquecível que mesmo assim você via muito, mas com desdém, gabando-se de raramente rir ou mesmo sorrir das piadas, como *Gilligan's Island* ou *Mister Ed*.

Dylan trocou os sapatos ortopédicos marrons pelos tênis Pro Keds, mas os sapatos não foram para dentro da mochila. Não chegavam nem perto da escola já fazia algum tempo. Tinham um lugar cativo no canteiro do pátio da frente, à esquerda da escada, debaixo da forsítia agigantada de Rachel Ebdus, uma cova estreita que o próprio menino cavara, onde podiam ficar aninhados junto da terra, dos insetos e dos gravetos, até que o garoto voltasse da escola e os tirasse de lá. Aqueles sapatos eram um artefato do passado intermitente, sapatos fósseis, e o lugar deles era debaixo da terra. Eram chamados de pisadores de baratas porque todo mundo os associava, com razão, a essas suas primas ancestrais. O fato de sua sobrevivência até o presente ser algo de fenomenal não a tornava nem um pouco menos embaraçosa. Sapatos tinham de se adaptar, ganhar asas e disfarçar-se de pássaros dos dias atuais, como os dinossauros fizeram. Ou então voltar para o oceano e virar tartaruga. Até que se entocassem de novo no passado, que era o lugar deles, eles podiam viver na terra, escondidos entre as raízes frias da forsítia que nunca mais seria podada nem desbastada. Lá, ficariam a salvo da luz do sol, que tanto os constrangia. Era para o bem deles próprios. Se o Caranguejo Fujão mandasse um cartão-postal com o endereço do remetente, Dylan mandaria os sapatos para ele pelo correio. Caranguejo e sapatos podiam correr juntos pela areia, fugir para o mar. Dylan, de sua parte, preferia ficar com o Pro Keds.

Perto do fim daquela desconexa primavera da sexta série, eles se acharam de novo, como se fosse a coisa mais normal do mundo, como se não tivessem perdido meio ano de tardes inteiras. Mingus usava uma jaqueta verde-militar, muito embora estivesse quente demais para usar casaco, e a jaqueta retinia, cheia de alguma coisa metálica que fora enfiada pelos buracos dos bolsos rasgados e aninhada dentro do forro. A pala de trás da jaqueta ostentava o *tag* de Mingus, DOSE, elaboradamente cercado de estrelas parecidas com asterisco e sinais gráficos estilizados. Nada disso foi comentado. Mingus entreabriu a porta do subsolo da sua casa, Dylan enfiou sua mochila da escola lá dentro, e os dois saíram andando pela Dean Street, descendo o quarteirão que tinha se tornado tão inútil, sem *skully*, sem jogos de bola, ou qualquer garoto de que você pudesse se lembrar metido em algum bando ou gangue, células de sobrevivência. Só Marilla e La-La ainda continuavam por ali, só que elas agora não pareciam nem sequer te reconhecer, enquanto cantavam uma para a outra *I'm eightee-een with a bullet, got my finger on the trigger, I'm gonna pull it, yeah...**

Foram andando em silêncio rumo a Brooklyn Heights, para longe da Dean Street, deixando Gowanus Houses e Wyckoff Gardens para trás, passando ao largo da Court Street e da I.S. 293. Pegando a Schermerhorn Street, passaram batidos pela sombra da Brooklyn House of Detention e adentraram o recanto dos Heights. Lá, mergulharam com alívio na invisibilidade absoluta, caminhando pelas ruas silenciosas e sombreadas — Remsen, Henry e Joralemon — quarteirões ancestrais de *brownstones* que eram como plácidas

* "Estou no décimo oitavo lugar e com uma bala, meu dedo está no gatilho e eu vou apertar." Na parada da *Billboard*, as músicas que estão em trajetória ascendente de sucesso são assinaladas com uma bala ("with a bullet") ao lado do título. (N. T.)

tomadas de abertura, cenas que jamais seriam perturbadas por açao nenhuma. A Remsen principalmente parecia um arboreto, um diorama de sobrados perfeitos e quase idênticos um ao lado do outro sob um dossel de árvores, os tetos iluminados das salas de visitas reluzindo detrás das cortinas como manteiga esculpida, as aldrabas e maçanetas de bronze das portas como feições de máscaras luzidias, os números das casas gravados em placas prateadas e douradas presas em bandeiras de vidro bisotado. Aquele era o *Brooklyn de primeira*, a condição a que Boerum Hill claudicantemente aspirava. Ali, as escadas da frente dos sobrados eram como escadarias de castelos. Ninguém entrava nem saía, pelo menos não que Dylan visse.

Os dois continuaram praticamente invisíveis também entre as aglomerações da Montague Street, as enxurradas de alunos de escolas particulares, Packer Institute, Saint Ann's e Brooklyn Friends, que afluíam às ruas às três da tarde. A garotada dos Heights se amontoava em frente ao Burger King e ao Baskin-Robbins em patotinhas ébrias de excitação, meninos misturados com meninas, todos de camisa Lacoste e calça de veludo, as mangas de suas jaquetas de suede amarradas na cintura, flautas e clarinetes em estojos de couro descuidadamente empilhados junto com as mochilas aos seus pés, seus sentidos tão absortos num cosmos particular de flertes que Dylan e Mingus passavam por eles como raios X.

Então, uma menina loura com um intricado aparelho nos dentes saiu de sua rodinha de sósias e chamou por eles. Com os olhos arregalados diante da sua própria ousadia, ela lhes mostrou um cigarro.

"Tem fogo?"

Seus amigos começaram a rir daquela cena de comédia fabricada, mas Mingus aparentemente não ligou, podia viver dentro da citação, torná-la real. Cavucou o forro da jaqueta e puxou lá de dentro um isqueiro azul-celeste, feito uma embalagem de PEZ que, em vez de esguichar bala, soltava uma pequena língua de fogo. Como a garota podia saber que Mingus tinha um isqueiro Dylan não fazia a menor idéia. O tom da cena mudou de novo, a garota se inclinou, seus olhos ferinamente apertados agora, ao mesmo tempo excitada e cautelosa, abaixou a cabeça e prendeu o cabelo atrás da orelha para protegê-lo da chama. Virou-lhes as costas assim que o cigarro acendeu, e Dylan e Mingus seguiram em frente, dispensados.

Os garotos dos Heights eram ricos principalmente uns com os outros.

O Promenade de Brooklyn Heights era uma orla de parque projetada sobre a Brooklyn-Queens Expressway e os estaleiros, o beiço amuado do Brooklyn. Velhinhos e velhinhas ciscavam como pombos na calçada, ou ficavam sentados perfilados nos bancos, congelados com um maço de jornal na mão, diante dos tediosos espigões de Manhattan, o horizonte recortado pelo contorno dos edifícios como um programa a que ninguém assistia mas que passava mesmo assim, como o hino que tocava quando um canal saía do ar, como a famosa estática. Mais adiante, a baía suja respingava a paisagem, a fumaça amarela de Nova Jersey pairava acima das barcas vagarosas e da Estátua com jeito de bugiganga. Dylan e Mingus eram detetives, não estavam ali realmente. Seguiam pistas. O rastro era legível em letras exuberantes, nervosas, traçadas com tinta em postes de luz, caixas de correio, mastros de alarme de incêndio e portas de garagem ou com a ponta do dedo sobre a camada de poeira dos capôs de caminhões.

ROTO I, BEL I, DEAL, BUSTER NS, SUPER STRUT, FMD.

"Non-Stop Action", traduziu Mingus. Estava silenciado pelo conhecimento, o olhar perdido. "Flow Master Dancers."* *Tags* não eram diferentes do resto das coisas: códigos em camadas, prontos para serem descascados ou encobertos por uma nova camada.

Roto, Bel e Deal eram do DMD Crew, um grupo novo, de caras de Atlantic Terminals, um conjunto habitacional do outro lado da Flatbush Avenue.

Super Strut era das antigas, já existia fazia um tempão. O estilo podia parecer engraçado agora, mas você tinha que respeitar.

A palavra TOY estava escrita por deboche por cima de alguns *tags*, em sinal de desrespeito a um grafiteiro incompetente.

Quem escrevia TOY num *tag* da DMD estava pedindo para *levar porrada*.

Mingus remexeu no forro do casaco à procura do seu El Marko, uma espécie de pincel atômico que consistia num frasco bojudo de vidro com uma ponta grossa de feltro na tampa. Uma tinta roxa chacoalhava dentro do frasco minúsculo, manchando o vidro em cortinas de cor. Mingus sacou um alfinete de fralda da jaqueta e fez vários furos na ponta de feltro, até que a tinta começou a escorrer tão profusamente que chegou a borrar a pele clara

* Non-Stop Action e Flow Master Dancers são nomes reais de grupos de gratifeiros que ficaram famosos na Nova York dos anos 70. (N. T.)

da palma da sua mão e o punho verde da sua jaqueta imensa. Dylan sentiu um arrepio do prazer que estava acostumado a associar com os pincéis minúsculos do pai, as rodas dentadas do Spirograph e as chapinhas de *skully*.

DOSE escalou um poste de luz, enquanto a mão de Mingus se movia em arcos bem ensaiados.

Um *tag* era uma resposta, um chamado para os que sabiam ouvir, como o latido de um cão é entendido além das cercas. Uma resposta em líquido roxo. As letras gotejavam, exalando um fedor arrepiante. Toda vez que mudavam de lugar, Mingus empurrava Dylan para apressá-lo, o El Marko retinindo dentro do forro da sua jaqueta ao chocar-se com o isqueiro azul e sabe-se lá mais o quê. Com Mingus puxando Dylan pelo cotovelo, os dois atravessaram a rua diagonalmente, fugindo de perseguidores que não eram necessariamente reais. O caminho dos dois garotos era uma frase em ziguezague que consistia numa única palavra, DOSE, escrita em espaços em branco espalhados por toda parte.

Sob olhos desatentos, o invisível autografava o mundo.

A longa trilha do Promenade terminava numa pracinha abandonada, dois balanços, um escorregador. Mingus parou um minuto para deixar sua marca na prancha prateada e calejada do escorregador, pichando um DOSE particularmente suculento, envolto por um halo gotejante.

Mingus ofereceu o El Marko a Dylan. O frasco, crivado de impressões digitais roxas, rolava como uma fruta madura, uma ameixa, na palma da mão manchada de Mingus.

"Toma", disse ele. "Picha. Rápido."

"Como é que eu faço pra saber o que escrever?"

"Você ainda não tem um *tag*? Então inventa um."

Vendledora Automática, Will-Fuck, Dose. A Marvel tinha razão, o mundo era feito de nomes secretos, você só tinha que descobrir o seu.

Garoto branco?

Omega, o desconhecido?

"Dillinger", disse Dylan. Ficou olhando para Mingus, sem chegar exatamente a estender a mão para pegar o El Marko.

"Longo demais, cara. Melhor alguma coisa como Dill 3 ou D-Lone."

Uma babá filipina entrou na pracinha, empurrando um carrinho rangente de bebê.

"Vambora."

Você era capaz de fugir de uma mulher de um metro e trinta de altura e de um bebê afivelado num carrinho, dar no pé histérico e meio bêbado de excitação. Era só a ameaça real que o paralisava, que transformava os seus pés em tijolos, que fazia com que você enfiasse a mão no bolso e entregasse de mão beijada todos os trocados que tivesse. Vai entender.

Mingus içou-se na cerca que circundava a pracinha, jogou uma perna para cima, saltou do outro lado. Dylan, tentando acompanhá-lo, acabou ficando pendurado de barriga em cima da cerca, o corpo dobrado ao meio. Debaixo dos braços de Dylan, Mingus se preparou para lhe dar apoio, enquanto Dylan esperneava tentando tomar impulso. Os dois caíram juntos do outro lado, feito um saco de gatos de desenho animado.

"Caramba, filho, sai de cima de mim!"

Dylan encontrou seus óculos, que tinham caído na grama. Mingus se levantou e espanou a calça, a jaqueta, como James Brown removendo fiapos imaginários da roupa. Tinha um sorriso no rosto, uma expressão luminosa. Um pedaço de folha estava preso nos anéis do seu cabelo.

"Levanta, filho, você tá no chão!" Mingus, quando estava muito feliz, chamava Dylan de *filho* com uma voz retumbante, outra citação, um misto de Redd Foxx com Frangolino.

Estendeu a mão, puxou Dylan para ajudá-lo a se levantar.

Havia alguma coisa na colisão física, um momento em que a irritação afetuosa encontrava uma válvula de escape. Não era sexual, era mais a contrariedade cotidiana com o que você supostamente deveria estar fazendo com o seu tempo sendo respondida pela ocasional queda de bunda no chão.

Você sentia a utilidade da coisa. Os garotos italianos da Court Street derrubavam uns aos outros no chão regularmente.

Dylan queria tirar a folha do cabelo de Mingus, mas deixou para lá.

Os dois desceram uma rampa e chegaram num canteiro meio escondido, um triângulo de terra inclinada cheio de capim e ailantos melancólicos, sufocado pela fumaça dos canos de descarga na beira da Brooklyn-Queens Expressway; os carros zumbindo lá embaixo, indiferentes. O canteiro estava repleto de guimbas de cigarro, garrafas de cerveja, pedaços de pneu. Formava outro oásis de desamparo, com toda a autoridade secreta da casa abandonada. Até o Brooklyn Heights era margeado de destroços, a porcaria característica que estava na base de tudo.

Mais uma vez, os dois percorriam trilhas famosas, como peregrinos. O muro de pedra que se erguia até o Promenade estava coberto de letras de quase dois metros de altura, pacientes obras-primas de grafite para serem vistas pelos motoristas em trânsito. Recuaram até a beirada da via expressa para admirar a arte, Dylan ajeitando a posição dos óculos no nariz. MONO e LEE: a dupla dinâmica também atacara ali.

Na imaginação de Dylan, Mono era negro e Lee branco.

Mingus se encostou no muro pintado, sob a sombra dos ailantos, e acendeu o isqueiro azul, segurando-o na horizontal na ponta de um pequeno cachimbo cromado, mais um produto-surpresa do forro da jaqueta verde. Cabeça inclinada, olhos semicerrados em concentração, Mingus tragou o cachimbo, segurando-o entre os lábios apertados. Fios de fumaça lhe escaparam pelo nariz. Fez um gesto para Dylan com o queixo e depois soltou o ar finalmente.

"Tá a fim? É maconha."

"Nã." Dylan tentou responder com leveza, como se estivesse recusando a oferta por acaso, mas pudesse facilmente ter aceitado.

Lá embaixo, caminhões passavam rugindo, muros em movimento. Traziam seus próprios grafites de outras partes da cidade, mensagens alienígenas propagadas por transmissores indiferentes, como vírus.

"Eu peguei do Barrett. Ele guarda a erva no congelador."

Nos últimos tempos, Mingus passara a chamar o pai de Barrett. Para Dylan, aquilo provavelmente era a chave de tudo, o gesto crucial que marcava toda uma postura. Sozinho, chegara a ensaiar a possibilidade sussurrando para si mesmo: *Abraham, Abraham, Abraham.*

"Ele sabe?", perguntou.

Mingus fez que não. "Ele tinha tanta, não vai nem notar." Acendeu o isqueiro novamente. Uma chama alaranjada se alastrou dentro do bojo do cachimbo, soltando leves estalos. Dylan se esforçava para não demonstrar seu fascínio.

"Você já fumou maconha?"

"Claro", mentiu Dylan.

"Não tem nada de mais."

"Eu sei."

"Todo mundo fica de barato com algum troço — é o que o Barrett diz." *Todo mundo fica de barato com algum troço* carregava, como DNA musical, um traço de *A mãae foi embora, mas o garoto tá segurando as pontas.*

"Eu sei, já fumei. Só não tô muito a fim agora."

"Já?", Mingus testou-o gentilmente.

"Claro", disse Dylan. "A minha *mãe* é maconheira. Tava sempre viajando." Assim que o comentário saiu da sua boca, Dylan se deu conta de que traíra Rachel, lançara mão dela como de uma chapinha de *skully* que você joga com indiferença, sem se importar de perdê-la.

Flanando de bobeira na sua própria linguagem, falsamente relaxado, você descobria de repente o que já sabia. As histórias se embutiam nas palavras como trocadilhos, à espera.

Caranguejo Fujão *não perde a viagem.*

"É, bom, por falar em mãe, a minha pôs o Barrett pra fora de casa por causa das drogas", disse Mingus. Parecia impelido a compartilhar sua própria desgraça, mas depois ficou mudo. Talvez mencionar a mãe de alguém em voz alta, mesmo que fosse a sua, fosse mancada suficiente para arruinar qualquer tarde.

Você nunca estava a salvo de dar um vacilo como esse — dizer a palavra indizível e depois assistir ao estrago que ela fazia. Evitando menções à Intermediate School 293 e aos termos *branco* e *preto* você poderia pensar que estava livre desse risco, mas estaria enganado.

Devia existir toda uma outra linguagem. Do jeito que as coisas eram, um simples comentário sobre Rachel apontava como uma sombra de relógio de sol para situações como a do Robert Woolfolk, coisas que você tinha batalhado para manter obscuras. E aí você se pegava de novo exatamente onde não queria estar. Imprensado na grade.

Um garoto branco na sexta série, contorcendo-se sob o foco fulminante de todos os olhares.

Cangado.

Yo mama. Mingus fez o cachimbo desaparecer dentro da jaqueta. Usando o apoio das mãos, os dois escalaram a rampa, depois treparam na cerca com facilidade e, em silêncio, foram andando pela Pierrepont, deixando o Promenade para trás. Embora Dylan agora estivesse pronto para aceitar o El Marko, pronto para tirar a tampa que cobria a ponta de feltro toda furada e ensopada de tinta roxa e senti-la deslizar debaixo da sua própria mão, pronto para descobrir seu próprio nome de grafite e escrevê-lo, gotejante, em postes de luz ao lado do DOSE de Mingus, eles não picharam nada. As mãos de

Mingus continuaram enterradas dentro dos bolsos da jaqueta, os punhos metidos no forro para segurar o isqueiro, o cachimbo e o El Marko para que não chacoalhassem ao colidir com suas coxas.

Mingus seguindo em frente com seus passos elásticos, a folha ainda presa no cabelo.

Dylan não era nem sequer um *toy*, não ainda.

Talvez Mingus estivesse viajando também, sua cabeça em outro quadrante, quem sabe na Zona Negativa. Mas isso já era complicado demais para levar em consideração. Tudo não passava de *mais um desdobramento revoltante*, para citar Ben Grimm, mais conhecido como o Coisa.

Ele já tinha aprendido que era melhor não apanhar a correspondência antes que o garoto chegasse da escola, deixar que ele largasse a mochila no chão, examinasse o que quer que tivesse sido enfiado pela fresta do correio e escamoteasse o cartão-postal do Caranguejo Fujão, se mais um tivesse chegado, escondendo-o no meio das suas coisas pessoais, uma categoria criada pelo garoto e que estava constantemente em expansão. Só depois que Dylan já tinha esgravatado a correspondência toda com o pé, espalhando-a pelo chão do hall e abandonando-a ali, é que Abraham Ebdus recolhia as contas, cartas, convites de exposições e o que mais tivesse chegado. Assim, a correspondência do dia passava a tarde inteira jogada no chão, atrás da porta, e Abraham, em suas viagens do estúdio para a cozinha para pegar um café ou um sanduíche, fazia sinceramente o melhor que podia para não reparar se havia ou não alguma beirada de cartão-postal saindo para fora da pilha. Abraham não queria saber.

Naquela noite, depois que Dylan já tinha passado pelo hall e ido para a cozinha para espalhar seu dever de casa em cima da mesa, Abraham encontrou no meio da correspondência um pacote fino, com o nome do seu novo empregador no remetente. Embora tivesse adivinhado o conteúdo do pacote imediatamente, ficou olhando para o embrulho por um longo minuto, enquanto uma escuridão se formava atrás de seus olhos, uma espécie de dor de cabeça de raiva e orgulho. Quando finalmente resolveu abrir o embrulho, um arrepio de ódio de si mesmo percorreu seu corpo, e ele quase rasgou o pacote ao meio, destruindo o livro fino, de capa mole, antes que ele lhe surgisse diante dos olhos.

Circo neural, de R. Fred Vundane, era o primeiro livro de uma coleção intitulada New Belmont Specials, anunciada como "Ficção especulativa de baratinar, sob medida para a Era do Rock". Capa de Abraham Ebdus: uma paisagem surrealista de terceira categoria, evocando um cenário desértico, lunar ou inconsciente, polvilhada de formas biomórficas de cores vivas, mas estranhamente sinistras ao mesmo tempo — um trabalho que bebia na fonte de Miró, de Tanguy, de Ernst e até de Peter Max, mas que estava muito longe de fazer jus às fontes em que bebera. Por cima da sua guache-sobre-papelão, o departamento de artes gráficas da Belmont Books aplicara uma fonte sem serifa amarelo-fluorescente que pretendia fazer lembrar letras numa tela de computador. Abraham se arrependia agora de ter deixado que usassem seu nome verdadeiro; devia ter inventado um pseudônimo, como o autor aparentemente fizera: algo como A. Fried Mothball ou J. R. R. Foolkiller. As cores que aplicara com seus próprios pincéis feriam seus olhos.

Abraham levou o livro para a cozinha, pensando em largá-lo em cima da mesa casualmente, no meio do dever de casa de Dylan. O rancor impeliu seu pulso e ele acabou atirando o livro no chão. O livro derrapou no piso, indo parar debaixo da mesa, perto dos pés de Dylan. Dylan levantou as sobrancelhas, olhou debaixo da mesa.

"O que é isso?"

"Meu primeiro livro publicado", disse Abraham, sem conseguir disfarçar a amargura na voz.

Dylan pegou o livro do chão e o levou para a sala, sem dizer nada. Abraham tirou um pacote descongelado de costeleta de carneiro da geladeira e o colocou dentro da pia, abrindo a torneira em seguida. Pôs algumas cebolas em cima da bancada e ficou olhando para elas. Só conseguiu suportar o silêncio por alguns minutos antes de espiar para dentro da sala, vendo Dylan encolhido num canto do sofá, o corpo inteiro enroscado em torno de *Circo neural*. Dylan não levantou os olhos quando Abraham entrou. O garoto lia livros como um animal ataca uma carniça: com o cenho franzido em concentração, virava as páginas numa velocidade impressionante, arrancando nacos da carne não essencial da prosa para examinar o esqueleto da história, os fatos nus e crus ou os disparates cruciais. Dylan Ebdus não lia, *tirava bifes*.

Abraham voltou para a cozinha. Cortou as cebolas em rodelas, botou as costeletas para fritar numa panela. Quando pôs a comida na mesa e estava prestes a chamar Dylan para jantar, viu que o garoto acabara de entrar na cozinha com o livrinho de cores berrantes na mão.

"Até que não é ruim", disse o filho de Abraham Ebdus. Seu tom sugeria que já tinha lido vários bem piores. Então, num gesto de um humor quase insuportavelmente cáustico, o garoto pôs o livro cuidadosamente no mesmo lugar do chão em que Abraham o atirara, cobriu a boca com a mão fechada e simulou uma leve tosse. Depois, virou-se para o seu prato.

O livro ficou ali durante todo o jantar, à deriva entre os pés dos dois. Mais tarde, quando a televisão já estava ligada e Dylan convenientemente instalado em seu banco cativo na igreja de *O homem de seis milhões de dólares*, Abraham apanhou o livro, enfiou-o no bolso de trás da calça e carregou-o lá para cima. No estúdio, tirou uma fileira de frascos de tinta de uma prateleira que ficava logo acima do nível de seus olhos, na escrivaninha em que ele pintava celulóide. *Circo neural* não ficaria sozinho por muito tempo: Abraham já pintara três outras capas para a New Belmont Specials, e uma quarta, ainda em estágio inicial, estava pousada numa mesa do outro lado do estúdio. Abraham não se sentia capaz de encará-la agora.

Mergulhou seu pincel na tinta e focou seus olhos ardidos de cebola no pequeno fotograma em que vinha trabalhando. A trama do seu filme voltara-se, nos últimos tempos, para o banimento ou a purgação, em etapas, da cor. Através de movimentos infinitesimais, pequenos borrões e eclipses, o preto e o cinza estavam começando a dominar a área acima da linha do horizonte no centro do fotograma, enquanto o branco e o cinza dominavam a área de baixo. As poucas cores que ainda restavam estavam amortecidas e em rápido processo de desbotamento, como que desestimuladas pelo rumo que as coisas estavam tomando, pela óbvia sentença de morte que pairava sobre elas. Tinham visto o que estava escrito na parede. *Primeiro eles vieram buscar os tons de vermelho, e eu não disse nada, depois vieram buscar os tons de ocre...*

A New Belmont Specials era o purgatório para as cores banidas, Abraham decidiu naquele momento. Ao concentrar na feitura das capas os seus impulsos mais corruptos — a necessidade de entreter ou distrair com suas tintas, o anseio de fazer qualquer coisa com suas tintas que não fosse *atingir a verdade absoluta que se escondia atrás delas* —, ele purificaria seu filme ainda mais. A arte publicada nas capas, ele agora se dava conta com um frêmito de emoção, que quase tinha um sabor de vingança, seria um zumbi fluorescente, um cadáver ambulante para substituir sua carreira de pintor. Enquanto isso, como um *Retrato de Dorian Gray* invertido, floresceria na reclusão a austera perfeição do filme jamais visto e jamais publicado.

O menino-toupeira resolve se aventurar a sair de casa na primavera, sem proteção. Decide apostar na sorte. Dobra uma nota de um dólar em dezesseis partes e esconde-a numa fenda na parte interna da fivela do cinto. Armase também de um blefe duplo: duas moedas de vinte e cinco centavos no bolso e mais outros cinqüenta centavos que está disposto a ceder enfiados dentro da meia. O que quer que fosse preciso. Essa era uma operação de rotina, na verdade. Mas, no bolso da frente da calça, aquela criatura furtiva carrega um objeto que a está deixando nervosa, inquieta, com coceira nas mãos. Seu próprio El Marko, preto retinto, ainda lacrado. No sábado anterior, numa incursão à Pearl Paint na Canal Street para comprar material de desenho e pintura, o menino-toupeira pegara o El Marko na prateleira, além de um bloco de desenho e uma longa caixa de lata de lápis de cor. Abraham Ebdus pagou pelos três, sem fazer perguntas.

É sábado, perto das dez da manhã do dia 5 de junho. A sexta série está prestes a ficar para trás agora, o anexo da I.S. 293 um exoesqueleto de um ano de duração, como uma fase física repulsiva, um erro. Qual é o sentido de uma escola que só dura um ano? Não dava tempo de ganhar nenhuma estatura que prestasse. O próximo ano era o que importava agora, sempre tinha sido na verdade, pena que você não sabia. Você estava se preparando para a sétima série. O prédio principal na Court Street, com Mingus Rude na série seguinte. Sétima série: concentre-se, faça acontecer. Tentar enxergar qualquer coisa além disso — digamos, o segundo grau, a fantasia abafada e culpada das meninas, meninas louras como as irmãs Solver, que você perdeu mas nunca esqueceu — provavelmente não era muito inteligente para uma criatura-toupeira que estava tentando não ser cangada. Dê um passo de cada vez, ó criatura das profundezas.

Enquanto isso, prepare-se para entrar no exército de Mingus. Faça por merecer suas divisas, ganhe nome. Sendo sábado de manhã, você podia ousar ter esperanças de que os garotos dos conjuntos ainda estivessem de cueca, cinco amontoados num sofá, assistindo *Merrie Melodies* em telas preto-e-branco. O fedor da fábrica de solventes na Bergen é a única coisa escandalosa hoje na rua, já que os porto-riquenhos ainda não estão reunidos em frente à loja do Ramirez e o ônibus passa vazio na direção da terceira avenida, flutuando feito um imenso cisco roliço na luz do novo verão. Uma manhã como essa podia ser um momento seguro para trazer o seu nome ao mundo, plantá-lo num muro. Mesmo assim, o menino-toupeira avança com a mesma cautela de sempre. Dia, noite, não importa. Afinal, que explicação ele daria se fosse encurralado numa esquina e forçado a esvaziar os bolsos, mostrar o El Marko? O troço é um passaporte roubado, um talismã que ele ainda não conquistou o direito de carregar.

Olhando para trás de soslaio, ele segue em direção à Nevins.

No quarteirão da Pacific Street entre a Nevins e a Terceira Avenida, dois terrenos baldios que ficavam lado a lado tinham sido transformados numa pequena praça. Na verdade, era só um dente na fachada de *brownstones* do quarteirão, um quadrado de espaço público sem verde nenhum, com uma caixa de areia estranhamente funda e alguns brinquedos de trepar modernistas feitos de vigas de madeira laqueada, além de um escorregador e de alguns balanços convencionais. O chão da pracinha era revestido de um piso feito de quadrados de borracha preta, unidos por bordas em forma de peça de quebra-cabeça, e estava repleto de cacos de vidro, guimbas de cigarro e poças evaporadas de urina, indícios do tipo de vida que realmente habitava o lugar. O escorregador, os balanços, as latas de lixo presas no chão e os muros que formavam os três lados da pracinha estavam cobertos por uma espessa camada de pichações, algumas feitas com tinta spray e outras com pincel atômico. Qualquer garoto que pusesse os pés naquela caixa de areia era unanimemente considerado um idiota mesmo que estivesse de tênis, que dirá descalço. Isso se você chegasse a entrar na verdadeira boca de planta carnívora que era aquela pracinha. Para o menino-toupeira, aquele era o tipo de lugar que, quanto menos ele visse, melhor, e ele tem que se munir de muita coragem para entrar ali agora, embora uma rápida espiada confirme que está sozinho.

Então, ele tira o El Marko do bolso e tenta localizar algum espaço limpo.

O último quadrado de superfície não pichada na pracinha inteira fica na parte de baixo das costas do escorregador, num ângulo entre o incômodo e o impraticável. Andando de joelhos dobrados, o garoto se enfia debaixo da sombra do escorregador e tira a tampa do El Marko. Inala o futum da tinta fresca. Ele tem um nome pronto, mantido em segredo e exaustivamente praticado nas duas últimas semanas com caneta esferográfica na carteira da escola, com hidrográfica de ponta fina na capa do fichário, com o dedo nu no ar vazio.

Mas não vai ser hoje que vai acontecer.

Porque hoje é o dia em que o homem voador cai do telhado.

Primeiro, agachado debaixo do escorregador, o garoto vê uma sombra passar rapidamente pelo canto dos seus olhos, um imenso vulto preto em forma de pássaro ou morcego contra o fundo do muro de tijolos. Vôo invertido. Depois, ouve um baque surdo de algo ou alguém caindo e um suspiro áspero, o sopro que sai de um corpo quando atingido pela força de um impacto. O longo suspiro se transforma em gemido. O garoto leva um susto, bate de leve com a cabeça nas costas do escorregador, deixa o El Marko cair no chão. Enjaulado na sombra do escorregador, ele se pergunta se conseguiria se esconder do que quer que fosse que havia caído se ficasse quietinho ali.

A resposta é não, não conseguiria, não.

"Ei, garotinho branco", murmura uma voz. "Que é que você tá fazendo?"

De perto, o homem voador é enorme. Está sentado no piso de borracha preta e encostado contra o muro, a mais ou menos um metro de distância, joelhos dobrados para cima, as duas mãos massageando o tornozelo direito. A pele das suas mãos nodosas e do tornozelo, dos dois tornozelos nus que saíam de dentro de um par de tênis vermelhos xexelentos — *rebotalhos* legítimos, na verdade —, é escamosa, psoríaca, couro de jacaré preto tracejado de branco. Ele está vestindo uma calça jeans sebenta, cinza de sujeira, e uma camisa de tecido que já tinha sido branco, punhos rotos, um botão pendurado por um fio de linha. Para completar, por cima dos ombros, amassada entre as suas costas largas e o muro, uma capa de lençol, amarrada no pescoço, manchada de amarelo. Inevitavelmente, o garoto pensa: mancha de *xixi*. E o homem voador de fato fede a mijo, mais até do que a pracinha.

O homem voador grunhe de novo e olha para cima, enquanto continua massageando o tornozelo. Cotocos de barba crescem no seu queixo espinhento, aneizinhos brancos cozinhando em acne preta. Seu nariz aponta para o lado. E, onde deveriam ser brancos, os olhos do homem voador têm aquela mesma tonalidade amarelada de mancha de xixi, como se ele tivesse conseguido mijar, sabe-se lá como, até nos próprios olhos.

Dylan Ebdus não diz nada, só fica parado olhando para ele.

O homem voador faz um gesto com o queixo na direção do El Marko. "Tava rabiscando alguma porcaria no muro, né? Eu te vi."

"Você caiu lá de cima", diz Dylan Ebdus.

"Nã, cara, eu *voei* lá de cima", diz o homem voador. "Mas fodi com a porra da minha perna por causa disso. Não consigo mais pousar direito."

"Como é que... como é que você voa?"

"Hah. Não é por causa desta bosta, pode ter certeza", diz o homem voador, puxando o lençol amarrado no pescoço. Em seguida, enfia os dedos grossos no meio do nó, dá um puxão e o desfaz com espantosa facilidade. Faz uma bola com o lençol imundo e o atira para o lado, numa pilha de cacos de vidro. "Prendeu a minha perna, essa porra. Me machucou", resmunga. "Eu toda hora caio, cacete."

Dylan Ebdus dá um passo hesitante na direção do El Marko sem tampa, caído no piso de borracha da pracinha.

"Vai, pode pegar. Eu tô cagando pra essa merda de pichação, cara. É o último dos meus problemas."

Dylan apanha a caneta, põe a tampa e guarda no bolso. O homem voador parece estar falando sozinho agora.

"Ei, cara, você tem um dólar aí, tem?"

Dylan Ebdus fica parado olhando para ele de novo. O homem voador mostra os dentes, que são pequenos e espaçados demais. Sua gengiva é um clarão marrom e rosa.

"Sabe falar não, cara? Eu perguntei se tu tem um dólar."

O menino-toupeira fica quase aliviado de passar para um terreno tão familiar. No automático, pesca as moedas no bolso. Numa outra parte da sua cabeça, no entanto, ele ainda calcula trajetórias, revê mentalmente a sombra passando e o baque da queda um minuto antes. Olha de relance para o telhado do prédio ao lado, três andares acima. De *lá*, para *cá*?

Em outros lugares, esse dia ainda não começou. A pracinha é um parêntese vazio, não há nenhum pedestre na Pacific Street nem para confirmar nem para debater o que quer que tenha acontecido.

O homem voador estende a mão, e Dylan Ebdus lhe entrega cinqüenta centavos, o que o obriga a dar um passo à frente e penetrar na aura de fedor. Assim que entrega as moedas, dá rapidamente um passo para trás.

Com os olhos cravados nos olhos de Dylan, o homem voador esconde as duas moedas na palma da mão e gira um anel prateado em seu dedo mindinho. Há uma espécie de poeira branca incrustada nas linhas finas da pele do seu pescoço, como se ele tivesse sido lançado à praia, cozido em água salgada evaporada.

"Eu voava direitinho um tempo atrás", diz o homem voador.

"Eu te vi", diz Dylan, quase sussurrando, a consciência do fato surgindo junto com as palavras.

"Não consigo mais", diz o homem voador com raiva, depois passa a língua nos lábios. "As porras das..." — aqui ele luta para encontrar uma palavra — "*ondas aéreas* têm sempre que aparecer pra me derrubar."

"Ondas aéreas?"

"É, é. Eu não consigo mais ficar no ar, cara. Esse é que é o problema." De repente, o homem voador vê as moedas reluzindo na palma rachada da sua mão, como cacos de espelho refletindo a luz do sol num meio-fio enlameado. "É só isso que tu tem, cara? É só isso que tu tem pra me dar?"

Dylan faz que sim com a cabeça, mudo, depois abre a fivela do cinto e entrega a minúscula nota amarfanhada de um dólar, sem desdobrá-la, mas largando-a feito um chiclete na palma em concha da enorme mão fissurada do homem voador.

"Hah. Tu me viu voando mesmo, cara?"

O homem voador aponta com o queixo para os distantes telhados acima da Pacific e da Nevins, para o telhado da P.S. 38 e além, para os telhados de Wyckoff Houses. Gaivotas voam em círculo no céu pálido, extraviadas de Coney Island ou de Red Hook.

Dylan Ebdus faz que sim de novo, depois dá no pé.

7.

Um cartão-postal do Caranguejo Fujão, com carimbo do correio de Bloomington, Indiana, e data de 16 de agosto de 1976. Na frente, uma foto em preto-e-branco de Henry Miller na praia em Big Sur, nu exceto por uma tanga tão grande que mais parece uma fralda de bebê, peito enrugado e caído sob sorriso cáustico e testa queimada de sol. Atrás dele, distante, uma mulher escultural de cabelos pretos, de biquíni e saída-de-praia diáfana, tornozelos enterrados na arrebentação, ignora a câmera.

não deixe que o henry te engane d
moleques do brooklyn nunca desistem
sonhando com triplos no stickball
vacas-pretas e quadrinhos
na cabeça dele ele é dick tracy
ela é brenda starr
e não vênus na concha
beijos caranguejo varre-praia

Ele ficou olhando tanto tempo para os ingressos que as vibrações peçonhentas que saíam dos seus olhos poderiam até ter dissolvido a tinta com que o nome daquele crioulo cego estava escrito e posto o seu próprio nome no lugar. Algum imbecil do departamento artístico tinha lhe mandado dois ingressos para o show daquele filho-da-puta do Ray Charles no Radio City Music Hall, como se ele fosse se prestar a ficar sentado chupando o dedo a um quilômetro de distância daquelas branquelas de lantejoula conhecidas como Rockettes — da porra do balcão! — só para ver aquele babaca metido a besta martelando num piano de cauda e berrando "God Bless America". Se nunca quis nem tocar no Radio City, por que é que ele haveria de se enfiar no *balcão*?

Tinha escancarado as janelas da sala, prendendo as duas vidraças bem no alto. Lá fora, a Dean Street gemia, agoniada com a umidade. O calor era granular, indissolúvel. A luz do sol no espelho solto parecia feita de bolhas, ondas. Nada agitava as cortinas, o ar não se movia. Só uma distante e ininterrupta batida porto-riquenha ecoava da calçada em frente à loja do Ramirez; talvez a mesma música tivesse tocado sem parar nas últimas duas horas, quiçá a tarde inteira. Os carros passavam feito águas-vivas, quase indistinguíveis do seu meio, uma ondulação na superfície de contato entre o asfalto e o ar.

Na Nevins com a Bergen, quatro garotos negros dançavam feito aranhas assustadas no jato de um hidrante arrombado.

Jogou os ingressos em cima do espelho, depois bateu uma carreira, tomando o cuidado de virar a ponta dos pés para fora, dez para as duas no mostrador de um relógio imaginário. Desenvolvera recentemente uma técnica de ampliar os quadris, abrindo bem os joelhos e mantendo as costas arqueadas enquanto se inclinava para a frente, de forma que o movimento de aspirar uma carreira se tornasse mais natural, a rajada de pó caindo feito chuva em seus pulmões abertos, inundando seu corpo inteiro de ar fresco. Tinha muito neguinho metido a esperto por aí que cheirava encolhido, sorvendo a droga com raiva, o corpo trancado feito um punho cerrado.

Era como cantar. O segredo estava em saber abrir os mais remotos quadrantes que você pudesse encontrar no seu peito e na sua barriga e oferecê-los.

Entrega num nível mais profundo.

De cabeça baixa, olhos quase no mesmo nível que o espelho, ficou estudando os ingressos, examinando a forma como se duplicavam na superfície espelhada, as letras escuras inacessivelmente ensanduichadas na sombra entre os dois pares, o real e o refletido. Talvez Crowell Desmond, o seu suposto ugente, tivesse orquestrado aquela afronta. Um fato histórico amplamente desconhecido era que Ray Charles em pessoa tinha recusado uma fita demo dos Subtle Distinctions quando estava na direção do selo Tangerine, dizendo, segundo contavam, *Nem chega perto de mim com essa bosta de doo-wop estilo Motown*. Mas seria possível que Desmond, que só entrara em cena havia coisa de um ano, estivesse a par desse fato? Era pouco provável. E, de qualquer forma, Crowell Desmond não tinha iniciativa para tramar um insulto críptico como aquele.

Barrett Rude Junior pegou uma nota de um dólar enrolada em forma de canudo e aspirou uma carreira, deixando-a penetrar em cheio em suas entranhas, seus colhões, seu pau. Sentiu o calafrio se alastrar de lá para todas as partes da sua carcaça suada e grudenta.

Nigger, pensou. *Nig-guh*, tom maior caindo para menor, um intervalo de sétima.

Melodias fugidias se emboscavam no espaço entre as sílabas, negras elas também, de tocaia no escuro.

Não, a idéia de presenteá-lo com ingressos do show do Ray Charles era coisa do departamento artístico sozinho, um espasmo de um corpo empresarial que nunca andava, só rastejava. Qualquer semelhança com formas de vida senciente era puramente acidental. Algum asno lá do escritório enfiara na cabeça que eles poderiam convencê-lo na base da bajulação a se despencar até Montreal para gravar alguma baboseira em ritmo de discoteca com o produtor alemão do Silver Convention, querendo transformá-lo num Johnnie Taylor, talvez, ou no Miracles depois que o Smokey pulou fora, *soul men* de macacões de elanca cravejados de espelhinhos, cantando para um bando de donas-de-casa com furor uterino saídas diretamente do Vale das Abiloladas.

Move it up, move it down, move it in, move it out, Disco Lady! Depois me leva para trás da casa e dá um tiro na minha bunda mole e preta.

Nihhh-gahh, era como respirar.

Podia se transformar numa coisa em falsete à la Curtis Mayfield, talvez.

Imbuídos da mesma causa, os lambe-botas do departamento artístico tinham mandado entregar na sua casa, um mês antes, um gravador de quatro canais reluzindo de novo acompanhado de um bilhete, escrito em papel timbrado cor de creme e letras douradas, que dizia: *Barry, não esqueça que você escreveu "Bothered" para que eu largasse do seu pé. Pois eu ainda não larguei.*

Ahmet. Como se aquele alto executivo de cavanhaque branco e cheio de chinfra tivesse ao menos reparado naquela música antes que a versão da Mantovani Orchestra se infiltrasse em seu elevador particular forrado de pele.

A Atlantic tinha lhe tirado o couro em sua encarnação como vocalista principal do *Servile Distinctions*,* extraindo royalties da sua conta-corrente como quem esvazia uma piscina. Depois, como um insulto final, foi buscar o Andre Deehorn e uns empulhadores de uns cantores desconhecidos e montou faixas em torno de vocais inacabados, para serem lançadas como um último álbum fajuto — *The Subtle Distinctions Love You More!* — depois que ele saiu do grupo. Agora, os caras puxavam o saco dele só para ter a chance de continuar a lhe tirar o couro como artista-solo. A única emoção de verdade que aquela corja já tinha sentido na vida, como primos famintos ligando para a sua casa: *Volta e enche o nosso bolso de bufunfa de novo, irmão!* Pois ele nem pensou duas vezes, despachou o gravador lá para baixo, para o apartamento do garoto, ainda com a virgindade magnética intacta. E faria o mesmo agora com os ingressos. Chegou perto da escada e gritou lá para baixo:

"Ô, Gus, dá um pulo aqui em cima, cara. Eu tenho uma coisa pra te dar".

Mingus subiu de camiseta e cueca, com cara de sono à uma hora da tarde. Inclinando a cabeça, cravou os olhos nas sobras de cocaína no espelho polvilhado de sol, nos fantasmas untuosos de carreiras já inaladas que flutuavam da superfície do espelho.

O garoto olhava para o pó como se nunca tivesse visto aquilo na vida.

"Que é?", disse Barrett Rude Junior. "Tá a fim de ficar de barato?" Da imensa poltrona em que estava sentado, abanou a mão na direção do espelho, sentindo o peso do braço, uma faixa de carne se movendo no ar úmido.

*Nihhh-gahhh, nihh-gahh, got you-self an itchy tri-ggahhh fingahh.*** Podia ser a música-tema de um filme sobre um cafetão. Talvez ele devesse buscar o tal do gravador lá embaixo, afinal. Deixar os caras em estado de choque com uma música nova, número um na parada de rhythm-and-blues, a primeira vez na história em que se ouvia a palavra *nigger* no rádio. *Vai se foder, Omelete!*

* "Distinções servis", usado aqui no lugar de Subtle Distinctions, ou "distinções sutis", o nome do grupo. (N. T.)

** "Negro, negro, negro, o seu dedo está coçando no gatilho." (N. T.)

O garoto pareceu levar mil anos para conseguir parar de olhar para o espelho e sacudir a cabeça.

Barrett Rude Junior só riu. "Vai me dizer que você não anda tirando umas casquinhas quando eu não tô por perto? Não precisa ter vergonha, não."

"Não enche."

"Eu sei o que tá te preocupando. Você tá pensando, é melhor o Barry arrumar essa zona antes que o Senior chegue. Eu li nos teus olhos, cara."

"Eu não falei nada."

"Tá bom. Escuta, eu tô com esses ingressos aí pra te dar, se você quiser. Irmão Ray Charles, lá no Ray-*dee*-oh City. *Drinkin' wine spo-de-o-dee, drinkin' wine*."

"Você não quer ir?"

"Nã, hoje não. Por que você não liga prum amigo seu? É só pegar o metrô da linha F que ele deixa vocês lá."

Mingus pegou os ingressos. Barrett Rude Junior coçou o nariz e o lábio superior com o nó dos dedos, à espera de uma resposta. Ele e Mingus estavam cobertos de gotículas de suor no calor molhado da tarde.

"O Ray Charles é um monstro sagrado, Gus. Grande parte da tua herança cultural bem ali na tua frente, cara. O tipo da coisa que você vai querer contar pros teus filhos um dia, *Nunca me esqueço do dia que eu vi o Irmão Ray*." Barrett Rude Junior não saberia dizer por que queria tanto que o garoto fosse. "Sem falar que eles têm um ar-condicionado excelente lá no balcão. Vai lá se refrescar com um amigo teu, cara, sair deste calor. Leva o Dylan. Ou então leva aquele garoto do gueto, aquele com cara de uva-passa que você tem trazido pra cá, como é mesmo o nome dele? Robert. Aquele garoto vai pirar com o Radio City."

As palavras saíram da sua boca num fôlego só, provocando um estranho cansaço. Barrett fechou os olhos e, quando os abriu de novo, Mingus ainda estava lá parado, olhando para os ingressos, como se nada tivesse sido dito.

"Então, você vai ou não vai?"

"Você tem outros planos?", perguntou Mingus.

"O que é que isso tem a ver?" Na verdade, Barry estava de olho numa sessão dupla que o Duffield Theater, na Fulton Street, ia levar naquela noite, *Bingo Long e os craques do beisebol* e *Car wash*. Ruminava a idéia de tirar seu próprio rabo daquele calor, se enfurnar numa sala escura, sem janela e, se Deus quisesse, com ar-condicionado funcionando. Só para não ter que ver o Ray Charles de smoking na frente dele. "Você quer ou não quer as entradas?"

Mingus deu de ombros. Coçou o saco por cima da cueca, encarando o pai, tentando manjar qual era a dele.

"Faz o seguinte, leva os ingressos, pensa, dá uma ligada pro Dylan."

"Você não liga se eu vender as entradas?"

Agora foi a vez de Barrett Rude Junior encarar o filho. "Nã, cara, eu não ligo." Sua decepção era irracional, imensa. "Mas se é pra se dar ao trabalho de ir até lá, por que não dar uma checada no show? Se é grana que você quer, eu te *dou*, Gus."

Sua insistência só fazia aumentar a resistência de Mingus, ele percebia agora. Se o seu pai não quer ir num show do Ray Charles, por que é que você haveria de querer? Era uma trabalheira danada, principalmente num dia como aquele. O Brooklyn era um lugar tropical, com suaves toques de marimba suspensos no ar amarelo, e agora a musiquinha incessante e circular de um caminhão de sorvete, aumentando e diminuindo feito uma sirene de ambulância conforme o caminhão ia parando na Bergen, na Bond, na Dean, na Pacific, atraindo levas de crianças indolentes, como formigas para uma poça de refrigerante. Manhattan parecia estar a mil quilômetros de distância, parecia outra cidade.

Aliás, pensando bem, Barrett Rude Junior não se importaria nem um pouco de tomar ele próprio uma casquinha de sorvete.

Já sair de casa para comprar uma casquinha era outra história.

Não conseguia se imaginar na fila de um caminhão de sorvete.

Sob o som da marimba e o jingle do caminhão de sorvete, ele cantava baixinho *nihhh-gahh, nihhh-gahhh*, o refrão, admitamos agora, chegando a lugar nenhum, dando em nada a não ser em si mesmo. *Nigger* seria uma música natimorta, mais pó soprado ao vento. Além do mais, o gravador estava lá embaixo, longe pra burro, um rumor tão distante e improvável quanto a casquinha de sorvete, quanto Manhattan.

Só se quer o que está à mão. Daí a expressão.

Agora, como era possível que o pó lhe desse sempre tanta vontade de fechar os olhos? Nao fazia o menor sentido.

E por que é que Mingus nunca podia responder uma porra de uma simples pergunta?

Quando Barrett Rude Junior abriu os olhos novamente horas já tinham se passado. Ficara ali refestelado a tarde inteira, a noite já tinha caído, Mingus já tinha se mandado fazia tempo para *sabe-se lá onde* com os ingressos. Barrett acordou sepultado em escuridão, o corpo grudado na poltrona de couro, as dobras do queixo e do pescoço assadas de suor. As cortinas balançavam de leve numa brisa inútil, que tinha desmanchado aos poucos o montinho de cocaína e empurrado os grãos para os cantos do espelho. E para o carpete também, provavelmente.

Na noite anterior, ele já tinha derramado pó na cama d'água, uma nova camada de brilho entre o seu corpo e os lençóis. Pois que cobrisse a casa inteira de uma vez — já estaria lá quando ele precisasse, bastaria passar os dedos pelas paredes, cafungar o carpete. Ele traria uma mulher para casa e a usaria feito uma esponja para agarrar o pó, depois ficaria de barato cheirando o corpo dela.

Mas não podia negar que precisava arranjar um jeito de esconder essa parte da sua vida antes que Barrett Rude Senior fosse solto e viesse para o Norte.

Agora levanta esse rabo da poltrona, joga uma água no pescoço e se manda logo desta maldita casa, que já é noite.

O Duffield era uma grandiosa ruína de um palácio art déco do cinema, um experimento para ver o que aconteceria se você passasse cinqüenta anos sem limpar um lugar, só vendendo ingressos e bala velha para grudar no chão e refrigerante choco para corroer as dobradiças das cadeiras estofadas quando alguém o entorna. Uma em cada quatro cadeiras estava aprumada o bastante para permitir que uma pessoa se sentasse. Outras davam a impressão de terem sido atacadas, apunhaladas por gangues furiosas. As paredes eram painéis revestidos de feltro vermelho cheios de rasgões, entremeados de rosetas e querubins pintados de dourado, agora tão encardidos, lascados e desnarigados que mais pareciam gárgulas soturnas. O lugar era de uma escuridão anormal. Sinais de saída vermelhos pairavam no meio do breu, uma névoa de cigarro subia, atravessando o feixe de luz do projetor, para se aninhar no imenso lustre arrebentado, sob a abóbada descascada do teto. O filme mal enquadrado projetava-se sobre as bordas de uma pesada cortina em franco processo de decomposição dos dois lados da tela. Na tela em si, destacavam-se buracos de tiro, além de pichações de Strike e Bel II.

Barrett Rude Junior comprou seu ingresso e entrou, escolheu uma cadeira debaixo do balcão. *Bingo Long* já tinha começado, talvez já estivesse até no meio. O ar lá dentro era frio e rançoso. Uns dois terços dos lugares estavam ocupados, grupinhos de cabeças se espalhavam até pelos cantos mais remotos do gigantesco salão, todo mundo fumando, rindo e falando com os personagens do filme. Gritinhos e gemidos ecoavam dos cantos mais escuros. Uma mulher podia estar parindo gêmeos no balcão que ninguém saberia. Barrett Rude se recostou, testou as molas da sua cadeira, acomodou-se. Tivera a idéia providencial de trazer uma garrafa de Colt dentro de um saco de papel marrom, não tendo nem se dado o trabalho de esconder o embrulho do indiferente rasgador de bilhetes. Agora abria a tampa com tranqüilidade, fazendo sair da garrafa um rápido *chuffff* de gases libertos, respondido por um murmúrio invejoso dos que estavam sentados perto o bastante para terem ouvido: *Putz, por quê que eu não pensei nisso...*

Bingo Long não era bom. Na verdade, era uma merda, cheio de músicas sacais de Dixieland jazz e com Billy Dee Williams enfiado num terno com colete, como se achasse que era uma versão preta de Redford em *Golpe de mestre*. Sem falar que o filme tinha Richard Pryor de menos e James Earl Jones bancando Paul Robeson demais, com aquela pose de nobre pra lá de manjada. Não importava. *Bingo Long* já estava pela metade e logo *Car Wash* começaria, a platéia era legal, o ar estava fresco e a cerveja estava gelada. Ele só tinha que ir devagar nas goladas, tomar cuidado para não beber tudo antes que o segundo filme começasse. Além do mais, na verdade todo mundo estava ali para ver *Car Wash*. Não que isso quisesse dizer que fossem ficar mais quietos quando a hora chegasse.

Foi no intervalo entre um filme e outro, quando as luzes se acenderam, que ele viu as duas cabecinhas, uma coberta de carapinha preta ao lado de outra de cabelo liso e quase louro, os dois afundados nas poltronas umas vinte fileiras à sua frente, num lugar em que a tela com certeza se erguia na frente deles como um céu tão imenso que não dava para enxergar as bordas, seus idênticos Pro Keds azuis apoiados nas costas das cadeiras da frente. Mingus tinha aliciado Dylan, claro — e provavelmente arrastado o garoto até Manhattan também, para vender os ingressos na porta do Radio City feito cambista. Empurrou as entradas para algum casal branco empetecado, sem dúvida. Depois se aboletou com Dylan num trem do metrô para voltar para o Brooklyn e pegar a sessão dupla do Duffield, como se tivesse lido os pensamentos de Barrett Rude Junior. Merda, não era preciso saber ler pensamentos para isso. Qualquer pessoa em sã consciência num raio de dois quilômetros estava no Duffield naquela noite. E mesmo que tivessem recebido ingressos grátis para o show do Ray Charles em suas caixas de correio naquela manhã, não teria feito a menor diferença. Quem não iria querer estar ali no escuro, só na gozação em cima de *Bingo Long*, a expectativa só contribuindo para melhorar as coisas, esperando *Car Wash* começar, com todas aquelas jóias de Norman Whitfield e Rose Royce na trilha sonora? Só mostrava que o garoto tinha bom senso.

Era perfeitamente possível que uma música fosse capaz de acabar com a sua vida. Sim, o cataclismo musical podia despencar sobre uma solitária forma humana e esmigalhá-la feito um inseto. A música, *aquela música*, foi enviada de algum lugar desconhecido para ir atrás de você, para arrancar a casca de ferida da sua existência inteira. Aquela música era a sua sina escrota traduzida em forma de pulsação pop e ecoando de tudo quanto era rádio por toda parte.

No mínimo, aquela música era a trilha sonora, a *canção-tema* da sua destruição. Os seus dias reduzidos a uma montagem feita segundo o ritmo da batida de agogô, da inexorável linha de baixo duplicada e do vocal libidinoso daquela música, uma espécie de deboche cantado, cercado por gemidos de prazer. A gagueira e o desengasgo daquela... o quê? Tuba? Trompa? Guitarra e trompete rítmicos, afinados para zombar. O cantor podia ter apontado uma arma para a sua cabeça que dava no mesmo. Como é que podiam ter deixado aquilo acontecer, como é que podiam ter deixado aquilo *tocar no rádio*? Aquela música devia ser proibida. Não que fosse racista — você nunca vai conseguir sacar qual era a daquela música, pode esquecer —, o que ela era mesmo era anti*você*.

*Yes they were dancing, and singing, and movin' to the groovin', and just when it hit me, somebody turned around and shouted...**

Toda vez que você pisava na rua, naquele final de verão, alguém aparecia para jogar na sua cara *aquela música*.

* "Sim, eles estavam dançando, cantando e se mexendo com o balanço, e aí, quando eu me toquei, alguém virou e gritou..." (N. T.)

Melhor nem pensar no que ia acontecer quando você tivesse que começar a freqüentar os corredores de azulejo verde da Intermediate School 293.

Sete de setembro de 1976, a semana em que Dylan Ebdus começou a cursar a sétima série no prédio principal, na Court Street com a Butler, "Play That Funky Music", do Wild Cherry, estava no primeiro lugar da parada de sucessos de rhythm-and-blues. Duas semanas depois, chegou ao primeiro lugar da parada pop da *Billboard*. O hino da sua desgraça: a música mais tocada no país inteiro.

Trinca os dentes e canta: WHITE BOY!

*Lay down the boogie and play that funky music 'til you die.**

Quando Dylan Ebdus o avistou pela primeira vez, Arthur Lomb estava fingindo sentir dor do outro lado do pátio. A uma certa distância, Dylan ouviu os gritos e virou-se para trás, da entrada da prédio da escola, para ver o que era. Divisar Arthur Lomb era como entrever o vôo e a queda de um pássaro através de uma extensão de céu cravejada de folhas, aquele movimento bruxuleante no canto do seu campo de visão, seguido do mergulho brusco. Ou como vislumbrar o homem voador, algo que Dylan queria e não queria ter visto. Aconteceu numa daquelas brechas depois que o sinal tocava e os professores de educação física que patrulhavam o pátio voltavam para dentro do prédio, na frente da enxurrada de alunos, de forma que o pátio virava uma zona sem lei, aquela súbita e terrível reestruturação do espaço que podia acontecer em qualquer lugar, até mesmo nos corredores da escola. Mesmo assim, tinha sido um erro estúpido da parte do garoto que agora se curvava na direção do chão se deixar pegar tão longe da entrada, um erro que Dylan sentiu que não poderia perdoar. Não perdoaria a si mesmo, inclusive, se cometesse uma burrice daquelas.

Arthur Lomb se atirou de joelhos no chão, levou a mão ao peito e gemeu. Suas palavras se fizeram brevemente audíveis no pátio cada vez mais vazio.

"*Não consigo respirar!*"

Depois, sorvendo o ar sofregamente a cada palavra, "*Não!*" Pausa. "*Consigo!*" Pausa. "*Respirar!*"

* "Esquece o boogie e toca essa música funky até morrer." (N. T.)

Arthur Lomb estava simulando asma ou alguma outra fraqueza. Era um método reconhecível: sofrimento preventivo. Ninguém podia fazer muita coisa com um garoto que já estava chorando. Ele se tornava inútil, terreno infértil. Não dava para ferir os brios de quem, pra começar, já não tinha nenhum, virava uma coisa meio repulsiva, de mau gosto. Fora que aquele esquisitão ofegante podia não conhecer as regras e dar com a língua nos dentes, dedar para alguma figura de autoridade distante e abestalhada o que ele imaginava que tinham lhe feito. Ele podia até estar doente de verdade, fodido, cheio de dor, quem podia saber? A única opção que você tinha era dizer *Porra, garoto branco, qual é o teu problema? Eu nem toquei em você*. E sair de perto.

Dylan ficou admirado com a estratégia, sentindo ao mesmo tempo um arrepio de identificação e um calor de vergonha. Teve a impressão de estar diante do seu duplo, do seu dublê. Pelo menos, era inegável que qualquer agressão sofrida por Arthur Lomb provavelmente teria sido sofrida por Dylan caso Arthur não estivesse lá ou, enfim, que uma gangue de garotos negros não podia derrubar Dylan no chão ou prendê-lo numa chave de cabeça exatamente na mesma hora em que estava ocupada fazendo isso com Arthur Lomb.

Daquele dia em diante, ficou fácil localizar o cabelo avermelhado e os ombros encurvados de Arthur Lomb, muito embora ele e Dylan não fossem da mesma sala e tivessem horários que os impediam de se cruzar em qualquer outro lugar da escola a não ser no pátio, na hora do recreio. Arthur Lomb vestia chamativas camisas pólo listradas e usava sapatos macios de couro marrom. Suas calças, em geral, pescavam siri. Dylan uma vez viu duas garotas negras fazendo serenata para Arthur Lomb, entoando um estribilho que o próprio Dylan não motivava desde a quarta série, estalando os dedos e cantando em duas vozes como um grupo de *doo-woop: Não estamos na praia, não há sinal de siri, por que só a tua calça insiste em subir?*

Como se não bastasse, Arthur Lomb carregava uma enorme mochila azul-celeste, um fardo adicional. Todos os seus livros escolares deviam estar lá dentro, ou talvez algumas tábuas de pedra. O peso em si teria derrubado Arthur Lomb no chão, se ele andasse ereto. Assim como estava, a mochila refulgia feito um alvo, estava pedindo para levar um repelão e espremer Arthur Lomb de encontro ao chão do corredor, para que ele fizesse aquele seu número de pobre coitado com falta de ar. Dylan já tinha visto isso acontecer umas cinco vezes antes que ele e Arthur Lomb falassem um com o outro pela primeira vez. Dylan já tinha até ouvido alguns garotos cantarem *aquela música* para Arthur Lomb, ao mesmo tempo em que davam tapas no seu pescoço vermelho e no alto da sua cabeça, enquanto Arthur se contorcia no chão. *Play that* fucking music, *white boy!*, eles cantavam, esticando as duas últimas palavras num guinchante, debochado e pernalonguesco *whyyyyyyyboy!*

Só havia três outras crianças brancas na escola, todas meninas, com suas próprias questões femininas para resolver. Uma delas era da sala de Dylan, uma menina italiana de cabelo preto, tristonha e franzina, ananicada pelas garotas à sua volta que explodiam de autoridade hormonal. As garotas negras e porto-riquenhas tinham se elevado a algum outro patamar, onde se indignavam cheias de razão e fúria contra tudo e qualquer coisa, peitando umas às outras e aos professores, ensandecidas de energia sexual. Por outro lado, o próprio tamanho delas já oferecia um método de abordagem: era factível passar abaixo delas sem ser visto. A sala de aula era um lugar para afiar o silêncio num teatro de ruídos e, portanto, Dylan e a menina italiana nunca abriam a boca. Quanto a Arthur Lomb, Dylan supunha que ele e o outro garoto tinham sido mantidos afastados propositalmente por alguma piedosa inteligência invisível, para evitar que se tornassem mais chamativos na sua semelhança. Essa era uma política que Dylan endossava entusiasticamente, quer ela existisse de fato fora da sua cabeça ou não. Mesmo àquela distância, Arthur Lomb exalava o fedor mesclado da opressão de Dylan misturada à sua, de forma que era difícil saber onde terminava uma e começava outra. Dylan não estava com a menor pressa de chegar mais perto. Sério. De Arthur Lomb, ele só queria distância.

Foi na biblioteca que eles finalmente se falaram. As turmas de Dylan e Arthur Lomb tinham sido depositadas ali durante o período de uma aula, a bibliotecária da escola cobrindo alguma inexplicada ausência de professores naquela tarde, uma pequena quebra numa rotina para a qual ninguém estava nem aí de qualquer forma. A maior parte dos alunos que tinham sido instruídos a se dirigir para a biblioteca nunca chegou a pôr os pés lá, indo parar em vez disso do lado de fora do prédio, interpretando as instruções como um eufemismo para *a turma está dispensada*. Assim, a biblioteca da I.S. 293 era um oásis de tédio mas de tranqüilidade também, uma bolha de calmaria. Debaixo de um pôster de *A Hero Ain't Nothin' But a Sandwich*, um livro que a biblioteca na verdade não tinha para oferecer, Dylan se encostou numa parede e abriu o número 2 da adaptação que a Marvel tinha feito do filme *Fuga do século 23*. Enquanto o tempo passava glacialmente, Arthur Lomb rondou Dylan duas vezes, apertando os olhos para conseguir ler o título da revistinha, depois franzindo os lábios em falsa concentração enquanto fingia examinar as prateleiras semivazias ali perto, antes de chegar perto o bastante para que Dylan o ouvisse dizer, num sussurro ríspido e tenso:

"Esse cara, o George Perez, não consegue desenhar a Farrah Fawcett direito nem aqui nem na China".

Era um comentário espantoso, que fazia alusão a vários corpos de conhecimento simultaneamente. Dylan só pôde olhar para ele de cara feia, sua curiosidade mesclada à certeza de que ele e Arthur Lomb eram mais condenáveis, mais imperdoáveis juntos do que separados. De perto, Arthur Lomb tinha um componente agitadiço e tremelicante em suas feições que fazia o próprio Dylan sentir vontade de cobri-lo de cascudos. Seu rosto parecia se esticar na direção de alguma coisa, suas feições eram como dedos que tentam agarrar. Dylan se perguntava se não haveria um par de óculos escondido em algum lugar, talvez num bolso lateral da monumental mochila azul.

Mais que depressa, Dylan enfiou a revistinha dentro do fichário. Comprara-a na Court Street na hora do recreio e debatera consigo mesmo se deveria deixar que fosse vista dentro da escola, o que normalmente seria uma tremenda falta de bom senso. Ocorre que aquela revistinha em particular era uma bela porcaria, totalmente emperrada de tão fiel ao filme, de forma que Dylan acabou chegando à conclusão de que ficaria mais surpreso do que chateado se alguém resolvesse tirá-la dele. Isso agora, aquele diálogo com o seu dublê feioso, não era o preço que ele estava esperando pagar. Arthur Lomb, no entanto, parecia intuir a lasca que conseguira arrancar da atenção de Dylan e continuou fazendo pressão.

Deu outro sorrisinho desdenhoso para a revistinha, mirando no fichário em que ela fora escondida.

"Você viu?"

"O quê?"

"*Fuga do século 23*."

O quê que tá olhando, porra?, Dylan queria rosnar para Arthur Lomb, antes que fosse tarde demais, antes que sucumbisse à solidão e se permitisse conhecer Arthur, o outro garoto branco.

"Ainda não", disse, em vez de rosnar.

"A Farrah Fawcet é uma gata."

Dylan não respondeu. Não tinha como saber, e só o fato de ter entendido sobre o que Arthur estava falando já o fazia se roer de raiva por dentro.

"Não esquenta com isso, não. Eu comprei dez números 1 do *Fuga do século 23*." Arthur Lomb falou num sussurro apressado, demonstrando alguma consciência do ambiente que o cercava, mas impelido mesmo assim a despejar os trunfos que tinha na manga, a forçar Dylan a conhecê-lo. "Você *tem* que comprar números 1, é um investimento. Eu tenho dez números 1 dos *Eternos*, dez do *2001*, dez do *Omega*, dez do *Ragman*, dez do *Kobra*. E todas essas revistinhas são uma porcaria. Você conhece aquela loja de quadrinhos da Sétima Avenida? Os prédios daquela esquina são todos novinhos porque um avião caiu bem ali, você sabe dessa história? Um 747 tentou fazer um pouso de emergência no Prospect Park, mas errou o alvo, sem brincadeira. Foi um puta desastre. Mas, enfim, o cara que toma conta daquela loja é um otário. Eu afanei um número 1 do *Besouro Azul* dele uma vez. Foi tão fácil que chegou a ser patético. O Besouro Azul é da Charlton, você já ouviu falar na Charlton Comics? Fechou as portas. Mas não importa, número 1 é número 1. Você sabia que o número 1 do *Quarteto Fantástico* tá valendo quatrocentos dólares? O Besouro Azul deve ser o personagem mais idiota que já foi inventado em todos os tempos. Era desenhado pelo Ditko, o cara que criou o Homem-Aranha. E o mais estranho é que o Ditko nem sabe desenhar. Fica tudo parecendo caricatura. Não importa, é um número 1. Enfia num plástico e põe na prateleira, é o que eu sempre digo. Você usa plástico, não usa?"

"Óbvio", disse Dylan, ressentido.

Tinha entendido cada palavra que saíra da boca de Arthur Lomb. Pior, sentia sua sensibilidade colonizada pela de Arthur, seus futuros interesses cooptados.

Os dois estavam fadados a ser amigos.

8.

Três semanas antes, Dylan Ebdus plantara-se na calçada em frente à casa de Mingus, esperando.

Mulheres arrastavam criancinhas pela mão a caminho do jardim-de-infância da YWCA ou subiam a Nevins sozinhas a caminho do metrô. Dois gays da Pacific Street puxavam bassês pela coleira, em outro mundo. Um grupo de garotas negras veio dos conjuntos para buscar Marilla, que agora estava na escola secundária, na Sarah J. Hale, na Terceira Avenida. Dividindo um cigarro de café-da-manhã, subiram a rua com estardalhaço, desaparecendo na esquina numa bola de fumaça e risos. Tudo isso sob a luz oblíqua da manhã, a névoa distante de Nova Jersey, o alegre fedor da fábrica de solventes que ia deixando todo mundo levemente de barato, o pilar da torre do relógio do Williamsburg Savings Bank organizando o céu, os ponteiros marcando horas diferentes nos dois mostradores visíveis, sendo que era hora de ir embora tanto num quanto no outro, já que hoje era o primeiro dia de aula talvez no mundo inteiro. O dia em que o verão terminava era tão quente quanto o verão, mesmo às oito da manhã.

Só havia uma coisa errada nesse quadro, enquanto o quarteirão ia ficando vazio, o ônibus passava resfolegante, um cachorro latia num ciclo, como que em código. Dylan parado na calçada, de calça comprida e com a mochila cheia de folhas de fichário novas, lápis jamais apontados, óculos escondidos e um El Marko ainda virgem. Sentia-se como uma maçã descascada, prestes a passar por uma inspeção na nova escola, já apodrecendo ao sol. Os cachorros com certeza estavam sentindo, e provavelmente as pessoas também, que ele fedia a pânico.

Se Mingus Rude fosse andando com ele da Dean Street até a Smith ou a Court e os dois atravessassem os portões da escola juntos, lado a lado, talvez tudo fosse diferente.

Dylan chegou perto da janela do subsolo, ainda vedada pela persiana, e bateu no vidro. A porta de Mingus, embaixo da escada, não tinha campainha.

Ele devia ter combinado com Mingus antes, percebia agora.

Subindo a escada, tocou a campainha da porta principal.

Passados alguns instantes tocou de novo, transferindo o peso do corpo de um pé para o outro, de um Keds para o outro, ansioso, a hora passando, o dia e a perspectiva da sétima série azedando rapidamente junto com ele no sol.

Depois, feito um fantoche irracional, dominado pelo pânico, cravou o dedo na campainha e deixou tocar numa zoeira contínua.

Ainda estava apertando a campainha quando a porta se abriu.

Não era Mingus, mas Barrett Rude Junior enfiado num roupão de banho branco, pelado por baixo, à vista da rua, braços apoiados na porta, olhando para baixo. Com o rosto inchado de sono, piscava os olhos, ofuscado pela luz oblíqua e hostil. Levantou o braço para fazer sombra sobre os olhos, com uma cara de quem quer descartar aquele dia como uma má idéia, um erro passageiro.

"Que porra é essa, Dylanzinho?"

Dylan deu um passo para trás, descendo o primeiro degrau da escada.

"Nunca mais toca a minha campainha às sete da manhã, tá ouvindo?"

"O Mingus..."

"Você vai encontrar o Mingus na porra da escola, cacete." Barrett Rude estava despertando para a sua raiva, sua voz era como uma nuvem de martelos. "Agora some da minha frente."

Era na sétima série que você descobria, quando finalmente ia se juntar a Mingus Rude no prédio principal, que Mingus Rude nunca estava lá. Era como se Mingus subisse uma outra Dean Street, dobrasse uma outra Court Street para ir para a escola, tivesse na verdade freqüentado uma outra I.S.

completamente diferente aquele tempo todo. O único indício em contrário era a proliferação de DOSEs nos postes de luz, nas caixas de correio e nos caminhões exaustos que circulavam pela vizinhança. A arte de Mingus se espalhava num nimbo, com o prédio da escola no meio. A cada dois ou três dias, ao que parecia, uma nova safra era produzida. Às vezes, Dylan pressionava disfarçadamente a ponta do dedo indicador contra o metal, imaginando se seria possível calcular a safra da pichação pela viscosidade da tinta. Se seu dedo ficasse levemente grudado, Dylan concluía que estava passando pelo local minutos depois de Mingus, por pouco não o pegando no ato.

Durante três semanas, Mingus Rude foi como o homem voador, um boato que Dylan não tinha como confirmar circulando na sua cabeça. A ausência de Mingus de sua própria vida escolar, e da vida escolar de Dylan, era a premissa secreta de uma existência que continuava exatamente igual, só que pior em todos os sentidos possíveis. A sétima série era a sexta série dessublimada, liberada. Era a trilogia do *Senhor dos anéis* para O *hobbit* da sexta série, a verdadeira história finalmente, com todas as coisas sinistras que eram só insinuadas nas margens trazidas para o centro da trama. Não era própria para crianças, a sétima série. Você podia ver, estampado na postura dos professores e dos guardas, o estresse que as pessoas sentiam só de entrar no prédio. Ninguém podia relaxar numa zona de desastre racial e hormonal como aquela.

Corpos se enfileiravam feito caricaturas toscas, como se alguém sem talento estivesse desenhando em carne.

Os vultos maiores eram também os mais raivosos. Era isso que eles eram, vultos — de tanto esconder os óculos e desviar o olhar, você àquela altura já tinha virado o próprio Mr. Magoo. Quanto menos você olhava no olho das pessoas, menos chance tinha de algum dia vir a se arriscar a fazer isso — era um programa auto-sustentável.

As crianças chinesas aparentemente tinham sido avisadas de antemão, porque todas sumiram da escola.

As crianças porto-riquenhas e dominicanas pareciam estar sempre saindo de fininho de todo e qualquer lugar. Decoravam seus corpos de maneira diferente e falavam mais espanhol a cada hora que passava. Tinham um jeito de ocupar o espaço na sala de aula e no ginásio de educação física que era como se estivessem e não estivessem lá ao mesmo tempo, uma operação de adjacência em massa.

As brigas mais assustadoras eram as travadas entre duas garotas negras.

Na Court e na Smith Street, não dava nem para saber quem era e quem não era da sua escola. Outros corpos flutuavam por ali, elementos dispersos. Dois garotos negros podiam encurralá-lo num canto e perguntar: "Você é italiano ou é branco, garoto?", e a única certeza que você tinha era que não podia nem pensar em chamar a atenção para o fato de que os italianos *eram* brancos. Um garoto negro podia ficar com medo de alguma coisa, podia descer a Court Street nervoso, olhando toda hora para trás, como um garoto italiano faria se tivesse que descer a Smith, mas, fosse do que fosse que ele estivesse com medo, você podia ter certeza de que nunca seria de você. De qualquer forma, um garoto italiano nunca responderia *Eu sou italiano*. Ele diria *Quê que tu* acha? Ou então só seguraria o pau por cima da calça, chuparia os dentes, dilataria as narinas.

Você? Você estava a milhares de quilômetros de uma reação dessas.

Estava mais para um caso de asma fingida do que para qualquer outra coisa.

No dia seguinte ao que Dylan Ebdus e Arthur Lomb conversaram sobre o Besouro Azul na biblioteca, Mingus Rude ressurgiu. Às três horas, o horário em que os portões eram escancarados e a escola jorrava para a calçada sob a luz clara de outubro, em que os comerciantes da Court Street se plantavam de braços cruzados nas portas das lojas, mascando chiclete ou absolutamente nada, só mastigando de cara amarrada e olhos semicerrados. Dylan usava o portão da Butler Street, procurando se imiscuir no fluxo de rostos anônimos ao sair do prédio, na esperança de conseguir galgar um pedaço da Court Street camuflado no meio de um coágulo de corpos estranhos, antes de se expor como um solitário garoto branco. Naquele dia, porém, ele parou. Mingus estava sentado de pernas cruzadas em cima de uma caixa do correio na esquina da Court com a Butler, observando a torrente maníaca de crianças com uma calma de Buda, como que de uma altura ainda maior do que a da caixa do correio, de outro planeta talvez. Devia estar placidamente sentado ali fazia horas, sem ser notado pelos seguranças da escola nem pelos adolescentes italianos mais velhos que vagavam pela Court — ou pelo menos era essa a impressão que ele dava. Dylan entendeu na mesma hora que

Mingus não só não fora à aula naquele dia como ainda não tinha posto os pés na escola desde o fim do verão, desde o início da sua oitava série.

"*Yo*, Dill-man!", disse Mingus, rindo. "Eu estava te procurando, cara. Onde você se enfiou?"

Mingus descruzou as pernas e desceu escorregando de cima da caixa do correio, depois puxou Dylan de lado para fora da multidão, como se fosse a coisa mais normal do mundo os dois saírem da escola juntos, como se tivessem feito isso todos os dias nas últimas três semanas. Atravessaram a Court na direção de Cobble Hill, Dylan puxando a mochila bem para o alto dos ombros e andando aos trotes para conseguir acompanhar o passo. Mingus o conduziu pela Clinton Street até a Atlantic Avenue e, num piscar de olhos, todos os garotos da I.S. 293 ficaram para trás. Lá, a vizinhança se abria para o horizonte, os estaleiros surgiam embaixo da Brooklyn-Queens Expressway, a avenida se debruçava sobre a água crispada de reflexos amarelos. Era como se Mingus conhecesse trilhas para sair da escola que Dylan, em sua estupefação, jamais conseguiria traçar para si próprio.

"Eu não tenho te visto...", Dylan começou a dizer.

"*Whenever you call me, I'll be there. Whenever you need me, I'll be there — I been a-round!*"*, Mingus cantou. "Aqui", disse, enfiando duas notas de um dólar na mão de Dylan e inclinando a cabeça na direção da lojinha de jornal do árabe, que ficava na esquina da Clinton. "Compra um maço de Kools pra mim, Super-D." Inclinou a cabeça de novo e acrescentou: "Eu te espero aqui".

"Eu não posso comprar cigarro."

"Diz que é pra sua mãe, diz que ela sempre compra lá. Ele vai vender pra você, não se preocupa. É melhor você deixar a sua mochila comigo."

Dylan tentou não virar a cabeça na direção da estante de revistas em quadrinhos quando entrou na loja escura e estreita feito um corredor.

"É... um maço de Kools. É pra minha mãe."

A operação transcorreu exatamente como o previsto. O cara levantou uma sobrancelha ao som da palavra *mãe*, depois pôs um maço de Kools em cima do balcão de linóleo sem esboçar nenhuma outra reação além de um grunhido.

* "Sempre que você me chamar, eu vou. Sempre que você precisar de mim, eu vou — eu estava por aí." (N. T.)

Na rua, Mingus enfiou o maço e o troco na sua jaqueta-de-mistérios, depois desceu a Clinton de novo, na direção do parque da Amity Street, com Dylan ao seu lado.

"Dill-man, D-Lone, Dillinger", entoou Mingus. "Diluviano. *Dillimático*."

"Eu não tenho te visto em lugar nenhum", disse Dylan, sem conseguir disfarçar o tom de lamúria em sua voz.

"Você tá legal, cara?", perguntou Mingus. "Tá tudo bem com você?"

Dylan sabia exatamente a que *tudo* Mingus estava se referindo — toda a sétima série, tudo o que acontecia ou deixava de acontecer dentro daquele prédio que, aparentemente, não era mais da conta de Mingus.

Segundo o sr. Winegar, o professor de ciências, o universo supostamente estava explodindo em câmera lenta, todas as coisas estavam se afastando umas das outras numa velocidade fixa. Era uma explicação razoável por ora.

"Tudo beleza?", Mingus insistiu.

Eles estavam e não estavam juntos, Dylan percebia agora. Mingus Rude estava em algum lugar inatingível, um vulto embaçado a distância, talvez de barato. Não iria haver nenhum contato com a sua essência, aquela vívida e alegre tristeza que tinha tanta afinidade com a do próprio Dylan.

Dylan deu de ombros, disse: "Tudo".

"Jóia. É tudo o que eu quero ouvir, cara. Você sabe que é meu mano número um, não sabe? Dillinger. Dilema."

Era um ensaio e agora Dylan entendia para quê. Quando entraram na praça, Mingus exagerou seu costumeiro andar elástico, levantou uma das mãos, fez um vago aceno. Nas mesas de concreto com tampos de tabuleiro de xadrez, estavam três adolescentes negros em diferentes posições esparramadas. Um mais caoticamente esparramado do que os outros, numa inconfundível geometria de braços e pernas que fez o coração de Dylan saltar de susto e culpa. Mesmo assim, Dylan foi andando ao lado de Mingus para o meio do grupo, aceitando o que quer que estivesse fadado a acontecer de dentro do seu próprio estupor de sonâmbulo, que, aperfeiçoado na nova escola, era capaz de absorver até mesmo a ressurreição de Robert Woolfolk como uma presença em sua vida.

"*Yo*", disse Mingus Rude, batendo preguiçosamente nas mãos dos outros garotos, enquanto ia murmurando sílabas entrecortadas que talvez fossem nomes.

"E aí, G?", disse Robert Woolfolk.

Robert Woolfolk chamou Mingus de G, de Gus, Dylan supunha. Será que isso queria dizer que ele também já tinha sido apresentado a Barrett Rude Junior?

Então, Robert Woolfolk reconheceu Dylan. Retraiu o rosto inteiro, sem esconder nada com sua cara de limão azedo, mas não alterou nem um milímetro a disposição de seus braços e pernas.

O parque estava cheio de criancinhas brancas com cortes de cabelo estilo Romeu, talvez alunos da segunda ou da terceira série do Packer Institute ou da Saint Ann's. Passavam pelas mesas de xadrez correndo e gritando, vestidas com roupas combinadas, os braços cheios de brinquedos de plástico, G.I. Joes, pistolas d'água, bolas coloridas. Embora habitassem o mesmo mundo que Dylan, Mingus e Robert Woolfolk, era como se fossem os passarinhos azuis dos desenhos animados da Disney, chilreando inofensivamente em volta da cabeça da bruxa malvada enquanto ela envenenava uma maçã.

"Putz", disse Robert Woolfolk, sorrindo agora. "Você conhece esse cara, G?"

"Esse aqui é o meu chapa *D-Lone*", disse Mingus. "Ele é gente fina. A gente se conhece há um tempão, ele é meu mano lá da rua."

Robert ficou um bom tempo olhando para Dylan antes de falar.

"Eu conheço o teu mano", disse por fim. "Eu conheço ele do tempo que você ainda nem tava na área, G." Olhou de esguelha para Dylan. "E aí, Dylan, beleza? Não diz que não lembra de mim porque eu sei que você lembra."

"Claro", disse Dylan.

"Putz, eu conheço até a *mãe* desse cara", disse Robert Woolfolk.

"Ah, é?", disse Mingus, cuidadosamente blasé, desencorajando qualquer especulação adicional. "Então tá limpo, certo? Tá na boa com o meu mano Dylan?"

Robert Woolfolk riu. "O quê que você quer que eu diga, cara? Pode andar com o teu garoto branco o quanto quiser, eu tô cagando e andando pra isso, cara."

E, assim, a frágil e inútil farsa do apreço de Robert Woolfolk por Dylan se desfez em hilaridade. Os outros dois adolescentes negros deram risadas debochadas e bateram na mão um do outro comemorando mais uma incidência das palavras *garoto branco*, que sempre causavam frisson quando pronunciadas em voz alta. "Matou a pau!", disse um deles, sacudindo a cabeça em assombro, como se tivesse acabado de assistir a uma boa cena de ação, um carro dando cambalhota no ar ou um corpo sendo atingido por uma saraivada de balas e esguichando sangue por todos os buracos.

Dylan estava imóvel feito uma pedra de gelo na tarde inocente, com sua ridícula mochila nas costas e seus inconvincentes Pro Keds nos pés, os braços dormentes, olhando para Mingus e piscando os olhos.

*Weebles wobble but they don't fall down.**

"A gente vai lá bombardear trens ou vai ficar aqui sentado o dia inteiro neste papo furado?", disse Robert Woolfolk.

"Vambora", disse Mingus Rude em voz baixa.

"Vai levar esse teu maninho aí junto?"

De repente, uma mulher se enfiou no meio deles. Surgindo como que do nada, ela impôs a sua presença no pedaço de parque que eles estavam ocupando, sentados ou em pé em volta das mesas. Foi um choque, como se ela tivesse rompido uma bolha, atravessado um campo de força que Dylan pensava que fosse impenetrável, uma esfera em que a conversa deles, não importava quantas vezes a palavra *porra* fosse dita, estava selada por uma camada gelatinosa de buzinas distantes, pios de passarinho e os doces gritinhos das crianças mais novas.

A mulher era mãe, sem dúvida. Alguma das criancinhas que corriam pelo parque com certeza era filha dela. Devia ter entre vinte e cinco e trinta anos, era loura e usava um conjunto jeans de jaqueta e calça boca-de-sino, além de óculos de vovó — talvez fosse familiar, talvez Dylan já tivesse cruzado com ela numa das festas de Rachel. Conseguia perfeitamente imaginá-la gesticulando com um baseado na mão, tecendo algum comentário apaixonado sobre Altman ou Szechuan, homens irritantes acostumados a dominar todos os debates. Ou talvez Dylan estivesse apenas se enganando. Deviam existir milhares de mulheres iguais a ela no mundo, falsas Rachels que nunca conheceram a dele.

"Tá tudo bem, garoto?"

Ela estava se dirigindo apenas a Dylan, não havia dúvida. Aos olhos dela, o resto dos garotos — Mingus incluído — eram uma coisa e Dylan, outra. Dylan tinha a sensação de que Robert Woolfolk fizera surgir ali, de algu-

* "Joões-bobos balançam mas não caem" (jingle). (N. T.)

ma forma, o que havia de mais parecido com Rachel, como se todas as mulheres brancas do mundo estivessem incumbidas de repetir a única intervenção crucial de Rachel pelo tempo que fosse necessário.

Com tanta hora melhor para acontecer, aquilo tinha que acontecer justo naquele momento. Dylan já ansiara pelo que parecia ser um milhão de vezes que algum adulto aparecesse, que algum professor ou amigo de sua mãe dobrasse a esquina da Bergen ou da Hoyt e deparasse com uma de suas catástrofes inomináveis, interrompendo-a com uma pergunta simples como *Tá tudo bem, garoto?* Mas não naquele momento. Essa catástrofe selou para sempre o seu status de *garoto branco* com Robert Woolfolk, justamente na hora em que Mingus estava trabalhando para modificá-lo.

Mingus, ficara claro agora, estivera transmitindo uma mensagem para Dylan com aquelas três semanas de sumiço, de intangibilidade, e a mensagem era: na nova escola, Dylan estava por conta própria. Ninguém lhe daria *cobertura*. Era simplesmente inviável. Foram necessários todos os dias daquelas três semanas para que Dylan abandonasse a fantasia de que Mingus o ajudaria a atravessar ileso a sétima e a oitava série. Sabiamente, Mingus só deu as caras depois que a mensagem já tinha sido captada: *Eu não posso te carregar nas costas, filho, está além das minhas possibilidades*. Depois, numa declaração compensatória de igual clareza, Mingus levou Dylan para Cobble Hill, para o parque da Amity Street, para que se encontrasse e fizesse um pacto de *estar na boa* com Robert Woolfolk, com o intuito de lhe dizer: *Quando eu puder ajudar, eu ajudo. Não sou exatamente cego nem indiferente, Dylan. Eu estou de olho*.

"Ei, garoto, algum problema?"

Dylan virara-se para a mulher, impotente, boquiaberto. Não havia como lhe dizer o quanto estava certa e errada ao mesmo tempo, não havia como fazê-la evaporar. Para piorar, ela era linda, estonteante como as modelos das capas das revistas *MS.* de Rachel, que, desprezadas por Abraham, empilhavam-se num canto da sala para o ocasional exame atento e culpado de Dylan das matérias ilustradas que abordavam o tema da opção de não usar sutiã. Dylan queria proteger a mulher loura dos olhos de Robert Woolfolk. Ela não devia ter saído daquele outro mundo, o mundo de Cobble Hill das crianças de colégios particulares e dos adultos que tomavam conta delas — fora um equívoco. Dylan queria mandá-la para a casa dele, para atrair Abraham para fora do estúdio — lá, sim, era que ela poderia ter sido útil.

Obviamente, Robert Woolfolk não tinha a menor importância na verdade. Ele era apenas um inimigo, afinal. A pior coisa que a mulher tinha feito fora humilhá-lo diante de Mingus.

"Eles são meus amigos", murmurou Dylan. Assim que as palavras saíram da sua boca, ele se deu conta de que acabara de fracassar em mais um teste, um teste cuja resposta certa era *Quê que tá olhando, porra?* Essa frase, dita com o devido vigor, poderia ter transportado todos eles de volta no tempo para o minuto imediatamente anterior àquele em que Robert Woolfolk pronunciou as palavras *garoto branco*. Dylan poderia ter sido convidado a acompanhar o grupo em sua expedição a um pátio do metrô ou aonde quer que eles estivessem indo para *bombardear trens*, um prospecto rico em possibilidades aterrorizantes. Dylan ansiava por *bombardear trens* com tanta intensidade quanto se tivesse ouvido aquela expressão milhares de vezes por anos a fio, e não apenas uma vez, minutos atrás. Tinha inclusive um El Marko dentro da mochila com que bombardeá-los, se pelo menos tivesse uma chance de tirá-lo de lá.

Ninguém se ofereceu para dizer *Moça, vai cuidar da porra da tua vida* e Dylan reparou que Robert Woolfolk e seus dois companheiros, a claque de risadas de Robert, tinham sumido. Debandado. Dylan tinha comido mosca olhando perplexo para a loura, perdera instantes preciosos devaneando e, naqueles instantes, Robert Woolfolk tirou o time, caiu fora do aprazível parquinho, que parecia feito para acolher tudo menos ele. Como que fazendo uma confissão silenciosa do que quer que a mulher suspeitasse que estivesse acontecendo. Só Mingus continuava ali, mas afastado da mesa onde os outros garotos tinham sentado e também de Dylan.

"Você quer que eu te leve em casa?", perguntou a mulher. "Onde você mora?"

"*Yo*, Dylan, eu falo contigo depois, cara", disse Mingus. Não estava intimidado, só não estava interessado em discutir com a mulher nem desmentir nada do que ela achava que sabia. Dylan percebeu a irrelevância dela para Mingus. Como sua própria mãe aceitara um suborno de um milhão de dólares para sair da vida dele, Mingus era imune a ecos. "Se cuida", acrescentou, estendendo a mão para que Dylan batesse nela com a ponta dos dedos. "Te vejo lá na rua, D."

E, com isso, Mingus enfiou as mãos nos bolsos da jaqueta, encurvou os ombros como para se proteger de um vento forte e saiu andando devagar na direção das árvores banhadas de sol do outro lado da praça, rumo à Henry Street, à BQE, aos estaleiros ou a fosse qual fosse o lugar para onde estivesse indo e para o qual não ia mais levar Dylan junto. Seu jeito de andar era falsamente vacilante, uma citação de alguma coisa engraçada e profunda que você tinha visto em algum lugar mas não conseguia lembrar onde, Mickey Rivers, Weird Harold ou Meadowlark Lemon. Parecia uma figura tirada de um tipo de dia e colada em outro, a materialização de uma caricatura ou de uma linha melódica de baixo.

Ele é o meu melhor amigo, Dylan queria dizer para a mulher loura, que, quanto mais Dylan demorava para dar uma resposta para sua oferta, mais olhava para ele com cara de desconfiada, como se pudesse ter interpretado mal quem ele era, como se ele pudesse ser alguém estragado pelas companhias em que o encontrou, um desajustado, e não alguém que merecesse ser salvo por ela.

E era exatamente isso que Dylan queria ser para ela, um garoto estragado, manchado de *pretice*.

Vaca racista.

Onde eu moro? Na sua fantasia Dylan respondeu, *Eu moro em Wyckoff Gardens, o conjunto habitacional da Nevins com a Terceira Avenida, é lá que eu moro. Você sabe qual é, é aquele que está sempre pegando fogo. Se você quer me levar em casa, moça, então vamos.*

Arthur Lomb morava com a mãe na Pacific Street, entre a Hoyt e a Bond, do outro lado do hospital. O quarteirão de Arthur era soturno, sem criança, sem ônibus. A chaminé da lavanderia do hospital despejava cascatas silenciosas de fumaça branca no céu, a calçada em frente à bodega da esquina era ocupada por outra congregação de velhos sentados em engradados, só que mais sisudos, menos bem-humorados e menos musicais do que a turma do velho Ramirez. Na Pacific, os homens resmungavam a distância, arrastando com dedos enrugados as peças de dominó sobre o feltro. Tudo na Pacific parecia mais remoto e melancólico, incluindo um gato cinza atravessando a rua em disparada. Era como se o quarteirão fosse o Triângulo das Bermudas de Boerum Hill, um espaço situado exatamente à mesma distância de Gowanus Houses, da Brooklyn House of Detention e da Intermediate School 293, de modo a não cair no domínio de nenhum dos três. Mesmo não sendo uma solução a longo prazo para nada, a escada do prédio de Arthur Lomb constituía uma espécie de oásis em certas tardes de outubro, quando ele e Dylan iam andando de fininho até lá sem serem molestados e armavam um tabuleiro de xadrez sob a sombra espiralada da fumaça do hospital.

"O seu professor de ciências é o Winegar, é? Eu tenho pena de você. Ele é um verme. Você já viu o jeito como ele fica mexendo no bigode quando está conversando com as garotas porto-riquenhas que já têm peito? Me dá vontade de vomitar. Não importa, finge que gosta dele. O professor de ciências é o seu passaporte pra fora daqui, é isso que eu acho. Não mexe nesse bispo, ele é a única coisa que está me impedindo de te estraçalhar. Eu já te disse um milhão de vezes, você tem que fazer uma barreira com os peões."

Arthur Lomb sentava com uma das pernas dobrada debaixo do corpo, como uma criança de jardim-de-infância. Seus monólogos eram uma sucessão de franzir de sobrancelhas e engelhar de lábios, maquinações covardes entremeadas de apartes filosóficos ou vice-versa. Seu matraqueado tinha um tom gutural e salmódico que aparentemente tinha a função de fazer com que você ultrapassasse aquele território em que poderia sentir vontade de mandá-lo calar a boca ou até de esbofeteá-lo e penetrar num reino de assombro atônito ao deparar com o zunzunzum de um id de nerd funcionando a todo o vapor. Arthur Lomb freqüentara a Saint Ann's até o dia em que seus pais se divorciaram e sua mãe não pôde mais pagar a escola particular. Agora, estava determinado a entrar para uma das escolas públicas de segundo grau especializadas, uma daquelas instituições onde só entrava quem atendesse a certos requisitos acadêmicos e prestasse exame de admissão. Arthur Lomb nunca se lamentava pela escola perdida nem por ter sido privado da companhia de outras crianças brancas, que, Dylan só podia supor, odiavam-no a seu modo com tanta intensidade quanto as crianças negras da 293. Ele era a pura encarnação da necessidade implacável, um soldado em campo aberto desesperado para encontrar sua próxima trincheira.

"A única coisa que importa é a prova da Stuyvesant. Só matemática e ciências. Você pode levar pau em inglês o quanto quiser, ninguém tá nem aí. Essa história de boletim é uma piada, sempre foi. Eu não fui a uma aula de educação física sequer o ano inteiro. Sabe o Jesus Maldonado? Ele disse que ia quebrar o meu braço ao meio se me pegasse sozinho no vestiário. Educação física é suicídio, sinceramente. Eu não fico só de cueca dentro daquela escola nem morto. Se eu tiver que cagar, eu seguro até chegar em casa."

Arthur Lomb e a mãe moravam no apartamento do último andar de uma *brownstone*, e Arthur ocupava o quarto dos fundos. Suas revistinhas ficavam guardadas em prateleiras baixas, em pilhas bem-arrumadas, todas dentro de sacos plásticos. Ele as manuseava com grave desdém e irradiava reprovação quando Dylan virava páginas rápido demais para ter tempo de ler certos balões de pensamento essenciais. Embora cuidadosamente armazenadas, suas revistinhas tinham leves marcas nas páginas que Arthur Lomb cobrira com uma folha de papel fino para traçar os seios da Vespa e da Valquíria com caneta esferográfica. A folha resultante, cheia de parentéticos seios azuis, estava guardada como um manuscrito secreto chinês dentro da gaveta da sua escrivaninha. Foi lá que Dylan a encontrou um dia, enquanto Arthur Lomb preparava um prato de biscoito integral.

"O que você tem que fazer é passar nessa prova. A sua vida depende disso. Se você acha que a 293 é ruim, espera até entrar para o colegial. Se você não conseguir entrar para a Stuyvesant ou pelo menos para a Bronx Science, você tá morto. A prova funciona assim: quem tira as notas mais altas vai para a Stuyvesant, quem tira notas um pouco mais baixas vai para a Bronx Science. A Brooklyn Tech é o último recurso. A Sarah J. Hale e a John Jay são praticamente presídios. Um tempo atrás um professor levou um tiro na Sarah J. Hale, apareceu na televisão. Álgebra, geometria, biologia. Pede pro Winegar te dar um teste preparatório. Eu só tô te dizendo isso por pura bondade. Faz ele acreditar que você gosta dele. Diz que você quer entrar pra algum projeto da feira de ciências. Você não tem que entrar de verdade. Se ele souber que você quer ir para a Stuyvesant, talvez ele entre em contato com alguém. Faz o que for preciso."

Nas mesmas prateleiras em que empilhava suas revistinhas, Arthur Lomb tinha também um exemplar de *Respostas cretinas para perguntas imbecis*, de Al Jaffe, e de *O lado irônico*, de Dave Berg, ambos em edições de capa mole. A ironia ferina dos cartunistas da revista *Mad* parecia combinar perfeitamente com a visão amarga de Arthur, a idéia de que tudo é engraçado de um jeito que não tem a menor graça. O sarcasmo como algo que você pratica feito caratê. Mais tarde camuflando a sua fúria silenciosa quando ninguém mais levantava a bola para você cortar.

As janelas do quarto de Arthur davam para as entradas dos fundos e quintais desmazelados e asfixiados de ailantos das lojas da Atlantic Avenue e para as janelas dos fundos dos apartamentos que ficavam sobre as lojas. Acima deles, erguia-se a Brooklyn House of Detention; atrás dela, os prédios municipais e tribunais do centro do Brooklyn e, além deles, os vultos dos arranha-céus de Manhattan. Arthur Lomb gostava de olhar pela janela de binóculo. Alguns fins de tarde, depois da inevitável partida de xadrez, Arthur e Dylan revezavam-se ao binóculo, espiando nada em particular, em silêncio por fim, até que Arthur resolvesse ligar seu rádio, permanentemente sintonizado numa estação AM que só tocava "Dream Weaver" ou "Fly Like an Eagle".

A maior parte das vezes, porém, eles ficavam sentados na escada, observando a incapacidade da Pacific Street de reconhecer sua ligação com a Bond ou com a Hoyt. Certos dias de verão, os dois poderiam passar perfeitamente por espécimes de um diorama do Museu de História Natural do Upper West Side, criaturas abatidas por Theodore Roosevelt, depois empalhadas e postas em exposição numa vitrine: Dylan Ebdus, Arthur Lomb, *Homo sapiens*, Pacific Street, Brooklyn, 1976. Os dias eram falsamente imóveis, gelificados em câmera lenta: Dylan não pensando em Mingus Rude nem na Dean Street por um instante sequer — só observando o gato cinza correr para debaixo de um carro, a nuvem hipnótica de fumaça de hospital subir, o carteiro folhear revistas sentado numa outra escada mais adiante — e se perguntando por quanto tempo o seu bizarro alheamento poderia servir de desculpa para perder mil partidas de xadrez seguidas para Arthur Lomb e sua grosseira, mas implacável, tática de rocar.

Arthur Lomb massageava com as duas mãos a perna sobre a qual estivera sentado, tentando desadormecê-la. Atrás de seus consternados olhinhos de roedor, seu cérebro zumbia tentando acessar dados para mais uma digressão.

"Não faz o menor sentido torcer para os Mets, não quando você examina os fatos. Poucas pessoas da nossa idade se dão ao trabalho de conferir os números, mas os Yankees são simplesmente o maior time da história do beisebol em termos de campeonatos ganhos, número de jogadores no Hall da Fama, et cetera. Essa coisa toda do Mets é um troço muito recente. Mas um montão de garotos feito você caiu nessa feito patinhos. Pra mim, não tem como discutir com o legado yankee."

"Hmm."

"Você provavelmente já se perguntou por quê que eu sempre uso sapato e não tênis. Eu tinha um Pro Keds e uns garotos roubaram ele de mim, me fizeram vir andando pra casa só de meia, você acredita? A minha mãe comprou outro par pra mim, mas eu só uso em casa. Segundo as minhas fontes, o quente daqui a pouco vai ser o Puma. Se é que você tá nessa de usar o que todo mundo tá usando só porque todo mundo tá usando. Eu não tô. Mesmo."

"Hmm."

"O filme mais engraçado do Mel Brooks é *Primavera para Hitler*, depois *O jovem Frankenstein* ou *Banzé no Oeste*. A Terri Garr é gostosona. Eu tenho pena de quem nunca viu *Primavera para Hitler*. Meu pai me levava para ver todos os filmes de comédia. O melhor da Pantera provavelmente é *A volta*. O melhor do Woody é *Tudo que você sempre quis saber sobre sexo*."

Posicionar-se, posicionar-se, Arthur Lomb estava sempre se posicionando, apregoando suas opiniões, formulando alguma espécie de índex que ninguém jamais consultaria. Esse era o fardo, a cruz de Dylan: o conhecimento acumulado das pretensiosas convicções de Arthur Lomb sobre todos os assuntos possíveis e imagináveis. Era uma cruz que cabia a ele carregar, Dylan sabia, porque sua mente também pululava de noções pedantes, de informações inúteis ávidas de exibição e prontas para explodir a qualquer momento. Assim, ao aturar Arthur Lomb, Dylan estava sendo punido por antecipação pela possibilidade de vir a se tornar um chato.

"Arme os seus peões ou Hulk vai esmagar."

De vez em quando, Dylan via uma fresta abrir e fechar rapidamente e vislumbrava de relance a fornalha de raiva que ardia dentro de Arthur Lomb. Mas Dylan não se importava. Achava até que merecia, de acordo com o mesmo princípio de semelhança que ditara a própria amizade entre os dois. Se tinha que engolir o tédio de aturar a semostração de Arthur por causa daquele núcleo que fervilhava dentro dele próprio, a mesma lógica se aplicava aos carvões de raiva em brasa.

"Eu não pude deixar de notar outro dia que você tava conversando com aquele garoto, o Mingus Rude, na saída da escola. Ham-ham, fica de olho no tabuleiro, você vai levar um choque de novo. Enquanto você não aprender a rocar, a coisa vai ficar feia pro seu lado. Mas, como eu tava dizendo, eu vi você conversando com o Mingus Rude outro dia. Ele é da oitava série, como é que você conhece ele? Não que ele vá muito à escola. De qualquer forma, deve ser vantajoso ter amizade, hurrh, com alguém assim."

A fala de Arthur Lomb carregava, como uma espécie de pequena cicatriz enrugada, uma típica arfada pigarrenta nos lugares em que ele omitia a palavra *preto* de uma frase, mas não do pensamento que deu origem à frase. E essa arfada pigarrenta, Dylan tinha a impressão, era a síntese de Arthur, alguém que fazia tamanho estardalhaço em torno de uma carta não jogada que acabava entregando o jogo inteiro que tinha na mão.

"Como é que você sabe que o nome dele é Mingus?", Dylan se ouviu dizer. Naquele dia, pela primeira vez, estava concentrado no jogo, esperando Arthur rocar espalhafatosamente como sempre fazia, só que preparado desta vez, com uma surpresinha na manga. Distraído, Dylan deixara escapar uma pergunta que traía sua possessividade, seu ciúme de Mingus. Ouça Arthur Lomb tagarelar tardes inteiras durante um mês e a sua fala ficaria desprovida de disfarces, esse era o preço que você tinha que pagar.

"Ah, vários garotos falam dele", disse Arthur casualmente.

Dylan não conseguia imaginar que vários garotos eram esses que se prestariam a falar com Arthur Lomb na escola, em vez de revistar os bolsos da sua calça em busca de trocados. O próprio Dylan mantinha distância de Arthur dentro da escola e só se unia a ele na saída, já fora do prédio, para a fuga conjunta dos dois rumo à segurança da Pacific Street. Para Dylan, o fato de Arthur aceitar a humilhação do tratamento de silêncio que ele lhe dava na escola era uma clara indicação do tamanho do desespero e da solidão de Arthur Lomb. Então, que vários garotos eram esses?

"Sei. Bom, eu já conhecia ele antes", disse Dylan, calando a boca antes que fosse tarde demais. Arthur que se virasse para cavar informações. Em resposta ao roque de Arthur, Dylan avançou seu cavalo. Moveu a peça com indiferença, mas seu coração batia forte. Arthur nunca prestava atenção nos cavalos, Dylan só precisou de mil partidas para perceber.

"Antes do quê?", perguntou Arthur com leve sarcasmo. Moveu um peão distraidamente e, franzindo o cenho, fixou o olhar num ponto além de Dylan e do tabuleiro de xadrez, na direção da Hoyt Street, talvez procurando mentalmente uma resposta cretina adequada.

"Xeque", disse Dylan.

Arthur agora dirigiu seu cenho franzido para o tabuleiro, enquanto seus olhos percorriam as peças freneticamente tentando entender aquela reviravolta inesperada.

"Esse peão tá *aqui* ou *aqui*?", perguntou.

"O quê?"

Arthur apontou, Dylan se inclinou. De repente, o tabuleiro tremeu, tendo levado um empurrão numa das quinas. Em seguida, o tremor que atingira as peças se transformou em explosão e o jogo se desmanchou por completo, peças caindo, rolando, o rei condenado de Arthur despencando escada abaixo em estalidos atonais, até cair na rua, revelado enquanto plástico.

"Olha o que você me fez fazer", disse Arthur Lomb.

"Você melou o jogo!"

Arthur levantou as mãos espalmadas: me processa.

"Eu ia ganhar de você."

"Agora nós nunca saberemos."

"Você sempre ganha e não conseguiu suportar a idéia de me ver ganhar uma única vez!"

Arthur coçou o queixo, pensativo. "Na verdade, eu acho que a gente estava caminhando pra um empate. Você não devia se deixar levar pela euforia, Dylan, pode ser que ainda leve um tempo pra você conseguir me derrotar. Mas o seu jogo tá melhorando. Eu tenho que te dar os parabéns. Você definitivamente pegou algumas coisas. Por falar em pegar, ha-ha-ha, você pode pegar aquele rei ali pra mim? A minha perna parece estar dormente."

Dois homens, dois pais. Dois pais forçados a sair de suas tocas, rumo a Manhattan para variar, vestidos para um dia que ameaçava chuva, tendo barbeado o rosto com o intuito de causar uma boa impressão no destino-alvo, apertando echarpes com espiadelas vaidosas nos espelhos dos respectivos halls, antes de abandonarem seus esconderijos e saírem para a rua. Dois pais, cada qual cantarolando alguma música enquanto desciam escadas para tomar trens subterrâneos, agüentar os esbarrões das multidões que transitavam pelas plataformas, entrar por portas que se abriam aos solavancos, para depois se pendurarem cansados em alças presas ao teto ou se agarrarem a mastros de ferro dentro de trens sacolejantes. Um deles carregando evidências: um portfolio preto, de papelão granulado, amarrado com cadarço. O outro de mãos vazias, seus instrumentos de trabalho sua garganta e pulmões, transportados dentro da valise do seu peito. Dois pais viajam durante algum tempo em dois trens diferentes; depois, estações atingidas, Times Square para um, West Fourth para o outro, pisam outra vez a calçada com seus sapatos de couro, agora na grande ilha. Dois pais tentando abrir caminho em meio à infra-estrutura decrépita e caótica do prefeito Abe Beame no ano dos Tall Ships.* Dois pais piscando os olhos, desorientados, espantados com o quanto tinham se tornado reclusos, arrastados para a solidão da Dean Street, o Brooklyn como um estado de espírito que ia se afastando mais e mais de Manhattan a cada dia que passava, como numa migração continental. Dois pais se lembrando breve e involuntariamente de quando eram pessoas menos mórbidas e impressionáveis, enquanto atravessam aturdidos um mar de rostos estroboscópicos nas ruas de fins de outubro. Dois pais, cada qual se dando conta de que só ele está distraído com uma sessão de slides de falsos reconhecimentos — *Você! Você não estudou no City College? Você não é o Charles Alguma-Coisa?* — entre os milhões entorpecidos que se arrastam por Manhattan diariamente, milhões exauridos de tamanha superestimulação livremente associada. Dois pais afastam essas idéias da cabeça, abrem à força as barreiras de sua própria ingenuidade, voltam a se concentrar em suas missões metropolitanas paralelas no ar agora gelado de um princípio de chuva. Dois pais seguem em frente, relembrando sua persona de profissionais, seu lugar no mundo. Dois pais que afinal estão ali por um motivo, para tratar de algum negócio, não para ficar de bobeira.

Um pai pára de repente, abaixa a cabeça para se enfiar debaixo de um guarda-sol e trocar cinqüenta centavos por um cachorro-quente numa carrocinha de rua, outro ritual perdido, indisponível na sua área do Brooklyn, nas suas redondezas circunscritas. Põe o portfolio cheio de pinturas debaixo do braço para ficar com as duas mãos livres, depois afasta o papel encerado e consome o cachorro-quente com mostarda em quatro nacos mais engolidos que mastigados. O lanche provoca um calorzinho gostoso na boca do estômago, mas provavelmente estraga o seu hálito. Preocupado mais uma vez com a impressão que irá causar, o pai devorador de cachorros-quentes pára de novo, desta vez para comprar um chiclete de menta numa banca de jornal. Quarenta e um quarteirões ao sul, o outro pai experimenta ânsias pare-

* 1976, ano do bicentenário dos Estados Unidos, comemorado em Nova York com um desfile de navios a vela. (N. T.)

cidas e fica tentado pelos aromas irresistíveis, suspensos no ar frio e enevoado, de uma carrocinha semelhante, com salsichas cozinhando em água fervente e *knishes* gordurosos fumegando no grill. Na verdade, chega a pôr a mão na barriga ao sentir o cheiro, mas segue adiante, contando que o banquete que tinham lhe prometido estivesse à sua espera no estúdio de gravação, broa de milho, carne assada na grelha, feijão-vermelho e arroz, tudo encomendado da Sylvia's, isso sim é que era pedida.

Dois pais chegam ao limiar de seus respectivos destinos e param. A chuva cai obliquamente agora, carregada pelo vento, apressando-os a interromper a reflexão. Dois pais respiram fundo. Um entra no lobby de um imenso edifício de escritórios na rua 49, pega o elevador e aperta o botão do décimo oitavo andar. O outro espia pela janelinha redonda de uma porta, depois toca a campainha do porteiro eletrônico de um prédio baixo na rua 8, o estúdio de gravação conhecido como Electric Lady.

Estar ali é admitir que você existe.

Estar ali é admitir que você quer alguma coisa.

Ou talvez você possa se convencer de que está fazendo isso por causa do garoto.

Um pai anda de um lado para o outro em frente ao balcão de recepção, espera não sentado mas em pé pelo diretor do departamento de arte da segunda maior editora de livros populares de ficção científica da cidade — nada daquela coisa fuleira da Belmont Books, nada da Belmont Books e seus pagamentos com três meses de atraso, seu escritório no meio do Fashion District onde trabalhavam seis caras, todos com manchas de comida chinesa na camisa. Não, ali era o escritório de uma editora decente, com uma recepcionista taciturna no balcão, ao lado de um pote cheio de caramelos e de um telefone com três linhas piscantes. O outro pai, no Village, é convidado a sair da rua cheia de lojas de artigos de couro e de adolescentes brancos vagabundos e a entrar no estranho prédio de tijolos que mais parece uma fortaleza. O convite é feito pelo cara da mesa de som, que lhe pede desculpas, explica que os outros estão atrasados, mas não tem grilo não, entra aí. O cara sabe o seu nome, *é um grande fã do seu trabalho* e diz isso com todas as letras, coisa rara um cara desses não disfarçar qualquer sentimento de admiração, botando aquela banca de técnico que já viu de tudo. Legal, legal, diz o pai do Village balançando a cabeça com ar blasé, descontando no técnico, se sentindo um bundão por ter chegado cedo, por ter sido o primeiro.

Dois pais, portanto, acabam tendo mais tempo para ruminar do que contavam que teriam. Então, o diretor do departamento de arte aparece para sacudir a mão do pai da rua 49, um cara enfiado num colete de lã, mastigando um cachimbo apagado, típico empresário moderninho bem de vida, enquanto no Village, exatamente ao mesmo tempo, as portas do Electric Lady se abrem de repente e eis que, desembarcando de uma limusine branca estacionada na calçada, adentra a gangue inteira, com seus óculos de Elton John, boás e chapéus de cafetão, o baixista em seu macacão de astronauta com cinto e ombreiras bufantes de cetim, vestidos desse jeito só porque é assim que eles se vestem, não porque vão subir num palco nem posar para uma sessão de fotos, mas porque são um bando de alucinados que pensam que são Jimi Hendrix, Sly Stone e Marvin, o marciano, reunidos num só — mas, aí, o pai lembra a si mesmo que conhece aqueles caras, que eles gostam dele e que é por isso que ele está ali, todos eles vêm do mesmo lugar. Pô, todos eles — cada um daqueles malucos e ele — eram da Motown nos velhos tempos.

Segurando-o pelo cotovelo e levando-o lá para dentro, dizendo *É um prazer imenso te conhecer, Ebdus. Tenho a impressão de que nós dois vamos ficar muito gratos por você ter ligado.*

Dando tapinhas na sua mão a torto e a direito, fazendo questão de cumprir o circuito inteiro das babaquices, dizendo *Pô, cara, a gente simplesmente não conseguiu levantar da cama de manhã! Mas a gente tá aqui agora! Você vai a-do-rar a porra dessa faixa, cara, é do caralho.*

Você ficou grande demais para a Belmont antes mesmo de começar a trabalhar para eles, Ebdus. Não pense que ninguém notou o seu trabalho, porque todo mundo notou assim que ele apareceu. Essa nossa indústria não é grande, não quando se está dentro dela. É como na escola, todo mundo sabe quem são os caras legais. Eu sinceramente não entendo por que você não procurou a gente logo de saída.

Esquece essa merda de trâmite legal, cara. A gente inventa um nome pra pôr na capa no lugar do seu, algo como, hmm, Pee-Brain Rooster. O que acha? Gostou? Qualquer pessoa que tenha ouvidos vai saber que é você no instante em que você abrir a boca, cara. No instante em que você botar pra fora essa sua voz do caralho. A gente resolve essa porra de trâmite legal alguma outra hora. Não pode é esquentar a cabeça com esse tipo de coisa.

O que um pai não diz é que estar ali significa admitir que essa coisa em que ele está envolvido é algum tipo de *carreira*. O acordo com a Belmont, ele sempre dizia a si mesmo com uma lógica assumidamente tortuosa, era uma espécie de favor a Perry Kandel: ele estava permitindo que seu velho professor imaginasse que o tinha trazido de volta ao mundo. Era uma brincadeira. Além do mais, a natureza da New Belmont Specials sugeria um compromisso temporário, uma atividade por um período limitado. Mas dar aquele telefonema e comparecer àquele encontro era admitir que ele agora era um pintor de capas de livro, um artista comercial. E ser recebido com tamanho entusiasmo ali significava que, apesar do desprezo que gotejava de seu pincel, ele tinha realizado um trabalho aceitável. A sedução do talento levara-o até ali, para a sedução do elogio. No elevador, ele podia jurar que tinha ouvido a risada bronquítica e amarga de Perry Kandel.

O que o outro pai não diz é que, embora inveje a liberdade daqueles homens vestidos feito super-heróis e cafetões de cartum, embora um lado seu pense *Merda, por quê que eu não embarquei nessa de bancar o doidão também, por quê que eu tive sempre que ficar tão amarrado à porra do esqueminha da Filadélfia*, outro lado seu não consegue deixar de achar os vocais e o desempenho dos instrumentistas ao fundo simplesmente uma boa bosta. O funk é o soul numa viagem de ácido, no bom e no mau sentido; hoje, estava sendo no mau. A faixa se esparramava sem razão nenhuma, tão insípida, a seu modo, quanto música de discoteca. Disco music pornográfica, isso é o que ela era na verdade. Os caras queriam que ele improvisasse por cima de um fundo vocal, mas o fundo vocal dos caras era uma merda e, pela primeira vez desde que saiu do Subtle Distinctions, ele sente falta das vozes disciplinadas e melodiosas de seus antigos parceiros, da forma como lhe ofereciam uma almofada de som macia e límpida para que lançasse suas rapsódias, alçasse seus vôos.

Você quer um café? O café daqui até que não é tão ruim, na verdade.

Daqui a pouco a comida chega, cara. Tá a fim de uma carreira?

Algum problema?

É só dizer o que você precisa que a gente arranja, cara.

Pais, pais, por que tanto mau humor? Hoje vocês emergiram de suas casas, de seus esconderijos, e foram calorosamente recebidos. Sorriam, pais. Relaxem. Hoje este mundo quer vocês dentro dele.

9.

Ao fim de mais um inverno, o frio feroz do início de março já amansado, ele se deita um dia no chão entre o sol oblíquo e as longas sombras e ali fica para nunca mais sair, o corpo enroscado feito uma bola na esquina da Atlantic com a Nevins, num ponto da calçada perto da beira da rua, em frente à loja de bebida que nunca fecha e ao chaveiro que nunca abre. Emporcalhado de si mesmo, ensopado de vômito, urina e suor, a calça preta de sujeira, ele jaz imóvel feito um homem de lodo ou uma múmia preservada numa caixa de vidro, olhos fechados, boca rígida, braços entrelaçados em volta da barriga, protegendo-se do vento gelado de uma semana atrás, quando assumiu aquela posição. Parece encolhido contra a própria passagem do tempo, enfrentando o inverno que já passou, sua postura um retrato da dor, um esgar de corpo inteiro congelado à luz do sol. Cobrindo seus ombros e preso por baixo do seu traseiro, um saco de dormir de criança, fino e sintético, oferece parco agasalho para seu corpo, apesar de que, se ele ainda está vivo, só pode ser porque o saco serviu para alguma coisa. Duas tiras de tecido arrancadas das bordas do saco de dormir deixavam à mostra o recheio algodoado, cinza de sujeira da rua, e se encontravam num nó debaixo do queixo grisalho do homem, de forma que a coisa fazia lembrar uma bizarra capa de super-herói.

O homem voador, retido em terra por tempo indeterminado.

O cara parece morto, se você quer saber minha opinião.

Mas como? Como é que deixam uma coisa dessas acontecer? O Boerum Hill de Isabel Vendle foi descrito como "O segredo mais bem guardado da cidade", *New York Magazine*, 12 de setembro de 1971. Aburguesamento — pode dizer a palavra, não precisa ficar com vergonha, não, só me explica o que é que essa pessoa em coma alcoólico está fazendo ali no meio da rua, para quem quiser ver? Quais as chances de ninguém manifestar preocupação, de ninguém tocar no ombro dele para ver se ainda está se mexendo, se ainda está vivo? Quais as chances de ninguém nem sequer chamar a polícia?

Será que é porque ele é negro?

Talvez a Atlantic Avenue entre a Nevins e a Terceira Avenida não chegue a ser exatamente Boerum Hill. Talvez seja Gowanus ou alguma outra coisa sem nome. De qualquer forma, o tal do aburguesamento é uma coisa estranha, lenta e bem menos coerente do que Isabel Vendle talvez esperasse. Há uma pequena concentração de antiquários agora na Atlantic, entre a Hoyt e a Bond, e algumas famílias novas morando na Pacific, na Dean e também na Bergen. Na Wyckoff não, a Wyckoff é perto demais dos conjuntos, nem adianta alimentar esperanças. E há também as comunidades hippies. Supondo que ninguém esteja escondendo Patti Hearst em algum porão da Dean Street, os hippies até que são inofensivos, até que são ocupantes aceitáveis. Um empreendedor mais afoito abriu um restaurante francês na Bergen com a Hoyt, precipitando-se um pouco talvez, mas achando que valia a pena arriscar. Até a State Street, tão perto da Schermerhorn, da casa de detenção e do raio de influência da feiúra de doer nos olhos do centro do Brooklyn, até a State está passando por um leve surto de reformas de *brownstones*.

Mesmo assim, a coisa existe sob um feitiço, uma névoa. Hoje em dia as famílias brancas aparecem de maneira contínua e já são tantas que não dá mais para contar, mas coletivamente ainda são um sonho, uma projeção invocada pela vontade de Isabel. Os reformadores — esse é um nome mais educado para eles — são um bando de fantasmas do futuro dispostos a assombrar este presente de gueto do bairro. São uma promessa, um esboço. Pisque os olhos e é bem possível que eles sumam.

Gueto? Você chamaria isso de gueto? Depende de que quarteirão dessa colcha de retalhos você tem em mente. Levante vôo um instantinho, daquele jeito que o homem voador não consegue mais fazer. Olhe. Aqui a Quarta Avenida é um imenso fosso de ruínas da indústria leve, oficinas sebentas de automóveis e armazéns decrépitos e pichados, as calçadas estão marcadas de rajadas de cacos de vidro, que traçam os contornos de incidentes noturnos em frente a lanchonetes de comida chinesa, lojas de bebidas, bodegas, sendo que em todas elas os fregueses são atendidos através de fendas ou gavetas em escudos de plexiglas. Do lado oposto, a Court Street é uma antiga reserva italiana, as transversais ao sul da Carroll vivem em silêncio nas garras dos sussurros da máfia, velhos hábitos mantidos à força de bastões de beisebol e pneus rasgados, até onde a sinuosa Brooklyn-Queens Expressway forma uma cortina de aço separando o que costumava ser Red Hook. Mais ao sul, o Gowanus Canal é um depósito de toxinas enterradas ou afundadas e tiras de borracha fumegante, enquanto a Ulano, a fábrica de solventes, é uma máquina do tamanho de um quarteirão, com janelas que lembram olhos vazados, sempre a despejar no ar toxinas frescas e invisíveis e as lendas de tumores cerebrais e danos neurológicos que as acompanham. Os conjuntos habitacionais, Wyckoff Gardens e Gowanus Houses, são... bom, conjuntos habitacionais, mundos com leis próprias, como meteoros do crime caídos no meio da cidade, ainda tão quentes que nem dá para chegar perto. A prisão é chamada de "casa de detenção", um eufemismo frágil, mas válido mesmo assim. Então, você diria que as ruas de *brownstones* que ficam dentro dessas margens — Wyckoff, Bergen, Dean, Pacific — são um gueto?

Pode chamar de "O segredo mais bem guardado da cidade".

A Nevins tem características únicas, já que nasce na Flatbush Avenue e desemboca em cheio em Wyckoff Gardens, passando no caminho pela casa de passagem, pelo departamento de trânsito, pelo Schermerhorn Park e pelo Nevins Day Care Center, uma creche em cuja escada bêbados se reúnem para saudar as mães pobres que entram e saem da instituição puxando criancinhas aos berros pelo braço, como quem puxa um barbante de ioiô. E uma coisa que todo mundo sabe mas raramente comenta é que a esquina da Nevins com a Pacific é um ponto em que a prostituição é tolerada. Alguma lacuna na atuação das autoridades empurrou a prostituição para aquele canto, onde depois das onze horas da noite é possível encontrar um michê solitário, ou às vezes um par deles, escondido à sombra da Public School 38, sussurrando palavras sedutoras para transeuntes desacompanhados em noites calmas. Telefonemas indignados para autoridades locais só obtêm promessas e mais nada. Naquele nível incompreensível em que tais pactos cívicos são travados, esse parece ser irrevogável, apesar de a vizinhança estar se aburguesando rapidamente por todos os lados. Assim, os policiais revelam-se como céticos insensíveis às preocupações dos corretores de imóveis. Essa zona está em seu mapa oficial — jamais mostrado ao público — dos lugares que não têm jeito.

Talvez tenha sido por esse mesmo princípio, portanto, que o homem não-mais-voador pôde permanecer semanas deitado em posição fetal na esquina da Nevins com a Atlantic sem ser incomodado. Ele ainda está lá no último sábado de março, quando o garoto negro e o garoto branco passam por ali. Sim, eles estão juntos de novo, aquele par esporádico e esdrúxulo, a solidariedade que os une um motivo de pasmo para os passantes, um fiapo talvez de simbolismo utópico, claro, algo que Norman Rockwell poderia ter escolhido como tema, mas que de forma alguma encobre o fato de que os dois têm um ar meio sorrateiro, talvez estejam drogados e estão sem dúvida prestes a se meter — se é que já não estão completamente metidos — em todo tipo de encrenca gerada pela combinação de preto com branco. Mesmo quem não chega a ver os dois volta e meia tirarem disfarçadamente da jaqueta pincéis atômicos encharcados de tinta roxa sente o quanto é provável que haja alguma coisa errada ali. Isto aqui é o Brooklyn afinal, nada se integra inocentemente. Quem está fazendo quem de trouxa? Se a polícia estivesse de olho, provavelmente separaria aquela dupla só por medida de precaução.

O garoto branco e o garoto negro se revezam na tarefa de vigiar enquanto o outro picha. As coisas se simplificaram tremendamente: o garoto branco parou de tentar encontrar um cognome para si, encorajado pelo garoto negro a pichar a réplica perfeita do *tag* dele. DOSE, DOSE, DOSE. Foi uma solução feliz para ambos. Para o garoto negro, significa ver seu *tag* se alastrando ainda mais, marcar mais pontos na busca pela ubiqüidade, o parâmetro básico do sucesso de um grafiteiro. O Rei da Linha C, por exemplo, não passa de um pichador fuleiro com tempo demais à disposição que conseguiu rabiscar o insosso *tag* CE em tudo quanto é janela de tudo quanto é trem daquela linha. Um sucesso desse tipo é tão inquestionável quanto mecânico, maquinal. Grafiteiros competem feito vírus, por pura proliferação.

E para o garoto branco, qual é a vantagem? Bom, para ele é uma forma de fundir sua identidade com a identidade do garoto negro, de enterrar a sua *nerdice* de *funkymusicwhiteboy* na ilusão de que ele e seu amigo Mingus Rude são ambos Dose, nada mais, nada menos. Uma equipe, uma frente unida, uma marca, uma idéia. O traço firme do garoto branco, aprimorado em milhões de espirais de Spirograph, e seu talento para a imitação — Você sabe desenhar o Tippy? — vieram bem a calhar. Sua execução do ícone DOSE é clara, precisa, automática — mais elegante e mais firme, na verdade, do que a do garoto negro. É só um jeito de deslizar a mão, nada que alguém não pudesse aprender se praticasse um zilhão de vezes à espera daquele momento.

A caneta está na mão do garoto negro agora. O garoto branco está de vigia. O garoto negro escreve DOSE no poste do sinal de trânsito da esquina da Atlantic com a Nevins e no portão de ferro do chaveiro que nunca abre. Depois se vira e examina a figura enroscada no chão, perto do meio-fio. Os dois examinam a figura. O indigente — a palavra que eles encontrariam se se dessem ao trabalho de procurar uma palavra — está dormindo ou morto naquela esquina há tempo suficiente para que os dois já o tivessem notado em outras ocasiões. Esta, no entanto, é a primeira vez em que os dois o notam juntos, e o fato de estarem juntos força-os a tomar conhecimento da figura de uma maneira que não fariam se estivessem sozinhos.

A figura na calçada desperta sentimentos diferentes no garoto branco e no garoto negro. O garoto branco já tinha visto aquele indigente específico em melhores dias, já o tinha visto *no céu*, por mais ridícula que a frase soe. Ele não faz idéia se seu amigo Mingus sabe o que ele sabe e faz menos idéia ainda de por onde começaria se quisesse contar o que sabe. Está simplesmente empacado num estado de estupefação permanente, mesclado a uma dose de medo.

O garoto negro franze o lábio superior com desdém, vítima de uma súbita onda de vergonha: claro que o cara deitado ali na rua tinha que ser *preto*, não precisava nem dizer. Não haveria de ser latino. Não importa quantos beberrões hispânicos transbordem dos cortiços da Dean Street para as ruas, eles sempre cambaleiam de volta para casa, dormem em camas, trocam de roupa, embolsam cheques do governo e começam de novo. E é óbvio que branco é que ele não ia ser, imagina.

"Saca só", diz o garoto negro.

"O quê?", diz o garoto branco.

O garoto negro avança com esplêndida intrepidez, fazendo o garoto branco perder o ar. Tira a tampa da caneta. O saco de dormir esticado nas costas do indigente conserva, apesar de imundo, um brilho de material plástico, um lustre convidativo para o deslizar do pincel atômico. O garoto negro se ajoelha perto da figura fétida e picha, conseguindo escrever apesar de a sujeira entranhada no tecido sintético emperrar por vezes o avanço da ponta de feltro: num instante a coisa está feita e os dois rapidamente saem de perto, abismados.

Nas costas do indigente lê-se DOSE.

"Corre!"

"Ele não tá se mexendo. Puta merda! Olha pra isso!"

"Vambora!"

E é isso. Eles dão por encerrados os trabalhos de pichação daquele dia. Nada poderia superar aquele feito. Os dois fogem pela Nevins, engasgando de rir, bêbados daquela travessura atroz, daquela demonstração da nova e perigosa habilidade dos dois de chegar e tacar uma logomarca nos talvez-mortos deste mundo.

Eles chegaram atrasados e tiveram de sentar longe um do outro, nas solitárias cadeiras vagas que ainda restavam. Dylan sentou perto do palco, na segunda fileira. O pai tinha insistido para que Dylan fosse se sentar lá na frente, tomando ele próprio um assento numa das fileiras de trás, no canto esquerdo do auditório. Dylan entendeu que deveria sentir-se grato pelo privilégio de ver de perto o cineasta experimental Stan Brakhage, a quem Abraham se referia, em tom solene, como *um grande homem, um homem admirável*. O tema geral era pintura em filme. Dylan não sabia até aquele momento que existia uma coisa chamada filme pintado, tirando o de Abraham. Muito menos que o tema seria capaz de atrair uma platéia grande o bastante para encher um auditório repleto de cadeiras de metal dobráveis e desconfortáveis.

Na verdade, Dylan achou Brakhage, quando ele falava, uma figura fascinante, muito embora não conseguisse entender patavina do que ele dizia. Brakhage era carismático e grandiloqüente e lembrava Orson Welles na televisão. Como Welles, Brakhage sugeria uma genialidade não só distanciada de si mesma como também plenamente em paz consigo mesma, o que naquela situação específica se traduzia numa total indiferença à atmosfera de bajulação que impregnava o auditório. O problema da palestra era que Brakhage raramente falava. Ficava ali sentado bebericando água e piscando os olhos rapidamente, examinando a platéia, guardando silêncio a maior parte do tempo em prol de um painel de palestrantes constituído por homens mais jovens do que ele e que, em custoso revezamento, pronunciavam-se acerca da importância dos filmes de Brakhage. O tom irritadiço, ressentido de suas falas não conseguia esconder (ou talvez não se destinasse mesmo a esconder) a implicação de que só eles entendiam a obra do cineasta. Dylan estava entediado, como diria Rachel, *bodeado*.

"Eu prefiro ver meu trabalho como uma tentativa de limpar áreas estéticas, de libertar o filme das artes e ideologias do passado", disse Brakhage quando lhe deram a chance. Suas palavras reverberaram por todo o auditório, ecoando em mentes tão concentradas no esforço de absorver o que ele dizia que estavam praticamente em ebulição. O próprio Dylan sentia isso. Virou para trás à procura do pai e encontrou-o concentrado também, olhando para o tablado com um misto de amor e ódio. "Talvez para deixá-lo limpo para que possa vir a ser útil para diferentes tipos de homens e mulheres que possam ajudar a desenvolver a sensibilidade humana."

Iluminado por lâmpadas fluorescentes e cheio de buracos no reboco das paredes, o auditório do subsolo do prédio do sindicato dos tanoeiros já não tinha mais lugares vagos, a não ser em pé. Dylan se contorcia em sua cadeira, mas não era o único. O homem sentado a seu lado estava esfacelando um copo de isopor em milhares de fragmentos minúsculos, que iam flutuando até o chão e se acumulando feito caspa num montinho entre os seus pés irrequietos. Talvez o esfacelador de isopor estivesse agoniado, tentando se segurar para não fazer uma pergunta que ele tinha vontade de bradar para os homens sentados no palco. Talvez achasse que era *ele* quem deveria estar no palco. Por todos os lados, cadeiras rangiam.

"Eu acredito na canção", disse Brakhage. "É isso que eu quero fazer e faço bastante egoisticamente, por uma necessidade minha de chegar a uma voz que seja comparável à canção e que se relacione com todas as formas de vida animal na Terra. Eu me comovo com todos os tipos de canção que os lobos cantam para a Lua, ou que os cachorros da vizinhança cantam, e é com grande humildade que quero me unir a essa cantoria."

Quando a tensão dentro do auditório estava no auge e o copo de isopor já tinha sido inteiramente processado, o esfacelador ao lado de Dylan levantou-se de salto e gritou por cima da cantilena do painel de palestrantes: "Mas e o Oskar Fischinger? Nenhum de vocês está reconhecendo o papel do Fischinger!".

Tendo lançado esse desafio, o homem permaneceu de pé, trêmulo, talvez esperando que a multidão se erguesse atrás dele, enraivecida, pronta para invadir o tablado.

"Eu não creio que ninguém esteja negando o papel do Fischinger", disse um dos homens do painel, em tom sarcástico. "Acho que não é bem por aí."

"Que Fischinger que nada", disse outra voz. Era Abraham Ebdus. Ele falou do canto do auditório sem se levantar de sua cadeira e num tom de voz mais baixo que o do esfacelador, que ainda continuava de pé. "Talvez a esta altura alguém devesse mencionar Walther Ruttman."

Silêncio no palanque. Só Brakhage balançava a cabeça de leve, sem espanto, como quem diz *Ruttman, claro, Ruttman*. O esfacelador sentou-se por fim, humilhado.

Em seguida, do fundo do salão, outro grito transpassou a tensão asfixiante: "Foda-se o Ruttman! E o *Disney*?".

Com essa, o auditório em peso gargalhou aliviado, já que ninguém estava muito contente de encarar o tamanho da sua ignorância com relação às carreiras de Fischinger e Ruttman. O momento tinha se perdido num caos de risos e conversas paralelas. Pouco depois, porém, Brakhage acalmou tudo, quando se prontificou a responder as perguntas do público. Aos poucos a hostilidade foi se dissipando, agora que os membros do painel tinham sido igualados à platéia pela autoridade de Brakhage. Calados, os homens mais jovens podiam ser mais ou menos perdoados pela afronta de estarem no palco.

Perdoados talvez por todos, menos por Abraham.

Ao final da palestra, Brakhage foi cercado por uma multidão na beira do palco. Abraham encontrou Dylan no meio do torvelinho de corpos, agarrou sua mão e, juntos, os dois foram abrindo caminho até a saída. Dylan sentia a fúria reprimida, engasgada do pai, sentia-se enclausurado dentro dela como num casulo, enquanto os dois desciam as escadas da estação do metrô em Astor Place, esperavam na plataforma e depois embarcavam num trem da linha 6, sentia-a separá-los como uma barreira invisível dos outros viajantes noturnos, cujas cabeças bamboleavam ao sabor dos movimentos do trem, presas aos palitos cansados de seus corpos, sentia-a isolá-los da cidade inteira à sua volta.

Dylan respirava o ar viciado do constrangimento do pai. Alguma coisa correra errado na tentativa de Abraham de demonstrar para o filho a genialidade de Brakhage e a afinidade dele, Abraham, com o grande cineasta, esse homem que era o mentor secreto de Abraham, sua estrela guia. Talvez o auditório estivesse cheio demais. Talvez estivesse cheio demais mesmo que só houvesse uma única alma lá dentro além de Brakhage, Abraham Ebdus e o filho. A noite fora essencialmente arruinada assim que ficou óbvio que Brakhage não só não estava tão carente de reconhecimento quanto Ebdus como não estava carente de reconhecimento em absoluto.

Ou talvez o problema tivesse sido só aquele babaca gritando *Disney* para a gargalhada fácil da platéia.

O clima continuou o mesmo enquanto eles esperavam pelo trem da linha 4 na Brooklyn Bridge, engolindo a humilhação extra da recusa da linha 6 a entrar no Brooklyn, e ainda era o mesmo quando emergiram na Nevins, para caminhar em silêncio rumo à Dean Street, rumo a suas camas, ao esquecimento daquela malfadada noite. Poderia tê-los acompanhado até em casa, aquela bolha de raiva muda de Abraham, não fosse pelo indigente pichado, ainda enroscado em si mesmo na esquina da Atlantic.

Dylan olhou de esguelha enquanto os dois passavam. A pose mumificada do homem outrora voador continuava exatamente igual, embora ele parecesse estar mais perto do meio-fio agora. DOSE cintilava no outdoor das suas costas, iluminado por um poste de luz.

Abraham Ebdus ergueu os olhos de sua soturna contemplação da calçada aos seus pés e seguiu o olhar de Dylan até as costas do indigente. Estacou.

"O que é isso?"

"O quê?"

"*Isso*", disse Abraham apontando indiscutivelmente, desgraçadamente, para o DOSE iluminado no saco de dormir do indigente.

"Nada."

"O que está escrito?"

"Sei lá", respondeu Dylan, impotente.

"Sabe, sim", disse Abraham. "Você escreve esse troço no seu caderno." A certeza crescia na voz de Abraham, a névoa de raiva dentro dele tomava forma. "Eu vi. Essa é a palavra que você e o Mingus escrevem em tudo quanto é lugar. Você acha que eu não *percebo*? Você acha que eu sou *idiota*?"

Dylan não conseguia falar.

"Deixa eu ver o seu tênis."

Abraham Ebdus segurou o ombro de Dylan, a mão em forma de garra, numa espantosa demonstração de força sobre o filho. O descontentamento ou a satisfação de Abraham eram em geral aspectos de um conjunto flutuante de impressões paternas, em sua maioria sonoras: sons de passos movendo-se de um lado para o outro no andar de cima, uma voz descendo a escada. Abraham era uma coletânea de sons reunida em formato humano pela melancolia.

Agora os dois estavam parados na esquina da Atlantic Avenue na noite fria, ligados pelo braço de Abraham. A nuvem de luz que saía do poste banhava o vulto perto de seus pés, um malcheiroso refluxo da sarjeta ignorado há semanas e trazido inesperadamente à atenção humana por fim. Puxando-o pelo ombro, Abraham virou Dylan de frente para ele e, franzindo os olhos, pôs-se a examinar o tênis do filho, como quem examina pistas de um homicídio.

Atrás de pára-brisas, os olhos que passavam não davam a mínima.

Um quarteirão adiante, uma prostituta veio andando até a esquina da Pacific. Fez psiu para um velho que passeava com o cachorro, sem ilusões, só para espantar o tédio.

Ela sentia, porém, que a primavera estava chegando, pairava no ar uma sensação geral de descongelamento.

"O que é isso?", perguntou Abraham, apertando com raiva o ombro de Dylan. "É igual, não é?"

Não havia como esconder. A borda branca e grossa da sola dos dois tênis de Dylan estava repleta de *tags* em miniatura. A borracha polpuda recebia a ponta de uma caneta esferográfica como manteiga sob a pressão de uma faca, uma descoberta que deixara Dylan fascinado durante uma aula de matemática particularmente entediante. Embora a rigor estivesse arruinando seus preciosos Pro Keds, Dylan não conseguiu se segurar. Pelo menos, ninguém mais ia querer roubá-los.

"Foi o Mingus que escreveu", Dylan se ouviu dizer.

Abraham soltou o ombro de Dylan e os dois se afastaram um do outro, uma renúncia física tão agressiva quanto o próprio contato anterior.

"Olha pra nós!", disse Abraham, comprimindo os olhos e a testa com uma das mãos. Não estava muito claro se estava falando com Dylan.

Dylan esperava, petrificado.

"O quê que isso significa?" A voz de Abraham agora estava descontrolada. "Foi pra isso que eu te criei? Pra esse desrespeito pela vida humana? O que você e o seu amigo Mingus fazem na rua, Dylan? Correm feito feras selvagens? Quem te ensinou a ser assim?"

"Eu não..." Mas Dylan não podia oferecer o nome de Mingus de novo.

"Talvez este seja simplesmente um lugar horrível. Talvez nestas ruas o certo e o errado se confundam e por isso você e os seus amigos corram por aí alucinados feito animais capazes de fazer isso com uma pessoa." O nome de Rachel não foi mencionado, mas os dois sabiam que falar daquele lugar era falar dela, por menos que quisessem. Era bem possível que Dylan e Abraham só continuassem em Gowanus por causa de Rachel, para guardar o lugar dela. Agora, de mansinho, os dois tinham chegado juntos à beira de uma implicação que Rachel banira de suas vidas. Havia uma sombra emboscada na palavra *animais* que deixava Abraham profundamente envergonhado.

"É esta época que o mundo está vivendo", acrescentou Abraham, em busca de algum sentimento épico que pudesse toldar a idéia que se infiltrara na cabeça de ambos. "Nós estamos no inferno, é a única explicação." A culpa por aquele corpo na rua com DOSE pichado nas costas poderia ser atribuída a Gerald Ford ou a Abe Beame, quem sabe até ao xá do Irã.

Considerando que o presidente mandara a cidade cair morta, não seria improvável que alguns de seus cidadãos o fizessem literalmente e à vista de todos. Ainda mais na Nevins Street.

"Este bairro está acabando com a gente. A culpa é minha, Dylan, eu peço desculpas. Foram as escolhas que eu fiz." Por fim e quase que mecanicamente, Abraham se voltava contra si mesmo, com todas as reservas de decepção e ódio de que podia se valer. Talvez se valesse da humilhação que acumulara com a palestra no auditório do sindicato dos tanoeiros ou antes até, sabe-se lá com quê. Com Rachel. Fosse como fosse, isso não trazia alívio algum para Dylan. "Olha pra nós, meu Deus", murmurou Abraham. Antes, tapara os olhos; agora, arregalava-os.

A absolvição lhes acenava de uma única direção. De um ponto perto de seus pés.

"Será que esse homem ainda está *vivo?*"

"Eu não sei", disse Dylan.

Abraham se ajoelhou e pôs a mão no ombro do embrulho humano, por cima do saco de dormir. Sacudiu-o de leve, depois girou-o um pouco. Dylan observava, horrorizado. "Você está...", Abraham começou a perguntar, tolamente. Que pergunta se faz numa situação dessas? Você perguntaria a um defunto se ele está bem, se está confortável? Abraham lançou mão de um "Olá?".

Inacreditavelmente, o homem deitado no chão se desenroscou, farfalhando ao esticar os braços e as pernas. Depois falou, com um resmungo que mais parecia um ronco: "*Porra!*".

Torceu o pescoço, socou o ar com os pulsos e os cotovelos dobrados, fazendo lembrar um tiranossauro a sacudir seus bracinhos minúsculos. Por mais longa que tivesse sido sua soneca, ao despertar o homem retomou uma batalha que provavelmente estava travando quando adormeceu, debatendo-se para afugentar algo ou alguém. O movimento fez seu odor se espalhar e deixou patente o seu tamanho. Abraham recolheu a mão rapidamente, assustado.

Eles achavam que o homem estava morto, na verdade. Dylan e o pai piscavam os olhos, chocados de descobrir que tinham estado conversando na presença não de um cadáver, mas de um corpo vivo. O homem podia até ter ouvido o que eles disseram.

"Agüenta as pontas, cara", disse Abraham com uma voz rouca, quase sussurrante. Para Dylan, aquilo soou como se Abraham achasse que o homem deitado na calçada estivesse ótimo um segundo atrás, como se tivesse apenas sofrido um desmaio, como se a sua estada ali naquela esquina não definisse a vida de um homem, mas fosse apenas uma interrupção, um soluço. "Nós vamos chamar uma ambulância."

A prostituta, levada pelo tédio a caminhar até bem mais longe do que o normal, chegou à avenida. A Atlantic estava calma, não havia carros parados no sinal, que trocava de vermelho para verde com um *tchunc-tchunc* que o zumbido de inseto dos postes de luz não chegava a abafar. A mulher veio rebolando até o meio do cruzamento e gritou na direção dos três, do homenzinho, do homem alto e magro e do homenzarrão negro deitado no chão:

"Alguém aí tá a fim de fazer um programinha?"

As melhores cores são também as que têm os melhores nomes: água-marinha pastel, ameixa, amarelo-trator, laranja-pirulito, roxo-beterraba. Um cego seria capaz de roubar as tintas certas só de ouvir seus nomes. Essas cores são essenciais para pintar um *burner*, uma obra-prima do grafite de proporções colossais, com letras chamejantes tridimensionais crivadas de pregos ou de cortes profundos com sangue escorrendo, cercadas de nuvens de estrelas e de relâmpagos e tendo ao lado um personagem como o Gato Felix ou o mago de Vaughn Bode, como uma espécie de mestre-de-cerimônias. *Burners* nascem em painéis de vagões parados do metrô, em muros de quadras de handebol ou de pátios de escola, uma "simples" questão de cinco ou seis horas de trabalho no vazio da madrugada, dois caras pintando, o mais talentoso cuidando dos contornos e dos efeitos de dégradé, o menos talentoso cobrindo os espaços de cor chapada, em geral mais dois caras de vigia no final do quarteirão ou na entrada do pátio do metrô. Fora estragar a roupa toda, chegar em casa com todos os poros e canais lacrimais entupidos de tinta. Um vício muito mais óbvio, para pais vigilantes, do que o das drogas; os maconheiros é que têm vida fácil.

Primeiro, porém, você tem de descolar a tinta.

O que significa *surrupiar na McCrory's*.

Hoje é o dia da Dean Street Crew: um agrupamento temporário, talvez de curtíssima duração, liderado por Mingus Rude. O grupo consiste em Lonnie, Alberto, Dylan e Mingus. Mingus é o mais velho. Os quatro têm um esquema, um plano de ataque, que, como a própria expedição, foi originalmente concebido por Mingus — ou se Mingus tirou a idéia de alguém, ele não citou a fonte. Para a Dean Street Crew o esquema parece não só original como brilhante, perfeito. Na verdade, eles estão até de barato de tão eufóricos com o plano, falam sem parar, dançam.

A McCrory's é a mais mixuruca das duas lojas de departamentos da Fulton Street. A outra, a um quarteirão de distância, é a A&S — de Abraham e Straus —, um monólito art déco de oito andares, uma máquina do tempo dourada feita para transportar o público a uma gloriosa Utopia consumista. É também intimidante e manhattanesca, com seus ascensoristas uniformizados e velhos guardas de segurança ex-policiais. No sexto andar da A&S há uma seção gourmet com fileiras e fileiras de bombons artesanais expostos na vitrine; no oitavo andar ficam os brinquedos, os quebra-cabeças e um balcão que vende moedas e selos raros. Há também uma seção de discos fechada, quatro paredes dentro de quatro paredes, de onde até hoje nenhum garoto se gabou de ter conseguido afanar nem um disco sequer. As gangues passam longe da A&S, talvez constrangidas por memórias de infância: era para lá que seus pais as levavam para sentar no colo do Papai Noel. Aquele lugar é simplesmente irreal demais.

A McCrory's é a loja de departamentos que eles entendem e merecem. A McCrory's é um pouco mais acessível. É uma cópia ordinária da Woolworth, na verdade, com cheiro de pipoca de manteiga rançosa, bijuterias dentro de vitrines de plexiglas, uma cabine de foto e um desolado balcão de sanduíches onde qualquer garoto de vista aguçada pode pedir um milk-shake e pagar por ele com as gorjetas que for surrupiando sorrateiramente de outros pontos do balcão, desde que o beba com a lentidão necessária. O andar principal são acres de peças íntimas, roupinhas de bebê e gôndolas cheias de tênis rebotalhos sem marca. Promoções especiais de volta às aulas cedem lugar a abóboras de halloween de papel crepom, que cedem lugar a jogos semiapagados de lâmpadas de Natal, que cedem lugar a cartões do dia dos namorados, que cedem lugar a bugigangas de Páscoa, que cedem lugar a ofertas de verão, tudo apregoado pelo ramerrame de mensagens gravadas que saem de alto-falantes invisíveis. No andar de baixo fica a seção de ferramentas. É para lá que eles estão indo hoje, os membros da Dean Street Crew. Sondaram o terreno ontem à tarde. Estão prontos.

Conforme o plano, Dylan Ebdus está agora plantado sozinho na Fulton Street, à espera, uma figura imóvel no meio da multidão que passa para lá e para cá, em sua maioria senhoras negras puxando crianças pequenas pela mão. Está de óculos, excepcionalmente, e usa uma camisa Izod listrada de verde e branco — que, por ironia, não é sua, mas de Mingus Rude — abotoada até o pescoço, para completar a imagem de nerd inofensivo, aluno de escola particular. Está também de mochila nas costas, uma mochila vazia, mas afofada por dentro com um cabide de arame dobrado ao meio para dar a impressão de estar, todos eles esperam, abarrotada de livros escolares.

Lonnie, Alberto e Mingus já estão lá dentro, no subsolo da McCrory's, transportando latas de tinta spray de uma ala para outra, escondendo-as em seções menos vigiadas, atrás de avisos que dizem SE NÃO ENCONTRAR O QUE PROCURA, PERGUNTE e de álbuns de fotografia com capas de vinil imitando madeira. Os três garotos, dois negros e um porto-riquenho, estão atraindo a atenção dos funcionários da segurança da McCrory's, e muito. Mas tudo bem: a própria presença deles ali é como um alarme silencioso disparando na loja inteira, é como está programado para ser mesmo. Eles não se importam nem um pouco de serem vistos pegando latas de tinta spray e passeando com elas por outras alas, mas tomam mais cuidado para que ninguém os veja encafuá-las aqui e ali. Algumas vezes até encenam pantomimas de mãos vazias, simulando enfiar latas de tinta em seus casacos volumosos, enquanto soltam risadinhas sufocadas. Esse crime sem crime, esse jogo de atiçar expectativas racistas fingindo que estão roubando a loja descaradamente, é diversão de primeira qualidade a preço módico.

Agora vem Dylan, desce para o subsolo cinco minutos depois e não dá nenhuma bandeira de que conhece os dois garotos negros e o porto-riquenho. Olhos apertados, procura se orientar dentro de campo, naquela confusão bem iluminada de alas, compradores, guardas, acrescida ainda dos seus amigos. Inala o cheiro de pipoca, engole em seco. Os funcionários da segurança, em sua maioria mulheres jamaicanas imensas, estão no frenesi que já era previsto, seguindo Mingus, Lonnie e Alberto cada vez mais para o fundo da seção de ferramentas, até chegar a uma ala mais alta, onde ficam as latas de lixo, vassouras e rodos e que fora pré-selecionada por sua pouca visibilidade. Otários! Dylan franze o cenho, ajeita os óculos, adentra inocuamente alas eleitas no dia anterior. É aqui que o esquema se paga. Dylan é o coletor. Com a garganta apertada de nervoso, ele vai recolhendo as latas de tinta de seus diversos esconderijos nas alas inocentes e, com dedos eletrizados de medo, joga-as dentro da mochila: tangerina, cromo, azul-arrebentação.

Hoje o fato de você ser um garoto branco serviu para alguma coisa.

Só mesmo um cara feito Mingus Rude para resgatar as diferenças entre os dois em benefício próprio, para bolar um plano à *la* Robin Hood em nome da arte.

Dylan avança em direção à saída. As latas de tinta chacoalham e tilintam sedutoramente dentro da sua mochila, um tesouro sem dúvida. Espalhando confusão gratuitamente agora, os três tomam caminhos divergentes entre as alas e saem separados. Mingus, o performer mais escancarado dos três, é parado e revistado por dois guardas. Alberto grita na direção da porta pela qual acaba de sair: "*Vão se foder!*". Sem motivo nenhum, só porque ele pode.

De volta à Fulton Street, os quatro se juntam de novo à sombra de uma garagem, todos já esbaforidos antes mesmo de começar a correr, corações batendo forte de excitação. As latas de tinta são rapidamente pesadas, sacudidas para revelar o estalido promissor do spray, depois repartidas e enfiadas em bolsos de casaco, metidas dentro de mangas. Mesmo que um guarda de agilidade sobre-humana corresse atrás deles, seria impossível pegar os quatro. Disparam desembestados pela Hoyt Street abaixo, fazendo de conta que estão sendo perseguidos, rindo e gritando: "Puta merda! Chispa, cara! Tu não sabe correr, não? O quê que tem de errado com as tuas pernas?".

Animais, Abraham? A gente mostra os animais para você.

Compartilharam em silêncio uma longa caminhada pela Flatbush, depois subiram a St. Felix até chegar ao hospital de fachada de tijolo, imprensado contra uma das laterais do Fort Greene Park. Era uma tarde de sábado no início de abril, a primeira onda de calor corava o ar, os pássaros alvoroçados e as crianças bêbadas de sol berravam em uníssono no parque quase vertical, bombardeando as janelas do hospital com uma saraivada estridente de sons. As janelas escancaradas não conseguiam escoar o cheiro pútrido de linóleo mijado da enfermaria de desintoxicação, um bafo de venenos corporais misturado ao odor de desinfetante e às ondas de fedor dos peidos dos recém-desesfomeados. Não havia o menor perigo de um pássaro voar para dentro do hospital. Ele daria de cara com uma parede de fedor que o arremessaria de volta para trás como se tivesse se chocado contra uma vidraça.

Dylan estacionou no vão da porta. Uma enfermeira jamaicana parou a seu lado, com uma das sobrancelhas levantada. Abraham foi andando até a cama. O homem era uma carcaça coberta de pano, pulsos amarrados com tiras de tecido à armação de alumínio da cama, mãos penduradas, tristes e imensas. Um pé cheio de escaras projetava-se para fora da borda da cama, o outro curvava-se para dentro como o de um dançarino, enfiado por baixo do volume do joelho sob o lençol. Sua bochecha e sobrancelha esquerdas estavam unidas numa piscadela petrificada. Um tubo intravenoso gotejava alguma coisa amarelo-esverdeada para dentro de seu braço, alguma coisa que também fizera uma mancha amarelo-esverdeada no lençol. Os respingos o perseguiam, até ali. Difícil acreditar que ele já tinha cruzado o céu.

Abraham fez cara feia para os pulsos amarrados, para a ferida ao redor da agulha do tubo intravenoso, para o cheiro repugnante. O tratamento ali não era bom, não era bom o bastante. Talvez Abraham quisesse compensar alguma coisa: nada poderia ser bom o bastante para o homem deitado na cama. Ele precisava ser tratado como um ser humano, não como um indigente ou um vagabundo, pois, ao ainda respirar quando deveria estar morto ele tinha se tornado um símbolo de uma possível reparação. A enfermeira jamaicana estava plantada num canto, observando. Também fazia cara feia, mostrando seu desagrado com a insinuação de Abraham Ebdus de que o hospital não estava cumprindo o seu dever com aquele idiota beberrão, que estava se matando como tantos milhares de outros iguais a ele e que não merecia nem um pingo de atenção especial só porque por acaso fora levado para aquela enfermaria por um homem branco.

"Ele tem comido?", perguntou Abraham por fim.

A enfermeira revirou os olhos. "Ele come quando quer. Cuspiu na comida no café-da-manhã. A gente não pode forçar ninguém a comer, sabe."

"Eu quero falar com um médico", declarou Abraham, categórico.

"O doutor só chega às quatro. Não tá aqui agora, não." Ela deu um encontrão em Abraham para tirá-lo do caminho e foi remexer no botão de regulagem do tubo intravenoso, mostrando que estava no comando da situação. "Não tem necessidade de médico aqui, não."

"Com o seu supervisor, então."

A enfermeira estalou a língua, não disse nada. Ela e Abraham Ebdus saíram juntos e foram andando pelo corredor, os tênis brancos da enfermeira guinchando no atrito com o piso de ladrilho. Dylan ficou sozinho com o homem deitado na cama.

Abraham podia até ser o defensor daquele homem, mas o homem em si nunca fizera mais do que rosnar um ou dois palavrões para Abraham. Dylan ele conhecia e, agora, parecia sentir sua presença ali; eles já tinham se falado antes. As pálpebras roxas do homem tremelicaram e se abriram.

"Garotinho branco."

Será que ele ia pedir para Dylan lhe ceder seus trocados? Que utilidade cinqüenta centavos ou um dólar poderiam ter para o homem voador aprisionado ali no hospital, amarrado a uma cama? Instintivamente, Dylan tateou os bolsos; não encontrou nada.

"Chega mais perto. Eu não tô te vendo."

Dylan obedeceu.

"Você me viu."

Não era uma pergunta, mas Dylan fez que sim.

"Hah. Hah. Vai até aquela gaveta ali." Sem desamassar o olho amassado, ele fez sinal para um pequeno móvel que ficava ao lado da cama, onde flores seriam postas, se ocorresse a alguém pôr flores ali. "É, essa gaveta aí. Abre."

Dylan puxou a gaveta, temendo encontrar alguma seringa maligna que o homem voador pudesse querer espetada em seu braço.

Mas só havia uma carteira de plástico, surrada e mole. Carteira de motorista, emitida em Columbus, Ohio, em 1952, em nome de Aaron X. Doily. E o anel prateado que o homem voador havia usado no dedo mindinho.

"Isso aí, isso aí."

"O anel?"

"Pra mim chega, cara, não dá mais. Não consigo mais lutar com as *ondas aéreas*."

"Você quer...?"

"Leva pra você, cara."

Quando Abraham Ebdus e a enfermeira vieram correndo de volta para o quarto, o homem deitado na cama já estava aos berros, em plena crise de abstinência, ou de desintoxicação, ou fosse lá do que fosse, suando em bicas pelo corpo inteiro, contorcendo-se com tanta violência que chegava a envergar a armação da cama. As tiras que prendiam seus pulsos não cederam, de forma que seu corpo e a cama formavam uma só entidade, chacoalhando e estrebuchando em agonia. Ele encontrou o suporte do medicamento intravenoso e derrubou-o no chão, estourando a embalagem e espalhando líquido amarelo por todo lado. O garoto estava encostado contra a parede oposta, mas sem pânico, só observando, calmo. A enfermeira pigarreou, preparando-se para anunciar sua falta de espanto: aquilo só servia para mostrar, era tudo parte da rotina etc. etc. Abraham, não tendo tirado proveito algum da conversa com os entes superiores no balcão dos enfermeiros no corredor, pega o coitado do garoto, que àquela altura você só podia supor que já fora suficientemente castigado, e tira-o dali. Os urros do homem são de enlouquecer. Sinceramente, é um troço difícil de agüentar.

Dylan Ebdus carrega o anel apertado dentro da palma da mão, a mão enterrada no fundo do bolso da calça, o anel em si latejando entre seus dedos suados como se fosse um símbolo, um minúsculo fragmento do paroxismo insano do homem deitado na cama de hospital, agora transportado veladamente para a brisa da tarde que sopra em Fort Greene.

"O que foi que ele disse pra você?", Abraham perguntou ao filho ternamente, depois que os dois já tinham transposto alguns quarteirões, e a loucura amarela do hospital ia ficando distante como um sonho.

Dylan Ebdus só deu de ombros. O homem voador, ah, o homem voador tinha dito várias coisas.

A última delas... a última delas não poderia ter sido realmente "*Combata o mal!*", poderia?

10.

Início do verão, 1977: várias pessoas são soltas, vários períodos e sentenças concluídos. É o caso, por exemplo, de Barrett Rude Senior, que cumpriu seis anos de uma pena de dez a quinze, ganhou agora uma condicional por bom comportamento e vem chegando ali, metido no mesmo terno verde de raiom e nos mesmos sapatos sociais surrados que usou no dia do julgamento, sentado no banco da janela de um ônibus interestadual que desce a rampa circular rumo às entranhas de Port Authority, as torres do centro de Manhattan duplicadas nos reflexos do vidro fumê e dançando ao sabor das vibrações do motor. Sua única bagagem, uma maleta de couro duro enfiada entre suas pernas, contém documentos judiciais, um certificado de ordenação da igreja da Sala de Deus e duas fotografias — uma de um Barrett Junior adolescente ao lado da mãe então com trinta e poucos anos e agora falecida, e a outra uma foto escolar de um Mingus sorridente, com um barrete de formatura na cabeça, tirada na quinta série — num porta-retratos construído com maços de cigarro engenhosamente entrelaçados, Parliament alternado com Marlboro. E também abotoaduras de madrepérola, uma gravata enrolada e uma Bíblia de capa de couro. Mingus Rude foi instruído a esperar por esse ônibus, conduzir seu avô a um táxi e, de táxi, à Dean Street. Vai se oferecer para carregar a maleta e receber um não. Não leve a mal, não, rapazinho, mas o reverendo Barrett Rude Senior pode carregar sua própria bagagem.

Corta para Aaron X. Doily, atravessando essa mesma rodoviária uma semana depois. Ele está com uma passagem para Syracuse enfiada no bolso interno de um velho paletó de Abraham Ebdus, um paletó com tecido espinha-de-peixe que Abraham tinha usado para ir a uma exposição de Franz Kline e que acabou sendo a última individual de Kline enquanto ele ainda estava vivo. Pois esse paletó está tão apertado nos ombros de Aaron Doily que parece uma tela de tão esticado e quase a ponto de rasgar. Em Syracuse, ele será recebido pelo Exército da Salvação local e instalado num abrigo, onde terá direito a três refeições diárias e a um beliche sob a condição de freqüentar as reuniões dos Alcoólicos Anônimos, nas quais, entre todos os tipos durões, ex-torneiros-mecânicos-postos-no-olho-da-rua, será o único rosto negro na sala inteira. Isso se ele chegar a tomar o ônibus para Syracuse, pois no momento ele não tira os olhos do guichê de passagens, sabendo que provavelmente não teria dificuldade para vender a sua. Uma garrafa de Colt a cinco minutos de distância, fácil, fácil. Mas não percamos tempo com falsos suspenses: Aaron Doily encontra forças para resistir à tentação dessa possibilidade e entra no ônibus. Piscando os olhos, senta-se sobre o motor trepidante na garagem escura, girando distraído, com o polegar e o indicador da mão direita, o fantasma de um anel no mindinho da mão esquerda. Não se lembra direito como nem quando perdeu o anel, mas tem a impressão de que talvez tenha sido melhor assim. Deixemos que siga o seu caminho sem nós, afinal ele já não é mais nenhum homem voador misterioso, só um alcoólatra inimaginavelmente solitário com um nome engraçado, erguido da calçada na primavera para — depois de devidamente lavado com um banho de esponja e etiquetado com uma pulseira de plástico — ser devolvido à vida cotidiana, agora com destino certo fora da cidade.

Espiemos um pouco mais à frente, duas semanas mais tarde: lá está ninguém menos que Dylan Ebdus em pessoa, subindo num ônibus em cuja placa de itinerário lê-se SAINT JOHNSBURY, VERMONT. Abraham Ebdus acena um adeus atrás do vidro escuro de uma das janelas. Abraham anda meio bronqueado com a cidade ultimamente e pegou a mania de exilar aqueles a quem deseja proteger, primeiro o desintoxicado Aaron Doily e agora o próprio filho, para o Norte, para o interior da Nova Inglaterra. Dylan se inscreveu para participar do Fresh Air Fund* neste verão. O que foi bom para Rachel, que participou do programa nos idos da década de 50, há de ser bom para Dylan também. Esse plano ela teria aprovado, é o pensamento que passa pela cabeça tanto do pai quanto do filho, impossível não passar. A idéia de Abraham vai parecer brilhante depois do blecaute de julho e dos subseqüentes saques e ações violentas que chegam a atingir até a bodega do Ramirez — cujos cacos da vitrine estraçalhada serão chutados para cima e para baixo durante dias na calçada da Dean — e da série de crimes e da captura de Berkowitz. Tais acontecimentos darão àquela estação um ar de desastre que Dylan, a salvo em seu idílio, não sentirá.

Mas, espera um pouco, Dylan não está de partida para Vermont, ainda não. Não está nem pensando nisso. Hoje é o primeiro dia depois do fim do último dia da sétima série. A primavera está à solta e Dylan também. A I.S. 293 ficou para trás, por enquanto pelo menos, e ele pode passar três meses sem pôr os pés na Smith Street, se quiser. A oitava série é um rumor distante, uma questão para ser resolvida mais tarde, e Dylan sabe por experiência que o verão entre uma série e outra pode mudar tudo, pode mudar qualquer coisa. Ele e Mingus e até o próprio Arthur Lomb estão liberados do "pinte de acordo com os números" do dia-a-dia escolar, de seus papéis pré-formatados de gazeteiro ou vítima, livres para aproveitar um verão ainda intacto, esse meio tão convidativo para gestar autotransformações. Quem sabe o que pode acontecer, como eles vão estar quando o verão chegar ao fim? Só o que Dylan sabe é que está se sentindo leve, solto, voando.

Voando até onde é que ainda resta saber.

Hoje, seu primeiro dia de liberdade, ele tem um encontro marcado consigo mesmo. Como Abraham não está em casa, Dylan está livre para subir a escada que dá para fora do estúdio, abrir o alçapão que dá para o telhado, içar-se lá de dentro e engatinhar pelo papel alcatroado macio em direção à manhã do novo verão.

Dylan não diria que tem medo de altura, mas o telhado da *brownstone* sempre o deixava meio tonto, não tanto pela vista até o chão, mas mais pela

* Programa beneficente que ajuda crianças que moram em grandes centros urbanos a passar as férias de verão no campo, seja em acampamentos ou hospedadas em casas de famílias voluntárias. (N. T.)

vista daquela infinidade de telhados se estendendo até Coney Island e além. É bem mais fácil olhar para as torres de Manhattan, que o situam, que o prendem numa relação firme de insignificância e assombro. Mais fácil ainda é ficar de joelhos na beirada do telhado, mãos agarradas na borda de alvenaria que bate na altura do tornozelo, e examinar o conteúdo do seu próprio quintal: ailanto, pilha de tijolos, tufos de capim, uma *spaldeen* suja que mal dá para distinguir, como uma partícula de carne. A realidade granular é reconfortante.

O que dá nervoso é dar as costas para Manhattan e encarar o Brooklyn. Com o desfiladeiro de calçada lá embaixo, de fora do poço profundo das ruas, olhar para o Brooklyn e além é como estar no meio de uma pradaria do Kansas, contemplando a distância. Todos os telhados num raio de quilômetros em qualquer direção são exatamente da mesma altura que o telhado em que você está. Formam uma flotilha de jangadas, um tabuleiro de xadrez em potencial para os saltos do seu cavalo, interrompido apenas pelo promontório dos conjuntos habitacionais da Wyckoff, pelo esqueleto de um outdoor da Eagle Clothing, pela elevação da plataforma da linha F no trecho em que passa por cima do Gowanus Canal. Manhattan é coberta, mas o Brooklyn é como um sanduíche aberto sob a luz, à mercê das bicadas de pombos e gaivotas.

Um céu cheio de pombos e gaivotas e você ali parado, com um anel de homem voador no dedo.

Dylan chega perto da beirada da frente, o mais perto que já chegou na vida, e depois mais perto. Apóia a ponta de um pé na cornija, dobra o joelho como George Washington na proa do seu barco. Vê apenas a beira do fosso da Dean Street lá embaixo, o topo das árvores recém-plantadas, a capota do ônibus que passa, mas a sensação é vertiginosa. Recua. Não adianta ficar olhando e se desafiando: a vontade de voar se dilui, escorre por entre os dedos. Talvez tenha sido esse o erro de Aaron Doily. O que é preciso é tomar distância para correr, lançar-se esquecido de tudo num glorioso salto em direção ao telhado oposto, e não o salto fadado a terminar em queda livre que com certeza resultaria de uma longa e zonza contemplação.

Feche os olhos, estique os braços e sinta as *ondas aéreas*, se houver alguma. Use a força, Luke.

Tá bom, tá bom. Andando de costas, Dylan traça a pista de decolagem invisível que usará para saltar. Cinco passos devem ser suficientes. Está de novo no meio do telhado. Se alguém estivesse vendo, ia achar que ele está perdendo a coragem, mas é exatamente o contrário — ele está pronto para disparar, esperando o momento certo de voar. Então, como se tivesse levado um tapa de uma gigantesca mão celestial, desaba de joelhos no chão, aterrorizado com o que se propôs a fazer. Com as mãos fechadas uma dentro da outra em volta do anel, Dylan Ebdus se encolhe, estremece e, lentamente, sem impor resistência, mija nas calças. A urina desce por dentro da perna do seu jeans até o tornozelo, escorre para a sua meia, seu tênis e no papel alcatroado viscoso, quente do sol.

Talvez fosse esse o único poder mágico do anel, fazer você se mijar.

Tinha de concordar com o homem voador: não é tão fácil assim se atirar de um telhado.

Não tendo espaço para passar, o ônibus da Dean Street instala-se ali, zumbindo feito uma geladeira, colado na traseira da limusine branca estacionada em fila dupla em frente à casa de Barrett Rude, enquanto o tráfego vai se amontoando atrás, numa fila que chega até a Bond Street. Mesmo só transportando dois passageiros, um deles aos cochilos, o ônibus ainda tinha um itinerário a cumprir, um círculo inútil a completar. O motorista espreme a buzina, que rasga como um balido a tarde úmida e modorrenta. O chofer abandonara a limusine para dar uma escapada até a bodega do Ramirez para comprar uma garrafa de Miller e um sanduíche de queijo e presunto.

Assim, quem ainda não estava debruçado numa janela, de butuca na limusine, foi alertado naquele momento para a anomalia, para o pitoresco e improvável evento que pipocou de repente na última tarde de junho dos moradores do quarteirão. Ninguém tinha visto a limusine chegar, mas nem mortos eles perderiam a chance de ver a limusine sair, de descobrir quem ia entrar lá dentro. Homens sentados nas escadas dobravam sacos de papel ainda novos só até a borda do gargalo de garrafas e nem um milímetro a mais. Mulheres apoiavam braços rechonchudos nos peitoris, esperando algo acontecer. Atrás da grade de uma janela de subsolo, La-La fazia tranças no cabelo de Marilla, puxando a cabeça da amiga para trás com cada vez mais força, até Marilla gritar: "Porra! Qual o seu problema?".

Um homem branco varria com um ancinho a nova safra diária de embalagens e chapinhas de seu arbusto de estimação, resmungando alguma coisa debaixo de um boné do Red Sox.

Abraham Ebdus besuntava um fotograma de tinta cinza, totalmente alheio.

Dylan também não viu a limusine. Estava isolado, sentado à sombra de um ailanto do seu quintal, virando freneticamente as páginas de *O planeta vê-nos*, um novo lançamento da New Belmont Special escrito por Semi Chellas, com capa de A. Ebdus.

O chofer emergiu da bodega do velho Ramirez com o sanduíche já semidesembrulhado, deparou com o ônibus entalado na rua e quase deixou a cerveja cair no chão, depois, sentindo que tinha platéia, forjou uma segunda e ridícula reação de espanto levantando os cotovelos. A fila de motoristas encalhados tocou uma serenata de buzinas para o chofer, enquanto ele tentava enfiar às pressas a chave na ignição, murmurando: "Vamos lá, garota, vamos lá". A limusine dobrou a Nevins, desobstruindo a passagem.

A rua ficou calma. Por um momento, foi como se os espectadores tivessem sonhado com a cena; podiam estar de volta às suas vidas, mas continuavam atordoados. Então, eis que o carro branco ressurge na esquina da Bond, faz a curva feito um tubarão e reinstala-se em frente ao endereço de Barrett Rude. Desta vez, porém, o chofer não sai do volante, mastiga o sanduíche ali mesmo, faz uma bola com o papel do embrulho, põe a mão preguiçosa para fora da janela e joga a bola de papel no asfalto, depois ajeita o retrovisor para palitar os dentes.

Refratadas pelas copas das árvores, bolhas de sol amarelo-esverdeadas alongam-se em elipses, atravessam a capota branca e seguem em frente.

O chofer pega no sono. Que vida.

Quando a porta da frente da casa de Barrett Rude se abre no alto da escada é como se um jornal de domingo tivesse sido aberto em cheio na página dos quadrinhos. As figuras jorram lá de dentro uma depois da outra, cafetões de cartum, vilões do Batman, patetas mercurianos tamanho gigante impossíveis de fixar na retina. É a Funk Mob, vocalistas, músicos e o que passava por entourage, um par de garotas tresloucadas. Tinham dado uma passada ali para fazer uma visitinha a Barrett Rude Junior, a caminho de uma aparição especial que fariam no Fulton Mall e com todos os paramentos a que tinham direito: plumas cor de malva, óculos com armação em forma de estrela, ombreiras prateadas, tiaras em forma de raio, botas de astronauta, saltos de quinze centímetros, barbas de Tutancâmon, o diabo a quatro.

Irrompem de dentro da casa alegres, barulhentos, cheios de ginga, como personagens de um desenho animado de Ralph Bakshi em plena luz do dia, inebriados da hospitalidade e da cocaína de Barrett Rude, tanto o pó quanto o *freebase*. Para a Dean Street eles parecem mais uma fatia de grafite humano, uma obra-prima em movimento como um vagão de metrô que some de vista antes que você possa conferir o desenho. Pois essa visão também se evapora rapidamente, depois que cada membro da banda dá um tapa de despedida na mão de Barrett Rude — que está parado na porta de roupão de boxeador e calça de cetim — e vai se amontoando no banco de trás daquele carro-de-palhaço-ao-contrário. O recipiente branco e liso engole todo aquele caos de brilhos, texturas e gingas atrás de suas janelas de vidro fumê. O chofer esfrega os olhos, gira a chave, pisa no acelerador. A limusine desliza quarteirão abaixo e some.

Barrett Rude Junior ficou parado de roupão no alto da escada, rindo baixinho, balançando a cabeça, coçando nariz e lábios dormentes de coca com as costas da mão. Talvez tenha se refestelado, por um ou dois segundos, no calor dos olhos da Dean Street cravados em cima dele: eles já não deveriam saber que ele era uma estrela? Pô, já estava mais que na hora de eles ficarem sabendo. Era o problema de fazer parte de um grupo, nunca ninguém sabia o seu nome, só o nome do grupo, Distinctions, como White Castle ou Oldsmobile.

Os putos dos brancos e dos porto-riquenhos dali da rua provavelmente nunca tinham nem ouvido as músicas que lhe renderam milhões, deviam achar que ele era um cafetão ou um gângster, para chegar ali e comprar uma casa na chincha, toda reformada, bem na cara deles.

Barrett Rude Junior ficou ali parado com as mãos nos quadris por um longo minuto auto-afirmativo, trincando os dentes, olhando fixo para o nada, sentindo o clima do quarteirão, antes de dar as costas e voltar para dentro de casa.

Foi depois que a sua porta se fechou e a Dean Street ficou por fim privada de limusines, gente fantasiada e cantores de roupão de cetim que os olhos talvez tenham se voltado para um vulto que se encontrava mais abaixo, no poço da entrada do subsolo debaixo da escada, um pé e um joelho iluminados pelo sol de fim de tarde, o resto dele na sombra, observando. Um velho de barba crespa e grisalha, rosto grave e encovado, braços veiados saindo de dentro de uma camiseta branca sem manga, uma estrela-de-davi de ouro pendurada num cordão sobre o peito: Barrett Rude Senior. Não passava de boato, até aquele momento, a notícia de que uma terceira geração chegara à casa dos Rude. Aquela era a primeira aparição. Só que Senior, na verdade, estivera observando aquele tempo todo, observando já fazia dias àquela altura, espiando detrás das janelas semi-enterradas do subsolo, sentado numa cadeira baixa ao lado do aquecedor descascado, olhos no mesmo nível que os joelhos das pessoas que passavam na calçada da Dean. Observara Marilla e La-La do outro lado da rua, observara a nova geração de jogadores de bola que tinha herdado a escada de Henry, observara donos de cachorros empurrando furtivamente com a ponta do pé montinhos de merda para a sarjeta. Vira a Funk Mob chegar e sair, ouvira suas risadas ruidosas atravessarem o teto. Agora, observava a Dean Street a observá-lo, sem se incomodar, tão disposto a ser visto, daquele seu jeito semivisível, quanto o filho.

O anel não o estava ajudando em nada a ganhar de Arthur Lomb no xadrez, quanto a isso não havia a menor dúvida. Dylan derrubava seu próprio rei, em rendição, uma média de três vezes por hora. Sentados na escada com as costas curvas, debaixo do sol, os dois lembravam lagartos numa pedra. Dylan rezava para Arthur ir logo buscar o suco vermelho, os sanduíches de peru e os cookies de passas que sua mãe embrulhava com papel encerado e guardava na geladeira todo dia, antes de ir para o trabalho. Hora do lanche, a única trégua possível no ataque impiedoso da falange de peões de Arthur Lomb, atrás dos quais se escondiam suas torres truculentas, prontas para investir e trucidar os cavalos coxos, os bispos sonolentos, o rei desamparado e a paz de espírito de Dylan. A mãe de Arthur já previa a presença de Dylan e, ultimamente, passara a preparar uma porção dupla de sanduíches. Era lamentável a facilidade com que se caía na rotina com um garoto quando se era seu único amigo e a mãe dele sabia disso. Dylan desconfiava que os sanduíches e os cookies fossem um suborno. Talvez Arthur também tivesse a mesma desconfiança, talvez fosse por isso que ele os mastigava com uma intensidade mórbida e raivosa, muito parecida com seu estilo de jogar xadrez. Era como se Arthur estivesse tentando reduzir as manhãs e tardes do novo verão a migalhas, a peões derrotados prontos para serem varridos do mapa.

O problema era que ele nunca chegava de fato a varrer os peões do mapa, mas apenas os punha de pé outra vez tão rapidamente quanto os havia derrubado, incitando Dylan a jogar de novo e de novo e de novo. Arthur, como sempre servil e sádico ao mesmo tempo, rearrumava não só suas peças no tabuleiro mas também as de Dylan. Quando acontecia de os Yankees e os Mets jogarem uma partida diurna, as tardes eram mais toleráveis, com o radinho de pilha de Arthur sintonizado em Lindsey Nelson ou Phil Rizzuto, os Mets sem chegar a lugar nenhum, os Yankees repletos de craques matadores e fadados à glória. Do contrário o radinho não saía do revezamento teimoso de "Afternoon Delight" com "Right Back Where We Started From" numa das quarenta estações AM de maior audiência que eram a fixação de Arthur.

"Essa é uma música muito interessante", dizia Arthur sempre que "Convoy" estava tocando, mas nunca explicava por quê. O comentário ritual supostamente dispensava esclarecimentos.

Dylan não perguntava nada, não caía na rede, girava o anel no dedo e ignorava o comentário. Estava imune, longe, inalcançável em algum lugar de sua mente, em vôo rasante.

Arthur começou a dizer xereca em vez de *xeque*. "Xereca. Xereca. Xereca-mate."

Para espairecer, afanaram o último número do *Quarteto Fantástico*, dos *Defensores* e do *Motoqueiro Fantasma* da banca que ficava na ilha de calçada da Flatbush. Leram as três revistinhas em cinco minutos, depois Arthur guardou-as em sacos plásticos e começou a arrumar as peças no tabuleiro de novo.

No dia em que começou a alucinar que o cenho franzido e suarento de Arthur estava tiquetaqueando feito uma bomba, Dylan derrubou seu rei no tabuleiro e disse: "Vamos lá ver se o Mingus tá em casa".

Arthur ergueu os olhos do tabuleiro e cravou-os em Dylan. "Será que eu ouvi direito?"

"Ouviu."

"Você vai me apresentar ao Mingus Rude?"

A expressão de Arthur era um misto de espanto e triunfo. Era como se toda aquela tediosa temporada de xadrez, todos aqueles dez dias de demolições enxadrísticas tivessem tido como objetivo, desde o início, produzir aquele resultado específico.

"E por que não?"

"Não vai ser de mim que você vai ouvir objeções", disse Arthur.

Dylan deu de ombros, não querendo dar a entender com sua reação que abrira mão de alguma coisa valiosa. Na verdade, tinha prometido a si mesmo que nunca levaria Arthur Lomb para a Dean Street, ou pelo menos não quando houvesse alguma chance de algum dos garotos da Dean Street — os poucos que ainda mantinham o hábito de passar o tempo no quarteirão — vê-los juntos. Mas, que diabo, era só mais uma promessa para si mesmo quebrada, ninguém nem ia ficar sabendo. Além do mais, se os garotos da Dean Street ainda achavam, àquela altura, que Dylan e Arthur Lomb eram iguais era porque já não havia mais esperança mesmo. A brancura de Arthur não tinha como contaminar Dylan, não tinha como deixá-lo mais branco do que ele já era. Aquele tabu não tinha sentido.

Qualquer coisa era válida, de qualquer forma, para não ter que ver seus peões dizimados serem novamente postos de pé em seus quadradinhos.

Mingus estava em casa. Na verdade, estava sentado na escada, num dos degraus mais altos para pegar a sombra da casa, olhando deslumbrado para alguma coisa que segurava entre as duas mãos como um tesouro, ou talvez uma pequena forma de vida que precisava da sua proteção: uma *spaldeen* novinha em folha, sua carne rosa absolutamente intacta, como se nunca tivesse entrado em contato com a rua, como se todo quique latente ainda estivesse lacrado dentro dela, puro potencial.

Mingus levantou o rosto quando Dylan e Arthur chegaram perto e Dylan percebeu na mesma hora que ele andara bicando o estoque de maconha congelada de Barrett Rude Junior e estava num barato profundo, numa viagem-solo vespertina. Seus olhos chegavam a lacrimejar.

"Eu *achei*", declarou, levantando a *spaldeen*.

"Esse aqui é o Arthur", disse Dylan casualmente, fazendo a apresentação que nunca tivera a menor intenção de fazer, mas como se não fosse nada de mais. "Ele é lá da Pacific."

Mingus olhou para os dois de repente com atenção exagerada e esticou o braço para apertar a mão de Arthur Lomb. "*Yo*, Arthur, tudo tranqüilo?"

"Tudo", disse Arthur timidamente.

"Pa-*ci*-fic", disse Mingus, medindo a palavra com a língua dilatada pela droga, saboreando as sílabas. "Você tem uma turma lá na *Pacific*, Arthur?"

"Não... não tem nenhum outro garoto da minha idade lá no meu quarteirão."

"É mesmo?" Mingus parecia impressionado. "Tá certo, acho que eu entendo o que você quer dizer. Então, o que acha — algum garotinho perdeu essa bola, cara?"

"É, acho que é o mais provável", foi a resposta de Arthur. Ele parecia travado, nervoso por estar sendo entrevistado por Mingus Rude, por estar fora do seu campo habitual de atuação. Talvez temesse estar à beira de uma *resposta idiota* para uma *pergunta cretina*, era o que seus olhos pareciam dizer.

"Você acha que a gente devia jogar uma partidinha de *stoopball*?"

Arthur fez uma cara de desamparo, depois olhou para Dylan.

"Que você acha, D-Man?"

"Se você acha que ainda *sabe* jogar...", disse Dylan, saboreando um certo gostinho de macheza em sua resposta, feliz de afirmar diante de Arthur Lomb a história antiga e profunda que existia entre ele e Mingus Rude, uma história que tinha um escopo tão vasto que Arthur não podia nem sequer tentar imaginar.

"Eu vou marcar um home run bem no teu rabo, garoto."

"Vamo ver", disse Dylan.

Talvez o verão só estivesse esperando que eles reassumissem seus lugares, a luz e o calor esperando o momento certo de se condensar num gel ao redor deles. O quarteirão era como um museu ao ar livre do passado dos dois, a calçada rachada e torta nos lugares de sempre, a casa abandonada ainda à disposição deles sempre que quisessem reocupá-la. Fora necessária a presença de Arthur Lomb, no entanto, para incitá-los ao esforço. Os dois tinham selado um pacto silencioso para mostrar a Arthur o que a Dean Street significava, os velhos traços essenciais. Se estivessem sozinhos, Dylan e Mingus já estariam por aí pichando DOSE em postes de luz, longe do quartel-general em alguma operação secreta.

Arthur Lomb e o chamado da *spaldeen* novinha em folha. Também tinha algo a ver com a bola rosa que apareceu nas mãos de Mingus como um problema não resolvido, uma velha comichão.

Estavam só os três a princípio. Mingus perto da escada da casa abandonada, virado de lado enquanto girava o braço para arremessar a bola com toda a força nos degraus e fazê-la subir. Dylan na calçada oposta, depois dos carros estacionados, cobrindo o *outfield*. Arthur Lomb no meio dos dois, no asfalto, sob a copa das árvores, cobrindo o *infield* e tendo que se espremer num canto para abrir espaço para os raros carros que passavam.

"Filho-da-puta!", gritou Mingus quando Dylan fez uma recepção perfeita. Para se consolar, marcou logo dois pontos seguidos no meio do campo, lançando um incentivo para Arthur depois que já era tarde demais: "Bloqueia ela com o corpo, Artie, Arthur Fonzarelli, Fonzi, *A-Boy*".

Os garotos da Dean Street foram sendo arrastados para fora de suas casas ou de volta para o quarteirão de algum outro lugar como por magnetismo, algum bizarro fenômeno de atração. Ninguém sabia que era nostálgico até ver Dylan Ebdus e Mingus Rude sob a luz dourada que, filtrada pelas folhas, banhava o centro do quarteirão. Um sonho do verão passado transformado em realidade quando ninguém estava olhando. E ainda por cima tinha aquele garoto branco novo no meio da rua, aparvalhado e carrancudo, tropeçando nos próprios joelhos quando ia tentar agarrar as bombas rasteiras ou rasantes que Mingus não parava de disparar em ricochete da escada.

Impossível resistir à tentação de olhar. E, depois, de chegar mais perto.

"Ô rei Arthur, você caiu, cara!"

"Desculpa."

"Não pede desculpa, filho! Desculpa é pra mariquinha. *Pega* a porra da bola!"

Mingus mandou uma bola alta em forma de arco por cima dos carros estacionados, destinada ao pátio de cimento afundado do número 233, a cova rasa que se formara no lugar de uma escada demolida. Dylan saltou para interceptar e sentiu a *spaldeen* fria na palma da sua mão, transmitida da mão de Mingus para a sua por meio da escada e do ar. Jogou-a de volta casualmente, por cima de Arthur. Mingus sacudiu a cabeça, semi-impressionado, sem querer exagerar.

Alberto chegou de mão no bolso, arrastado também como por um ímã. Sacou a situação rapidamente, depois se plantou atrás de Arthur para apanhar o que ele deixasse escapar, só pelo gostinho de pôr a mão na bola. Em seguida veio Lonnie e depois dois garotinhos hispânicos cujos nomes ninguém conseguia deixar de esquecer. Mingus fez sinal para eles se posicionarem — o *infield* agora era uma horda — e continuou lançando.

Marilla e La-La chegaram e se esparramaram na escada de Henry, tentando não dar a impressão de estarem interessadas.

Henry estava cursando a Aviation High School, no Queens, e nunca estava em casa. Era só um fantasma dos jogos do passado, o nome que se dava a uma determinada escada.

Em teoria, quem agarrasse cinco bolas virava lançador; na prática, hoje, ninguém fazia idéia. Mingus estava ditando as regras. Arthur e os garotos mais novos não tinham a menor noção de nada. Alberto era submisso, ia na onda fácil. Dylan, o conspirador de Mingus, estava acampado no *outfield*, de boca fechada. Sabia o quanto Mingus podia ser turrão quando estava drogado, já o tinha visto entrar em parafuso, pichando sem parar, ou simplesmente defendendo uma opinião em voz alta, falando em círculos. Mingus não ia arredar pé da escada enquanto não conseguisse marcar um home run.

Do meio da multidão de garotos que se acotovelava no meio da rua, disputando a posição central, Arthur Lomb lançava olhares paranóicos fulminantes na direção de Dylan.

Se se desse ao trabalho de reparar, Dylan ia perceber que era um dos garotos mais velhos da Dean Street agora.

Mas estava mais concentrado em seus pés saindo do chão enquanto se esticava para apanhar outra bomba rasante, interceptando mais um lançamento longo, desta vez destinado ao pátio do número 213. Recepção perfeita número três.

Marilla cantava, num falsete esganiçado, *I used to go out to parti-i-es, and stand around...**

Dylan ficara parado no ar só pelo tempo estritamente necessário, sincronizando seus movimentos com exatidão ao vôo da *spaldeen*. Depois pousava macio, sem choques.

O garoto branco hoje estava parecendo uma máquina de agarrar.

Você estava era voando.

*'Cuz I was too nerv-uh-us, to really get down...***

Arthur Lomb chutou uma bola rasteira de lado rua abaixo e todo mundo ficou parado, segurando o queixo, vendo-o correr atrás dela.

* "Eu costumava ir a festas e ficar pelos cantos..." (N. T.)

** "Porque ficava nervosa demais para realmente aproveitar..." (N. T.)

"*Yo*, Mingus", disse Lonnie, falsamente descontraído. "Eu vi os caras da Funk Mob visitando o teu pai outro dia."

"Eu não sei do que você tá falando, cara", respondeu Mingus, impassível.

"Pô, Mingus, não é possível que você não tenha visto, cara. Eles tavam numa limusine branca enorme, que quase ocupou a rua inteira. Pareciam super-heróis, cara."

"Que droga você tá tomando, Lon?"

"Não vem com essa de que não sabe do que ele tá falando", disse Marilla.

Dylan tinha ouvido Earl e dois outros garotos comentando sobre isso no dia anterior — sobre a limusine, sobre os músicos fantasiados que tinham jorrado de dentro dela.

"Eu não vi nada, cara", disse Mingus, cada vez mais satisfeito consigo mesmo, deliciando-se com o absurdo de negar o acontecido.

"Esse garoto tá *mentindo*", disse La-La, balançando a cabeça.

Mingus arremessou e a *spaldeen* subiu feito uma bala para o céu. Uma mancha escura balançava no chão, descrevendo a rotação da bola rosa contra o fundo da copa ensolarada das árvores.

"Pega *essa*!", desafiou Mingus, sarcástico.

Dylan voou e sentiu de novo a bola cair na palma da sua mão.

O anel e a bola em alguma espécie de parceria de objetos mágicos.

E você no meio dos dois: o beneficiário, planando.

"Merda! O meu maninho hoje tá pulando mais que perereca, hein!"

Dylan jogou a bola de volta por entre um corredor de rostos boquiabertos.

"Ô rei Arthur, presta atenção no teu amigo D-Lone. Vê se aprende alguma coisa."

"Pode deixar que eu tô tomando nota", disse Arthur Lomb, azedo.

Marilla jogou a cabeça para a frente e revirou os olhos, depois começou a cantar de novo, esticando as sílabas com insolência, *But my bod-dee-ee, yearned to be... freee...**

Quando Robert Woolfolk chegou, Dylan já tinha impedido nove home runs certeiros de Mingus Rude, estava talvez a caminho de virar uma lenda,

* "Mas meu corpo ansiava por liberdade..." (N. T.)

de atingir o que poderia ser considerado um desempenho milagroso patrulhando a calçada oposta, o ar acima dela. O jogo tinha se transformado numa formalidade, num mero pretexto para um duelo de vontades entre um Mingus doidão e um Dylan voador. Os outros garotos estavam esquecidos, bobinhos no centro da roda, catando as sobras.

Marilla e La-La preferiram não notar que Robert Woolfolk estava passando em frente ao posto delas na escada, pedindo para ser visto. Robert não tinha mais o poder de monopolizar a atenção e o medo da Dean Street inteira só de aparecer na esquina, era o que suas vozes sarcásticas pareciam querer deixar claro. *I got up on the flo-oo-or board, somebody can... choose... me...**

Inspirado, contagiado de petulância de rua, Dylan decidiu não temer Robert Woolfolk naquele dia, não no seu próprio quarteirão, não usando o anel de Aaron Doily. Além do mais, Arthur Lomb estava lá para preencher o papel de lado mais fraco oficial. Você quase podia sentir Robert medindo o pescoço de Arthur para uma canga, como o Coiote vendo o Papa-léguas se transformar num frango assado na tela da sua imaginação.

Para Dylan, naquele momento, parecia que a birra de Robert Woolfolk era exclusivamente com Rachel, que já tinha saído da vida deles fazia muito tempo, mesmo que Robert não tivesse entendido isso ainda. Não era problema de Dylan. Havia dias em que ele não pensava em Rachel nem uma vez sequer.

Hoje, por exemplo.

"*Yo*, Gus, deixa eu ver essa bola um instante, cara", disse Robert. Em seguida, virou a cabeça, olhou para o lado de esguelha, checando se havia alguém atrás dele. "Eu vou devolver, cara, você sabe que eu vou devolver." Um outro garoto qualquer poderia pedir para entrar num jogo, mas não Robert Woolfolk. Robert tinha que entrar *na marra*. Sua premissa básica era criminosa. Não era algo que ele pudesse deixar de lado quando, por acaso, fosse desnecessário.

Mingus inclinou a cabeça e ficou olhando para Robert Woolfolk como se ele estivesse falando marcianês. Os garotos mais novos foram se afastando, semi-intimidados, semi-entediados por nunca tocarem na bola. Arthur Lomb

* "Fui até a pista de dança, alguém pode me escolher..." (N. T.)

olhou para Dylan de cenho franzido, com o olhar de desespero que era sua marca registrada. Não demorava muito e era bem capaz que ele acionasse um ataque de asma.

"Tá bom", disse Mingus de repente, quicando a *spaldeen* na direção de Robert Woolfolk, home run esquecido, aposta evaporada. Mingus às vezes tinha dessas coisas, mudava de idéia de uma hora para outra. "Se precisar de mim, eu tô no *outfield*", anunciou. "Eu e o meu mano *Dee*."

Dylan chegou para a esquerda, e Mingus se posicionou à direita, dois *center fielders* competindo pelo que quer que cruzasse o ar. O primeiro arremesso de Robert, atirado de baixo, com os nós dos dedos quase arrastando no chão, produziu um tiro reto na altura dos olhos, que bateu em cheio no carro estacionado entre o *infield* e o *outfield*, quase arrancando a cabeça de Arthur Lomb na ida e na volta. Robert Woolfolk continuava sendo uma fonte de ricochetes bizarros, como uma máquina de *pinball* escangalhada que está há anos num fliperama e continua comendo as suas moedas.

"A minha mãe disse que eu tenho que ir pra casa, Dylan", disse Arthur Lomb, taciturno. O comentário saído do nada traía seu desconforto. Quem é que tinha falado alguma coisa sobre *mães*?

"Tá bom", disse Dylan, desinteressado.

"Então tá, eu tô indo então." Arthur parecia achar que Dylan deveria acompanhá-lo até em casa, ou pelo menos parar de jogar para tomar conhecimento do fato de ele estar indo embora.

"Até mais."

"Ei, rei Arthur", disse Mingus, pegando o fio da meada. "A gente se cruza por aí, cara."

"Prazer em te conhecer."

"Manda lembranças minhas pra Pacific Street, cara. E pra tua mãe também."

Alberto e Robert Woolfolk explodiram de rir na mesma hora. Mingus e Dylan continuaram com a maior cara-lisa, fingindo que não havia nada de anormal. Era hilário de um jeito que não dava para explicar, Mingus basicamente sacaneando a mãe de Arthur sem sacanear de fato.

Inocência mutuamente assegurada.

Arthur Lomb só abaixou a cabeça e foi embora, peão derrotado.

Marilla cantava *No more stand-di-ing beside the wall...**

Robert se enroscou e se desenroscou de novo, e a bola bateu no degrau mais alto da escada e fez o vôo mais alto que já se tinha visto até então.

Alberto se encostou num carro, sabendo que não havia a menor chance de aquela bola ser para ele. Virou-se e ficou vendo Dylan e Mingus se acotovelarem, preparando-se para saltar.

*I done got myself togeth-a, baby...***

Quando subiu, Dylan viu o quarteirão inteiro. Aninhou-se com facilidade no ar, debaixo dos galhos das árvores, acima dos carros. Estava consciente da presença de Mingus a seu lado, subindo também, mas não tão alto. A bola rosa encontrou a mão esquerda de Dylan, a mão com que ele agarrava, a mão do anel, pousando na sua palma como que por vontade própria. Só o que Dylan tinha que fazer era comparecer ao encontro. Teve tempo, portanto, de olhar em volta, de perceber que a cantoria de Marilla tinha ficado mais lenta, *to, geth, a, ba, by*. Do alto, Dylan viu que Robert Woolfolk tinha o que não podia ser realmente um princípio de careca, mas com certeza era um espaço pelado, um pedaço descentrado de couro cabeludo raspado ou sarnento no alto da cabeça. A bola comprimiu-se na palma de Dylan como se suspirasse. No canto do campo de visão de Dylan, Arthur Lomb voltava para casa, cabisbaixo. *O garoto não sabe agarrar, não há nada que se possa fazer*. Dylan reparou que La-La tinha peitinhos gostosos e ficou espantado de descobrir que já tinha a expressão *peitinhos gostosos* pronta na cabeça logo na primeira vez em que reparava nesse tipo de coisa. Na verdade, provavelmente devia isso a Arthur Lomb, a disponibilidade desse conceito — não que passasse pela sua cabeça admitir essa sua dívida para com Arthur. Então, quem é que precisava das irmãs Solver? Talvez a sua vida não tivesse sido pilhada afinal, sua fortuna usurpada antes que você tivesse a chance de gastá-la. Talvez a vida, o sexo, tudo o que realmente importava estivesse bem ali, na Dean, e não desaparecido, levado para algum outro lugar. Na lateral do seu corpo, Dylan sentia Mingus Rude se aninhando ligeiramente abaixo dele, seus corpos se esbarrando docemente enquanto Mingus tentava igualar o salto de Dylan e não conseguia, desprovido da vantagem do anel do homem voador. Mingus subindo, mas não tão alto quanto Dylan.

* "Chega de ficar encostada na parede..." (N. T.)

** "Eu tomei jeito, baby..." (N. T.)

No zênite do salto, Dylan se sentiu como uma nota musical, uma nota atrasada, agora flutuando para cima. Talvez todos eles fossem notas de uma música, os garotos da Dean Street. Mingus era Dose. Embora Dylan também já o tivesse pichado, aquele nome pertencia a Mingus somente. Mingus tinha aquele seu lance com as drogas, seu acesso ao estoque de Barrett, e tudo bem, não tinha grilo. Quanto a Robert Woolfolk, o papel dele era ser sorrateiro e assustador mesmo. Robert tinha uma mente criminosa, não adiantava Dylan se revoltar contra isso. Você tinha que dar um desconto para um garoto dos conjuntos, um certo espaço para manobra. Arthur Lomb era o garoto branco, enfiado na brecha estreita que lhe cabia. Até Arthur era legal, só que não sabia disso ainda.

Quanto a Dylan, bom, ele tinha o anel. Testemunhas atônitas só estavam enganadas em parte: a Dean Street tinha super-heróis, sim, só que não eram músicos de limusine, mas Dylan, o garoto voador. Ele ia fazer um uniforme e se mandar para os telhados. Ia começar a *pular em cima dos criminosos* e aí todo mundo ia ficar sabendo o que ainda não podia saber agora. Hoje tinha que ser às escondidas: a Descoberta do Vôo, bem debaixo do nariz deles. Em seu pulo de estréia, no entanto, ele já sentia amor e compaixão por todos à sua volta enquanto nadava no ar, com toda uma outra visão de mundo.

Então, Marilla concluiu a música, abanando as mãos para marcar o ritmo sincopado, a cadência que só ela ouvia, *I done got myself togeth-a, baby — now I'm havin' a ball!*[*] Dylan aterrissou, Keds guinchando de leve, um milissegundo depois de Mingus, embora os dois tivessem pulado ao mesmo tempo. A bola na palma fria da mão de Dylan. No ar, o suor brotara de todos os poros do seu corpo eufórico.

"Garoto canguru!", bradou Mingus. "Anda tomando muita *vitamina*, hein, porra!"

La-La respondeu ao chamado falseteado de Marilla em tom zombeteiro:

Got to give it up, baby!
Oh, yeah: Got to give it up![**]

[*] "Eu tomei jeito, baby — agora vou me divertir!" (N. T.)
[**] "Você tem que se render, baby! Tem, sim!" (N. T.)

Seria o fecho do verão de 77, muito embora ainda fosse início de julho: Grandmaster DJ Flowers estava vindo da Flatbush com sua trupe para tocar no pátio da P.S. 38 depois da festa de confraternização da Bergen. A notícia correu de boca em boca. O dia mais quente do verão até aquele momento, só que ninguém se queixa, ninguém se cansa. O sol já está afundando atrás de Manhattan e do porto, colorindo a luz de laranja, mas o dia ainda nem tinha começado, não se você sabia o que estava para acontecer. Você podia beber quantas cervejas quisesse que não ia se refrescar nem ficar sonolento. A própria festa da Bergen não passa de uma preliminar, os novos moradores brancos assando costeletas na grelha no pátio da frente de suas casas reformadas, tentando se enturmar com a vizinhança, dois caras hispânicos tocando *steel-drums*, nada de especial. As crianças pequenas correm feito alucinadas, meninas e meninos, hispânicas, negras e brancas misturadas, como é comum nessa idade. Elas se acabam debaixo do sol quente, ganhando e perdendo prêmios de merda, bolinhas de borracha, duendes de cabelo verde, sugando sucos açucarados de dentro de cones de papel abarrotados de raspas de gelo, tendo o rosto pintado por um palhaço que na verdade é a mãe de alguém cozinhando debaixo de uma peruca afro de cores fosforescentes. Os mais novos berram e correm e, por volta das quatro, já estão exaustos, ranhetas. Os mais velhos se guardam para a noite. Passam a tarde aboletados nas escadas, de olho no imenso bujão de hélio do enchedor de balões, comendo pratos de paella de um dólar e cinqüenta.

Por volta das seis, uma certa aglomeração começa a se formar no pátio da P.S. 38, muito embora Flowers só vá chegar depois de anoitecer. As trupes de DJs locais estão lá enquanto isso, montando um pequeno circo para abrir o apetite. A P.S. 38 é domínio da Flamboyan Crew, já que seu célebre DJ Stone tem sua base de operações no porão do centro recreativo Colony South Brooklyn, que fica logo ao lado. Na verdade, foi um convite da Flamboyan Crew a Flowers que deu início aos planos para aquela noite. O que não quer dizer que a supremacia da Flamboyan ali não seja contestada. A geografia dita que o pátio da 38 é na verdade um ponto de convergência de diferentes forças, os garotos de Atlantic Terminals, que descem de Fort Greene, o pessoal de Wyckoff Houses, que sobe pela Nevins, e também a turma barra-pesada da Sarah J. Hale High School, que vêm de tudo quanto é lugar para o quarteirão vizinho, na Pacific.

Então, uma trupe de DJs de Red Hook, chamada Disco Enforcers, ficou sabendo da visita de Flowers e achou que também tinha o direito de participar. A Flamboyan se viu empurrada para uma batalha de *jams*, quando só o que eles queriam era receber Flowers e abrir a noite sozinhos para ele. Mas tudo bem, não tinha grilo, Stone se garantia. Era tão bom no *crossfader* que poderia até ser o rei do Brooklyn se não fosse por Flowers. As trupes rivais trabalham juntas para montar o equipamento, fazer um gato na base do poste de luz mais próximo e trazer o fio até o outro lado do pátio para alimentar seus toca-discos e amplificadores. Tudo isso, tentando ao mesmo tempo esconder uns dos outros seus engradados cheios de LPs, querendo manter alguma margem de surpresa. Só que aquele segredo todo na verdade era uma piada: todos eles com certeza estariam tocando as mesmas quinze ou vinte faixas dali a pouco, inclusive Flowers quando chegasse.

Os Enforcers tocam primeiro. São uma trupe só de negros e o título de *Enforcers*, capangas, compensa com folga qualquer tipo de veadagem que pudesse ser associada à primeira parte do nome do grupo. Da mesma forma, os seguidores da trupe dançam de patins nos pés — *uprock*, como eles chamam — e ninguém ri. Alternam dobradas de joelho e rodopios sobre o calcanhar com uma série de gestos em que agarram a virilha e fazem poses de punho cerrado, acrescentando um toque de afronta. Um deles finge puxar para fora da calça um pau do tamanho de uma mangueira de incêndio. O DJ de Red Hook ataca de "Fatbackin", da Fatback Band, e "The Mexican", de Babe Ruth, mas também deixa a multidão aturdida com "Stone Thing (Part 1)", de Alvin Cash and the Registers, uma *jam* pouco familiar. Nos breaks de bateria a fila de dançarinos de patins dispara na direção da multidão, uma tempestade de braços e pernas, patins soltando faísca no atrito com o cimento.

Mas, se o seu olhar calhasse de cruzar com o dos dançarinos, você percebia que os caras desviavam os olhos, tímidos. Porque a verdade é que chegar lá e dançar *uprock* na frente de todo mundo não é nada fácil. Muito mais fácil é ficar de braços cruzados, fazendo bico, talvez balançando a cabeça de leve enquanto sonda o ambiente à sua volta e espera para ver o que vai acontecer.

A pulsação da música é um estrondo sônico ecoando pela Pacific afora, descendo a Nevins e a Terceira Avenida, um toque de clarim para qualquer incauto que possa não ter ouvido a notícia: *Tem alguma coisa acontecendo lá no pátio da 38, yo.*

Em seguida, Flamboyan assume. Os que conseguiam se lembrar de alguma coisa daquela noite além da aparição de Flowers comentariam mais tarde que o DJ Stone *deu um banho* nos Enforcers. Stone não só encontra o break como usa e abusa dele. Além disso, enquanto os DJs dos Enforcers faziam eles próprios as exortações à platéia — uns parcos *Vamo lá, moçada!* —, Stone põe um garoto lá na frente, de microfone na mão, só para incentivar o público. O garoto magricela, que devia estar crente que era o irmão mais novo de Flowers e se autodenominava MC Ruff, não parava um minuto de entoar refrãos e rimas.

A Flamboyan Crew não trouxe dançarinos — os breaks de Stone e os gritos de Ruff simplesmente transformam o pátio inteiro numa pista de dança. Não há grandes surpresas, só "Paradise Is Very Nice" e "Love Is the Message" fatiadas de mil maneiras diferentes. Essas são as faixas que fazem as pessoas desgrudarem das paredes. "Love Is the Message" principalmente. É uma música da MFSB, banda da casa do selo Philly Groove. Oficialmente, o nome deles vem das iniciais de "Mother, Father, Sister, Brother", muito embora quem está por dentro saiba que na verdade vem de "Motherfucking' Sons of Bitches". Todo DJ que se preze tem três ou quatro cópias do precioso LP, que é a base de tudo quanto é set, mas ninguém reclama.

Duas horas depois eles ouvem "Love Is the Message" de novo com Flowers. Nas mãos dele, ela soa tão bem quanto, talvez melhor. A presença de Flowers enfeitiça, ele é um daqueles jamaicanos ou antilhanos imponentes, totalmente acima de filiações ou rivalidades, como o Kung Fu. Flowers é um dos descobridores — um dos *isoladores* — do break, um dos caras que provaram com que fúria era possível fazer as pessoas dançarem ao som de um trecho de música livre de vocais e de melodia. E estava provando de novo naquela noite.

Àquela altura, as mesas de carta e o papel crepom já tinham sido recolhidos fazia tempo lá na Bergen. O pátio da 38 era o único lugar em que você ia querer estar. Havia coisa de uns trezentos garotos espalhados em volta dos toca-discos e dos amplificadores, dançarinos na frente, valentões agrupados de acordo com a facção: Atlantic Terminals, Wyckoff Gardens, hispânicos da Quinta Avenida. Ninguém quer ser o imbecil a começar uma briga, mas o orgulho exige que se fique vigilante contra qualquer um que resolva olhar demais para você ou para sua mulher. Rivais formam filas apaches e descarregam a agressividade dançando, fazendo passos ensaiados. É claro que acontecem uns dois ou três tumultos, mas o clima geral da reunião é pacífico.

Nada que justifique os policiais aparecerem para acabar com a festa pouco antes da meia-noite, confiscando de um grupo de garotos as facas que traziam escondidas na meia, um dos tiras estalando um par de *nunchakus* contra os joelhos, todo mundo saindo correndo do pátio da escola ainda cheio de gás, com a frustração de quem mal tinha começado.

Mesmo assim, a apresentação de Flowers durou tempo bastante para que aquela noite virasse lenda. A *Jam* de 77, pouco antes do blecaute. A imagem do pátio escuro iluminado pelo feixe de luz das lanternas dos DJs enquanto eles posicionavam a agulha nas faixas e costuravam um break com outro fundia-se na memória com a imagem daquela outra noite de velas e feixes luminosos uma semana depois. Ou melhor, na memória de todos menos na do garoto branco, o único rosto branco no pátio inteiro, levado para lá pelo — e sem sair um instante do lado do — amigo Dose. Nada de blecaute para o garoto branco. Ele já perdeu sua última partida de xadrez, já comeu seu último sanduíche de peru preparado pela sra. Lomb e amanhã vai embarcar num ônibus interestadual com destino a Vermont. Vai pegar um pouco do ar puro do campo patrocinado pelo Fresh Air Fund.

Dylan não foi molestado naquela noite, sabe-se lá por quê — a menos que isso seja uma prova do espírito benigno da festa. Passou a noite inteira mergulhado naquela atmosfera, mais um numa multidão de corpos bruxuleantes e rostos animados, chegando até a gritar *U-hu!* e *Au!* quando Flowers pedia, muito embora isso na verdade tenha atraído olhares hostis de alguns irmãos que estavam por perto. Mesmo assim, Dylan escapou ileso. Talvez tenha tido simplesmente uma noite de sorte, talvez tenha atravessado uma fogueira e saído inteiro do outro lado. Talvez seja o anel. Talvez o anel tenha feito Dylan ficar invisível. Talvez o anel tenha feito Dylan ficar *preto*. Quem sabe?

Uma fotografia em preto-e-branco de Fidel Castro vestido num uniforme de beisebol, em cima do montinho do lançador:

> se os mets tinham que trocar o seaver
> por um *red**

* Isto é, por um jogador do Cincinnati Reds. Trocadilho com a acepção do termo *red* como comunista. (N. T.)

deviam ter mandado ele
pra cuba porque esse cara
ficaria muito melhor no estádio che
assim falou o comissário caranguejo

O cartão-postal escorregou do meio dos folhetos de galerias e cardápios de restaurantes chineses enfiados pela fenda do correio e pousou no tapete do hall, com a mensagem para cima. Abraham Ebdus não levantou uma sobrancelha sequer, só jogou o cartão no alto da pequena pilha que se acumulava na mesa de canto da sala de visitas. Não acreditava que pudesse haver qualquer urgência com relação aos cartões do Caranguejo Fujão àquela altura, nada que não pudesse esperar um pouco. O garoto poderia lê-los quando voltasse. Abraham, de sua parte, já nem se dava mais ao trabalho de olhar para aquelas coisas.

11.

Peixes abriam a boca na superfície do lago, aparentemente sugando ar. Uma névoa grudava-se ao capim alto que caía em arcos das margens e ao topo das árvores atrás do capim. O pequeno cais pútrido em que o garoto da cidade estava sentado flutuava dentro de uma mancha verde-cinza, como uma fotografia oxidada de uma nuvem. Era mais fácil enxergar os peixes-lua cintilantes e as algas cor de brócolis que cresciam debaixo d'água através da lente do lago do que enxergar a margem oposta através do ar.

"Você tem que pescar na chuva", dissera Buzz naquela manhã, o filho delinqüente juvenil dos Windle, a família que estava hospedando o garoto da cidade. "Eu te mostro como se faz. Não tem erro." Buzz tinha começado a se livrar do garoto da cidade passando-lhe tarefas rurais fajutas, coisas que ele próprio provavelmente não faria nem que lhe pagassem. Buzz aos dezesseis anos tinha um bigodinho e só queria saber de se juntar a seus amigos veteranos do Vietnã para fumar um cigarro atrás do outro sobre a capota aberta de um Mustang teoricamente envenenado, mas na verdade inerte. O garoto da cidade tinha andado atrás dele uma tarde e uma noite, até que Buzz o mandou passear. Num estacionamento manchado de óleo e cheio de tufos de mato, os amigos adultos de Buzz atiravam guimbas acesas num golden retriever manco, urinavam dentro de garrafas de cerveja vazias e faziam piadas numa língua que o garoto da cidade não conseguia entender.

Era pura maldade arrancar peixes detrás daquelas lentes para deixá-los se afogar nas tábuas podres do cais. O garoto não tinha o menor interesse em reencenar a demonstração apressada de Buzz. A vara de pescar estava pousada sobre o capim curvo na base do cais, escondida como um pente no cabelo. Debruçado sobre o lago, enfiado numa capa de chuva emprestada e de costas para o caminho que levava até o campo atrás da casa, o garoto pintava um quadro de solidão não só para quem se aproximasse, mas também em sua auto-imagem mental: Saudoso do Brooklyn em Vermont, 1977.

Enfim, talvez sua generosidade ostensiva para com os peixes atraísse alguma platéia. Heather, a filha dos Windle, treze anos contra os doze de Dylan. Ele tinha sentido a menina o acompanhando com os olhos. O jeito livresco com que ele falava com os pais dela e a franja longa e reta que lhe caía sobre a testa, que causavam engulhos em Buzz, tinham despertado a curiosidade dela.

Ela era loura como as irmãs Solver.

Passava em disparada em sua bicicleta, num silêncio fugaz, como uma figura de Brueghel ou De Chirico.

Você podia sussurrar coisas para uma garota, num cais no verão, que nem sonharia em tentar dizer na escola.

Você podia ser um sortudo filho-da-puta.

Heather Windle veio descendo pelo caminho, escolhendo com cuidado o lugar em que ia pisar. Suas pernas tinham crescido demais para sua capa de chuva amarela, que, curta como estava, lhe dava um certo ar de garota-propaganda da Morton Salt. Saltou de um lado a outro nas pedras molhadas e deu um tapa, com os dedos bem abertos, numa nuvem de mosquitos borrachudos.

Assim foi que o garoto da cidade completou a transferência, do irmão para a irmã.

"Oi, Dylan."

"Oi."

"O que você tá fazendo?"

"Nada."

De pé na beira do cais, ela olhou de relance na direção da vara de pescar abandonada em cima do capim.

"Você tá triste?"

"Por que eu estaria triste?"

"Sei lá. É só que você tá parecendo meio triste."

Talvez ele estivesse. Não, porém, se o resto de julho pudesse ser só deles dois, no cais, no campo, na neblina, em qualquer lugar que não fosse o estacionamento sebento, repleto de picapes e de tampinhas de bebida em lata do depósito da 7-Eleven. Dylan Ebdus estava pronto para sumir da Vermont de Buzz e mergulhar num mundo de menina, nos cabelos de Heather Windle. Tinha vontade de perguntar a ela se podia simplesmente respirar o oxigênio da sua lourice, sentir o cheiro dos seus cachos.

"Eu estava esperando você", Dylan se ouviu dizer.

Ela não disse nada, só apoiou a mão no chão para sentar ao lado dele e olhar pela janela pontilhada de chuva da superfície do lago.

"Você tá triste porque não tem mãe?", ela perguntou depois de algum tempo.

"Eu disse que não tô triste."

"Mas foi por isso que você veio pra cá, não foi?"

Dylan deu de ombros. "Muitas crianças que participam do programa do Fresh Air têm mãe", disse em seguida. Na noite anterior, estivera justificando a existência do Fresh Air Fund para um homem drogado e com um curativo no olho, de forma que agora o discurso veio fácil. "A idéia é dar uma oportunidade para garotos que moram na cidade de, sabe, passar o verão no campo. Pra mudar um pouco de ares. Imagino que os seus pais tenham achado que era uma boa idéia."

"É, eu sei", disse ela. "A gente recebeu um garoto no ano passado, mas ele era preto."

"O meu melhor amigo é preto", disse Dylan.

Heather ficou pensando um tempo, depois se encostou em Dylan. Os ombros das duas capas de chuva rangiam ao roçar um no outro. "Eu nunca fui a Nova York."

"Nunca?"

"Nunca."

"Você não faz idéia de como é lá." O calor que Dylan sentiu percorrer seu corpo era uma resposta à pressão do corpo dela. Ele sentia a curiosidade dela como uma espécie de radiação a envolvê-lo, um campo.

É claro que ele ia se fazer de triste, aceitar a pena dela, usar todas as armas que tivesse à disposição.

Foi nessa hora que ele decidiu que ia contar seu segredo para ela, mostrar o uniforme que tinha trazido escondido na mochila, o anel, seus poderes secretos.

"Você sabe o que é grafite?", ele perguntou.

"Hã-hã."

"E *motion-tagging*?"

"O quê que é isso?", ela perguntou, maravilhada.

"É quando você grafita um trem em movimento. Em vez de grafitar no pátio do metrô."

"Mas o que que é grafite?"

Sim, ele ia revelar seu uniforme, ia vesti-lo para ela. Antes, porém, eles ficaram sentados dentro de uma nuvem e ele contou a ela como era o Brooklyn.

Quando, depois do jantar, a mãe de Heather chamou por eles, pedindo que descessem do sótão de teto inclinado em que estavam brincando e cochichando, Dylan sentiu uma pontada de culpa, como se estivesse sendo acusado de algo que ainda não tinha feito, como se seus anseios fossem filmes projetados nas paredes da sala do andar de baixo. Tinha previsto os olhares de desdém que Buzz lhe lançou a tarde inteira, mas, quando Buzz não apareceu para jantar, ninguém nem sequer tocou no nome dele. Dylan tivera a impressão de que ele e Heather eram invisíveis aos olhos dos Windle, ratinhos de sótão, bolas de poeira. Agora, ao ouvir a voz da mãe dela, ele e Heather trocaram um delicioso olhar de cumplicidade, depois foram andando até a escada em silêncio.

"Acho que você devia ligar para o seu pai, se as linhas estiverem funcionando", disse o pai de Heather de sua poltrona reclinável, na sala iluminada pelo brilho da televisão, sem desgrudar os olhos do espetáculo. Em tons de azul, a tela mostrava uma Nova York no escuro e em chamas.

O telefone tocou quatro vezes antes que seu pai atendesse.

"Eu não queria estar na Fulton Street", disse Abraham Ebdus. "Mas por aqui não há sinal de nada, só uns idiotas berrando. O Ramirez estacionou a caminhonete dele na calçada, para proteger a vitrine da bodega. Está lá parado, com um bastão de beisebol na mão, eu tô vendo daqui. Tenho a impressão de que ele vai se desapontar."

Dylan quase perguntou de Mingus, mas depois desistiu.

"Tem feito tanto calor que isso é quase uma bênção. Eu estou no meu estúdio, vou pintar as estrelas, nunca dá pra ver as estrelas direito. Ou talvez eu pinte o Ramirez. Eu vou ficar bem, não se preocupe."

"Tá bom."

"Tá tudo bem com você, Dylan?"

"Tá, tudo bem."

"Deixa eu falar com a senhora Windle."

Dylan passou o telefone e virou-se para Heather. Para mostrar que estava inteirado do quebra-quebra distante, disse: "Não é nada de mais". Depois acrescentou, num impulso: "Isso acontece toda hora na verdade, só que normalmente não aparece no noticiário". O comentário atraiu um olhar de perplexidade da mãe de Heather, que acabara de pôr o fone no gancho.

A televisão não voltou mais ao blecaute. Mesmo assim, aquelas rápidas tomadas de vidraças se quebrando e vultos correndo eram mais fortes que o relato de seu pai. Na cama, Dylan ficou sonhando acordado com a cidade em chamas.

Enquanto a sra. Windle fazia compras, os três foram andando juntos até o estande de revistas numa ala ampla e bem iluminada do supermercado. Lá, Buzz marcou sua indiferença com relação à nova ordem. Dylan e Heather se ajoelharam na frente da prateleira de quadrinhos e ficaram conversando em voz baixa, Dylan explicando pacientemente os mistérios dos *Inumanos*, da Marvel, enquanto Buzz folheava revistas de carros envenenados e o último número da *High Times*. Depois de algum tempo, Buzz saiu de perto deles.

Quando Buzz se afastou, Dylan viu que ele foi seguido por uma mulher de meia-idade vestida num jaleco azul sujo, balançando uma etiquetadora na mão como Dirty Harry balançava sua Luger. No final da ala, ela se inclinou atrás de uma prateleira para espiar o avanço de Buzz, depois seguiu atrás dele. Dylan sorriu consigo mesmo e voltou para as revistinhas. Heather não percebeu nada.

Perseguido numa loja feito um garoto negro.

No caixa, andando sem pressa atrás da sra. Windle, Buzz se esforçava para aparentar inocência, encolhendo os ombros, remexendo numa prateleira de chiclete, jogando conversa fora, ferrado. A mulher da etiquetadora e um gerente calvo e sisudo estavam parados ali perto, num caixa fechado, aguardando que a coisa se tornasse oficial, que Buzz se dirigisse à saída sem arriar na esteira rolante de borracha o que quer que fosse que tinha enfiado nas calças e nas mangas. Só a sra. Windle e Heather ficaram surpresas quando o gerente os abordou assim que passaram pela porta automática.

"Eu sinto muito, senhora Windle", disse o gerente, apertando os olhos sob a luz ofuscante do sol, num tom cheio de pesar e inevitabilidade, "mas nós temos que pedir ao Buzz que nos acompanhe até os fundos, por favor."

"Ah, *Buzz*", gemeu a sra. Windle.

Buzz se limitava a fazer bicos sarcásticos, trocando o peso do corpo de uma perna para a outra, desempenhando seu papel num roteiro que ele era burro demais para tentar alterar.

"Por que vocês, crianças mais novas, não vêm junto? Essa é uma lição que é sempre bom a gente aprender."

Num escritório estreito e sem janela, eles ficaram observando Buzz tirar obedientemente de dentro da roupa uma revista sobre carros, uma *Penthouse* e uma caixa de cartuchos de espingarda da seção de caça e pesca.

"Da última vez que isso aconteceu nós dissemos que na próxima nós chamaríamos o delegado, Buzz."

"Diz alguma coisa", ordenou a mãe de Buzz.

"Eu é que devia ter chamado o delegado, depois do jeito que o Leonard me tratou daquela vez", resmungou Buzz. "Eu nem devia voltar mais aqui, que merda."

"Nisso você tem toda a razão, Buzz, não devia mesmo. O Leonard não tem nada a ver com isso."

"Eu não teria tanta certeza se fosse você", disse Buzz, descobrindo uma causa em que concentrar seu contra-ataque. "Você precisa falar pra ele largar do meu pé, cara."

"O que foi que o Leonard disse pra você?", perguntou o gerente, enrubescendo na mesma hora.

"Vocês, crianças, vão para o carro, esperem a gente lá", disse a sra. Windle, fazendo um sinal com a cabeça para Heather e Dylan.

Voltaram para casa em silêncio, Buzz sentado no banco da frente do carro, tentando desesperadamente enfiar braço, cabeça, pescoço, a maior parte possível de sua pessoa para fora da janela, a mãe rígida de raiva ao volante. Heather e Dylan se afundaram no banco de trás e ficaram fazendo caras e bocas um para o outro, escondidos atrás do encosto alto do banco da frente. Dylan levantou a camisa como se fosse fazer strip-tease e revelou rapidamente o exemplar do número 7 dos *Inumanos* e as duas barras de Crunch da Nestlé enfiados debaixo do cós da sua calça. Heather arregalou os olhos gentilmente e cobriu a boca com a mão. Em casa, os dois comeram as duas barras de chocolate juntos no sótão, enquanto Buzz se explicava para o pai no andar de baixo.

Vermont era permeável aos costumes do Brooklyn. Nada mais fácil, na verdade, do que afanar chocolate e revistinha com Buzz no papel do garoto negro, monopolizando as atenções.

Buzz tinha *feito um corta-luz* para Dylan — era assim que Mingus diria.

As tardes tinham uma displicência embriagante. Você largava a bicicleta em cima do capim ou do cascalho, onde quer que se enchesse dela, tirava a camisa, chutava os chinelos para longe e caía de novo na água para nadar, já que estivera pedalando de calção molhado mesmo. Os peitinhos de Heather eram ameixas nas cavas do seu top e sempre havia a possibilidade de ver a coisa de outro ângulo, por uma nova perspectiva. Você ia compilando imagens até que a forma postulada se moldava nos olhos da sua imaginação, ardendo na sua retina e acumulando uma força obsessiva, como um anúncio que você passava anos vendo sem dar muita bola, até que chegava um dia em que você tinha que saber como era aquilo de qualquer jeito, Sea-Monkeys ou óculos de raios X.

Borrachudos e ereções eram problemas que você solucionava pela imersão.

Pelo menos duas vezes por dia Dylan comentava que faria treze anos em agosto.

Era bastante natural, naquelas tardes úmidas, borrachudas e embriagadas, com a casa, o lago, o campo e o quintal de cascalho todinhos só para Dylan e Heather, que eles se vissem às vezes esparramados lado a lado no sofá em suas roupas de banho, deixando suas impressões glúteas no estofado, ofegando ruidosamente e rindo histericamente em rápida alternância, e então, no minuto seguinte, ajoelhados de pernas nuas nas cadeiras da bancada da cozinha, misturando cristais de limonada instantânea numa jarra de água gelada. Igualmente normal era se verem em seguida transportando copos suados e repletos de gelo para o sótão, que, sob a luz do dia, ficava tomado por um enxame psicodélico de partículas de poeira nadando na luz oblíqua.

Seminus em cima da colcha xadrez, eles se deitavam lado a lado de novo, chupando gelo.

"Minha boca tá anestesiada."

"A minha também."

"Sente só."

"Que gelo!"

"Agora você."

A oposição campo-cidade dava-lhes liberdade para fingir que tudo era uma surpresa. Talvez o gelo não funcionasse da mesma forma em Nova York.

"Beija onde eu beijei."

Uma pausa, depois a tentativa.

"Eu não tô sentindo nada."

"Beija a minha boca."

Embora tivessem apertado com força lábios congelados contra os pulsos um do outro, o primeiro beijo foi um selinho de raspão, uma bicada de passarinho.

"Eu tô dormente, seu *demente*." Caíram na gargalhada.

"Tá bom, de novo."

"Ah."

Ela tinha fechado os olhos.

Rolaram cada um para o seu lado. Dylan virou de barriga para baixo, abafando um latejamento dentro do seu calção. "Você já sugou gás hilariante de creme chantili?", ele perguntou para não deixar o fluxo de distrações esmorecer, para manter um clima permissivo de brincadeira.

"Nããããão", foi a resposta dela. "Mas o Buzz já."

Buzz, o código para tudo que era grosseiro, desprezível, interiorano. Dylan e Heather eram seres do lago e da cidade distante, sem nada no meio. Esquece o gás hilariante.

"Você quer que eu faça uma massagem nas suas costas?"

"Quero."

"Então vira."

Ela obedeceu, mantendo o trato dos dois: nada tinha relação com nada. Eles eram espíritos que tinham abolido todos os tabus e eram também um pouco bobos, voluntariamente ingênuos. O beijo tinha acontecido num planeta, a massagem nas costas estava acontecendo em outro.

Dylan friccionava, beliscava, apertava a coluna dela com os nós dos dedos, o que quer que lhe parecesse engenhoso.

No espaço entre o tronco e os braços relaxados de Heather sobre a colcha, seus peitinhos formavam uma suave saliência arredondada, *terças-luas*. Com uma fricção caprichada na região das suas costelas, Dylan acabou conseguindo apalpá-los, mantendo as mãos ali apenas por tempo suficiente para achá-los decepcionantemente losângicos e duros feito hambúrgueres. Os olhos de Heather remexiam-se agitados sob as pálpebras.

Quando os dedos de Dylan começaram a deslizar para debaixo da tira apertada de elástico no quadril de Heather, ela se virou e se sentou.

"Eu tô abafada aqui dentro."

Os dois foram correndo lá para fora, montaram nas bicicletas e saíram pedalando pela ladeira de cascalho abaixo, apenas dois garotos matando tempo aos olhos de qualquer passageiro sonolento que por acaso passasse por ali debruçado na janela de um carro, Heather na frente, pedalando loucamente, joelhos entrando e saindo a jato da sombra cor de bronze, Dylan atrás, aliviado, a boca aberta para sorver o ar úmido, a tarde infinita de Vermont.

O sr. Windle estacionou o carro na parte de trás do drive-in para encurtar sua caminhada pela estrada até o Blind Buck Inn. Lá chegando, segundo a previsão de Buzz, o sr. Windle não arredaria pé do bar até o final da sessão dupla — *Guerra nas estrelas* e *A última investigação* — e depois sairia de lá tão torto que teria que entregar a chave do carro a Buzz, para que o filho dirigisse os quase cinco quilômetros do caminho de volta para casa. Dois terços do drive-in estavam vazios; havia talvez uns cinqüenta carros plugados, como doentes numa UTI, a unidades de som que saíam diagonalmente de dentro do chão cheio de rachaduras e tufos de mato.

O espaço na cidade, como o tempo, movia-se para cima. Aqui a direção era para os lados, para as árvores.

No crepúsculo azul, figuras passavam de carro em carro, debruçando-se nas janelas para pedir fogo, caçoando de um banco traseiro superlotado, querendo ter um momento de socialização antes de se afundarem em seus assentos.

"Eu vou dispensar o primeiro filme", disse Buzz, sem olhar para Dylan. Com a nota de dez dólares que o sr. Windle estendera na direção deles e Buzz confiscara, o irmão de Heather havia magnanimemente comprado Cocas para Dylan levar de volta para o carro, depois embolsara o troco. Estava debruçado sobre uma máquina de *pinball* Evel Kneivel no quiosque da lanchonete, aparentemente determinado a fazer a máquina dar tilt umas cem ou mil vezes. Ou talvez tivesse outros planos além do *pinball*, como um *bong*, para fumar maconha, de mais de um metro de comprimento, escondido em algum porta-malas. Prováveis cúmplices perambulavam ali por perto.

Sempre havia algum lago ou alguma pedreira escondida no meio do mato, onde a verdadeira movimentação acontecia.

Buzz apontou com o queixo para a tela distante. Aquele outdoor branco e gasto era o lugar menos interessante para se pousar os olhos no céu inteiro, que estava cheio do que pareciam ser penas da cor de hematomas. "Você pode ficar no banco de trás com a minha irmã, se quiser."

Dylan ficou parado, mudo, segurando com força o suporte de papelão cheio de copos de Coca-Cola. Uma semana beijando Heather sempre que aparecia uma chance tinha deixado Dylan lânguido e aéreo, incapaz de detectar quer sinceridade, quer sarcasmo no tom de Buzz. Era até possível que aquilo fosse realmente alguma espécie de bênção tosca.

Dylan fez que sim, e Buzz sorriu.

"Aposto que a esta altura você já tá achando que entrar pro Fundo de Fuga dos Pretos foi a melhor coisa que você já fez na vida, não tá não?"

Os dois de fato assistiram ao filme do banco de trás. Dylan chamava a atenção de Heather para detalhes cruciais, embora *Guerra nas estrelas* não tivesse o mesmo impacto ali, projetando-se como uma sessão de slides na abóbada pontilhada da noite, que tinha na sala do Loew's Astor Plaza da rua 45. Dylan vira o filme quatro vezes naquela sala, as duas últimas sozinho, uma figura ananicada enchendo-se de assombro à medida que as cenas pulsavam diante de seus olhos, sentindo em sua expectativa subvocal de certas falas, em sua memória sensorial de certos gestos dos atores, a possibilidade de flutuar até o alto e interceptar a luz no meio do caminho, de ser um projetor humano secretamente responsável pela existência das imagens.

"Parsecs medem o espaço, não o tempo", observou, incapaz de se conter, muito embora o comentário lhe parecesse infrutífero, *arthuriano*. "Algumas pessoas acham que foi um erro, mas eu tenho certeza de que foi intencional, isso de o Han Solo fingir..."

"Dylan", Heather sussurrou.

"O quê?"

Ela fechou os olhos. Dylan concluiu a frase em silêncio, tentando encontrar uma relação entre a fala e a passagem de ar entre duas bocas, o mundo miasmático criado pela junção de dois rostos. Como na penumbra fresca do sótão, como no lago incendiado pelo sol da tarde, não havia nada no meio, a ruptura era total, êxtase sem palavras.

Não era preciso dizer mais nada.

Só era difícil de acreditar que não fosse ilegal. Mas cala a boca de uma vez e beija a menina.

Então, ele abriu os olhos.

O carro dos Windle estava balançando.

Quatro pares de nádegas, como panquecas lunares branquelas, empurravam as janelas do carro em suave alternância, de um lado para o outro.

O cabelo dos dois secava num instante, formando tentáculos e cachinhos na testa à la Super-Homem, enquanto eles nadavam e se beijavam. As cabeças tontas de tanto tomar sol boiavam tranqüilas, como banquisas, enquanto uma libélula voando no nível dos olhos descrevia problemas de xadrez no tabuleiro do lago. Abaixo da superfície, corpos animais agitavam-se na água fria e verde. O garoto já tinha apalpado a menina em tudo quanto era lugar àquela altura, suas mãos dementes catalogando formas ali na Zona Negativa, onde nada contava. Duas vezes ele sentiu os dedos dela tocarem de leve em seu pau anestesiado pela água gelada e quase se afogou.

Estava voltando para o Brooklyn no dia seguinte.

"O seu pai está pensando em te botar numa escola particular", disse Heather, encrespando o pedaço de lago que havia entre os dois. Depois afundou um pouco mais, escondendo o nariz na água, seus olhos azuis flutuando duplicados no reflexo, pupilas quase invisíveis.

"Do que você tá falando?"

"O Buzz ouviu o seu pai conversando com a minha mãe. O Buzz diz que você está *lutando contra uma influência negra.*" Heather obviamente ensaiara a frase, desafiando-se a dizê-la em voz alta.

"O Buzz é que está lutando contra uma influência babaca", disse Dylan. "E eu acho que ele está perdendo a luta."

"Ele disse que você apanha muito."

Dylan mergulhou, imergindo por inteiro no lodo e nas sombras da Zona Negativa. Tinha aprendido a abrir os olhos debaixo d'água naquelas últimas semanas. O lago não maltratava tanto os olhos quanto a água infestada de cloro da piscina pública da Douglas, logo atrás de Gowanus Houses, onde ele fora nadar algumas vezes com Mingus. E você também não precisava usar tênis dentro d'água, com medo de cortar o pé em cacos de vidro. Dylan adoraria ver Buzz lutando contra isso.

Agora ele avançava em câmera lenta em direção ao corpo de foca de Heather, seu maiô vermelho, seus braços e pernas reluzindo feito leite sob a luz amarelo-esverdeada. Ela pedalava para manter-se à tona, sem rechaçar a investida de Dylan. Enlaçando-a pela cintura, ele apertou a boca contra a barriga de Heather. Com a mão que estava livre, encontrou um peitinho. Heather não esperneou, nem mesmo se afastou. O que quer que acontecia debaixo d'água aparentemente só dizia respeito a Dylan e ao corpo dela.

Depois que ele subiu à tona para respirar e os dois se deitaram encharcados e ofegantes no cais, fazendo sombra com a mão para proteger os olhos do sol, Dylan disse: "Eu tenho uma coisa pra te mostrar".

"O quê?"

"É surpresa." Ele já tinha mesmo a intenção de mostrar o uniforme para ela hoje. Agora, a revelação parecia também uma retificação à bobagem que Buzz dissera.

"Onde é que tá?"

"Pega a sua bicicleta e vai buscar uns refrigerantes pra gente. Depois me encontra aqui de novo."

Ela fez que sim, enfeitiçada, toda ingenuidade.

No quarto de hóspedes dos Windle, Dylan enfiou o anel no dedo, depois embolou o uniforme e meteu-o debaixo do braço. Paranóico com a possibilidade de que alguém o visse, atravessou a cozinha andando de lado rente à parede, saiu da casa e se embrenhou pelo mato.

No cais, estendeu o uniforme na sua frente e examinou-o pela primeira vez desde que descera do ônibus interestadual que o trouxera de Nova York.

Tinha pedido ao pai que lhe ensinasse os pontos simples que usou para costurar o uniforme, embora não tenha dito para quê. A capa, recortada de um velho lençol do Dr. Seuss, com a estampa de um leão lambendo um pirulito de limão, estava presa nos dois cantos da gola da camiseta azul-celeste que formava o corpo do uniforme. Dylan tentara posicionar o leão, um logotipo convenientemente enigmático, o mais próximo possível do centro da capa. As mangas curtas da camiseta ele encompridara com as pernas de uma calça boca-de-sino de listras coloridas que sua mãe abandonara, desencavada de uma pilha de roupas amontoadas no fundo do armário dela, onde só Dylan mexia. Elas caíam imperiais, com as mãos de Dylan aparecendo por baixo de uma franja esfiapada, como o badalo de um sino. Nada prático, mas aquilo era só um protótipo, um modelo para exibição. O peito da camisa ele esticara bem esticado em cima de um pedaço de papelão e decorara usando seu Spirogragh, os alfinetes enferrujados, as rodas dentadas que viviam empacando — um trabalho estabanado com resultados imperfeitos. O emblema era um círculo oscilante, a trajetória em expansão de um átomo traçada mil vezes no espaço para formar *bandas de energia*. Bastava tomar uma pequena distância, porém, que a imagem se borrava e o emblema ficava parecendo um zero gordo.

O garoto da cidade se enfiou naquela elaborada parte de cima de uniforme e plantou-se no cais aberto, sob um véu de insetos minúsculos, à espera.

Poucos instantes depois, a menina apareceu no alto da trilha, com duas garrafas verdes de refrigerante retinindo aninhadas na sua barriga, a cabeça baixa enquanto firmava os pés descalços nas pedras.

Na base do cais, ela pousou as garrafas no capim e ficou parada, olhando.

"Então?"

"O que que é isso?"

"O que você acha que é?"

Ela parecia não ter a menor idéia.

Ele inflou a capa com os cotovelos, torcendo para bater um ventinho. O peso do tecido repuxou a gola da camiseta para trás, fazendo-a subir até sua garganta, uma falha de design. A próxima capa ele costuraria nos ombros, talvez.

"Este é quem eu sou de verdade", disse Dylan.

Heather continuou parada, sem dizer nada.

"Aeroman."

"Quem?"

"Quer dizer *homem voador*. Dylan Ebdus é a minha identidade secreta."

Franzindo a testa, ela disse: "Eu não gostei, não".

"Como assim?"

"É estranho."

"Quando estiver pronto, as minhas pernas também vão ficar cobertas. Isto é só a parte de cima."

"Onde foi que você arranjou isso?"

"Fui eu que fiz." Dylan não disse nada sobre o anel nem sobre Aaron X. Doily.

Ela cutucou as garrafas de refrigerante com o pé, seus dedos nus tingidos de verde pelo reflexo dos raios de sol que atravessavam as garrafas. "Não combina com você."

"Bom, acontece que este *sou* eu", disse Dylan, inflexível. Naquele momento, ele se deu conta de que queria que Heather contasse ao irmão, para que Buzz entendesse que não podia pressupor nada nem sobre Dylan nem sobre o Brooklyn.

Ela se sentou, cruzando as pernas sobre o capim. Ele continuou de pé, ainda em busca de algum sinal de que ela compreendia a importância do que ele tinha lhe mostrado.

"Dylan?"

"O quê?"

"Se você ficasse aqui você não ia precisar ir pra uma escola particular."

Dylan ficou atônito. O comentário era tão irrelevante e absurdo que ele não sabia nem por onde começar.

"Eu não vou ficar aqui", ele disse simplesmente, talvez cruelmente.

Heather se levantou de repente, com o rosto vermelho e chocado, como se Dylan tivesse lhe dado um tapa na cara.

"Tira isso", ela disse. "Eu não gosto desse troço."

"Não."

Ela saiu andando pela trilha, abandonando as garrafas no capim.

"Mas e a surpresa?", disse Dylan. Uma brisa começou a soprar de repente e ele sentiu a capa tremular e estalar com perfeição nas suas costas, como uma bandeira num estádio.

"Não quero saber", ela respondeu, sem olhar para trás.

"*Eu nem te mostrei ainda*", ele gritou, mas ela já tinha ido embora.

Pouco depois, Dylan foi andando assim mesmo até a beirada do cais, dobrou os joelhos e esticou os braços na frente do corpo, preparando-se para fazer o que vinha planejando havia semanas. Talvez Heather estivesse observando lá de cima, de trás do capim. Era possível. Ou não, mas agora já não importava mais. Ele não precisava ficar conhecido em Vermont, aquele lugar sem importância que só era medido por sua distância da cidade de Nova York, por sua utilidade como estância restauradora, um lugar para onde você ia para pôr as idéias em ordem antes de voltar para o mundo real. No caso de Dylan, para se preparar para fazer treze anos na cidade, para beijar garotas da cidade, para ser o garoto voador que iria combater o crime na cidade, coisas que ninguém de Vermont seria capaz de entender.

Mergulhou no ar. A superfície espelhada ofuscava seus olhos enquanto ele ziguezagueava, feito uma libélula, centímetros acima da água. Passou a mirar na margem oposta para não ficar tonto, voou até bem perto e depois fez a volta, roçando no capim alto que crescia ali e fazendo explodir uma nuvem de insetos aquáticos que tiravam uma soneca escondidos no fundo do capim.

Deu duas voltas completas ao redor do lago. Quando pousou correndo no cais, uma farpa entrou no seu calcanhar. Lição número 1: nunca voe sem um calçado adequado. E as pontas da capa tinham ficado penduradas e agora estavam ensopadas. Para você ter uma idéia de como ele estava perto da água. Então: 1. Use tênis. 2. Faça bainha na capa. Mal ou bem, você estava sempre aprendendo alguma coisa.

12.

A igreja era uma garagem, na Dekalb Avenue, recuada atrás de uma cerca baixa pintada de branco que não enganava ninguém, fincada rente à calçada de pedra toda arrebentada e espremida entre uma serralheria e uma oficina de encanador. Num sábado, a serralheria estava em plena atividade, indiferente ao culto que se realizava no número ao lado, com seu portão enrolado no alto para revelar um homem de máscara de soldador apontando um maçarico de acetileno contra uma grade de janela, enquanto fagulhas jorravam sobre o chão de concreto. O quarteirão também tinha uma oficina mec^nicaa, com um calendário de pinups de 1967 pendurado na janela; uma loja de "discos", com a vitrine toda coberta de capas de LPs vazias para ocultar o interior da loja de quem passava na rua, protegendo os que vendiam coisas que provavelmente não eram discos; e duas lanchonetes fechadas com tábuas, com cartazes dos anos 30 da Coca-Cola ainda intactos, enaltecendo nomes esquecidos. A igreja, cujo exterior era feito de blocos de concreto pintados de branco e decorado com uma placa pintada à mão em que se lia SALA DE DEUS, "EM SEU SEIO NÓS SOMOS REVELADOS", REV. PAULETTA GIB, PASTORA e enfeitada com uma estrela-de-davi dourada, era definitivamente uma garagem. Seus portões de madeira compensada estavam abertos, deixando à mostra cinco fileiras de costas e cabeças balançantes que, de suas cadeiras dobráveis, faziam que sim para a mulher que lhes falava ao microfone lá da frente. O sol de agosto ardia sobre a igreja, cozinhando os fiéis. Nós de gravatas já tinham sido afrouxados, joelhos afastados para ventilar genitálias, punhos arregaçados. O vestido floral da pastora estava encharcado na barriga e no lugar em que as pelancas dos braços roçavam contra as costelas. Enquanto andava de um lado para o outro na frente da congregação, ela arrastava com perícia o fio do microfone pelo chão, mantendo-o distante de seus sapatos de salto alto e grosso, que tinham a mesma estampa do vestido.

Os dois homens, pai e filho, ambos tostando de terno e gravata no calor do meio da manhã, atravessaram o portão da cerca branca e sentaram-se no fundo da sala, na beira da sombra da garagem.

"É melhor nós nos *esforçarmos* para seguir o exemplo das cinco noivas virgens", disse a mulher no clímax do seu discurso. "Mantendo nossos pavios bem aparados, mantendo nosso óleo limpo, preservando a chama, oh sim."

"Oh sim", foi a resposta murmurada por uns e gritada por outros.

"Mantendo essa *luz* na janela para que quando o noivo ladrão chegar ele possa nos ver esperando fielmente na janela, oh sim, cobertos da cabeça aos pés com as nossas coisas mais *bonitas*, com as nossas roupas mais elegantes intocadas, sem nenhuma marca de dedo maculando nossas vestes, nenhuma."

"Nenhuma, nenhuma."

No final, enquanto a minúscula congregação ia atravessando aos poucos o portão da cerca branca e saindo para a calçada, a pastora foi andando até os dois estranhos que tinham chegado atrasados e sentado no fundo da igreja, Barrett Rude Senior e Junior. Os dois se levantaram quando ela chegou perto.

"Bem-vindos", disse ela, estendendo a mão. "Pauletta Gib."

"Parabéns pelo excelente sermão, irmã Gib", disse Senior, fazendo uma mesura. Sua gravata ainda estava bem apertada no pescoço, apesar do calor.

Ela agradeceu inclinando a cabeça, depois abriu as mãos indicando a calçada e os três saíram juntos para o clarão implacável do sol. Pauletta Gib virou-se para o filho. "Você é aquele cantor dos Distinctions", disse ela.

"Barrett Rude Junior, senhora. Mas já não estou mais com o grupo."

"Eu ouvi dizer que você foi criado na comunidade da Sala de Deus."

"Fui criado por meu pai na igreja, sim." O cantor procurava suavizar a voz, falando o mais humildemente que podia. A peregrinação àquela igreja de garagem era algo que estava fazendo por Senior, não como uma concessão, mas como um presente.

Pauletta Gib, no entanto, só tinha olhos para o homem alto que hoje queria apenas ficar à sombra do pai. "As suas músicas trouxeram muito alívio para as pessoas", disse ela.

Barrett Rude Junior abaixou a cabeça quando seu pai disse: "Meu filho não é um homem devoto, irmã".

Pauletta Gib arqueou uma sobrancelha. "Eu tenho certeza de que não preciso lhe dizer, senhor Rude, que se mede um homem devoto um sabá de cada vez. Hoje eu encontrei o seu filho aqui, dentro da minha igreja."

"Faz pouco tempo que eu vim morar com ele aqui na cidade. Ele não fazia idéia da existência do seu templo." Sua escolha de palavras demonstrava uma hesitação para com o cenário à sua volta e para com a congregação enfarpelada que conversava na calçada, onde funcionários da oficina metalúrgica agora pintavam um pedaço de grade com tinta spray preta, envoltos numa névoa cinza. Quando a tinta assentou, um negativo borrado da grade se formou no chão.

"E no entanto hoje vocês nos encontraram, louvado seja Deus."

Por fim, o pai encontrou voz para dizer o que queria desesperadamente que ela soubesse: "Eu já tive a minha própria igreja da Sala de Deus um dia, em Raleigh, na Carolina do Norte".

O olhar de cenho franzido que a pastora dirigiu ao velho parecia atravessá-lo, passando por sua gravata apertada, sua barba bem-feita, sua expressão vigilante e desafiadora, para perguntar *Há quanto tempo foi isso? E o que aconteceu nesse meio-tempo?*

O que ela disse, porém, nada revelou sobre as conclusões a que chegou a partir da inspeção que seus olhos conduziram: "O amor abre uma Sala de Deus aonde quer que vá".

Ao que Barrett Rude Senior só pôde acrescentar, contrariado: "Deus seja louvado".

A mulher pegou as mãos do filho entre as suas e olhou bem no fundo de seus olhos arredios. "Você cantaria na nossa igreja no próximo sabá?" Seu tom de voz sugeria que o convite era uma gentileza que ela estava oferecendo ao cantor, não o pedido de uma canja que poderia parecer ser.

Mas era o pai, que agora transferia o peso do corpo de um sapato guinchante para o outro, quem ansiava por soltar a voz no microfone de Pauletta Gib.

"Eu não sei", disse Barrett Rude Junior com sinceridade, incerto de que resposta seu pai preferiria ouvir, no fundo só querendo mesmo poder fazer com que aquela pergunta fosse desperguntada.

"Não dê uma resposta agora", disse Pauletta Gib, dando tapinhas na mão do cantor. "O seu coração vai desfazer a dúvida durante uma boa noite de sono." Quando ela se dirigiu ao pai, seu tom de voz caiu uma oitava. "Suponho que vá encontrar *o senhor* aqui de novo na semana que vem, senhor Rude. A menos que até lá o senhor já tenha aberto o seu próprio templo."

"Hrrph."

Barrett Rude Senior virou para o outro lado e amarrou a cara, apertando os olhos contra a luz do sol. Ajeitou os punhos, tirou uma sujeirinha inexistente do peito do paletó e examinou-a rapidamente antes de atirá-la na direção do meio-fio, num elaborado trejeito dândi.

Inevitavelmente, Pauletta Gib começara a fazê-los lembrar da falecida esposa de Senior e mãe de Junior.

Como a mulher de que ambos se lembravam, ela favorecia o filho em detrimento do pai.

Agora duas ovelhas do rebanho de Pauletta Gib que tinham estado rondando-os enquanto conversavam se aproximaram deles com um envelope e uma caneta na mão, querendo entregá-los a Barrett Rude Junior. Uma menina de vestido estampado, braços escuros nus com leves traços de talco, e seu irmão mais novo, um fiapinho de gente metido num terno cor de pêssego. O menino estava colado na anca da irmã, tímido, de forma que a menina teve que fazer o pedido. O que eles queriam não era nada de mais, muito embora fosse algo que o cantor não dava fazia quase dois anos: um simples autógrafo.

"*Yo*."

"*Yo*, cara."

"E aí?"

"E aí nada, cara. Que que você tá fazendo?"

"Que que você acha, cara? O mesmo que você — descolando tinta."

"Beleza."

A Samuel J. Underberg's, fornecedora especializada em artigos de exposição para lojas de alimentos, é um prédio verde-claro de cinco andares, estilo caixote, situado do outro lado da Flatbush, depois da banca de jornal da ilha de calçada no meio do trânsito, na região de terrenos aterrados e depósitos desativados que fica à sombra da torre do Williamsburg Savings Bank. A área é um grande vácuo em vários sentidos, uma região de ausências. Passada a Brooklyn Academy of Music e o terminal da ferrovia de Long Island, não há nada acontecendo, ninguém em casa. Na verdade, embora ninguém pareça saber, esse é o lugar que estava destinado à relocação do Ebbets Field, antes de os Dodgers desertarem. Eles chegaram ao ponto de pôr muito prédio velho abaixo e não pôr nada no lugar. Ninguém sente cheiro de cerveja e amendoim por ali porque o estádio de beisebol nunca chegou a ser construído. A região aterrada é uma espécie de linha pontilhada de tijolos traçando o contorno de um braço-fantasma. No que tange aos interesses de um bando de garotos perambulando pelas ruas, em termos de esferas de influência de conjuntos habitacionais, o lugar está fora da zona de segurança de Wyckoff Gardens e perto demais da divisa de Atlantic Terminals.

Grupos estranhos que passam pela calçada nua distribuem sinas de intranqüilidade a torto e a direito, cabeças oscilantes, olhos arredios.

Todos os olhares se voltam para o muro do depósito, para a esplêndida explosão de grafite que existe ali.

No centro dessa terra morta, a Samuel J. Underberg's é um foco de vida misteriosa, da qual a família que administra o negócio nem toma conhecimento, já que nada tem a ver com a verdadeira fonte dos lucros da loja, que advêm principalmente do fornecimento de carrinhos de compras novos para substituir os que são roubados por sem-teto ou estraçalhados em colisões nos estacionamentos. Todos os dias, a Underberg's transporta dezenas de carrinhos de compras de seu depósito para supermercados espalhados por todo o Brooklyn. De seu depósito saem também artigos caros, como máquinas registradoras, esteiras de borracha e expositores giratórios. Pode-se dizer que é um nicho. Pelo menos, a loja mantém um número razoável de homens empregados, primos, muitos deles.

Nada disso explica sequer remotamente o magnetismo especial que a Underberg's exerce sobre a garotada que gravita à sua volta. O segredo está dentro do minúsculo showroom, um espaço tão pequeno que parece um acréscimo tardio, onde ficam expostos os adereços de que um supermercado precisa para se travestir de palco para o espetáculo das compras: barreiras de ramos falsos de salsa para separar diferentes tipos de frios nas vitrines de frigoríficos, salames de plástico e falsos nacos de queijo para incrementar vitrines de alimentos de verdade, tabuletas de vinil e plástico laminado recortadas no formato de peixes e porcos para espetar em travessas de comida, cartazes rosa e laranja fosforescentes alardeando OFERTA ESPECIAL!

"Cara, saca só, é o Strike, cara."

"O Strike? Tem certeza?", isso dito num resmungo de incredulidade de que o *Rei da Linha da Broadway* pudesse se materializar em forma humana.

"Saca só, cara, ele tá pintando."

"Cacete, cara! O *Strike*."

"Eu vou pedir pra ele assinar o meu caderno."

O showroom da Underberg's é o único lugar do Brooklyn onde uma pessoa pode entrar e comprar, sem ter que dar satisfações, um frasco de trezentos mililitros da Garvey XT-70 Violeta, uma tinta industrial composta de álcool etílico, éter butílico e resina poliamida, formulada especificamente para estampar preços em celofane congelado e em pedaços de carne pegajosa embalados em plástico. A tenacidade sem-par da Garvey Violeta também se estende a vidros cobertos de sujeira sebenta — sendo os vidros em questão os das janelas de vagões do metrô. Para o uso em pincéis atômicos caseiros de artistas do grafite, a Garvey Violeta é um elixir insubstituível, o que, por sua vez, faz da modesta e esquecida Underberg's um destino certo. Tais fatores garantem também que as paredes laterais do edifício constituam um museu constantemente atualizado de *tags* originários de todos os cantos do distrito, uma vitrine para tribos rivais em colaboração temporária.

Os homens de solidéu que tomam conta do balcão do showroom manjaram a situação direitinho: os frascos de Garvey Violeta ficam guardados bem atrás do balcão, de forma que só podem ser comprados, nunca afanados. E o balcão atrás do qual eles ficam escondidos tem na frente uma vitrine repleta de facas, facões, cutelos de açougueiro. Por cinco dólares e noventa e nove o frasco, a Garvey Violeta constitui uma relativa pechincha pela qual os grafiteiros se dispõem a pagar — a única outra opção, de qualquer forma, seria invadir o lugar de espingarda na mão. A atuação deles dentro do showroom é mais discreta: consiste em surrupiar frutas de plástico e escrever *tags* minúsculos aqui e ali nos displays de papelão.

Fora isso, porém, os pichadores tendem a entrar e sair calados e taciturnos, atirando um de cada vez o dinheiro em cima do balcão e resmungando o pedido, poupando suas fanfarronices para quando estivessem de novo na rua.

"*Yo*, você ouviu aquilo, cara? Em vez de perguntar se eu queria ajuda, o cara disse *Quer uma judia*?"

"Ah, cala a boca, cara."

"Juro, cara, foi isso que ele disse. Sem sacanagem."

Esses grupos cautelosos mostram uns para os outros seus cadernos de desenho de capa dura, cheios de *tags* seus e de terceiros, bem como de esboços feitos com canetinhas coloridas de *burners* gigantescos que eles esperam um dia ter coragem de reproduzir num trem. A Underberg's é um lugar para exibir cadernos e colher autógrafos de gente de tudo quanto é lugar, muito embora sempre exista o risco da humilhação ou da gozação se um grupo de grafiteiros mais velhos e mais fortes decide intimidar alguma facção mais jovem.

Vindos da estação da linha D na Flatbush Avenue, da estação das linhas N e R na Quarta Avenida com a Pacific ou a pé dos conjuntos habitacionais, pequenos grupos chegam em levas e se amontoam na calçada em frente, bloqueando o caminho dos funcionários da Underberg's que precisam carregar seus caminhões. Vêm e vão ruidosamente, os grupos em si como uma forma de grafite humano.

Nesse dia, dois garotos brancos estão parados ali, acalentando a esperança de não chamar atenção no burburinho de atividade que se formou de repente ao redor deles. Uma simples passada na Underberg's não era tão simples assim afinal. Um deles está petrificado em pleno ato de pichar.

"Saca só os garotos brancos, cara. Crente que tão abafando."

"O que que você escreve, garoto branco?"

O garoto branco que está com a caneta na mão não diz nada, arqueia os ombros como para se esconder de seus molestadores, mas com uma certa integridade perseverante termina de pintar seu *tag* na parede da Underberg's, no pequeno espaço que encontrou entre grafites maiores e apressados de tinta spray, também conhecidos como *throw-ups*.

"O que que tá escrito aí? Art? A-R-T?"

"O *tag* do garoto é *Art*, cara. Que estranho."

"O teu nome é *Arturo*, cara? Engraçado, pra mim tu não tem a menor pinta de porto-riquenho."

"Cala a boca, cara, deixa o garoto em paz."

"Ele é um *toy*, cara."

"Deixa ele em paz, cara."

"Eu não tô de sacanagem com o cara, não, *yo*, só tô querendo ver o que ele tá escrevendo. Você é de alguma *crew*, *Art*?"

A pergunta é retórica: que garoto branco poderia fazer parte de uma *crew*? Aliás, que *crew* que se dê ao respeito poderia conter um garoto branco, quanto mais um garoto branco pequeno e fuinha como aquele, quanto mais *dois* garotos brancos? Sem falar dois garotos brancos feito aqueles dois, que já estavam começando instintivamente a se espremer contra a parede da Underberg's, do jeito que aprenderam a fazer para sobreviver à travessia dos corredores, do pátio e das ruas em torno da Intermediate School 293.

Encolhimentos ritualizados enterrados milímetros abaixo da superfície na psique dos dois garotos brancos, falsos ataques de asma e outras formas de súplica já estão prestes a vir à tona quando a coisa mais próxima de uma *crew* que esses caras podem sonhar em ter reaparece de repente, emergindo de dentro do showroom com um frasco recém-comprado de Garvey Violeta: Mingus Rude.

Mingus capta a situação com tanta rapidez e jogo de cintura que as palavras parecem sair da sua boca ao mesmo tempo em que ele próprio está saindo da Underberg's e enfiando o frasco de tinta no bolso gordo da sua calça do exército. Em vez de se dirigir aos quatro garotos negros que estão estreitando o laço formado por seus corpos em torno de Arthur Lomb e Dylan Ebdus, Mingus fala como se todos ali fossem invisíveis, menos Dylan e Arthur, aos quais se dirige em tom de irritação.

"Que que você tá fazendo, Art? Eu te disse que os outros caras tão esperando a gente, porra. Não dá tempo pra ficar de palhaçada aqui, não. Vambora logo."

A menção a *outros caras* funciona como mágica. O laço se afrouxa. Arthur e Dylan, obedientes, fazem que sim para Mingus, abaixam a cabeça e seguem atrás dele olhando para o chão.

Os três escapam juntos, deixando a calçada da Underberg's livre para outros confrontos.

Na Flatbush, Arthur Lomb anda eufórico e saltitante ao lado de Mingus, enquanto Dylan segue atrás. O mimetismo ávido de Arthur produz uma versão afetada e mecânica do andar elástico e acorcundado de Mingus. Arthur, nesse sentido, é de fato um *toy*: está se transformando num fantoche de Mingus. "*Yo*, tinha uns caras lá falando do Strike, cara. Eles disseram que ele tava lá pintando, mas eu não vi nada. Pode ter sido só ilusão de ótica, que nem aquela história de todo mundo dizer que já viu o Son of Sam. Enfim, o Strike é bom, mas eu prefiro o Zephyr, acho que ele tem realmente o *tag* mais original, *yo*. Saca o que eu tô dizendo?" Mingus só grunhe e segue em frente, mas isso para Arthur já é incentivo suficiente. "Pô, aquele cara tava tentando botar banca de valentão pra cima da gente, mas eu vi a cara dele, parecia um bebezão, tava até de beiço inchado. Eu provavelmente poderia ter encestado o cara, *yo*, se você não tivesse aparecido naquela hora. Sorte dele, eu diria, *yo*." A distribuição cuidadosa de gírias e *yos* pelo discurso de Arthur, em contraste com seu jeito predominantemente nerd de falar, soa tão forçada e ridícula aos ouvidos de Dylan que ele fica se perguntando por que Mingus não dá logo um pescoção em Arthur e o manda parar com isso. Mingus, porém, tolera a fala macaqueada de Arthur, aceita a transformação que Arthur conseguiu efetuar, sabe-se lá como, durante o mês em que Dylan esteve fora. Arthur Lomb, ao que parece, tem multidões dentro de si: conseguiu realizar aquela verdadeira auto-reformatação com a mesma facilidade volúvel com que, pouco antes, trocou os Mets pelos Yankees. "Aposto que dois garotos brancos já bastavam para dar uma coça naqueles caras e, de quebra, ainda faziam uma limpa no bolso deles. Isso se é que eles tinham alguma coisa que valesse a pena levar, o que eu duvido, *yo*, a julgar pelo estado lastimável dos tênis deles."

"Dá um tempo", diz Mingus agora, enquanto, sem olhar para o lado, estica o braço na frente de Arthur para fazê-lo diminuir a marcha do seu andar saltitante. Às vezes não há como estancar a torrente da tagarelice de Arthur, não depois que ele engrena nesse tipo de verborragia. Mas, pelo menos, talvez ele parasse de andar aos pulinhos.

Arthur diminui o passo de fato. Deixa que Mingus vá andando mais à frente, lhe dando um pouco de espaço para ruminar seus próprios grilos, coisa que muitas vezes era necessária quando Mingus estava sem fumar um baseado fazia algum tempo. Arthur, então, se vira para Dylan: "Que que você acha, a gente podia ter encestado os caras, *yo*?"

"Não vem com *yo* pra cima de mim", disse Dylan.

Ele se agachou na escuridão, no alto da escada da casa abandonada, ouvindo sirenes distantes. Mais perto, vozes vinham da Bond Street, e uma gargalhada cortava o ar úmido, flutuando depois para o céu. Embora fizesse calor, ele estava de moletom. Debaixo do casaco, estava o uniforme, a capa embolada em suas costas como um casco mole de tartaruga, as mangas boca-de-sino engelhadas em volta do seu pulso. Ele suava furiosamente, não tinha jeito. O anel ele guardara feito uma nota de dinheiro dobrada, escondido debaixo da meia: a possibilidade de ser cangado ainda no chão estava muito presente na sua cabeça. Talvez devesse ter começado pelos telhados, mas o único acesso ao telhado de sua casa era pelo estúdio do pai, e Abraham estava pintando fotogramas naquela noite. Quando abriu a porta do estúdio, Dylan se deparou com o pai plantado sob o foco de uma única luminária, os dedos amontoados em torno de um pincel minúsculo, rádio transistor tocando baixinho um jazz que lembrava o grasnar de um ganso, os resmungos quase inaudíveis de Rollins ou Dolphy.

"Eu vou sair."

"Hoje?"

"É só por uma hora."

"Você não devia ir dormir?"

"Eu só vou demorar uma hora."

Era a véspera do primeiro dia da oitava série.

Não estava muito clara qual seria a melhor forma de começar.

Mingus Rude e Arthur Lomb tinham saído para pintar um *burner* na lateral de um camburão da polícia abandonado no depósito de sucatas da prefeitura, ao lado da Brooklyn Bridge. Passaram dias planejando a expedição, uma espécie de velório para a morte do verão, uma última farra. Dylan participou dos preparativos, incluindo a colheita de latas de tinta spray na McCrory's e a confecção de um maço de esboços coloridos, depois pulou fora da expedição em si no último minuto. Isso garantia que ele não toparia com Mingus e Arthur naquela noite. E, de qualquer forma, Dylan já estava de saco cheio daquela história de Mingus e Arthur estarem andando juntos. Tinha começado a desconfiar que pudesse estar incentivando a coisa toda só com a sua presença. Era melhor deixar os dois sozinhos, deixar Mingus agüentar a força bruta, grudenta do parasitismo de Arthur, sem Dylan por perto para servir de amortecedor, para ver se ele gostava.

Além do mais, os dois iam pintar um desenho de Dylan no camburão da polícia, o traço de Dylan estava vivo nos esboços. Mingus podia ser Dose, mas Dylan era o *auteur* de Dose.

A adolescência era uma identidade secreta antes de mais nada.

Aos treze anos você já tinha começado a deixar vestígios. Sinais e nomes ocultos proliferavam. Certos lençóis você fazia questão absoluta de pôr você mesmo na máquina de lavar.

Como as rodas dentadas do Spirograph, o seu avanço titubeante volta e meia produzia borrões.

O Aeroman era um caminho mais audacioso, só que estava sendo meio difícil tirá-lo de sua carapaça de moletom.

Onde em Gowanus um super-herói recém-forjado poderia ir para encontrar o tipo de crime em que pudesse intervir significativamente? Encolhido na escada abandonada, Dylan era todo ouvidos para o uivo úmido do vento de fim de verão que carregava vozes pelo ar da noite. Tirando os gays que levavam o cachorro para passear, o quarteirão estava vazio. A Dean Street não servia. A Nevins já era demais, as prostitutas, os velhos instalados na esquina do Ramirez, a possibilidade de cruzar com garotos da Wyckoff saindo em bandos dos conjuntos. Na Smith Street o problema era o mesmo. Dylan precisava de um cenário noturno isolado, um beco, uma mulher gritando porque sua carteira foi roubada, a clássica cena de assalto das revistinhas do Homem-Aranha: exatamente o tipo de coisa que ele nunca tinha visto na vida. Um super-herói sabia separar criminosos de vítimas. Em Gowanus as coisas tendiam a ser mais misturadas.

Dylan precisava de um lugar alto, talvez. Sair do chão.

Levantou da escada e foi andando até a esquina, depois dobrou a Bond Street e continuou andando até o metrô, até a estação da Hoyt com a Schermerhorn, sabendo que era um lugar a que ele jamais iria àquela hora da noite se as condições não tivessem mudado — e a verdade era que as condições pouco tinham mudado. Ele parecia ele mesmo, não o Aeroman, dentro daquele moletom. E o Aeroman não andava, voava. Enquanto não conseguisse descer voando de um telhado, ele não era o Aeroman, era um garoto dentro de um uniforme dentro de um moletom, andando. O anel estava na sua meia — Dylan se abaixou e confirmou. Um garoto branco na esquina da Bond com a Schermerhorn às onze da noite. Deserto, o lugar estava: estacionamentos e quadras de basquete vazios, prédios municipais às escuras, as pistas largas da rua em silêncio. Deserto demais, talvez. Os lugares que você mais temia eram vazios; o medo que eles inspiravam, teórico. Você não iria lá nem morto, então você não ia, ninguém ia, porque... que sentido fazia?

Na verdade, o movimento estava embaixo, no longo túnel fedido de mijo do metrô que passava por baixo da Schermerhorn. A cabine que vendia os bilhetes ficava enterrada bem no fundo do quarteirão e a trilha que levava até ela era um aterrorizante corredor polonês, lar de mendigos que desabavam ali e ali ficavam, encostados nas vitrines mal iluminadas dos displays, relíquias de um tempo em que a Abraham & Straus ainda não tinha se dado conta de que não havia ninguém nas estações subterrâneas para quem valesse a pena fazer propaganda e tampouco uma maneira viável de proteger os produtos lá expostos. O túnel era um perigo famoso.

Dylan, porém, deteve-se a tempo: *que utilidade um homem voador poderia ter dentro do metrô?* Um erro de aprendiz, do qual escapou por pouco. Sentiu uma pontinha de orgulho por tê-lo evitado. A primeira vitória do Aeroman, uma hesitação prudente. Era um alívio não ter que entrar no túnel.

Talvez a Smith Street fosse a melhor aposta, afinal.

Amanhã começava a oitava série.

Aeroman queria emergir antes que fosse tarde demais, mas precisava que o crime o chamasse.

Debaixo de seus pés, a calçada estremecia enquanto um trem da linha A ou GG freava na estação subterrânea. Depois, um punhado de figuras solitárias emergiu da estação para o ar da noite. Ele se plantou debaixo de um poste de luz, de tocaia. Uma mulher branca olhou de relance na sua direção, olhos erráticos, sondando a rua vazia. Ela dobrou a Bond, depois a State Street.

Suado e corcunda, Aeroman a seguiu.

Talvez alguma coisa acontecesse. Ele estava hipnotizado pelo medo dela, um sentimento que conhecia bem. Vê-lo espelhado na mulher era algo que lhe causava uma excitação profunda. Lá estava exatamente o tipo de coisa que o Aeroman pretendia combater, os passos frenéticos, cada vez mais acelerados, do salto alto na escuridão, num quarteirão em que o dossel de galhos mascarava os postes de luz. Ele se abaixou, sem parar de andar, e pegou o anel debaixo da meia, enfiando-o rapidamente no dedo indicador da mão esquerda. Das escadas escuras dos prédios, vinham vozes de beberrões ocultos, observadores indolentes e derreados que jamais fariam nada para ajudar uma mulher em perigo.

Ela estava parcamente vestida, definitivamente *estuprável*, inconsolavelmente triste por ter já ouvido o nome *Brooklyn* na vida, amargamente arrependida de ter mordido a isca dos supostos aluguéis baratíssimos, dos famosos pisos de tábua corrida.

Só havia um problema: a cena carecia terrivelmente de um vilão. Não havia ninguém seguindo a moça, a não ser ele.

Ele estava perseguindo a mulher pela rua. Era do barulho dos passos dele que ela estava fugindo.

Era um assalto como o ovo de uma granja sem galos, não fecundado, incompleto.

Quando ela literalmente começou a correr, ele estacou no meio da State Street, aparvalhado de vergonha, e deixou que ela fosse embora. Será que ele deveria voar até lá, dar uma cambalhota no ar e interceptá-la para pedir desculpas? Mas só o que conseguiria com isso seria fazê-la se borrar ainda mais de medo do que já tinha feito.

Aeroman encontrara o inimigo e o inimigo era Aeroman.

Frustrado, arrastou-se até a Smith Street.

Passou despercebido ali, com seu moletom acorcovado, as mãos pousadas na barriga, a direita cobrindo a esquerda, o dedo com o anel. Dando-se por feliz, no momento, por não estar assustando ninguém, por ser só mais um na multidão. A noite de verão estava movimentada, porto-riquenhos transbordavam dos clubes sociais em grupos de quatro para jogar dominó na calçada, homens mais jovens com camisas dos Yankees ouviam um jogo pelo rádio. A entrada da estação de metrô da Bergen estava cheia de garotos de Gowanus Houses, meninos adolescentes com gorros de meia na cabeça, meninas zangadas que ele tinha a ligeira impressão de reconhecer da escola. A escola, pronta para recomeçar, pronta para encurralá-lo em seu devido lugar. Sentiu de novo a necessidade urgente de encontrar um crime significativo, algo de que pudesse dar conta. Passou furtivamente pela multidão de garotos de Gowanus estacionados na estação do metrô, certo de que não havia nada para ele ali.

Estava com fome. Olhando antes para os dois lados, pescou na sua outra meia a nota de um dólar que escondera ali. Estava ensopada. Transferiu a nota para o bolso da calça e esfregou-a contra o tecido em sua coxa para secá-la. Na esquina da Bergen com a Smith havia uma pizzaria, também abarrotada de adolescentes mais velhos. Fora lá que ele e Arthur Lomb tinham entrado com bravura uma certa tarde, no caminho da escola para a escada de Arthur na Pacific, bem no início da amizade dos dois. Dada a atual conjuntura, não parecia nada improvável para Dylan que sua amizade com Arthur Lomb tivesse tido seu pico no primeiro mês daquele verão, durante a deplorável maratona de xadrez, e que ele nunca mais tornasse a provar o gostinho do suco vermelho e dos sanduíches de peru da mãe de Arthur. Mas Dylan não podia se permitir dar asas à nostalgia. Arthur era um impostor e Mingus logo se daria conta disso. Dylan imaginou Arthur dizendo: *O Homem-Máquina é uma bosta,* yo, *o Jack Kirky não sabe mais desenhar, cacete, mas número 1 é número 1,* yo, *põe dentro de um saco plástico e guarda na prateleira, é o conselho que eu te dou,* yo. Dylan entrou na pizzaria e pediu uma fatia, esticou a nota úmida de um dólar em cima do balcão.

Uma mão bateu no balcão, bem em cima do troco de cinqüenta centavos que apareceu no lugar da nota de um dólar. Dylan olhou para cima. Robert Woolfolk pegou as duas moedas de vinte e cinco centavos e enfiou-as no bolso. Os balconistas da pizzaria não se interessaram: o incidente ocorrera no estrato adolescente, uma camada de realidade que eles filtravam num nível pré-consciente. Nem o próprio Dylan, ou Aeroman, se interessou muito. Dobrou a fatia de pizza ao meio pela casca, de forma que ela sustentasse o peso de sua própria ponta pendente, afofou a folha de papel translúcido por baixo, depois salpicou um pouco de sal com alho na superfície da pizza, grãos acastanhados que se dissolveram instantaneamente nas poças de óleo. Com a fatia na mão, Dylan saiu da pizzaria para a rua cheia de gente. Robert Woolfolk o seguiu. Robert tinha um companheiro consigo, uma pequena versão dele mesmo, um garoto escuro, magro e comprido, que Dylan nunca tinha visto.

"Não morde essa pizza, cara", disse Robert.

"Por que não?"

"Tira dele", Robert disse ao outro garoto, que era menor do que Dylan.

"Do que que você tá falando, cara?", perguntou o menino mais novo, sem conseguir acreditar no óbvio.

"Pega a pizza dele."

Entre as formas mais comuns de canga, aquela era uma velha conhecida de Dylan: a do mestre que instrui o aprendiz, ordenando *Tira dele* ou *Revista os bolsos dele, cara*. Pode chamar de formato Batman-e-Robin.

Nunca, porém, por uma fatia de pizza. Esse detalhe era relativamente original.

"Que é isso, cara", implorou o pupilo, sem olhar para Dylan.

"Pega, cara. Anda logo, porra."

Dylan deu uma mordida na ponta da pizza. Mastigando de boca aberta para ventilar o queijo derretido, buscou o olhar do garoto mais novo. Sentia uma estranha excitação diante da perplexidade animal que estava inspirando. Sim, eu sou seu primeiro *garoto branco*. Olha pra mim. Você ainda vai conhecer muitos como eu antes de passar para outro estágio. Alguns você vai ser grande o bastante para encarar, outros você vai até conseguir aterrorizar.

Dylan deu uma segunda mordida.

"Eu falei pra tu não comer, cara!", disse Robert, elevando a voz. "Pega a pizza", ordenou de novo ao pupilo.

"Puuuutz, ele tá comendo", disse o estagiário de Robert, sua voz uma angústia só.

Robert apontou para a pizza. "Pára agora ou você tá fodido comigo, cara!"

Dylan engoliu o pedaço que tinha na boca e deu outra dentada. A insubordinação do pupilo deixara Robert Woolfolk de mãos atadas — se tomasse ele próprio a pizza de Dylan, estaria admitindo seu fracasso como mestre. E de qualquer forma a fatia de pizza estava minguando, de modo que só o que restava mesmo era o princípio — se é que havia algo além de princípio envolvido ali, para começar. Dylan compreendeu que estava funcionando como um ensejo passageiro, objeto num obscuro ritual de iniciação que, excepcionalmente, não tinha nada a ver com ele. Para o garoto negro mais novo, aquela seria uma noite de perrengues, em que seria coagido a realizar uma série de façanhas vis e quase criminosas.

E o garoto sabia disso. A uma certa distância, ele observava emburrado enquanto as mordidas de Dylan tornavam a fatia de pizza irrecuperável. Robert Woolfolk virou-se para Dylan agora, mas estava agitado, disperso, com pressa, como se estivesse um pouco fora de controle.

A véspera do primeiro dia de aula podia mexer com os nervos de qualquer um.

"Eu ainda vou te matar um dia", disse Robert Woolfolk.

Dylan continuou mastigando, encarando Robert com um olhar vazio, uma cara de vaca no pasto.

"Não finge que não sabe."

Dylan deu de ombros, seguro apenas de que Robert não o mataria naquela noite.

"Que porra é essa nas tuas costas, cara?"

"Nada", respondeu Dylan entre uma mordida e outra.

Robert olhou com mais atenção. "Deixa eu ver esse anel um instante."

"Foi um presente", disse Dylan. "Da minha mãe."

"Foda-se a tua mãe, filho-da-puta." Agora Robert Woolfolk dançava como se estivesse sendo atacado por insetos invisíveis. O anel, de qualquer forma, estava claramente fora de sua alçada, contaminado pela magia de Rachel. Robert se contorcia feito um robô movendo-se em círculos, como se tivesse entrado em curto-circuito.

"Você acha que o Gus vai te proteger pra sempre?"

Não, o Aeroman vai me proteger pra sempre, pensou Dylan, engolindo nacos não mastigados de pizza desafiadoramente.

Mas o Aeroman não tinha voado naquela noite, não havia como fingir.

Dylan agora já devorara a fatia de pizza até a borda dentada, que segurava na frente da boca como o sorriso de uma abóbora de halloween.

De repente, Robert levantou o braço e deu um tapa na borda da pizza, que voou da mão de Dylan. Como se acompanhassem uma estrela cadente, os dois ficaram vendo a crosta de pizza subir e depois desabar na sarjeta, oficialmente arruinada. O pior da tensão de Robert foi gasto naquele ato, de modo que ele agora já podia voltar para o seu pupilo, que esperava humilhado num canto.

Antes de ir embora, Robert Woolfolk apontou o dedo para Dylan, mas já não tinha mais voz, seu poder de ameaça se dissipara no impasse daquele encontro.

Sozinho na Smith Street, ignorado pelos membros dos clubes sociais porto-riquenhos em suas camisas florais e chapéus de palha, o adolescente corcunda, superagasalhado e suado dobrou a Dean e foi andando para casa pela calçada escura, estranhamente satisfeito.

O Aeroman não tinha voado, permanecera encasulado dentro das mangas e do cós da calça de Dylan, como crisálida.

Mesmo assim, dois acontecimentos, incompletos em si mesmos, tinham de alguma forma se encaixado um no outro, feito peças de quebra-cabeça, para formar um todo: a imagem fantasmática de um assalto evitado, as ruas de Gotham tornadas mais seguras.

Hoje quem se borrou de medo foi a mulher que saiu correndo pela State Street, não Dylan. Já era alguma coisa, uma fresta de luz na escuridão da noite. O Aeroman ia sair por aquela fresta, não tinha dúvida; ele só não estava pronto ainda.

Oitava série, certo. Você já estava quase formando a imagem àquela altura. Um dia qualquer era um molde em miniatura da série inteira, algo a ser transposto. Bastava aperfeiçoar um único dia que você teria um método para aplicar ao todo.

Abraham fazia sua parte, raspando torradas queimadas, enquanto Dylan resolvia problemas de matemática à mesa do café-da-manhã, um teste para fazer em casa com data de entrega para dali a uns quinze minutos, no primeiro tempo.

Barrett Rude Senior devia estar acendendo seu cigarro matinal no fosso da entrada do seu apartamento de subsolo, coçando seus tocos de barba branca, patrulhando a manhã.

Ramirez abria o portão da bodega, mães rebocavam crianças da primeira série para a P.S. 38.

Henry estava no seu segundo ano da escola de aviação do Queens, tinha crescido quase meio metro e era o homem que você via às vezes no quarteirão cumprimentando garotos mais novos, dando tapinhas em suas mãos. Lembrar que ele já tinha se engalfinhado com Robert Woolfolk era inútil. Garotadas de rua não tinham História, não havia como relatar coisas desse tipo de uma forma que pudesse interessar a quem quer que fosse.

Tocar punheta era um novo princípio organizador, uma das raras coisas totalmente sob o seu controle. Você podia por exemplo ficar de pau duro no caminho da escola para casa e agarrá-lo com a mão enfiada no bolso, na expectativa de uma sessão vespertina.

O novo uniforme-em-desenvolvimento do Aeroman era mais simples, a capa mais leve e mais curta e presa nos ombros, as mangas justas nos pulsos.

Estava sendo feito lentamente, ponto por ponto, sem pressa desta vez.

Quando o tempo esfriou, Dylan e Arthur pegaram um trem da linha A e foram até a Canal Street. Escarafuncharam gôndolas repletas de puxadores de acrílico, tomaram vacas-pretas no Dave's Famous, depois foram até a loja que vendia sobras de roupas do exército. Com o dinheiro que tinham conseguido angariar da mãe de Arthur e de Abraham, compraram casacos verdes iguais aos de Mingus Rude, jaquetas com bolsos cravejados de aberturas, estranhas alças para enfiar facas do exército, cartuchos ou sabe-se lá o quê. Talvez caras tivessem morrido dentro daquelas jaquetas no Vietnã, você não podia excluir a possibilidade, muito embora o tecido não tivesse nenhum buraco de bala para comprovar.

No caminho de volta até a estação do metrô, eles pararam para examinar uma pilha de LPs gastos dos Beatles que estavam à venda na calçada, *Let It Be*, *Abbey Road*. No meio da pilha, Dylan encontrou um nome que reconheceu. Estava sobreposto a uma fotografia de quatro homens negros sorridentes e imberbes, vestindo terno cor de pêssego e camisa com babados, sentados em bancos de diferentes alturas, iluminados ao fundo por uma luz azul e dispostos feito um buquê de flores num estúdio fotográfico: *The Deceptively Simple Sounds of the Subtle Distinctions*.

Dylan mostrou para Arthur. "É o pai do Gus."

Arthur não pareceu ficar impressionado. Dylan comprou o disco e levou-o para casa, mas o LP estava arranhado, intocável.

Durante uma semana Dylan e Arthur foram para a escola com as jaquetas intactas. Então, um dia, Arthur apareceu com a sua jaqueta glamorosamente fodida, manchada de prateado e dourado, as mangas folheadas de tinta spray, cicatrizes de *burners*, indícios. Arthur deu um sorrisinho besta, Dylan não disse nada. Naquela noite, Dylan aposentou sua jaqueta virginal antes que Mingus o flagrasse com ela.

Mingus propriamente dito era um fator aleatório, uma sombra ou um rumor, um vulto que você apenas vislumbrava. Ficava semanas sumido, depois encontrava com você na rua e o chamava para fumar um baseado no porão da casa dele, pegar uma sessão dupla do Charles Bronson no cinema Rex, na Court Street, ficar horas sentado no escuro sem dizer uma palavra além de *putz* e *matou a pau*.

De vez em quando Mingus ficava cheio da grana, mas torrava tudo às pressas. Dias depois, você deparava com ele afofando as almofadas do sofá em busca de trocados, catando moedas do pires que Abraham mantinha perto da porta da frente, raspando tudo que encontrava pela frente até juntar o bastante para comprar uma trouxinha.

Ninguém afanava cinqüenta centavos ou um dólar de Dylan sem que ele pressentisse a um quilômetro de distância o que estava para acontecer. Um dia, no porão, Dylan aplicou a serra de cortar metal de Abraham a um par de moedas de vinte e cinco centavos, depois saiu de casa com os fragmentos chacoalhando no bolso, à espera da inevitável rapina. Quando, com um sorrisinho sonso, Dylan ofereceu as moedas serradas, os garotos de Gowanus que o haviam encurralado saíram de perto sacudindo a cabeça, desgostosos, como se ele tivesse falado chinês ou balançado um par de antenas.

Você conhecia esse jogo cotidiano como a palma da sua mão, a sua mão estivesse mudando como a de um lobisomem.

Um dia, Dylan chegou em casa e encontrou Abraham parado diante de um pacote sobre a mesa da cozinha, um embrulho alto envolto em camadas de papel de açougueiro e barbante. Abraham cortou o barbante com uma faca de cozinha, libertando o objeto oculto, depois removeu várias camadas de jornal usadas como proteção, como Humphrey Bogart desembrulhando o Falcão Maltês. Dylan imaginou que pudesse ser um presente de Rachel, talvez uma estatueta representando *Um caranguejo, em fuga*. Então, Abraham expôs a pontinha do prêmio: o nariz dourado e cintilante de um foguete estilo anos 50.

"Não se preocupe, eu ganhei isso honestamente", disse Abraham. "O Sidney recebeu em meu nome."

A inscrição na base do foguete esclarecia o mistério, ao menos em parte. PRÊMIO HUGO, MELHOR ARTISTA REVELAÇÃO, 1976, ABRAHAM EBDUS.

"O reconhecimento dá botes nas pessoas", disse Abraham sombriamente.
Dylan pegou o prêmio na mão, franziu o cenho.
"Quer pra você? Você pode usar de peso pra sua porta."
Dylan pensou um pouco, depois fez que sim.
"Só não diz que eu nunca te dei nada."

13.

A música tocou nas rádios nova-iorquinas durante uma ou duas semanas, em meados de fevereiro de 1978. Sem ainda alcançar uma boa colocação na lista, porém cotada para estourar, aparecia no quadragésimo oitavo lugar da parada de rhythm-and-blues *com uma bala** — a ressalva "*com uma bala*" era feita toda vez que esse número desencorajador era mencionado em voz alta — e ia ao ar entre "Serpentine Fire", do Earth, Wind and Fire, e "Ffun", do Con Funk Shun: "(Did You Press Your) Bump Suit", do Doofus Funkstrong, um single de três minutos e quarenta segundos pinçado da espaçosa *jam* de dezoito minutos que cobria o lado B do disco de estréia da banda na Warner Brothers, *Double-Breasted Rump*. Os disc jockeys pediam que os ouvintes ligassem para dizer se a música era quente ou indiferente, luxo ou lixo, funk ou junk. Algumas dezenas de pedidos ainda podiam fazer uma música galgar o topo das listas regionais e empurrá-la rumo a um estouro nacional. Qualquer pessoa que confiasse em seu ouvido sabia que Doofus Funkstrong era um disfarce da banda legalmente encrencada — e portanto forçada a gravar sob pseudônimo — Funk Mob. Para os menos confiantes,

* Na parada da *Billboard*, as músicas que estão em trajetória ascendente na lista são assinaladas com uma bala ao lado do título. (N. T.)

uma espiada na arte psicodélica de Pedro Bell estampada na capa do disco desfazia a dúvida. Um número menor de ouvidos atinaria com o nome do vocalista cujos melismas ornamentavam apenas os últimos trinta e oito segundos do single e cuja participação era indicada na capa, conforme o combinado, sob o nome de Pee-Brain Rooster: sob seu próprio nome Barrett Rude Junior era uma voz do passado relativamente distante do rádio, anos fora do ar, mas ainda não merecedora do rótulo de velharia. Se alguns chegaram a formular a pergunta *Esse daí não é vocalista dos Distinctions?*, foi apenas um pensamento passageiro — afinal, qual era a probabilidade de a voz de tenor dos suaves e melodiosos Distinctions ressurgir deslizando na crista daquela linha de baixo sintetizada e distorcida?

Pouco depois, a música morreu. Nenhuma explicação foi necessária — certamente, nenhuma foi dada. Músicas morrem. Aquela morreu. Foi espantoso, na verdade, que tivesse conseguido aparecer nas paradas, considerando que tinha refrãos como *Saiu pra caçar borboleta, encontrou a mulher fazendo careta*! e *Puxa o elástico da cueca até o cara virar meleca*! Existem limites. Então, ela morreu; pode chamar Doofus Funkstrong de *encenação dirigida a um único álbum*, eufemismo para *Quem tá se lixando*? Os royalties sobre as execuções foram pingando a conta-gotas dentro de um labirinto judicial, sem nunca chegar a perfazer uma quantia pela qual valesse a pena batalhar, como descobriria Pee-Brain Rooster se tivesse se dado ao trabalho de consultar um advogado. Durante algumas semanas você ouviu a música no rádio, ou não, ficando a cargo de *connaisseurs nerds* saboreá-la mais tarde, para defendê-la ou espinafrá-la em seus intermináveis diálogos minúsculos. Em suma, a música não fez história. Marilla e La-La nunca seriam ouvidas cantando-a no pátio da frente de casa, nem enquanto pulavam corda, nem enquanto faziam tranças nos cabelos, nem enquanto provocavam os meninos com seus quadris recém-arredondados. Nesse teste ela não passaria: a canção, habilidade dos músicos à parte, não fisgava.

Quando o sr. Winegar lhe pediu que não fosse embora depois do fim da aula, Dylan ficou sentado imaginando que tinha sido descoberto de alguma forma, que o professor de ciências se incumbira, como porta-voz local da gravidade, da tarefa de pronunciar-se sobre a questão. *Meu caro rapaz, o vôo humano é absolutamente impossível! Desista dessa idéia agora mesmo!* Em vez disso, no entanto, o sr. Winegar tirou uma carta de sua gaveta e empurrou-a até o outro lado da mesa. Recostando-se, ficou enroscando a ponta do bigode enquanto observava Dylan absorver o conteúdo da carta: notas nos exames altas o bastante para lhe permitir ingressar na Stuyvesant.

Lá fora, nevava; nacos de neve empilhavam-se no peitoril feito peças de quebra-cabeça e grudavam-se como coágulos na grade que cobria a janela. A população da escola já se derramara na tarde acolchoada de branco. Ficando até mais tarde, Dylan tinha perdido a chance de se esgueirar até a Smith envolto numa chusma protetora de corpos em movimento e agora estava fadado a ser o alvo preferencial das bolas de neve de todo mundo que estivesse de tocaia perto da escola.

"Você foi o único aluno da escola inteira que conseguiu", disse Winegar. "Mas também só seis tentaram. Eu pedi que me deixassem dar a notícia a você pessoalmente. Queria lhe dizer o quanto estou orgulhoso da maneira como você se dedicou."

O olhar intrigado de Winegar e a tortura a que submetia seu bigode contradiziam esse discurso ensaiado: ele tinha ficado com a carta para poder examinar de perto a aberração, o retardado-às-avessas que emergira inesperadamente no oceano de almas desesperadas e protocriminosas que constituíam os colegas de Dylan, que constituíam, aliás, todos os cinco períodos de aula de ciências do seu dia de trabalho — que constituíam, para dizer a verdade, a sua malfadada carreira como um todo. *Se eu soubesse que você ia me pregar essa peça, eu teria me lisonjeado notando você há mais tempo.*

Mas satisfazer a curiosidade de Winegar não era uma das prioridades de Dylan.

"E o meu amigo Arthur Lomb?"

Winegar franziu o cenho. "Eu não posso discutir os resultados de nenhum outro aluno com você."

Isso só podia querer dizer uma coisa. Dylan se deu conta de que estava com pena de Arthur, sentiu uma inesperada pontada de empatia.

"Mas ele deve ter passado para a Bronx Science", Dylan sugeriu ao professor.

Winegar parecia magoado. "Certas pessoas...", começou a dizer, mas não completou a frase. Dylan entendeu: Arthur não tinha passado nem para a Bronx Science nem para a Brooklyn Tech. Arthur Lomb, o enxadrista demolidor, o ás da imitação, o mestre das estratégias de fuga, não honrara seu próprio conselho, não estudara para a prova. Talvez tivesse imaginado que um ataque de asma de última hora pudesse resolver o problema, talvez tivesse prendido orgulhosamente o intestino até o fim da prova, talvez tivesse lançado alguns *yos* a esmo. Tudo inútil diante das garras da álgebra. Houdini tinha se afogado dentro de sua caixa trancada a cadeado.

Pelo tom de Winegar, estava claro que Arthur tinha se vangloriado antes do tempo para o professor, alimentado expectativas com uma série de respostas cretinas e apartes sarcásticos.

"Bom, a Sarah Hale fica pertinho da minha casa", disse Dylan num impulso sádico. Adotou um tom debilóide, irritante e monocórdio, um tributo a Arthur Lomb, soldado derrubado. "Quer dizer, está parecendo que todos os meus amigos vão pra lá."

"Como?"

"Eu só fiz a prova pra ver como eu ia me sair. Talvez eu não vá pra lá."

Winegar parecia traumatizado. A Sarah J. Hale High School era o depósito soturno seguinte, o caminho natural de quem saía da Intermediate School 293. Você podia matar dois anos seguidos de aulas, como era o caso de Mingus Rude, e mesmo assim acabar sendo passado para a Sarah J. só para liberar a vaga que estava ocupando para outra pessoa. Aquela resposta de Dylan equivalia a dizer *Eu acho que prefiro ir direto para a casa de detenção Brooklyn*. "Eu detestaria vê-lo desperdiçar uma oportunidade..."

Você é branco! Winegar queria gritar.

O homem pode voar! Dylan queria berrar.

"Você mostrou que tem uma aptidão..."

Você devia ver a minha ascensão.

"Eu tenho que falar com o Abraham. O meu pai."

O bigode poderia se dissolver nos dedos de Winegar se Dylan não mostrasse um pouco de compaixão. "Claro. Por favor, diga ao seu pai que eu terei o maior prazer em responder qualquer pergunta..."

"Tá bom." Dylan olhou rapidamente lá para fora. O Brooklyn estava capturado numa rede de falsa calma, a escola afogada. Dylan já se cansara de Winegar, estava pronto para enfrentar sua sina de bolas de neve.

Telhados cobertos de neve podiam ser um bom lugar para estudar maneiras de pular das cornijas dos prédios, deixar trilhas inexplicáveis de pegadas, saltos para lugar nenhum.

O Aeroman, sabe, atua localmente, como o seu predecessor.

A maconha era o fumo totêmico de Rachel Ebdus. Tragá-la era uma comunhão, uma forma de perdoar Rachel e de ser abraçado por ela em sua modalidade fumaça. Dylan Ebdus aprendeu devagar, primeiro fingindo quando Mingus Rude lhe passava um baseado, fazendo ruídos de sucção em volta da ponta úmida enquanto espirais de fumaça engrinaldavam sua cabeça. Depois não fingindo mais, mas não conseguindo nada com seus esforços a não ser a estranha impressão de que sua garganta era uma narina cujo salão fora limpado em excesso. Foi só mais tarde, na sexta ou sétima vez em que tragou com sinceridade, que o quarto de Mingus começou lentamente a se expandir da dimensão microscópica para fora — aquilo que Dylan vinha fingindo sentir o tempo todo.

Nesse momento, Rachel juntou-se a ele ali, no quarto de Mingus com a toalha atochada debaixo da porta e as janelas dos fundos abertas para o ar gelado. Ao que parecia, Rachel estava incubada em Dylan para ser catalisada pela droga, ou vice-versa. Ou talvez fosse algo mais simples: como quando escutava os discos dela, Modern Jazz Quartet, Nina Simone e Three Dog Night, Dylan ainda podia estar apenas começando a se familiarizar com Rachel através de seus apetites, seus trocadilhos, suas drogas.

Dylan guardava os cartões-postais do Caranguejo Fujão, algo em torno de trinta e cinco ou quarenta cartões àquela altura, ordenados segundo a data de postagem e imprensados de pé entre *Um estranho numa terra estranha*, de Heinlein, e os números 1 a 16 da New Belmont Specials — uma seqüência interrompida quando Abraham parou de pintar as capas da coleção — numa prateleira escorada na ponta pela estatueta do Prêmio Hugo. Dylan arquivava os cartões-postais junto com a arte comercial de Abraham não só para garantir a irritação de Abraham, caso o pai resolvesse bisbilhotar a batcaverna do filho quando o filho estava na escola, mas também porque aquela arrumação lhe parecia emocionalmente correta: os objetos formavam um poema vodu da *Abraham-e-Rachelnidade*, do DNA de seus pais, dos despojos semivoluntários dos dois, como lascas de unha e fios de cabelo, misturados numa mesma prateleira.

Dylan decidiu então reler doidão toda a seqüência de cartões-postais, começar do início de novo e, com a ajuda da droga, decifrar o sumiço de Rachel.

"Saca só isto aqui", disse Mingus Rude, depois de ter enxotado a fumaça para o quintal e fechado as janelas. O frio não importava, Mingus sempre usava sua jaqueta do exército dentro de casa. Estava sempre só de passagem, pronto para a ação mesmo quando ficava horas sem botar o nariz para fora do quarto.

Tirou o compacto do "Theme from S.W.A.T.", do Rhythm Heritage, de dentro da capa, acomodou-o suavemente no prato do toca-discos e pousou a agulha no início do disco.

Quando os estalidos deram lugar à abertura, Mingus começou a mover o disco para trás e para a frente sob a agulha, isolando a batida. Gritando baixinho, pôs-se a fazer chamados ritmados para uma platéia escolar imaginária com uma voz malemolente de desenho animado, o Pernalonga do gueto.

Dylan balançava a cabeça em aprovação.

"Do cacete, né?", disse Mingus.

"Do *caralho*", arriscou Dylan.

"As gravações todas que os DJs não conseguem nem achar, eu tive só que ir lá em cima escondido e roubar da coleção do Junior. Quer ouvir outra?"

"Claro."

"Pode crê. O maninho quer ouvir outra, é *claro* que ele quer."

Desta vez Mingus botou na agulha "Scorpio", de Dennis Coffey & The Detroit Guitar Band. Mais uma vez, arrastou o disco para trás e para a frente, murmurando no ritmo da música, olhos tímidos enviesados na direção do chão.

Mingus podia não estar pronto para levar seu show para o pátio da escola, mas não havia dúvida de que tinha as faixas certas. Os dois talvez fossem os únicos garotos do Brooklyn com uma coleção de discos de vinil simplesmente *do caralho*.

O quarto de Mingus tinha mudado. O Dave Schultz, dos Philadelphia Flyers, e o Mercury Morris, dos Miami Dolphins, tinham desaparecido, o Jackson Five também. Todos os três pôsteres eram autografados com tinta de verdade, tendo sido dados como presentes a Barrett Rude Junior. Não importava: tinham sido arrancados da parede assim mesmo, restando apenas fragmentos debaixo das tachinhas. Só um pôster continuava na parede, eternamente separado em seis partes pelos vincos adquiridos em sua vida anterior como brinde vindo dentro da capa de um LP duplo: Bootsy Collins e sua Rubber Band, com smokings cintilantes, sapatos plataforma e fumaça cor-de-rosa. Também estava autografado. Numa visita ao andar de cima para ver Barrett Rude Junior, Bootsy em pessoa tinha sido encaminhado ao apartamento do subsolo e entrado no quarto de Mingus para assinar o pôster com um pincel atômico gotejante de Garvey Violeta, uma dedicatória borrada que cobria parcialmente seu baixo em forma de estrela e crivado de lantejoulas: *Te amo, Bootsy*! Mais recentemente, o pôster tinha sido semicoberto com spray cinza. Mingus dera para pichar dentro do quarto. Preguiçoso ou chapado demais para sair e botar sua marca à vista do público, Mingus no entanto ainda sentia necessidade de deixar seu *tag* fluir de dentro dele, DOSE, DOSE, DOSE. Arcos prateados se esparramavam pelas paredes, atravessavam frisos, tocavam o teto; névoas prateadas infiltravam-se até pelos vidros das janelas dos fundos. O radiador estava pichado, um quebra-cabeça em três dimensões. Olhando para o radiador na diagonal, de forma que a grade formasse uma superfície única, dava para ler o *tag*: ART. De outros ângulos, ele se dissolvia em listras, código vazio.

A Farrah Fawcett também tinha sumido, o pôster em que ela aparecia de maiô vermelho, mamilos rijos, sorriso louro e oblíquo e que ficava pendurado na bandeirosa altura dos olhos de quem estivesse deitado na cama de solteiro de Mingus. Em vez do pôster, havia um punhado de revistas *Playboy* e *Penthouse* surradas de Barrett Rude Junior mal escondidas debaixo da cama, páginas centrais rotas arrancadas dos grampos e saindo para fora feito línguas de cachorros cansados. Uma floração branca de bolinhas de Kleenex não conseguia ocultar um pote de vaselina.

"Você nunca me contou da garota de Vermont, cara."

"Que garota?" Dylan estava folheando um exemplar dos *Defensores* número 48, comendo com os olhos uma Valquíria de armadura azul sem manga e sutiã de cota de malha. As revistinhas de Mingus estavam em ruínas; ele tinha pichado suas capas lustrosas com El Marko preto.

"O rei Arthur me disse que você tava tirando a maior onda com isso, cara, então nem tenta mentir."

"Eu não contei coisa nenhuma pro Arthur, cara. Ele é cheio de história."

"Olha só pro meu garoto, tentando desconversar! O Arthur me disse que você se deu bem, cara. Você não vai conseguir esconder de mim, D-man, você sabe que daqui a um minuto vai tá me contando tudo."

Dylan pensou durante menos de um minuto e disse: "O nome dela é Heather".

"Agora, sim."

"Nós fomos nadar juntos."

"Eu ouvi que vocês fizeram mais do que nadar."

Apesar de ter matado dois anos seguidos de aula, Mingus tinha passado para a Sarah J. Hale. Como a sombra de um relógio de sol, tinha se deslocado para a zona de tempo seguinte, a próxima fase. Seu quarto tinha mudado, seu corpo tinha mudado; Mingus estava maior e sua voz, mais grossa. Quando descia a Dean Street com seus passos elásticos, entoava rimas em voz baixa, no estilo dos disc jockeys. Tinha seu próprio som estéreo. Comprava sua própria maconha, trouxinhas passadas por uma fenda na porta de um prédio da Bergen; já não pilhava mais o estoque congelado de Barrett Rude Junior. Seu quarto era um santuário. Embora Barrett Rude Senior tivesse se mudado para o quarto da frente do apartamento do subsolo, o quarto de Mingus parecia distante de qualquer autoridade além da sua. Os quartos da casa dúplex tinham se transformado em fortalezas, as três gerações de Rude entrincheiradas em seus domínios numa guerra tácita. Mingus chamava o avô de Senior e nunca botava os pés no quarto da frente, que, quando visto através da porta semi-aberta, parecia vazio, como se Senior tivesse esquecido como se faz para preencher um cômodo amplo. Senior sentava perto do radiador e ficava olhando para a Dean Street através das grades das janelas do subsolo como quem olha através das grades de uma cela. Às vezes acendia velas. Mingus o chamava de Senior e chamava o pai de Junior. O quarto de Mingus tinha cheiro de vaselina e de mais alguma coisa. A capa do *Fire*, do Ohio Player, que mostrava o torso absurdamente sexy de uma mulher com uma mangueira de incêndio serpeando de forma obscena entre suas pernas, estava melada de alguma coisa grudenta, resina talvez, e como Mingus usara a capa para enrolar baseados, sementes e galhinhos de maconha tinham ficado grudados na tal coisa. Era um pouco nojento, mas também fascinante, como uma pessoa com uma folha presa no cabelo ou com uma sujeirinha de comida no queixo que você não estava muito a fim de mencionar.

Os cômodos de Junior no andar de cima tinham cheiro de outra coisa, alguma coisa ruim, papel laminado chamuscado, cristais queimados. Senior acendia velas e fumava um Pall Mall atrás do outro, muitas vezes acendendo o cigarro seguinte na guimba do último; Mingus e Dylan, lacrados no santuário com a toalha embaixo da porta, puxavam fumo; enquanto no andar de cima, na sala de visitas em que ninguém entrava, Junior queimava *free-base* num cachimbo de vidro.

Barrett Rude Junior e as Famosas Flamas.

"Não pensa que eu esqueci que você tava me contando sobre a Heather, cara."

"Sonho teu, cara."

"Quantos anos ela tem?"

"Treze."

"Uma mulher mais velha — eu sempre disse que o caminho era esse."

"Eu fiz uma massagem nas costas dela."

"É isso aí, cara. Assim é que se faz. Eu sei que você não ficou só na massagem."

"A gente se beijou, no sótão." Dizendo essas palavras, Dylan sentiu o cheiro daquele lugar, lembrou dos gemidos das escadas de madeira, da luz dourada. "Ela tava só de biquíni."

"Fala sério agora. Ela tem treze anos *mirrados* ou *bem-criados*?" As mãos abertas de Mingus traçaram formas arredondadas no ar.

Dylan pensou em *limões* e disse: "Melões".

"*Putz*!" O prazer de Mingus era tanto que ele chegou a fazer careta. "Güenta um instante." Levantou da cama e pôs o Fresh, do Sly, no som estéreo, aumentou o volume. Desabou sentado na cama de novo, os dedos bem abertos sobre a coxa. Entre as coxas e os dedos abertos, armando uma tenda em sua calça de veludo, uma ereção.

"Você tava dizendo?"

*Something moving in the brain of a doer,** cantava Sly com uma voz arrastada e lasciva.

* "Algo se move no cérebro de quem faz." (N. T.)

"Eu vou te mostrar", disse Dylan. "Vira de costas."

Mingus balançou a cabeça e obedeceu.

Dylan era o narrador ali. Naquele momento, ele se deu conta de que Mingus não tinha como contradizê-lo e estava só esperando que a história continuasse.

Mingus esperando de bruços na cama como se tivesse sido uma simples questão de tempo para que Dylan descobrisse como fazê-lo ficar quieto.

A palma das mãos de Dylan nos ombros de Mingus, passeando por cima da jaqueta verde.

"Então, você é a garota, certo?"

"Ahn-hã."

"Eles ficam aparecendo dos lados, fazem um volume nos cantos, e eu vou ficando maluco com isso."

"Ahn-hã."

"Mas vou devagar."

"Depois começo a passar a mão pelos lados."

"Putz."

"Ela não fala nada, nem tenta me impedir."

"Hã."

"Aí eu tento enfiar a mão dentro da calça dela."

O mundo era inominado, vocês usavam disfarces, eram Inumanos. O quarto de Mingus era outra Zona Negativa, debaixo d'água, debaixo da casa, separada da Dean Street, girando num turbilhão em direção a outro lugar. Era assim desde o dia em que Mingus apareceu com seu uniforme de escoteiro e passou os dedos pelas suas medalhas de mérito, carimbos de reinos distantes nas folhas de um passaporte.

Vocês faziam fogueiras, marcavam pontes e trens, esporravam em meias e lenços de papel.

A mão que apalpava a bunda de Mingus por cima da calça não precisava de explicação, não era coisa de bicha, era só uma história que você estava contando: a pilha de *Playboys* debaixo da cama, o cúmulo-nimbo descomunal de seios por toda parte, de querer corpos femininos na sua vida, o horizonte se dividindo em visões compartilhadas.

Enfim, se você acariciasse Mingus depois de todo aquele tempo, claro que o que mais ia querer fazer era *passar um garfo naquela carapinha*; você sempre morreu de vontade de saber qual seria a sensação de botar a cabeça dele no colo e espetá-la com aquele garfo misterioso.

Mas pára de veadagem, que não é hora pra isso.

"Só de tocar na bunda dela, o meu pau ficou duro que nem pedra."

"Não sacaneia."

"Mas ela não deixou eu enfiar."

"Cê deve ter ficado maluco!"

"Ahn-hã."

"Pô, se fosse comigo, eu dizia: *Yo*! Peraí um instante!"

"Foi o que eu fiz", disse Dylan, inventando com abandono, sem travas. "Eu disse pra ela ver o estado em que eu tava e perguntei o que ela ia fazer a respeito."

"Não *diz* o que eu tô achando que você vai me dizer."

Eles estavam lado a lado agora, como Dylan e Heather tinham estado naquele dia no sótão banhado de sol, estendidos em cima da colcha, bebendo limonada de copos suados, passando gelo no braço. Só que Dylan e Mingus estavam doidões, estirados na cama com a cabeça apoiada nos travesseiros babados de Mingus, cada qual segurando o pau com as mãos enfiadas nos bolsos e fingindo não perceber. A respiração dos dois ficou mais funda, a expiração de Mingus era quase um ronco.

Mingus esticou o braço até o som e aumentou um pouco mais o volume, de forma que os dois ficaram mergulhados em funk, mais profundamente estupidificados.

"Fala."

"A gente não tinha camisinha, então ela teve que me chupar."

"Putz!"

Ficaram alguns instantes em silêncio. Quando Mingus falou, foi com uma voz baixa e concentrada:

"Você esporrou branco ou transparente?"

"Branco. Antes saía transparente."

"É."

Depois de mais alguns instantes de silêncio:

"Qual é a sensação de enfiar na boca de uma garota, cara?"

"É a melhor sensação do mundo", Dylan mentiu com convicção.

"É, eu ouvi dizer que é."

"Eu queria que uma garota estivesse me chupando agora."

Outra pausa, depois Dylan disse: "Você pode botar pra fora, se quiser".

O pênis de Mingus tinha uma cor entre marrom e rosa, como a palma de sua mão. Ele tremia ao toque da própria mão.

"Fecha os olhos."

"Sem sacanagem?"

"Mãos atrás da cabeça."

Dylan chegou a ficar a mais ou menos um palmo de distância antes de amarelar, perto o bastante para sentir o cheiro das pernas de Mingus, do emaranhado de pêlos pubianos na braguilha da sua cueca.

"Faz com a mão", disse Mingus.

Quando a porta se abriu, Dylan e Mingus estavam com as mãos besuntadas de vaselina, as calças irrecuperavelmente arriadas, emboladas feito cachecóis em cima de seus tênis Puma. Não havia a mais remota chance de fazer coisa alguma a não ser encarar o olhar do pai de Mingus, parado descalço no vão da porta, com sua calça boca-de-sino de cetim azul e uma camiseta branca de decote canoa que deixava seus ombros quase de fora, feito uma blusa de mulher. Barrett Rude Junior se vestia cada vez mais como um homem que nunca sai de casa; o andar inteiro que ocupava era uma espécie de harém-de-si-mesmo, uma região do pijama. Mingus e Dylan podiam ser cupins ou homens-toupeira que tivessem se entocado debaixo da mansão do playboy e agora tivessem sido flagrados, uma pá arrombando sua toca, enchendo-a de luz do dia. Mesmo de calça arriada, eles ainda estavam mais vestidos do que Junior, Mingus com sua jaqueta, Dylan com seu suéter, ambos calçados. Só o que tinham que fazer era puxar as calças para cima para cobrir as coxas nuas e estariam prontos para sair de novo, em movimento, ratos em disparada, criaturas das ruas. Puxaram as calças. Dylan olhou para o chão.

"Abaixa essa música, Gus."

Mingus girou o botão até a música ficar bem baixa, vaga como a música do próprio Junior que agora podia ser ouvida atravessando o teto.

O pai de Mingus fitou-os com olhos apertados e sonolentos, estalou os lábios em câmera lenta, coçou o cavanhaque com a unha comprida do dedo grosso. Suas narinas se inflaram, talvez sentindo o cheiro da gosma medicinal que os dois tinham passado nas mãos e no pau. Sem pressa nenhuma, parecia estar esperando que a batida certa entrasse, não no som estéreo, mas na sua própria música interna. Quando falou de novo, foi com uma voz baixa, displicente, melódica.

"Eu tô me lixando pro que vocês, filhos-da-puta, fazem aqui embaixo, mas você tem que fazer menos barulho, cara."

O tom entediado da sua fala sugeria um conhecimento abrangente do que quer que eles pudessem imaginar que tinham inventado para si mesmos, além de uma leve e afetuosa repulsa pelo tosco desalinho dos dois, pela pobreza cênica daquele ninho de amor. Talvez Dylan e Mingus devessem ter acendido um incenso ou vestido roupões roxos — fosse como fosse, não era da conta dele. Pôs a mão na maçaneta e acrescentou:

"É bom que você saiba, Gus, que foi muita sorte sua ter sido eu que entrei aqui e não outra pessoa. Põe uma tranca nesta porra desta porta, cara."

E, então, ele se foi.

Aquelas suas poucas frases talvez fossem as palavras mais generosas que Dylan já tinha ouvido alguém dizer na vida.

"Merda", Mingus disse baixinho para a porta fechada, indignando-se com a arrogância do pai assim que pôde se dar a tal luxo.

Dylan se limitou a observar Mingus e esperar. Talvez tenha arregalado um pouco os olhos.

"Não se grila, não, o Junior não vai dizer nada pro seu pai. Eu já peguei ele fazendo merdas mil vezes piores que essa, e ele sabe disso."

"Sério?"

"Nem queira saber."

E acabou por aí. Foi como se eles nunca tivessem sido flagrados. Mingus trocou o lado do disco e aumentou desafiadoramente o volume de novo.

Dez minutos depois, ejaculando nos punhos um do outro enquanto a banda inteira de Sly grunhia *Que sera, sera, the future's not ours to see,** Dylan se viu inundado por uma nova compreensão: ele e Mingus tinham voltado a ser como antes. Tinham segredos de novo, segredos protegidos pelo risco das acusações de bichice, segredos para esconder de Arthur Lomb e de Robert Woolfolk, segredos para esconder de todo mundo. Até a cumplicidade de Barrett Rude Junior era reconfortante, eles estavam selados por ela

* "Que será, que será, não se pode adivinhar o futuro." (N. T.)

como uma bola de cera sela um envelope. Não eram bichas, obviamente: eram amigos íntimos, descobridores. Dylan podia confiar em Mingus, eles eram de novo únicos e extraordinários. Dylan tinha guardado um segredo e sido envenenado por esse segredo, ele agora se dava conta. Mas era seguro, não tinha grilo: ele podia contar para Mingus sobre o anel. Podia mostrar o uniforme para ele.

Uma figura solitária na calçada, um garoto branco, faz nervosas viagens de um lado para o outro no quarteirão da Atlantic Avenue entre a Court Street e a Boerum Place. É uma terça-feira gelada de abril, pouco depois da meia-noite. Isolado e aparentemente menor do que o normal, uma marionete num palco humano, o menino forma sombras que se encolhem e se esticam à medida que ele se aproxima ou se afasta dos postes de luz. A pergunta natural: o que ele está fazendo ali? Num dos quarteirões vizinhos, o do lado da Court, ficam as lojas árabes da Atlantic e no outro, o da Boerum, o St. Vincent's Home for Boys. Da Boerum, assoma o monolito de tijolo de vidro da casa de detenção do Brooklyn. O quarteirão em que o menino agora caminha, no entanto, é uma nulidade: só um edifício-garagem, uma pilha de quatro andares de rampas de concreto. Do outro lado da rua, um posto de gasolina, fechado.

O garoto anda de uma esquina da garagem para a outra como se estivesse enjaulado, um hamster num labirinto invisível. O fato de estar ali é na verdade inexplicável, se você pára para pensar no assunto, coisa que ninguém faz. Aquele quarteirão é uma péssima escolha para uma caminhada à meia-noite, alguma coisa ruim fatalmente irá acontecer.

Exato. É por isso mesmo que ele está ali.

Vai até a esquina e volta, vai e volta, vai e volta: acontece logo, cacete!

Então, acontece. Agressores chegam no seu formato de praxe, dois adolescentes negros, um alto e o outro atarracado, ambos com uma espécie de lenço de meia de náilon amarrado no crânio quase rapado — um *doo-rag*, esse é o termo. Uma dupla enviada pela central de elenco para desempenhar seu papel nesse *tableau*. Os dois vêm descendo a Boerum Place vindos de algum programa qualquer no Fulton Mall, talvez uma sessão das dez no Duffield ou no Albee, ou talvez tenham acabado de comprar uma trouxinha numa das lojas de bagulho da Myrtle Avenue — Murder Avenue* para os íntimos. Enfim, o radar de garotos brancos dos dois está operando normalmente esta noite. Mas um alvo fácil e bem localizado daquele jeito é algo tão raro que mal dá para acreditar: sob a sombra do enorme edifício-garagem, eles podem se dar ao luxo de ir com calma, de se divertir um pouco. Não há vivalma num raio de quilômetros. Um garoto branco burro a esse ponto merece o que quer que venha pela frente, só é preciso torcer para que ele não seja algum retardado que comece a chorar rápido demais.

"*Yo*, chega aí que eu quero falar contigo um instante."

O garoto branco só pisca. Os dois são desconhecidos, ele nunca cruzou com nenhum dos dois na escola. Aquilo é um primeiro encontro. E é bom que seja um primeiro encontro que eles nunca mais esqueçam.

"Que é, não ouviu ele falar contigo não, cara?"

"Vai ver que o cara é surdo ou alguma porra assim."

"Vai ver que ele não gosta da cor da tua pele, cara. Deve ser esse o problema."

E é então que ele desce do céu noturno, o vulto de máscara e capa. O salto começa quatro andares acima, no telhado do edifício-garagem, e nos primeiros momentos parece mais um mergulho de cabeça, um salto suicida. O adolescente negro metido num uniforme costurado à mão e de anel no dedo vem praticando aquela façanha há semanas, em quintais dos fundos e telhados — essa, porém, é a primeira vez que ele a leva para a rua.

Não há problema, ele tem um talento nato para a coisa. Seja lá o que for que é preciso ter para voar — equilíbrio, postura, convicção, um órgão para detectar ondas aéreas —, ele aparentemente tem. Sua investida começa logo abaixo do segundo andar do edifício-garagem, dois punhos cerrados abrindo o ataque quando ele se desvia da esperada colisão com a calçada, a princípio meio inclinado, depois indiscutivelmente na horizontal. Quando por fim colide com os aspirantes a cangadores do garoto branco, ele já está subindo feito um foguete, voltando para o céu. Ao sobrevoar a dupla, o garoto voador golpeia ombros e crânios primeiro com os punhos, depois com os joelhos e finalmente com o bico do tênis — um perfeito e atordoante ataque do céu. As duas vítimas tombam amedrontadas no chão, incrédulas, xingando, alisando o cocuruto machucado.

* Em português, "avenida do homicídio". (N. T.)

"Que *merda* foi essa?"

"Porra, cara, você me encestou!"

"Não fode, cara, eu nem toquei em você, porra!"

O garoto voador gira no ar e começa a descer novamente, nós dos dedos à frente. Sua capa branca tremula e estala cinematograficamente nos ombros de sua camiseta de manga comprida decorada com Spirograph. Ele também usa uma máscara branca caseira, amarrada atrás das orelhas e aberta no alto para ventilar sua carapinha afro, como o *Golias Negro* da Marvel.

"Corre, cara, vambora daqui!"

"Rápido!"

Segundos depois eles já tinham sumido. Fugiram pela Boerum Place a toda, na direção da Bergen, e depois provavelmente para Gowanus Houses, onde deviam morar. O garoto de uniforme pousa ao lado do garoto branco na calçada e berra para os vultos em fuga: "Corram, filhos-da-puta! Isso mesmo! Ninguém se mete com o Arrowman!".

"A-e-ro-man", corrigiu o garoto branco.

"Foi o que eu disse — Arrowman.*"

* Em português, "homem-flecha". (N. T.)

14.

Alguém tinha pintado as paredes internas da sala de um exuberante cor-de-rosa medicinal semilustroso, um tom que fazia lembrar o de um remédio antidiarréico ou o da representação de um cérebro com dor antes do alívio oferecido por um comprimido analgésico. Nessa superfície suja, crispada de infiltrações, estavam pendurados um calendário de banco, um cronograma mimeografado, um panfleto amarelado dos Alcoólicos Anônimos safra de 1950 e quase mais nada — nada na linha, por exemplo, de uma placa com os dizeres VOCÊ NÃO PRECISA SER LOUCO PARA TRABALHAR AQUI MAS AJUDA e certamente nenhuma foto de esposas, filhos ou animais de estimação. A mesa de madeira em frente à qual os dois homens estavam sentados, um de cada lado, tinha marcas de copos, estrias provocadas por clipes de papel, trinta anos de arranhões em seu verniz cor de cerejeira: ela fora transferida de uma escola pública próxima para ser utilizada ali. No lado que ficava virado para a porta do escritório cor-de-rosa a mesa apresentava algumas pichações nervosas, grafitadas ou entalhadas com ponta de caneta esferográfica, chave ou canivete na discreta altura do joelho, onde mãos ressentidas podiam agir sem serem vistas pelo interrogador enquanto o rosto acima delas mantinha uma expressão séria e atenta.

Uma pasta de arquivo estava aberta sobre a mesa entre os dois homens.

Era julho de 1978. Os dois estavam de gravata: o homem branco de trinta e poucos anos usava a sua sobre uma camisa branca de manga curta, sem paletó; uma gravata larga, de um tom de azul-claro que a fazia parecer um nervo inflamado no cérebro cor-de-rosa da sala. O homem negro e idoso usava uma gravata preta de finura fora de moda, presa com esmero por dentro do colete de seu terno de listras cinza recém-adquirido num brechó, um típico terno de gerente de banco não fosse pela lapela ridiculamente larga. Os cinco botões do colete estavam abotoados, lacrando seu torso magro feito uma lingüiça dentro do invólucro. Não havia ar-condicionado na sala, de forma que um lenço bordado estava sendo bastante útil naquele momento para enxugar as sobrancelhas, a ponta do nariz e a base veiada do pescoço, visível apenas acima do nó firme da gravata.

"Eu estou te dizendo, tem coisa acontecendo naquela casa", disse Barrett Rude Senior.

"E por que é que você tem que se meter?"

"Um homem de Deus tem deveres a cumprir."

"Acontece que esse homem de Deus tem que ficar pelo menos três anos longe das moças da Pacific antes de poder pegar no pé de alguém", disse o homem atrás da mesa. "Só porque um novato ficou com pena e não te autuou não quer dizer que o relatório da ocorrência não tenha acabado achando o caminho da minha mesa. Não vem com essa de fingir que tá reabilitado, Barry, não pense nem por um instante que eu não sei o que se passa."

O homem atrás da mesa poderia parecer um pouco jovem para falar desse jeito com o velho Rude ou, mesmo, com quem quer que fosse: seu tom de sujeito durão aparentava ser um pouco imerecido e seu dialeto de malandro, forçado. Se era, a explicação para sua arrogância não estava na pistola presa a seu tornozelo, visível quando ele arregaçava a calça para cruzar uma perna sobre a outra, nem nas algemas penduradas em seu cinto; na verdade, tudo isso eram sintomas de uma mesma coisa, todos indicativos de um tipo de pessoa que tende a seguir essa linha específica de trabalho. Um presidiário chamaria o tipo de *cowboy*. Como caçadores de recompensa e carcereiros, cowboys eram o tipo de homens sádicos ou geniosos demais para entrarem para a força policial convencional. Entre os agentes de polícia que fazem o acompanhamento de condenados sob liberdade condicional, os tipos bem-intencionados estilo Serpico são uma minoria minúscula; cowboys são a regra. Para eles, espezinhar seres humanos é uma prática cotidiana, nada digno de nota.

Se a casa de passagem, o centro de reabilitação e o departamento de trânsito não eram suficientes para explicar uma certa atmosfera de truculência na Nevins entre a Flatbush e a State, ali estava o segredo: um escritório da polícia cuidadosamente não anunciado no segundo andar do edifício que ficava na esquina da Schermerhorn Street, seis salas contíguas a uma sala de espera, a cozinha convertida num laboratório para a realização de exames de urina no local, as janelas de um dos quartos dos fundos fortemente gradeadas para que o aposento pudesse servir como uma cela improvisada em caso de necessidade. Barrett Rude Senior vinha fazendo visitas semanais ao local desde a manhã em que se apresentou pela primeira vez, no dia seguinte ao que desceu do ônibus interestadual em Port Authority, nunca menos que impecavelmente enfarpelado. O agente que acompanhava sua condicional não retribuía o favor, recebendo-o com a fralda da camisa para fora da calça, barba por fazer e embalagens fedidas de sanduíche abertas sobre a mesa.

"Você está interpretando mal as intenções deste velho servo de Deus", disse Barrett Rude Senior. "Eu estava querendo levar as bênçãos de Jesus para aquelas moças."

"Pois o conselho que eu tenho para te dar é que você e Jesus mantenham as suas bênçãos bem longe da Pacific Street à uma hora da manhã. Você tem algum autógrafo pra me entregar?"

Barrett Rude Senior teve então de apresentar uma folha assinada, atestando as horas de trabalho comunitário que prestara sob a supervisão da pastora Gib na Igreja da Sala de Deus da Myrtle Avenue. Na falta de um emprego, um condenado sob liberdade condicional precisava de algum serviço em que bater ponto; aquele era o de Senior, escolhido por ele próprio. Mesmo assim, ele sentia aquilo como uma humilhação. Toda semana, um relâmpago de raiva riscava suas feições quando ele enfiava os dedos esqueléticos no bolso interno do paletó para apanhar a prova exigida.

"Eu saio para caminhar", disse, teso de orgulho ferido, mas sem desistir de dar a última palavra. "Passo tempo demais dentro daquela casa, tenho que sair para arejar a cabeça."

"Então sai para caminhar à tarde, não à meia-noite. Vá pro parque dar comida para os patos."

"Os barulhos que atravessam o meu teto ninguém devia ouvir, porque ninguém devia fazer aqueles barulhos."

"O que é que você quer que eu diga, Barry? Tampe os ouvidos." O agente de polícia passou uma vista-d'olhos na folha assinada e a devolveu a Senior.

"Vocês têm que deixar eu me mudar daquela casa porque o demônio está criando um tumulto na minha cabeça. Saber que aquele menino está sendo pervertido e não fazer nada..."

"Uma das condições da sua transferência da Carolina para cá era que você residisse na casa do seu filho." O policial falava como se estivesse recitando uma receita monótona: duas xícaras de água para cada xícara de arroz. "O que a gente pode fazer é mandar a sua ficha de volta pro escritório de Raleigh e você junto com ela, se é isso que você quer. A sua permanência em Nova York, onde minissaias vagam pelas ruas a noite inteira, depende da manutenção do seu atual endereço e você sabe disso."

"Eu quero deixar registrado que não é bom para a minha reabilitação ficar perto de drogas pesadas e música funk. Escreve aí."

"Anda logo, Barry, desembucha. Se abre comigo."

"Eu lamento muito dizer que o meu único filho está flertando com satanás. Põe isso no seu relatório. Ele e eu vamos acabar saindo no braço ou coisa pior. Eu estou pedindo para mudar de endereço pelo bem de todos os envolvidos e você é o responsável. Eu levaria o menino comigo, mas ele já é quase um homem-feito e vai ter que enfrentar essa batalha sozinho. Eu rezo toda noite, quando consigo ouvir a minha própria voz apesar dos gritos, dos gemidos e dos estalidos da droga queimando no cachimbo."

"Barry, a única coisa que nos interessa é que você consiga manter sob controle o que você precisa manter sob controle e você não está dizendo nada que mereça a minha atenção. Eu já ouvi essa lengalenga toda antes, essa ladainha é velha. Eu não vou botar o seu filho na cadeia e eu não sou um homem religioso, então pra mim é como se você ainda não tivesse dito uma palavra até agora."

"Eu quero alugar um quarto no Times Plaza e esfriar a cabeça."

"E quem é que vai pagar?"

"Eu acredito que o diabo pagaria para eu largar do pé dele."

"Ficar hospedado naquele pulgueiro velho é como voltar pra cadeia. Metade dos quartos é ocupada por ex-presidiários matando o tempo entre uma temporada e outra na cadeia."

Barrett Rude Senior se retesou de novo como se tivesse sido mal interpretado. "Um homem que eu conheço da igreja se hospeda lá, um santo homem, puro e honesto. Ele olha pela janela do quarto dele e não vê sujeira por todos os lados."

"Ah, o Birdman de Alcatraz, não é?"

Senior se limitou a lhe dirigir um olhar de indisfarçado desprezo. Enquanto o fulminava com os olhos, invocou por um momento a eloqüência mumificada de todo um legado de homens que trabalhavam cantando em campos de algodão, paroquianos banhados de suor, cavaleiros mascarados, navios negreiros vindos da África, tudo que o oficial de polícia com seu sotaque do Bronx de Dion & The Belmonts não tinha condição nem sequer de imaginar. Por um momento, era como se Senior tivesse ido àquele encontro montado numa mula, como se os incessantes latidos de beagles a dispararem pelos pântanos tivessem transbordado sala adentro.

Fosse qual fosse o resquício de bom-mocismo à la Serpico que ainda existia na psique de cowboy do agente de polícia, ele foi tocado por aquele breve momento. "A coisa está mesmo feia entre você e o seu filho, hein, Barry? Sou obrigado a concluir que você só pode estar falando sério, pra querer se mudar para aquele pardieiro do Times Plaza."

"Eu vi mulheres com mulheres e outras coisas antinaturais."

"Tá bom, já chega. Você tá me deixando nervoso. Eu vou ver o que posso fazer."

"Nasci na Babilônia, mudei para a Califórnia..."

"Nós somos os cavaleiros que dizem *Ni*!"

"Anime-se e vá a um festival de bocejos."

"Vocês-precisam-nos-trazer-um-arbusto!"

"Ei, vamos no Blimpie comer Blimpies, eu tô com tanta fome que podia comer um cavalo. Au, porra! Por que é que você fez isso?"

"Eu te avisei que ia te dar um soco se você dissesse *Blimpie* de novo."

"Seu escroto filho-da-mãe!"

Com uma voz áspera e rouca: "*It's the blimp, it's the blimp, it's the mothership*".*

* "É o dirigível, é o dirigível, é a nave-mãe." (N. T.)

"Vambora."

Em falsete, enquanto atravessavam a rua na saída da escola: "*Basketball Jones, I got a basketball Jones...*".*

Gabriel Stern e Timothy Vandertooth declamavam sem parar, compondo um grafite vocal de imitações: Steve Martin, Marty Feldman e George Carlin, Devo, Monty Python, Frank Zappa, Spock, *O prisioneiro*. Gabe Stern tinha decorado as letras das músicas de Tom Lehrer; Tim Vandertooth sabia imitar Liverpool, Wild and Crazy Guy e Peter Sellers como mestre hindu. A iniciação na trupe de Gabe Stern e Tim Vandertooth tinha começado na segunda semana de aula, numa tarde de segunda-feira pouco depois das três horas. Gabe e Tim cercaram Dylan antes de ele chegar à estação do metrô na rua 14 e compraram uma fatia de pizza de mussarela para ele na Original Ray's. Depois, entraram no showroom da loja de eletrodomésticos Crazy Eddie e ficaram jogando o modelo para exposição de Pong, contorcendo-se de agonia fingida a cada perda, sem dar a mínima nem para os clientes nem para os funcionários da loja.

"Seu filho-da-mãe!"

"Vingança, eu juro vingança!"

"*Eu peido na sua direção.*"

Gabe, um garoto de ombros largos e cabelos escuros e encaracolados, tinha concentrações pustulentas de acne em cada uma das bochechas, como se gotas de ácido tivessem caído ali e carcomessem a pele. Tim tinha cabelo louro arruivado, feições angulosas e um jeito solto de andar, como se manobrasse seu corpo esguio e comprido feito uma pipa ao vento. Ao lado dos dois, Dylan parecia pequeno. Embora tivesse crescido, passado por algumas transformações íntimas e adquirido estranhos tufos de pêlo, perto de Gabe e Tim ele se sentia infantil e possivelmente invisível. Enfim, fosse como fosse, todo mundo era traído pelo próprio corpo de uma forma ou de outra; tudo era perdoado e jamais mencionado.

Dylan se juntou à unidade formada por Gabe e Tim como um terceiro membro redundante: árbitro, platéia, apêndice. Certos dias Gabe e Tim podiam dar a impressão de estar representando para Dylan, bajulando-o, cortejando-o, como se ele pudesse ser o juiz de um conflito que tivessem passado

* "Bola de basquete Jones, eu tenho uma bola de basquete Jones..." (N. T.)

a vida inteira tentando resolver: qual de nós dois é o mais engraçado, o mais escandaloso, o mais irresistível? Nesses dias Dylan sentia que era essencial que mantivesse o equilíbrio entre os dois e suas manias, que se escolhesse ou mesmo favorecesse ligeiramente um deles, o outro morreria esturricado na calçada como a Bruxa Malvada do Oeste. Outros dias, as energias dos dois pareciam se canalizar de modo exclusivista, num circuito completo só com os dois, e então era como se Dylan estivesse assistindo a um desenho de Tom e Jerry na televisão, a cabeça apoiada nas mãos, momices refletidas nas lentes dos óculos.

Às vezes Gabe e Tim saíam subitamente na porrada na calçada em frente à escola, mochilas derrapando até o meio-fio como se eles tivessem sido atacados, cangados. Mas essas cenas eram muito diferentes de brigas de verdade, que atraíam multidões de curiosos instantaneamente. Ninguém perdia tempo assistindo a esse tipo de coisa, a não ser Dylan. Quando Tim conseguia imobilizar Gabe, ou vice-versa, fosse com os joelhos no peito, com uma gravata ou com um braço torcido atrás das costas, o que estava imobilizando exigia que o imobilizado dissesse alguma senha idiota.

"Diz Fanta."

"Não. Au! Dr. Pepper!"

"Dr. Pepper não, *Fanta*."

"Penico!"

"Penico não, *Fanta*."

"Pepsi! Não. Pára, porra! Escroto, babaca!"

"Você sabe o que eu quero."

"Tá bom, au! Tá bom, tá bom... Fanta!"

"Agora Sprite!"

"Não! Isso nunca! Me solta!"

A Stuyvesant atraía crânios de todos os cinco distritos de Nova York, um movimento migratório oculto sob a hora do rush: adolescentes do Upper West Side que já se conheciam desde o jardim-de-infância e iam para a escola de metrô, aos bandos, vestidos com suas roupas Lacoste; atordoados gênios da matemática negros do South Bronx que zanzavam cabisbaixos pelos corredores, pensando se algum dia iriam se recuperar do choque; estudiosos nerds porto-riquenhos de Stuyvesant Town que só tinham de atravessar a rua para chegar à escola e ainda viviam sob o jugo de valentões locais de suas vidas pré-escola secundária; diligentes cê-dê-efes chineses originários de bairros de imigrantes diversos, Greenpoint, Sunnyside, geralmente em seqüências de irmãos, uma irmã mais velha numa série mais adiantada sempre perto para puxar a orelha de algum irmão mais novo que começasse a querer se deixar seduzir pela multidão de adolescentes que matavam aula quase que desde o primeiro dia para puxar fumo e jogar disco no Stuyvesant Park, a um quarteirão da escola. Os lemingues afluíam de todos os cantos da cidade; algumas pobres almas que vinham de barca de Staten Island todas as manhãs tinham de botar seus despertadores para tocar às seis, cinco ou alguma outra hora ainda mais selvagem da madrugada.

Gabriel Stern e Timothy Vandertooth moravam em Roosevelt Island e tinham se conhecido três anos antes, quando suas famílias se mudaram para as novas residências construídas ali. Roosevelt Island era um enigma, um lugar sem carros e sem cachorros, assombrado pelas ruínas de um sanatório de tuberculosos na margem sul da ilha. Morar lá era como ser membro de um culto. O teleférico de ficção científica que pendia ao lado do olhal da ponte da rua 59 e que Tim e Gabe pegavam juntos todos os dias para ir de casa para a escola e da escola para casa representava bem a amizade íntima, firme e impenetrável que havia entre os dois: eles eram aberrações transportadas diariamente de uma pequena ilha em forma de lua para a ilha de Manhattan — não era de espantar que falassem uma língua particular, nanu-nanu, vida longa e prosperidade.

Stuyvesant era uma escola de judeus brancos, de protestantes brancos, de hippies brancos, de chineses, de negros, de porto-riquenhos e de muito mais, mas acima de tudo era uma escola de nerds, nerds, nerds, nerds, a grande família dos que conseguiam tirar nota máxima no exame de admissão. Mastigadores de lápis, puxa-sacos de professores, o Arthur Lomb que existia dentro de todo mundo agora liberto, sem ter mais de se intimidar. Era patético pensar no verdadeiro Arthur Lomb, a caminho desse destino natural durante todos aqueles anos na Saint Ann's para depois ser desencaminhado pela Dean Street quando estava a apenas uns seis ou sete meses de sua meta. O grande mistério era como tantos dos que haviam se mantido na linha, privilegiado os estudos para passar no exame, em detrimento da socialização, depois de algumas semanas de orientação de calouros apareciam de repente vestindo jaquetas jeans pintadas com os nomes de Jim Morrison e

Led Zeppelin e começavam a vagabundear pelo parque o dia inteiro, imaculadas carreiras acadêmicas arruinadas da noite para o dia.

Timothy Vandertooth e Gabriel Stern não foram nas águas dos bandos de doidões, não exatamente. A única aula que matavam era a de educação física e, embora passassem esse período, a hora do almoço e algumas horas depois do horário escolar no parque, os dois eram ineptos como jogadores de disco, continuavam cortando seus cabelos curtos e não eram fãs nem de Hendrix, nem de Morrison, nem de Led Zeppelin, uma música crua e intensa demais para ser engolida a seco. As meninas langorosas e cabeludas que freqüentavam o parque não davam a mínima para Tim e Gabe, pareciam incapazes de entender piadas fosse em que registro fosse.

"Eu juro que ela quase olhou pra você quando a sua voz saiu fina que nem taquara rachada. Você devia falar assim o tempo todo. Compra um bujão de hélio." Tim e Gabe faziam esses comentários em voz alta, como se as meninas fossem surdas — tosca vingança pelo tratamento de silêncio que eles próprios recebiam.

"Na verdade eu acho que ela tava distraída olhando pra sua calça. Melhor você dar uma olhada na sua braguilha, talvez tenha uma mancha de leite ou de espuma ou de alguma outra coisa assim."

"É por causa da abobrinha que eu tô usando na cueca, o novo método que eu inventei e que aliás eu recomendo muito. Eu te ofereço o know-how de graça, você não precisa me pagar royalty nenhum. O frio acaba passando depois de um tempo."

Tim e Gabe tanto podiam fumar maconha como não. Fosse como fosse, não se encaixavam, eram turistas, alívio cômico para os cabeludos do parque, que por sua vez eram alívio cômico para Tim e Gabe — nunca ficava muito claro quem deveria estar rindo de quem, só o que ficava patente era que Tim e Gabe viviam em outro ritmo, infinitamente mais acelerado, seus movimentos e pensamentos febris, frenéticos, convulsivos. Naqueles primeiros meses de escola secundária, era como se Tim e Gabe estivessem esperando que algo aparecesse para completá-los, ou vice-versa, como se algo estivesse esperando para completá-los. Pareciam robôs em pane, entoando suas frustrações codificadas.

"Abra a porta, Hal. Abra a porta, Hal. Abra a porta, Hal. Abra a porta, Hal."

"Eu não sou um número. *Eu sou um homem livre*!"

Você esperava também, sentindo alguma coisa no ar.

Outra sensibilidade se agitava na periferia, uma sensibilidade localizada na conjunção da sessão da meia-noite da Eighth Street Playhouse e o Waverly, na Sexta Avenida: *Laranja mecânica*, *Pink Flamingos*, *Rocky Horror Picture Show*, *Eraserhead*. Passadas seis semanas, você já tinha visto todos, menos *Eraserhead*, porque a perspectiva de assistir a esse filme era aterrorizante demais, muito embora você jamais fosse admitir e tivesse se limitado a inventar uma desculpa, algo sobre estar de castigo e sem poder sair de casa naquela noite. Na realidade, você nunca tinha ficado de castigo na vida e nem sequer se lembrava de como tinha aprendido aquela palavra.

Um cara ia para a escola todo dia com a cara toda branca de pó-de-arroz, à la Tim Curry, e unhas pintadas com esmalte preto, sendo alvo de risadas debochadas e de sentimentos secretos de admiração e respeito.

Todas as manhãs, no caminho da estação do metrô da rua 14 para a escola, você passava em frente ao Max's Kansas City, berço talismânico do que exatamente você não sabia muito bem.

A banda Devo talvez tivesse algo a ver com essa coisa nova que havia no ar, com letras sobre *mongolóides* e *cérebros inchados e com coceira* oferecendo uma espécie de porta dos fundos irônica para a natureza animal, uma forma de escapar da aterradora rota de colisão frontal de Jim Morrison.

O principal problema que qualquer garoto enfrentava, se tivesse encontrado a palavra para defini-lo, era como achar um jeito de se sentir sexy. Esqueça as garotas por enquanto, o problema era entre você e o espelho.

Manhattan, felizmente, não ligava a mínima para você.

Mas e quanto a Mingus e ao Aeroman?

Dylan andava pé ante pé quando voltava para a Dean Street sob a luz moribunda de tardes passadas com Gabe e Tim entrando e saindo da Crazy Eddie's, da Ray Famous, da Blimpies, da J&R Music World e do Washington Square Park. Andava pé ante pé na sua cabeça, sorrateiro como um fugitivo que volta toda noite para sua antiga cela para fazer as refeições. O quarteirão estava morto, pelo que lhe constava. Dylan o matara ao se formar na I.S. 293 e entrar para a Stuyvesant. Não era só Mingus que não estava mais lá. Henry, Alberto, Lonnie, Earl, Marilla e La-La, todos tinham sumido dali ou mudado tanto que talvez já nem fossem mais reconhecíveis. Certos dias, você passava em silêncio por algum garoto que anos atrás era seu conhecido; alguns deles tinham bigodes ou seios grandes e eles eram negros e você branco e você não dizia uma palavra.

Não havia uma safra nova de crianças, a menos que você contasse a gurizada molambenta, quase toda porto-riquenha, que nem sequer sabia que as crianças do quarteirão deviam se reunir no quintal do Henry ou na casa abandonada, não sabia nem sequer o nome do Henry; eles ficavam acachapados feito percevejos na calçada e eram tão incapazes de levar adiante a tradição do quarteirão quanto percevejos seriam. Um dia, Dylan viu um deles desenhando um tabuleiro de *skully* primitivo e atamancado, não numa pedra do calçamento, mas num quadrado pedregoso de concreto, uma figura lastimável, como um sobrevivente de uma precipitação radioativa, doente e abobalhado pela radiação, tentando desenhar uma planta para a reinvenção da roda. Outro dia, Dylan passou pelos meninos-percevejos e um deles chamou-o de "Branquelo" com uma voz tão insegura que Dylan morreu de rir da doçura da afronta. A casa abandonada nem abandonada mais era. Agora na fachada havia uma placa que dizia CINDERELLA #3, UM PROJETO DA BROOKLYN UNION GAS, e um dia marretaram os blocos de cimento e substituíram-nos por insípidas janelas de esquadria de alumínio, olhos parvos. O foco do mistério estava destruído. Durante alguns meses, vagabundos continuaram teimosamente bebendo e desmaiando na escada da casa mesmo assim, mas depois acabaram sumindo dali.

Mais ou menos de duas em duas semanas, no entanto, Dylan encontrava Mingus sentado na escada da sua própria casa, feito um vagabundo, segurando uma garrafa escondida dentro de um saco de papel. Mingus era o rei do seu próprio pátio de novo, agora que Barrett Rude Senior tinha se mudado para o hotel da Atlantic Avenue, a alguns quarteirões dali. Mingus cumprimentava Dylan da maneira antiga, como se estivesse retomando uma conversa que fora interrompida um minuto atrás.

"Sabe aquele disco do Parlet que eu tava te falando? Acabei de descolar."

"Tá brincando."

"Aquela merda é um negócio sério, Dillinger, vou te dizer. Você tem que ouvir, cara, você tem que ouvir *agora*."

A freqüência com que Dylan e Mingus se encontravam não seguia nenhum plano nem lógica, poderiam ser dardos lançados contra um calendário, uma roleta de dias. Os dois iam para o apartamento de subsolo de Mingus, fumavam um baseado e Tim e Gabe e todo o universo Stuyvesant de Dylan evaporavam; Manhattan parecia tão improvável quanto Netuno ou Vulcano, devolvida à sua condição de planeta inexplorado, o futuro.

O corredor e o banheiro estavam pichados agora, o subsolo inteiro parecia um túnel do metrô. O quarto de Senior, porém, ainda era território proibido, um santuário abandonado que fedia a vela velha.

Mingus bebia cerveja agora, Colt e Cobra. Tinha virado uma coisa regular.

Dylan não bebia, só fumava.

Dylan sabia que Mingus ainda se encontrava com Arthur Lomb também, via *tags* de Arthur em páginas de revistas espalhadas pelo quarto de Mingus, às vezes via o próprio Arthur em pessoa. Arthur Lomb era vítima da maldição da naniquice: ainda aparentava ter onze ou doze anos, algo que nem toneladas de *qualés* e *yos*, nem o mais descolado andar de malandro, nem o mais sensacional tênis Puma de camurça verde poderiam compensar. Depois que Arthur levou bomba no exame da Stuyvesant, sua mãe falsificou o endereço deles para conseguir que Arthur fosse transferido para a Edward R. Murrow, uma escola secundária de brancos encravada no coração ítalo-irlandês do Brooklyn. Mas já era tarde demais; ao que tudo indicava, não faria diferença alguma se Arthur estivesse na Sarah J. Hale. Arthur tinha se tornado repulsivo, as mangas de suas camisas sempre manchadas de tinta spray, seu cabelo vermelho lambido e sebento, sua calça jeans preta. Arthur agora era maconheiro, parecia estar quase sempre de olhos vermelhos, vitrificado por tardes passadas puxando fumo. Sua credibilidade nas ruas era tudo que ele tinha, e ela era terrivelmente rala.

Ser visto com Mingus era uma dádiva que Dylan não ficaria enciumado de partilhar com Arthur agora: era algo de que Arthur precisava muito mais desesperadamente do que Dylan jamais precisara. Arthur podia imaginar uma equivalência o quanto quisesse, não tinha importância. Dylan sabia que, na verdade, o tipo de amizade que havia entre Mingus e ele era completamente diferente da que havia entre Mingus e Arthur. Dylan e Mingus viviam num mundo sem mãe, cheio de segredos. Aeroman, para citar um exemplo. Certas outras coisas, para citar outros. Dylan desconfiava que nem pêlo pubiano Arthur tinha ainda. Além do mais, Dylan e Mingus conheciam os pais um do outro, e Mingus às vezes ia à casa de Dylan. Dylan tinha certeza de que Arthur jamais iria querer que Mingus entrasse em sua casa, aquele santuário maternal de sucos em pó e biscoitos recheados.

Quando faltava um dólar para Mingus completar o dinheiro de que precisava para comprar uma trouxinha, ele e Dylan iam até a cozinha da casa de Dylan para catar moedas ou às vezes até subiam as escadas para o estúdio de Abraham. Chegando lá, Mingus esperava na porta, ouvindo o jazz abafado do rádio transistor passar pela fresta, enquanto Dylan pedia uns trocados ao pai. Abraham, que sempre pressentia a figura sorrateira no corredor, perguntava:

"É o Mingus que está aí?"

"É."

"Ele não precisa se esconder. Diz pra ele entrar e dizer oi."

Na presença de Abraham, Mingus Rude ficava gentil e educado, chamava Abraham de sr. Ebdus, perguntava como ia o progresso do filme. Abraham soltava um suspiro e dava alguma resposta obscura e enigmática.

"É o mesmo que perguntar a Sísifo, meu caro Mingus."

Rápido na associação livre, Mingus tinha sempre uma resposta na ponta da língua: "*Cookypuss*?".* Ele e Abraham tinham inventado de brincar um com o outro fingindo ouvir errado o que o outro dizia. Os dois se esbaldavam com a brincadeira e nunca se cansavam dela.

"Ah, Cookypuss. Taí, talvez o Cookypuss esteja conseguindo fazer algum progresso. Eu gostaria de acreditar que sim."

Por outro lado, Mingus e Dylan não subiam mais para o andar de Barrett Rude Junior. Era como se a escada que ligava o subsolo à sala de visitas estivesse interditada. Dylan encontrou indícios de que Mingus evitava usar a cozinha do primeiro andar: latas de comida pronta aquecidas no fogão portátil de Senior, embalagens de charque Slim Jim na cesta de lixo do banheiro. Quando eles ligavam o som estéreo de Mingus, no entanto, Dylan se pegava esperando, desejando até, que Junior aparecesse na porta e entoasse o seu *Que porra é essa, Gus?*, sua doce bronca o fragmento de uma melodia que você ansiava por ouvir inteira.

Mas não havia volume, por mais alto que fosse, que arrastasse Junior até a porta. No apartamento de Mingus, eles agora eram homens-toupeira sem sombra de dúvida, absortos nas próprias explorações profundas.

* Em inglês, há uma certa semelhança sonora entre *Sisyphus* e *Cookypuss*. (N. T.)

A "Get Off", do Foxy, eles ouviam umas quinze vezes seguidas, aumentando o volume a cada vez que a botavam na agulha, tentando destruir a distância entre eles e aquela linha de baixo que parecia feita de carne, como se a música fosse uma fotografia, um pôster da *Playboy* que eles fossem ampliando gradualmente até poder entrar na foto.

Eles também ficavam olhando para certas fotos de revista por tanto tempo que seus globos oculares poderiam criar bolhas e deixar cair as cascas sobre as páginas, depois tocavam punhetas aliviadoras um para o outro sem esquentar demais a cabeça por causa disso.

O anel e o uniforme ficavam com Mingus, Aeroman era oficialmente ele. Ambos estavam escondidos numa prateleira alta, em cima da porta, junto com um troféu de hóquei e o antigo capacete de futebol americano de Mingus, o anel oculto acima do nível dos olhos, o uniforme embolado atrás do capacete, nada que um visitante fortuito que porventura entrasse no quarto, como, digamos, Arthur Lomb, fosse se dar ao trabalho de bisbilhotar. Se Mingus os usava ou não quando Dylan não estava por perto era uma questão que nunca se discutia. Havia tardes em que o nome Aeroman nem sequer era mencionado, o anel não era manuseado nem sequer visto, Dylan sentava na cama de Mingus e olhava para a prateleira entre um tapinha e outro no baseado de Mingus mas nada acontecia, os dois iam para a rua ou saíam para ver um filme de kung fu ou então Dylan simplesmente ia para casa chapado, para pegar qualquer que fosse o rango que Abraham tivesse preparado. Nesses dias, era como se Aeroman fosse o protagonista de um título da Marvel logo cancelado, como *Omega* ou *Warlock*, ou então um parceiro assassinado do protagonista, cuja morte era rapidamente vingada e logo depois esquecida, ou talvez um nome da Era de Ouro, como Doll Man ou Human Bomb: em outras palavras, não era um super-herói de verdade, não realmente, pelo menos não um de que as pessoas se lembrassem.

Outros dias, Dylan dizia para Abraham que ia jantar na casa de Mingus, ou engolia às pressas a comida da mesa de Abraham e depois saía sorrateiro de casa para voltar para o quarto de Mingus, e então, depois de uma certa hora, Mingus olhava para a prateleira também e dizia:

"Vamos combater o crime?"

"Vamos."

"Tem certeza?"

"Ahn-hã."

Mingus sorria e dizia: "Olha só pra isso, você tá com cara de quem tava pensando *pô, pensei que você nunca fosse perguntar*".

Aeroman voou seis ou sete vezes naquele outono, esteve envolvido em talvez oito ou nove incidentes, podia reivindicar a autoria de talvez uns três salvamentos legítimos — crimes claros que ele de fato impediu com seu vôo rasante, suas joelhadas e pernadas. Na State Street perto da Hoyt eles detiveram um porto-riquenho de mais de um metro e oitenta de altura que estava apontando uma faca de cozinha para um chinês tampinha, que estava ocupado puxando chumaços de notas de dinheiro emboladas de dentro dos bolsos, feito um mágico, em aterrorizada rendição. Mingus-Aeroman saltou do alto de uma escada de incêndio e, com as pernas, deu uma tesoura no pescoço do porto-riquenho, o que derrubou a ambos no chão. Dylan saiu da entrada de um prédio, onde estava escondido, e veio correndo em disparada para capturar a faca, apanhando-a do chão e envolvendo-a com o corpo como se ela pudesse explodir. Tanto o porto-riquenho quanto o chinês saíram correndo, em choque. Embora Dylan tenha balançado as notas amassadas no ar e chamado pela vítima, o chinesinho não voltou para buscá-las. Esbaforidos e perplexos com o dinheiro e a arma confiscada, Dylan e Mingus enfiaram o uniforme do Aeroman dentro de um saco de papel, foram andando até o Steve's Restaurant na Terceira Avenida e celebraram o feito com cheesebúrgueres e milk-shakes de chocolate, adrenalina e viagem de maconha cedendo lugar a uma fome voraz, células adolescentes clamando por lipídios. Os garçons do restaurante ficaram olhando de cara feia durante toda a refeição, suspeitando que os dois fossem comer e fugir sem pagar, mas Dylan e Mingus não ligaram. Estavam cheios da grana, deixaram até uma ostentosa gorjeta com sabor de *vão se foder*.

Na Smith Street, experimentando um nunca ensaiado *uo-uo-uo-uo* de índios-contra-cowboys enquanto descia no ar, Aeroman botou para correr dois bêbados que se esmurravam na porta de um clube social, único feito de uma longa noite de ronda pelas ruas à caça de malfeitores, pichando em portões de metal para matar o tempo. Na Terceira Avenida, numa fria noite chuvosa de meados de outubro, Aeroman desbaratou uma tentativa de assalto a um pequeno restaurante chinês, daqueles que atendem os fregueses atrás de barreiras de plexiglas, deixando no chão da entrada um monte laranja de arroz frito que fora pisoteado até virar pudim. No final do Promenade de Brooklyn Heights, com sua identidade protegida pela escuridão, Aeroman e seu uniforme foram alvo de cantadas e gritinhos de homens que usavam os bancos da praça como ponto de encontro, homens que não precisavam da sua proteção. Na Pacific Street perto da Court, Dylan e Aeroman tiveram acesso ao telhado de um prédio e, deitados de bruços no chão, ficaram espiando a rua por cima da cornija, memorizando a rotina daquele quarteirão pouco familiar em que todas as meninas gritavam "*Mira, Mira*!" para alguém que nunca respondia, todos os meninos atiravam *spaldeens* na junção de uma parede com outra, todas as avós apoiavam seus braços de Buda nos peitoris das janelas e ficavam observando a rua exatamente como Mingus e Dylan estavam fazendo, absortas, sem fazer nada.

Atravessar a ponte depois do anoitecer era tiro e queda, todo mundo sabia que andar por ali à noite era estar pedindo para ser assaltado, então eles foram para a ponte: Dylan servindo de isca perto da imensa torre de escoramento que ainda exibia os autógrafos magnificamente envelhecidos de Mono e Lee, Mingus empoleirado de uniforme no cabo alto e balançante. Lá embaixo, nas ruas, o clima era de fim de verão, mas ali no alto, acima da cidade, já dava para sentir que o inverno estava chegando, soprado pelo vento que vinha do oceano. Dylan foi abordado em poucos minutos; foi comicamente previsível, quase lugar-comum, quando dois garotos negros saíram da sombra da torre e disseram: "Ei, garoto branco, me empresta um dólar aí, cara".

Dylan fingiu com prazer que ia pegar dinheiro no bolso, seus agressores eram peixes dentro de um tanque. Só que Mingus não agarrou os peixes, não voou lá do alto para capturar as presas.

"Que que você tanto olha pros lados, cara?"

Dylan deixara-os nervosos. Eles farejaram armação na sua hesitação e acompanharam seu olhar até o alto da ponte, a harpa celeste de linhas urdidas. Então, os três viram a figura de capa lutando contra a lufada de vento que a derrubara de cima do cabo, viram Mingus pedalando no ar, tentando firmar de novo os pés sobre o cabo e quase conseguindo antes de ser empurrado pelo vento para o espaço entre a ponte e a água, para o inimaginável vazio. Os três que o estavam observando perderam-no de vista abaixo da linha da pista de carros da ponte. Ele era apenas um brilho bruxuleante, uma máscara, uma capa, talvez solas de um par de tênis Puma, e depois mais nada.

Ele fora soprado ponte abaixo.

Nas tábuas da faixa de pedestres, Dylan deu meia-volta e saiu correndo na direção do Brooklyn, fugiu em disparada exatamente como Rachel sempre dissera para ele fazer — *Corre, menino, usa essas suas perninhas de caniço e ninguém vai conseguir te pegar*! — e ele não fizera uma única vez nas mais de mil vezes em que fora cangado. Por Mingus, Dylan encontrou a força de suas pernas; por Mingus, Dylan correu. Correu tanto que quase trombou com um guarda que fazia a patrulha plantado ao pé da escada, acenou um rápido oi-tudo-bem-eu-preciso-ir na direção do olhar iracundo do guarda e continuou correndo, braços e pernas girando feito rodas. Táxis sem rosto desciam da ponte, contornando a Cadman Plaza para pegar a Henry ou a Clinton Street rumo a plácidas *brownstones* iluminadas por falsos lampiões a gás. Não havia ninguém a quem pedir ajuda, Dylan estava sozinho. Mingus, Aeroman e o anel, todos tinham se afogado, se espatifado na água. Dylan virou e pegou as trilhas escuras que ficavam embaixo da ponte, procurando a margem do rio, a terra desolada e cheia de lixo onde a cidade escondia carros de polícia batidos, parquímetros destruídos e outros sinais de desamparo.

Mingus estava sentado na base do ancoradouro, curvado e encharcado, torcendo as pontas de sua capa, a mancha de água se espalhando pelo banco de concreto feito as asas de um anjo. Dylan chegou esbaforido, a cara quente e vermelha, sem conseguir falar nada antes que Mingus dissesse: "Porra, cara, que merda".

"Você tá bem?"

"Eu tava nadando, cara. E eu nem sei nadar." Mingus disse isso num tom plácido de assombro, apontando para a água com a cabeça.

"Como assim?"

"Feito um peixe, D-Man."

"Você tá dizendo que o anel *te deu o poder de nadar*?"

"Ou de voar debaixo d'água, sei lá. Não me pergunta. O que eu sei é que eu parecia o Aquaman deslizando na porra da água, cara."

Os dois voltaram para a Dean. A encenação inconclusa de salvamento na faixa de pedestres e o tombo do alto dos cabos foram deixados para trás, muito embora Dylan, Mingus e Aeroman tenham margeado a ponte depois do incidente. Estendido na prateleira para secar, Aeroman ficou semanas maturando na estante, talvez tentando recobrar o ânimo e a valentia, superar o trauma da queda. Mingus não fez nenhuma menção de pegar o uniforme e Dylan não forçou a barra. Em vez disso, Dylan ficou brevemente obcecado em descobrir poderes ocultos no anel. Afinal, por que pressupor que Aaron X. Doily explorara todos eles? Era perfeitamente possível que o Aeroman tivesse sido batizado prematuramente e contasse com mais a oferecer. Dylan pôs o anel, encheu a banheira de Mingus e enfiou a cabeça lá dentro, na esperança de conseguir respirar debaixo d'água. Aspirou uma torrente para dentro dos pulmões, emergiu tossindo desesperadamente e quase vomitou, enquanto a água da banheira escaldava suas narinas.

O anel também não conferia visão de raio X nenhuma, muito embora os dois tenham passado uma noite palpitante tentando se convencer do contrário, cravando os olhos com toda a força nos vestidos das mulheres, prostitutas negras que vagavam entre a Pacific e a Nevins, meninas brancas da Saint Ann's aglomeradas na porta de uma sorveteria da Montague.

"Espera, espera, eu tô vendo alguma coisa."

"Minha vez agora."

"Minha-nossa-senhora. Ela tá sem calcinha!"

A última aventura do Aeroman naquele primeiro semestre de escola secundária aconteceu durante uma nevasca absurdamente prematura que caiu por volta da meia-noite, duas semanas depois do dia de Ação de Graças. Dylan estava andando pela State Street, enquanto Mingus o acompanhava do alto, saltando de telhado em telhado. Desde o episódio do chinês que fugira deixando o dinheiro para eles, a State entre a Hoyt e a Bond era o trecho de rua preferido dos dois — ficava a uma distância segura de quem quer que eles conhecessem da Dean ou da Bergen, era escurinho por causa de um poste de luz quebrado e próximo o bastante da estação de metrô da Hoyt-Schermerhorn para que drogados imbecis que tinham medo de tentar a sorte no Brooklyn Heights o considerassem um lugar seguro para emboscar donas-de-casa endinheiradas, meninos brancos amedrontados ou velhinhos. Naquela noite, porém, uma bola de neve foi tudo o que Dylan conseguiu atrair. Um garoto porto-riquenho alto, encostado solitariamente na porta de um carro, encheu a mão com a neve fresca que cobria o pára-brisa e arremessou uma senhora bola, bem no meio das costas de Dylan. Quando Dylan se virou para trás, o garoto disse: "Experimenta, veado. Eu duvido que tenha coragem de me acertar".

Na mesma hora, Mingus voou lá de cima trazendo uma braçada de neve no colo e enfiou tudo gola do garoto porto-riquenho adentro.

Em seguida, Mingus pousou suavemente ao lado de Dylan e os dois saíram correndo juntos, uivando de satisfação, enquanto Mingus tirava o uniforme e a capa por cima da cabeça, descobrindo momentaneamente o peito na noite de nevasca.

As tardes com Mingus, as noites com Aeroman, elas eram inenarráveis no dia seguinte na Stuyvesant, mesmo que Dylan quisesse tentar, mesmo que conseguisse monopolizar de alguma forma os ouvidos de Tim Vandertooth e Gabriel Stern para fazer a tentativa. Mas Dylan não tinha nenhum interesse em contar. Nas manhãs seguintes, ele se sentia como um satélite reentrando na atmosfera, o conhecimento que guardava dentro de si selado pelas chamas. Mingus e Aeroman estavam a um milhão de quilômetros de distância, em outro mundo, no Brooklyn. Além disso, aquela coisa que havia no ar e parecia estar à espera de Tim e Gabe já os tinha encontrado.

Depois que ela chegou ficou óbvio, tinha até um nome comum já conhecido: punk. Ou new wave. Os dois eram correntes afins: Sex Pistols, Talking Heads, Cheap Trick. Discernir as diferenças que existiam entre elas, definir a sua filiação exata, tudo isso já era parte da questão, ficou claro de repente um *continuum* do agora em relação ao qual qualquer um poderia ser situado. Até os maconheiros cabeludos, em sua rejeição, eram anti-punk, definiam alguma coisa.

Um dia Tim foi para a escola com uma coleira crivada de tachas. Ele mostrou a Dylan e Gabe como ela funcionava: um simples botão de pressão. Gabe ficou gozando dele de um jeito meio nervoso durante uma semana, depois saiu e comprou uma jaqueta de couro *ramonesiana*, cheia de zíperes e fivelas, que exalava um cheiro de goma e preservativo quase tão forte quanto o das telas de Abraham. Gabe bateu a jaqueta contra uma pedra do parque, tentando envelhecê-la. Os três estudaram os resultados. A jaqueta continuava parecendo nova em folha. Ou talvez o problema fossem eles, suas franjas, os caracóis de cabelo caindo por cima de suas orelhas. Na semana seguinte Tim e Gabe voltaram de Roosevelt Island com o cabelo todo fodido, picotado com uma tesoura de criança. A jaqueta parecia um pouco melhor.

Tim agora fumava cigarro.

Gabe desenhou uma minúscula suástica no braço com uma gilete.

"*Você sabe o que os meus pais fariam comigo se vissem isso?*", ele sussurrou soturnamente, como se tivesse sido raptado por satanistas e forçado a fazer um juramento.

As meninas de cabelo curto pintado de preto tornaram-se subitamente visíveis. Sarcásticas, pálidas e sem peito, eram garotas de um sabor diferente, que antes você não reparava que existia.

Algumas até *tinham* peito, o que talvez violasse a estética punk, mas você podia considerar a hipótese de abrir uma exceção.

Dylan encheu mochilas e mais mochilas com velhos discos do Blind Faith e do Creedence Clearwater que pertenciam a Rachel e, envergonhado de tê-los em casa, levou-os para uma loja da Bleecker que trocava discos usados. Voltou para casa com o *Give 'Em Enough Rope*, do Clash, debaixo do braço.

Steve Martin era coisa de criança.

Não havia muito terror. A rua 14 e a Primeira Avenida eram barras-pesadas mas povoadas; o tráfico de drogas grassava, mas as cangas não eram muito freqüentes. Talvez você já tivesse passado da idade ou do tamanho da vítima ideal, muito embora fosse difícil imaginar que existisse um consenso universal a esse respeito; você tinha que ficar alerta. Uma garota da sua idade foi empurrada da plataforma do metrô quando estava a caminho da High School of Music and Art. Ela era violoncelista e teve um dos braços decepado pelo trem e depois reimplantado numa cirurgia milagrosa. O incidente causou uma breve onda de pânico entre os adolescentes brancos que andavam de metrô e seus pais, mas o fato é que isso tinha acontecido na rua 135, em pleno Harlem. Pobre menina, mas, sabe, o que ela esperava? Graças a Deus você não tinha ido para a Music and Art. Escapar dos distritos mais afastados só para atravessar todas as zonas seguras de Manhattan dentro de um trem do metrô até desembocar no Harlem era irônico, um erro estúpido que você pelo menos tinha tomado o cuidado de não cometer.

Foi a jaqueta de couro que causou a única encrenca do semestre. Pela primeira vez, a encrenca não era com Dylan. Um porto-riquenho de seus dezoito ou dezenove anos — alto, bigodudo e de quadril particularmente avantajado, corpo estilo pêra, aparentemente autonomeado chefe da gangue-de-um-homem-só que patrulhava a rua 14 entre a Segunda e a Terceira avenidas — pinçou Gabe e sua jaqueta de couro nova dentre centenas de outros alunos da Stuyvesant que passavam em torrentes por ali e plantou-se na calçada na frente dele para bloquear sua passagem. Alguma coisa o afrontava e ele exigia a compreensão recíproca de Gabe.

"Quer sair na porrada comigo?"

"O *quê?*" Gabe apertou os olhos, sem acreditar.

"Você acha que é valentão, quer sair na porrada comigo?", disse o porto-riquenho, dando um cutucão no ombro de Gabe. Gabe olhou para Tim e Dylan, mas os dois deram um passo para trás.

"Na verdade, eu *não* acho que sou valentão, não", enunciou Gabe, com precisão digna de Maxwell Smart.

"Você é de alguma *gangue?*"

Tratava-se de um problema de códigos, as ironias autodepreciativas do movimento punk ainda não tinham sido veiculadas com suficiente clareza para o quadrante do universo habitado pelas gangues porto-riquenhas. O próprio sujeito usava só uma jaqueta jeans, não estava particularmente paramentado nem adornado, embora o lenço vermelho amarrado à alça de seu cinto talvez tivesse alguma significação. Mais uma vez, os olhos de Gabe procuraram Tim ou Dylan, mas os dois tinham evaporado. Multidões passavam abrindo um buraco ao redor de Gabe e seu confrontador, desinteressadas.

Quando Gabe tornou a abrir a boca, o sarcasmo já tinha cedido espaço a um tom choramingão. "É só uma roupa que eu tô *usando*, cara. Não quer dizer nada." Dylan detectou cicatrizes na rapidez da capitulação de Gabe, mortificações escolares que os três nunca haviam mencionado. Seu tom de voz não era muito diferente do suplicante *Não consigo respirar* de Arthur Lomb.

"Não passa por aqui usando isso, cara, ou eu vou ter que arrancar essa merda de você."

O fato de eles estarem perdidos no meio de uma multidão não ajudava em nada, só adicionava uma dose insana de humilhação à coisa. Então, apesar das gozações de Tim, Gabe cumpriu obedientemente a ordem do porto-riquenho. Durante semanas, exigiu que Tim e Dylan pegassem o caminho mais longo junto com ele, só para não ter que passar por aquele quarteirão. Mesmo tomando essa precaução, Gabe agora estava sempre em pânico, atravessava às pressas certos quarteirões e estações do metrô, olhando a toda hora para trás com o rabo do olho, usava sua jaqueta com um medo funesto — o que não era, na verdade, um mau adereço para a sua aura punk.

Por incrível que pareça, no único dia em que eles desrespeitaram o édito, mais uma vez envoltos pelo que deveria ter sido uma multidão protetora, o radar do porto-riquenho guiou-o do meio do nada até o pedaço de calçada exatamente em frente a Gabe. Dando encontrões em Gabe com o peito estufado, o porto-riquenho o afastou de Tim e Dylan, isolando-o perto do meio-fio.

"Eu te avisei, cara. Agora a gente vai ter que brigar."

O rosto de Gabe estava rubro e o fio de voz que saiu de sua boca parecia esmagado pelo peso do absurdo. "Eu não vou *brigar* com você."

Não foi Dylan nem o Aeroman quem salvou Gabe, mas Tim, numa manobra delicada que Dylan mal conseguiu entender. Dando alguns passos na direção de onde Gabe e o porto-riquenho estavam, Tim enfiou a mão no bolso de sua própria jaqueta jeans e sacou um maço de Marlboro.

"Quer um?", ofereceu, enfiando um cigarro na boca e estendendo o resto do maço. Enquanto o porto-riquenho o encarava, ponderando a oferta, Tim disse: "Dá uma chance pra ele, cara. Ele não fez por mal. O cara não tem culpa de ser como é".

Ao que parecia, o porto-riquenho só precisava que a esquisitice inaceitável de Gabe fosse confirmada por uma fonte externa. Aceitou um cigarro. "Diz pra ele não voltar mais aqui", disse, ignorando Gabe, já sem hostilidade na voz.

"Claro, pode deixar."

Pela primeira vez, Dylan — e talvez Gabe — realmente notou como Tim era mais alto, mais cool, talvez realmente cool, na verdade. Ele tinha parado de usar a coleira crivada de tachas. Seu cabelo aceitara bem o corte picotado, ao contrário do cabelo encaracolado de Gabe. Pensando bem, Tim ganhava todas as vezes que os dois brigavam — era sempre Gabe quem tinha que gritar *Sprite* ou *clitóris*. E, de qualquer forma, fazia meses que aqueles dois não brigavam. Tim agora matava todas as aulas, estava levando bomba feito um louco, enquanto Gabe, como Dylan, ainda se apegava à respeitabilidade. Um dia Tim apareceu no parque com os olhos toscamente contornados com delineador e um andar encurvado *à la* James Dean que era como um convite a você se atrever a mencionar o delineador. Você, é claro, não se atrevia. Tim fumava maconha com os hippies às oito da manhã, antes de ir para a escola, enquanto Gabe ficava plantado esperando, sozinho e furibundo, com sua jaqueta inútil, a jaqueta que ele não conseguia defender sem a ajuda de Tim.

Talvez Gabe e Tim nem gostassem um do outro, você agora se dava conta. Ultimamente, mal trocavam uma palavra e nunca faziam piadas, nem sempre chegavam ou saíam da escola juntos, muitas vezes nem sequer pegavam o mesmo teleférico. Na aula de álgebra, o sr. Kaplon apontou para a cadeira vazia de Tim e perguntou: "Senhor Stern, o senhor por acaso sabe do paradeiro do nosso amigo, o senhor Vandertooth?". Ao que Gabe respondeu: "Por que eu haveria de saber?", resumindo bastante bem o atual estado das coisas. Perto das férias de Natal, Gabe e Dylan jogavam Pong na Crazy Eddie's envoltos num silêncio rancoroso e você não conseguia nem sequer imaginar Tim Vandertooth naquele cenário. Não fazia o estilo dele.

Mingus Rude, Arthur Lomb, Gabriel Stern, Tim Vandertooth e até mesmo Aaron X. Doily: Dylan nunca tinha conhecido ninguém que não estivesse prestes a se transformar em outra pessoa de uma hora para outra. Ele parecia ter o talento especial de se aproximar de pessoas que estavam em vias de trocar uma identidade ou disfarce por outro. Àquela altura, ele já nem se abalava mais com esse tipo de coisa. Talvez Rachel-Caranguejo-Fujão tivesse lhe ensinado essa arte.

3/4/79
vistas do espaço narinas
radioativas querem um kleenex
se espirrarem podem acabar
mandando o brooklyn pelos ares
até a aprazível inglaterra
por mais que o núcleo derretido coce
não limpe o salão com muita força
ou você poderá torrar a sua casca
infravermelha como a minha
caranguejo fundido

15.

Dois filhos podem pensar que dois pais nunca saem de seus esconderijos, a não ser quando precisam dar um pulo no bar do Ramirez ou na mercearia da Buggy para comprar artigos de primeira necessidade — papel higiênico, suco Tropicana, frios a preços exorbitantes, o que fosse.

Dois filhos podem pensar que dois pais são profundamente ignorantes na arte de passar o tempo sentados na escada da frente de casa. Podem supô-los igualmente ignorantes em relação a seus vizinhos e à natureza delirante dos raios de sol a se derramarem sobre a fenda de *brownstones*.

Dois filhos podem estar redondamente enganados. Abraham Ebdus e Barrett Rude Junior tinham a sua própria Dean Street, a edição das onze da manhã dos dias úteis.

Abraham Ebdus já estava de pé fazia umas quatro horas então, tendo despachado para a escola um Dylan mudo, de olhos baços, com uma torrada pela metade na mão, e em seguida carregado uma garrafa térmica de café escada acima para uma sessão de pintura em fotogramas sob a luz natural. Abraham fazia filme de manhã cedo e à noite, suas melhores horas, reservando as tardes embotadas pela preguiça de depois do almoço para pintar paisagens espaciais, gremlins elétricos da quarta dimensão ou o que quer que o mais recente diretor de arte da editora requisitasse. Capas de livros se faziam sozinhas; Abraham podia pintá-las dormindo de olhos abertos. A sonolência anestesiava a raiva e o bom gosto, funções desnecessárias. O filme exigia olhos e mente purificados de sono e aguçados a cafeína. Começando às oito e meia Abraham podia conseguir parir uns cinco ou seis segundos de filme e, por volta das onze, já estava pronto para desenferrujar as pernas, lavar a garrafa térmica, sair um pouco de casa. A Dean Street àquela hora era uma rua pensativa, transitiva, quem trabalhava já tinha corrido para o trabalho, quem estudava já tinha corrido para a escola, quem não fazia nada estava acabando de acordar. Os primeiros freqüentadores da esquina do Ramirez já teriam encontrado uma caixa de leite, ou não. A meio quarteirão dali um senhorio podia estar varrendo o seu pedaço de calçada. E Barrett Rude Junior já teria acordado, calçado os chinelos, saído até sua escada para dar uma espiada no dia, sorver o primeiro trago de ar e luz.

Ao acordar, Junior costumava cambalear primeiro até o aparelho de som estéreo, cujas luzinhas vermelhas ainda brilhavam, para repor a agulha sobre qualquer que fosse o disco que o tivesse ninado na noite anterior, de forma que quando ele tomava posse de sua escada, de pijama ou de roupão, era quase sempre acompanhado por acordes de *Extension of a Man*, de Donny Hathaway, ou de *Inspiration Information*, de Shuggie Otis. Se o volume estivesse alto o bastante e o ônibus da Dean Street bem longe dali, Abraham Ebdus, a cinco sobrados de distância, podia ouvir a música, vagamente. Junior vinha com trilha sonora, era envolto por um halo de música como por uma emanação odorífera, um funk* literal. Nenhum odor corporal chegava de fato ao nariz de Abraham àquela distância, mas não era preciso nenhum grande salto de imaginação para supor que odores corporais grudavam-se de forma concentrada àquelas sedas puídas.

Ver o pai de Mingus às onze da manhã alegrava Abraham. Ele não saberia dizer por quê. Acontecia esporadicamente: não havia uma regularidade, mas um acúmulo, ou uma longa polirritmia. Os dois reinavam do alto de suas respectivas escadas, os verdadeiros senhores do quarteirão. Em manhãs mais quentes ambos se sentavam, em dias frios ou chuvosos podiam ficar menos de um minuto do lado de fora. Fosse como fosse, Abraham se esforçava para não faltar ao encontro e imaginava que Barrett Rude Junior fizesse o

* Uma das acepções da palavra funk é "fedor", "catinga". (N. T.)

mesmo. Não havia como saber, já que eles só faziam acenar um para o outro levantando ligeiramente o queixo ou, às vezes, uma das mãos.

Abraham nunca mais tinha visto o pai de Junior, o que o deixava levemente intrigado.

O ônibus atravessava ronronando a sombra porosa das árvores.

Um dístico de calçamento rachado.

As cornijas eram um horizonte; os lintéis, protuberâncias na parede de um cânion.

A Dean Street, claro, se infiltrava no trabalho, não havia como não. Abraham pintava fachadas de sobrados contíguos, depois as cobria de preto, presenças soterradas em abstração. O filme era, entre outras coisas, um registro de métodos disfarçados, um cemitério de estratégias. Abraham ficou espantado um dia ao se pegar pintando uma figura no alto de uma escada, um boneco sem braços, feito de raios cinza que lembrava uma torre metálica. A forma anômala, Barrett Rude Junior tomando o ar da manhã, dançou e saracoteou ilesa durante duas semanas de trabalho, um minuto de filme, antes de ser censurada. Abraham, no entanto, não cobriu a figura de tinta retroativamente. Deixou-a ficar. O fantasma simplesmente habitava o espaço durante um minuto, depois *dava as costas e ia lá pra dentro*. Sumia assim, de uma hora para outra.

O filme devorava dias, meses, anos, e Abraham deixava que eles fossem devorados. Tinha feito uma cópia ótica das primeiras partes do filme e de vez em quando passava-as em seu aparelho de edição movido a manivela, não tanto para editar de fato, mas para ruminar sua própria obra inacabada. Atarantado. Já não conseguia mais relacionar os motivos das primeiras seqüências a datas aproximadas nem a fatos de sua vida. Watergate, Erlan Hagopian, o dia em que Rachel foi embora. O filme pairava acima de sua rotina, xícaras de café, jornais, o garoto crescendo. O resto eram detalhes, humores, implementação. Um corpo se movendo através dos dias, a serviço de propósitos mais elevados.

Abraham Ebdus tinha uma razoável dose de certeza de que estava demolindo a concepção de tempo.

Por essa razão, e não por qualquer fetiche pela morte, Abraham adorava obituários. Talvez eles fossem as únicas notícias que realmente importavam, discretos encerramentos de relatos esquecidos, revelando vidas vividas décadas além de seus aparentes apogeus, seus picos de fama. Abraham examinava os obituários durante o café-da-manhã e lia trechos em voz alta com um prazer exagerado, um entusiasmo digno de um canastrão. "Viveu no México como um dos guarda-costas de Trotsky e mais tarde foi editor da revista *Popular Mechanics* — isso não é *impressionante*, Dylan? Essas vidas, tão agitadas e malucas, tão *contraditórias*, e a gente só fica sabendo dessas coisas todas depois que as pessoas morrem. Pessoas que a gente às vezes nem sabia que *existiam*!" Quanto mais silenciosamente Dylan recebia esses arroubos, mais seu pai insistia: "Jean Renoir, ele era filho do Renoir, o pintor, você sabe" ou "Escuta: Al Hodge, ele fez o Besouro Verde e o Captain Video — inacreditável!". Charles Seeger, Jean Stafford, Sid Vicious, os nomes se acumulavam, uma ladainha matinal. Se não servisse para mais nada, pelo menos era uma maneira de fazer o garoto sair correndo de casa e se enfiar no metrô. Dylan provavelmente devia sua excelente assiduidade na escola à página de obituários. "É a parte mais bem escrita do jornal. Esses caras são *gênios*. Escuta só..."

Foi muito azar, portanto, que o garoto ainda estivesse sentado à mesa do café naquela manhã específica: ninguém interessante tinha morrido. A página estava um tédio só, o que era uma raridade. Abraham conseguiu sobreviver a essa pequena decepção, passou à seção de notícias locais e lá estava: Mingus Rude enfiado numa camisa para lá de estranha, com um excesso de pano embolado em volta da gola.

"Ôh-ôh. Uau. Acho que você vai querer dar uma espiada nisto aqui, Dylan."

O garoto ignorou-o, como era de esperar, respirando pela boca quase obstruída por uma massa semimastigada de sucrilhos.

Abraham dobrou o caderno de jornal em quatro e entregou-o a Dylan de forma que ele não tivesse como não ver a reportagem. O artigo era metido a engraçadinho, fazia um relato desleixado dos acontecimentos e deixava inúmeros buracos e perguntas sem resposta. Estava longe de ser um obituário, mas tinha seus próprios encantos.

ARMADILHA PARA TRÁFICO CAPTURA JUSTICEIRO MASCARADO

HUMBOLT ROOS

BROOKLYN, 16 DE MAIO. Uma operação secreta em andamento no conjunto habitacional Walt Whitman Houses, em Fort Greene, foi desbaratada pelos esforços de um justiceiro adolescente vestido de super-herói na noite da última segunda-feira, de acordo com policiais da 78ª Delegacia.

O benfeitor fantasiado, mais tarde identificado como Mingus Rude, 16 anos, aparentemente estava escondido na copa de uma árvore do complexo residencial quando atacou um detetive de polícia que, passando por civil, tentava entabular uma transação com traficantes conhecidos — o rapaz, presume-se, teria atacado o policial por acreditar que se tratava de um criminoso. A tentativa de prisão do cidadão resultou numa dor de cabeça literal para o detetive à paisana Morris, que sofreu ferimentos leves e recebeu atendimento médico no local, e numa dor de cabeça burocrática para os oficiais de polícia encarregados de redigir relatórios. A operação de cerco, uma complexa armadilha que estava em preparação havia semanas, foi um fracasso e nenhuma prisão foi feita.

Tudo que os detetives do departamento de repressão a entorpecentes conseguiram com seus esforços foi o prêmio de consolação da captura do sr. Rude, mais tarde liberado sob a custódia dos pais com uma advertência, mas nenhuma acusação formal. Usando máscara e capa decoradas à mão e autodenominando-se "Aeroman", o sr. Rude inicialmente se recusou a responder perguntas sem a presença de um advogado. Detetives confirmaram que, recentemente, a polícia recebera algumas denúncias de incidentes locais envolvendo o pretenso herói...

E assim por diante.

Dylan tinha ficado vermelho feito pimentão. "Eu posso levar isso?"

"Pode, claro" , disse Abraham, abrindo as mãos. "Por que não?"

O garoto enfiou o jornal dobrado dentro da mochila e saiu da mesa com uma pressa louca, quase derrubando seu copo de suco de laranja abandonado e sua tigela semicheia de sucrilhos boiando em leite, o rosto virado para o lado, as orelhas em brasa.

"Tchau!", gritou do hall.

E saiu porta afora.

Perguntas? Claro, Abraham tinha perguntas. *Você sabe alguma coisa sobre isso, filho? Tem alguma coisa acontecendo que você gostaria de compartilhar comigo? Vem cá, onde é que você e o Mingus se enfiam tardes e noites inteiras, hein?*

Aliás, falando nisso, por acaso o Brooklyn é alguma espécie de forma geográfica de insanidade?

Você por acaso sabe, meu filho querido, se nós somos amaldiçoados por Deus?

Mas quem, naqueles tempos, tinha respostas para as perguntas de Abraham?

Ele fez uma coisa que nunca fazia: matou aula. E também algo que não fazia havia anos: saiu à procura de Mingus em vez de esperar que o acaso os reunisse. Antes, porém, forçou-se a assistir aos primeiros tempos de aula, sabendo que Mingus talvez não estivesse nem sequer de pé antes das dez, não querendo correr o risco de acordar Barrett Rude Junior, muito menos de ficar flagrantemente na mira de policiais, inspetores, guardas de segurança, gangues ou *sabe-se lá mais quem*, como ele imaginava que ficaria se fosse direto para a escola de Mingus, garoto branco de mochila nas costas plantado na calçada em frente à Sarah J. Hale às nove da manhã, depois de o sinal tocar. Então, pegou o metrô até a Stuyvesant e ficou se remexendo angustiado em sua cadeira, engoliu a ansiedade durante as aulas de francês, física e história, puxou o jornal dobrado de dentro do fichário para reconfirmar horrorizado, *sim, aconteceu, o Aeroman foi preso*, talvez umas cem, talvez umas mil vezes. Pelo menos eles tinham entendido o nome certo! Na hora do lanche ele se mandou, pegou o metrô de volta para o Brooklyn e ficou rondando a terra amaldiçoada da calçada e do pátio da Sarah J. Hale, à cata de Mingus. Sua recompensa foi mais ou menos o que o seu coração tomado de culpa e de pânico talvez achasse mesmo que merecia: Robert Woolfolk.

Robert e um par de cúmplices ocupavam a escada de um sobrado da Pacific Street, em frente à Sarah J. Hale. Todos os três estavam com garrafas estreitas de cerveja escondidas dentro da manga do casaco para dar goles furtivos quando a barra estava limpa — era só mais uma tarde normal de quarta-feira sob a luz ofuscante do final da primavera, a vida era doce. O quarteirão estava vazio, não havia inspetores, guardas, gangues, nem nenhuma vibração advinda do interior do prédio da escola, Robert Woolfolk ainda era a bomba de nêutron humana de Gowanus. Dylan recebeu um alegre sorriso perverso de Robert ao se aproximar. A cena era o oposto do que Dylan imaginara — ele achou que fosse encontrar as calçadas da Sarah J. apinhadas de matadores de aula, como o parque em frente à Stuyvesant. Em vez disso, a Pacific

Street mais parecia um deserto de desenho animado: Dylan atravessando relutante a vastidão enquanto gaviões voavam em círculos acima de sua cabeça, Robert e seus comparsas como um bando de bandidos de desenho animado a quem você só se dirigia de joelhos.

A gente não precisa de porcaria de distintivo nenhum aqui, não.

Dylan estacou na calçada, mas Robert nem se mexeu. Nenhum deles parecia muito impressionado com o que tinha acabado de lhes cair no colo. Os três talvez viessem a encontrar motivação em algum outro momento para perseguir suas carreiras de criminosos ou pelo menos de achacadores, ameaças sociais, inspiradores de medo: naquele dia estavam uns trinta anos à frente dos homens que se aboletavam nas escadas de casa de cômodos ou na entrada do Colony South Brooklyn Daycare Center na Nevins, lânguidos e serenos observadores das correntes passageiras da vida, Thoreaus em Walden. Estavam bêbados feito gambás.

As correntes passageiras da vida poderiam ser trilhas de urina escorrendo da frente das casas até o meio-fio, mas deixa para lá.

"Ei, Robert", disse Dylan.

"*Yo*", disse um Robert Woolfolk de olhos turvos. Ele não se incomodou com o fato de Dylan ter se dirigido a ele, não naquele dia: *A gente vive no mesmo planeta, melhor admitir logo que eu te conheço.*

"Você viu o Mingus?"

Robert inclinou a cabeça para trás e para o lado, Muhamad Ali se esquivando de um jab. Ou talvez estivesse fazendo a pantomima de uma gargalhada, mas nenhuma gargalhada veio.

Um de seus comparsas estendeu a mão para que ele batesse nela e Robert Woolfolk bateu. Dylan tinha entrado em alguma espécie de escultura lenta, um friso em movimento. Embora tivesse penetrado na realidade do friso, mesmo assim Dylan não conseguia acelerá-lo.

"Você viu ele?", perguntou de novo, impotente, seu pânico da manhã só se agravando cada vez mais.

"Tu tá procurano o *Arrowman*?", disse Robert Woolfolk.

Dito por ele, o nome soava como *errorman*.*

Dylan não o corrigiu.

* Em português, "homem-erro". (N. T.)

Agora a gargalhada veio, em triplicata. Os colegas de Robert se contorciam em seus lugares como se estivessem sendo vítimas de um ataque brutal de cócegas, arfando quase que imediatamente de falta de ar, implorando para serem libertos daquele excesso de hilaridade. Mãos mais uma vez bateram umas nas outras, Robert aceitando os parabéns por seu humor afiado.

"Ai, ai, puta *merda*", disse um dos comparsas de Robert, balançando a cabeça enquanto se recuperava.

"Não, cara, o Gus não pintou por aqui hoje não, cara", disse Robert. "Quer que eu fale alguma coisa pra ele?"

"Não, tudo bem."

"Eu dou o recado pra ele, cara. O que é, você num confia em mim, não?"

"Então diz só que eu passei por aqui procurando por ele."

"Falô. Você tava procurando ele, pode deixar que eu dou o recado."

Dylan resmungou um obrigado.

"*Yo*, Dylan, peraí um instante, cara. Você tem um dólar aí pra me emprestar?" Os três continuaram na mesma posição em que estavam, esparramados na escada. Um deles esvaziou uma garrafa de cerveja enfiada dentro de um saco, depois a jogou para o lado. Robert Woolfolk podia estar falando com o céu, Dylan não era alguém em quem valesse a pena pousar os olhos. "Porque você sabe que eu sou bom contigo, não sabe, cara? Esses caras aqui, cara, eles não te conhecem, eu tive que convencer eles a não te cangar, cara. Eu disse pra eles que você era meu mano, que a gente praticamente cresceu junto, que você era que nem um irmão mais novo pra mim, cara."

A lógica era perfeita. Era óbvio que os comparsas de Robert não iriam desmenti-lo, muito embora nenhum dos dois parecesse muito disposto naquele momento a cangar nada que fosse maior do que um gato. Dylan esvaziou os bolsos; seu desespero era absoluto, e os dólares desprezíveis, se servissem como uma passagem para fora dali.

Uma coisa que a transferência de fundos sempre conseguia fazer era virar a página.

Dylan foi andando até Brooklyn Heights, sabendo que não podia correr o risco de ser visto na Dean Street antes das três horas e imaginando que nenhuma autoridade iria duvidar da legitimidade de um garoto branco de mochila nas costas voltando mais cedo da escola para casa em Brooklyn Heights. Lá, Dylan se instalou num banco na extremidade sul do Promenade, com o queixo apoiado nas mãos, ensanduichado entre o céu e o tráfego de caminhões que rugia abaixo de seus pés, na enfumaçada Brooklyn-Queens Expressway. Esqueceu de si mesmo observando a baía, as barcas passando feito lesmas rumo a Staten Island e à estátua, as chatas carregadas de lixo prontas para partir para Fresh Kills, enfim, toda a boca aguada da cidade. Toda gaivota tremulante que passava era Mingus Rude despencando de novo de cima da ponte, asas brancas se arrastando na água como as pontas de uma capa, os olhos de Dylan iludidos mais de mil vezes.

O céu estava cheio de Aeromen, só que não estava.

Dylan nunca tinha voado no Brooklyn e nunca voaria, se o anel estivesse perdido. Eles tinham planejado fazer um revezamento do anel, a mutação de negro para branco era para ser mais um dos aspectos enigmáticos do Aeroman, outro nível de identidade secreta, mas por alguma razão tinha sido sempre Mingus quem vestia o uniforme, sempre Dylan quem se agachava atrás de um carro estacionado ou servia de isca enquanto Mingus voava. E agora aquilo, Mingus bancando o herói nos conjuntos da outra ponta da Flatbush Avenue, onde Dylan jamais poria os pés. Dylan tinha costurado os retalhos de Rachel e inventado uma história e depois, vestido com esses retalhos, Mingus tinha se atirado em cima de um policial no meio de uma transação de drogas. Se é que se podia acreditar no que o jornal dizia. Mas claro que era preciso entender antes de poder acreditar.

Havia alguma coisa naquela história que não dava para entender.

Ou talvez alguma coisa que você não queria saber.

O que é que o Aeroman tinha a ver com uma transação de drogas?

Dois garotos negros encontraram Dylan sentado ali, na ponta do último banco do Promenade, de frente para a ilha, a água e o céu. Fique parado em algum lugar por tempo bastante e eles logo te acham, atraídos feito moscas. Aqueles dois eram quase tão problemáticos quanto moscas, pequenos demais para cangá-lo, alunos da quinta ou da sexta série provavelmente, um par de Robins delinqüentes sem um Batman para lhes dar cobertura. Se eles tinham vagado até Brooklyn Heights vindos de fosse onde fosse, da I.S. 293 provavelmente, já devia passar das três horas, o horário da saída da escola.

Ficaram rodeando Dylan como se ele fosse uma colméia, instigando um ao outro a ir lá aguilhoá-lo.

"O que foi, garoto branco?"

"Os teus amigos te deixaram sozinho?"
"O que é, não sabe voltar pra casa? Tá perdido?"
"Tá chorando, garoto branco?"
"Ele não quer falar."
"O cara deve ser burro ou retardado."
"Rapa os bolsos dele."
"Rapa você, cara."

Dylan levantou a cabeça e os dois recuaram, gingando. Não havia a menor chance de aqueles dois encostarem nele. Dylan não era Aeroman, mas tinha ganhado uma certa altitude, atingido uma altura mediana, nem gaivota nem toupeira.

"Ih, agora ele ficou brabo."
"Ele vai te pegar, cara, melhor você correr!"
"Nã, cara, que nada, ele vai é chorar de novo."
"Ele é só um garoto branco burro."
"Ele é burro, cara."
"Buuurrooo."
"O cara é o maior viadinho."

Dava até para sentir saudades de Robert Woolfolk. Sem o fator medo, a situação era apenas ridícula. Dylan estava de saco cheio daquilo, da encenação racial. Já havia sido identificado como garoto branco um milhão de vezes e não tinha mais nada a aprender. A outra opção, Manhattan, estava tão na cara que estava quase colando nos olhos dele. Se o anel de Aaron X. Doily estivesse mesmo perdido, talvez Dylan desistisse do Brooklyn por um tempo, desistisse de se vingar da quinta série, desistisse de tentar entender os mistérios tortuosos de Mingus Rude e resolvesse concluir de vez a sua debandada.

Os dois garotos negros se cansaram dele e foram embora, talvez para ir ao encontro de algum aluno da Packer ou da Saint Ann's e descarregar um pouco a tensão, afanar um dólar ou dois.

Uma barcaça grunhiu nas docas; na sua lateral havia um *throw-up* tricolor de Strike, um feito artístico impressionante.

Dylan ficou sentado horas e horas, cantando músicas do Clash em sua cabeça, "I'm So Bored with the USA", "Julie's in the Drug Squad", discos que nunca tinha mostrado para Mingus Rude porque sentia vergonha deles na Dean Street, porque não sabia como mostrar. Depois Talking Heads, *Find* *myself, find myself a city to live in.** Ficou sentado horas e horas, medindo arranha-céus por entre as barras da grade, e quando cansou de ficar sentado o sol já tinha descido, seus raios laranja cada vez mais estreitos espremiam-se por entre torres e pontes. A luz cor de mel se inflamou e depois foi perdendo a força, e Dylan tinha perdido o jantar de Abraham, tinha passado a tarde inteira sentado.

No escuro, Dylan voltou para a Dean Street e bateu na porta de Mingus.

Mingus apareceu no portão da entrada do subsolo, ele próprio, intacto e de olhos vermelhos. Não deu nenhum sinal de estar particularmente contrariado com a presença de Dylan ali.

"D-Man. E aí, cara?"

"Cadê o anel?"

"Tá comigo. Tá tudo certo, não se preocupa."

"Onde?" Dylan examinou o quarteirão de cima a baixo, temendo que alguém os estivesse vigiando. Não havia nada, sua paranóia não estava nem sequer espelhada em Mingus. Duas noites depois do incidente, ninguém mais dava a mínima, Aeroman ou Errorman era uma piada, um nome que tinha passado de escada em escada antes de desaparecer da memória.

"Eu escondi."

"A polícia viu você voando?"

"Os tiras, cara? Eles acham que eu pulei de cima de uma árvore."

"O que..."

Mingus levantou a mão num gesto que queria dizer *Chega, agora não.* "Quer entrar? O rei Arthur tá aqui."

A prateleira estava vazia, nada de uniforme, nada de anel, só o capacete de futebol americano, Manayunk Mohawks, sua curva de bola de boliche agora pichada com um pincel atômico ensopado de tinta por Art e Dose. "Get Off" estava tocando no aparelho estéreo; a agulha ainda não tinha arrancado a música do vinil de tanto arar a mesma faixa, mas, a julgar pelo som que se ouvia, faltava pouco. Arthur Lomb estava deitado de lado na cama, com seus tênis Puma imundos em cima da colcha, joeirando as se-

* "Encontrar uma cidade, uma cidade para eu morar." (N. T.)

mentes de uma trouxinha na dobra do encarte do *Pick of the Litter*, dos Spinners. Bolinhas de seda amassada formavam um vago círculo ao redor dele, tentativas fracassadas, como uma espécie de anel de magia duvidosa. Ao ver Dylan, Arthur sorriu: *Bem-vindo à minha alcova, huah-hah-hah*!

Arthur Lomb tinha se transformado num gnomo sórdido. Parecia menor ainda do que antes, o que provavelmente era uma ilusão de ótica, um efeito da sua opção de se perder dentro de titânicos moletons com capuz e calças militares flácidas que poderiam abrigar dúzias de caniços iguais aos dele. As roupas de Arthur estavam crescendo, apesar de ele não estar. Conseguiu finalmente enrolar um baseado, deslizando-o repulsivamente pela boca para cauterizar a seda com saliva. Só falou depois de acendê-lo, a fim de exibir sua destreza na arte de falar prendendo o fôlego, a voz definhada pelo esforço:

"Você soube que o Gus foi preso?"

"*Cala a boca*, Arthur."

Arthur passou o baseado para Dylan, enquanto a tragada que mantinha presa escapava por fim de sua boca numa lufada. "Ele foi pros conjuntos da Myrtle Avenue à meia-noite e pulou de cueca de cima de uma árvore. Imagino que isso possa parecer uma boa idéia, se você tá numa viagem de LSD ou heroína. Eu vi uma coisa parecida uma vez naquele programa sobre o FBI. Uma garota deu uma dentada no tronco de uma árvore e depois comeu a casca. Ela era bem gostosinha, aliás."

"Eu tô a um passo de te dar um soco nos cornos, cara."

"Dá, super-herói, dá."

"Quando eu der você vai chorar."

"Vou ficar esperando esse momento ansiosamente, vai valer a pena se for pra te ver fantasiado com aquele seu uniforme de viadinho, *Arrow Man*."

Arthur provocava as pessoas como movia suas torres no xadrez, sem vergonha do óbvio. Ele era monótono e cansativo, fácil de dessintonizar. Mingus aparentemente tinha adquirido essa habilidade.

"Qual vai ser o seu poder, Dylan? Sim, porque agora nós todos vamos ter que ter poderes, nós somos Superamigos. Eu tava pensando em escolher o poder de deixar as pessoas peladas com a força da minha mente, sabe, de fazer as roupas delas literalmente sumirem, desaparecerem. Os criminosos vão ficar completamente humilhados e se render na hora. O meu nome vai ser *Homem Folha de Figueira*."

Mingus não olhou nos olhos de Dylan quando recebeu o baseado de sua mão. Era mais simples deixar as perguntas sem resposta, o vôo-solo de Mingus, a agenda do Aeroman no conjunto Walt Whitman Houses. Se ele queria desbaratar uma transação de drogas, bastava ir até a Bergen ou até o saguão do hotel das prostitutas, na Atlantic. Ou até o andar de cima, na verdade, até o apartamento de Junior, onde transações desse tipo aconteciam diariamente, se não mesmo de hora em hora.

Mas talvez esse fosse exatamente o dilema que tivesse arrancado o Aeroman de sua órbita habitual — o risco de se deparar com alguém conhecido numa transação local. Até mesmo, ou principalmente, com Barrett Rude Junior ou Senior.

"*Yo*, D-Man, você *tem* que ouvir esse disco, cara, o *King Tim Personality Jock*, do Fatback...", começou Mingus. Foi andando até o estéreo, marcando o encerramento de sua aventura de duas noites atrás como tema e anunciando a retomada da verdadeira história: eles viviam numa era famosa, em que avanços heróicos em estilos musicais, como a descoberta de um novo break antes inaudito, poderiam acontecer a qualquer momento. "Essa porra é do caralho, cara, escuta só."

Mingus só se virou rapidamente para dar um soco no braço de Arthur Lomb. Arthur gritou: "*Filho-da-puta*!", e passou a mão sobre o lugar em que levara o soco, mas continuou como estava, um anão cacarejante e entorpecido esparramado em cima da colcha.

O Aeroman estava morto ou pelo menos num hiato, de licença. Era provável até que nunca mais reaparecesse com a mesma roupagem. Dylan tinha certeza de que o uniforme estava perdido ou destruído. De qualquer forma, o uniforme era irrelevante. Com suas listras de lençol e seu trêmulo emblema de Spirograph, ele era pessoal demais, ingênuo demais para as ruas, Dylan agora se dava conta. Aaron X. Doily tinha toda a razão em não querer usar capa, Dylan deixara escapar uma boa dica. Agora o anel de Doily estava escondido e era assim mesmo que deveria estar. O anel era um enigma a ser contemplado, uma questão a ser analisada mais detidamente. O uniforme provavelmente era mesmo tão ridículo quanto Arthur Lomb o fazia parecer, mas o anel não estava na história de Arthur e, aliás, nem na dos policiais e muito menos na do *New York Times*.

Eles foram ficando cada vez mais chapados e pararam de falar.

Os três juntos poderia até parecer uma ocasião normal, se você não pensasse muito no assunto. De certa forma, era estranho que nunca tivesse acontecido antes.

Mas Dylan Ebdus e Mingus Rude ainda tinham segredos, mesmo que esses segredos estivessem no gelo, escondidos em algum lugar não especificado atrás do olhar longínquo de Mingus.

Dylan Ebdus desenhava e contava histórias, Arthur Lomb criticava e provocava, mas Mingus Rude tinha um poder superior: humores que prevaleciam, humores que eram como leis. Conseguia ignorar, com um simples e frio dar de ombros, regiões inteiras da existência que julgasse indesejáveis; com sua carranca, cortava fora pais, avós, escolas. Não era uma discussão. Por ora, o Aeroman estava desaparecido, coberto com tinta.

Três secundaristas brancos flanam pela rua 4, lado oeste, voltando da J&R Music World para um apartamento na Hudson onde uma certa mãe divorciada não estava em casa, onde tinham a chave da porta e o controle regular do local durante as tardes. Todos os três estavam blindados contra as intempéries do final do outono com jaquetas de motoqueiro pretas, do tipo Brando-Elvis-Ramones, o couro crivado de estrelas e caveiras cromadas, fivelas balançando soltas, zíper da frente aberto para o vento frio. Os três andam pela rua fazendo zona, dão giros ineptos pendurados pelo braço nos postes de luz, falam em línguas particulares, jargão nerd-punk.

Novembro de 1979: "Rapper's Delight" tinha acabado de estourar nas paradas, alcançando a lista das quarenta músicas mais tocadas. Tinha estourado também a capacidade de concentração dos garotos brancos da Stuyvesant, incluindo o mencionado trio. A música está no rádio e nas ruas, vazando das lojas e dos aparelhos de som portáteis que alguns carregam nos ombros, um som diferente, impossível de ignorar.

Mas para você realmente poder *ouvir* a música alguém tinha de desembolsar o dinheiro e trazer a coisa para casa.

O disco de doze polegadas da Sugar Hill Records em sua capa genérica está num saco junto com as outras aquisições do trio, Eno, Tom Robinson, Voidoids, a trilha sonora de *Quadrophenia*. "Rapper's Delight" entrou na parada pop como *single* revelação, um acréscimo tardio da mesma linhagem de "The Streak", "Convoy" e "Kung Fu Fighting", e foi nesse espírito que os três garotos brancos fizeram sua aquisição: o disco lhes parece absurdamente bobo e tremendamente engraçado, dois conceitos que nos últimos tempos eram o oposto de mutuamente excludentes, na verdade, eram quase sinônimos.

Auto-execração usada do avesso como um orgulho idiota de punk.

Se algum daqueles três tem uma visão diferente das coisas, ele não está querendo contar para ninguém.

Mas coloquemos a coisa da seguinte forma: se uma daquelas lojas de moda punk de St. Marks Place vendesse camisetas com os dizeres POR FAVOR ME CANGUE, você compraria uma na hora.

Depois fecharia o zíper da jaqueta quando estivesse voltando de Manhattan para casa.

Agora, na segurança do apartamento, os outros discos são postos de lado enquanto o single de doze polegadas é colocado no toca-discos da mãe divorciada para proporcionar a gratificação instantânea do riso. A agulha é levantada e recuada dezenas de vezes para a incrédula confirmação de algumas seqüências de rimas, *I don't care what these people think, I'm just sittin' here makin' myself nauseous with this ugly food that stinks.** Os três garotos brancos se escangalham de rir, mal conseguindo tomar ar para continuar rindo.

"*The-chicken-tastes-like-wood!*",** diz um deles, resfolegante.

Jaquetas são despidas. O namorado da mãe divorciada deixou seis Heinekens na geladeira, o otário, e todas são rapidamente esvaziadas. Uma caixa de biscoito de baunilha é demolida, até as migalhas depositadas no fundo da embalagem são sacudidas e sorvidas. "Rapper's Delight" é posta para tocar novamente, enquanto os punks mexem o corpo numa dança bizarra, pulando feito bonecos de mola em cima do sofá, brincando de dançar break, fazendo poses e momices.

A gravação inclui, entre outras coisas, uma passagem em que o rapper debocha do Super-Homem, chamando a si próprio de Big Hank e cantando a Lois Lane de gozação com versos jactanciosos. *He may be able to fly all*

* "Eu não ligo para o que essas pessoas pensam, só estou aqui sentado sentindo engulhos com essa comida horrorosa que fede." (N. T.)

** "A galinha tem gosto de madeira." (N. T.)

*through the night, but can he rock a party 'til the early light?** Uma excelente pergunta para o Super-Homem ou para qualquer personagem voador, de fato.

Isso se voar não fosse a última coisa na sua cabeça.

Agora os três começam a citar seus trechos favoritos, tentando imitar a inflexão do rapper e manter uma cara séria ao mesmo tempo. "*I understand about the food*", diz um deles quase chorando de prazer, "*hey, but bubba, we're still friends*!"**

Dois desses inofensivos punks de bochechas rosadas nasceram e cresceram em Manhattan e estudaram em escolas particulares até o ano em que entraram para a Stuyvesant para poupar os pais da despesa com a mensalidade. Para eles, aquele disco poderia ter sido feito única e exclusivamente para o prazer pessoal e antropológico deles, e os dois o ouviam com o distanciamento de quem está diante de um artefato caído da Lua. Eles nunca na vida tinham ouvido alguém cantar rap, como também nunca tinham visto Fat Albert ou Sanford & Son andando pela rua. O consenso entre eles parecia ser o de que o que tornava "Rapper's Delight" e os negros em geral tão inacreditavelmente engraçados era a sua suprema falta de *ironia*. Ei, não é racismo achar que os negros são tão ingênuos quanto hippies, tão óbvios e constrangedores quanto revistas de história em quadrinhos. Os cara são punks, e punks debocham. O lance deles é esse, você que engula.

Falta de ironia está longe de ser um problema para o terceiro membro do grupo, o punk de Gowanus.

Um adolescente atado em esplêndidos nós barrocos, isso é o que ele é. Pronto para passar em todo e qualquer teste de capacidade de autopartição. Mas se, enquanto está de pé no sofá com seu All Star de cano longo girando os quadris numa paródia constrangida, você de repente se lembra das lições de bambolê que recebeu de Marilla uns quinhentos anos atrás, lembra também da sua decepção diante do fato de que Marilla não era uma das louríssimas irmãs Solver, do sentimento de culpa que essa decepção lhe causou,

* "Ele pode ser capaz de voar a noite inteira, mas será que ele consegue animar uma festa até o raiar do dia?" (N. T.)

** "Eu entendo a coisa da comida, mas, ei, irmão, nós ainda somos amigos!" (N. T.)

da vergonha que você sentia da falta de molejo do seu corpo e dos seus vexaminosos fracassos — *e daí, o que é que tem*? Rir de "Rapper's Delight" não é uma tentativa de ir à forra e, além do mais, aquilo não foi idéia sua e, além do mais, a música é engraçada. A Dean Street é outra história, um campo de conhecimento inaplicável ali.

Você tinha acabado de conseguir deixar a Dean Street — e o Aeroman — para trás.

Se isso significa evitar a única pessoa que lhe deu proteção durante todo o curso ginasial, a pessoa à qual você desejava com todas as suas forças poder se igualar, a pessoa em cuja órbita você já ficava feliz só de poder gravitar — se isso significa não retornar as ligações que o garoto de um milhão de dólares tem feito regularmente para a sua casa e ignorar os recados que Abraham tem anotado meticulosamente em pedaços de papel — isso é um preço pequeno a pagar para crescer, não é não?

Isso não é uma festa, não é uma discoteca, não é uma brincadeira.

Isso é o fim, o fim dos anos 70.

16.

Embora Barrett Rude Junior tivesse isso em mente desde o início, o gérmen de uma idéia que remoía em seu íntimo, o tema da noite não foi divulgado para os que dela participavam. Isso, no entanto, não os impedira de cair de boca nas pastinhas, nos queijos e frios fatiados, nas azeitonas, nos pães e no cheesecake de cereja que Barry encomendara por telefone da delicatéssen, no Seagram's, no pó. Aquela cambada de malucos, Horatio, Crowell Desmond, as três garotas, eles não precisavam de desculpa para cair na farra. Quando finalmente fez o anúncio, Barry recebeu como resposta apenas um vago eco, visto que a maior parte da tropa já estava chumbada demais àquela altura para fazer qualquer coisa além de balançar a cabeça doce e *viajandonamente* e erguer um copo com gelo caso estivesse com algum na mão. *O Barry tá pilhado com alguma coisa. Aniversário de quem, hein? Tanto faz, tá beleza.* Mas uma das garotas, cujo nome ele havia esquecido, perguntou:

"Quantos anos?"

Ela tinha lhe dado um sorrisinho tímido quando chegou, uma das três peças penduradas no braço de Horatio, toda brincos tilintantes e cílios postiços, vestido cor de pele, fino feito anágua, colado no corpo até um pouco acima dos escarpins, quase cinqüenta botões de um dos lados, da axila até o tornozelo, os últimos doze desabotoados. Espécimen horatiano de primeira qualidade, mas novo e desconhecido. Imagine-a atendendo o telefone, Horatio dizendo *Que acha da idéia de conhecer o Barrett Rude, o vocalista dos Distinctions? Então capricha na roupa, baby*. Depois na frente do espelho, contando quantos botões de baixo para cima deveria desabotoar, ali nada era acidental.

Aquele sorriso dizia tudo, mesmo sem dizer nada.

Meu irmão, ele até cantava se você tivesse ouvido para ouvir.

Assim que entrou porta adentro, ela começou a inventar moda, diminuiu as luzes do teto, ficou remexendo nas gavetas dele à cata de velas até ele dizer que não tinha vela nenhuma em casa. Aí, ela resolveu cobrir o abajur com o xale dela, produzindo uma teia de sombras que se espalhava pelo teto feito uma boca gemente com dentes de pompom.

"É impressão minha ou você tá tentando criar um clima cigano, uma coisa meio Fleetwood Mac na minha sala, menina?"

Mais uma vez ela só sorriu sem dizer nada, depois foi lá para dentro, aspirar uma carreira que Horatio tinha batido na bancada da cozinha.

Toda elegância, tapando uma das narinas com o indicador, exibindo a unha pintada.

O mindinho levantado como se estivesse bebericando chá inglês.

Ele a ignorou, botou alguma coisa suave para tocar na vitrola, o *Journey Through the Secret Life of Plants* daquele menino, o Stevie Wonder. Depois foi ele próprio provar um pouco do produto de Horatio, cheirar uma fileira enquanto esperava o *freebase* ficar pronto para pôr no cachimbo. Uma das outras garotas lhe perguntou sobre os discos de ouro pendurados em cima do consolo da lareira e ele disse a ela que deveria ter mais outros quatro pendurados ali, se a verdade fosse dita. Ele nem sequer ficou irritado, àquela altura o episódio todo não passava de história. Enquanto a contava, ele olhava de rabo de olho para a garota caladinha, enquanto ela olhava para ele fingindo não olhar, o jogo de sempre. Não havia pressa, as quietinhas sempre acabavam botando as manguinhas de fora. Como um termostato saltando de dentro de um peru de Natal. Agora ela demonstrava uma certa curiosidade com relação ao fato de ele ter um filho, o instinto procriador.

Tudo bem, menina, a gente pode ir por aí. É um caminho que a gente definitivamente pode explorar. Aí ele disse: "Dezessete, você acredita? Eu tô ficando velho, merda".

Barrett Rude Junior sentou em sua poltrona, mãos entrelaçadas atrás da cabeça, pernas abertas para deixar o ar passar como ele gostava, sem se importar se as garotas sentadas no tapete estavam vendo alguma coisa por entre as pernas largas do seu short de ginástica. Prova material número um, sirvam-se. Vocês todas vieram até aqui para me ver, melhor conferir se eu sou de verdade mesmo.

"Bom, se é aniversário dele, então onde é que ele tá?" Ela tinha uma voz de ninfeta, ronronante, pornô.

Barry ergueu os olhos na direção da porta do apartamento do subsolo. "Por que você não chama ele pra vir aqui em cima? O nome dele é Mingus."

Lá fora, um temporal tinha amenizado aquela noite de junho. Um vento fresco entrava pelas janelas da sala, agitando as cortinas.

Na noite em que o garoto nasceu, em 1963, também tinha chovido.

A garota olhou para a porta com cara de espanto, como se achasse que ele mantinha o garoto preso no porão. "Ele tem o andar de baixo inteiro só pra ele", Barry disse em defesa própria. "Eu já chamei ele um tempo atrás, mas ele tinha saído pra algum lugar. O filho-da-puta só quer saber de rua. Mas o temporal já deve ter afugentado ele de volta pra casa. Ou ainda vai." Barry fechou os olhos e começou a cantar em falsete, roçando a língua no céu da boca pra conseguir um efeito sibilante à la Al Green, "*I can't stand the rain — against my window — bringing back sweet memories — hey windowpane...*"*

Aceitando o desafio, ela foi até a porta do apartamento do subsolo e chamou o garoto com voz hesitante, como se não acreditasse que ele existisse. Um minuto depois o aniversariante chegou, surgiu no meio deles feito um cachorro no tapete, com sua roupa do exército manchada e seu cabelo encarapinhado, seus tocos de proto-*dreadlocks*. As três mulheres o examinaram de alto a baixo como numa reação ensaiada, fizeram *hum-hum*, posando de vampes com o garoto para se exibir para os homens mais velhos.

"O que é?", disse Mingus.

"Ei, Gustopher, irmãozinho, como é que *você* tá?", disse Crowell Desmond, debruçando sobre a bancada e estendendo a palma da mão para que

* "Não suporto o barulho da chuva batendo contra a minha janela, trazendo doces lembranças. Ei, vidraça..." (N. T.)

Mingus batesse nela, o que ele fez meio a contragosto. "Você tá sumido, cara, por onde anda que eu nunca te vejo?"

"O Gus só vem aqui em cima pra afanar os meus discos e o bagulho que eu guardo no freezer", disse Barry. "Ele não curte mais ficar com a gente, não."

"O seu pai contou que é seu aniversário", disse a garota com jeito de cigana, ainda desconfiada.

Mingus fez que sim.

"Você parece chapado, garoto. Tá dormindo? Se apresenta pra moça."

Ela apertou a mão de Mingus e disse: "Yolanda".

"*Yo*, Mingus."

"Yolanda, *Yomingus*", disse Barry. "Vocês dois parecem até gêmeos."

Desmond Crowell, que estava parado perto da pia, onde Horatio preparava *freebase* dentro de um tubo de vidro, caiu na gargalhada.

"Ha-ha, muito engraçado, Barrett", murmurou Mingus.

"Não me chama de Barrett, garoto. Olha só pra você, todo paramentado com essa porra de uniforme do Vietnã. Você devia era afanar as minhas *roupas*, em vez de afanar o meu bagulho."

Yolanda voltou para o sofá, onde as garotas estavam enfileiradas, e Mingus ficou sozinho na longa franja do tapete, como um náufrago numa praia deserta. O primeiro lado do disco acabou, a agulha crepitou ao se aproximar do rótulo, depois veio o estalido oco do braço da vitrola recuando, depois o silêncio. Agora todos estavam atentos, talvez porque o conceito de aniversário estivesse finalmente penetrando em seus cérebros entorpecidos. Ou talvez porque tivessem sentido uma faísca no ar, relâmpago de verão. Barry se sentia recriminado e escarnecido, muito embora não tivesse dado nenhuma espécie de alerta a Mingus acerca de seus planos. Mas sentimentos desse tipo estavam além da razão.

Você se comunica com um filho através de vibrações genéticas e ninguém além de você conhece a história toda, nem mesmo o próprio garoto, que nem sequer tinha nascido quando as vibrações tiveram início.

A metade materna das vibrações eram os fatores que fugiam ao controle.

Sob suas roupas encardidas, Mingus era um homem encurvado. Magro, cabisbaixo, os olhos enviesados em direção à rua, onde ele provavelmente preferiria estar. Quando tinha sido a última vez que Barry olhara para ele direito? Barry não saberia dizer. Não olhar um para o outro era um acordo recíproco, travado Deus sabe quando. Ele não queria se ver refletido nos olhos do filho — e, aliás, nem nos olhos daquela menina, Yolanda. Ele com aquelas suas unhas cada vez mais grossas, suas coxas moles feito pudins, seu pescoço grosso encoberto por largas suíças. Só a cocaína o impedia de inflar por completo, de se transformar numa espécie de caricatura gorda de Isaac Hayes.

Ele deveria estar dançando pela sala, mas em vez disso se sentia afundado na poltrona, como se carregasse quinhentos quilos de lastro.

Era aquele sentimento-de-mundo tomando conta dele de novo. Essa era a única maneira que ele conseguia descrever a sensação.

"Eu só tô brincando contigo, Gus, relaxa. Senta aí. Nós estamos aqui pra celebrar o aniversário de um homem, gente. Desmond, bota um disco na porra da vitrola."

Mingus girou no meio do tapete, arrastando as solas dos tênis.

"Tem algum amigo teu escondido lá embaixo? Não banca o sorrateiro, traz os teus amigos aqui pra cima."

"Não, é só..."

"O Mingus curte garotos brancos, sabe, Yolanda."

Ele só disse aquilo por dizer, não era nada de mais, as pessoas que interpretassem como quisessem. O silêncio, no entanto, foi tomando conta de tudo, deixando-o incomodado. A sala estava cheia de íons, sobras do temporal, e Barrett Rude Junior se sentia como uma gigantesca presença de chumbo. Ele deveria estar dançando, mas não havia música, e, à medida que seu sentimento-de-mundo crescia, seus braços e coxas pareciam adquirir dimensões de montanhas. Se aquela menina Yolanda viesse para cima dele, seria como se uma gatinha miadora estivesse escalando as encostas do corpo dele. Num programa de televisão sobre animais, ele tinha visto uma larva rosa de canguru se arrastar para dentro da bolsa depois de nascer, a mãe uma forma planetária. Essa era a proporção dele agora. Quanto mais tempo ele ficava com o rabo colado na poltrona, maior ficava.

Mingus se limitava a ficar plantado ali, brincando de bancar o sinistro como o garotinho de *O iluminado*, flutuando na órbita do pai.

Enquanto isso uma coisa boa começava a vir lá da pia da cozinha, um futum crepitante, um fedor que prometia. O cheiro o animou na mesma hora, lhe deu vontade de cantar.

"Nem pensa na idéia de se imolar que nem o Richard Pryor fez, Horatio. Enche logo essa marica e traz aqui pra mim. E escolhe um disco pra botar na vitrola, Desmond, seu lacaio imprestável. Eu vou escrever uma música-tema pra você: *Lacaio imprestável, se ele não consegue descolar nem uma mísera apresentação pra mim, eu aposto que tem outro que consegue...*

Talvez querendo fazer Barrett parar com a improvisação, Desmond finalmente pôs outro disco na vitrola. O *For You*, do Prince, nada que fosse dissonante demais.

Se Barry não estivesse ficando gigantesco, rotundo feito um planeta intumescido, e Horatio, Desmond, Mingus e as três garotas gravitando, minúsculos, ao seu redor, tudo estaria bem.

"Desmond, eu já te contei dessa sensação que eu sinto às vezes de que eu tô ficando cada vez maior, enquanto todo mundo tá encolhendo?"

"Não, cara." Desmond parecia aturdido.

"Nós todos vamos encolher um dia", disse Horatio. "Não tem nada de errado nisso."

"A minha ex-mulher, a mãe desse menino aí, costumava dizer pra mim que eu tava ficando *grandioso*, mas não tem nada de grandioso no que eu sinto. É só que às vezes eu tenho a sensação de que os meus dedos estão a quilômetros de distância de mim."

"*Doideira*, cara", disse Desmond, temendo dizer qualquer outra coisa mais específica ou controversa.

"É, doideira", disse Barrett Rude Junior, percebendo o quanto era inútil tentar explicar. "É coisa de doido mesmo, essa merda. *Yo*, Horatio, dá o presente pro garoto."

"O quê?"

"Não finge que esqueceu, cara." Sua voz saiu do fundo do túmulo do seu peito e ganhou o espaço, onde a curvatura de seus próprios ouvidos recuperou-a e confirmou-a. Ele tinha a impressão de que tinha falado de fato.

De olhos arregalados, Horatio saiu de trás da bancada da cozinha, meteu a mão no bolso interno do colete e puxou um embrulhinho de papel laminado, o presente que, quando Barrett Rude Junior lhe encomendou, ele ficou meio na dúvida se Barry estava realmente falando sério. Mas tinha trazido assim mesmo: você podia trazer quantos gramas de produto quisesse no bolso, que nunca era demais em se tratando de uma festinha na casa de Barry.

"Pronto, taí. Um grama todinho seu. Agora não precisa mais ficar pulando de cima de árvore nenhuma."

Mingus só olhava.

"Pega, é pra você. Se você quiser uma carreira agora, o Horatio pode bater uma pra você da dele."

Mingus enfiou o embrulho no bolso da calça e fez que não.

"Feliz aniversário. Você agora é um homem."

Então, nadando de volta pra dentro de si mesmo, voz e mente pontinhos cada vez mais minúsculos no oceano do seu corpo, Barrett Rude Junior se deu conta de que o presente estava incompleto. Claro que Mingus não estava agradecido, não era para estar mesmo. O papelote não era o bastante. O pai tinha de lhe dar a garota, Yolanda. Barry não tinha nenhuma serventia a dar para ela, não naquela noite, com seus braços e pernas pesados feito tijolos. Ele esmagaria a menina, se conseguisse de alguma forma trepar em cima dela. E se ela lhe fizesse um boquete, ela ficaria a quilômetros de distância, indetectável, abaixo do horizonte do real. Hoje era a vez do garoto.

"Horatio, você já acabou de preparar esse troço? Traz a marica aqui pra mim que eu tô com *preguiça* demais pra levantar desta poltrona. Ei, Yolanda?"

"Sim?", ela respondeu de um jeito meio afetado, surpresa por desta vez ele a ter chamado pelo nome.

"Que acha da idéia de dar um pulo lá embaixo pra conhecer o ninho do Gus?"

Ele falou de um jeito tranqüilo, como se ela obviamente fosse entender o raciocínio dele, uma coisa levando a outra. Mas ninguém enxergou o mérito fundamental daquela oferta de pai para filho. Todo mundo caiu de pau em cima dele na mesma hora.

"O que que você *quer dizer* com isso?", disse Yolanda. Ela não saiu do sofá, mas cruzou as pernas, protegendo o tesouro, e virou o corpo na direção da porta, ressentida.

"Que idéia, Barrett", disse Mingus em voz baixa, num tom de desdém.

"Pára com isso, Barry", acrescentou Horatio, como se tivesse alguma voz naquela casa.

"Eu não *quero dizer* porra nenhuma, gente. Relaxa, porra. Mas e se a gente fizesse uma aposta? Quantos anos você tem, Yo-landinha? Se você estiver mais perto da idade dele do que da minha, você dá um pulo lá embaixo, que tal? Você desce e cheira umas carreirinhas com o meu filho pra celebrar o aniversário dele, você não acha que é justo?"

"Ela não pode descer", disse Mingus, categórico.

"Peraí, Gus, deixa ela responder. Me diz, baby, você nasceu no ano do dragão, do rato, ou do quê?"

"Você parece um cara muito legal, Mingus", disse Yolanda desafiadoramente, recusando-se a olhar para Barrett. Sua voz estava impregnada de energia sexual, carinho maternal e outras coisas místicas femininas destinadas a envergonhar Barry e mostrar a ele o que ele havia perdido. Porque ele tinha perdido, tinha vacilado feio, e ela ia cair fora assim que tivesse a chance. "Não deixa o seu pai estragar o seu aniversário. Eu vou lá conhecer o seu quarto, se você quiser."

Mingus, no entanto, a ignorou. "Ela não pode ir lá embaixo", repetiu.

"Não pode por quê?", quis saber Barry.

"O Senior tá no quarto da frente. Eu ouvi os barulhos dele lá dentro."

"Ele voltou sem avisar?"

"O que você esperava? Você não pegou a chave dele de volta."

Barry estava entregue ao sentimento-de-mundo agora. Sua sensação era de que tinha virado um planeta e que sua população se movia em enxames, feito mosquitos, aparecendo e desaparecendo de sua vista de uma hora para outra. Então o velho tinha voltado, o sorrateiro! Na certa, Senior tinha aprontado alguma para irritar os cafetões e traficantes que comandavam o Times Plaza Hotel, convencera alguma mulher a ir para o quarto dele e tentara batizá-la ou talvez simplesmente ficara tempo demais no lobby vociferando contra os pecadores — enfim, transformara-se numa presença indesejável ali, depois voltara de fininho para o seu antigo quarto no subsolo. Mingus e Senior eram farinha do mesmo saco, criaturas ingratas por natureza e tão distantes dele quanto suas próprias e longínquas mãos. Horatio, Desmond, filho, pai, mulheres, discos de ouro, todos voavam numa nuvem, perdidos e minúsculos.

O que ele precisava era de uma boa cachimbada. Uma, duas ou doze carreiras que fossem não iriam resolver o problema dele aquela noite, não iriam diminuir aquele seu peso insuportável nem expandir os outros habitantes da sala para que não ficassem mais daquele tamanhinho irritante.

Lá fora, a chuva evaporava no asfalto que o sol torrara durante o dia.

* * *

Foi o fato de a coisa ser sediada na New School, um nome que ele associava com causas esquerdistas e com a contratação de professores pouco credenciados, que o induzira a cometer aquele erro. Isso e o holandês que colecionava arte original de capas de livros, que se desfizera em rasgos de entusiasmo meia dúzia de vezes pelo telefone até Abraham ceder. Talvez também uma certa curiosidade mórbida de conhecer seus colegas de profissão: um tal de Howard Zingerman e outro tal de Paul Pflug, por mais inacreditáveis que os nomes pudessem parecer. Era provável até que o próprio nome dele, Ebdus, soasse igualmente estranho aos ouvidos das outras pessoas e que fosse o exotismo dos sobrenomes dos três que tivesse feito com que acabassem indo parar naquele ramo. Talvez Abraham tivesse aceitado o convite por vaidade. Com certeza fora por vaidade. O termo *cultura pop*, que o colecionador holandês salpicava tão livremente em suas frases. Abraham fazia parte da cultura pop agora. Então por que não ir lá para ver o que isso queria dizer e conhecer Zingerman e Pflug? Que mal havia em participar de um painel?

Bem, ele logo descobriu que mal havia, que preço se pagava por se deixar persuadir a sair de seu esconderijo. O auditório da New School não era garantia nenhuma contra a humilhação. A pequena platéia, menos de cinqüenta pessoas, quase todas elas rapazes com complexos pêlos faciais, tinha ido até lá expressamente para conhecer Pflug. O próprio Pflug devia ter por volta de trinta anos, usava o cabelo preso num longo rabo-de-cavalo como muitos de seus admiradores e aparentava ser levantador de peso, muito embora também tivesse uma barba fina e comprida de ancião, ou possivelmente de mago.

Pflug pintava no estilo que sucedera o de Abraham no tempo e sobrepujara-o em popularidade. Se é que o estilo de Abraham algum dia gozara de fato de popularidade entre outro público que não fosse o dos diretores de arte, que durante alguns anos chegaram a competir para contratar Abraham e, quando ele não estava disponível, encomendavam imitações deslavadas do seu trabalho. Esse tipo de coisa já não acontecia mais. Embora Abraham ainda estivesse trabalhando, a moda da arte psicodélica tinha passado. Pflug era um exemplo típico do que a substituíra. Ele pintava dragões e homens musculosos no estilo dos pôsteres de certos filmes que tinham se tornado populares em tempos recentes, seus céus cheios de nuvens encapeladas à la Maxfield Parrish, seus bárbaros, suas gladiadoras e até seus dragões pintados com um brilho fotorrealista uniforme até cada pequena pena, cada pequena escama, cada pequena mecha loura de seus cabelos anacronicamente modelados com escova e secador.

Na verdade, ficou claro que tinha sido o próprio Pflug quem criara o pôster de um desses filmes populares, o que explicava a semelhança de estilo e também a existência de seus fãs. Fãs estes que mal haviam conseguido disfarçar sua impaciência durante o breve painel, à espera da chance de se aglomerarem em volta de Pflug para pedir que ele autografasse os pôsteres que tinham trazido consigo e agora tiravam reverentemente de dentro de tubos de papelão. Ninguém ali tinha o menor interesse pela arte das capas de livro, e por que deveriam ter? Não era uma coisa que interessasse a ninguém mesmo.

A única exceção era o holandês que havia, sozinho, organizado aquele evento, que Deus o ajude, tendo vindo de Amsterdã para isso. E ele só tinha interesse por Zingerman, mais ninguém. O holandês, que era ainda mais novo que Pflug, usava roupas bem talhadas e tinha o rosto bem barbeado. Parecia mais velho pelo telefone, mas pessoalmente era um sujeito afável, aparvalhado de admiração reverente. Zingerman era o seu herói. Ele vinha comprando originais de Zingerman de depósitos de editoras defuntas, de diretores de arte larápios e de catálogos que circulavam entre aficionados como ele. O holandês estava preparando uma monografia, um *catalogue raisonné*, e queria a bênção de Zingerman. Sua viagem ao outro lado do Atlântico deveria ter sido uma peregrinação direta até os pés de seu mestre, mas ele fora acometido de timidez, ao que agora parecia, e então inventara aquele painel fajuto, Zingerman-Pflug-Ebdus, "O mundo oculto da arte das capas", como fachada.

Zingerman como pintor tinha uma certa integridade, um realismo à la Ashcan School. Era impressionista à moda dos irmãos Soyer ou, se você quisesse ser generoso, até do Philip Guston da primeira fase. O ambiente de Zingerman era o gótico urbano, personagens capturados no auge de tormentos expressivos, homens arrancando a blusa de mulheres, e vice versa, mas também momentos de ternura ou até de melancolia. Cãezinhos e latas enferrujadas abandonados na penumbra de varandas faulknerianas. As mulheres eram sempre apenas ligeiramente bonitas, coelhinhas da *Playboy* em desalinho, andando por bairros miseráveis. Mãos, rostos e colos eram retratados com clareza, em foco, enquanto quase todo o resto se perdia em chiaroscuro, um estilo pessoal que também poupava horas de trabalho braçal e com certeza era bem menos cansativo a longo prazo do que o microdetalhismo autista de Pflug.

Os exemplos à mão, livros lacrados em embalagens plásticas e duas das pinturas propriamente ditas, eram todos da coleção do holandês. Os títulos cobriam quatro décadas, começando nos anos 40, Paul Bowles e Hortense Calisher ao lado de obras francamente pornográficas — o tratamento de Zingerman era coerente. Sua única concessão aos anos 70 foi abdicar de sua paleta de cinzas e marrons em sfumato, clareando seus tons e acrescentando biquínis coloridos e blusas estampadas desabotoadas ao guarda-roupa de suas garotas e bastas costeletas aos maxilares cerrados de seus protagonistas.

Zingerman como ser humano? O homem era tóxico. Talvez setentão, ele pendia do alto de uma estatura de jogador de basquete, sua enorme carcaça drapeada dentro de terno café-com-leite e desengonçadamente dobrada atrás da mesa que eles dividiam. Pêlos espessos escapavam por baixo dos punhos duplos de suas mangas, como se suas roupas escondessem um corpo de macaco, mas a pele das mãos e do rosto era seca feito papel, como se tivesse tido toda a sua vitalidade sugada. Apesar das proibições afixadas nas paredes do auditório, ele fumava um charuto atrás do outro, charutos tão grossos quanto seus dedos roliços. Entre um charuto e outro, tossia com freqüência. Era difícil imaginar aqueles dedos segurando um pincel — mas, na verdade, havia tanta coisa difícil de imaginar e que no entanto acontecia, como o próprio evento daquela noite, aliás.

Zingerman não queria assunto com Pflug e dava a impressão de que mal conseguia tolerar o holandês, o seu Boswell. Talvez os dois estivessem abaixo da idade mínima necessária para merecer a atenção de Zingerman. Enquanto Pflug autografava pôsteres — outra tarefa artística que ele cumpria com torturante detalhismo, abarrotando cada um de caricaturas e inscrições —, Zingerman se esticou em sua cadeira, ofereceu um charuto a Abraham e pôs-se a vender sua filosofia de vida.

"Eu papei as meninas."

"Como?"

A voz que saiu da garganta de Zingerman era áspera e abrupta e era possível que Abraham tivesse tomado algum tossido barroco por uma frase.

"Eu papei as meninas, todas elas", disse Zingerman, apontando para os livros dispostos na mesa diante deles e depois para os enormes originais pendurados nas cortinas. "As modelos. Era o meu único consolo por trabalhar nessa merda de profissão xexelenta, e é por isso que eu não consigo entender como é que um cara como você passa anos pintando essas... sei lá como você chama... formas geodésicas. O quê que você faz, trepa com formas geodésicas? É uma trilha solitária."

"As suas modelos? Você levava elas pra cama?"

"Pra cama, pro sofá, bem no meio da sala com a garota metida numa roupa de pele de leopardo, fantasiada de sereia, com dentes de vampiro, com uma arma de brinquedo na mão, eu com os dedos todos sujos de tinta, eu papei, papei, papei. Era a política expressa da casa. Eu contratava o rapaz, contratava a garota, ajeitava a pose, tirava fotos Polaroid, mandava o rapaz pra casa, dava uma desculpa qualquer pra começar a apalpar a roupa, consertava a gola, passava a mão na bunda, papava, papava, papava, foram trinta e cinco anos."

"Como Picasso", foi a única coisa que ocorreu a Abraham dizer.

"Pode apostar. Eu não ia suportar pintar aquelas coisas se não fosse assim, ia acabar enfiando a cabeça dentro do forno. Eu tentei contar pro meu amigo Schrooder ali, mas ele acha que eu tô brincando. Eu não tô brincando. Você é casado?"

"Eu fui."

"Todos nós fomos. Esses garotos não fazem idéia. Olha pra aquele ali. Você acha que ele papa alguém? Ele tá ocupado demais pintando cabelos, pintando penas, pintando o reflexo da luz nas bolhinhas. Se eu estivesse com uma daquelas garotas com aquelas espadas e aqueles cabelos na minha sala, eu saberia o que fazer. Já ele... tá vendo aqueles braços? Eu desconfio que ele passa mais tempo olhando pros garotos."

"Ou pros dragões."

"Ou pros dragões. Mas, então, e você? Você trepa com formas? O Picasso pelo menos começava real. Depois que ele deitava com elas, os dois olhos iam pro mesmo lado. Ele fazia as garotas andarem de um jeito engraçado. Você é como olhar num microscópio. Você não se sente sozinho, não, só você e os seus germes?"

Abraham ficou pensando: garotas e germes. O que sintetizava bastante bem a especialidade de Zingerman. Então era a isso que a coisa toda se resumia, Ebdus como a ponte entre o lixo da Ashcan School e os dragões fotorrealistas, um interlúdio momentâneo. Só ele e os seus germes.

Não, o filme não seria discutido ali, o filme não seria mencionado, não seria sequer lembrado.

"Eu me sinto sozinho, sim", respondeu, com honestidade.

"Claro que se sente. Você fede a solidão."

"Foi um grande equívoco profissional, o biomorfismo."

"Agora, sim, você tá abrindo os olhos. Aprenda com a minha cartilha", disse Zingerman. "Viva. Pape as meninas."

"É o que eu vou fazer."

Nesse momento, Zingerman abaixou a voz para concluir a lição, para compartilhar o que conquistara, o que realmente sabia. "Escuta", disse ele. "Não conta pro Schrooder."

"O quê?"

"Eu tô bichado", disse, passando o charuto magicamente por toda a extensão de seu corpo.

"Como?"

"Começou no pulmão, aí eles cortaram fora um pedaço. Não importa onde começou. Passou pra linfa, depois pro cérebro, depois pra corrente sangüínea."

"Puxa."

"Eu *cago* câncer. Não importa, não fica com pena de mim, não. Sabe por que você não precisa ficar com pena? Adivinha."

"Porque você papa as meninas?"

"Dá um charuto pro homem."

dezembro ruim
sem brincadeira, garoto
faz tempo que não prego o olho
põe uma rosa na porta
do dakota por mim
eu sou o caranguejo-morsa

* * *

"Horatio, onde você se enfiou, cara? Eu tô te procurando faz um tempão, porra."

Pausa.

"Ah, ei, como é que tá, Barry?"

"A tua vida tá tão cheia que você não pode nem retornar as ligações de um irmão, porra?"

"Desculpa, irmão, eu ia te ligar. Não é nada, não. O que que manda?"

"Eu preciso que você me arranje um berro."

Pausa.

"Do que é que você tá *falando*, Barry?"

"Você assiste televisão, Horatio?"

"Claro que eu assisto televisão, negão, o que que tem isso?"

"Você sabe o que é um Beatle?"

"O quê? Ah... tá, tá."

"A coisa é muito simples, Horatio, eu tô precisando descolar um berro. Agora, será que você pode resolver esse problema pra mim? Essa é que é a questão."

"Tá maluco, cara? Aquela merda não tem nada a ver contigo."

"Como não tem? Na semana passada mesmo eu vi aquele filho-da-puta daquele Chapman rondando aqui pela Dean Street, de butuca na minha casa. Se não era ele, era o primo dele. Aquele branquelo filho-da-puta tava com uma *lista* na mão."

"Tá falando *sério*?"

"Você tem idéia de quanta gente quer me tirar de cena, quanta gente quer botar a mão nas minhas fitas de quatro canais? Eu não confio nem no *Desmond*, porra. Aquelas fitas devem ter umas cinco ou dez gravações que vão direto pro primeiro lugar das paradas, cara, tu acha que neguinho não sabe? Eu tenho inimigos, Horatio, tenho inimigos nas ruas, nos quadros de executivos, eu tenho inimigos até debaixo do meu assoalho, cacete. A questão é a seguinte: você pode ajudar um irmão ou eu vou ter que procurar outra pessoa? Agora, seja qual for a resposta que você me dê, tem que ser pra valer."

Pausa.

"Tudo bem, Barry. Se é isso que você quer, eu arrumo pra você."

"Agora você tá falando a minha língua, cara."

17.

Stately Wayne Manor está programado para entrar entre Miller Miller Miller & Sloane e os Speedies, a fila inteira uma batalha de bandas de escolas secundárias, todos os integrantes sendo alunos da Music and Art, da Stuyvesant, da City-As-School, da Bronx Science, da Dewey ou de fosse qual fosse a escola que os Speedies freqüentassem ou deixassem de freqüentar. A calçada da Bowery está apinhada de gente, ninguém examina identidade nenhuma, há garotos de doze anos, até pirralhos da quinta série estão ali. As garotas são incríveis, sensacionais, pululam do lado de fora do CBGB com vestidos estampados, batons em tonalidades dos anos 50 e cabelos desfiados, espinhas encrostadas de base, as mãos em concha para proteger os cigarros do vento brando, braços nus arrepiados. Elas iluminam a noite, aves-do-paraíso capazes de provocar tremores em homens adultos, mas não há homens adultos ali a não ser alguns poucos moradores de casas de cômodos já em pleno *delirium tremens*. Era 1981, quando adolescentes de dezesseis anos podiam comandar a noite de Manhattan, fumar maconha abertamente e, do lado de dentro da boate minúscula, comprar cerveja em copos de plástico. Grupinhos de dois ou três garotos vestidos de couro e jeans cochicham em volta das chusmas de meninas, falsificando com caneta esferográfica os carimbos de mão que servem como entrada e avançando no empurra-empurra em direção ao palco, ou simplesmente matando o tempo do lado de fora, passando de um para o outro um saco contendo uma garrafa de alguma bebida mais forte, de vez em quando derrubando um ao outro no meio-fio com uma saraivada de gritos, hostilidade blefada. Alguém chega, e guitarras e amplificadores cobertos de adesivos saem de um porta-malas. Todo mundo admira os dedos enfaixados do guitarrista, que deu um soco na janela de um carro e quebrou três ossinhos, só de revolta contra alguma coisa que alguma garota tinha dito e ficado sem resposta. Ele vai tocar naquela noite assim mesmo, com mãos que mais parecem luvas de beisebol, um herói do showbiz.

Numa portaria perto dali, um homem entra num elevador, voltando para o quarto de solteiro em que mora desde 1953.

Um carro de patrulha parado no meio-fio da Rivington chacoalha de leve, um guarda é chupado no compartimento traseiro enquanto seu parceiro fica de vigia na esquina da Bowery, esperando a sua vez. É provável que exista até um código para essa operação, algo como *passeio até a esquina* ou *O-cinco-O*.

Os muros daqui exibem grafite punk, um tipo completamente diferente de pichação, a letra A com um círculo em volta como símbolo de anarquia, nomes de bandas como Mice e Steaming Vomit escritos com letras maiúsculas convulsas, talvez a única marca duradoura que elas vão conseguir deixar.

Aquela noite é uma ocasião especial para o pessoal da Stuyvesant, com o apartamento de alguém livre de pai e mãe durante o fim de semana e planos em massa de ir para lá tomar ácido. Fim de semana, tudo acontece no fim de semana, como se a escola não estivesse a vinte e quatro horas de distância, como se a sua vida tivesse se alterado uma vírgula que fosse. Claro que você sempre podia se rebelar contra o sistema, sair em plena noite de terça ou quarta-feira para ir a shows ou então para o Bowl-Mor, uma pista de boliche na University Place que fica aberta a noite inteira e propagandeia "Boliche com rock-'n'-roll!" — mas ir por esse caminho era uma coisa que inevitavelmente desembocava em matança de aula, repetência e depois algum fundo de poço acadêmico como a City-As-School ou a escola secundária da sua vizinhança. Como Tim Vandertooth, você corria o risco de nunca mais ser visto.

Então se arrumem e finjam que vocês nao vão todos se ver de uniforme de ginástica na segunda-feira de manhã, tronchos de ressaca e de inibição.

Lá dentro, Miller Miller Miller & Sloane está concluindo sua apresentação. O famoso bis da banda é uma paródia cômica de uma participação especial, em que o baterista emerge de trás da cozinha para cantar "Respect", de Aretha Franklin, música que pode ser cultuada em segurança dentro dos parênteses irônicos da situação garotos-brancos-do-Upper-West-Side-tocando-na-boate-punk-mais-famosa-do-mundo.

Mas a canção é reconhecidamente muito boa, e todos vão estar cantarolando-a no dia seguinte se o LSD não limar de seus cérebros toda e qualquer memória da noite.

Stately Wayne Manor vai entrar em quinze minutos.

Dylan Ebdus oscila ao sabor da multidão na fila do gargarejo, muito embora só tenha visto a banda tocar coisa de umas cem vezes, entre pequenas apresentações e ensaios num espaço da Delancey. Seu amigo Gabe Stern toca baixo no Stately Wayne Manor — aprendeu a tocar sozinho, no palco, como Sid Vicious. Já Dylan, ele é como se fosse o quinto integrante do Manor, sabe de cor o minúsculo set da banda, faz as letras dos cartazes deles, ouve queixas confidenciais das namoradas deles.

Às vezes dá uns amassos nas namoradas deles.

Qualquer dia desses pode até se dar bem com alguma das namoradas deles.

Namoradas atuais e futuras formam uma parte considerável da multidão que se acotovela no bar, assim como no balcão da lanchonete das revistinhas de Archie. Nenhuma das três bandas tem um único fã com mais de dezoito anos. Qualquer dos garotos ali presentes com certeza se gabaria de ter visto o Talking Heads tocar no minúsculo palco do CBGB e estaria mentindo, já que nenhum deles poderia ter mais do que doze ou treze anos da última vez em que isso aconteceu. Você podia crescer na cidade em que tudo acontecia e mesmo assim não testemunhar absolutamente nada. O Talking Heads hoje em dia só toca em lugares feito o estádio de tênis de Forest Hills: compre um ingresso no subsolo da Abraham & Straus e pegue o metrô até o Queens como outro mané qualquer.

A chave para quase qualquer coisa é fingir que a sua primeira vez *não* é a sua primeira vez.

A viagem de ácido programada para aquela noite é só o exemplo mais próximo.

Agora um amigo de Dylan chamado Linus Millberg surge do meio da multidão com um copo de cerveja e grita: "A Dorothy é o John Lennon, o Espantalho é o Paul McCartney, o Homem de Lata é o George Harrison e o Leão é o Ringo".

"*Jornada nas estrelas*", desafia Dylan, gritando por cima da música country insuportavelmente estridente que o CBGB está botando para tocar entre uma banda e outra.

"Mole", Linus grita de volta. "O Kirk é o John, o Spock é o Paul, o Bones é o George e o Scotty é o Ringo. Ou o Chekov, depois da primeira temporada. Não importa, o Ringo é como se fosse uma combinação Scotty-Chekov. Elementos sobressalentes são sempre Georges ou Ringos extras."

"Mas o lance do Spock não ter coração e o McCoy não ter cérebro não é que nem o Homem de Lata e o Espantalho? Então a Dorothy é o Kirk?"

"Tu não tá entendendo, cara. Isso é só uma coincidência superficial. A coisa dos Beatles é um *arquétipo*, é tipo a formação humana básica. Tudo se encaixa naturalmente no molde Beatles, as pessoas não têm como evitar."

"Fala de novo quais são os tipos."

"Pai-responsável, pai-gênio, filho-gênio, filho-palhaço."

"Tá, então faz com *Guerra nas estrelas*."

"Luke é o Paul, Han Solo é o John, Chewbacca é o George e os robôs são o Ringo."

"*Tonight Show*."

"Hum, Johnny Carson é o Paul, o convidado é o John, Ed McMahon é o Ringo e o outro que eu não lembro o nome é o George."

"Doc Severinson."

"Isso. Tudo gira em torno do John, entende, até o Paul. É por isso que o John é o convidado."

"E o Severinson é caladão mas talentoso, como um Wookie."

"Agora tu tá começando a captar, cara."

Dylan é o encarregado de coletar a grana do LSD para a farra daquela noite. Carrega os trocados de todo mundo, cento e noventa paus, os quais, por puro hábito, aperta com força com a mão enfiada no bolso. O orgulho o impede de ceder à força do hábito ainda mais arraigado de esconder o dinheiro na meia. A tarefa de descolar ácido coube a Dylan e Linus Millberg por duas razões: 1. Os dois são fregueses habituais do traficante, um gay que mora na rua 9 e vende trouxinhas a alunos da Stuyvesant em seu próprio apartamento. 2. Eles não são integrantes da banda.

Linus Millberg é uma aberração, um prodígio da matemática, um aluno do segundo ano que anda com o pessoal do terceiro, ex-tímido.

"Se a gente for agora dá tempo de ver os Speedies na volta", diz Linus.

"Tá, mas espera um pouco."

"A gente já devia ter ido uma hora atrás."

"Tá, eu sei, mas espera um pouco. Vai lá pegar uma cerveja pra mim."

Linus faz que sim e mergulha na multidão de novo, rumo ao bar.

Dylan se sente vagamente grato pela subserviência canina de Linus, talvez porque na dinâmica da patota do Stately Wayne Manor ela sirva para mascarar a dele. Há muita coisa que poderia ser considerada cool no fato de você ser um agregado de uma banda, e não um integrante dela. Mas, de modo geral, é uma merda. Essa é a raiz autodepreciativa da embromação de Dylan: Stately Wayne Manor nunca tocou no CBGB, e Dylan reluta em abrir mão do glamour por tabela de que poderia desfrutar com o début da banda naquele palco mítico.

Você podia não estar no palco e, no entanto, estar no palco.

Não era tão diferente assim da sensação de estar ao lado de Henry enquanto ele zunia no telhado uma *spaldeen* que você tinha ido apanhar no meio da rua.

Fora que também havia uma expectativa dramática envolvendo a coisa: será que Josh, o vocalista, ia subir no palco bêbado? Será que Giuseppe, o guitarrista, ia conseguir tocar com as mãos enfaixadas? Muito embora os acordes do som do Manor fossem do tipo que você podia marcar no braço de uma Stratocaster até com um cotovelo ou um pé.

"A Gawce tá bem ali. Ela tá um estouro."

Linus tinha voltado com as cervejas.

"A Gawcester tá aqui, Ebdus", Linus repetiu. "É melhor você fazer alguma coisa desta vez."

O comentário de Linus fazia sentido: outro fator em jogo na embromação era Liza Gawcet. Liza é uma caloura nova de quem Dylan Ebdus talvez goste. Todo mundo sabia que ela tinha de voltar para casa cedo e que, portanto, não ia participar da viagem de ácido nem jogar boliche depois do show: aquela era a única chance que Dylan tinha. Valendo-se de uma complexa rede de intermediários, Dylan fizera vazar a informação de que o feitiço lançado pela beleza loura, muda, recém-desenvolvida e encapada com meia arrastão de Liza surtira efeito, espantado e estarrecido de ver que esse sistema de azaração por procuração poderia funcionar para ele como já havia funcionado para tantos outros a quem desprezava. Mas o sistema, indiferente à sua superioridade, *de fato* funcionara. Liza talvez-gostasse de Dylan também — essa era a informação que o pelotão de amigas de Liza fizera vazar de volta.

Ele vai falar com ela aquela noite se conseguir separá-la do resto do mulherio, o que é uma operação delicada.

O modo como a meia arrastão de Liza aparece pelos rasgões no joelho e na bunda do seu macacão OshKosh B'Gosh* é inacreditavelmente infantil e sexy, como se ela tivesse enfiado aquela meia-calça punk por baixo de roupas que não trocava desde o tempo em que levava tombo pulando amarelinha na quinta série.

Você podia ter dezesseis anos e mesmo assim recear que desejos pedófilos se aninhassem dentro de você.

A banda inteira vinha fazendo piadinhas a respeito de Liza nos últimos tempos, o que deixava suas namoradas, que eram do terceiro ano, enfurecidas, mas Dylan tinha largado na frente nessa corrida.

"Você é bonito de rosto, o Josh tem um bom corpo, o Gabe toca na banda e eu consigo puxar conversa com qualquer pessoa — se a gente pudesse se unir numa pessoa só, a gente poderia comer qualquer garota da escola", diz Linus.

"Cala a boca."

"Tá, mas faz alguma coisa."

"Vai até lá e pergunta se ela quer conhecer um traficante."

O milagre de Linus é que ele tende a obedecer. Não é uma questão de querer mostrar que pode vencer o desafio, é só maleabilidade mesmo, um jeito meio boneco de massinha de ser. Por exemplo, ao comando de Gabe, ele um dia pegou uma caixa de pizza que estava esfriando no balcão da Famous Ray's e saiu correndo com ela até a Washington Square. Agora Dylan observa enquanto Liza Gawcet e suas amigas ouvem a extravagante propos-

* Marca de roupas infantis. (N. T.)

ta de Linus. Linus aponta para a porta, depois para o carimbo em sua mão, explicando que eles poderiam entrar na boate de novo sem problemas.

E Liza Gawcet está *dizendo que sim!*

Os amplificadores do Stately Wayne Manor já estão no palco e a banda está nos bastidores fumando maconha, agindo como uma banda, fazendo a platéia esperar. Fodam-se. Dylan ouve os acordes iniciais, os falsos começos e as brincadeiras internas, tudo na sua cabeça. Gabe vai tocar e não vai ver Dylan na frente do palco e depois vai perguntar e Dylan vai dizer: *Você também não viu a Gawcet, viu?* Ele que ficasse imaginando.

Ei, talvez ele desse sorte de verdade.Talvez eles dessem uns tapinhas no apartamento do traficante, ficassem de barato e Liza acabasse não voltando pra casa cedo.

De qualquer forma, impedir que Liza presencie o momento de glória do Manor já o deixa feliz. Não é choque nenhum para Dylan descobrir que um ciúme torpe da banda se revolve em seu coração, ele sabe que encontraria tudo quanto é sentimento mesquinho já catalogado lá dentro se parasse para examinar.

Na calçada, eles assumem uma formação menino-menino, menina-menina-menina, sendo que Dylan ainda não disse patavina para Liza diretamente. Mas ele e Linus estão levando as calouras para longe do CBGB, até as bandas de St. Marks Place, cacete!

Pela noite da cidade, eles avançam numa bolha de excitação. Adolescentes mais velhos, sem-teto com carrinhos de compras, táxis, tudo fica à margem, invisível.

"A Mary é o John, Lou o Paul, Murray o George, Ted Baxter o Ringo."

Linus vai continuar com aquilo até que alguém o mande parar, mas Dylan não quer que ele pare, aquela bobagem está cumprindo o louvável propósito de manter a boca dos dois em movimento. "Boa."

"Não fui eu que inventei essa merda", diz Linus. "É tipo um padrão essencial de agrupamento humano."

"Então cê tá dizendo que é por isso que o Stately Wayne Manor tá condenado — eles têm uma *dinâmica Beatle* ruim."

"Exatamente. Tá tão na cara que só cego não vê."

"O Andrew acha que é John, ninguém quer ser Paul."

"Eles *todos* acham que são Johns. Eles são quatro aspirantes-a-John. São como quatro *Georges* juntos. Sem nenhum Ringo pra descontrair o ambiente."

"Não tem nem *um* John de verdade ali?"

"Talvez o Giuseppe. Mas não importa. Sem um Paul pra bancar o pacificador, o John é tão ruim quanto o George."

"Eu pensei que o George não incomodasse ninguém. Ele só quer, sei lá, compor uma música por álbum e tocar o sitar dele."

"Não, não, o George é mau, cara, ele quer usurpar o lugar do John, essa é a natureza dele."

O Chewbacca quer usurpar o lugar do Han Solo? Deixa pra lá. Dylan diz apenas: "Eles vão ter que se separar, então?".

"Sem dúvida."

"Então vamos contar pra eles quando a gente voltar."

As meninas ficam atentas de repente. "O Stately Wayne Manor vai se separar?", pergunta Liza Gawcet.

"Hoje mesmo", brinca Dylan, e o espantoso é que ele, honestamente, nunca tinha pensado nisso. Não duvidava nem por um segundo que a banda seria contratada, famosa, um quarteto exclusivo pelo resto da vida. Dando-se conta agora de que isso era improvável, seu ciúme se ameniza, transforma-se em generosidade: o Stately Wayne Manor não vai chegar a lugar nenhum, então deixa os caras tocarem no CBGB hoje. Pô, deixa os caras durarem mais um mês e descolarem aquele bico no halloween, abrindo para os Johnny Thunder's Heartbreakers no Roxy.

Enquanto isso, Linus tenta explicar a dinâmica Beatle para as meninas, usando o exemplo mais infeliz que já lhe ocorrera até aquele momento. "... o motivo pelo qual eles nunca vão conseguir sair da ilha é que o Capitão é um Paul fraco demais e o Gilligan é um John que preferia ser um Ringo. Ele, tipo, quase sai no braço com o senhor Howell pra ficar com o status de Ringo. Além disso, o Professor é um George tão autoritário que eles estão completamente ferrados..."

Quando uma das amigas de Liza pergunta: "Mas e as meninas?", Linus responde com impaciência: "*As meninas não importam*", antes que consiga se refrear.

Dylan decide entrar nessa brecha. "Uma banda de rock precisa de uma certa alquimia", diz, num tom nefasto. "Vocês viram *Quadrophenia*?"

"Claro."

"Então, tipo aquilo, sabe — as quatro faces do The Who."

Liza lhe dirige um olhar vazio, como se tivesse encarado *Quadrophenia* mais na linha de algo como *aquele filme que tem o Sting*. Dylan sente o desespero nascendo. Uma meia arrastão não faz um vocabulário cultural. Ex-alunas de escolas particulares com freqüência se mostravam surdas feito portas ao palavrório ironizado e crivado de referências que constituía o único dialeto fluente de Dylan.

"Eu acho que em geral eu gosto mais de bandas que tenham alguém de personalidade forte", diz ela. "Tipo o The Doors."

Dylan se sentiu triplamente açoitado. Liza tinha conseguido captar a essência da formulação de Linus através da cortina de fumaça do exemplo da *Ilha de Gilligan* e a descartado em seguida com a mesma agilidade, o que demonstrava uma sagacidade dos diabos. Por outro lado, e isso era profundamente deprimente, ela era fã do The Doors. Pior, no entanto, era a dúvida que ficava — se ele tinha entendido a implicação: será que ela acha que alguém do Stately Wayne Manor tem *uma personalidade forte*?

Mas eles estão na esquina da rua 9 com a Segunda Avenida agora, quase chegando à escada do prédio do traficante, e Dylan pretende transferir o foco das atenções para o seu próprio status de connaisseur do mundo do crime. *Ela disse que queria conhecer um traficante*. "Eu não posso levar tanta gente lá pra cima, não seria muito legal", diz ele. E, como se fosse uma seleção arbitrária, acrescenta: "Hum, Liza, você sobe comigo. O Linus pode ficar aqui embaixo com as outras meninas".

Linus entende a jogada e, curvando os ombros e apertando os olhos, diz: "A gente fica *vigiando*".

"Vigiando o quê?", pergunta uma das amigas de Liza, imediatamente tomada de pânico.

"Nada", diz Dylan, irritado.

"Por que nós não podemos ficar juntos?", choraminga a garota apavorada.

"Desencana." Dylan sempre achou a noção de *malandragem urbana* em Manhattan uma piada, sempre sentiu uma certa dificuldade de não debochar de seus amigos nascidos e criados no West Side ou em Chelsea que atravessam a rua para não cruzar com algum grupinho de garotos negros, como se merdas *de fato* acontecessem por aquelas bandas. O East Village é cheio e frenético demais para ser perigoso e, verdade seja dita, há policiais por tudo quanto é lado. Seus amigos não sabem o que é medo, não têm a menor idéia. Muito embora, vai entender, agora haja um garoto negro com o capuz do moletom todo puxado para a frente sentado de pernas abertas no degrau mais alto da escada do traficante gay, sem a menor pinta de estar intimidado por estar longe da sua área habitual de atuação.

Uma olhada de relance na direção da rua 9 revela dois outros garotos de calças largas e bonés Kangol enterrados até a altura das sobrancelhas atravessando a rua com deliberada lentidão e as vibrações estão longe de estar boas, mas isso já está ficando *ridículo*: Dylan está fomentando o pânico nele próprio. E aquilo não é hora para hesitação.

"A gente vai descer em cinco minutos. Vocês podem ir até St. Marks comprar uma fatia de pizza se quiserem, mas voltem."

"Hum... Dylan?", diz Liza quando eles já estão dentro do prédio, depois de o traficante ter aberto a porta pelo porteiro eletrônico. No segundo patamar da escada, eles esperam o traficante tirar os trincos da porta do apartamento.

"O quê?"

"Eu acho que a porta lá embaixo não fechou até o fim."

"Como assim?"

"Como se alguém tivesse botado o pé na frente pra não deixar ela fechar."

"*Relaxa*. O Linus só tá histérico, e a histeria dele é contagiosa."

O segredo bizarro de Dylan é que ele gosta de ir ao apartamento de Tom, apesar do odor penetrante de fezes secas de gato que impregna o ambiente. O traficante gay faz lembrar as figuras que Dylan às vezes encontrava sentadas na cozinha de Rachel à tarde, quando voltava da P.S. 38. Como Rachel, Tom não fuma maconha da maneira canastronamente clandestina que os adolescentes fumam, aquela inchação de peito, aquele encolhimento de ombros e aquela espremeção de voz que Dylan intimamente despreza, mas sim com imponência, de pernas cruzadas, gesticulando com o baseado na mão e falando ininterruptamente entre uma tragada e outra, sem se preocupar em prender a fumaça. Os shorts de cetim que Tom enverga o ano inteiro deixam suas coxas peludas à mostra demais, mas Tom em si é gente boa. Dylan chegou a passar um tempo de bobeira no apartamento dele umas duas ou três vezes, ouvindo discos e até conhecendo outros compradores e, ao contrário do que reza a lenda, Tom nunca propôs nenhuma espécie de escambo para chupar o pau de ninguém.

Naquela noite é diferente: tudo ali lhe parece deplorável, e Dylan não consegue pensar numa única razão que explique por que diabos ele resolveu trazer Liza ali para cima. Só o que ele vê é o tapete felpudo imundo, a decoração chinfrim e espalhafatosa, os copos com o ícone da Coca-Cola, o pôster emoldurado de *Streamers*. E Tom está parecendo uma lagosta, todo vermelho sabe-se lá por quê. Dylan só quer comprar a droga e cair fora, mas Tom tem seu próprio ritmo, não se deixa apressar.

"Você conhece esse disco?", pergunta Tom. *And the colored girls go doo, doo-doo, doo, doo-doo-doo, doo, doo-doo, doo, doo-doo-doo, doo, doo-doo* é o que está saindo do som estéreo e é claro que Dylan já ouviu aquilo antes, mas naquele momento, parcialmente distraído por visões estroboscópicas de Marilla e La-La, ele só consegue imaginar que aquele seja o nome da música: "The Colored Girls Go Doo-Doo-Doo" etc. O que com certeza não pode estar certo. Então, ele só balança a cabeça de um jeito impaciente, gesto que Tom traduz com facilidade: *Não faço idéia*.

"Lou Reed. Como as pessoas esquecem rápido."

"Claro", diz Dylan. Na cabeça de Dylan, Lou Reed ocupa, junto com o Mott the Hoople e o New York Dolls, um nebuloso Triângulo das Bermudas localizado entre o rock dos anos 60, a música disco e o punk, que supostamente demoliu a ambos. A sofisticação impudente da música desafia tentativas de categorização. A solução mais simples, principalmente da perspectiva do apartamento de Tom, é chamar o fantasmático gênero de gay. Aquilo é gay music. Mas é bem interessante, até.

"Você e a sua namorada não estão planejando tomar esse ácido todo sozinhos, eu espero."

"Não."

O gato Maine Coon cinza de Tom trepou no colo de Liza e agora ela está arqueada em volta dele, de cabeça baixa, arrulhando. Está alheia, distante, em contato com coisas femininas e felinas.

"Ih, eu não devia ter falado *namorada*. Eu e a minha língua comprida. Espera um instante que eu vou abrir a porta pra ver quem é."

Não vai, Dylan quer dizer, mas não consegue.

A corrente do trinco se rompe com um estalo e Tom é jogado para trás, voltando aos tropeços para o meio da sala.

São os dois do boné Kangol junto com o outro do moletom de capuz, e no mesmo instante eles já estão dentro do apartamento de Tom, berrando: "Senta, filho-da-puta! *Senta logo, porra!*". Tom cambaleia até o sofá e cai sentado entre Dylan e Liza, suas coxas nuas tocando nos dois.

"Merda, merda, merda", geme Tom.

"*Cala a boca*", diz um dos garotos de boné.

Algumas coisas ficam simultaneamente patentes em relação ao homem-garoto de capuz, o espreitador com quem Dylan e Liza cruzaram na escada:

Ele está segurando, ou melhor, sacudindo uma pistola na mão. A pistola é pequena, escura, fosca, totalmente convincente. Os três que estão sentados no sofá olham para ela fixamente, assim como os três adolescentes negros, incluindo o que a está empunhando. Até o gato olha para ela. Ao que parece, há uma distorção ótica na sala que faz com que tudo convirja para aquela pequena forma opaca, como se ela estivesse sugando toda a luz do ambiente.

Ele é obviamente o líder.

Ele é alto e se move de um jeito bizarro, anguloso.

Ele não é um garoto negro qualquer com um pomo-de-adão do tamanho de um cotovelo, ele é um garoto negro específico.

"*Robert*?", diz Dylan, incrédulo.

"Puta merda", murmura um dos garotos de boné.

Robert arregala os olhos por baixo do capuz, tão atônito quanto Dylan. Não há plano nenhum, isso fica óbvio. Aquilo só pode ser alguma espécie de brincadeira idiota de um universo sem Deus.

"Você *conhece* esse cara?", pergunta Tom.

"Quem é esse garoto branco, crioulo?", quer saber um dos garotos de boné.

Liza está abraçada à bola de pêlo, tremendo.

Robert Woolfolk só balança a cabeça. Processou o choque instantaneamente, e o que sobra é apenas decepção, manifesta no modo como chupa os lábios, com uma pitada da mais pura raiva. "Sortudo filho-da-puta", resmunga baixinho.

"Fora da minha casa, vocês todos."

"*Cala a boca*, viado, eu não tô falando contigo. Chega aqui, Dylan, o que é que tu tem aí pra mim, cara?"

Robert revista a calça jeans de Dylan com antiga e afetuosa familiaridade, encarando o bolo de notas de vinte, dez e cinco dólares aparentemente sem espanto, como se não fosse mais que o seu justo quinhão. Aqueles bolsos e os dedos de Robert tinham viajado em trilhas paralelas do Brooklyn até aquele improvável ponto de encontro: por que algo de extraordinário não haveria de sair dali?

Em seguida, poupando Dylan de qualquer violência e até de chacotas a respeito de Rachel, Robert Woolfolk esconde a arma no cós da calça, abafando-a debaixo do moletom que chega quase até a altura de seus joelhos, e faz um gesto para seus comparsas, guiando-os porta afora. Talvez Robert tenha esquecido a origem da proibição que o impede de machucar Dylan. Talvez, como em *Eram os deuses astronautas?*, Robert continue obedecendo a uma divindade cujo nome ele já não sabe mais dizer e da qual não consegue nem sequer lembrar direito.

Tudo o que se ouve é um último "*Quem é o garoto branco, Robert?*" e a resposta: "*Cala a boca, crioulo*". E em seguida eles se vão.

Dylan olha para Tom num silêncio atordoado.

"Sai da minha casa."

"Mas..."

"Você trouxe esses caras até aqui, agora *vai embora*."

Dylan põe a mão no ombro de Liza e ela o enxota, expulsando o gato de seu colo no mesmo movimento. Será que é possível um gato mijar de medo ao ver uma arma? Porque o fedor de amônia parece bem mais próximo agora, e há uma mancha úmida nas pernas do macacão de Liza.

Huuum.

Na escada, bate o medo de que Robert Woolfolk ainda esteja por perto, de que o episódio ainda não tenha chegado ao fim. Quando a porta do prédio se fecha com um clique atrás deles, Dylan chega a ficar trêmulo de pensar nessa possibilidade, uma verdadeira pilha de nervos. Mas não. Só quem aparece é Linus, que vem andando calmamente pela rua enquanto mordisca a ponta de uma fatia de pizza e logo pergunta: "O que foi?". Dylan tem vontade de se virar para Liza e implorar que ela não conte nada, mas ela passa batida por Linus, chorando agora, cobrindo com as mãos em concha a mancha de urina nas pernas do macacão, buscando o consolo das amigas — ela nunca deveria ter saído de perto delas, nunca deveria ter topado vir naquela expedição, provavelmente nunca deveria ter concluído a oitava série da Dalton e deixado que seus pais a convencessem a prestar o exame da Stuyvesant, aqueles mãos-de-vaca. Dylan procura por todos os lados, quase esperançoso, mas Robert Woolfolk se foi, não há rastro, não há provas, não há nada a não ser a história que Dylan tem pavor de contar, a implausível, impraticável, improvável confissão.

O Brooklyn deixou trinta punks *impsicodelizados* dentro de um apartamento, e eles vão querer saber por quê.

O Brooklyn caçou você e ninguém vai entender coisa alguma, exceto que você é uma pessoa marcada, amaldiçoada, perigosa de se ter por perto.

O Brooklyn mijou no seu destino louro.

Você seria capaz até de espremer o mijo da meia arrastão com os dentes para que ela o perdoasse, mas nem adianta tentar.

Talvez Liza Gawcet e Linus Millberg possam ser persuadidos a abraçar a causa de explicar aos outros o que aconteceu nos termos da dinâmica-Beatle: como naquela noite o George Harrison da Dean Street havia poupado a vida do Paul McCartney da Dean Street. Se você estiver disposto a contar tudo — Mingus Rude, Arthur, Robert, Aeroman —, talvez seja suficiente, afinal é uma história e tanto, digna do preço de duzentos dólares, uma verdadeira viagem de ácido por si só. Mas era coisa demais para contar, e abria portas para reinos que você havia diligentemente mantido sombrios para si mesmo. Cai na real: *não vai dar*.

O gravador de quatro canais estava em segurança na casa de penhores da esquina da rua 4 com a Atlantic Avenue, não na vitrine, mas sim no fundo da loja, nas prateleiras atrás do balcão. E com certeza ficaria ali até que ele viesse buscá-lo: quem naquelas redondezas iria querer um gravador de quatro canais? As fitas em si estavam malocadas debaixo das tábuas soltas do assoalho embaixo da cama d'água, junto com a marica, a corda de seda, as algemas, o berro e os diversos cacarecos que ele usava para se drogar, muito embora já não restasse mais nada para fumar nem cheirar ou ele já teria fumado ou cheirado. Às vezes ele ficava meio na dúvida se as fitas não estavam na verdade vazias, se tinha de fato gravado alguma demo das composições que flutuavam em sua cabeça. Outras vezes, tinha certeza absoluta de que dormia sobre uma espécie de cofre de tesouros do tio Patinhas, futuro ouro sônico.

Fosse como fosse, ninguém que resolvesse pilhar o armário do subsolo encontraria coisa alguma, quer o saqueador entrasse por alguma janela ou porta, quer já estivesse lá dentro, um agente interno, uma toupeira. Eles teriam de invadir a cidadela dele lá em cima. Se alguém o forçasse a meter a mão no seu buraco de tesouros, não seriam fitas magnéticas que ele sacaria lá de dentro, mas sim o quarenta-e-cinco.

E ele não estava se referindo a nenhuma porra de compacto de sete polegadas, não senhor.

O Times Plaza Hotel ficava no caminho de volta da casa de penhores e foi lá que ele parou antes de ir para casa, com a idéia de comprar um presentinho para si mesmo com o dinheiro que acabara de embolsar. Sempre tinha alguma transação rolando ali pelo lobby. As duas passadas que ele dera por lá à procura de Senior tinham sido suficientes para ele sentir a atmosfera geral.

"Ei, eu te conheço, amor."

"Nã, você tá enganada. Você não me conhece, não. Mas a gente pode dar um jeito nisso."

"Eu te conheço porque eu conheço o seu pai e o seu filho. Eu só nunca te vi por aqui antes, mas eu te conheço, sim."

"Eu venho aqui toda hora, paixão, você é que nunca me viu."

"Você é *cantor*."

"Sou."

"Tá vendo, eu teria te visto se você já tivesse aparecido por aqui antes, porque eu conheço o seu pai. Ele é um homem *religioso*. Ele me contou *tudinho* sobre você."

"É mesmo?"

"Ahn-hã. Mas eu não vou nem te *contar* o que ele me disse."

"Talvez ele tenha me contado de você também."

"Aí, tá vendo, agora você tá falando merda."

"Escuta, paixão, você conhece uns caras de Trinidad que pintam por aqui de vez em quando?"

"Talvez eu conheça."

Ele baixou o tom de voz, fazendo a coisa soar melodiosa e sedutora: "Eu sei que você conhece todo mundo, é por isso que eu tô perguntando".

É 1981: ninguém ouviu falar no termo crack ainda. E todo mundo vai continuar sem ouvir por, no mínimo, uns dois ou três anos. O que surgiu nas ruas nos últimos tempos, trazido da Jamaica, de Trinidad, das ilhas de Sotavento e de Barlavento, atende por diferentes nomes, como *base-rock*, *gravel*, *baking-soda base* e *roxanne*. O troço não é tão puro como se fosse preparado em casa e, dali a alguns anos, sua errática genealogia, que parte da Colômbia para Hollywood, Nova York, Caribe, Miami e depois volta outra vez, será perfeitamente camuflada pelo novo nome. O crack, portanto, ficará passível de ser tomado por um meteorito fatal vindo de um planeta desconhecido, criptonita do gueto. Na atual fase de transição, no entanto, a confusão reina. Alguns dirão que *base-rock* e *freebase* não são de forma alguma a mesma coisa, e Barrett Rude Junior, que sente um certo interesse de proprietário — *Porra, cara, eu vi o troço nascer, eu e aqueles malucos da Filadélfia praticamente* inventamos o *freebasing!* —, está um pouco inclinado a concordar com eles.

Mas a questão não era discutir química, semântica ou autoria. Aquilo estava longe de ser a primeira criação sua pela qual ele não receberia crédito nem royalty algum. A questão agora era descobrir por qual nome a mulher chamava o troço e se ela poderia ajudá-lo a descolar algum.

"Você vai me levar pra farra junto com você, menina?"

Farra: aquela palavra era como um *Abre-te Sésamo*. "Claro que vou, amor, eu só preciso que você me mostre onde é que a farra *tá*."

Agora, quando você às vezes andava pela vizinhança, era como se você já fosse um visitante do futuro.

A calçada, as pedras não mudaram, mas, apesar de nunca ter feito nenhum vôo mais alto do que aquele pequeno vôo precoce para apanhar uma *spaldeen*, você tem a sensação de estar flutuando lá em cima, feito um balão solto no vento, longe demais para discernir as rachaduras nítidas que antes conhecia de cor, que dirá fantasmas de tabuleiros de *skully* que a chuva apagou.

Dylan Ebdus enviara três formulários de inscrição pelo correio, candidatando-se a uma vaga em três universidades diferentes: Yale era uma piada improvável; UC Berkeley, uma regra-três para a qual ele se inscrevera por insistência de Abraham, mas para onde jamais iria; Camden era a única que realmente o atraía, com sua estranha má fama e o fascínio das toneladas de dólares. Se um garoto de Gowanus vai para a universidade mais cara dos Estados Unidos, talvez ele não seja um garoto de Gowanus afinal, mas sim de Bocrum Hill. Se não mesmo de Brooklyn Heights.

O Caranguejo Fujão e sua visão romanceada da pobreza que se fodessem.

O último cartão-postal chegou você nem lembra mais quando, inclusive.

Só o que você tinha de fazer era trabalhar depois da escola todos os dias durante o último ano da escola secundária e o verão inteiro antes de começar a universidade para aliviar um pouco os custos — empréstimos, bolsas, jornada dupla de estudo e trabalho e as suas próprias economias patéticas, tudo isso seria necessário para bancar a famosa anuidade de treze mil dólares, um número que era como uma cenoura louca balançando na frente da cara de um burro, sendo que o burro era você. Abraham quase cagou nas calças quando ouviu o valor, teve que sentar e respirar fundo.

O preço da grande fuga era altíssimo.

Então, Dylan Ebdus, de avental vermelho, servia sorvete na loja da Häagen-Dazs da Montague para meninas da Saint Ann's que em breve seriam suas colegas de faculdade. Depois de doze anos de espera, ele finalmente seria aluno de uma instituição particular. Não cuspa na casquinha do sorvete delas quando elas não estiverem olhando — o céu sempre fica mais escuro antes da aurora dourada.

Nos meses de inverno ninguém entrava na sorveteria a não ser mães querendo comprar um ou dois litros de sorvete para festas de aniversário. Dylan ficava enjoado diariamente de tanto tomar colheradas de sorvete de chocolate duplo, limpava a loja ouvindo sua fita dos Specials no volume máximo, depois voltava para casa de cara amarrada seguindo pela Henry Street até chegar à Amity, só pegando a Court e a Smith no último instante possível. A Dean Street não era nada mais que uma rota de passagem agora, sem vida nenhuma, e Dylan mantinha a cabeça baixa para não correr o risco de reconhecer algum garoto de antes.

Coisas assim de fato aconteciam de vez em quando. Um porto-riquenho magrelo e bigodudo gritava "Ei, Dylan!", e, quando ele ia ver, era Alberto ou Davey. Certas pessoas nunca saíam do quarteirão, talvez jamais saíssem.

Impossível explicar que eles não deviam cumprimentá-lo porque você não estava realmente ali, você já estava longe. Era mais fácil dizer *Ei, Alberto, e aí, cara?*, dar um tapa na mão dele ou um sorriso fingido. Depois se dar conta de que talvez fosse só isso que todo mundo fazia — fingir. Talvez existissem zumbis de calçada feito você, espalhados por tudo quanto era lado.

Considerando a freqüência com que esbarrava com Mingus Rude na rua, parecia até que Dylan voltava para a casa de Abraham por *teletransporte*. As horas que Dylan selecionava para voltar para a vizinhança ou as ruas por onde escolhia passar, um sistema formulado num nível profundo e premente de sua consciência, impediam qualquer encontro.

Uma certa manhã, quando tomavam café, Abraham disse:

"Eu encontrei com o seu amigo, o Mingus".

"Hum."

"Ele sempre me pergunta por onde você tem andado, por que que ele nunca mais te viu."

O que Dylan não poderia dizer era que as necessidades de Mingus o assustavam agora. As drogas de homem negro de Mingus, o quarto escuro e imundo de Mingus, essas coisas eram reinos impossíveis, quarentenados no passado. Quando se sentia culpado por evitar assiduamente seu melhor amigo — o que só acontecia todo santo dia de sua vida —, Dylan tinha apenas que lembrar que Mingus ficara com o anel.

O brinde de Aaron X. Doily tinha sido uma espécie de suborno, um lacre colocado sobre tudo aquilo que Dylan Ebdus não podia mais correr o risco de contemplar.

"Ele não me pareceu muito bem", disse Abraham. "Quando eu comentei isso com ele, ele só riu, depois sugeriu que eu lhe desse um dólar."

"E você deu?"

"Claro."

"Você foi cangado, pai."

"Fui o quê?"

"Deixa pra lá."

Toda segunda-feira, a caminho da Montague, Dylan parava no Independence Savings da esquina da Court com Atlantic para depositar o cheque da Häagen-Dazs relativo ao seu ordenado da semana anterior. Dylan ganhava um salário mínimo. Havia cerca de dois mil dólares anotados na caderneta do banco, o que correspondia a uma estação inteira botando bolas de sorvete em cima de casquinhas com um instrumento rombudo. Até o final do verão, Dylan dobraria esse valor, depois entregaria tudo numa bolada só para Abraham. Então, naquele determinado dia de fevereiro, com a gola do casaco levantada *à la* Marlon Brando para se proteger do vento, a cabeça perversamente descoberta e as orelhas vermelhas, Dylan trilhava seu caminho pela Atlantic lutando para transpor as crostas de neve preta que cobriam o meio-fio.

Quando Dylan passou pela Smith Street, um sujeito que estava botando gasolina no carro no posto da Shell apontou boquiaberto para o presídio, a casa de detenção do Brooklyn, com uma expressão de espanto como quem diz *Olha, lá no céu, é um pássaro, é um avião...*

Será que ele não sabe que *o Super-Homem não existe*?

Talvez Buddy Jacobsen, o treinador de cavalos de Long Island que assassinou a namorada, tivesse fugido novamente, descendo de uma das janelas altas com uma corda feita de lençóis. Dois anos antes, as notícias dessa fuga tinham posto a casa de detenção no mapa durante uma semana, a desgraça da vizinhança estampada de repente em pleno noticiário das cinco. Era como a concretização do pior pesadelo de Isabel Vendle, o trabalho de toda uma década de relações públicas arruinado numa tacada só.

Então, Dylan olhou para a torre do presídio.

Lá, na enorme fachada de concreto e tijolo de vidro, talvez dez andares acima do nível da rua e medindo cerca de três andares de altura, encontrava-se uma patente impossibilidade: a maior pichação da história das pichações. As linhas eram quebradas e trêmulas, como não poderiam deixar de ser, tendo sido feitas com tinta spray da janela aberta de um helicóptero parado no ar, que era a única forma como aquela pichação poderia ter ido parar ali, certo? *Certo?* Por mais tremida que fosse, no entanto, a coisa mesmo assim era uma obra-prima, botava no chinelo as façanhas de Lee e Mono na ponte e deixava quem quer que a visse em estado de choque, matutando a óbvia pergunta: *Como é que aquela porra foi PARAR ali?*

Quatro letras: D, O, S, E.

A pichação era um grito, uma reivindicação, uma coisa inegável. A gigantesca prisão, que ninguém mencionava nem sequer via, e o rastro de tinta gotejante que cobria toda e qualquer superfície pública da cidade e que ninguém mencionava nem sequer via: duas coisas invisíveis que, juntas, se tornavam visíveis, pelo menos por um dia.

(Na verdade, passaram-se dez dias até que a pichação desaparecesse. Quem sabia como limpar a fachada de um presídio de vinte e seis andares? E, mesmo depois, ainda era possível discernir um fantasmático DOSE delineado no concreto escovado.)

Dylan ficou olhando lá para cima com cara de bóbo, cheio de assombro e de culpa, tentando entender a razão daquilo, se perguntando o que estaria se passando no mundo que ele tinha abandonado. Tentando descobrir a mensagem contida naquelas quatro letras. Tentando descobrir se aquilo *era* uma mensagem.

Ou simplesmente uma pichação.

Alguém tinha traído alguém, mas você não sabia dizer quem.

Alguém estava voando, e não era você.

18.

Numa tarde quente de julho, seis semanas antes de deixar a cidade para dar início a sua vida universitária, Dylan Ebdus lia *O lobo da estepe*, de Hermann Hesse, quando, levantando a cabeça, deparou-se com Arthur Lomb apoiado no balcão da Häagen-Dazs, beliscando uma camiseta encharcada de suor para afastá-la do corpo, suspirando e soltando o ar pela boca, aliviado com o frio do ar-condicionado. A pequena loja estava vazia, não havia mais ninguém ali além dos dois, Dylan debruçado de óculos sobre o livro, com um avental sujo de sorvete de chocolate por cima da camisa pólo, ouvindo sua fita de *Remain in Light* num volume apenas ligeiramente mais alto que o zumbido dos freezers. Arthur Lomb tinha crescido finalmente. Na verdade, parecia bambo de tão comprido, um varapau enfiado numa calça jeans tão larga que pendia de suas pernas feito duas bandeiras, tênis Puma de camurça marrom e um cigarro enfiado atrás da orelha. Seus olhos eram pequenos, vermelhos e enrugados como os de um feto de algum animal, um rato cego ou um bezerro dentro do saco amniótico. Não deveria ter sido um choque tão grande vê-lo ali: um garoto de Gowanus podia ir andando até Brooklyn Heights quando bem entendesse, eles todos já tinham provado isso um milhão de vezes.

Dylan endireitou as costas, tirou os óculos, largou o livro aberto sobre o balcão, com a lombada toda rachada para cima.

"*Yo*, D, deixa eu provar o de... hum... macadâmia."

Dylan deu uma colherada de sorvete para Arthur.

Arthur apontou para o livro com o queixo. "Pra que você tá lendo *isso*?"

"Qual é o problema?"

"Esses caras são uma merda. *Yo*, eu fiquei sabendo que você vai pra universidade."

"Ficou sabendo como?"

"Ah, sei lá, sabendo. Acho que o seu pai contou pro Barry."

"É. Eu vou pra Vermont."

"Legal, legal. Eu vou pro Brooklyn College. Tô só fazendo uns cursos de verão na Murrow pra compensar uns créditos."

Então até Arthur tinha conseguido concluir a escola secundária. Pelo visto, o nerd que habitava dentro dele era uma chama que nem a Dean Street tinha conseguido extinguir por completo. Provavelmente a mãe ficara na cola dele.

"Lojinha bacana esta aqui", disse Arthur. "Nos dias quentes deve dar pra descolar uma boa grana, não é não?"

"Isto aqui não é que nem táxi. Eu ganho a mesma coisa mesmo que fique às moscas."

"Você deve estar guardando pra pagar a faculdade, imagino."

Em sua cabeça, Dylan sentiu seus dedos segurarem com força sua caderneta do banco.

"Eu só mencionei isso porque tenho uma proposta pra fazer que achei que talvez pudesse te interessar", disse Arthur, ardiloso, voltando ao seu velho jogo de sempre, mascate mirim. "Eu só pensei que, pô, não custava nada deixar você fazer o primeiro lance antes de carregar tudo até Manhattan, pra aquela loja de revistinha da rua 3. É que eu resolvi vender a minha coleção. Aqueles números 1 todos, sabe, eu tô vendendo tudo. E aí eu achei que você ainda poderia estar interessado nesse tipo de coisa."

"Por quê?"

"Ah, sei lá, eu lembro que você vivia dizendo que nunca ia parar de comprar as revistinhas dos *X-Men*, a não ser que o Chris Claremont parasse de escrever. Eu sempre achei que você era, tipo, o protótipo do colecionador."

Era desmoralizante como Arthur conseguia se entranhar no íntimo de Dylan, como um fedor do qual você não consegue se livrar, por mais que se lave. De fato, Dylan ainda comprava os novos *X-Men*. Não todo mês, mas às vezes. Quando não levava o número do mês para casa, lia-o rapidamente, de pé ao lado da prateleira giratória da charutaria da rua 14. Era como ficar com uma ex-namorada numa festa, mas de má vontade, irritado por não ter nada melhor para fazer. O que era exatamente o que Dylan e Amy Saffrich vinham fazendo durante todo aquele verão, atracando-se em corredores e banheiros, dando uma instável continuidade ao rompimento dos dois no final do ano letivo. Os meses entre o fim da escola secundária e o início da universidade eram uma época de desatino e mau humor, todo mundo já semizarpado rumo a novos destinos e sem ter chegado a lugar nenhum ainda, morando em casa, infantilizado. Fazia todo sentido do mundo, portanto, que Arthur Lomb aparecesse nessa brecha para fazer valer seus parcos direitos sobre Dylan.

"Não", disse Dylan. "Quer dizer, pra que vender?"

"Ah... Bom, é que eu tô tentando levantar uma... verba, sabe", disse Arthur, num tom casual. "E agora me pareceu um bom momento pra vender."

"Certo, certo", disse Dylan, fingindo ponderar a questão.

"Eu tenho certeza de que já deve estar valendo bastante a esta altura. Todas as revistinhas ainda estão como novas ou quase novas."

"Ahn-hã."

O plano de Dylan nasceu da curiosidade. Em nenhum momento lhe passou pela cabeça que aquilo pudesse acabar levando-o a Mingus e ao anel, nem que o que o estava motivando fosse o sentimento de traição e a mágoa de ver DOSE pichado na penitenciária. Tudo começou apenas como um impulso de ver a casa de Arthur Lomb por dentro uma última vez, de ver seu quarto, de ver sua mãe de novo, talvez. Mais nada. Dylan já estava em segurança, longe dali, de malas prontas para Vermont. Então, por que não fazer um tour pelo que ele tinha deixado para trás?

"Quando é que eu posso passar na sua casa pra dar uma olhada?", perguntou, como se não fosse nada de mais.

"Hoje à noite?"

Arthur parecia não estar acreditando na sua sorte. Só tinha feito aquela proposta por fazer, de farra.

Então, como sempre acontece nas melhores transações, cada qual ficou pensando que estava engrupindo o outro. "Eu saio daqui às onze", disse Dylan. "Esteja em casa."

* * *

A casa continuava idêntica, uma cápsula do tempo: o tapete, o piano, os gatos malhados com cara de aturdidos. A mãe de Arthur Lomb sem sutiã por baixo de uma camisa de batique, ouvindo a rádio WBAI. Ela cumprimentou Dylan com efusiva gratidão, aparentemente espantada em descobrir que ele ainda matinha contato com seu filho. Era muita generosidade de Dylan, o jeito dela parecia dizer, permitir que ela imaginasse que Dylan Ebdus e Arthur Lomb ainda eram de alguma forma farinha do mesmo saco. Arthur, enquanto isso, já tinha levado o seu ar de escárnio para dentro do quarto e fechado a porta.

"Você vai para alguma universidade?"

"Vou, pra Camden."

"Que ótimo, Dylan. Fico muito feliz por você. Meu Deus, como você está crescido."

Era revoltante se dar conta de que ele estava flertando com a mãe de Arthur. Era revoltante perceber, agora que ele entendia um pouco de mulher, que *sempre* flertara com a mãe de Arthur. Pior, que ela era comível.

"Eu... hum... tenho que dar uma olhada numa coisa que o Arthur quer me mostrar."

"Bom te ver, Dylan."

"É, bom te ver também."

A coleção estava enterrada no armário de Arthur, debaixo de um bololô de meias e cuecas e de uma pilha de revistas pornográficas xexelentas, em sua maioria *Players* e *Hustler*. Arthur não pareceu ficar constrangido quando alguns pôsteres centrais com fotos de mulheres negras, com seus cabelos afro iluminados por luzes roxas e suas auréolas cor de cacau, escapuliram de dentro das revistas. Será que ele estava treinando para ser preto? Dylan não queria saber. Arthur puxou os engradados de plástico cheios de revistinhas ensacadas até o meio do quarto, sentou esparramado na cama e acendeu um Kool.

"Taí, ouro puro."

Pouco à vontade, Dylan se ajoelhou no tapete, que estava cheio de sementes de maconha e cabeças de fósforo pretas, e pôs-se a vasculhar os engradados. Tinha a sensação de ter sido reduzido a alguma coisa, lançado de volta no tempo para uma época movida a suco instantâneo e derrotas no xadrez, mas afastou esses pensamentos da cabeça. A coleção parecia quase toda bastante banal. Arthur conseguira reunir um estoque surpreendentemente forte de números 1 em perfeito estado de conservação: tinha entre cinco e dez exemplares dos títulos *Peter Parker*, *Os Eternos*, *Kobra*, *Ragman*, *Mister Machine*, *Nova*. Se é que aquilo interessava a alguém.

"Você tá vendendo tudo?"

"Ahn-hã."

"Que.. hum... valor você tinha em mente?"

"Quinhentos paus."

"Tá maluco."

"Quatrocentos."

"Eu nem vou fazer oferta nenhuma a menos que você bote de volta os *Howard the Ducks* e os *Omegas*. Mais o *X-Men* número 97. Imagino que seja isso que está escondido debaixo da sua cama." Dylan tinha visto as capas de plástico reluzindo lá embaixo.

Arthur não se abalava com nada. "Tá bom. Quatrocentos por tudo, *Howard*, *Omega*, o que for."

"Eu te dou cem paus."

"Você deve achar que eu sou otário."

"Cento e cinqüenta."

"Seu escroto. Quando é que você vai poder me entregar a grana?"

"O dinheiro tá aqui comigo. Mas você vai ter que me ajudar a carregar tudo até a minha casa."

Eles pescaram o tesouro escondido debaixo da cama, depois cada um pegou um engradado. Desceram e pararam na velha escada da frente da casa de Arthur. Ofuscado pelo brilho do dinheiro, Arthur ficaria imprudente, jactancioso. Aquele era o momento certo para Dylan tentar confirmar sua suspeita: que o rastro de dinheiro levava a Mingus. Enquanto contava notas de vinte, Dylan perguntou:

"Então, essa verba que você quer levantar é pra quê?"

"O Gus, o Robert e eu vamos comprar duzentos e cinqüenta gramas, dividir entre nós três e ganhar uma grana firme. O contato do Barry vai arranjar pra nós."

"Cocaína?"

Arthur não perdoou: "Não, chocolate granulado. A gente tá pensando em entrar no seu ramo, sabe".

"Então vocês três estão fazendo uma vaquinha?"

"Ahn-hã."

"Você acha que o Mingus também poderia estar interessado em vender as revistinhas dele?", perguntou Dylan.

"Você só pode estar brincando", disse Arthur. "Aquelas revistinhas tão todas *ferradas*." Como se as páginas internas das dele também não estivessem cheias de sulcos no contorno dos peitos das mulheres e de desenhos de pênis gigantescos nos anúncios de Sea-Monkeys. Mas Dylan deixou passar.

"É, eu sei que elas tão em mau estado, mas ele tem uns títulos que me interessam." Arthur podia pensar que ele era maluco o quanto quisesse, desconfiar do que bem entendesse, que Dylan estava pouco se lixando. Arthur jamais captaria as verdadeiras intenções de Dylan por trás da cortina de fumaça das revistinhas. De qualquer forma, não havia com que se preocupar: cifrões piscavam no lugar dos olhos de Arthur e, atrás deles, seu cérebro.

"Bom, eu acho que ele levaria em consideração uma oferta razoável."

Dylan atiçou: "Eu teria que pegar mais dinheiro no banco".

"Ótima idéia. Assim você poderia fechar o negócio na hora."

"Mas dá um toque nele antes."

"Pode deixar."

Só seis semanas. Com os dois engradados de números 1 de Arthur realocados nas profundezas de seu próprio armário, Dylan Ebdus se remoía de desprezo por si mesmo deitado na cama, e o único consolo que tinha era a perspectiva da fuga tão próxima que ele chegava a ouvi-la como uma pulsação distante, a batida que ecoava de estéreos portáteis instalados em quintais porto-riquenhos no verão, ou o som de um DJ tocando no pátio de Wyckoff Gardens. Dylan poderia parecer ter se deixado arrastar de volta para o atoleiro de Arthur e Mingus, mas era só para concluir um negócio pendente, a coisa que faltava para ele conquistar o direito de sumir da Dean Street. Seis semanas: ele podia se fazer de sonso, podia ser tão covarde quanto Arthur, não importava. Estava de partida.

Antes de pegar no sono, Dylan bateu punheta pensando na mãe de Arthur, um tributo que estava devendo a ela fazia anos.

Arthur, bancando agora o intermediário, marcou o encontro para a noite seguinte, uma sexta-feira. Foi pretensiosamente vago e enigmático ao telefone, como se Dylan e Mingus não pudessem se encontrar sem a sua ajuda.

"Fica esperando na escada, que a gente abre a porta pra você. Não bate na porta, senão você vai acordar o Senior."

"Eu conheço o avô do Mingus, Arthur."

"Mas faz tempo que você não vê ele."

"É, faz um tempo."

"Então, vai por mim."

Arthur e Mingus estavam na escada na hora marcada. Mingus cumprimentou Dylan com um abraço, deu uma cabeçada no ombro dele, fingiu que ia boxeá-lo. "Dillinger, por onde você tem *andado*, cara? Olha só pro meu garoto, todo crescido, *cacete*!"

Dylan disse a si próprio que teria retribuído o abraço se ele e Mingus estivessem sozinhos. Sob o olhar vigilante de Arthur Lomb, ele se sentia frágil, quebradiço feito gelo. Fosse qual fosse a fachada punk que Dylan tivesse conseguido adquirir em Manhattan, os olhos de Arthur não a registravam: refletido neles, Dylan via apenas um vendedor de sorvete, um *garoto branco*. Então, para se defender, ele se manteve indiferente diante de Mingus, adotou uma postura puramente comercial. O melhor por ora era mesmo enfatizar a transação. E, de qualquer forma, se tudo corresse segundo o plano que Dylan arquitetara, aquele encontro seria só um ensaio: comprar revistinhas agora para comprar outra coisa depois.

Os sentimentos podiam ficar reservados para a segunda visita que Dylan tinha imaginado, uma em que Arthur não estivesse presente.

"Eu soube que vocês tão tentando juntar dinheiro", disse Dylan.

"É, tamo, tamo. Você quer entrar nesse lance que a gente tá armando, D-Man?" Mingus parecia imune a descortesias.

"Eu posso contribuir tirando certas revistinhas da sua mão."

O quarto era uma caverna, mantida em permanente penumbra. Fossem quais fossem os estragos que as revistinhas tivessem sofrido, desbotamentos causados pelo sol com certeza não seriam um deles, embora manchas de mofo fossem uma possibilidade. Dylan ergueu os olhos apenas o suficiente para ver que a prateleira que ficava acima da porta fora arrancada. A julgar pelas marcas que as ferragens que a sustentavam deixaram no reboco, a prateleira tinha sido puxada para baixo com violência. Nada de capacete de futebol americano, nada de nada. Dylan desviou os olhos do resto, das paredes e do teto pichados, não quis ver mais nada. Então, um vulto se moveu nas sombras, mudou de posição, arregaçou a calça para dobrar os joelhos e puxou o gancho para o meio das pernas ao se endireitar na poltrona. Robert Woolfolk. A *terceira parte interessada*, claro, fazia todo sentido. Robert fez um aceno quase imperceptível com a cabeça. Dylan fez o mesmo. Assim que a porta se fechou, Mingus aumentou o volume da música, um funk pulsante. Arthur raspava e batia cocaína com uma gilete sobre um pedaço de espelho, suas arestas afiadas cobertas com fita isolante preta. Arthur cheirou uma carreira e ofereceu a Dylan a nota de um dólar enrolada que usara como canudo.

Dylan fez que não.

"É da boa, cara."

"Não, obrigado."

Arthur entregou a nota de um dólar a Robert, que tirou a parte de cima do seu tronco das sombras e se debruçou sobre o espelho.

"Você conhece o Robert, não conhece?", disse Arthur num tom descolado, tirando onda.

"Claro", disse Dylan. "Ele roubou a minha bicicleta uma vez." Não revelaria mais nada além disso: nada sobre Rachel, nada sobre a fatia de pizza, nada sobre a cilada no East Village. Arthur e Mingus que ficassem matutando sobre a alusão à pré-história do quarteirão. Robert não iria desmenti-lo. Dylan não tinha dúvida do pacto de silêncio que os dois tinham travado olhando nos olhos um do outro no apartamento do traficante gay ou talvez até antes, o perene mal-entendido forjado no pátio da P.S. 38. Robert Woolfolk não desmentiria Dylan porque ele podia ser o que fosse, mas *cascadeiro* ele não era.

"Mas isso foi muito tempo atrás", acrescentou Dylan, esbanjando sarcasmo. "Como é que tá, Robert?"

"*Yo*", resmungou Robert Woolfolk, enquanto tentava fungar um resto de pó grudado no fundo de sua garganta.

Mingus tinha tirado as revistinhas do fundo do armário, depositando-as no chão em pilhas apressadas. Provavelmente, não olhava para elas fazia anos. "Eu nunca cheguei a guardar elas em saco plástico", disse em tom de desculpas, atordoado. Abriu um número do *Quarteto Fantástico* e ficou petrificado de nostalgia. "Putz, eu até botei meu nome nelas, olha só."

Mingus estava falando sozinho. Sua nostalgia não se encaixava na cena, ninguém ali estava interessado nas revistinhas.

"Eu te dou cento e cinqüenta por elas." Dylan falou não olhando para Mingus, mas sim cravando um olhar fulminante em Arthur, que logo tratou de se ocupar com a gilete.

Robert Woolfolk apenas se recostou na poltrona baixa, encobrindo-se com um capuz de sombra.

Mingus franziu o cenho fingindo ponderar a oferta, uma atuação que se perdeu no vazio da transação fajuta. "Bom, eu acho que é um preço justo."

Dylan jogou o dinheiro em cima do espelho. Estava contando que eles percebessem o quanto aquela quantia era insignificante para ele. Aquilo era uma demonstração para os três, enquanto representantes de Gowanus, de que Dylan Ebdus já não fazia mais parte daquele lugar.

Em resposta, Robert Woolfolk se limitou a apanhar o dinheiro, depois tirou um grosso bolo de notas de dentro do bolso e acomodou as notas de Dylan em volta dele.

"Eu trouxe uma mochila", disse Dylan. "Não preciso de ajuda."

Mingus balançou a cabeça e piscou os olhos, derrotado pela eficiência de Dylan. "Tá bom, então. Beleza."

Dando as costas para os três, Dylan começou a enfiar dentro da mochila as revistinhas surradas e pichadas com pincel atômico. Estava louco de raiva de estar ali, de joelhos, no chão. Num gesto irracional, pegou também um dos garfos de cabelo de Mingus e enfiou-o na mochila, em cima das revistinhas. Depois se lembrou de sua pose, de como havia atirado o dinheiro no espelho. Ele tinha um objetivo maior ali: seu plano. As revistinhas não passavam de uma piada. Dylan era como um lixeiro que finalmente tivesse chegado para recolher os detritos de toda a juventude deles. Não faria diferença se estivesse comprando uma coleção de *spaldeens* zunidas no telhado ou de meias velhas meladas de esporro.

"Me leva até a porta?", pediu quando se levantou.

"Levo, levo, claro."

Mais uma vez, eles passaram pé ante pé pela cripta de Senior. Na porta do apartamento de subsolo, Dylan sussurrou:

"Me liga amanhã, quando Lomb e Woolfolk não estiverem por perto."

Lomb e Woolfolk, como Abraham e Straus ou Jeckyll e Hyde, uma velha dupla. Dylan quase caiu na risada.

Mingus arregalou os olhos vermelhos, mas Dylan o deixou no suspense. Duas pessoas podiam brincar de criar falsos mistérios, ou três, ou quatro: qualquer um podia bancar o enigmático, o que não faltava em Gowanus era gente querendo tirar chinfra de malandro. Dylan já tinha sobrevivido à Dean Street quando Mingus Rude ainda era escoteiro na Filadélfia e Arthur Lomb não passava de um bocó de escola particular. Só Robert Woolfolk tinha um real poder de inspirar medo, e Rachel Ebdus dera um jeito nisso. Dylan era intocável. Os outros dois nunca deixariam de ser forasteiros e colecionadores de revistinha, e, se eles queriam brincar de fazer joguinhos, Dylan também podia brincar. Ele supunha que sua demonstração fora suficiente para deixar claro que quem dava as cartas era quem tinha a caderneta recheada.

Onze da manhã, o calor já comprimindo o dia feito um torno, tudo quase foi por água abaixo logo de saída, quando Abraham flagrou Dylan contando dinheiro. "Minha nossa", disse Abraham.

Dylan enfiou o bolo de dinheiro no bolso de seu short xadrez amarelo, moda ska para a selva de concreto.

"Quanto é que você tá levando aí?", quis saber Abraham.

"Trezentos", mentiu Dylan.

"Isso não deveria estar no banco?"

"Não é da sua conta."

Abraham ficou perplexo e tentou formular uma resposta severa, um esforço que sempre fazia Dylan sentir pena.

"Pois eu digo que é da minha conta, sim, Dylan. Pra que que é esse dinheiro?"

"É pra emprestar pro Mingus", respondeu Dylan burramente, chegando perto demais da verdade.

"E pra que que o Mingus precisa de trezentos dólares?"

"Eu não sei", disse Dylan, andando em direção à porta.

"Dylan?"

"Me trate como adulto, Abraham", disse Dylan, com frieza. "Eu disse pra você com quanto eu ia contribuir até o fim do verão, e ainda não é o fim do verão."

Não, não era o fim do verão: era o *cúmulo* do verão. Yoo-Hoo, Rheingold, Manhattan Special, por toda parte tampinhas de garrafa eram irrecuperavelmente encravadas no asfalto mole pelos carros que passavam com seus medidores de temperatura no vermelho. Quando os carros subiam da Nevins, quem estava sentado no banco do passageiro tinha que fechar a janela às pressas para se proteger de jatos d'água direcionados com latas de refrigerante vazadas: algum justiceiro tinha de novo arrebentado um hidrante para improvisar um chafariz com o suprimento de água da cidade, e ninguém tinha ânimo para botar seus miolos estorricados para funcionar e ligar para a polícia ou para os bombeiros. Por volta do meio-dia, todas as janelas de todas as casas já estavam escancaradas para sugar o ar da rua. Mas era inútil. O ar estava morto.

Com quinhentos dólares no bolso, sua oferta final determinada de antemão, Dylan Ebdus foi andando até a casa de Mingus Rude descontraidamente, suando em bicas.

Arthur Lomb e Robert Woolfolk não estavam entre as criaturas que se arrastavam com extraordinária lentidão pela calçada cheia de poças de água quente. Dylan não reconheceu ninguém, tinha os olhos murados.

Sendo domingo, Senior estava na Igreja da Sala de Deus, na Myrtle Avenue, e Mingus, portanto, estava sozinho no apartamento do subsolo. Todas as portas estavam escancaradas.

Dylan entrou, seguindo a música.

Mingus estava esparramado na cama, de short largo e camiseta encardida, os lençóis chutados para o pé da cama, o travesseiro dobrado debaixo do pescoço, cochilando à luz do dia e ao som alto de um funk. Era possível que já tivesse ensaiado levantar umas duas ou três vezes e depois deitado de novo, provavelmente não tinha nada na agenda até que Dylan chegasse e estava aproveitando para se refazer da noite anterior ou de uma série de noites, talvez até da escola secundária inteira. O espelho devia estar guardado em algum lugar, o quarto à luz do meio-dia perdia todo o mistério, era só um quarto. As paredes e o teto estavam pintados de preto, talvez a única cor capaz de cobrir tinta spray prateada e Garvey violeta.

Mingus esfregou os olhos com os punhos fechados, como um recém-nascido.

"*Yo*, D."

Dylan respondeu sem naturalidade: "*Yo*".

"Então, o meu maninho quer entrar no lance, afinal."

"Talvez."

Mingus girou o corpo para tirar os pés da cama, fez um sinal para que Dylan se sentasse, coçou o nariz e estalou os lábios.

"Mestre Dillinger tem algumas preocupações", disse Mingus, empolando a voz de gozação. "Coisas que ele *precisa saber*. Ele está operando na base do *preciso-saber*."

Dylan não disse nada.

"Eu fico tentando fazer você rir e nada, D-Man. Que é? Tá com medo de que o Robert te sacaneie? Porque você sabe que eu vou ficar de olho, não sabe?"

"Eu não tenho medo do Robert."

"Certo, beleza. Eu não quis dizer que você tinha."

Dylan queria ir direto ao assunto. "Quanto falta pra vocês poderem fechar a transação?'

"Talvez não falte nada. A questão é quanto você quer botar no lance."

"Duzentos."

"Duzentos", ruminou Mingus. "Certo. Eu não vejo problema nenhum." De antena ligada agora, ele estava só esperando para ouvir o porém da proposta de Dylan. "A gente pode te deixar entrar no lance por duzentos, não faz grande diferença nem de um jeito nem de outro."

"Mas eu quero outra coisa também."

"Ah, outra coisa."

"O anel."

"Puta que pariu." Mingus cobriu o rosto com as mãos, riu fazendo careta atrás delas e balançou a cabeça. "O cara vem aqui falando *disso* e *daquilo*, e o tempo todo só o que ele quer é o *anel* de volta."

"Você ainda tá com ele?"

"Então é *nessa* base que a gente tá. Você me fez pensar que a gente tava aqui pra tratar, sei lá, de *revistinha* ou de uma transação com *drogas* ou de alguma outra porra dessas."

O riso de Mingus era amargo. Era como se Dylan tivesse pedido para comprar a amizade deles de volta, junto com todos os segredos dos dois, Aeroman, o incidente da ponte e coisas que não tinham um nome certo. Era como se ele tivesse botado uma etiqueta no valor de duzentos dólares em seis ou sete verões, oito notas de vinte: o salário de uma semana tirando bolas de sorvete de pistache e pecã de dentro de tinas congeladas. Talvez ele tivesse mesmo.

Apoiando as mãos nos joelhos nus, Mingus se levantou e cambaleou até o corredor sem dizer uma palavra. Sem fechar nenhuma das portas, mijou ruidosamente no vaso do banheiro.

"Ele ainda tá comigo, sim", ele disse quando voltou. "Sabe, se você queria o anel de volta, era só me pedir que eu te devolvia."

"Tá bom, então devolve."

"O quê, agora tu não vai mais me pagar?"

Dylan sentiu uma assustadora satisfação em ouvir a raiva de Mingus, finalmente. "Não, eu te agradeço por você ter guardado ele pra mim", disse com a voz ainda fria, o rosto ficando quente. "Eu te pago de bom grado."

"Acho bom."

"Quem sabe que o anel existe?", perguntou Dylan. Ele só tinha esperado a escola secundária inteira para fazer essa pergunta. Agora, iria pagar pelo direito de saber.

Mingus virou para o outro lado.

"Você contou pro Arthur?"

"Nã."

Claro que não, quem contaria? "Pro Robert?"

Silêncio.

"Filho-da-puta, você contou pro Robert!"

"Ele tava comigo quando eu pulei no policial no Walt Whitman", disse Mingus. "Eu tive que entregar o anel pra ele quando eles me levaram, pra não ir pra porra da delegacia com o anel."

"Ele chegou a... tentar voar?"

Mingus deu de ombros. "Ele era como você."

"O que que isso quer dizer?"

"Quer dizer que ele *tentou*."

Claro. O anel não era uma ferramenta neutra. Ele julgava quem o usava: Aaron Doily voava como um bêbado e Dylan voava como um covarde, só quando não tinha a menor importância, como no lago dos Windle. Fazia sentido, portanto, que o anel também tivesse entrado em sintonia com o caos de Robert Woolfolk.

"Não me fala", disse Dylan. "Ele voou enviesado?"

Mingus deixou a coisa vaga. Ele sempre cultivara o hábito de proteger a honra uns dos outros — de Dylan, Arthur e Robert. De não contar nada.

Dylan se levantou e botou duzentos dólares em cima do lençol manchado. Mingus olhou para o dinheiro de cenho franzido.

"Tá me parecendo meio leve, isso aí", disse, com frieza.

Dylan levou alguns instantes para entender.

"O que que você quer, então?", perguntou, com um fiapo de voz.

Mingus quase sorriu. "Deixa eu ver o que que você tem aí." A frase era a deixa de um script de canga — *deixa eu ver isso aí, deixa eu pegar um instante, eu te devolvo, cara, tu sabe que eu nunca que tiraria nada de você* —, a autoridade imperturbável sobre garotos brancos que Mingus nunca exercera. Ele agora tinha deixado que Dylan visse: a diferença que existia entre os dois, finalmente.

Pela primeira vez Dylan se deu conta da quantidade de coisas de que Mingus provavelmente o livrara. Suas bochechas ficaram vermelhas enquanto ele tateava em busca dos trezentos dólares restantes num bolso que bem poderia ser feito de vidro. Só porque o anel não conferia visão de raio X, isso não queria dizer que a visão de raio X não existisse.

Gotas de suor brotavam de todos os poros do corpo de Dylan e agora começavam a escorrer para dentro de seus olhos.

"Então tá." Mingus abriu uma gaveta da cômoda e juntou as notas de Dylan a um bolo de dinheiro que já estava lá dentro. Talvez fosse o bolo de Robert Woolfolk, talvez fosse outro fundo de reserva, impossível saber. Mingus deixou a gaveta aberta, demonstrando toda a sua indiferença, ou talvez querendo desafiar Dylan a afanar de volta as economias que vinha juntando para pagar a faculdade.

Por todo o Gowanus, fortunas poderiam estar sendo amealhadas por rapazes empreendedores, quem sabe?

Isabel Vendle ficaria orgulhosa. Ela sempre tinha aconselhado Dylan a guardar todo centavinho que caísse em suas mãos numa gaveta e ver o que nascia dali.

"Eu tenho que ir buscar ele lá em cima", disse Mingus.

"Lá em cima?"

"Tá no esconderijo do Barry", disse Mingus. "Não precisa ficar histérico, ele tá seguro lá. E, além do mais, o Barry quer te ver. Eu disse pra ele que você ia dar uma passada aqui. Ele vive perguntando por que você nunca mais apareceu." Em seguida, incapaz de resistir à tentação de torcer a faca na ferida, acrescentou: "Viu mais alguma coisa por aqui que você queira? Ah, mas também você agora já deve estar de bolso vazio".

Eles subiram.

Os discos de ouro tinham sumido da parede, deixando em seu lugar retângulos desbotados com buracos de prego no meio. Pouca coisa mudara além disso, tudo só estava mais surrado, abandonado. Barrett Rude Junior estava de pé atrás da bancada, botando suco Tropicana num copo largo de vidro. A borda do copo estava lascada em três lugares diferentes e os azulejos da bancada estavam soltos em cima da argamassa esfarelada, que produziu um leve rangido quando ele pousou a caixa de suco. Seu roupão de seda estava puído e com enormes manchas de suor debaixo dos braços. E estava folgado demais em seu corpo. Barry tinha encolhido, seu corpanzil simplesmente sumira. Ainda continuava aparando a barba de maneira a deixar fartas costeletas, mas elas agora estavam assimétricas e grisalhas. Suas unhas, tanto das mãos quanto dos pés, estavam grossas e amareladas feito garras. A pele debaixo de seus olhos tinha afundado, como se tivesse sido chupada.

Um ventilador zumbia no quarto. Não se ouvia música nenhuma, a não ser a que vinha da rua junto com o ar morto.

"Dylanzinho!"

Dylan estava perplexo, abobalhado.

Se Abraham ia ficar velho daquele jeito, ele não ia querer saber.

"Quanto tempo, porra! Eu já nem te reconheço mais, cara. Olha só pra você, tá um homão."

"Ei, Barry", Dylan conseguiu dizer.

"Bom te ver, garoto. Eu vejo o teu pai toda hora e *nunca* vejo essas tuas fuças, cacete. Tá pintando que o dia vai ser quente como a porra, não tá não? Vocês vão querer um suquinho gelado, certo?"

"Nã, tô a fim, não", disse Mingus.

"Não, obrigado", disse Dylan.

"É importante tomar suco de laranja, Gus, repor as suas *vitaminas*. Vê lá se não vai ficar desnutrido, garoto. Sentem, vocês dois tão me deixando nervoso. Tão parecendo até que tão numa *missão*, cacete."

“Eu preciso pegar uma coisa no seu quarto”, disse Mingus.

“Vai lá então, qual é o problema? Dylan, senta. Toma um suquinho com gelo, ou vai me dizer que não cai bem com um calor deste? Viu o jogo dos Yankees? O Ron Guidry liquidou a questão aos cinco minutos, cara. Ele é o melhor lançador do mundo.”

Mingus foi lá para dentro. Dylan sentou no sofá, atrás da mesinha de centro. O espelho de Barrett Rude Junior talvez fosse a única superfície na sala inteira que não estava quebrada. O pó espalhado em cima dele lembrava uma galáxia. Um canudo de plástico estava jogado ao lado do espelho.

Barrett Rude Junior pegou Dylan olhando para essa nuvem estelar de pó e disse: “Pode se servir à vontade”.

“Ah, não, obrigado.”

“Não vem com essa de *não-obrigado*, garoto, sirva-se.”

“Vai lá, D, cheira uma carreira”, disse Mingus, emergindo do quarto.

“Não, sério, eu tô bem.”

“O quê, vai me dizer que nunca ficou de barato, cara?”

“Deixa ele, Gus. O Dylanzinho pode fazer o que ele quiser. Ele é meu chapinha, ele tá indo pra faculdade, cacete. Eu não acredito como o tempo passa, você *acredita*, Gus? O Dylanzinho tá de mala pronta pra se mandar pra faculdade, ele não tá a fim de ficar de barato porque ele *tá segurando a onda dele*.”

Enquanto Barrett Rude incrementava a letra da sua música, uma variação sobre aquela velha canção — vamos chamá-la de “Dylanzinho é o tal, Parte 2” —, Mingus Rude sentou ao lado de Dylan, encostando o joelho no joelho de Dylan quando os dois afundaram juntos no meio do sofá, e, sem dizer uma palavra, abriu a mão, fazendo com que o anel de Aaron X. Doily retinisse suavemente num pedaço limpo do espelho coberto de pó.

Barrett Rude Junior botou dois copos de suco de laranja em cima da mesinha de centro, cada qual com uma pedra de gelo em forma de meia-lua boiando na superfície, como peixes inchados.

“O que que é isso?”, perguntou Junior.

“Nada, não, é só uma coisa que eu tava guardando pro Dylan debaixo da sua tábua. Ele quer levar isso com ele pra Ver-*mont*, onde as garotas nadam sem roupa e os pretos trabalham em postos de gasolina.”

“Ah.” Nessa Junior boiou. Quando se acomodou na poltrona, as abas do roupão se abriram feito uma cortina, deixando à mostra seu calção de lutador de boxe e o peito definhado, seu esterno descarnado feito um mastro de barraca de camping.

Um homem que era uma mansão tinha sido esvaziado, carcomido por dentro como que por cupins.

Dylan pegou o anel e enfiou-o no bolso. Sem pensar, levou a mão ao nariz, cheirando a ponta dos dedos que arrastara no espelho.

"Isso!", disse Junior. "Você vai se refrescar num instante, você vai ver só."

"Tá vendo, ele quer, sim", disse Mingus. "Ele só não sabe que quer."

Com o anel em segurança dentro do bolso, Dylan de repente começou a ouvir sua própria música, aquela que ele passara o verão inteiro cantarolando baixinho para si mesmo, "Dylanzinho tá de malas prontas". Lembrou de sua condição fundamental: não estava preso, só estava de visita. Por que não deixar que Mingus o levasse para mais um lugar desconhecido, se em breve ele ia zarpar para Camden, Vermont? Ele já tinha tomado ácido, engolido um Quaalude numa pista de boliche, bebido chá de cogumelo em Jones Beach, então por que aquela hesitação toda? Arthur não estava lá para testemunhar, para desmascarar seu blefe. Ele podia cheirar uma carreirinha e escapar ileso. Só o que tinha de fazer era lembrar da regra básica, fingir que não era a sua primeira vez.

Dylan pegou o canudo, encostou-o no nariz e aspirou, como tinha visto outras pessoas fazerem.

Depois Mingus Rude cheirou uma carreirinha.

Depois Barrett Rude Junior cheirou uma carreirinha.

Depois os três cheiraram outra carreirinha, e então Dylan Ebdus estava cheirando pó com Gus e Junior e aquilo era só mais uma tarde normal de verão na Dean Street, nada de mais. Era como visitar uma realidade alternativa na qual ele nunca tivesse abandonado o quarteirão, nunca tivesse deixado de freqüentar aquela casa. A cocaína chovia dentro de Dylan e avivava a ilusão, varrendo todo e qualquer vestígio de dúvida.

O seu corpo podia ser refrescado de dentro para fora, suando feito um copo de bebida gelada.

Uma linha de baixo nunca lhe parecera tão profunda como a que ele ouviu quando Barrett Rude Junior botou *Let Me Party With You*, de Bunny Sigler, na vitrola. E o suco de laranja soltou o restinho de pó grudado no fundo da sua garganta com surpreendente eficiência.

“Então, gostou?”, quis saber Junior, sua caveira barbada esticada num sorriso. Talvez Dylan já estivesse até se acostumando.

“Ahn-hã”, Dylan respondeu com sinceridade, arregalando os olhos.

“É bom, né?”, disse Mingus. Sua voz tinha ficado mais suave, como se tudo que ele quisesse aquele tempo todo fosse que Dylan se juntasse a ele, que seu melhor e mais antigo amigo o ratificasse no veículo da cocaína.

“Ahn-hã”, repetiu Dylan.

Talvez fosse possível ser perdoado. Talvez você tivesse entendido mal e tudo na verdade estivesse na mais completa paz. O anel estava no seu bolso agora. Você estava batendo um papo com Mingus e Junior e estava também a poucas semanas, a dias de zarpar rumo à faculdade mais cara do mundo. As duas coisas não eram mutuamente excludentes, o seu medo não tinha razão de ser.

Talvez tudo estivesse perfeito, mas mal você havia terminado de formular esse raciocínio e eis que Barrett Rude Senior sobe as escadas e adentra a sala, surpreendendo a todos, principalmente a si mesmo.

Apesar do dia ensolarado, Senior estava de terno preto, presilha de gravata e abotoaduras douradas, lenço branco na lapela.

Exalava um cheiro forte de flor, de rosa.

Quem foi flagrado com a cara enfiada no espelho foi Mingus, que logo largou o canudo e esfregou o nariz com o dedo indicador.

“Então é isso que acontece toda vez que eu saio porta afora”, disse Senior, com voz trêmula. “Você corrompendo a moral de mais uma criança da vizinhança.”

“Vai lá pra baixo, velho”, disse Junior simplesmente, sem olhar para o pai.

“Se metendo com o filho dos brancos você vai fazer a desgraça cair sobre esta casa.”

Dylan não conseguiu se reconhecer, nem a nada do que sabia sobre Gowanus ou sobre o mundo, nas palavras de Senior. Aquilo de repente lhe pareceu tão engraçado que ele quase caiu na gargalhada. Mingus lhe deu uma cotovelada.

“Vem cá, por que você tá em casa tão cedo num domingo, hein?”, disse Junior. “A irmã Pauletta finalmente te flagrou dando em cima de uma das damas de honra dela e te chutou pra fora da igreja?”

“Que o Senhor perdoe a alma pervertida que um dia já foi o meu menino.”

Barrett Rude Junior se levantou, amarrou o roupão com firmeza, passou pelo pai e foi andando até a pia. "Eu já *nasci* pervertido, velho. Passaram a perversão pra mim como herança. Então por que que tu não relaxa um pouco, baby? Afrouxa essa gravata, hoje tá quente demais pra isso. Quer uma carreirinha? Pode se servir."

"Todo dia eu dou graças a Deus por sua mãe não ter vivido para ver isso."

Barrett Rude Junior virou-se para o pai e disse, com voz suave: "É mesmo, você dá graças a Deus? Em nome da minha *mãe*?".

"Dou."

"E o que é que Deus te responde, velho, quando você toca no nome dela?"

"Vai pro seu quarto e reza, vô", disse Mingus, baixinho.

"Todo dia e toda noite eu rezo sob os pés de pecadores", disse Senior. "Um dia eu vou sair do meu esconderijo para dizer o que vi."

"Vai pro quarto, vô, vai", disse Mingus, em tom de súplica.

"E vou bradar aos quatro ventos."

Dylan não sabia como era possível que Barrett Rude Junior tivesse atravessado a sala tão rápido como atravessou. Quando se deu conta, Junior já estava agarrando as lapelas do terno do pai com os dois punhos e o empurrando para trás, de encontro à parede do poço da escada. Um suspiro escapou de dentro dos dois, Junior e Senior, aparentemente em uníssono. No instante seguinte Senior já tinha desaparecido escada abaixo e Junior estava de novo de costas para o sofá, debruçado sobre a pia, com a torneira aberta.

Dylan olhou para o chão, num silêncio culpado por ter presenciado aquela cena. Mingus só sacudiu a cabeça, depois voltou para o canudo e o espelho.

Dylan sentia o sangue latejar pelo corpo inteiro, à flor da pele: efeito da droga, provavelmente.

A música continuava tocando e, por um momento, foi como se nada tivesse acontecido. Por um momento. Depois a sala foi de novo invadida pelo cheiro de rosas, Senior estava novamente no alto da escada e, então, foi como se ele nunca tivesse saído dali e o momento de paz não tivesse durado mais que um piscar de olhos. Só que Senior tinha de fato ido até o apartamento do subsolo: a prova estava no que ele trouxera de lá e agora exibia em suas duas mãos. A esquerda segurava um buquê de notas de vinte, que ele logo atirou com força para a frente, fazendo as notas voarem até pousar no tapete. A direita segurava uma arma.

Dos alto-falantes, Bunny Sigler continuava cantando, alheio.

"Um filho não encosta a mão no pai", disse Barrett Rude Senior para o filho. "Está escrito na Bíblia. Eu agora tenho provas de que você usa crianças nas suas transações escusas. O quarto do garoto está cheio do seu dinheiro sujo. Se você não tem vergonha, eu tenho que te ensinar a ter vergonha, rapaz."

"O Mingus tem o próprio dinheiro dele", disse Junior sem levantar a voz, olhando para a arma que tremia na mão do pai.

"Você ensina o pecado e você tem que pagar por ter encostado a mão no seu próprio pai."

"Larga essa arma, velho."

"Me chame de pai. A arma é para botar um pouco de medo em você."

"*Você tem que admitir, você é um velho.*" Era mais uma das melodias improvisadas de Barry, a última que Dylan ouviria.

Mingus levantou do sofá de repente e correu na direção do quarto do pai. Antes de entrar, virou para trás e gritou: "Vai pra *casa*, Dylan!". Protegendo-o, ainda.

Dylan Ebdus nunca conseguiria se lembrar de ter levantado do sofá, andado até a porta, da porta até a escada, da escada até o portão, do portão até a calçada. Uma parte dele ainda estava lá dentro, latejando como um pulso atrás de olhos cravados naqueles rostos, na arma, em Mingus emoldurado por um instante pelo alizar da porta antes de dar as costas e entrar às pressas no quarto do pai. Dylan Ebdus ainda ouvia a música, ainda sentia a narina levemente arranhada, ainda se perguntava por que os discos de ouro teriam sumido da parede, por que a carne teria sumido do rosto de Barrett Rude Junior. O dia escaldante para o qual foi ejetado não lhe causou, portanto, nenhuma impressão. Mesmo assim, era fato que ele estava do lado de fora. Mingus tinha gritado para ele ir embora e ele foi. E estava intacto, o anel dentro do bolso, quinhentos dólares de suas economias para pagar a universidade atirados ao chão por Barrett Rude Senior, missão cumprida. Dylan não estava lá dentro. Estava na Dean Street, andando trôpego sobre as pedras do calçamento, quando ouviu o tiro.

PARTE II

Notas do encarte

CURTINDO UMA FOSSA DE NOVO:

A história de Barrett Rude Jr. e dos Distinctions

NOTAS DE D. EBDUS

O papel do cantor é enganoso; ao identificar e explorar a desintegração e outros aspectos potencialmente destrutivos da vida dos negros americanos, ele está desempenhando uma função integradora [...] *o senso de identidade está inserido não só na relação artista-público* [...] *mas nas próprias relações entre os sons que o artista cria — nas técnicas musicais em si.*

Christopher Small *Music of the common tongue*

As pessoas não reconhecem a importância da pergunta-e-resposta. Isso acontece porque hoje em dia a maior parte das músicas é escrita pelas pessoas que pretendem cantá-las, e para elas o quadro normalmente se completa quando elas estão dentro dele. Mas o ouvinte quer mais do que isso. Os backing vocals, a resposta, são as vozes da sociedade: quer estejam fofocando (como em "Será que ela vai mesmo sair com ele?"), quer estejam afirmando (como em "Amém!" ou "Yeah, yeah, yeah"*)* [...] *Eu gostaria de fazer um estudo sistemático com as* *músicas que estouraram ao longo dos últimos trinta anos. Tenho certeza de que pelo menos oitenta por cento delas têm algum tipo de segunda voz. Mas aposto que nem trinta por cento de todas as músicas gravadas usam backing vocals...*

Brian Eno, A *year with swollen appendices*

Vozes que ficaram na memória mas você não sabe dizer a quem pertencem, prenhes de anseios mal resolvidos: uma canção que por um instante fez você chegar mais perto do rádio, mas logo depois lhe pareceu piegas, constrangedora, cafona. Talvez a canção soubesse alguma coisa que você ainda não sabia, algo que você não necessariamente estava pronto para aprender com o rádio. Então, para você pelo menos, aquela música não vingou. Por puro acaso, quinze anos se passam sem que você a ouça, até que um dia a sua própria melancolia inesperadamente faz a ficha cair. Isso acontece no momento em que a canção te pega de surpresa, escapando do rádio de algum carro, para reatar os cadarços puídos dos seus anos. Fisgado, você se permite ouvir. Mas o locutor lê a lista de músicas apressadamente e nunca chega a mencionar o nome do cantor. Ou talvez isso aconteça numa sala de cinema, durante uma seqüência de imagens que se apóia naquela velha canção. Ao final do filme, você se esforça para acompanhar os créditos, mas uma dúzia de copyrights passa diante dos seus olhos como um borrão, irrecuperável.

Então, você esquece a canção de novo. Ou guarda só o gancho da música, uma frase central boba que azeda na memória. Como é que aquilo poderia ter lhe parecido tão agridoce quanto a sua própria juventude perdida? Claro que o que está faltando na lembrança que você guardou é a almofada do arranjo vocal sobre a qual a voz do vocalista principal deitava e rolava, e também o banho de cordas, o vago murmúrio do baixo, o *groove*, tudo tão datado, tão perfeito. O que está faltando também é a história, o contexto, o espaço em que a música viveu. Sem falar na chance de você transformar aquela música em sua, de gastar, digamos, trinta e quatro dólares e noventa e nove num CD duplo. Mas tudo bem. Ninguém vai morrer se você não seguir o rastro dela. Num mundo incerto, é razoavelmente certo que aquela canção esquecida precisa menos ainda de você do que você dela.

Certo?

Atrás do panteão supremo dos vocalistas masculinos de soul — Sam Cooke, Otis Redding, Marvin Gaye e Al Green (você acrescenta os seus nomes a esses quatro, que eu acrescento os meus) — existe um outro, um panteão das sombras, composto de cantores que quase chegaram lá. Eles se reúnem, grosso modo, em duas categorias. A primeira congrega aqueles que malograram por caprichos da sorte ou de temperamento — Howard Tate e James

Carr, por exemplo, talvez O. V. Wright. São cantores que quicam de um selo para outro durante algum tempo, gravam um ou dois discos recheados de clássicos, depois sobram, somem. Na teoria do "grande homem" apregoada no mundo do soul, eles são o pessoal da rebarba. A segunda categoria é a dos cantores que ficam escondidos atrás da fama e das conquistas de um conjunto. Ben E. King, dos Drifters, David Ruffin, dos Temptations, Levi Stubbs, do Four Tops, Philippe Wynne, dos Spinners: todos conhecidos por seus pares como alguns dos melhores vocalistas que já chegaram perto de um microfone. Já o resto do mundo só os conhece de ouvido.

Barrett Rude Jr. é uma das figuras mais indefiníveis e singulares da história da música pop. Embora ninguém que tenha ouvidos precise que lhe digam — se você está lendo o encarte, bote os benditos CDs para tocar de uma vez! —, eu vou dizer assim mesmo: Rude é também um dos maiores cantores de soul que já existiram, e não apenas um dos melhores que nunca tiveram o reconhecimento que mereciam. Nascido em Raleigh, Carolina do Norte, em 1938, Rude era o único filho de um casamento conturbado. O pai era pregador pentecostal itinerante (e futuro presidiário), a mãe morreu com menos de trinta anos de idade ("de uma doença chamada coração partido", declarou Rude à revista *Cash Box* em 1972). Sua experiência musical costuma ser exagerada: sim, ele cantava na igreja do pai — mas o pai de Rude perdeu seu pastorado quando o futuro cantor ainda não tinha onze anos, sendo preso um ano depois. Criado por uma tia, Rude abandonou a escola secundária e migrou de Raleigh para Memphis, onde trabalhou como zelador de uma escola, motorista de ônibus escolar e depois, brevemente, como disc jockey de uma estação de rádio de Memphis, apresentando um programa dedicado ao blues e ao jazz no turno da madrugada. Lá, conheceu Janey Kwarsh, filha do proprietário branco da estação, que na época trabalhava como secretária no escritório do pai. Rude e Kwarsh rapidamente se casaram e tiveram um filho — a menos que tenha sido na ordem inversa.

Em 1967, aos vinte e nove anos, Rude gravou dois compactos no estúdio de Willie Mitchell na Hi Records. Ninguém se lembra de como nasceu o interesse do estúdio por ele — Rude sempre negou que tivesse conseguido a oportunidade por intermédio do sogro. Em 1967, a Hi ainda marcava passo lançando discos instrumentais e apostando em novidades, enquanto o produtor Mitchell começava a explorar, com o cantor O. V. Wright, o *groove* profundo que em breve iria explorar de forma tão magistral com Al Green. Talvez Rude pudesse ter ocupado antecipadamente o lugar de Al Green e mudado a história da música pop — a prova está aqui em quatro faixas, incluindo o proto-funk banhado a trompete "Set a Place at Your Table", que despontou brevemente nas paradas de R&B em fevereiro de 1967, e o cover lento e sinistramente sexy de Hank Williams, "I saw the Light". Mas o destino não quis que fosse assim. Granjeando uma reputação de excêntrico taciturno, Rude foi dispensado pelo pacato Mitchell, que o tachou de intratável, quando sua carreira ainda mal tinha começado.

Rude, portanto, estava aparentemente a caminho do primeiro tipo de história — a do cantor que lança um punhado de compactos cult — até um certo dia de fevereiro de 1968 em que, num estúdio de ensaio da Filadélfia, um guitarrista chamado Marv Brown, que tinha tocado na Hi Records um ano antes, sugeriu seu nome para um grupo vocal já bastante rodado que tinha sido contratado pelo estúdio e na época era conhecido como Four Distinctions. O grupo tinha assinado um acordo empresarial e estava ensaiando sob a batuta de um jovem produtor chamado Andre Deehorn. Deehorn tinha um maço de canções que ele imaginava que poderiam se transformar em hits se executadas por um grupo formado por coro e voz principal. O que ele tinha no Four Distinctions era um coro sem voz principal.

Brown achava que conhecia o cantor que eles estavam procurando, um cara que passara por uma experiência ruim em Memphis e estava dirigindo um ônibus em Raleigh, Carolina do Norte — onde Rude se refugiara na casa da tia de novo, desta vez com mulher e filho. Que importava que pudesse haver dezenas de cantores desempregados na Filadélfia? Eles aceitaram a sugestão de Brown e deram o telefonema. Rude comprou uma passagem num ônibus interestadual e foi ao estúdio fazer um teste. Desconhecido aos trinta anos, Rude poderia parecer um azarão na disputa pela imortalidade pop. De fato, os demônios pareciam estar sempre à espreita numa carreira marcada por acessos de fúria, ataques de estrelismo e sumiços em datas marcadas para entrar no estúdio ou subir no palco. Embora não tenhamos como saber que tormentos o afligiam, um palpite seguro é que um casamento inter-racial infeliz era uma tremenda cruz para se carregar nos Estados Unidos dos anos 60. A carreira fonográfica de Rude se estende por apenas uma década; as drogas e uma tragédia doméstica o silenciaram no fim dos anos 70.

No entanto, no instante em que entrou naquele estúdio da Filadélfia, Barrett Rude Jr. estava destinado a ser um cantor do segundo tipo: a voz misteriosa, sempre pronta a voar nas alturas, contida dentro de um famoso conjunto vocal. Rude tinha encontrado nos Distinctions o contexto a partir do qual podia contar a história que tinha para contar, um lugar para fazer a única coisa que um ser humano pode ter esperança de fazer — ser importante durante algum tempo. Se ele encarava isso como uma espécie de prisão, nós só podemos discordar respeitosamente e ficar gratos por a arte de Rude ser uma arte construída sobre dramas de confinamento e fuga.

Mas quem eram esses quatro homens que eu estou vendendo para você como *um contexto e um receptáculo* para Barrett Rude Jr.? Os Distinctions começaram como amigos: quatro adolescentes negros da classe operária que cresciam, na era de Johnny Ace e Jackie Robinson, no subúrbio industrial de Inkster, Michigan (terra natal também dos Marvelettes). James Macy, Dennis Longham, Rudolph Bicycle e Alfred Maddox já eram um quarteto antes de se tornarem um conjunto vocal, formando o *infield* só de negros do Dearborn-Inkster-Chryslers, um dos primeiros time de beisebol integrados de escolas secundárias, que ganhou um controvertido campeonato estadual em 1958. O fato de, ao trocarem a bola pelo *doo-wop*, o *shortstop*, Jimmy Macy, ter virado o baixo do conjunto e o primeiro *baseman*, Rudy Bicycle, ter virado o tenor do grupo só serve como mais uma prova de que a verdade pop é mais estranha do que a ficção. Os barítonos Fred Maddox e Denny Longham se acomodavam entre os graves de Macy e os agudos de Bicycle. Os Chrystones, como eram conhecidos na época, eram um grupo definitivamente secular, e foi só um ano mais tarde que Longham chamou a atenção dos outros companheiros para as enganosas ressonâncias religiosas do nome que eles haviam escolhido para o conjunto e sugeriu uma alternativa: The Four Distinctions. Com esse nome, o conjunto adolescente passaria a se apresentar em bailes escolares, feiras paroquiais e, sim, jogos de beisebol.

Em maio de 1961, o Four Distinctions pagou uma taxa de inscrição no valor de cinqüenta dólares pelo privilégio de ganhar um festival patrocinado pelo famigerado selo Tallhat, de Jerry Baltwood. O prêmio do grupo foram duas sessões no estúdio. Quem compôs as quatro canções gravadas no estúdio do Tallhat naquele mês de junho? É provável que os Distinctions tenham entrado no estúdio levando as canções debaixo do braço, mas foi Baltwood quem ficou com os créditos de compositor. Duas dessas quatro canções estão incluídas aqui: "Hello" e "Baby on the Moon", a primeira um delicioso lamento *doo-wop*, a segunda um improviso *à la* Five Royales. Nenhuma das duas chegou às paradas, nem aqui nem na lua.

Em 1965, a Motown comprou o passe de todos os artistas do Tallhat, mas no quadro da grande companhia o grupo só encontrou frustração. Quarto ou quinto na fila de espera de músicas, atrás do Four Tops, dos Temptations e de uma série de outros aspirantes como eles, os Distinctions se viram fazendo backing vocals no disco dos outros e cuidando de miudezas, como atender ao telefone e apanhar astros no aeroporto. Denny Longham aprendeu a cortar e tratar cabelos nessa época; segundo Martha Reeves, Longham fazia "o melhor alisamento da cidade". O grupo, no entanto, chegou a roçar na fama quando gravou "Ain't Too Proud to Beg", a mesma produção de Norman Whitfield que os Temptations em breve elevariam aos Top Ten. A versão em falsete mais-leve-que-o-ar de Rudy Bicycle foi suprimida em favor da versão do grupo mais antigo, mas não antes que um lado B fosse preparado. "Rolling Downhill" poderia parecer descrever a difícil situação do grupo dentro da organização de Berry Gordy; na verdade, essa balada de Holland-Dozier-Holland é uma verdadeira jóia perdida no tempo. Três anos ainda se passariam antes que a carreira dos quatro fosse resgatada e antes que Andre Deehorn acrescentasse "Subtle" (sutis) ao nome do grupo. Mas as faixas da Motown são provas mais do que suficientes de que os Distinctions antes de Rude já *eram* sutis, e refinados, tendo por hábito fazer canções difíceis parecerem fáceis.

De Gerald Early, em *One Nation Under a Groove: Motown and American Culture*: "Os três primeiros grandes conjuntos da companhia — Supremes, Temptations e Miracles — foram formados e gestados em suas escolas secundárias. Não eram grupos de igreja [...] e, em várias autobiografias, pouco se fala a respeito da influência da igreja negra em sua música". Essa é uma correção útil, mas um pouco incompleta. O som que define o soul é epitomado pela configuração que o Subtle Distinctions assumiu quando Barrett Rude Jr. se uniu ao grupo: um grupo vocal de escola secundária com um estilo típico de Detroit ou "do norte" liderado por um vocalista mais cru, com forte influência da igreja e com um estilo "do sul". Essa colisão de aspereza e elegância, da lascívia e do remorso do R&B em estado bruto com um pop refinado e ávido de misturas é também a encruzilhada em que a resignação e o exílio brevemente dão as mãos a possibilidades recém-avistadas de luta e aceitação na classe média.

Tomemos, por exemplo, a canção de 1959 dos Drifters "There Goes My Baby", encarada por alguns como o momento definitivo em que o R&B se abriu para a possibilidade de um outro tipo de música chamado soul. O vocal estrangulado e desesperado do cantor principal, Ben E. King, fica imprensado entre uma batida vagamente latina e a levada pretensamente clássica das cordas. Os resultados na época não só horrorizaram a gravadora, que quase se recusou a lançar a canção, como intrigaram o próprio produtor da música, Jerry Leiber, que declarou: "Às vezes, quando eu estava ouvindo rádio e aquela música tocava, eu tinha a nítida sensação de estar ouvindo duas estações tocando a mesma coisa". Esse drama foi reencenado nas baladas *cordas-e-berros* de James Brown, como "Bewildered" e "It's a Man's Man's Man's World", e nos arranjos melosos que atormentaram as carreiras fonográficas de gemedores-gritadores como Jackie Wilson e Solomon Burke.

O que é espantoso não é que as estruturas das canções dos anos 50 fossem inadequadas para aquelas vozes soul desagrilhoadas que estavam apenas começando a descobrir suas forças. O que é espantoso é como o soul dos anos 60 produzido por companhias administradas por negros, como a Motown, a Vee-Jay e a Stax, criou toda uma linguagem baseada no confinamento dessas vozes em veículos inadequados ou pretensamente inadequados. Esse drama assumiu sua forma mais pura na interação vocal desenvolvida por grupos como o Soul Stirres e o Five Royales, bem como em centenas de escadas *doo-wop* — vozes retinindo numa cela de ecos, ou lutando para se libertar de uma camisa-de-força de rimas, ou correndo de vagalhões de harmonia que ameaçavam engolfá-las.

É aí que entram os Distinctions. O estilo filadelfense de produção em que eles gravaram seus admiráveis discos fez ressuscitar os mais suaves estilos harmônicos do *doo-wop* para satisfazer técnicas de gravação mais sofisticadas. Produtores como Thom Bell e a equipe de Gamble e Huff levaram esse jogo de confinamento à fase seguinte, fazendo, assim, com que os cantores que testemunharam esse avanço, como Teddy Pendergrass do Bluenotes e Eddie Levert do O'Jays, tivessem de se virar para arranjar um jeito não só de gritar, grunhir e implorar para escapar das armadilhas urdidas, como até de rir e sussurrar em falsete.

Nesse jogo, ninguém preparava armadilhas como Deehorn e os Distinctions, e ninguém escapava delas como Barrett Rude Jr. Ouça-o primeiro nas gravações demo da primavera de 1968 que garantiram o acerto dos Distinctions com Philly Grove: um rascunho do primeiro hit do grupo a despontar nas paradas, "Step Up and Love Me". Com o esquema de produção de Deehorn ainda incompleto, as vozes quase a *capella* tecem um ninho para a introdução sussurrada de Rude, depois a empurram para um vôo nas alturas. Das mesmas sessões vem a estréia até agora inédita de Rude como compositor, "So-Called Friends".

O novo grupo foi instalado nos estúdios da Sigma Sound para gravar um álbum completo. Rude, que vinha dormindo no sofá da casa de Marv Brown, comprou uma casa e chamou a mulher e o filho, que até então ainda aguardavam na Carolina do Norte, para virem morar com ele. No disco de estréia, o melodioso e encharcado de cordas *Have You Heard the Distinctions?*, as canções de amor ternas e sedutoras de Deehorn e suas produções luxuriantes e meticulosas dominam os trabalhos — ali estava um conjunto digno de seus hits infalíveis. O arranjo de Deehorn para "Step Up and Love Me", com direito a *flügelhorn* e sistro, estabeleceu a viabilidade do grupo nas paradas de sucessos, subindo ao primeiro lugar da parada de R&B e chegando ao oitavo lugar na parada pop. Rude recebeu o crédito de co-autor da dilacerante "Heart and Five Fingers", embora seja difícil imaginar que ele tenha chegado realmente a escrever o desfecho soluçante e engambelador que criou para a canção. Quando os promotores de turnês finalmente começaram a telefonar, o grupo estava pronto; afinal, eles só tinham passado uma década praticando seus dribles.

A fase do aprendizado tinha ficado para trás. A Atlantic Records comprou o contrato do selo menor e mandou a equipe de volta para a Sigma para gravar sua primeira obra-prima, *The Deceptively Simple Sounds of the Subtle Distinctions*. A clássica "(No Way to Help You) Ease Your Mind" inaugurou uma breve parceria entre Deehorn, Rude e Brown na composição. Com "Happy Talk" e "Raining on a Sunny Day" também despontando nas paradas, o doloroso falsete de Rude e as harmonias ricas e cheias de meandros dos Distinctions dominaram, para quem tinha rádio, o verão de 1970. O álbum era um banquete de elegantes climas contemporâneos, com o grupo no auge da sua primeira forma, que não poderia ser mais bem descrita do que nas palavras de Dave Marsh em seu *Heart of Rock and Soul*: "Puro déjà vu, parece gerar uma nostalgia de um *doo-wop* soul que na verdade nunca existiu". Embora hoje possa parecer inevitável que o tom viesse a se tornar mais sombrio, na época era fácil torcer para que o verão durasse para sempre — ou para que fôssemos brindados com cem álbuns tão deliciosos quanto *Deceptively Simple Sounds*. Em vez disso, no entanto, fomos brindados apenas com um.

Pegando a deixa de Curtis Mayfield em "Move on Up" e de Marvin Gaye em "What's Going On", o Subtle Distinctions entrou na onda da consciência social e gravou *In Your Neighborhood* no outono de 1971. Com uma foto de capa que mostrava o grupo num terreno baldio, aquecendo as mãos no fogo de um tonel de óleo, o álbum foi mandado às pressas para as lojas antes do Natal por um departamento artístico receoso de que o apetite por consciência social pudesse minguar. Não havia o que temer — *Superfly* estava logo ali na esquina —, mas o visual não combinou com o grupo, e *Neighborhood* estava longe de ser um disco de Natal. Apesar dos vocais estupendos de Rude na música de sua lavra "Sucker Punches" (que alcançou o décimo oitavo lugar na parada de R&B, mas não chegou a galgar a parada pop), em "Jane on Tuesday" e em "Bricks in the Yard", o álbum foi um fracasso. Na dúbia tradição de "I'd Rather Fight than Switch", do 100-Proof (Aged in Soul), de "Ain't Nothing Like the Real Thing", de Marvin Gaye e Tammi Terrell, e de outras canções inspiradas na Madison Avenue, a composição de Deehorn "Silly Girl (Love is for Kids)" conseguiu despontar no décimo primeiro lugar da parada de R&B e no décimo sexto da parada pop, proporcionando um certo alívio tonal e comercial.

A redenção foi realmente doce: *Nobody and His Brother* foi menos um recuo do que uma remodelagem do tom sombrio de *Neighborhood* em termos mais profundos e pessoais, possibilitada pelo fato de Rude ter assumido a liderança nas composições. "Bothered Blue" foi um primeiro lugar instantâneo, ocupando o topo das duas paradas em outubro de 1972, e se essa era a única música que você tinha certeza de que conhecia quando comprou este CD, você está perdoado. Escute-a de novo. A canção fica melhor, mais dilacerante e verdadeira a cada ano que passa, um dos testemunhos mais *maduros* de ambivalência e fastio a ser transformado em fundo musical para um anúncio da Volkswagen. Faixas como "The Lisa Story", "If You Held the

Key" e "So Stupid Minded" delineiam uma guerra entre Rude e o co-autor Deehorn pela lealdade da banda — a voz e as letras de Rude esbravejando contra os formatos bem-comportados que Deehorn bota em seu caminho, enquanto Maddox, Longham, Macy e Bicycle tentam bancar os apaziguadores, oferecendo um consolo harmônico para a voz que arde no primeiro plano. Quando Rude voa, eles lhe oferecem um colchão em que pousar; quando ele tropeça, eles o puxam pela mão e o botam de pé de novo; quando ele finalmente sente necessidade de dormir, eles o aconchegam entre as cobertas. Só "Bothered Blue" alcançou as paradas, mas foi o que bastou para que o álbum encontrasse o seu lugar e se tornasse o disco mais vendido do grupo.

Rude saiu do conjunto quando a canção ainda estava nas paradas. O último álbum dos Distinctions, *Love You More!*, é um extermínio retroativo, a colcha de retalhos costurada por Deehorn com as fitas de ensaio que Rude deixara para trás. A envolvente e discreta "Painting of a Fool" marcou breve presença na parada de R&B em junho de 1973, mas o álbum não enganou ninguém. Os Distinctions foram dispensados pela Atlantic e logo depois deram adeus a Deehorn, que tinha uma onda disco para pegar. O grupo iniciou rápida e suavemente uma sobrevida no circuito das casas noturnas nostálgicas, aparentemente tão relutante em aposentar de vez o nome do conjunto quanto em manchá-lo gravando sem a presença de Rude à frente. Poucos encerram carreira com tanta dignidade.

Quanto à saída do instável, insubstituível e idolatrado Rude, ninguém ficou surpreso. Suas batalhas com Deehorn no estúdio tinham virado lenda, e com razão. A música pop negra estava rumando em outra direção, apesar do sucesso alcançado por "Bothered Blue". Deehorn iria produzir inúmeros hits nos anos seguintes, mas o lugar de Barrett Rude Jr. estava longe de estar garantido. Para cada gritador-soul como Johnny Taylor, que ressurgiu das cinzas com "Disco Lady", havia dezenas de artistas que tinham chegado ao fim da estrada. Mas, se o ritmo hábil das canções de andamento acelerado da Filadélfia anteciparam (ou ajudaram a criar) a disco music, isso só torna mais pungente o que viria a se tornar — no som de Spinners, Manhattans, Bluenotes, Delphonics, Stylistics e Subtle Distinctions — o último arroubo do soul clássico.

É difícil descrever o que mudou nos discos de Stevie Wonder depois que ele começou a tocar todos os instrumentos, mas o fato é que, ao ouvi-los, você não tem a *sensação* de estar ouvindo soul — é mais como se estivesse ouvindo o funk pop mais humano já gravado em disco. Ao harmonizar todos os elementos da música, Wonder superou os paradoxos. Da mesma forma, o gospel que Al Green lançou no final dos anos 70 é maravilhoso, mas, depois que ele abandonou Willie Mitchell e a banda da casa na Hi, sua música parou de oscilar entre dois mundos. O contra-exemplo é Marvin Gaye, que, quando começou a cuidar dos próprios arranjos, mergulhou mais fundo ainda no atoleiro da irresolução. Gaye é a figura paradigmática do soul, carregando suas prisões para onde quer que fosse, embutidas na própria voz.

Será que Barrett Rude Jr. poderia ter seguido adiante com força comparável à de Gaye até o fim dos anos 70? Talvez. Ele bem que tentou. Não conseguiu. Rude nunca foi um compositor confiante — só duas das músicas que compôs para os Distinctions não carregam o nome de Deehorn ou de Brown como colaboradores. Os compradores de discos e os programadores das rádios conheciam a voz de Rude, mas não o seu nome: ele poderia cantar "Bothered Blue" até ficar grisalho, mas não poderia gravá-la de novo. Aos trinta e quatro anos, ele estava começando do zero de novo. *On His Own* (1972) não deveria ter sido um mau começo: com Marv Brown a reboque como arranjador, Rude gravou uma suíte devaneante de canções de amor tão íntimas quanto anotações de diário. Sem figurar nos créditos, os Distinctions fazem backing vocal em duas faixas, "This Eagle's Flown" e o único hit do disco, "As I QuietlyWalk", que se instalou confortavelmente no décimo segundo lugar da parada de R&B, mas não conseguiu salvar o álbum da indiferença do público.

Nosso coração tende a virar as costas a jogadores que trocam de time, a atores mirins que crescem e a conjuntos que se desfazem para tentar carreira-solo. No entanto, na visão de Rude, os Distinctions representavam uma espécie de infância, e a carreira-solo sua tão aguardada maturidade. O fato de *On His Own* não ter tido recepção alguma foi uma experiência amarga. Cada vez mais isolado dos amigos e surdo a seus conselhos, Rude se divorciou de Junie Kwarsh e se mudou para Nova York. Seu último álbum, *Take It, Baby*, aborda a separação com torturante minuciosidade — o contrato no valor de um milhão de dólares que Rude assinara ao sair dos Distinctions fora cedido à sua ex-mulher no acordo judicial. Esnobando os recursos da Atlantic e deixando para trás até mesmo Marv Brown, Rude gravou em Nova Jersey nos estúdios de Sylvia Robinson, que mais tarde amadrinharia a Sugarhill

Gang. O resultado é um *tour de force* de ressentimento incontido, e quase inaudível pelos padrões que o público dos Distinctions tinha se acostumado a esperar. "Lover of Women" e "Careless" visitam brevemente a parada de R&B. "A Boy Is Crying" alude a uma batalha pela guarda de um menino, mas, a julgar pelo som, bem poderia ser uma batalha entre as duas ou três personalidades de Rude, entre as quais só existem perdedores.

O último e desgarrado compacto de Rude, "Who's Callin' Me?", gravado e lançado em 1975, é uma confissão de isolamento paranóico. Tal confissão assume a forma de uma série de conjecturas através das quais o cantor tenta adivinhar quem estaria ligando para ele; por trás do funk turbulento, ouve-se o toque de um telefone. "*Será que é um cobrador?*", Rude se pergunta. "*Não pode ser o meu irmão, o meu irmão nunca liga.*" Depois de considerar hipóteses como "*Uma linha cruzada/ Uma mãe descasada/ O meu último produtor/ Um broto sedutor/ Um mafioso explorador*" e outras mais, já no fade out, com uma voz quase inaudível, ele levanta uma última e angustiada possibilidade: "*Será que é aquele velho mesquinho do meu pai, ligando pra mim?*". À luz dos acontecimentos posteriores, a coincidência é perturbadora.

A última visita de Rude a um estúdio de gravação aconteceu em 1978, como vocalista convidado do Doofus Funkstrong na música "(Did You Press Your) Bump Suit", uma maratona funk de vinte minutos podada depois para ser lançada em compacto. Embora tenha chegado a despontar nas paradas, a música não pegou. Os vôos vocais de Rude nunca soaram melhor e — libertos do significado pela letra abilolada — nunca tiveram menos sentido. Um epílogo ainda mais bizarro é oferecido por duas faixas demo gravadas solitariamente por volta de 1977-9. "Smile Around Your Cigarette" e "It's Raining Teeth" são, ambas, composições hipnóticas e desconexas, cantadas de forma belíssima, ainda que preguiçosa, sugerindo a influência de Sly Stone. Rude estava afogado em cocaína nessa época.

Eu prometi uma história, e histórias costumam ter fim. Andre Deehorn produziu uma série de artistas na Filadélfia e, mais tarde, em Los Angeles, estourando nas paradas de dance music com o Sophistifunction e o Fool's Gold, entre outros. Atualmente, Deehorn trabalha como empresário particular em Los Angeles. Rudy Bicycle e Alfred Maddox continuam sendo bons amigos; ambos moram com suas famílias em Dearhorn, Michigan, e trabalham na indústria que os sustentou a vida inteira, Bicycle como o responsável pela contratação de artistas da música para apresentações em cassinos na cidade vizinha de Windsor, Ontário, e Maddox como agente de publicidade do museu da Motown. Denny Longham nunca perdeu o interesse por cabelos; depois que os Distinctions se separaram, em 1977, ele abriu o King's Hair Throne, um salão de barbeiro no sul da Filadélfia, e viveu como um patrimônio da vizinhança até 1985, quando faleceu, vítima de uma pneumonia. Tinha quarenta e quatro anos. Em 1977, James Macy seguiu os passos de Andre Deehorn e rumou para Los Angeles, onde batalhou durante anos na busca do sucesso em diversos selos caseiros. Ele e dois companheiros foram mortos a tiros por agressores desconhecidos quando estavam parados num sinal, dentro de um carro, na cidade de Culver, em 25 de setembro de 1988. Tinha quarenta e sete anos. Marv Brown nunca mais encontrou uma parceria musical tão satisfatória quanto a que teve início no estúdio da Hi em 1967. Trabalhou durante um ano com a banda da casa na Sigma, depois sumiu. Anos depois, cometeu suicídio, enforcando-se numa casa de cômodos em Patterson, Nova Jersey, em 1994. Tinha cinqüenta e seis anos.

Depois de ganhar a guarda do filho, Barrett Rude Jr. se mudou para o Brooklyn, onde megulhou pouco a pouco numa desolação movida a cocaína. Ao sair da prisão, em 1977, o pai de Rude foi morar na casa do filho, mas sua relação com Rude era, no mínimo, problemática. A atmosfera da casa era instável, marcada pela péssima combinação do hedonismo de Rude com a curiosa corrente de pentecostalismo professada pelo pai, com seu fervor moral, seu fascínio misto de amor e ódio pela música e pela sensualidade, seus sabás misteriosos. (É estranho pensar que tanto Marvin Gaye como Philippe Wynne como Barrett Rude Jr. foram, por escolha ou criação, *bizarros judeus negros.*) Em 16 de agosto de 1981, durante uma desavença familiar, Barrett Rude Senior apontou uma arma para o filho e para o neto. Se tinha ou não intenção de usá-la, não há mais como saber. Outra arma apareceu, e o neto atirou no avô, matando-o. O filho de Rude, que completara dezoito anos dois meses antes, foi julgado como adulto e condenado por homicídio involuntário. Embora Rude não tenha sido ferido, o tiro pôs fim ao que restava de sua vida pública. Seu silêncio desde então é total. Se a informação valer de alguma coisa, o homem ainda está vivo.

E é essa a história. Mas o que importa aqui é uma história feita de canções. As músicas desta coleção contam uma história — de beleza, inspiração e dor — em vozes saídas do gueto e do subúrbio, da igreja e dos pátios das escolas, vozes que celebram e que sofrem, vozes às vezes de uma melancolia e de uma tristeza tão profundas que parecem insustentáveis no veículo da música pop. As vozes podem impelir você a cantar junto com elas ou a dançar, podem instigá-lo à sedução, à insurreição, à introspecção ou simplesmente a assistir um pouco menos de televisão. As vozes de Barrett Rude Jr. e do Subtle Distinctions não levam a lugar algum, no entanto, senão de volta a sua própria vizinhança. A rua em que você morou. As coisas que você deixou para trás.

E é *disso* que você precisa, era disso que você precisava o tempo todo. Como diz a música "Bothered Blue": todo mundo tem que curtir uma fossa de vez em quando.

Disco 1: 1-2: The Four Distinctions, compacto da Tallhat 1961, "Hello", "Baby on the Moon". 3-4: The Four Distinctions, compacto cancelado da Tamla, 1965, "Ain't Too Proud to Beg" e "Rolling Downhill". 5-8: compacto de BRJ na Hi, 1967: "Set a Place at Your Table" (49º lugar R&B), "Love in Time", "Rule of Three", "I Saw the Light". 9-10: demos inéditas, 1968: "Step Up and Love Me", "So-Called Friends". 11-14: De *Have You Heard the Distinctions?*, Philly Groove, 1969: "Step Up and Love Me" (1º lugar R&B, 8º pop), "Eye of the Beholder", "Heart and Five Fingers", "Lonely and Alone". 15-19: De *The Deceptively Simple Sounds of the Subtle Distinctions*, Atco, 1970: "(No Way to Help You) Ease Your Mind" (1º lugar R&B, 2º pop), "Far More the Man", "Raining on a Sunny Day" (7º lugar R&B, 88º pop), "Happy Talk" (20º lugar R&B, 34º pop), "Just in Case (You Turn Around)".
Disco 2: 1-4: De *The Distinctions in Your Neighborhood*, Atco, 1971: "Sucker Punches" (18º lugar R&B, não chegou à parada pop), "Silly Girl (Love Is for Kids)" (11º lugar R&B, 16º pop), "Jane on Tuesday", "Bricks in the Yard". 5-9: De *Nobody and His Brother*, Atco, 1972: "Bothered Blue" (1º lugar R&B, 1º pop), "Finding It Out", "So Stupid Minded", "If You Held the Key", "The Lisa Story". 10: De *The Subtle Distinctions Love You More!*, Atco, 1973: "Painting of a Fool" (18º lugar R&B). 11-13: De *On His Own* (BRJ solo), Atco, 1972: "As I Quietly Walk" (12º lugar R&B, 48º pop), "It Matters More", "This Eagle's Flown". 14-16: De *Take It, Baby* (BRJ solo), Atco, 1973: "Careless" (24º lugar R&B), "Lover of Women", "A Boy Is Crying". 17-18: BRJ compacto solo, Fantasy, 1975: "Who's callin' Me?" (63º lugar R&B) e "Crib Jam". 19: Casablanca, 1978: participação especial de BRJ na música do Doofus Funkstrong "(Did You Press Your) Bump Suit" (84º lugar R&B, 100º pop). 20-21: Demos inéditas BRJ: "Smile Around Your Cigarette", "It's Raining Teeth".

PARTE III
Prisonaires

1.

No sótão que eu chamava de meu escritório havia um divã que normalmente ficava coberto de papéis, o material de divulgação que acompanhava as cópias promocionais de CDs, pedaços rasgados de plástico bolha e os envelopes almofadados em que os CDs chegavam. Naquele dia, porém, a colcha do divã, banhada pela luz oblíqua das sete horas de uma manhã de setembro, luz de veranico de fim de outono, estava livre de cascas de embrulho, livre de publicidade. Em vez disso, o divã amparava apenas duas coisas: um porta-CDs, com capas de plástico para guardar até vinte e quatro discos, e Abigale Ponders, com uma camiseta puída dos Meat Puppets (minha) e uma cueca Calvin Klein (dela; Abigale comprava suas próprias cuecas), os braços dobrados em elegante e sonolento desalinho. Só uma das duas iria me acompanhar no vôo das nove e meia para Los Angeles. O discman e os fones de ouvido já estavam guardados, junto com uma única muda de roupa, numa pequena bolsa de náilon que me esperava no térreo, ao lado da porta.

Não era comum Abby aparecer no meu escritório. Na verdade, eu estava furioso por ela estar ali. Tinha esperança de conseguir sair de casa antes que ela acordasse, escapulindo de fininho enquanto ela ainda estivesse dormindo no quarto do andar de baixo. Contrariando minha expectativa, no entanto, ela não só acordara como subira até o sótão atrás de mim. Lá, sob a luz transversa, com sua cueca branca reluzindo em contraste com sua pele e com a colcha marrom, Abby parecia uma fotografia — uma foto digna, se você descontasse o emblema dos Meat Puppets na esgarçada camiseta branca, da capa de um velho álbum de jazz do Blue Note. Ela própria parecia uma marionete marrom, as mãos pousadas nos quadris, a cabeça inclinada para o lado, a boca entreaberta, pálpebras pesadas de sono. Eu teria de ser um Miles Davis carrancudo para me sentir digno de entrar naquela foto. Ou, pelo menos, um Chet Baker. Tudo em Abby era uma reprovação a mim. Adorava ter uma namorada negra, e adorava Abby, mas eu não era nenhum trompetista.

Esquadrinhando minha parede de CDs, abri uma caixa e joguei o *Whereabouts*, do Ron Sexsmith, em cima da colcha, ao lado do porta-CDs.

Ela bocejou. "Por que é que você vai passar a noite lá, hein?" Abby estava tirando proveito de seu estado de avoamento grogue para contornar o impasse da noite anterior. Estivéramos travando uma guerra silenciosa, pior do que nunca. Valia a pena tentar — torci para que ela conseguisse, ainda que eu mesmo não pudesse colaborar.

"Eu já te disse, eu tenho que me encontrar com uma pessoa."

Você tem um *encontro*?"

Resmunguei minha mentira: "Com um velho amigo, Abby". *Still Bill*, do Bill Withers, foi minha escolha seguinte. Atirei o CD no divã, sem tirar os olhos das prateleiras.

"Ah, é, você vai jantar com um velho amigo, eu tinha esquecido. Ui!" O CD caiu no chão e ficou retinindo. "Eu chutei sem querer", disse, rindo por um instante.

Peguei o CD ainda tamborilando no chão e o guardei no porta-CDs, perto dos pés de Abby.

"Eu tô tentando fazer você falar comigo."

"Eu vou perder o avião."

"Tem vôo pra lá de hora em hora, me disseram."

"Tudo bem, só que eu tenho que estar na Dreamworks à uma hora. Não fode com o meu esquema, tá bom?"

"Não se preocupa, não, Dylan, eu não vou foder. Não tenho nenhuma intenção de trepar com ninguém. Foi isso que você falou?"

"Abby." Tentei fazer uma carranca.

"Nem com você. Então não precisa ficar com ciúme de si mesmo, porque eu não vou dar pra você."

"Volta pra cama, vai", sugeri.

Ela bocejou de novo e se espreguiçou. Apoiou as mãos nas coxas nuas, empurrando os cotovelos na direção um do outro, como se quisesse encostá-los. "Se a gente ainda fodesse, Dylan, talvez isso ajudasse um pouco."

"Ajudasse quem?"

"Uma das características da foda é que ela envolve duas pessoas, sabe?"

Joguei o *Another Green World*, do Brian Eno, em cima do divã e tentei visualizar uma fileira de assentos só para mim a sessenta mil pés de altura.

Ela deslizou os polegares por baixo do elástico da cueca. "Eu gozei sozinha ontem à noite, depois que você dormiu."

"Contar pra alguém que você se masturbou envolve duas pessoas, Abby, mas não chega a configurar uma foda." Esse tipo de coisa acontecia com freqüência entre mim e Abby. O travo de déjà vu da troca de ironias fazia com que fosse fácil continuar vasculhando minha coleção de discos.

"Você quer saber em quem eu tava pensando quando gozei? É nojento."

"Você conseguiu ver o branco dos olhos dele?"

"O quê?"

"Nada não, deixa pra lá. Eu não quero te interromper."

"Eu te conto se você me contar com quem vai ser esse seu encontro secreto em Los Angeles."

"Você tá propondo que eu troque uma pessoa real por uma pessoa imaginária e quer que eu ache que é uma boa troca?"

"Quem disse que ele não é real? Ele é real, sim."

Eu não disse nada, mas escolhi rapidamente mais dois CDs — Swamp Dogg e Edith Frost.

"Eu tava meio que sonhando, na verdade. O Guy d'Seur tava passando aquelas mãozinhas de sapo que ele tem em meu corpo inteiro. Você não acha isso *ridículo*, Dylan? Eu nunca pensei nele dessa forma, nem por um segundo. E aí, quando ele tirou o pau dele pra fora, era uma coisa *enorme*."

"Eu não estou surpreso."

E não estava mesmo. Nem com a aparição de d'Seur na fantasia de Abby, nem com o tamanho que ela atribuía ao aparato dele. Guy d'Seur era muito mais do que o orientador da tese de Abigale Ponders, ele era uma celebridade de Berkeley. Esqueça os críticos de rock — esqueça até os músicos de rock. Os professores dos diversos departamentos de pós-graduação eram os verdadeiros astros que boquiabriam aquela cidade. Entrar num café de Berkeley e encontrar, sentado diante de um expresso e de um bolinho, um dos teóricos vestidos de preto do rol das faculdades de retórica ou de inglês — Avital Rampart, Stavros Petz, Kookie Grossman e Guy d'Seur formavam o panteão do momento — era o que fazia o coração do pessoal quase sair pela boca. Em Berkeley, essas eram as pessoas que silenciavam as multidões. Seus tratados ilegíveis ocupavam as mesas da frente de todas as livrarias.

Abigale Ponders era a única filha de um casal de dentistas negros de Palo Alto, honrados batalhadores que haviam conseguido ascender às camadas da classe média, sonhavam apenas em ver a filha conquistar um diploma de pós-graduação e depois ficaram completamente perplexos com o resultado. A tese de Abby, "A concepção da cantora negra em representações parisienses da cultura afro-americana, de Josephine Baker a Grace Jones", tinha feito com que, dois anos antes, ela viesse bater à porta do único jornalista em atividade em Berkeley que já entrevistara Nina Simone. Eu tinha feito minha humilde peregrinação à casa de Simone em nome da *Musician Magazine* em 1989, e Abby provara que sabia pesquisar índices bibliográficos com grande eficiência. Naquele dia, eu tinha conseguido fazer Abby abandonar a postura de entrevistadora seduzindo-a com discos raros de Nina Simone, até ficar tarde o bastante para lhe oferecer uma taça de vinho.

Três meses depois, nós fizemos a mudança dela para a minha pequena casa de Berkeley.

"Agora você tá me devendo uma", disse Abby. "Com quem você vai se encontrar em Los Angeles? O que vale uma diária de hotel que você não pode pagar?"

"O hotel fica em Anaheim, e eu não vou ter que pagar nada", respondi. "Imagino que isso seja uma pista." Eu já tinha me conformado a abrir mão do segredo.

"Você vai *ganhar pra fazer sexo*? Com um *personagem da Disney*?"

"Faz um esforcinho, Abby. Quem no mundo, quando sai com você, faz questão de pagar tudo?"

Ela ficou em silêncio, só ligeiramente envergonhada.

Aproveitei minha vantagem. "Você sonhou com o d'Seur porque você tá devendo o rascunho de um capítulo pras mãozinhas de sapo dele, sabe."

"Não enche."

"Tá bom, mas por que você não aproveita a minha viagem pra voltar a trabalhar?"

"Eu *tenho* trabalhado."

"Tá bom. Desculpa."

Abby endireitou as costas e cruzou as pernas. "O que que o seu pai vai fazer em Anaheim, Dylan?"

"Ele tem um compromisso lá."

"Que tipo de compromisso?"

"O Abraham é o convidado de honra — o artista convidado de honra — da ForbiddenCon."

"E o que é ForbiddenCon?"

"Acho que vou descobrir em breve."

Depois de uma pausa, Abby continuou: "Tem alguma coisa a ver com o filme dele?". Ela fez a pergunta num tom afetuoso, como tinha mesmo de fazer. A obra inacabada de Abraham Ebdus, à qual ele dedicara toda a sua vida, não era um assunto que se prestasse a ser objeto de riso.

Fiz que não. "É alguma coisa relacionada a ficção científica. Ele vai receber um prêmio."

"Eu pensei que ele não gostasse desse tipo de coisa."

"Imagino que a Francesca tenha convencido ele a ir." A nova namorada do meu pai, Francesca Cassini, tinha um dom para arrancá-lo de casa.

"Por que você não me disse que ele tava vindo pra cá?"

"Ele não tá vindo pra cá, eu é que vou me encontrar com ele lá." Nossa conversa assumira um tom maquinal e tedioso, num anticlímax para as provocações sexuais de Abby, que agora se esvaíam tão facilmente quanto a fumaça de um cigarro solitário.

Tirei o *Black-Eyed Blues*, da Esther Phillips, da caixa e guardei-o no porta-CDs. A luz lá de fora tinha mudado. Dentro de meia hora, uma van do aeroporto chegaria para me buscar.

Abby mexia num dos pequenos *dreadlocks* que lhe caíam sobre a testa, enroscando-o delicadamente entre os nós do dedo. Lembrei de um cabrito roçando seus tenros toquinhos de chifre contra um portão, uma cena que eu testemunhara em Vermont, uns cem ou mil anos atrás. Quando sentiu que eu a observava, Abby abaixou a cabeça e ficou olhando para seus joelhos nus.

Sua boca se mexeu ligeiramente, mas não formou som algum. Tive a impressão de estar sentindo o cheiro da leve excitação em que ela ficara, puxando briga comigo.

"Você parece meio triste", eu disse.

"O quê?"

"Você tá parecendo um pouco deprimida de novo, ultimamente."

Ela levantou a cabeça na mesma hora. "Não usa essa palavra."

"Eu só tô querendo ser solidário."

"Você não tem o direito."

E com essa declaração ela se retirou subitamente do sótão, tirando a camisa dos Meat Puppets pela cabeça enquanto descia as escadas e sumia de vista. Só o que consegui ver foram suas costas, de relance. Um minuto depois, ouvi o barulho do chuveiro. Abby tinha uma aula naquele dia, a segunda do novo semestre. Ela deveria ter passado os meses do verão escrevendo uma parte da sua dissertação — como eu também provavelmente deveria ter aproveitado esse tempo para escrever um esboço do meu roteiro. Em vez disso, nós dois tínhamos passado o verão brigando, trepando e nos trancando, cada um no seu quarto, em silêncios birrentos, o que vinha acontecendo com freqüência cada vez maior. Agora, da mesma forma que Abby estava indo se encontrar com seus mentores mais ou menos de mãos vazias, eu estava rumando para Los Angeles para vender uma idéia quentíssima de roteiro para a qual eu não havia rascunhado nem uma única linha quentíssima.

Meu editor esporádico no *The L.A. Weekly* tinha descolado aquela reunião para eu lançar o meu projeto, a primeira reunião desse tipo que eu tinha na vida. Ao longo dos últimos dois anos, eu havia construído pouco a pouco uma dívida de trinta mil dólares no cartão de crédito trabalhando como freelancer, sendo que o meu ganha-pão mais recente consistia basicamente no trabalho que eu vinha realizando para um selo especializado em relançamentos sediado em Marin, o Remnant Records. Meus arranjos com o dono do selo, um empresário beatnik de meia-idade chamado Rhodes Blemner, me desgostavam profundamente. A reunião daquele dia, portanto, representava uma chance preciosa de conquistar minha liberdade.

Devo ter mergulhado numa espécie de devaneio porque, quando dei por mim, Abby já estava vestida e parada de novo no alto da minha escada. Tinha posto uma calça jeans, um top preto e botas de cano longo que a deixavam mais alta do que eu. As botas ainda não estavam totalmente amarradas, faltava prender seus longos cadarços nos elaborados ilhoses da parte superior do cano. Passando hidratante nas mãos e nos cotovelos, Abby olhava para mim com implacável fúria.

"Eu não te contei os momentos mais difíceis da minha vida pra depois você jogar isso na minha cara", disse ela. "Se eu fiquei deprimida, pelo menos eu tive a coragem de admitir. Eu não quero que você use essa palavra comigo nunca mais, tá entendido?"

"Não há dúvida de que você tem coragem, mas aparentemente também tem um ponto sensível, que eu acabei de tocar. Isso se chama deixar alguém te conhecer intimamente, Abby."

"Ah, é? E como é que chama quando *você mesmo* não se conhece intimamente?"

"O que você tá querendo dizer?"

"Por que você não me disse que o seu pai estava vindo, Dylan? Como é que você pôde me deixar agoniada daquele jeito?"

Eu não disse nada.

"Você é que tá deprimido, Dylan. Esse é o segredo que você esconde de si mesmo. Você não deixa a depressão entrar, mas vive se cercando dela, pra não ter que admitir que você é a fonte. Olha em volta."

"É uma teoria interessante", murmurei.

"Vai se foder, Dylan, isso não é *interessante* e não é uma *teoria*. Você fica tão ocupado sentindo pena de mim ou de quem quer que seja, do Sam Cooke, que pode convenientemente ignorar a si mesmo."

"O que exatamente você quer de mim, Abby?"

"Eu quero que você me deixe entrar, Dylan. Você se esconde de mim o tempo todo, bem na minha frente."

"Imagino que isso seja uma outra forma de descrever o esforço de uma pessoa para poupar a outra das suas alterações bruscas de humor."

"Ah, então é disso que nós estamos falando? De *humor*?"

"Uma hora você tá se masturbando no tapete, agora este escândalo. Não dá pra agüentar, Abby."

"Você acha que me poupa dos seus *humores*? Como é que você acha que eu me sinto vivendo debaixo desta sua abóbada de sofrimento?" Ela fez um gesto na direção da parede que eu estivera contemplando, coberta com mil e quatrocentos CDs: duas estantes inteiras, cada qual contendo setecentos discos. "Isso é um *muro* de humores, uma parede de *depressão*, senhor Correlativo Objetivo." Ela deu um tapa nas prateleiras, que chacoalharam com o impacto.

"Uau, você preparou uma condenação e tanto, hein." Eu estava tentando conseguir uma brecha para respirar, mais nada.

"É assim que você chama quando eu não banco a *deprimida* pra você? Você mergulha nas suas fantasiasinhas kafkianas? Eu não tenho o poder de *condenar* ninguém, Dylan. Eu sou só a mascote oficial de toda a merda que você não se permite sentir. Uma peça especial da coleção Ebdus de *negros tristes*."

"Isso não é justo."

"Vejamos. Curtis Mayfield, "We People Who Are Darker Than Blue" — soa como depressão pra mim", disse ela, puxando o CD da estante e depois deixando que despencasse no chão. "Gladys Knight, tristeza, depressão. Johnny Adams, depressão. Van Morrison, total e absoluta depressão. Lucinda Williams, dá um Prozac pra essa mulher. Marvin Gaye, morto. Johnny Ace, morto, uma tragédia." A cada título que descartava, Abby ia derrubando os CDs da prateleira, fazendo as caixas se espatifarem no assoalho. "Little Willie John, morto. Little Esther e Little Jimmy Scott, tristes — todos os Littles são tristes. O que é isso, *Dump*? Você realmente ouve uma coisa chamada *Dump*? Isso existe? Syl Johnson, *Is It Because I'm Black*? Talvez você seja apenas um *fracassado*, Syl. Gillian Welch, pelo amor de Deus. The Go-Betweens? Five Blind Boys of Alabama, sem comentários. Al Green, eu costumava pensar que a música do Al Green era *alegre*, até você me contar que tudo na verdade era terrivelmente *trágico*, que ele tinha sido queimado com uma panela de mingau quente e depois a namorada dele tinha se *matado* porque estava profundamente deprimida. Brian Wilson, louco. Tom Verlaine, *absurdamente* depressivo. Nem você consegue ouvir esse disco. Ann Peebles, *I Can't Stand the Rain*. Harold Melvin and the Blue Notes, bleerg. "Drowning in the Sea of Love", isso é bom ou é ruim? David Ruffin, viciado em drogas. Donny Hathaway... morto?"

"Morto", respondi.

"Bar-Kays, *parece* alegre, mas eu tenho um mau pressentimento com relação a esse disco, ele não me passa boas vibrações. Qual é problema com os Bar-Kays?"

"Hmm, eles estavam no avião do Otis Redding."

"Ah, mortos!" Ela arremessou o CD para o outro lado do escritório, fazendo-o colidir com a parede oposta e escorregar até cair no travesseiro.

"Tudo bem, Abby." Levantei as mãos em rendição. "Paz. Penico." Meu cérebro zonzo acrescentou: *Sprite! Fanta! Clitóris!*

Ela parou e nós dois ficamos olhando para os cacos cristalinos espalhados ao redor dos seus pés.

"Eu tenho algumas músicas alegres", eu disse, adotando burramente os termos dela.

"É mesmo? Quais?"

"'You Sexy Thing' é uma das minhas músicas favoritas. Tem um monte de músicas da época da discoteca que eu gosto."

"Péssimo exemplo."

"Por quê?"

"Um milhão de cantores gemendo e choramingando, dez milhões de canções depressivas e cinco ou seis músicas alegres — que te fazem lembrar das surras que você levava quando tinha treze anos. Você vive no passado, Dylan. Eu tô de saco cheio dos seus segredinhos. O seu pai pelo menos perguntou se eu ia com você?"

Meu rosto ficou quente e nenhuma resposta saiu da minha boca.

"E esta merda toda aqui? O que *são* essas porcarias, afinal?" Junto com as caixas maiores de CD, na prateleira que ficava em cima dos CDs simples, havia uma série de objetos que eu nunca tinha mostrado nem identificado: o anel de Aaron X. Doily, o garfo de cabelo de Mingus, um par de brincos de Rachel e um pequeno álbum de fotos em preto-e-branco feito e costurado à mão intitulado "De E. para D.". As botas desamarradas de Abby crepitaram nos estilhaços das caixas de plástico quando ela deu alguns passos. "De quem é esse pequeno altar? Emily? Elizabeth? Diz logo, Dylan. Se você botou essas coisas aí era porque queria que eu visse, então você me deve uma explicação."

"Não faz isso."

"Você já foi casado? Nem isso eu sei."

Peguei o anel da prateleira e enfiei no bolso. "Isso tudo são coisas de quando eu era criança." Eu estava simplificando um pouco: E. era a mulher de um amigo da faculdade, e o álbum um presente que ela tinha me dado para comemorar um quase, que na verdade era um *melhor-não*.

As revistinhas de Mingus estavam guardadas numa caixa dentro do meu armário, junto com as minhas.

Abby pegou o garfo afro. "Você já colecionava suvenires de garotas negras quando era criança? Acho que não, Dylan."

"Isso não era de uma garota."

"Não era de uma garota", repetiu, atirando o garfo em cima do divã. "Essa por acaso é a sua maneira de me contar uma coisa que eu com certeza não vou gostar de saber? Ou será que você comprou esse troço pelo eBay? Será que é o garfo do Otis Redding, roubado dos destroços? Talvez pertencesse a um dos Bar-Kays. Imagino que o mais angustiante é que você nunca vai ter como saber."

Contra-ataquei: "Imagino que eu tenha que ouvir essas merdas porque você não se sente negra o bastante, Abby. Porque você cresceu dando voltinhas de pônei nos subúrbios".

"Não, você tem que ouvir porque você acha que tudo que acontece tem a ver com o lugar onde você cresceu e com o lugar onde eu cresci. Presta atenção nas coisas que você fala, Dylan. O que foi que *aconteceu* com você? A sua infância é uma espécie de santuário privilegiado em que você vive o tempo todo, em vez de viver aqui e agora, comigo. Você acha que eu não sei disso?"

"Não aconteceu nada comigo."

"Tá bom", disse ela, transbordando sarcasmo. "Então por que você é tão obcecado pela sua infância?"

"Porque..." Eu realmente queria responder, não só para sossegar Abby, mas porque eu próprio queria saber.

"Porque...?"

"A minha infância..." Falei com cuidado, medindo cada palavra. "A minha infância é a única parte da minha vida que não foi... hum... dominada pela minha infância."

Dominada — ou será que eu queria dizer *arruinada*?

"Certo", disse ela. E nós ficamos olhando um para o outro por um longo minuto. "Obrigada", ela acrescentou depois.

"Obrigada?"

"Você acaba de me dizer em que pé eu estou, Dylan." Ela falou com tristeza, sem mais nenhuma preocupação de provar coisa alguma. "Sabe, na primeira noite em que eu dormi nesta casa, você acha que eu não vim até aqui em cima pra examinar esses seus bagulhos? Você acha que eu não vi esse garfo de cabelo na sua estante?"

"É só um garfo. Eu gosto da forma dele."

Ela me ignorou. "Eu disse a mim mesma, Abby, esse cara tá te colecionando pela cor da sua pele. Mas tudo bem, eu tava disposta a ser colecionada. Eu gostava de ser a sua crioula, Dylan."

Aquela palavra ficou latejando entre nós dois, impedindo que eu desse qualquer espécie de resposta. Eu conseguia visualizá-la em letras estilo caricatura ou grafite, enfeitada com decorações cintilantes, raios, estrelas, auréolas. Como com o garfo, eu podia admirar sua *forma*. A maior parte das palavras desse tipo perde o valor quando lançadas nas ruas diariamente por garotos de todas as cores, ou sussurradas entre amantes como eu próprio e Abigale Ponders. Embora já tivesse sido experimentada mais de uma vez na nossa relação, a palavra *crioulo* era aquela raridade, um agente antientrópico, auto-renovador. A profunda feiúra da palavra sempre vinha à tona novamente quando era necessário.

"Mas eu nunca quis ser colecionada pelos meus humores, cara. Você colecionava a minha depressão, você cultivava a minha depressão como um cáctus, como um gato arisco que você quer por perto para poder sentir pena dele. Eu não esperava isso. Não mesmo."

Abby estava falando sozinha. Quando ela percebeu, alguns instantes depois de mim, sua expressão se crispou. "Arruma o seu quarto", disse, e desceu em seguida.

A van do aeroporto estava buzinando lá fora já fazia algum tempo, eu agora me dava conta. A arrumação do quarto ia ter de ficar para depois e os cinco ou seis CDs que eu havia selecionado iam ter de bastar. O CD do Syl Johnson, *Is It Because I'm Black*, tinha deslizado para o alto da pequena pilha de discos e pedaços de plástico que ficara no chão, no lugar em que Abby estivera. Apanhei-o do chão e o guardei no porta-CDs.

Na cozinha, Abby estava em pé perto da mesa, com uma bota apoiada em cima de uma das cadeiras, amarrando os cadarços intermináveis. Já tinha reposto as jóias estilo afro em seus piercings. Aquilo poderia parecer uma paramentação absurda para uma estudante que está a caminho da sala de aula, se eu não soubesse com que desvelo seus colegas se produziam para a mesma ocasião. As botas eram apenas um pequeno obstáculo a atrapalhar a arte da retirada dramática — Abby com certeza pretendia sair porta afora antes de mim, pretendia que as palavras que dissera lá em cima tivessem sido as últimas.

Peguei a bolsa que tinha deixado ao lado da porta. Quando Abby levantou a cabeça, seu rosto estava despreparado, perplexo, desarrumado. A van buzinou mais uma vez.

"Boa sorte hoje", disse, constrangida.

"Obrigado. Eu te ligo..."

"Eu não vou estar em casa."

"Então tá. E Abby?"

"Hã?"

"Boa sorte pra você também." Eu não sabia se estava sendo sincero, nem ao que exatamente estaria me referindo se estivesse. Será que eu estava lhe desejando boa sorte em me deixar? Mas era isso, nossa absurda coda estava completa, *boa sorte* para todos os lados. E, então, eu fui embora.

2.

Era setembro de 1999, um período de medo — dentro de três meses, o colapso da rede mundial de computadores iria acabar com a longa festa do século. Nesse meio-tempo, enquanto a festa ia se aproximando do fim, a novidade mais quente nas programações das rádios era uma coisa chamada Jammin' Oldies, estações dedicadas a tocar velharias. O rádio do táxi que peguei estava sintonizado na MEGA 100 de Los Angeles, que fora reformatada recentemente para acompanhar a nova onda. Quando pedi ao taxista que me levasse aos estúdios da Universal, a música que estava tocando era "Why Can't We Be Friends?", do War, e foi ao som dela que saímos do pátio do LAX e pegamos o trânsito cinzento ladeado de palmeiras. Para mim, as árvores pareciam sedentas.

São Francisco também tinha uma estação Jammin'Oldies. Toda cidade tinha, numa das manifestações cíclicas da tendência da minha geração a sentimentalizar os hits de seu tempo de juventude. Antigas divisões tinham sido apagadas em favor da admissão de que a disco music não era tão ruim assim ou até mesmo da farsa de que sempre tínhamos adorado esse tipo de música. Os hits dançantes do Kool & the Gang e da Gap Band contra os quais havíamos lutado quando adolescentes, tentando negar a pulsação que provocavam em nossos corpos, agora eram artigos de primeira necessidade em festas de casamento e happy hours em todo o país; as baladas de Barry White, O'Jays e Manhattans que costumávamos odiar agora eram, junto com martínis bem misturados ou um bom vinho californiano, os elementos básicos de qualquer tentativa de sedução razoavelmente competente. A julgar pelos indícios que vinham do rádio, eu poderia ter atingido a maioridade numa utopia cega para raças. O fato de, do outro lado do dial, estações de hip-hop latejarem em triste quarentena, uma espécie de pré-encarceramento, não importava. Não hoje, pelo menos. Não para alguém sentado no banco de trás de um táxi guiado por um certo Nicholas M. Brawley, em meio a uma névoa branqueada pelo sol, rumo a uma reunião com um executivo do setor de desenvolvimento da Dreamworks. Não, senhor.

"Você gosta dessa música?", perguntei ao cangote quarentão e cheio de caracóis grisalhos de Nicholas Brawley.

"É, até que gosto."

"Você conhece o Subtle Distinctions?"

"Ah, sim, isso sim é música boa de verdade."

Na guarita dos portões da Universal havia provas de que eu estava sendo esperado, de forma que o táxi de Brawley recebeu permissão para entrar e seguir caminho por entre fileiras de Jeeps estacionados no meio-fio, longos hangares sem janela e casinhas de tijolo que pareciam ter sido erguidas naquela manhã mesmo. O prédio da Dreamworks ficava ao que me pareceu ser uns dois quilômetros de viagem da entrada do complexo, atrás de um estacionamento arborizado no qual, para entrar, era preciso ter um passe especial. Como nenhum fora emitido, Brawley me deixou em frente ao portão interno.

"Você tem um cartão?", perguntei a ele. "Eu vou precisar de um táxi pra sair daqui acho que, sei lá... daqui a uma hora, talvez?"

Brawley anotou um número nas costas do cartão da empresa. "Liga pro meu celular."

Quando estava atravessando o estacionamento bordado de sombras rumo à entrada do prédio, passei por um funcionário bem vestido que atravessava na direção oposta, seguindo rumo a uma clareira entre os eucaliptos. O funcionário estava carregando um Oscar. Com as palmas das mãos em concha em torno da base e dos ombros da estatueta, ele parecia estar procurando alguém a quem pudesse entregar o prêmio. Fiquei me perguntando se a função dele não seria ficar atravessando o estacionamento o dia inteiro, de um lado para o outro, com aquele prêmio dourado nas mãos, só para lembrar aos visitantes o que estava em jogo ali.

Do lado de dentro, fui encaminhado ao segundo andar, onde dei meu nome para uma moça bonita com fones nos ouvidos. Ela me entregou uma garrafa de água mineral e depois me abandonou diante de uma flotilha de sofás e revistas. Lá, pousei minha triste e minúscula bolsa de viagem, arregacei a calça para cruzar a perna e tentei não parecer desmoralizado demais sob o olhar desdenhoso dos pôsteres emoldurados que enfeitavam as paredes. O tempo passou, telefones tocaram, tapetes suspiraram, alguém sussurrou de um canto da sala.

"Dylan?"

"Sim?"

Larguei a *Men's Journal* que estava lendo e apertei a mão de um rapaz metido num terno amarrotado. "Você é o cara da música... certo?"

"Certo."

"Eu sou o Mike. Bom te ver. O Jared tá só terminando uma ligação."

Fomos para o pequeno escritório de Mike, um espaço intermediário, aparentemente uma escala obrigatória no caminho para um encontro com Jared. Você tinha que passar pelos Gatos-de-chapéu-de-A-a-Z para poder chegar ao genuíno Gato de Chapéu. Pelo menos, estávamos todos autorizados a nos dirigirmos uns aos outros pelo primeiro nome.

"Mike?", disse uma voz no interfone.

"Oi."

"Eu já tô pronto pro Dylan."

Mike ergueu os polegares para sinalizar que eu podia cruzar a fronteira do território de Jared e piscou o olho para me desejar sorte.

A sala tinha tons de terra para dar e vender. Não havia pôsteres ali, nem nada destoante — era como um consultório de psicanalista. A luz do sol penetrava por entre duas árvores-da-borracha plantadas em vasos, para ornamentar o tapete. Jared zarpou de trás de sua mesa. Estava sem paletó. Era louro, troncudo, descontraído, de bem com seu próprio corpo, um viciado em ginástica, supus. Mas apanharia feio de mim no *stoopball*, aposto.

Um tête-à-tête com Jared Orthman, diziam, era um privilégio que só perdia para uma reunião com o próprio Geffenberg em pessoa. Centenas, quiçá milhares de escritores ansiavam por uma oportunidade como a que eu estava tendo naquele dia. Eu esperava sinceramente não desperdiçá-la, não tanto em respeito a eles, mas mais pelo bem das minhas próprias perspectivas minguadas e dívidas acumuladas.

"Vem, vamos sentar aqui." Ele apontou na direção de dois canapés dispostos um de frente para o outro do lado oposto da sala, a área reservada ao lançamento de projetos. Larguei minha bolsa, que murchou feito uma escultura de Claes Oldenberg, parecendo representar a impotência do artista num ambiente empresarial. Eu devia ter botado meu discman e minhas roupas de baixo dentro de algo mais parecido com uma pasta 007. Sentamos, sorrimos, cruzamos as pernas.

Jared franziu o cenho. "Você tomou água? Eles te deram água?", perguntou, ansioso.

"Eu deixei lá fora."

"Você quer alguma coisa? Água?" Ele parecia disposto a providenciar a essência vital nem que tivesse de extraí-la de pedras.

"Não, eu não quero nada, não. Obrigado."

"Então." Ele sorriu, franziu a testa, abriu os dedos das mãos. Ficamos nos estudando e tentando manter o clima amigável. Jared e eu provavelmente tínhamos a mesma idade, mas, fora isso, parecíamos ter viajado de cantos opostos do universo até chegar àquela reunião. Minha calça jeans preta era como uma mancha de cinza ou uma poça de vômito naquele mundo em tons de creme e pêssego.

"Eu sou amigo do Randolph", lembrei a ele. "Do *Weekly*."

"Ceeerto." Ele balançou a cabeça, pensativo. "Me diz só uma coisa... quem é Randolph."

"Randolph Treadwell? Do *Weekly*?"

Ele balançou a cabeça. "Acho que eu sei de quem você tá falando."

"Bom, foi ele que... hum... marcou esse encontro."

"Tá. Tá. Então... hum... o que é que você tá fazendo aqui na minha sala?"

"Como?" A crueza da pergunta me desconcertou. Fiquei tão espantado quanto ficaria se ele tivesse me perguntado *Por que deram esse emprego pra mim e não, sei lá, pra outra pessoa qualquer? Você pode me explicar, por favor?*

"Espera um instante", disse ele, levantando o dedo e erguendo-se de repente do sofá. Em seguida, inclinou-se sobre sua mesa e apertou um botão. "Mike?"

"Oi."

"O que é que o Dylan tá fazendo na minha sala?"

"Ele é o cara da música."

"O cara da música."

"É, lembra? Ele tem um filme."

"Ahhhh." Agora Jared se virou e sorriu para mim. Quanta felicidade. Um filme! Que coisa mais inesperada. "E quem é Randy Treadmill ou sei lá o quê?", ele perguntou para o interfone.

"É aquele cara que você conheceu quando tava falando sobre aquele negócio." Clique, zumbido. "No barco."

"*Ahhhh*. Tá. Tá." Ele soltou o botão do interfone. Havia uma hierarquia da lembrança ali, pelo que entendi. Mike lembrava para Jared o tipo de coisa que Jared um dia tivera de lembrar para alguma outra pessoa, antes de ascender ao seu atual posto. Um dia, Mike também teria alguém para lembrar as coisas para ele e ficaria livre para abandonar essa habilidade.

Jared voltou para o sofá e apontou o dedo para mim de novo, só que agora era um dedo mais alegrinho.

"Você tem um *filme*", disse, caloroso.

"Tenho."

"Eu tô querendo ouvir isso faz tempo." Ele não fazia a menor idéia do que se tratava, eu me dei conta nesse momento. Eu poderia lhe oferecer uma comédia sobre um vibrafonista novato que entra para os Boston Pops ou um thriller sobre um espião que mata inimigos tocando um apito ultra-sônico — qualquer uma das inúmeras coisas que pudessem parecer objetos plausíveis do interesse de um *cara da música*.

"Eu vou fechar os olhos", disse Jared. "Quer dizer que eu estou ouvindo."

E, então, ele me deixou contemplando suas pálpebras bronzeadas, sua mesa imaculada, seu par de árvores-da-borracha envasadas. Aparentemente, eu era a formiguinha que deveria movê-las.

"O seu filme é sobre...?" Era uma situação do tipo só-porque-os-meus-olhos-estão-fechados-não-quer-dizer-que-eu-não-esteja-com-pressa.

"Uma história verídica", eu disse.

"Tá."

"No Tennessee..."

"*Tennessee?*" Jared abriu os olhos.

"É."

"O que que aconteceu no Tennessee?"

Comecei de novo. "Nos anos 50, no Tennessee, existia um conjunto vocal chamado Prisonaires. Porque eles estavam na prisão. Mas eles tiveram uma carreira mesmo assim. Eles gravaram na Sun Records, onde o Elvis Presley foi descoberto. Esse é o nome do filme — *Os Prisonaires*."

"Você sabia que tanto o meu pai quanto a minha mãe, antes de vir pra cá, moravam no Tennessee?" Ele falava como se os pais viessem da Criméia, ou de Marte. "Ou isso é pura coincidência?"

"Eu não sabia."

"Tá. Tá. Que doideira. Como é que é mesmo o nome?"

"*Os Prisonaires*."

"Tá, me conta de novo."

"Deixa eu tentar ambientar." Eu tinha sido aconselhado a *narrar em cenas*. "A minha idéia é começar o filme dentro da prisão. O líder dos Prisonaires é um cara chamado Johnny Bragg. Ele é o compositor e o principal vocalista do grupo. Ele tá na prisão há anos, desde os dezesseis. Por causa de falsas acusações. Enfim, ele e outro detento estão no pátio lá fora, andando, na chuva, literalmente, e um diz para o outro: 'Aqui estamos nós, andando na chuva, e eu fico pensando: o que será que as meninas estão fazendo?'. E aí o Johnny Bragg começa a cantar essa frase e acaba compondo uma pequena pérola, triste, triste, chamada 'Just Walkin' in the Rain'. E que depois vira o primeiro sucesso do grupo. Talvez a gente possa tocar essa música na abertura."

"Isso tá me fazendo lembrar alguma coisa."

"Você deve estar pensando em 'Singing in the Rain'."

"É isso, claro. Foi ele que compôs *isso*?"

"Não, não, são duas músicas diferentes."

"Tá. Deixa só eu esclarecer uma coisa: ele foi preso injustamente, mas acusado de quê?"

"Bom, na verdade foram seis condenações por estupro. Seis penas de noventa e nove anos, sem nenhuma possibilidade de condicional."

"Au."

"Os policiais armaram pra ele. Ele era um garoto bonito e arrogante, e eles tinham birra com ele. Aí pegaram um bando de casos de estupro sem solução e botaram tudo nas costas dele."

"Brad Pitt, Matthew McConaughey."

"Eu esqueci de dizer que ele era negro."

"Essas pessoas são *negras*?"

"São."

"Tá." Jared abanou as mãos, enxotando o Brad Pitt da sala meio a contragosto. "Começa tudo de novo com negros. Como é que ele sai da prisão?"

"Aí é que tá, ele não sai. Quer dizer, ele sai mais tarde, mas não logo de cara. Ele monta um conjunto vocal na cadeia, dentro da prisão, os Prisonaires. Esse que é o lance — eles ainda estão na prisão. Os caras só deixam eles saírem pra sessões de gravação e apresentações ao vivo."

"Eu não tô entendendo. Eles saem ou não saem?"

"Esse é que é o filme. Os Prisonaires ficaram tão famosos no Tennessee que o governador começou a sofrer pressão dos dois lados — uns querendo que eles fossem postos em liberdade e outros querendo que eles fossem mantidos na prisão como um exemplo. É uma história fantástica, cheia de altos e baixos dramáticos."

"Você tá me assustando."

"Tô?"

"Porque nós não fazemos filmes com altos e baixos dramáticos."

"Como?"

"Eu tô brincando, cara."

Mais uma dessa e eu era bem capaz de lançar *a mim mesmo* no espaço que separava os nossos canapés para pular no pescoço de Jared.

"Olha, se eu pudesse só descrever a história, sem interrupções, eu acho que eu conseguiria fazer você entender."

"Dylan, isso não foi muito gentil."

"É só que... eu tô louco pra te contar essa história."

"Eu *gostei* de você, sabia, moço?"

Esperei um tempo até ficar claro que ele não tinha mais nada a acrescentar, depois disse: "Obrigado".

"Cinco minutos." Ele abriu os dedos para me mostrar *cinco*, depois se recostou e fechou os olhos de novo.

"A trajetória dos Prisonaires é um dos episódios desconhecidos mais fantásticos da história da cultura pop", comecei. As palavras estavam mortas na minha língua, mas fui falando assim mesmo. "Cinco caras negros na prisão nos anos 50, alguns cumprindo penas de mais de cem anos, outros cumprindo penas menores, todos vítimas do preconceito e da injustiça social no Sul de Jim Crow. Cinco presidiários que formam um conjunto simplesmente por amor à música. Mas eles são tão bons que acabam conseguindo fazer um teste numa gravadora. O diretor do presídio emite passes especiais, só para eles poderem ir até o estúdio da Sun — isso é em 1953, a mesma época em que um rapazinho meio esquisito chamado Elvis Presley estava rodeando a Sun, tentando conseguir uma sessão. Mas o astro do filme é o Johnny Bragg, o vocalista principal, o líder dos Prisonaires. Quando tinha dezesseis anos, Bragg foi posto atrás das grades sob falsas acusações — uma mulher ressentida, talvez enciumada por ele ser mulherengo e não querer saber de compromisso, chamou a polícia e acusou o Bragg de estupro. Os policiais, que eram brancos, aproveitaram o embalo pra lascar seis condenações em cima dele, só pra fazer uma limpezinha nos livros da polícia. Seis casos sem solução, *tchum*. O Johnny Bragg pega seiscentos anos no xadrez." Quase tudo que eu tinha havia sido retirado das notas do encarte do CD dos Prisonaires escritas por Colin Escott, ou fantasiado a partir das minhas próprias ruminações sobre um punhado de artigos de jornal que eu mesmo desencavara. Mas já era o bastante. Eu estava começando a me inspirar, a lembrar o que eu tinha em mente quando tudo começou, o roteiro para o qual eu deveria ter passado o último ano pesquisando e escrevendo. "Na viagem de ônibus para o estúdio da Sun, de manhã cedo, o Bragg olha pela janela, vê um drive-in vazio e diz: 'Uau, olha só que cemitério maluco'. Ele tem vinte e seis anos — está há dez na prisão."

"Dureza", ruminou Jared.

"Aí eles gravam. Fazem um compacto, dois lados. E o Elvis tá *lá*, no estúdio, de bobeira. Na época ele é só um moleque que os caras toleram, deixam que fique por ali. Ele e o Bragg fazem amizade. Isso é tudo verídico, por sinal. Ótima oportunidade pra uma participação especial, como quando o Val Kilmer faz o Elvis em *Mystery Train*."

"Nunca vi."

"É legal, mas não é fantástico. Enfim, o Bragg e os Prisonaires gravam um disco, dois lados, e voltam pra cadeia. Fim da história, certo? Só que a música, 'Just Walkin' in the Rain', vira um sucesso. Um grande sucesso. As pessoas ligam pras estações de rádio pra pedir a música. Enquanto isso, os

Prisonaires estão de novo lá dentro, na prisão. Eles não têm rádio, não estão sabendo de nada, mas aí eles começam a receber cartas no presídio, cartas de pessoas estranhas. Eles estão virando astros. E então os oficiais do presídio começam a se envolver. O diretor do presídio fala com o governador por telefone, todo mundo fica dando tratos à bola para resolver qual é a melhor maneira de lidar com o que está acontecendo, se devem ou não encorajar a coisa, que desfecho dar pra história."

Jared balançou a cabeça e moveu o corpo de leve, para a frente e para trás, parecendo aprovar o que eu dissera, talvez visualizando atores brancos nos papéis coadjuvantes, Gene Hackman, Martin Landau, Geoffrey Rush.

"As autoridades acabam optando pelo caminho liberal e passam a apregoar a idéia de que os Prisonaires são um legítimo exemplo de reabilitação. Começam a deixar os caras saírem pra fazer participações no rádio, shows ao vivo, gravar mais músicas nos estúdios da Sun. A comoção em torno do assunto vai crescendo cada vez mais, tem muita gente fazendo pressão para que eles sejam perdoados. Inclusive os próprios Prisonaires, que gravam uma música louvando o governador, chamada 'Frank Clement, He's a Mighty Man', e que é basicamente um mal disfarçado pedido de clemência. Mas nem todo mundo tá contente com a situação. Os próprios sujeitos que armaram pro Bragg, pra início de conversa, eles não esqueceram dele, não. Estão só querendo ganhar tempo, só esperando os Prisonaires darem um passo em falso. Quando o governador se candidata à reeleição, as coisas começam a ficar interessantes. Os Prisonaires estão se transformando numa peleja política. Você pode imaginar a politicagem racial envolvida nisso tudo."

"Eu tô pensando é na Ku Klux Klan, é nisso que eu tô pensando."

"Hmm, é... Na verdade, é quase isso mesmo. O lance do Tennessee nos anos 50, Jared, é que a Ku Klux Klan nem sempre necessariamente usava capuz." Eu estava forçando um pouco a barra, mas tudo bem. Os fatos com certeza teriam de ser temperados para que se pudesse fazer um filme. Era para isso que eu estava ali: para temperar os fatos ao gosto do paladar hollywoodiano. "Então, o governador está sob pressão dos dois lados, e ele tá encorajando esses rapazes, enchendo esses garotos de esperança. Ele começa a fazer planos para libertar os Prisonaires, a falar sobre eles no rádio, a extrair o máximo de publicidade possível do episódio. Enquanto isso, o adversário republicano dele nas eleições está explorando exatamente o ângulo oposto, aproveitando a coisa pra assustar as pessoas. 'É melhor os bons cidadãos do Tennesse torcerem pra que nem todos os assassinos condenados do nosso estado saibam cantar' — e outras merdas desse tipo."

"Uau. Isso é bom."

"Deixa eu descrever uma cena pra você. Essa, pra mim, vai ser realmente uma cena central do filme. Existem fotografias de um show dos Prisonaires realizado pouco antes dos primeiros perdões saírem — lembra, esses caras têm famílias, têm esposas lá fora, e a única hora em que podem sair é quando estão no palco. Eles não podem *confraternizar* com o público. Provavelmente há guardas armados na frente do palco, esse tipo de coisa. Essas fotos, eu devia ter trazido comigo, elas vão te deixar alucinado, Jared." À força da minha vontade, eu estava insuflando a realidade dos Prisonaires, o suor, a dor e o amor daqueles homens, naquela sala pálida, na mente pálida de Jared. Eu a faria vingar, ali onde nada vingava. Percebi naquele momento que eu tinha nascido para lançar projetos. Só o que eu precisava era que me deixassem entrar naquela sala. "É como os Beatles no Shea Stadium, Jared. Ou o Elvis. Mulheres chorando, desmaiando, se descabelando. Só que elas não são um simples bando de adolescentes. São as mães, as avós, as tias, as namoradas dos Prisonaires, às vezes com os filhos dos caras no colo. E enquanto os caras estão lá cantando, elas estão arrancando os cabelos, rasgando lenços, se arrastando pelo chão. A música é tão bonita que é de cortar o coração de qualquer um. Talvez até a garota que aprontou pro Johnny Bragg possa estar lá também, é provável até que ela esteja. Talvez ainda continue apaixonada e esteja arrependida do que fez. E ela está lá, no meio daquela multidão de mulheres, simplesmente se desfazendo em pedaços."

"Putz."

"E isso ainda é só a metade. Quando essa onda de choro toma conta da platéia, os Prisonaires acabam perdendo a cabeça também. Tentam continuar cantando, mas não conseguem. Ele estão separados daquelas mulheres, separados das *mães* deles, de todo mundo, pela distância do palco. E eles começam a gritar também. Ficam se agarrando uns aos outros, se agarrando aos microfones, às cadeiras. Tentam esticar o braço pra tocar nas pessoas, mas os guardas empurram eles pra trás. É que nem, sei lá, que nem *Guernica*, Jared. É uma cena que não dá pra esquecer."

"Eu tô realmente conseguindo ver a cena." Jarred parecia impressionado com seu próprio poder de visualização.

"Claro que tá. Bom, então, voltando pro governador. Ele tá sendo informado sobre tudo isso. Ele tá cavalgando um tigre e morrendo de medo de que o tigre coma ele vivo. Aí ele decide soltar dois dos Prisonaires. Os adversários dele estão caindo de pau nele, mas ele solta os caras assim mesmo. E é aí que um plano vem à tona. O governador tem um auxiliar ardiloso, um cara meio do estilo do Kissinger, sabe, e esse cara sugere que eles mantenham o Bragg lá dentro, na cadeia. O Bragg é quem tem a maior pena deles todos, e ele é o compositor, o vocalista principal — o gênio do grupo. Se eles tiràm a banda de perto dele, talvez a história acabe morrendo."

"Não."

"É horrível, mas *sim*. É assim mesmo que eles fazem. Eles perdoam *todos os outros quatro* Prisonaires, um por um. Todo mundo fica esperando que o Bragg saia e se junte a eles. Parece que a história vai ter um final feliz, mas era bom demais pra ser verdade. Os inimigos direitistas do governador deixam ele encurralado e aí ele resolve mostrar que é severo com os criminosos mantendo o Bragg lá dentro. O diretor do presídio suspende os privilégios do Bragg. A esperança deles era que, sem a música, a coisa toda estivesse fadada a passar."

"Cr*uu*zes."

Pois é, cruzes. De onde é que eu estava desencavando aquela baboseira toda? Eu estava lançando o projeto da versão *oliver-stoniana* da história.

"Mas o Bragg não desiste de fazer música. Com todos os Prisonaires do lado de fora, ele forma um novo grupo na prisão, os Marigolds. Anos estão se passando, entende? Eles estão sugando a vida desse homem. Em 56, o Johnnie Ray grava um cover de 'Just Walkin' in the Rain', e o Bragg recebe um cheque na prisão no valor de mil e quatrocentos dólares. Sabe o que ele faz? Ele diz pros caras botarem o dinheiro na sua conta da cantina — ele acha que são *catorze* dólares. Ele nunca viu tanta grana na vida, mas não tem como gastar esse dinheiro. Os Marigolds gravam algumas faixas para a Excello Records, mas nenhuma vinga de verdade."

"De onde eles tiraram esse nome, *Marigolds*?"

"Havia uma febre de grupos com nomes de flores, os Clovers, os Posies, coisas assim. Foi a mesma coisa que aconteceu alguns anos depois, quando todo mundo tinha que ter nome de inseto — os Crickets, os Beatles."

"Ah."

"O Bragg só consegue uma condicional em 59, *seis anos* depois do primeiro sucesso dos Prisonaires. E mesmo assim só fica um ano em liberdade, antes que eles armem outra pra ele. Ele é acusado de roubo e tentativa de homicídio — por roubar *dois dólares e cinqüenta centavos*. É ridículo. Mais uma vez aparecem mulheres brancas dizendo que ele tinha tentado atacá-las. O cara é um ímã pra esse tipo de acusação. É o caso clássico de pânico racial, e o Bragg é como um símbolo que mexe com alguma coisa na cabeça das pessoas. Ele devia ter alguma coisa, alguma espécie de presença, um orgulho que ficava patente só pelo modo como ele andava pela rua e que as autoridades brancas não conseguiam engolir. Eles simplesmente tinham que botar o cara atrás das grades de novo, era a única forma que eles conseguiam lidar com isso."

"Eu não sei se você vai gostar, mas eu tô vendo perfeitamente o Denzel Washington no papel."

"Escuta só: naquele ano o Elvis Presley, recém-saído do exército, faz um desvio na viagem de volta pra casa pra visitar a prisão estadual e levar um papo com o Bragg. Sente só: o mesmo garoto esquisito que ficava de bobeira lá pelo estúdio, admirando os arranjos vocais dos Prisonaires, agora é o artista mais famoso do *planeta*. E ele se lembra do Bragg. O Elvis se *importa* com o caso dele. O presidiário negro de trinta anos e o Rei. A visita atrai publicidade, mas só pro Elvis. Ninguém se lembra mais do caso do Bragg, e os Prisonaires são uma memória distante. O Elvis se oferece pra pagar um advogado pra ele, mas o Bragg diz que não precisa, que ele entrou num acordo. Não há nada no papel, nenhuma prova, mas o Bragg prometeu ao diretor do presídio que não levaria o caso pra Corte Suprema em troca da promessa de que sairia da prisão dali a nove meses."

Fiz uma pausa, então, para criar um clima.

"E aí?"

"Eles deixam ele mais *sete anos* mofando lá dentro."

"Você tá me matando, Dylan."

"E ainda tem mais. Na década de 60, o Bragg ressuscita os Prisonaires, desta vez com um cara *branco* no grupo — é a era da integração, afinal. Mas os outros presidiários não gostam, e o Bragg é atacado no pátio. Mais tarde, ele sai da prisão de novo, se casa com uma mulher branca e os policiais prendem ele por estar andando na rua com ela..."

"Pára, tá bom? Chega. Não me conta mais nada."

Jared vinha ficando cada vez mais agitado já fazia algum tempo e agora, de repente, ele se levanta do sofá, arregala os olhos e vai andando até sua mesa.

"Tá tudo bem?"

"Tá tudo ótimo, Dylan. É só que... quem mais tá sabendo disso?"

"Ninguém, você é o primeiro." Imaginei que fosse essa a resposta que Jared queria ouvir. Nem é preciso dizer que a história dos Prisonaires jazia esquecida fazia uns trinta anos, à espera de que alguém a desencavasse. Ela não pertencia a mim. Até onde eu sabia, algum outro escritor poderia estar entregando um burilado terceiro rascunho da sua própria versão bem na sala ao lado.

Tomei coragem e perguntei: "Você gostou?".

"Tá brincando? É dinamite pura. Eu tô só pensando, tá bom? Eu preciso pensar. Hoje é sexta, né?"

"Hum, é."

"Tá, então, em termos práticos, isso quer dizer que eu não vou conseguir encontrar ninguém antes de segunda-feira."

"Acho que eu não tô entendendo muito bem o que você quer dizer."

"Pra onde você vai quando sair daqui?"

Supus que *ForbiddenCon* não fosse uma resposta cujo sentido Jared pudesse captar com facilidade. Não era muito fácil nem para mim captar o sentido daquilo. "Eu vou voltar pro hotel."

"Não me sacaneia."

"Eu não tô te sacaneando."

"Porque, olha, um lado meu, uau, um lado meu não quer deixar você sair da minha sala até eu saber o que nós vamos fazer com isso, até você me dar *alguma coisa* que eu possa levar pra uma reunião e me prometer que vai me dar uns dois dias depois do fim de semana. Quarenta e oito horas pelo menos. Você quer um lenço de papel?"

"Quero, sim." Eu tinha riscado meu rosto de lágrimas evocando o dilema de Johnny Bragg. Fiquei me perguntando quantos dos que entravam ali para lançar projetos para Jared choravam dentro daquela sala. Talvez todos nós, lá pelo fim da reunião.

Jared jogou sua caixa de lenços de papel em cima do meu sofá, depois se debruçou sobre sua mesa para falar no interfone.

"Mike?"

"Oi."

"Mike, eu acabo de ouvir uma coisa *fantástica*. É o que sempre digo pra você — a gente nunca sabe como essas coisas vão acontecer. O amigo de um cara que tava num barco entra na minha sala e aí eu descubro que ele é um escritor chamado Dylan e que o Dylan tem um projeto fantástico, mas fantástico *mesmo*."

"Que incrível", disse Mike.

"Não, é incrível *mesmo*."

"Uau."

"Mike, eu preciso falar com o agente do Dylan *neste instante*."

"Claro."

Jared virou-se de costas para a mesa e de frente para mim. "Eu sei que tudo tá indo meio rápido, mas eu só quero te dizer uma coisa, Dylan, você e eu vamos pagar a faculdade dos nossos filhos com essa história."

"Tá bom." Assoei o nariz.

"Se eu não puder fazer esse filme, eu vou me matar."

"Bom, então eu acho que isso quer dizer que você vai ter que fazer esse filme."

"É exatamente isso que quer dizer. Putz." Ele estava impressionado consigo mesmo, o que era perfeitamente compreensível. Coisas tremendas estavam acontecendo, e ele estava no centro dos acontecimentos. "Eu preciso de alguma coisa no papel."

"Eu ainda não tenho muita coisa escrita", blefei.

"Eu preciso poder explicar a coisa toda. Tenho que fazer outras pessoas captarem. Eu preciso de alguma coisa no papel, tipo o que você disse. O que você disse foi tão fantástico. Tem que ser exatamente daquele jeito."

"Isso não levaria muito tempo."

"Você tá me dizendo que não tem *nada*?"

"Ainda não."

"Isso é péssimo, Dylan. Eu *realmente* preciso disso pra poder transmitir pra outras pessoas."

O interfone estalou. "Jared?"

"O quê?"

"Eu não tenho nada anotado sobre o agente do Dylan."

"Eu achei que tinha te falado pra nunca deixar de pegar os dados de contato das pessoas. Você lembra que eu te falei isso?"

"A culpa é minha", sussurrei, querendo proteger Mike.

Jared soltou o botão do interfone. "Olha, eu não tô aqui pra brincadeirinhas."

"Nem eu. Deixa só eu falar com o meu agente primeiro, tá bom?" Eu não tinha agente nenhum, nem a mais remota idéia de onde poderia encontrar um. "Ele na verdade ainda não tá sabendo muita coisa a respeito disso."

"Se você acha que eu vou deixar você sair da minha sala com esse filme na sua cabeça, você tá completamente *maluco*. Eu preciso de alguma coisa de você, Dylan. Não me ferra, cara. Esse filme é meu. Eu tô *sentindo* que é."

"Isso é ótimo", eu disse, levantando as mãos, na esperança de desacelerar a loucura. "Nós dois estamos empolgados. Me diz só qual é o próximo passo agora."

"Liga pro seu agente daqui."

"O quê?"

Ele levantou as mãos também. "Senta na minha mesa. Eu prometo que não vou ouvir. Eu saio e fico no corredor." Ele andava de um lado para o outro enlouquecidamente. "Senta ali e liga pra ele, tá bom?"

"Eu..."

"Eu tô te dando a minha sala, cara. Vai. Senta."

Não havia como recusar. Sentei na cadeira dele. Jared saiu e fechou a porta, trancando-se na antecâmara de Mike, mas não sem antes apontar pra mim detrás da porta entreaberta. "Diz pra ele que eu vou te manter refém até que vocês me entreguem alguma coisa que eu possa levar pra uma reunião."

"Tá bom."

Quando ele bateu a porta, eu disquei o número da minha casa. Quem atendeu foi a secretária eletrônica, claro. Abby estava na faculdade. Desliguei sem deixar recado, depois peguei minha caderneta de telefones na bolsa e liguei para Randolph Treadwell, do *Weekly*. Ele atendeu.

"Socorro", eu disse.

"Você teve a reunião?"

"Eu *estou* na reunião. Ele saiu da sala pra eu poder ligar pro meu agente, só que eu não tenho agente. Eu tô na mesa dele."

"Interessante." O tom de Randolph era neutro.

"O Jared é sempre assim tão... hum... inflamável?"

"Eu não conheço ele muito bem, na verdade. Por quê?"

"Ele tá agindo como se nós estivéssemos prestes a, sei lá, ter um bebê juntos. Um bebê de ouro maciço."

"Essas coisas são assim mesmo", disse Randolph, pouco impressionado. "É como se fosse uma torneira. Se ela tá aberta, a água jorra. O que você tem que fazer agora é arranjar um jeito de manter a torneira aberta."

"Obrigado pelo conselho."

"Você quer dar uma passada no meu escritório depois que sair daí? Quanto tempo você vai ficar na cidade?"

"Eu tenho que me encontrar com o meu pai, em Anaheim."

"O que que ele tá fazendo em Anaheim?"

Jared irrompeu porta adentro. "Eu preciso ir agora." Desliguei o telefone.

"Como é que termina?"

"O quê?"

"Eu tava tentando contar pro Mike, a coisa toda, os caras negros, a prisão, o Elvis. E aí eu esqueci se você me contou ou não o final."

"Eu... eu acho que a gente não chegou a ir até o final", eu disse com cuidado.

"E?"

"Bom, o Johnny Bragg entra e sai da prisão mais umas duas ou três vezes, eu acho. Ele fazia música sempre que podia. Mas não fez mais nenhum outro grande sucesso, infelizmente."

"E os Prisonaires?"

"Morreram, acho."

"Daria pra gente bolar, tipo, uma grande *volta triunfal*?"

Encolhi os ombros, como quem diz *por que não?*, mas não consegui ir tão longe a ponto de pronunciar as palavras. Será que ainda restava algum aspecto da história de Johnny Bragg que eu não tivesse desonrado com o meu projeto? Que mal a mais faria uma pequena volta triunfal? Ou uma grande volta triunfal que fosse?

"E o Elvis? O Elvis é muito importante pra essa coisa toda. Foi uma parte realmente fantástica aquela, quando o Elvis visita o presídio e você tava chorando, lembra?"

Talvez o Elvis pudesse voltar e dar um murro no queixo do diretor do presídio, depois tirar pessoalmente o Bragg da prisão. Ou então os dois, o Bragg e o Elvis, podiam ser acorrentados um ao outro pelos tornozelos e forçados a quebrar pedras. Os vocais serias fenomenais, pelo menos.

"Bom, a história não tem exatamente um grande final", falei. "Ela meio que continua indefinidamente. Mas eu tenho certeza de que a gente pode descobrir um bom momento pra terminar o filme. Talvez com o Johnny Bragg atravessando os portões do presídio para se tornar um homem livre. A última vez."

"O final tem que ser bom."

"Ele pode ser bom."

"Eles chegam a pegar os caras que realmente fizeram aquilo?"

"Que fizeram o quê?"

"Você sabe, que mataram aquelas mulheres todas."

"Ninguém matou mulher nenhuma. Não há nenhuma grande batalha judicial nem nada assim. Depois de algum tempo o Bragg simplesmente ficou velho e eles pararam de implicar com ele, imagino."

"Velho? Quantos anos ele tinha?"

Eu já tinha me perguntado quando isso iria vir à tona. "Pode ser até que ele ainda esteja vivo", eu disse. Quando Colin Escott escreveu as notas do encarte, nove anos antes, Johnny Bragg ainda estava vivo e dando estrevistas. As histórias que ele contou nessas entrevistas eram a fonte de metade do meu projeto. Fazia anos que eu planejava uma viagem a Memphis para tentar entrevistá-lo eu mesmo. Mas a viagem estava esperando, junto com vários outros planos investigativos, por uma entidade como a Dreamworks que pudesse bancá-la. Ou, enfim, essa era a minha desculpa.

"*Vivo*?"

"É possível."

"*Possível*?"

É! Vivo! Possível! Eu queria gritar. "Ele estaria com uns setenta anos agora."

"Você não sabe?"

"Eu vou descobrir."

"Isso é um problema sério, Dylan." Jared passou os dedos pelo cabelo e franziu o cenho, sob um estresse que eu não tinha a menor possibilidade de entender. "Será que você poderia me devolver a minha mesa, por favor?"

"O que que você quer que eu faça?", perguntei enquanto trocávamos de lugar.

De cara amarrada, Jared se recostou em sua cadeira, cruzou as pernas e massageou, com a ponta de dois dedos, a ponte do nariz e depois o contorno da mandíbula. Parecia estar se recuperando de alguma espécie de barato, *aterrissando*, como depois de um orgasmo ou de uma viagem de crack. Fiquei me perguntando com que freqüência ele experimentava esse tipo de coisa.

"Você entrou aqui e me ofereceu um projeto que é simplesmente a história da vida de uma pessoa, uma pessoa viva", disse, não com raiva, mas com profundo pesar. "Bom, nós teríamos que adquirir os direitos sobre a biografia dessa pessoa. E isso pode ser uma coisa muito, muito *complicada*."

"Ele certamente vai querer que a sua história seja contada", sugeri.

"Ah, sim, sim, claro. Mas eu não tô sentindo muita firmeza com relação ao final, sabe, Dylan. Esse final não tá me agradando muito."

Ele falava como se *Os Prisonaires* já tivesse sido filmado e editado e ele tivesse acabado de ver o filme e ficado decepcionado. Só o que nos restava agora era a triste tarefa de limpar nossa sujeira e cortar nossos prejuízos. "É tão vago, ele sai da prisão, ele volta pra prisão, a banda nunca chega a se unir de novo. E eu fiquei o tempo todo esperando que alguma coisa acontecesse com aquela mulher, a que tava na platéia, sabe? Aquela que tava chorando."

Inescapavelmente, absurdamente, acabei adotando o mesmo tom. "Talvez a gente possa terminar o filme antes. Depois da primeira condicional."

"Ah, eu duvido que isso desse certo."

"Tá bom", murmurei, impotente.

"Escuta, eu não quero... eu não quero falar com ninguém sobre isso até que a gente tenha conseguido amarrar tudo. Tem que ser *perfeito*. Um gol de placa. Você e eu temos que pensar e repensar muito sobre os problemas do terceiro ato e não fazer *nada* até que a gente tenha conseguido arranjar uma solução pra eles. Se eu levar esse negócio lá pra cima, eu quero que ele esteja impecável, sabe?"

"Faz sentido."

"Você falou com o seu agente?"

"Ele... hum... pensa da mesma forma, na verdade."

"Claro que pensa. Ele sabe como essas coisas funcionam."

"Então..." Eu estava perplexo. "O que é que vai acontecer agora?"

"A questão é o que é que *você* vai fazer agora. Está tudo nas *suas* mãos."

"Hum... tá bom."

"Eu não sou uma pessoa que se desencoraja facilmente, sabe. Eu acredito em você, moço."

"Obrigado."

"Não há nada de errado em dar um tempo, aliás. Essa história não vai fugir pra lugar nenhum. A coisa vai acontecer quando tiver que acontecer."

"Tá bom."

"Bom, você tem motorista? Porque eu preciso que você saia da minha sala agora."

"Eu posso ligar..."

"Tá, mas usa o telefone do Mike."

Na câmara intermediária, entreguei o cartão de Nicholas Brawley a Mike e pedi que ele ligasse.

"O Jared ficou mexido pra caramba", sussurrou Mike, os olhos arregalados de espanto com o que eu tinha conseguido lá dentro.

"Eu acho que ele vai se recuperar", falei.

No estacionamento sombreado, fiquei esperando com minha bolsa de viagem por longos quinze minutos, até que o táxi de Nicholas Brawley finalmente encostou de novo em frente ao portão. O homem do Oscar não tornou a aparecer. O rádio de Brawley continuava sintonizado na MEGA 100, que agora tocava a minha velha nêmesis em forma de música-tema: "Play That Funky Music", do Wild Cherry. Claro que o crítico de rock de trinta e cinco anos sabia de uma coisa que o frangalho de presa de treze anos que se esgueirava pelas calçadas em torno da Intermediate School 293 nem sequer desconfiava: o Wild Cherry era um bando de *garotos brancos*. A canção que servira como uma condenação à minha existência adolescente era na verdade uma melancólica autoparódia de uma banda de rock do Meio-Oeste. Eu já tinha me perguntado inúmeras vezes, desde que fizera essa descoberta, se saber disso teria me ajudado de alguma forma na época. É provável que não. Enfim, eu agora encarava aquela música de uma forma diferente: ela era só mais um naco de sentido pessoal que fora tirado de mim, arrancado como uma roupa que eu apenas pegara emprestada ou roubara. Talvez eu tivesse o caso menos convincente para a autopiedade do que qualquer outra criatura humana na face da Terra. Ou, pelo menos, o mais hilário.

3.

Abraham e Francesca estavam plantados um ao lado do outro no lobby do Marriott de Anaheim, imóveis feito estátuas. Ao redor deles, o lobby era todo agitação, gente chegando sem parar, viajantes amarfanhados vestidos de preto e roxo, olhando nervosamente de um lado para o outro como que preocupados com a impressão que estavam causando enquanto puxavam suas malas de rodinhas em agitada confusão até o balcão de recepção. Outros vagavam ou saíam em disparada pelo vasto espaço aberto do lobby, reunindo-se brevemente em grupos de quatro ou cinco para se abraçar e conversar, dobrar e redobrar os folhetos em que haviam circundado itens da programação, ou presentear uns aos outros com broches ou fitas para prender em suspensórios ou alças de mochila. Alguns devoravam sanduíches, chupando despreocupadamente os dedos melados. Muitos usavam óculos de aros de plástico, chapéus flexíveis ou jóias artesanais, outros usavam camisetas com orgulhosos enigmas estampados: MAIS QUE HUMANO, DOE SEU CORPO PARA A FICÇÃO CIENTÍFICA, EU ERA MILIONÁRIO MAS AÍ A MINHA MÃE JOGOU FORA A MINHA COLEÇÃO DE REVISTINHAS. Avisos xerocados, deselegantemente afixados com fita adesiva em paredes de corredores ou portas de vidros, informavam o número das suítes em que festas seriam celebradas, anunciavam eventos especiais e orientavam os participantes sobre como chegar à mesa de inscrição, à exposição de arte e ao posto de primeiros socorros. Certos crachás laminados traziam o rótulo PROFISSIONAL ou VOLUNTÁRIO. Vozes se elevavam e depois se perdiam na balbúrdia de outras vozes — discursos monótonos, risadas estapafúrdias, perguntas ansiosas, reencontros histéricos. A ForbiddenCon 7 estava em curso com toda a sua glória. Eu só precisava descobrir do que exatamente ela se tratava, ou então deixar para lá. Tinha a sensação de que ela não precisava que eu descobrisse nada.

Foi Francesca quem me viu primeiro. "Olha ele ali!", ela exclamou. Abraham balançou a cabeça e os dois dispararam na minha direção enquanto eu atravessava a porta giratória. Fui andando às pressas até eles, tentando lhes poupar o trabalho. "Você tá atrasado!", disse Francesca. "Nós já estamos quase perdendo o *painel do Abe*."

Eu tinha prometido que me encontraria com eles no lobby às três — já eram quase quatro. Nicholas Brawley havia rido e sacudido a cabeça quando eu disse para onde queria que ele me levasse. "Você devia ter alugado um carro", disse ele, e depois que nós atravessamos o oceano de subúrbios entre Hollywood e Anaheim eu entendi por quê. A corrida custou cento e catorze dólares. Agora, porém, ao adentrar o lobby do hotel da convenção, eu percebia a distância conceitual ainda maior que eu havia percorrido, da sala de Jared Orthman até a ForbiddenCon. A corrida de Brawley fora uma pechincha.

"Dylan", disse meu pai. Nós nos abraçamos, e eu o senti suspirar encostado ao meu corpo. Depois me virei e me abaixei para cumprimentar Francesca, bem a tempo de ser engolfado por seu ataque de carinho transbordante, mas não rápido o bastante para planejar em que lugar da minha superfície exposta a marca do seu batom seria cravada. Acabou pousando a noroeste da minha boca, um troncho bigode cor de beterraba. Tentei limpá-lo esfregando-o com o polegar e disse: "Desculpe pelo atraso".

O crachá de Francesca não tinha adorno nenhum, mas o de Abraham estava enfeitado com uma tira roxa especial onde se lia CONVIDADO DE HONRA.

"Eles precisam do Abraham lá nos bastidores", disse Francesca gravemente.

"Mostra o caminho que eu vou atrás", falei.

"Você só trouxe isso?", perguntou Abraham, olhando para a minha bolsa. Parecia desapontado. "Você vai passar a noite aqui, não vai?"

"Claro que vou."

"Você já tá registrado", disse Francesca. "O Zelmo cuidou de tudo." Enquanto atravessávamos o lobby, ela ficou remexendo em sua bolsa, à procura de alguma coisa. "Isto aqui é do seu quarto. Funciona como um cartão de crédito — é só passar no buraco. A chave é do minibar."

"Vou fazer uma limpa nele", brinquei, pegando as chaves.

"Ah, você não vai ter tempo pra isso,", disse Francesca. "O Zelmo Swift, que é o presidente do comitê, vai nos levar pra jantar." Ela revirou os olhos diante da honra.

"Ele sabe que você vai com a gente", acrescentou Abraham. "Eu perguntei e ele disse que não tinha problema."

"Bobagem sua, querido", disse Francesca. "Você é o convidado de honra, por que é que a sua família não seria convidada?"

"É uma boca a mais pra jantar. Eu achei que devia perguntar", disse meu pai, virando-se para mim em seguida. "A gente conversa lá, se o Zelmo deixar. Eu agora tenho que participar desse negócio. Espero que você não se importe de assistir."

"Se importar?", disse Francesca, segurando meu braço. "Ele vai ficar orgulhoso!"

Meu pai tinha vivido catorze anos sozinho depois que saí da Dean Street para fazer faculdade em Vermont. Pouca coisa mudou durante esses anos — ele continuou pintando capas de livros para pagar a hipoteca da casa e as despesas básicas, dedicando todas as horas livres que lhe restavam do dia e todas as energias que lhe restavam no corpo ao seu interminável e inédito filme épico. Em 1989, finalmente reconhecendo o absurdo de ter três andares só para si, ele fez uma reforma na casa para transformá-la em dois apartamentos dúplex, acrescentando uma pequena cozinha ao segundo andar e alugando o térreo e o subsolo para uma jovem família. A única parte da casa que permaneceu intocada foi o estúdio do sótão, a cela de monge onde ele passava seus dias besuntando celulóide de tinta preta. Em arrancos intermitentes, a vizinhança foi se aburguesando à sua volta; a bênção ou maldição de Isabel Vendle se cumpriu depois de um certo período de incubação. Para Abraham, a questão se resumia basicamente a impostos prediais mais altos. Ele nunca pediu o preço que o mercado imobiliário poderia comportar — o dúplex sempre foi alugado por uma pechincha.

Nunca houve outras mulheres, que eu soubesse. Se Abraham soube cuidar dessa parte de sua vida depois que Rachel foi embora, ele não sabia como falar a respeito. Até que um dia ele chamou a atenção de Francesca Cassini, uma recepcionista de cinqüenta e oito anos que trabalhava no escritório da Ballantine Books. Aquele homem que entrava cabisbaixo no escritório da editora, com sua última pintura de capa aninhada dentro de um portfolio de papelão preto amarrado com cadarços pretos, aquele homem que saía cabisbaixo do elevador, humildemente vestido com seu uniforme proletário de estudante de arte, as pontas dos dedos ligeiramente manchadas de tinta, a atitude mordaz, como sempre — aquele homem tinha despertado o interesse da viúva recente de Bay Ridge. Uma mulher que, apesar do nome de imigrante, vivera a vida inteira entre os judeus nova-iorquinos da geração pós-guerra, Francesca falava a mesma língua que eles e reconhecia-os como quem reconhece a si próprio. Tinha perdido um marido judeu seis meses antes, um contador de carreira, um homem que passara a vida debruçado, eu imaginava, sobre uma interminável coluna de números provavelmente tão cara a ele quanto o mais longo filme abstrato inacabado do mundo era para meu pai. Abraham, uma celebridade da arte das capas de livro, alvo de piadas de corredor por seu aspecto bartelbyano, não tinha a menor chance de escapar. Se algum dia um homem clamara para que Francesca o salvasse, esse homem era Abraham. Ela se apresentou. Ela se anexou. Um certo inverno, fiz uma visita ao Brooklyn e lá estava ela, instalada na casa da Dean Street. Francesca organizava meu pai e parecia, de um jeito meio curioso, fazê-lo feliz. Tornava-o visível para si mesmo, pelo contraste com ela.

Os bastidores tinham sido montados numa pequena sala de conferências adjacente ao lobby, protegida do público comum por um voluntário plantado na porta. Ofegante, Francesca explicou ao voluntário que nós éramos o entourage de um dos convidados de honra, e fomos, então, autorizados a entrar no santuário. Lá dentro, havia duas garrafas térmicas contendo café e água para chá e uma travessa de plástico subdividida cheia de cubos de queijo cheddar e biscoitos salgados. Uma dupla de voluntários estava sentada atrás de uma bandeja com crachás em branco e suas respectivas capas de plástico. Deles, Francesca solicitou um crachá para "o filho do Abraham Ebdus", depois prendeu o resultado ao bolso da minha camisa.

Não estava muito claro o que exatamente nós estávamos esperando.

Meu pai se plantou no meio da sala, atarantado, enquanto Francesca perambulava pelas beiradas.

"Senhor Ebdus?", arriscou um voluntário.

"Sim?"

"Os outros participantes do programa foram lá pra cima. Pro seu painel. Eu acho que está começando agora."

"Sem ele?", exclamou Francesca.

"É no salão Nebraska, acho. Na ala oeste."

Saímos às pressas. "Eu te disse que a gente devia ir direto", disse Abraham para Francesca enquanto subíamos a ampla escada central para o mezanino.

"O Zelmo disse pra gente se encontrar nos bastidores."

Abraham só sacudiu a cabeça.

Todo mundo se movia com estranheza por aquele espaço, vagando como que sem rumo durante algum tempo, depois acelerando bruscamente, em explosões de passinhos minúsculos. Ao esbarrarem uns nos outros, franziam o cenho, resmungavam alguma coisa, esperavam pedidos de desculpa. Singrando esse mar espasmódico de gente, rumamos para o Nebraska Ballroom West. Um papel preso com fita adesiva na porta anunciava o tema do painel como "A carreira de Abraham Ebdus", como se o título fosse auto-explicativo. Imagino que fosse realmente, ou seria, depois que o painel tivesse cumprido sua missão.

Entramos pelo fundo da sala. Lá na frente, quatro figuras já ocupavam o tablado, atrás de microfones de mesa e jarras suadas de água gelada. O tablado estava coberto com uma lona marrom que combinava com o forro acústico das paredes do salão e com as capas de tecido fino das cadeiras empilháveis dispostas em fileiras, de parede a parede. Havia cinqüenta ou sessenta pessoas sentadas na platéia, atenta e respeitosamente, tossindo, se coçando, cruzando e descruzando as pernas, amarfanhando papéis.

"Que generosidade do Abraham nos honrar com a sua presença", disse um dos membros do painel em seu microfone, sarcástico. O comentário arrancou risos aliviados do público, depois uma esparsa salva de palmas.

"Sobe", incitou Francesca, e meu pai obedeceu. Ela e eu fomos nos sentar na platéia, Francesca apertando meu braço de tão excitada que estava.

O moderador, que soltara aquela gracinha quando entramos na sala, era um homem calvo de seus sessenta anos que, àquela distância, distinguia-se do próprio Abraham principalmente por um chamativo plastrom azul. Ele se apresentou ao público como Sidney Blumlein, ex-diretor de arte da Ballantine e, se não exatamente o descobridor de Abraham Ebdus, ao menos seu principal empregador e cliente durante o que chamou de *a primeira e crucial década* da produção do meu pai. "Fui também seu defensor por mais tempo do que ele gostaria que eu lembrasse a vocês", continuou Blumlein. "Não me envergonho de dizer que protegi sua arte contra interferências editoriais pelo menos uma dezena de vezes, talvez duas. E fui eu que convenci Abe a desistir de recusar seu primeiro Hugo." Mais um caloroso acesso de risinhos da platéia. "Mas, sinceramente, foi sempre uma grande honra."

Os outros se apresentaram em seguida: primeiro Buddy Green, que piscava sem parar atrás de óculos fundo de garrafa e não podia ter mais que dezoito ou dezenove anos, editor de um fanzine on-line chamado *Ebdus Collector*, dedicado à compra das raras pranchas originais que tinham restado das capas pintadas por meu pai. Eu já havia esbarrado com o web site de Green algumas vezes, fazendo pesquisas no Google com o nome Ebdus em busca de minhas próprias matérias jornalísticas arquivadas. Depois foi a vez de R. Fred Vundane, um homenzinho encarquilhado de cavanhaque e óculos de cientista louco, autor de vinte e oito romances, entre os quais se incluía *Circo neural*, o primeiro livro para o qual meu pai pintara uma capa. Em seguida quem falou foi Paul Pflug, outro pintor de capas, um cinqüentão com pinta de motoqueiro, gordo em sua calça de couro, com um rabo-de-cavalo louro e olhos escondidos por óculos escuros com lentes que se estendiam até as laterais da cabeça. Pflug tinha se sentado num canto do tablado, deixando uma cadeira vazia e um copo sem água entre ele e Vundane.

As homenagens e histórias não eram tão incrivelmente interessantes a ponto de me dissuadir de passar a maior parte do tempo observando meu pai e suas reações. Não me lembrava de já tê-lo visto assim, no palco, a distância, sob os olhos de uma platéia inteira. O resultado era uma espécie de nudez que, eu me dava conta agora, ele sempre tentara evitar. Green falou efusivamente, com uma voz estridente e lamurienta, definindo Ebdus como o sucessor de uma linhagem de ilustradores de ficção científica que ia de Virgil Finlay a Richard Powers — nomes que não significavam absolutamente nada para mim —, e era evidente que Abraham estava tirando algum prazer daquilo, por mais masoquista que esse prazer pudesse ser. Vundane falou num tom de vaidade ferida — talvez ansiasse por um painel com o tema "As obras de Vundane" — sobre a percepção profunda e incomum de Ebdus acerca da natureza surrealista dos escritos dele, Vundane. E, quando chegou a vez de Pflug, ele recordou, mal-humorado, que conhecera meu pai ainda no início de sua carreira e descreveu a seriedade de Abraham e o seu compromisso com os padrões de qualidade como um exemplo que tinha alterado os rumos da carreira dele, Pflug.

Abraham não dizia nada, só balançava a cabeça enquanto os outros se revezavam nos microfones. No entanto, seu desprezo pelo que quer que Vundane e Pflug tivessem sido capazes — ou incapazes — de realizar era dolorosamente óbvio. Aliás, estava na cara que *ninguém* no tablado gostava de Pflug. Fiquei me perguntando o que teria levado os organizadores do painel a convidá-lo.

"Eu já contei muitas vezes essa história", disse Buddy Green. "Eu estava tentando traçar a procedência da arte original das capas que ele fez para a Belmont Specials — suas dezessete primeiras pinturas. Elas não estavam nas mãos de nenhum dos grandes colecionadores. Não estavam nas mãos de nenhum dos pequenos colecionadores. Infelizmente, também não estavam nas *minhas* mãos. Volta e meia eu escrevia para o pessoal da Belmont, e eles diziam que não sabiam do que eu estava falando, mas eu achava que eles estavam *escondendo o jogo*. Aí, um belo dia, finalmente me ocorreu a idéia de perguntar ao próprio Abraham. E aí ele me contou, como se não fosse nada de mais, que tinha *destruído* as pranchas. Simplesmente nunca tinha passado pela cabeça dele que alguém pudesse se interessar por elas."

Os olhos de Abraham vasculharam a platéia, procurando por mim, me permiti supor. Fiquei tentando imaginar como ele teria se sentido ao ouvir aquelas pranchas serem chamadas de *suas dezessete primeiras pinturas*.

"É verdade", disse Sidney Blumlein, com enorme prazer avuncular. "Quando eu tirei o Abe da Belmont, ele estava *sistematicamente* destruindo os seus trabalhos."

Isso arrancou oohs e aahs da platéia, um misto de perplexidade e deleite.

"Esse homem é o único que o seu pai respeita", cochichou Francesca. "Nenhum dos outros ele respeita. Nem o Zelmo."

"Zelmo?"

"O presidente. Quer dizer, não o da mesa, o da convenção inteira. Você vai conhecê-lo no jantar. Ele é um advogado muito importante."

"Ah."

Agora Blumlein, a quem Francesca descrevera como o único amigo de Abraham no painel, retomou a posse do microfone. Sendo o moderador, Blumlein tomara para si a tarefa de abrir a boca da ostra — de encontrar uma forma de forçar Abraham Ebdus a reconhecer e a se dirigir a seus admiradores.

"Por mais de duas décadas, Abe tem abrilhantado a nossa área, e eu digo abrilhantar não só no sentido de embelezar, mas principalmente de dignificar. Tudo ótimo, tudo muito bom. Mas neste momento de celebração, não faz sentido fugir da questão — tudo isso que ele fez, ele fez com certo distanciamento. Sua formação não está ligada à ficção científica, e nisso ele é uma exceção dentro da imensa maioria dos profissionais que participam deste encontro ou de *qualquer* outro encontro da nossa área. Nós somos fãs, nossos interesses nascem na tradição das revistas *pulp*, por mais que gostemos de imaginar que conseguimos elevá-la."

Pflug deu um risinho sarcástico. Vundane pegou uma jarra de água e encheu seu copo ainda intocado.

A platéia estava emudecida, silenciada em seus murmúrios de aprovação e reconhecimento, talvez menos confiante agora de que tudo o que iria ouvir ali se encaixaria tranqüilamente no inofensivo filão de uma singela homenagem.

"Abraham Ebdus, não vamos nos iludir, não tinha nenhum interesse em *elevá-la*. Só o que ele queria era ganhar alguns trocados para sustentar sua arte — o que ele considerava a sua verdadeira arte. Como talvez alguns de vocês, ou talvez *muitos* de vocês já saibam, Abe é cineasta, um cineasta *experimental*, de extrema seriedade e dedicação. É assim que ele passa seus dias, quando não está pintando capas de livros. Não tem nada a ver com ficção científica. O que é fantástico — e que é a razão de estarmos todos aqui para celebrar — é que, sendo um artista *de verdade*, um artista de profunda sensibilidade, Abe trouxe para os livros uma intensidade visionária que *de fato* elevou a nossa área e que combinava beleza e estranheza. Simplesmente porque ele não tinha como evitar."

Percebi o quanto Sidney Blumlein conhecia bem o meu pai. Ele estava atraindo Abraham para o foco da estranha luz daquela sala cheia de homenageantes, seduzindo-o com a possibilidade de um público *digno* de suas palavras. Eu não sabia se torcia para Blumlein conseguir ou para não conseguir.

"Esta aqui é o quê, Abe? Só a quinta ou sexta vez que você participa de uma convenção?"

Meu pai arqueou as costas, aparentemente desejando poder responder com os ombros. Por fim, inclinou-se na direção do microfone e disse: "Eu não contei".

"A primeira vez que eu te arrastei para uma convenção dessas foi para uma LunaCon, em Nova York, no início dos anos 80. Mas o evento não te agradou."

"É, realmente não me agradou muito, não", disse Abraham, com relutância.

Risinhos nervosos escapuliram da platéia.

"E não é verdade, Abe, que você raramente lia os livros para os quais pintava capas, se é que chegou a ler algum?"

Agora ouviu-se um arquejo coletivo.

"Ah, eu nunca li nenhum", disse Abraham. "Eu digo isso sem me desculpar. O seu livro, senhor Vundane, como era mesmo o título?"

"*Circo neural*", respondeu R. Fred Vundane, com a mandíbula tão contraída que as vogais saíram amassadas.

"Isso, *Circo neural*. Esse título sempre foi uma barreira pra mim. Ele me parecia, me desculpe, ligeiramente de mau gosto. O senhor falou dos surrealistas — imagino que estivesse se referindo aos poetas. Mas o título me pareceu um matiz bastante pobre da imagística simbolista, na verdade. Rimbaud, talvez? Não, me pediram para imaginar outros mundos, e foi o que eu fiz. Qualquer afinidade com o texto é pura coincidência."

Eu tinha lido o livro de R. Fred Vundane. Só o que eu lembrava dele era que tinha uma trupe de acrobatas geneticamente alterados que morava num asteróide oco.

Blumlein acorreu para salvar a situação, talvez com pena de Vundane, que se encolhera em sua cadeira e parecia menor ainda do que já era. "Isso é só um exemplo, creio eu, do contexto mais amplo, da *erudição* que o Abe traz para seja qual for o tipo de trabalho que ele realize. No nosso ramo, ele é como um cometa que passa riscando o céu e que nós conseguimos atrair pra nossa órbita. Um companheiro de viagem, como um Stanley Kubrick ou um Stanislaw Lem. Ele desdenha do nosso vocabulário ao mesmo tempo em que o reinventa para adequá-lo a seus próprios impulsos."

"Eu vou ter que interromper, Sidney, para dizer que você está exagerando o valor do que eu faço." Esse, sim, era um tema para inflamar a paixão de Abraham. "Você citou alguns nomes, Kubrick, Lem. E o senhor Green, que Deus o abençoe, citou também o nome de Virgil Finlay, a quem nunca tive o prazer de conhecer. Peço licença, então, para citar *eu próprio* alguns nomes. Ernst, Tanquy, Matta, Kandinsky. De vez em quando, um Pollock ou um Rothko da primeira fase. Se eu realizei alguma coisa, foi simplesmente dar ao público algumas grosseiras lições de pintura contemporânea, ou do que era pintura contemporânea em 1950. A interseção da última fase do surrealismo com a primeira fase do expressionismo abstrato. Ponto. Não há nada de original nas minhas capas, nem uma única pincelada. É tudo citação. Nada a ver com o espaço cósmico, nem sequer *remotamente*. Com toda a sinceridade, se vocês não tivessem se fechado tanto no mundinho de vocês, se vocês entrassem num museu uma vez que fosse, vocês saberiam que estão homenageando um *ladrão* de segunda."

"Você parou na pop art?", perguntou Blumlein.

"Por favor. Vocês têm o senhor Pflug pra isso. Era só o que existia quando eu comecei a fazer capas — pop art."

O diálogo de Blumlein e Ebdus estava começando a parecer uma espécie de número de vaudevile, encenado às custas dos trouxas que tinham cometido o erro de subir com eles no palco. A platéia estava vibrando.

"E no entanto você está aqui, Abe, entre nós. A LunaCon não foi do seu agrado, mas você passou toda uma carreira entre nós, compartilhando o seu dom. Você é o convidado de honra."

"Olha, eu reconheço que é justo. Vocês querem uma explicação. Não é uma explicação agradável, mas vamos lá. Se eu fosse uma pessoa mais forte, eu não estaria aqui. Acontece que eu tenho um fraco pela adulação, então eu vim. O meu trabalho em filme não é conhecido. Na verdade, é absolutamente desconhecido. Vocês têm sido muito generosos comigo, generosos demais. Eu acabei gostando disso, mesmo sem querer. A minha companheira gosta de viajar. Não há uma explicação, há várias."

"Você se sente parte do ramo, apesar dos pesares?"

Abraham deu de ombros. "É um demi-monde boêmio, como qualquer outro. Existem convocações parecidas no mundo do chamado cinema experimental, mas eu nunca quis ir. Alguns vão a esses encontros imaginando que possam se aperfeiçoar de alguma forma. Mas o trabalho, o *verdadeiro* trabalho, obviamente se realiza em outro âmbito. Talvez pra mim os riscos sejam altos demais, então eu aceito os convites de vocês, em vez de aceitar os deles. Eu não tenho o hábito de ponderar muito essas coisas. Um evento como este é um acidente, não necessariamente um acidente feliz. Eu, francamente, fico assombrado com a bizarrice de uma platéia reunida em homenagem a um homem esquecido, um joão-ninguém. Talvez eu possa fazer vocês acordarem desse transe em que estão, mas duvido."

Cinqüenta pessoas caíram na gargalhada em extasiado reconhecimento, e uma leve e espontânea salva de palmas se espalhou pela sala. Ouvi uma mulher na fileira à minha frente sussurrar em tom de aprovação: "Ele sempre diz isso".

"Eu sinto vergonha de mim mesmo", disse meu pai.

Os aplausos ficaram mais fortes. Buddy Green se levantou de salto de sua cadeira e liderou a aclamação. Só Pflug rejeitou o consenso, virando-se em sua cadeira.

"Joguei a minha vida fora."

Essa foi a última coisa que consegui ouvir antes que a voz de meu pai fosse soterrada pela ovação. Um masoquismo de mão dupla estava em ação ali, tornado possível pelo total isolamento daquele grupo. O *demi-monde boêmio*, como definira Abraham. Meu pai era o herege de estimação do grêmio, a figura que tinham escolhido como o sofredor oficial das possibilidades perdidas ou abandonadas. A forma como ele brandia seu fracasso excitava aquelas pessoas, e elas obviamente sabiam o que as esperava. Ao aceitarem o desprezo dele como uma chicotada nas costas, os singelos homenageadores da ForbiddenCon 7 podiam se sentir ratificados em sua importância desimportante, sua visão bem-humorada de si mesmos e suas deficiências escolhidas.

E, no entanto, eu também senti que meu pai não lhes negava totalmente sua afeição. Olhando nos olhos dele, eu podia até compartilhar desse afeto. Pensei em "Chimes of Freedom", do meu xará — *tolling for the aching* *whose wounds cannot be nursed, for the countless confused accused misused strung-out ones and worse, and for every hung-up person in the whole wide universe!** Claro que eu já tinha presenciado encontros de críticos de rock ou de DJs de rádios universitárias, em painéis da conferência da South by Southwest ou da CMJ, tão orgulhosamente marginais quanto aquele. Só o que mudava eram as fantasias que as pessoas usavam. Num relance, vi surgir diante de meus olhos a imagem de um mundo polvilhado de conferências, congressos, convocações e "Cons" de todos os tipos, cada qual uma máquina de transformar sentimentos de inferioridade e autodesprezo em seus opostos.

O painel havia terminado. Um homem que eu ainda não tinha visto fora andando até o tablado, tirara o microfone da mão esquerda de Sidney Blumlein e agora dava pancadinhas no bocal para chamar nossa atenção. O recém-chegado estava vestido de forma tão excêntrica quanto qualquer outra pessoa daquela sala, mas num estilo completamente diferente. Sua camisa limpa de finas listras azuis com colarinho branco e gravata-borboleta vermelha, seu bigode bem aparado e seu cabelo emplastrado — tudo sugeria um senador republicano eleito graças a uma campanha calculadamente antiquada bancada por sombrios e secretos interesses privados. Sua voz era inacreditavelmente alta.

"Esta é a minha primeira chance de dar a vocês as boas-vindas à ForbiddenCon 7", bradou o sujeito. "Que começo, hein? O senhor Ebdus é discreto demais, então eu mesmo vou lembrar a vocês: nós vamos ter o privilégio de assistir a uma exibição especial de uma parte do filme dele, amanhã, às dez, no Wyoming Ballroom B. Não percam, é uma oportunidade rara."

"Esse daí", cochichou Francesca, puxando meu braço. "Ele ama o seu pai."

Quem ama o meu pai é você, pensei mas não falei. Você está projetando, Francesca, você vê amor por tudo quanto é lado. Sentado ao lado dela, o Cúmulo-nimbo do Amor, eu me sentia envolto em perfume e emoção. Mesmo assim, fiquei observando aquele homem de gravata-borboleta ao microfone, o causador de tão curioso entusiasmo na namorada do meu pai.

* "Carrilhões da liberdade": "badalando pelos sofredores cujas feridas não podem ser tratadas, pelas inúmeras pessoas confusas, acusadas, maltratadas, baratinadas e pior, e por todos os atordoados em todo o imenso universo!" (N. T.)

"Mais uma grande salva de palmas, senhoras e senhores, para o nosso artista convidado de honra, Abe Ebdus!"

Era a primeira vez que eu via o homem que Francesca tinha chamado de Zelmo, *o presidente*. O advogado importante. Um improvável emissário de segredos relacionados a toda a minha existência, mas ele tinha alguns.

4.

O restaurante, Bongiorno's, era ruim e não sabia. Tudo era apresentado com firulas passivo-agressivas, como se nós provavelmente não fôssemos sofisticados o bastante para apreciar o pão de alho carregado no orégano, as tigelas individuais para caroços de azeitona, os guardanapos engomados enfiados dentro de nossas taças de vinho ou a forçada recitação do garçom de uma longa lista de pratos especiais. Zelmo Swift assumiu o controle da carta de vinhos e fazia questão de chamar a todos pelo nome, tudo para garantir que receberíamos aquele mimo de forma pessoal. "Este jantar é por minha conta, não da ForbiddenCon", enfatizou. "Eles não saberiam reconhecer comida de verdade nem que ela mordesse a bunda deles. Ficam satisfeitos com aquela porcaria que servem no hotel. Eu sei o quanto aquela muvuca toda pode se tornar insuportável, e é por isso que sempre tento levar os convidados pra sair pelo menos uma vez."

"Que bom", menti. Mesmo à mesa Zelmo continuava bradando, sua voz era de um volume assustador. E ele era um mestre de súbitas interrupções de fala que exigem reconhecimento, o rosto e o peito quase explodindo de tão prontos para voltar a falar uma vez que ele tivesse sido incentivado com um *Não brinca?* ou um *Você não presta, hein!*

"Jantar e conversa de verdade", dizia ele agora. "A vida de verdade. Aquele hotel está cheio de múmias, Deus os abençoe."

Sim, e você por acaso não é o Rei das Múmias?, tive vontade de perguntar. Mas me dei conta de que o objetivo do nosso jantar à luz de velas era justamente corroborar a superioridade de Zelmo em relação à turba reunida no Marriott.

"Além do mais, eu sabia que a *Madame Cassini* iria apreciar a melhor comida italiana do sul da Califórnia."

Sentada à direita de Zelmo, Francesca piscou os olhinhos diante da bajulação. Eu tinha quase certeza de que sua herança italiana não ia muito além de saber distinguir uma fatia de pizza napolitana de um quadrado de pizza siciliana nas pizzarias do Brooklyn. Mas, por outro lado, eu também tinha quase certeza de que aquela não seria a melhor comida italiana do sul da Califórnia. Talvez de Anaheim.

A indumentária e os modos de Zelmo tinham inicialmente mascarado o fato de que ele, como eu, e como Jared Orthman, estava na faixa dos trinta anos. Era a segunda vez naquele longo dia que eu era forçado a reconhecer que o meu modo de vestir e de agir, em contraste com o de outras pessoas da mesma idade e de profissões diferentes, tinha muito menos a ver com o de um homem adulto e empregado, e mais com o de um atendente de posto de gasolina ou o de um sem-teto. A credibilidade esculhambada que minha paramentação representava em meu habitat nativo simplesmente passava despercebida por Jareds e Zelmos, meus óculos antiguinhos de armação de arame sugerindo tão-somente que eu não tinha dinheiro para comprar lentes de contato. Los Angeles passava essa lição a cada esquina, eu suspeitava. Berkeley, ainda envolta em sua bolha de sonho dos anos 60, nunca fizera nada parecido.

O vinho chegou e Zelmo provou-o. "É esse", proclamou. Em seguida, confidenciou a mim em especial: "Você vai *adorar* esse vinho". Ao que parecia, o filho do convidado de honra não teria permissão para passar o jantar boiando numa nuvem de melancolia. Não, eu precisava ser conquistado.

Meu pai estava sentado a meu lado, separado de Zelmo por Francesca. Inserida entre mim e Zelmo estava a namorada dele, Leslie Cunningham. O fato de Leslie, em seu tailleur cinza, ser a imagem cuspida e escarrada de uma atriz que fazia o papel de uma advogada-estagiária num certo programa de televisão não impediu que Zelmo anunciasse que ela de fato era uma advogada-estagiária e que trabalhava na firma dele. No Bongiorno's, nós estávamos além da fronteira do condado da ironia. Não me dei ao trabalho de tentar imaginar o que se aninhava por baixo do tailleur bem cortado; me recusava a cobiçar a mulher de Zelmo. Em Berkeley, eu não teria olhado para ela nem com o rabo do olho, disse a mim mesmo. Ela seria uma caixa de banco, uma gerente de firma, só mais uma loura californiana sem senso de estilo. Também não me dei ao trabalho de imaginar o que ela estava fazendo nos braços de Zelmo, ponderando que *as melhores coisas da vida são de graça*, mas também que *a gente pode deixar isso por conta das abelhas e dos pombos da praça*.

As mulheres sentadas dos dois lados de Zelmo seguiam nas suas águas, borbulhantes de alegria. Meu pai permanecia em silêncio, grave e quieto. Suponho que nós dois fôssemos farinha do mesmo saco, só que ele fizera por merecer aquele jantar com duas décadas de *serviços prestados à área*. Já de mim, esperava-se que eu ao menos me mostrasse grato e impressionado. A marca registrada de Abraham, eu descobrira no painel, era que ele jamais fazia esse tipo de coisa.

O sommelier encheu nossas taças. Eu estava com a minha nos lábios quando Zelmo disse: "Um brinde".

"A você!", exclamou Francesca. "À sua generosidade!"

Zelmo sacudiu a cabeça. "*Eu* quero fazer um brinde. Quando convidei Abe para ser o artista convidado de honra da ForbiddenCon 7, eu podia esperar que o homem fosse tão maravilhoso quanto a sua obra. E ele é. Mas o que eu não podia saber era que ele traria junto uma linda e mágica companheira! Francesca e Abraham, a história de vocês me comove. O fato de vocês dois terem encontrado um ao outro numa fase já tão avançada da vida." Zelmo estava quase berrando quando enfim ergueu sua taça em direção ao centro da mesa. "Ao *coração humano!*" As pessoas que jantavam nas outras mesas se viraram para ver o que estava acontecendo.

Depois do tintim, um prato de lula frita foi trazido para a mesa e o celebrado casal pôs-se a discutir baixinho. Zelmo pôs o braço em volta dos ombros de Leslie Cunningham e se inclinou para olhar para mim. "Então, como é que foi crescer na casa do grande homem?"

Tenho certeza de que fiz uma cara horrível, porque logo depois Zelmo disse: "Não precisa responder se não quiser. O Abraham é um cara rigoroso. É só assim que se consegue realizar alguma coisa neste mundo. Pouquíssimas pessoas entendem realmente o que é rigor. Ninguém daquele pessoal que tá lá no hotel faz a menor idéia." Ele riu. "A Leslie não consegue entender por que eu me dou ao trabalho de organizar a convenção todo santo ano. Ela não botaria os *pés* num lugar daqueles. Não é verdade?"

"Eu não gosto de ficção científica", ela admitiu.

"Bom, eu cresci *adorando* esse tipo de coisa, querida. Eu não discriminava. *Guerra nas estrelas*, *Jornada nas estrelas*, eu gostava de tudo. O Abraham não iria gostar de saber, mas é verdade. Com o tempo, o meu gosto foi se apurando. É assim que funciona, Les — o gosto se *apura*, como um molho. E nos grandes homens da área eu encontrei o mesmo rigor que fez com que *eu* chegasse onde cheguei. Só que ninguém paga ao seu pai seiscentos mil dólares por ano, paga?"

"Não", concordei, só para dar mais corda e deixá-lo tagarelar sozinho de novo.

"Eu queria retribuir de alguma forma. Por isso criei a ForbiddenCon. Ela é o meu bichinho de estimação. Sete anos. Você acha que eu preciso disso, você acha que eu gosto de lidar como aquele comitê, com aqueles tipos? Eles me odeiam, mas eles *precisam* de mim. Uma noite como esta é o que faz tudo isso valer a pena." Ele ainda estava fazendo questão de deixar bem claro para mim que, no cômputo geral, ele desprezava seu bichinho de estimação.

"Por que ForbidenCon?", perguntei.

"Você vai achar difícil de acreditar, mas a nossa convenção é o evento mais *classudo* dessa área. Os verdadeiros talentos não têm vez na maioria dessas coisas. O seu pai, ele num encontro desses seria como atirar pérolas aos porcos."

"Eu estava me referindo ao nome. Por que *forbidden*? O que é que tem de proibido?"

"Ele remete a coisas escondidas, ocultas, reveladas. A raridade, o tabu, o que quase nunca é visto. Saberes intangíveis ou negligenciados. Gostos adquiridos, como caviar ou uísque de malte puro."

"Sei."

"É também uma referência ao *Forbidden Planet*, o melhor filme de ficção científica já feito no mundo. Muitas pessoas captam a citação."

"Ah."

"Eu faço o máximo que posso. Você acha que o Fred Vundane foi a uma convenção que fosse nos últimos vinte anos? Ele não tem dinheiro nem pra pagar a inscrição, quanto mais a passagem de avião. Fui eu que paguei a passagem dele, só pelo privilégio de ver o Abe dizer que nunca leu o livro dele."

"Foi um momento doloroso", sugeri.

Zelmo abanou a mão. "Um homem como o seu pai merece tudo o que quiser."

Disso eu não poderia discordar, mas tinha impressão de que fazer Vundane passar por um vexame público não era um dos itens mais altos da sua lista.

"O que você faz?", perguntou Leslie, aproveitando rapidamente a brecha.

Zelmo cuidou disso também. "O Dylan é escritor", disse ele, orgulhoso. "Jornalista."

"Eu escrevo sobre música", falei. "Ultimamente tenho preparado coleções para a Remnant Records."

Olhei bem dentro dos olhos azuis e estupidificados de Leslie. O que eu queria era ter conhecido Leslie num *singles bar*, na minha última noite na Terra, não ali, naquele jantar, no meio daquela conversa idiota.

"A Remnant é um selo de reedições. Eu monto coleções com vários temas, escrevo o texto do encarte, coisas assim."

"Dá um exemplo pra gente", disse Zelmo, fazendo um gesto magnânimo com sua taça de vinho, como que, se eu falasse as palavras certas, ele estaria pronto para sacar o talão de cheques do bolso e bancar alguma coisa. Eu estava de novo lançando um projeto.

"Bom, a *Falsetto Box* é uma que vocês talvez tenham ouvido falar. Ela atraiu uma certa publicidade. São quatro CDs que traçam a história do soul cantado em falsete, sabe — Smokey Robinson, Curtis Mayfield, Eddie Holman. E algumas coisas inesperadas também. Van Morrison. Prince."

"Nós perdemos essa", disse Zelmo, falando por Leslie. "Dá outro exemplo."

"Algumas das coletâneas são um pouco apelativas", admiti. "A Remnant tem tipo... um viés inovador, digamos assim. Então... hum... nós fizemos por exemplo um CD chamado *Your So-Called Friends*, que reúne todas as canções que têm essa frase."

"Não entendi", disse Leslie, na lata.

"É só uma expressão vernacular que aparece em várias letras de música

— *so-called friends*. Tipo, *você e os seus pretensos amigos*. O Elvis canta isso em 'High Heel Sneakers', a Gladys Knight também em 'Come See About Me', o Albert King em 'Don't Burn Down the Bridge', e assim por diante. É como um tema que se repete, um vírus lingüístico que carrega uma certa idéia ou emoção..." Desisti, humilhado.

Nossos pratos foram postos na nossa frente. "Eu vou querer saber mais sobre isso", avisou Zelmo, sacudindo o indicador na minha direção.

Mas o advogado estava ocupado demais presidindo a refeição das mulheres, e eu escapei de suas garras, ao menos por ora. Virei, então, para meu pai e, debruçados sobre os nossos pratos idênticos de espaguete com almôndegas — será que Abraham e eu tínhamos tido o mesmo impulso instintivo de esvaziar a pomposidade da lista de especialidades do Bongiorno's escolhendo aquele prato chinfrim? —, nós dois desfrutamos finalmente de um momento de privacidade.

"Você tá se divertindo?", ele me perguntou.

"Claro. E você?"

Ele só levantou as sobrancelhas. "Antes que eu me esqueça, tem uma coisa que eu queria que você lesse." Tirou um papel dobrado do bolso interno do paletó e entregou-o a mim discretamente, na altura do tampo da mesa. Abri a folha de papel no meu colo. Era uma cópia xerox de uma matéria da *Artforum*. "Lenta escalada épica: a viagem oculta de um titã americano", de Willard Amato.

> *Qual a probabilidade de o mais dedicado pintor abstrato dos Estados Unidos ter abandonado as telas em 1972? Ou ter exposto pela última vez em 1967, em parceria com outro artista, numa mostra de obras figurativas que mal chegou a receber resenhas? A mesma probabilidade de o mais profundo cineasta de vanguarda do nosso tempo não ter tido seu trabalho exibido nem uma única vez sequer em sua cidade nativa de Nova York, ou de o último artefato modernista de grandes proporções ter sido elaborado secretamente, num veículo inominável, no decorrer do longo auge da decadência modernista. Todas essas improbabilidades levam a um mesmo lugar: um estúdio no sótão de um sobrado de Boerum Hill, Brooklyn, onde...*

"Deixa pra ler depois", pediu meu pai. "Pode ficar com essa cópia, eu tenho outras."

Então o homem esquecido, o joão-ninguém, não estava tão resignado assim a continuar a sê-lo. Não era novidade que as aspirações de Abraham ainda lhe ardiam no peito, mas aquele artigo de revista foi uma surpresa para mim. Atendendo ao seu pedido, guardei-o no bolso.

"Mas me diz, como vai a Abby?"

"Vai bem."

"Pena ela não ter podido vir com você." De repente, vi nossa mesa de um ângulo diferente: éramos três casais, dois completos e um desfalcado. Eu não tinha idéia de onde Abby poderia estar.

"É que ela tem aula", disse eu, percebendo na mesma hora o quanto estava me colocando na defensiva, mas incapaz de reprimir o impulso.

Francesca ouviu e anunciou: "Eu adoraria ter reencontrado a Abby, Dylan. Ela é um doce de menina!". Isso atraiu a atenção de Zelmo e Leslie. "Ela é negra", explicou Francesca, olhos arregalados de sinceridade. Francesca e Abby só tinham se visto uma vez, quando Abby e eu passamos por Nova York a caminho de um congresso de música em Montreal. "Você precisa conhecer a Abby", ela disse para Leslie, com voz arfante. "Ela tem uma pele *maravilhosa*." As boas intenções de Francesca aniquilaram a conversa. Só nos restava encarar nossos pratos de massa e carne como soldados obedientes.

"Ela ainda é estudante?", perguntou Zelmo por fim, com amabilidade complacente: sim, a minha namorada ausente, além de negra, também era jovem. Pode botar uma loura adulta e empregável na mesma categoria das gravatas-borboleta, das lentes de contato e dos sapatos sociais de bico bordado: acessórios que Dylan Ebdus ainda não estava maduro o suficiente para brandir.

"De pós-graduação", respondi. "Ela tá terminando a tese de doutorado dela."

"Que maravilha", disse Zelmo, transformando o comentário numa felicitação à raça de Abby por ela ter conseguido alcançar tal posição. Percebi que era impossível escapar do paternalismo de Zelmo. Artistas eram o seu rebanho indefeso e deficiente, e ele pastorearia tantos quanto pudesse rumo à segurança de sua proteção — um prato de almôndegas e uma entrada para a ForbiddenCon. E os negros eram praticamente artistas por definição.

"Querido", disse Francesca a Abraham. "Conta pro Dylan do pai do amigo dele."

"Hã?"

"Aquele pobre homem lá da rua, Abe. Você disse que o Dylan iria querer saber."

Abraham fez que sim. "O seu velho amigo Mingus... você lembra do pai dele, o Barry? Nosso vizinho lá da rua?"

Barrett Rude Junior, corrigi meu pai em silêncio. A lógica de Francesca era de uma singeleza comovente: *Dylan tem uma queda por pessoas negras* levava diretamente a *Aquele pobre homem lá da rua*. Eu tinha prometido a mim mesmo que seria paciente, muito embora ouvir aqueles rodeios todos de Abraham para entrar no assunto me desse vontade de gritar. Nosso vizinho! O Mister Rogers* tem vizinhos — nós tínhamos um *quarteirão*. Eu só *cresci* dentro daquela casa, tive vontade de dizer. Só escrevi a biografia do cara no texto que redigi para o encarte da caixa de CDs dos Distinctions. Mas a primeira coisa eu não poderia dizer porque Abraham tomaria aquilo como uma crítica. E a segunda ele não tinha como saber, porque eu nunca tocara no assunto nem mandara uma cópia para ele.

Barrett Rude Junior não poderia ter morrido, eu tinha certeza. Se tivesse, eu teria ficado sabendo. A *Rolling Stone* teria me pedido para escrever o obituário — meu palpite era que encomendariam um texto de cerca de quatrocentas palavras.

"Ele teve um colapso renal", disse Abraham simplesmente. "Foi horrível. Veio uma ambulância para apanhá-lo. Ele ficou dependendo de um aparelho pra sobreviver."

O tema da conversa era remoto demais, ou talvez vívido demais, para Zelmo Swift. Ele puxou outro assunto com Leslie e Francesca e deixou meu pai e eu conversando em paz.

"Ele tinha ficado semanas sozinho em casa, basicamente morrendo lá dentro. Ninguém da rua fazia a menor idéia. Ele viveu tanto tempo entre nós, mas depois do tiro ele raramente saía de casa."

Abraham e eu nunca tínhamos conversado sobre o que ele chamou de o tiro, nem nas duas semanas de verão antes de eu zarpar para a faculdade

* Personagem de um programa infantil educativo. (N. T.)

em Vermont nem depois. Mingus e Barrett tinham deixado meu nome de fora de todos os depoimentos que deram à polícia. Até onde eu sabia, minha presença na casa deles naquele dia fora mantida em segredo.

Lembrei pela milésima vez dos montinhos de pó branco — *claro* que ele tinha tido um colapso renal. Como poderia não ter? Comecei a escrever mentalmente o tal obituário de quatrocentas palavras.

"Mas aí um milagre aconteceu. Eles encontraram o seu amigo, o Mingus. Ele tava numa prisão no norte do estado. Eles conseguiram um mandado judicial para que o Mingus pudesse sair da prisão e ir pro hospital, pra doar um rim."

"O *quê?*"

"A justiça analisou o caso e decidiu conceder uma licença especial — o Mingus era o único doador possível. Ele salvou a vida do pai dele se submetendo à operação. Depois foi levado de volta pra prisão."

Levantei minha taça, num brinde fantasmático, e entornei goela abaixo todo o vinho que restava. Atrás da taça, minha cabeça estava ficando quente e minha garganta, apertada, de forma que quase engasguei com a golada de borgonha.

"Então o Mingus tá preso de novo", comentei.

"Você pensou que ele não estivesse?"

"Da última vez que eu soube, o Arthur me disse que ele tava solto. Mas isso foi há uns dez anos atrás, talvez mais até. Eu não sei o que eu pensei, sinceramente."

"O Barry é um homem muito doce", disse Francesca, inclinando-se por trás de Abraham, escolhendo o momento de se intrometer. "Muito calado também. Eu acho que está terrivelmente infeliz."

"Você conhece ele?", consegui dizer. Por que ela não haveria de conhecer? Tudo parecia igualmente provável agora. Uma névoa embaçou meus óculos.

Francesca olhou para Abraham e balançou a cabeça. "O seu pai e eu levamos comida pra ele às vezes. Sopa, frango, o que tivermos em casa. Ele não come. Às vezes fica sentado lá fora, na escada da casa dele, sem fazer nada. Às vezes fica lá sentado até debaixo de *chuva*. As pessoas da rua não o conhecem. Ninguém fala com ele, só o seu pai."

"Com licença", eu disse, atirando meu guardanapo em cima da cadeira. Consegui chegar ao banheiro dos homens antes que tivesse começado a chorar ou a vomitar no meu prato de almôndegas. Não estava disposto a brandir essa minha nova tristeza na frente do advogado que era um apreciador de uísque de malte puro e do *Forbidden Planet*. Era melhor que minhas lágrimas continuassem ocultas, intangíveis, raramente vistas, inelegíveis para exibição no Museu do Patético de Zelmo, ao lado de R. Fred Vundane.

Ele salvou a vida do pai dele se submetendo à operação. Periodicamente, mais ou menos de dez em dez anos, eu era forçado a tomar conhecimento de que a Dean Street ainda existia. De que Mingus Rude não era alguém que só existisse na minha imaginação. Reservei um minuto para sentir vergonha, depois empurrei Mingus de volta ao lugar onde estava antes, onde sempre estivera, quer eu me desse ao trabalho de vê-lo ali ou não: entre os milhões de homens destruídos que não eram meus irmãos.

Em seguida, lavei meus óculos, assoei o nariz e voltei para a mesa, onde durante todo o resto da refeição ignorei meu pai e Francesca, muito embora eles fossem a minha única razão para estar ali. Em vez de falar com eles, fiz o máximo que pude para me embebedar com conhaque caro e nocautear Leslie Cunningham com meu charme e sagacidade, minhas indiretas gaiatas. Acho até que consegui causar uma certa impressão na moça, ainda que meu esforço tenha sido totalmente em vão no que tangia a Zelmo Swift. Eu teria de derrubar Leslie em cima da mesa para conseguir abalar a implacabilidade de Zelmo.

Quando nos levantamos para ir embora, Zelmo me puxou para um canto. Meu pai tinha se afastado de nós para ir ao banheiro. "Você vai ficar pra ver o filme amanhã, não vai?"

"Vou, claro."

"É muito importante pro seu pai."

Deve ser difícil estrangular um homem usando uma gravata-borboleta. Talvez seja por isso que elas existam. "Eu vou tentar não fazer nada constrangedor", falei.

Zelmo franziu o cenho como quem dá a entender que não tinha pensado nisso antes mas, agora que eu tinha falado, iria reconsiderar. "A que horas é o seu vôo?"

"Logo depois da sessão."

"Sai do LAX?"

"Não, o meu vôo vai sair da Disneylândia. Pela Air Pateta." A gracinha azedou na minha boca; era uma citação a uma das piadinhas que Abby fizera no início daquele dia interminável.

"Ha-ha-ha. Eu te levo até lá, se você deixar."

Talvez eu tivesse bebido mais do que imaginava, mas aquela oferta me deixou confuso. "Não precisa, eu posso pegar um táxi", respondi, irritado.

"Deixa eu te poupar o dinheiro da corrida. A gente pode conversar no caminho."

Quando dei por mim, Francesca estava do meu lado, cochichando: "Vai com ele, Dylan".

"Conversar sobre o quê?"

"*Shhhh*", disse Francesca.

Deitei de cueca numa das duas camas de casal do meu quarto no Marriott, liguei a televisão e fiquei pulando de canal em canal; vi crocodilos trepando e Lenny Kravitz. Por duas vezes rolei até o telefone e disquei meu número de Berkeley; por duas vezes desliguei quando ouvi minha própria voz na secretária eletrônica. Tentei fazer meus olhos focalizarem a cópia xerox da matéria da *Artforum*.

> *... Ebdus rejeita a comparação com o protagonista wittgensteiniano criado por Thomas Bernhard em* Correção, *que passa anos isolado na floresta construindo um misterioso "cone" que nunca ninguém viu, como rejeita também qualquer redução conceitual ou filosófica da natureza essencialmente material ou "pictórica" de sua exploração. Tudo na obra de Ebdus deriva da natureza puramente física da tinta sobre o celulóide e da luz que passa através da porta de um projetor. Uma comparação mais fértil talvez pudesse ser traçada com a jornada meditativa (para não dizer obsessiva) realizada ao longo de décadas pelo compositor modernista Conlon Nancarrow, que durante um exílio no México, para onde vai em virtude de uma lista negra, explorou as possibilidades compositivas únicas da pianola, desenvolvendo um método singular e extremamente trabalhoso de perfurar manualmente os rolos que operam o teclado mecânico. Para gerar uma composição de cinco ou dez minutos, eram necessários dois ou três anos dos esforços de Nancarrow, um ritmo de produção apenas ligeiramente mais lento que o de Ebdus em seu filme pintado...*

Eu estava feliz pelo meu pai, mas o texto não prendeu minha atenção. Meu espírito angustiado me fazia rodar num torvelinho de desconcentração. Quando fechava os olhos, eu tinha a sensação de que Mingus estava no quarto, talvez na cama ao lado da minha ou no banheiro. Tomei emprestado de uma medonha lenda urbana a imagem de um homem acondicionado em gelo, depois de ter seu rim roubado por uma gangue de ladrões de órgãos. Ao mesmo tempo, apesar do burburinho e dos ruídos que entravam pela parede vindos de alguma festa num quarto vizinho e do fato de meu próprio pai estar numa suíte cinco andares acima, a impressão que eu tinha era que meu quarto de hotel estava boiando no vácuo, um luxuoso sarcófago com televisão a cabo à deriva no espaço. Essa segunda alucinação me arrancou do estupor em que me encontrava, esparramado na colcha, para sair à cata da chave do minibar.

Eu tinha esvaziado meus bolsos em cima da cômoda. Só agora estava vendo o que pusera ali. Além da chave do minibar, do cartão que abria a porta do quarto e de alguns dólares amarfanhados, encontrei o anel de Aaron X. Doily. Eu o enfiara no bolso naquela manhã, para salvá-lo do escrutínio que Abby resolvera fazer nas minhas coisas.

Fiquei me perguntando se o anel ainda funcionava e, se funcionasse, se seus poderes teriam se alterado novamente. Quando dei por mim, já tinha enfiado a calça no corpo de novo, metido o cartão do quarto no bolso e o anel no dedo. Descalço, fui andando no tapete até a porta e saí para o corredor, onde fiquei parado, ofuscado pela luz forte.

Não conseguia ver minhas mãos nem meus pés, mas também eu estava bêbado. Foi só quando a porta do elevador abriu e entrei em seu interior espelhado que tive a certeza. Eu estava sozinho ali, e a cabine do elevador parecia estar vazia. Encostei as mãos no espelho e bafejei em volta delas; vi dedos invisíveis delineados em vapor visível. O fato de eu ter deixado o anel intocado durante anos não fez diferença alguma: aquele ainda continuava sendo o seu poder. O meu, quando eu resolvia usá-lo.

Lá em cima, eu ficara deitado, chafurdando na minha trip de infelicidade, pelo que pareciam ser horas. Esperava, portanto, que o lobby estivesse vazio. Mas, ao contrário, ele estava repleto de Forbiddenóides. O bar estava igualmente cheio. Entrei furtivamente, esquivando-me com facilidade das habituais colisões. Tinha me transformado num homem invisível habilidoso dez anos antes, e a destreza continuava viva dentro de mim.

Os participantes da convenção cercavam as mesas redondas do bar em aglomerados de cadeiras, grupos de dez ou quinze pessoas. Suas conversas tinham uma qualidade argumentativa e polêmica, como se fossem regurgitações das discussões travadas nos painéis. Mas eles eram humanos; bebiam, inalavam, gargalhavam. Alguns talvez até se acasalassem naquela noite, como os crocodilos. Fiquei contente de estar invisível. O bar em si, uma ilha no meio do salão, estava praticamente vazio. Derrubei um copo com gelo derretido para desviar a atenção do barman e depois, enquanto ele resmungava debruçado sobre o balcão para limpar a sujeira, me enfiei atrás dele para afanar uma garrafa de Maker's Mark que tinha ainda um terço do líquido no fundo. Quando a encostei no peito, ela foi engolfada pela minha transparência. Pé ante pé, atravessei o lobby de novo em direção ao elevador. Paul Pflug estava lá, imprensado num sofá entre duas mulheres idênticas de bustiê de couro e botas de cano alto não muito diferentes das de Abby. Ergui um brinde a ele com minha garrafa invisível, depois voltei para o meu quarto com o uísque, para torná-lo invisível por outros métodos.

Dez horas era cedo demais, mas pelo menos a sala estava escura. Meu pai preparava o projetor estabanada e raivosamente, insistindo em fazer a coisa ele próprio, enquanto os dois funcionários do hotel que tinham transportado o aparelho até a sala assistiam, exilados num canto. Sentei com Francesca na primeira fila, incapaz de evitar por completo a consciência de que só esparsas quinze ou vinte pessoas ocupavam os assentos atrás de nós, numa sala que pedia cem. A platéia esperava pacientemente, mais pacientemente do que eu. Alguns sugavam suco de laranja com canudinho de dentro de pequenas caixas, outros comiam bolinhos de nozes. Zelmo não estava à vista, ainda.

Debaixo das minhas pálpebras ressequidas já passava uma película de ressaca, como um filme. Eu mal conseguira tomar uma chuveirada e sair do quarto a tempo de localizar o salão Wyoming B. Estava contando com um café e um pão com manteiga no avião, por ora apenas com o Advil que Francesca tinha na bolsa. Minha bolsa de viagem estava refeita e enfiada debaixo da minha cadeira, o anel de Aaron Doily guardado de novo dentro do meu bolso. A garrafa vazia de Maker's Mark eu tinha escondido no minibar — fora necessária uma certa ginástica para conseguir enfiá-la lá dentro.

"Eu vou mostrar duas seqüências", explicou meu pai, começando sem nenhuma espécie de aviso. "A primeira é de 1979 a 1981 e tem vinte e um minutos de duração. A segunda é mais recente, de 1998. Tem uns dez minutos de duração, acho. Se vocês não se importarem, eu vou deixar os comentários e as perguntas para o final."

Ninguém se opôs. Ninguém, a não ser eu ou Francesca, poderia ter qualquer motivo para se opor. A pequena população de fãs hardcore de Abraham Ebdus se remexeu em suas cadeiras, com aquela automática excitação silenciosa que se manifesta ao início de qualquer filme, até mesmo de um filme exibido às dez da manhã no salão Wyoming B do Marriott de Anaheim. Eles não faziam idéia.

Eu me importava com o filme. Que outra escolha eu tinha? Coabitara com aquela presença por mais tempo do que coabitara com qualquer outra presença na minha vida, salvo a do meu pai. Na minha infância, o filme era uma espécie de deus mudo e inválido, mantido e tratado no último andar da casa feito um parente louco. Eu conhecia bem a seqüência de vinte e um minutos feita de 1979 a 1981 — tinha assistido a sua única outra exibição pública, no Pacific Film Archive de Berkeley, quatro anos antes, e a vira duas outras vezes em testes de projeção durante a mesma semana. Era uma seqüência que Abraham considerava particularmente definitiva. Uma paisagem iluminada por uma lua que não se via, o horizonte dividindo a tela, o chão mais claro do que o céu — embora Abraham, se ouvisse essa descrição, teria rejeitado os termos "paisagem", "horizonte" e "chão". Mesmo assim: o céu era preto-cinza, o chão era cinza-cinza. O efeito era mais ou menos como o de mil Rothkos da última fase encadeando-se no tempo e vibrando em luz projetada. Os anos de 1979 a 1981 eram apenas dois de uma dúzia de anos que Abraham passara pintando aquela mesma imagem — preto e cinza duelando em ferrenha sucessão. O chão podia subir, ou se revolver levemente, como se um oceano tivesse enchido e marulhado. O preto podia vazar do céu e se espalhar brevemente pela parte de baixo da tela — os momentos em que ele fazia isso eram instantes de espantosa ação naquela estonteante quietude tremeluzente. Só uma vez um pulso vermelho e amarelo passou por trás do preto como um sol ocluído, para depois se dissolver em cacos. Será que Abraham havia espanado secretamente as cinzas de sua melancolia naquela semana específica, tantos anos atrás? Eu nunca me atrevera a perguntar.

Na verdade, eu tinha uma razoável dose de certeza de que naquela seqüência de vinte e um minutos estava incluída a minha única contribuição à obra de Abraham, um único fotograma que eu havia forjado um dia, quando cheguei da escola, no meu último ano do curso secundário. Entrei em casa naquele dia e percebi que Abraham tinha saído, talvez para fazer compras. Tempos depois, eu já não conseguia mais lembrar das circunstâncias exatas, só da compulsão que tinha me dado, de entrar escondido no estúdio e pintar o fotograma. Os pincéis de Abraham estavam molhados — ele devia ter parado de trabalhar não fazia muito tempo. O fotograma vazio estava no centro na roda dentada; eu só teria de girá-la uma posição à frente para esconder o meu acréscimo. A oportunidade estava sendo oferecida de bandeja para mim, mas mesmo assim eu mal me atrevia. Segurando um pincel com a ponta carregada de tinta, minha mão tremia sobre o fotograma, sem deixar a tinta encostar: o ato irreversível. Eu tinha pavor de *autoridade* — não da de Abraham, mas da minha.

Pintei — espalhei o preto, espalhei o cinza. Depois comecei a suar feito um desesperado e me mandei de lá. Passei uma semana esperando ser acusado, e não fui. Se meu ato foi descoberto ou não, eu jamais saberei. Meu pai era perfeitamente capaz de detectar o fotograma forjado e optar por não falar nada. Poderia tanto deixá-lo lá quanto cortá-lo fora, mas sem dizer que sabia. Naquele momento, porém, me permiti imaginar que ele o deixara na seqüência. Um vinte quatro avos de um segundo em vinte e cinco anos: meu.

Filei um analgésico de Francesca e tentei ignorar a pressão que meu cérebro desidratado exercia por cima dos meus globos oculares. A sala estava em completo silêncio, salvo pelos estalidos da passagem do filme e pelo zumbido do ventilador do projetor. Era difícil dar ao filme a atenção que ele merecia (fosse ela qual fosse) imprensado como eu estava entre a ressaca e a consciência de que Abraham, lá atrás com o projetor, estava nos assistindo assistir ao filme à distância de algumas fileiras de cadeiras vazias. Era difícil não sentir no meu cangote a decepção de Abraham com o ambiente ao redor. Fiquei esperando por aquela estranha flama amarela e vermelha: lá estava ela. Vinte e um minutos se passaram.

"É assim que o seu pai tortura essas pessoas que tanto gostam dele", cochichou Francesca. "Sujeitando-as a essa escuridão toda."

Não respondi. Na verdade, naquele momento, eu preferia estar numa escuridão maior ainda.

A segunda seqüência foi uma surpresa. Uma mensagem da fronteira: meu pai tinha descoberto um triângulo verde com quinas arredondadas, que tentava sem sucesso tombar de lado sobre o horizonte turvo e fantasmático.

O triângulo ocupava talvez um quarto da área do fotograma. Tremia, inclinava-se um pouco, quase beijava o chão, depois pulava de volta para a mesma posição. O progresso era uma ilusão: dois passos para a frente, dois passos para trás. Era impossível, no entanto, não torcer por ele, não se solidarizar vendo-o tatear como um pé em busca de um ponto de apoio. Vendo-o tentar, hesitar, fracassar.

Fiquei surpreendentemente comovido, esqueci a sala, esqueci a dor de cabeça, e de repente comecei a chorar pelos esforços do triângulo, uma tragédia em nenhum ato. Francesca tirou um lenço de papel da bolsa e me entregou. Prisonaires, triângulos, eu estava uma manteiga derretida ultimamente. E, então, acabou. As luzes se acenderam. Ninguém bateu palmas — tínhamos desaprendido como se faz, ou talvez o filme tivesse nos convencido a temer que nossas mãos, instadas a se juntarem, não conseguissem se encontrar.

Zelmo Swift apareceu lá na frente e nos ensinou a ter coragem: sim, era possível produzir o som de palmas. Com Zelmo na liderança, nós aplaudimos. Meu pai foi para a frente da sala e deixou que o sentassem diante de outro microfone, muito embora não precisasse realmente dele para ser ouvido pela pequena platéia. As poucas perguntas que vieram foram tímidas ou inanes. Abraham respondeu-as educadamente.

"O senhor já considerou a hipótese de acrescentar uma trilha sonora?"

"Você quer dizer vozes? Ou música?"

"Hum, música. Assim nós teríamos alguma coisa pra ouvir."

"É, teríamos. E aí, sim. Nós estaríamos ouvindo música." Abraham fez uma pausa. "É uma idéia a pensar."

Outro perguntou sobre o progresso do filme desde a época em que a segunda seqüência foi feita. Qual era o aspecto dele agora?

"Eu acho quase impossível fazer uma paráfrase. Algum progresso foi feito. Vocês notariam uma semelhança superficial com essa seqüência, acho."

"Mas o triângulo está..." Isso era o que a pessoa que fez a pergunta realmente gostaria de ter perguntado. "O triângulo está... hum... *mais baixo*? Ele terminou de cair?"

"Ah", disse Abraham, e ficou em silêncio por alguns instantes. "O verde. É, ele continua em sua batalha. Mais ou menos como vocês viram."

Fez-se um silêncio dentro do silêncio.

"Ele alguma hora vai...?", alguém conseguiu dizer. A pergunta que estava na ponta da língua de todo mundo. Aquela queda inacabada tinha partido muitos corações, não só o meu.

"Eu prefiro não especular", respondeu Abraham. "Esse é o desafio diário, na minha opinião. O esforço para não especular, só encontrar. Só entender."

Zelmo, que esperava nas coxias, não conseguiu mais agüentar. Foi até lá e agarrou o microfone. "Em outras palavras, pessoal, *continuem ligados*. Abraham Ebdus ainda não acabou. Impressionante." Sim, o filme tinha tomado alguns minutinhos extras, mas Zelmo, o presidente, Zelmo, o connaisseur, ele não era um daqueles filisteus que só queriam saber de chegar logo no estacionamento, não senhor.

E, com isso, o encanto se quebrou. Os fãs do meu pai foram se retirando da sala, não sem antes dar uma conferida no programa que tinham enfiado no bolso. Com alguma sorte, talvez R. Fred Vundane estivesse participando de outro painel em algum lugar do prédio. Abraham voltou correndo para o fundo da sala para impedir que o funcionário do hotel rebobinasse o filme de forma incorreta, e Zelmo e Francesca me cercaram de novo.

"Você tem um avião pra pegar", disse Zelmo alegremente.

"Tem muito tempo ainda."

"Claro, mas o meu carro tá esperando lá embaixo. Então..."

"É melhor você ir, meu querido", disse Francesca.

Eu estava zonzo demais para brigar. Zelmo era valentão por natureza, Francesca era uma valentona do amor e juntos, em nome da conveniência e de algum irritante objetivo secreto, eles me tomariam de qualquer jeito aquela meia hora na companhia de meu pai. Ele voaria de volta para o Brooklyn e mais um ano ou mais uma década se passaria sem que nos encontrássemos. Mas a verdade era que eu não fizera bom uso daquele encontro até então e, além disso, não estava vendo muito potencial em meia hora no Marriott, não com Zelmo, Francesca e a minha ressaca, todos circulando ao meu redor, fazendo suas exigências. Pendurei minha bolsa no ombro.

"Filho."

"Pai."

"Foi bom te ver. Isso..." Ele abanou a mão. "Triste."

"A nova seqüência é linda."

Ele fechou os olhos. "Obrigado."

Nós nos abraçamos de novo, dois homens-pássaro se encontrando brevemente num galho. Apesar de ter tomado banho, eu já estava fedendo de novo com o álcool que transbordava pelos meus poros. Fiquei me perguntando se meu pai estaria pensando que eu viera para Los Angeles no meio de um rompimento, ou de um esgotamento. Fiquei me perguntando se ele não teria toda a razão em pensar.

Depois, fiz um carinho no rosto de Francesca e fui escoltado até o primeiro andar, pelo lobby inteiro e até o banco traseiro da limusine com chofer e janela de vidro fumê de Zelmo Swift.

Da cinzenta auto-estrada suburbana, era possível avistar a Disneylândia a distância, um feixe de agulhas de torre que fazia pensar num navio afundando no mar industrial.

"Você não gosta de mim", anunciou Zelmo, sem se importar que o motorista ouvisse. No banco de couro e plush, havia um enorme espaço entre mim e o advogado. Imagino que isso desse a impressão de que eu estava querendo fugir pela janela.

"O que você quer que eu diga?" Eu precisava de um suco de laranja, de uma escova de dentes, de uma transfusão de sangue, de um Bloody Mary, de Abigale Ponders, de Leslie Cunningham, de um colo, de alguém para tomar conta de mim, de um milagre todo dia — tudo, menos de uma hora da verdade com Zelmo Swift. Eu precisava de um *botão de volume* em Zelmo Swift.

"Nada. Eu estou fazendo isso por respeito ao seu pai e Francesca." Ele pegou um envelope do bolso do paletó e o colocou ao lado da minha mão.

"O que é isso?"

"Um acidente. Você vai entender quando ler. Eu faço o máximo que posso pelos meus convidados, Dylan. Não importa o que você pense a respeito da ForbiddenCon, ela é um momento significativo na vida deles, e eu gosto de fazer dela um grande momento. Nós normalmente fazemos uma espécie de 'Esta é a sua vida, Abraham Ebdus!' no banquete de sábado. Aparições-surpresa de pessoas do passado, uma coisa bem emocionante."

Abri o envelope. Uma única folha de papel, dois parágrafos digitados. Notas redigidas por algum assessor legal, sem assinatura. Nada oficial, mas escrito num árido juridiquês aspirante a oficial, língua morta de indiferença por seu tema.

> Ebdus, Rachel Abramovitz, condenada por falsificação e conspiração, Owensville, Virginia, 18/10/78, sentença suspensa. Subseqüente prisão e indiciamento, Lexington, Kentucky, 9/5/79, cúmplice em roubo à mão armada; fuga após livramento sob fiança, paradeiro desconhecido; mandado emitido em 22/7/79.

E ainda:

> Ebdus, Rachel A., último endereço verificável, 2/75: Rural Route 8, número 1, Bloomington, Indiana, 44605.

"Espero que você não pense que eu sou enxerido", disse Zelmo. "Nós temos uma excelente equipe de pesquisa lá na firma. O que eles descobrem está fora das minhas mãos."

"Por que é que eu estou vendo isto?" O que eu queria dizer de fato era: *Por que é que eu estou sabendo disso por você? Por que na sua limusine, Zelmo?*

Ele entendeu. "O Abraham queria que eu destruísse isso. Ele não estava interessado. Mas a Francesca falou comigo em particular."

"Então a vontade da Francesca prevaleceu sobre a do meu pai?"

"Ela fez isso com boa intenção, Dylan. Ela achou que você tinha o direito de saber." A voz de Zelmo assumiu um tom declamatório, como numa grande cena final de tribunal. "Você não deve ficar zangado com ela. É difícil entrar numa família, é difícil saber qual é a maneira certa de agir."

Olhei para o papel de novo e senti os olhos de Zelmo em cima de mim. Eu queria pular no pescoço dele de tanta raiva que estava sentindo, mas fiquei sentado. *Quê que tá olhando, porra?*, tive vontade de perguntar. Depois, passaria uma canga nele.

Mas continuei sentado, um garoto branco que não diz nada.

"Pode esquecer, se quiser", disse Zelmo. "Eu vou destruir os rastros."

"Não me interessa o que você vai fazer. Só não atormenta o Abraham com isso de novo, tá bom?"

"Tá, claro."

Pus o papel dentro do envelope e o envelope dentro da minha bolsa. Ficamos calados; Zelmo, pela primeira vez, de bom grado. Fiquei me perguntando se algum dia ele já teria sido tão mal recompensado por isso que, para ele, era a sua generosidade.

Mesmo assim, não era culpa dele que um assessor de pesquisa da sua firma soubesse mais sobre a minha vida do que eu.

Destruir os rastros. Eu nunca tinha tentado fazer isso. Ao contrário, vivera trinta anos cercado por eles, alheio, um cego que se imagina invisível.

5.

Talvez todo animal macho tenha uma idéia do que irá fazer consigo mesmo na noite do dia em que voltar para uma casa recém-esvaziada — para cômodos que exibam sinais, como os meus exibiam, do início apressado de uma partida permanente. Talvez todo homem tenha uma fantasia consoladora e auto-renegadora guardada na manga para uma tal ocasião, uma toca de coelho em que mergulhar. Enfim, eu tinha. Só o que precisava fazer era esticar o corpo no meu divã por algumas horas, cochilando de leve enquanto o céu claro ia ficando escuro entre as árvores lá fora, os cacos das caixas de CD ainda decorando o chão aos meus pés, para ter a minha chance. Uma vez que a noite caísse, eu só teria de trocar de camisa, jogar uma água no rosto e andar alguns quarteirões pela noite fresca para pôr meu plano em ação. Por mais incrível que possa parecer, meu projeto de auto-sabotagem estava bem ali à mão assim mesmo, bem ali guardadinho no meu bolso aquele tempo todo.

Shaman's Brigadoon, na San Pablo Avenue, era um patrimônio de Berkeley, uma casa noturna sebenta e coberta de pôsteres, especializada em blues e música folk, para onde, havia uns trinta anos, músicos negros de ternos escuros, gravatas finas e chapéus de feltro especialmente desamassados para a ocasião vinham se sentar num palco minúsculo e tocar para uma platéia de brancos de boinas, barretes, ponchos e blusas de motivos africanos. Sendo um jornalista da área de música conhecido de longa data do gerente da Shaman's, eu podia contar em ser admitido na casa sem pagar entrada. De qualquer forma, eu sempre dava conta da consumação mínima de dois drinques nas mesas iluminadas por velas dentro de potinhos de compota — valia a pena por um lugar mais próximo do palco e, ultimamente, também pela doce e lenta paquera que eu vinha cultivando com uma das jovens garçonetes tipicamente curvilíneas da casa, uma loura de rosto redondo, olhos verdes e voz rouca de fumante inveterada, que parecia ter acabado de chegar de uma aldeia de surfistas, chamada Katha.

Katha tinha nascido em fins da década de 70, mas seu sorriso provocante, o jeito desenvolto com que dava respostas gaiatas e a maneira como requebrava seus quadris robustos enquanto passeava com a bandeja para lá e para cá eram puro filme noir, quer ela soubesse, quer não. Embora eu a comesse com os olhos, ela não passara de um ícone fácil e impessoal de vigor sexual na minha vida nas primeiras dez ou doze vezes em que atendeu minha mesa. Eu encarava suas provocações amigáveis como apenas mais um aspecto de sua arte, e lhe dava gorjetas condizentes.

Como já me acontecera algumas vezes, foi uma mulher que chamou minha atenção para a realidade de outra. "Você e aquela moça se divertem um bocado um com o outro, não?", dissera Abby uma certa noite de maio, quando voltávamos para casa a pé depois de um show de Suzzy Roche.

"Ela tem um sorriso igual ao da Drew Barrymore", brinquei, rebatendo a acusação ao não rebatê-la.

"Ela tem é *peitões* iguais aos da Drew Barrymore", disse Abby, dando um soco no meu braço. Nós rimos, cúmplices íntimos e calejados na minha auto-enganação. E essa foi a última vez que Abby e eu fomos juntos a um show da Shaman's Brigadoon.

Quando voltei lá de novo, descobri o sobrenome de Katha e mais algumas coisas. Katha Purly só parecia ter dezenove anos — na verdade, tinha vinte e um. Apesar das aparências, não viera de alguma cidadezinha de praia, mas de Walla Walla, Washington. Sem medo de resvalar no clichê, Katha era uma aspirante a cantora e compositora que trabalhava de garçonete numa casa noturna em que tinha esperança de, um dia, poder se apresentar. Morava numa habitação coletiva em Emeryville, com duas outras garçonetes da

Shaman's que tinham vindo para o sul na mesma época que ela. Não, as três não eram uma banda, só amigas. Eu não podia deixar de fazer as perguntas mas, depois que escutava as respostas, fingia que já não sabia o que iria ouvir. Minha sinceridade quase estragou a nossa tabelinha fácil e despreocupada de bate-prontos, mas da vez seguinte em que apareci por lá nós batalhamos para recuperar a espontaneidade perdida. E era nesse pé que tínhamos deixado a coisa, até aquela noite.

No palco, rolava o show de um trio de músicos africanos, um organista, um xilofonista e um tocador de bongô que atendiam pelo nome de Kenya Orchestra Vandals. Os três não estavam causando muita sensação, e fiquei me perguntando se uma boa parte da orquestra não teria ficado detida no aeroporto de Nairóbi. Havia algumas mesas vazias perto do gargarejo, mas não me sentei tão perto do palco quanto poderia. Em vez disso, escolhi uma mesa no canto mais sossegado da área que Katha atendia.

"Fala, rapaz", disse ela, jogando um cardápio na minha mesa.

"Katha, Katha, Katha."

"Que é?"

"Nada, não. Tô só falando o seu nome. Parece uma respiração ofegante, na verdade."

"Imagino que sim, se você é um cachorro. O que vai ser hoje?"

Ela me trouxe um uísque e eu fingi admirar a banda. Sempre que ela passava por perto, eu fazia alguma piadinha sobre Walla Walla e tentava convencê-la a se sentar à minha mesa e fazer uma pausa para fumar um cigarro. Quando consegui, falei: "Então, o que você vai fazer mais tarde?".

"Quem, *eu*?" O tom de surpresa extasiada de Katha era tudo que eu poderia querer inspirar nela, ou aliás em qualquer outro ser humano, naquela altura do campeonato. Quando dois corpos sentiam o estranho e bruto instinto de se juntarem, e antes que qualquer ofensa tivesse sido trocada, era tão fácil para uma pessoa fazer a outra sorrir.

"É, você. Você e os seus pretensos amigos. Você e o seu exército."

Ela apertou os olhos. "Mas e o cavalo em que eu vim montada?"

"Principalmente o cavalo."

"Você quer *ficar* comigo, Dylan?"

"Eu quero ouvir você tocar o seu violão."

Senti a hesitação dela, seu receio de ser tapeada. *Eu não vou te tapear, nem hoje nem nunca*, decidi.

"Eu só saio à uma e meia", disse ela.

Eu dei de ombros e ela começou a acreditar que eu estava falando sério.

"Umas pessoas vão aparecer mais tarde", disse ela, cuidadosamente vaga. "Mas, se você não se importar de ir comigo e com as meninas, a gente pode passar um tempo juntos."

Eu não estava gostando muito do som dos quenianos, então resolvi dar uma volta pela marina. Mexicanos pescavam do píer à noite, debruçados sobre a indiferente silhueta dos edifícios, o vulto da orwelliana Transmerica Pyramid. Fui andando até a ponta desmoronada do píer, onde pessoas apaixonadas passeavam, muito embora não conseguisse decidir se me considerava uma delas ou não.

Depois, andei mais dez quarteirões de volta até a Shaman's e entrei pela porta lateral que Katha tinha me dito para usar. Uma batida de rap pulsava de um pequeno som portátil metido numa das prateleiras da cozinha; estava tocando "Foghorn Leghorn", do Digital Underground, uma música que, por coincidência, incluía alguns trechos sampleados da "Bump Suit", do Doofus Funkstrong. Se você prestasse bastante atenção, dava até para ouvir o gemido de tenor de Barrett Rude Junior bem lá no fundo do sample. As luzes da cozinha estavam acesas; no salão escuro, as cadeiras já estavam de pernas para cima sobre as mesas. Katha e uma de suas amigas contavam a féria, murmurando números como se estivessem rezando, tentando correr com o trabalho. A terceira moça tinha batido carreirinhas de cocaína na bancada com uma faca de cozinha.

"Deirdre", disse a moça com a faca, e me entregou uma nota de dinheiro enrolada. Seu cabelo tinha lhe caído sobre o rosto quando ela estava concentrada sobre a droga e agora ela o prendeu atrás da orelha.

"Dylan. Obrigado."

"Você conhece a Katha...?" Ela deixou a frase incompleta para que eu preenchesse a lacuna.

"Daqui mesmo."

"Legal."

O rápido estabelecimento de alianças era a substância de que os dias daquelas meninas eram feitos, essa era a impressão que Deirdre passava. Ela arranjaria um lugar para mim, *o cara mais velho levemente esquisito*, se eu estivesse disposto a conquistar o meu lugar. Assim era ali, como era em vários lugares, Gowanus, Hollywood, ForbiddenCon 7, outras áreas secretas de pertencimento. Pontos de entrada entre áreas são ocultos até deixarem de ser, até ficarem tão óbvios quanto uma porta de cozinha iluminada na lateral de uma casa noturna, atrás da qual três jovens mulheres de Walla Walla dividem as gorjetas de uma noite. E, como com tanta freqüência acontecia na minha experiência, a passagem de uma área para outra era facilitada com álcool, maconha ou cocaína, esses remédios da fronteira. Quer uma carreira, senhor Mais Velho Levemente Esquisito? *Claro* que eu queria uma carreira, e queria cruzar a fronteira também, por favor. Como eu poderia *não* me pegar consumindo a droga de Barrett Rude Junior antes que aquele fim de semana chegasse ao fim? Era exatamente para isso que eu tinha ido até ali, mesmo sem saber. Não era que eu não quisesse ficar com Katha. Eu estava louco para ficar com ela, mas agora eu sentia que o preço para tê-la em meus braços seria uma reeducação na provisoriedade da minha existência, na inutilidade das minhas ilusões de controle. E eu queria pagar esse preço tanto quanto queria ficar com Katha.

"É verdade mesmo que você escreve pra *Rolling Stone*?"

"É, eu já escrevi algumas vezes."

"Quem você conheceu?"

"Hã?"

"Tipo, você chegou a conhecer a Sheryl Crow?" As perguntas eram diretas, sem um pingo de constrangimento.

"Não."

"R.E.M.?"

"Eu estive nos camarins com o R.E.M. uma vez, no Oakland Coliseum." Como explicar que eu passara o tempo todo conversando com o dB's — o grupo que abrira o show?

"Como é que eles são?"

"Bom, o Michael Stipe teve que sugar ar de um tanque de oxigênio depois do show."

"Uau."

Katha estava ao volante do seu Ford Falcon e Deirdre ao lado dela, na frente. Eu estava sendo entrevistado por Jane, a terceira e mais nova, no banco de trás, enquanto descíamos a San Pablo Avenue rumo a Emeryville. Uma sacola de garrafas da Shaman's estava no meio de nós dois, em cima do banco. Velocidade, a companhia de moças tão impulsivas quanto Frank Sinatra e Gene Kelly em *Marujos do amor* e reveladoras visões noturnas de ruas que durante o dia não me chamavam a menor atenção, eram esses os entorpecentes que estavam me deixando de barato, tanto quanto a cocaína. Ou, pelo menos, eu não estava conseguindo distinguir as outras excitações do efeito da droga. Katha não tinha falado comigo diretamente na cozinha da Shaman's, só pegado a nota de dinheiro enrolada da minha mão com um sorriso oblíquo e convidativo, antes de aspirar ela própria uma carreira. E estava me ignorando agora no carro, me deixando à mercê das perguntas de Jane. Isso era outra excitação. O silêncio parecia confirmar que tínhamos dado um passo à frente. Que aquela noite já estava ganha. Podíamos dar uma trégua nos comentários gaiatos por ora.

Diminuímos de velocidade em frente a uma enorme casa vitoriana de três andares, torreada, um pouco recuada da rua e com uma pequena cerca branca em volta de seu jardim coberto de mato. Lâmpadas sem luminária e paredes brancas cheias de pôsteres brilhavam por trás de cortinas de lençol e tapeçarias hippies, de forma que a casa se destacava feito uma pinhata no meio dos apartamentos de dois andares estilo caixa de fósforo que dormiam profundamente ao seu redor. Entre os carros estacionados na rua, havia dois que nem empurrados sairiam do lugar e outro que parecia ser a casa de alguém. Enquanto meus olhos tentavam entrar em foco, distingui um homem negro de camiseta branca sentado numa cadeira de jardim, sob o telhado da vaga de carro de um dos apartamentos vizinhos, e segurando uma garrafa de bebida escondida dentro de um saco de papel amarfanhado. Seus olhos acompanharam, impassíveis, o progresso engasgado e chacoalhante do Ford Falcon até a viela que ficava ao lado da casa.

"Você quer conhecer o Matt?", perguntou Jane, enquanto Katha estacionava.

"Essa é só a maneira educada que ela arranjou de te dar tchau", disse Deirdre lá da frente. "A Jane e o Matt praticamente só trepam o tempo inteiro."

"*Cala a boca!*", disse Jane, e deu um tapa na cabeça de Deirdre.

"Você não pode negar porque você sabe que é verdade."

No portão, Katha sorriu para mim de novo, como se soubesse que estava lidando com um homem em transe. "Pode entrar", disse ela. "O meu quarto é no segundo andar. Você vai achar."

Jane e Matt moravam no sótão, onde só se podia subir por uma escada de mão que ficava no patamar do terceiro andar. Quando Jane o chamou, Matt não desceu, apenas debruçou o torso nu na borda do piso do sótão. Apesar da barba de Jesus Cristo, ele também não podia ter mais que dezenove anos.

"Oi", disse ele.

"O Dylan conhece os caras do R.E.M.", Jane lhe disse. "Ele é amigo da Katha."

"Legal", disse Matt, piscando, esperando, se eu acreditasse em Deirdre, para trepar.

"Então, tchau", disse Jane para mim, tímida agora, pela primeira vez. Depois subiu pela escada de mão, feito um esquilo.

Desci de novo pela grandiosa escada em ruínas, que estava iluminada por uma lâmpada nua, cor de violeta. Sons de música escapavam por detrás de várias portas, e o ar da casa era viciado, impregnado de odores — roupa suja, cigarro, cerveja velha. Aquela era a minha chance: eu podia passar de fininho pelo segundo andar, sair porta afora e pegar um táxi na San Pablo. Mas não fui.

Os dois quartos de Katha formavam uma suíte nos fundos do segundo andar e, com suas janelas de sacada com conversadeiras, tetos ornamentados e parquê de mosaico, poderiam ser quartos grandiosos numa casa grandiosa, se a casa fosse em qualquer outro lugar que não em Emeryville. Na presente circunstância, o teto tinha manchas de infiltração, o parquê estava empenado, e eu tinha certeza de que o senhorio se sentia muito grato por ter encontrado inquilinos para ocupar a casa, apesar de as inquilinas que ele encontrara praticamente só usarem jogos de luzinhas de Natal em lugar de lâmpadas de verdade. O estojo do violão de Katha estava encostado numa parede, perto de um aparelho de CD; havia também um closet sem porta e sem prateleiras, abarrotado de roupas. O segundo e menor quarto estava quase totalmente vazio, a não ser por um colchão de solteiro coberto com uma tapeçaria. Não havia absolutamente nada nas paredes.

No quarto maior, Deirdre estava ajoelhada no chão, batendo mais cocaína, desta vez num espelho, com uma gilete parcialmente enfaixada com fita adesiva. Katha, encolhida na conversadeira de uma das janelas, falava ao telefone, murmurando alguma coisa inaudível, sua voz abafada pela música do Beck que saía do som portátil. Um outro casal estava sentado, de joelhos para cima, num futon encostado à parede, um negro de pele clara com uma enorme cabeleira afro, bigode ralo e olhos suaves, e sua namorada, uma moça com aparência de um pouco mais velha e cabelo curto e revolto pintado de preto que, quando abriu a boca, revelou um desconcertante sotaque alemão. Um adolescente com pinta de mexicano, de quinze ou dezesseis anos no máximo, esparramava-se numa poltrona de braços largos, magro e desconjuntado em sua gigantesca calça de hip-hop, o cabelo coberto com um lenço azul. Deirdre não se deu ao trabalho de apresentar ninguém. Sexy e oca, ela parecia uma personagem de um filme do Warhol. Rolando e Dunja, o casal do futon, disseram seus nomes e deram um sorriso simpático. O adolescente da poltrona disse "*Yo*" e esticou o braço para um aperto de mão à moda *black power*. Apertei sua mão e ele mastigou seu nome: *Marty* ou *Mardy* ou *Marly*, não pude entender ao certo.

Foi a menor das incertezas que deram forma à minha longa noite nos quartos de Katha Purly. O gelo que Katha me dera na casa noturna fechada e depois no carro tinha se transformado numa política. Não estávamos juntos em nenhum sentido que eu pudesse conceber. Cheirei outra carreira e fiquei conversando com Deirdre, Rolando e Dunja. Talvez-Marty recusou o pó, com uma expressão altiva no rosto, cheia de desdém infantil, como um gato que se prepara para vingar uma indignidade. Depois Talvez-Marty ficou quieto, muito embora, quando a última faixa do Beck terminou, ele tenha ido até o aparelho de som, encontrado o *Straight Outta Compton* do N.W.A. na pequena coleção de CDs de Katha e aumentado o volume. O resto de nós teve de elevar a voz para ser ouvido. Fazendo algumas perguntas inocentes, disparei sem querer a conversadeira Dunja, que acabou revelando ser uma alemã *israelense*, criada tanto na Alemanha quanto num kibutz. Sua vida não era uma aula de história nem uma alegoria para ela, só uma história como outra qualquer. Ouvi, pensando, abismado, que eu tinha seguido a garçonete por quem nutria uma paixonite até uma mansão de gueto em Emeryville para ficar sentado de pernas cruzadas, doidão e à luz de lâmpadas de Natal, escutando a história de como uma alemã de dezesseis anos perdera a virgindade num enluarado campo de futebol do Oriente Médio com um engenheiro russo exilado. Enquanto isso, em algum lugar da Califórnia, Abby dormia ou não dormia e, em Anaheim, algumas horas tinham se passado desde que meu pai fora brindado com um banquete.

Katha fez umas duas ou três ligações e saiu do quarto. Voltou, talvez meia hora depois, com um pacote de seis garrafas de cerveja Corona e acompanhada de alguém que ela apresentou como Peter. Peter era um rapaz também de seus vinte e poucos anos, reservado e roliço, talvez gay, pensei. Katha aceitou uma carreirinha, mas Peter recusou, preferindo se servir de cerveja. Parecia conhecer as outras pessoas do grupo, ou pelo menos se sentia à vontade com Deirdre e Rolando, a quem contou que brigara com seu companheiro de quarto e agora se recusava a voltar para lá — era lá que Katha tinha ido, para buscá-lo. Enquanto isso, Dunja continuava me contando sobre sua vida no kibutz, desfiando suas histórias cocainizadas que lembravam verbetes de enciclopédia, destituídas de altos e baixos. Katha me ofereceu uma cerveja, eram as primeiras palavras que me dirigia dentro da casa. Aceitei, só para lavar minha garganta pigarrenta. A cerveja era doce e saborosa, um regalo que eu não esperava. Talvez-Marty ensaiava alguns passos tímidos e hesitantes de break perto do aparelho de som. Ninguém olhava para ele. A hora era três da manhã.

Virei-me de lado para Dunja e para os outros e olhei para Katha. Ela continuava sentada num canto, absorta — de plantão, me pareceu.

"Toca o seu violão", pedi.

"Você quer que eu toque pra você?"

"Quero. Uma composição sua."

Saímos de perto do grupo e fomos sentar numa das sacadas. Iluminada por um poste de luz que não parava de zumbir, decorado com um par de tênis, a rua estava absolutamente quieta, desvalidamente quieta. As luzes estavam apagadas até no carro que servia de casa. Katha pediu a Talvez-Marty para abaixar a música — não desligar, só abaixar. Ele obedeceu, depois se aboletou de novo na poltrona. Os outros, Deirdre, Peter, Dunja e Rolando, não tomaram conhecimento de nós, continuaram conversando. Rolando massageava os ombros de Dunja; ela falava de olhos fechados. Vi que Peter tinha mudado de idéia e aceitado uma carreira. O estoque estava acabando. Deirdre raspava o espelho em movimentos obsessivos, mecânicos. Katha afinava seu violão, sem olhar para mim.

Ela começou de repente. Sua voz era grave e linda; a letra, impiedosa:

Pontadas psicodélicas no meu estado de ânimo
Tô ficando mal, vou precisar de outra dose não demora muito
Eu não queria ter fumado o seu último cigarro

Eu te amo, baby, mas às vezes esqueço, apago
Foram as drogas que me fizeram mudar
Foram as drogas que me deixaram tão má
Foram as drogas que me fizeram te amar
Antes de tudo começar

E ainda

A ultima coisa que me lembro antes de apagar
São seus olhos carentes na outra ponta do sofá
Eu nunca olhei pra você assim
Talvez eu não precise de você, só que você precise de mim
Foram as drogas que me fizeram mudar
Foram as drogas que me deixaram tão má
Foram as drogas que me fizeram te querer
Antes de tudo começar

O disco de hip-hop que Talvez-Marty tinha escolhido continuava a latejar nos silêncios, mas a conversa cessara. Katha afinou o violão de novo, depois começou a tocar um blues. Embromou alguns versos, cantarolando apenas sons, mas cantou o refrão com clareza.

Eu não preciso que você me diga o quanto estou sozinha
Você acha que eu não sei que essa casa não é minha?
Só quero ouvir a voz da minha mãe do outro lado da linha
Só quero ouvir a voz da minha mãe do outro lado da linha

"Esta é nova", disse ela, parando de tocar.

Peter se levantou, chorando, escondeu o rosto com as mãos e saiu do quarto. Para meu desalento, Katha largou o violão e foi atrás dele. Dunja também se levantou de repente e saiu atrás dos dois.

Talvez-Marty aumentou a música.

Na falta de Dunja, Rolando pôs-se a massagear os ombros de Deirdre, o que eu queria não ressentir, mas não consegui. Deirdre tinha cheirado uma quantidade absurda de cocaína e estava me fazendo lembrar muito mais um guaxinim anoréxico do que qualquer outra coisa com um pingo de poder de sedução, mas a vergonhosa verdade era que eu queria desesperadamente estar tocando alguma das mulheres àquela altura, e estava sentindo uma certa raiva do acesso livre de que Rolando parecia desfrutar. Fui buscar outra cerveja e aproveitei para dar uma espiada na escada banhada de luz violeta, mas estava vazia. Ouvi leves vestígios de música vindos dos outros andares, nada que me fizesse sentir tentado a seguir o rastro. Voltei para o quarto.

"Yo."

Era Talvez-Marty. Eu já tinha me acostumado a fingir que ele não estava presente, a estratégia universal ali, me parecia.

Ele desligou a música. "Tu quer ouvir a parada que eu compus?"

"Claro", respondi, impotente.

"Tá, mas pera um pouco que eu tenho que me preparar."

"Tá bom."

Sentei encostado à parede, perto do aparelho de som. No silêncio, eu podia ouvir os suspiros de Deirdre enquanto Rolando trabalhava em suas escápulas. Talvez-Marty sacudiu os pulsos e inclinou a cabeça, depois plantou um pé à frente e outro atrás e dobrou o joelho como Elvis no palco. Despejou as palavras numa torrente, sua voz estridente comendo as sílabas, mas caprichando no som explosivo dos pês e tês para dar ênfase.

Saca só, presta atenção e trata de num dá bobeira
Que o rap do gânsta M-Dog num é de brincadeira...

"Güenta aí, güenta aí, que eu vou ter que começar de novo." Ele levantou as mãos abertas em apelo, como se tivesse sido criticado. Quando recomeçou, continuou a fazer poses, mas seus olhos estavam fechados em tímida concentração.

Saca só, presta atenção e trata de num dá bobeira
Que o rap do gângsta M-Dog num é de brincadeira
Tu sabe que o lance vai fazer assim e depois fazer assado
Porque quando disparo minha pistola nunca dá errado
Sou bom na malandragem com meu mano Raf no esteio
E quem ficar na nossa frente pode acabar partido ao meio
Não ri não que eu sou de Emeryville, lugar que me deixou doente,
Onde se tu não sobrevive, tua memória fica presente

"Então, o que tu achou?', ele me perguntou, em tom de desafio.

"Deixa eu ouvir mais uma vez", eu disse.

Ele voltou para sua pose inicial, absolutamente disposto a atender o meu pedido. A segunda performance foi mais confiante e precisa, e mais feroz também, ou pseudoferoz. Talvez-Marty parecia mais novo a cada minuto que passava, para mim agora ele não tinha mais do que doze ou treze anos, apesar do *gânsta* e da *pistola*.

Eu tinha passado quinze ou vinte anos com raiva de rappers, negros ou brancos indistintamente, pela encenação deles, por se acharem no direito de ostentar suas experiências de rua, reais ou fingidas, como medalhas, quando as minhas permaneciam ocultas. Eu tinha passado quinze ou vinte anos insensatamente enfurecido com todos e com cada um deles por não serem o DJ Stone e a Flamboyan Crew no pátio da P.S. 38, por serem aistóricos e falsos, por nunca terem nem sequer ouvido falar de Staggerlee e Five Royales, por não saberem o que eu sabia. M-Dog, com seu encabulado rosto mexicano e suas rimas totalmente decalcadas, era incapaz de me ofender da mesma forma. Katha talvez dissesse que foram as drogas, mas o fato é que eu adorei M-Dog. Ele nunca tinha vivido num mundo sem rap, eu me dei conta. O impulso que fazia M-Dog querer criar uma rima sua não era encenação — e agora me parecia terrível que eu tivesse sido tão cruel nos meus julgamentos. Sua busca por essa linguagem era algo tão básico quanto o desejo de ser capaz de zunir uma *spaldeen* no telhado.

Katha tinha voltado para o quarto em algum momento, sem que eu me desse conta, e quando M-Dog terminou de novo ela disse: "Isso é ótimo, foi você que escreveu?".

"É, eu e o meu mano Raf que bolamos, sim."

"Muito legal."

"Não tem nada no papel", disse ele, ansioso para ser compreendido. "Eu guardei tudo de cabeça."

Katha pegou a minha mão. Alguma coisa tinha mudado. Talvez eu tivesse marcado um ponto incentivando a performance de M-Dog — ou, pelo menos, admirando-a, como tinha admirado. Era como se a apresentação de Talvez-Marty fosse o que estivéssemos esperando aquela noite toda, como se ela tivesse conseguido romper um xeque perpétuo e deixado Katha livre para se mover na minha direção. Talvez a mudança fosse em mim mesmo. Eu agora tinha a impressão de que, em vez de ser aguçado ao fio gélido da cocaína, eu fora banhado numa espécie de rio de amor — como se tivesse tomado ecstasy, uma droga cujos efeitos eu apenas imaginava, muitas vezes ressentidamente, com a mesma espécie de rancor que as rimas de M-Dog tinham acabado de suplantar dentro de mim.

Katha e eu voltamos para a nossa sacada, sem o violão. Talvez-Marty pôs outro CD para tocar. A hora do show tinha acabado.

"O quê que o Peter tem?"

"Ele tá apaixonado", disse Katha, num tom que sugeria que estar nesse estado era uma condição rara e passageira, que deveria ser encarada tanto com ceticismo quanto com compaixão. "A Dunja tá botando ele na cama."

"Hum, parece uma boa idéia", falei, surpreendendo a mim mesmo. Mas parecia de fato.

Katha agora estava disposta a perceber uma certa insinuação obscena no comentário, uma insinuação que eu só fizera de forma semi-intencional. "Eu vou botar todo mundo pra correr daqui a pouco."

Apontei com o queixo para o quarto menor vazio, sugerindo o colchão que estava lá. "A gente pode sumir simplesmente. Deixa eles continuarem com a festa."

"Não, aquela cama é... ela não é pra isso."

"Não é pra quê?"

"Pra nada que não seja a minha irmã."

"Que irmã?", perguntei, burramente.

"Ela ainda tá morando com os nossos pais adotivos, em Washington. Às vezes eu trago ela pra cá, pra passar o fim de semana. Eu tô tentando conseguir a transferência dela pra uma escola daqui, mas ela só tem catorze anos."

"Se ela só tem catorze anos, não é melhor ela ficar com os seus pais?"

"Seria melhor pra ela morar aqui."

Essa declaração categórica encerrou o assunto. Fiquei bebendo minha cerveja enquanto Katha mandava Talvez-Marty para casa e desalojava Deirdre e Rolando do futon, onde os dois ainda continuavam empenhados numa longa massagem, Deirdre com a cabeça abaixada apoiada entre os joelhos, como se Rolando tivesse se comprometido a remover do corpo dela, com a palma de suas mãos, todos os resquícios de uma longa noite feita de calafrios de cocaína. Depois que todos saíram do quarto, Katha, sem medo do óbvio, pôs o *Astral Weeks* do Van Morrison para tocar. Fiquei contente, mas também com medo do caráter de escalpelo particularmente acentuado que o álbum tinha. Do jeito que a coisa estava, eu já me sentia pelado o bastante.

Agora estávamos sozinhos. Katha acendeu um baseado na ponta do seu cigarro e o passou para mim. Ela fechou a porta e nós fomos para o futon.

"Então, o que você tá fazendo aqui, Dylan?"

Eu tô aqui pra ficar com você?, pensei, mas nenhuma palavra saiu.

"E aquela moça com quem você sai?"

"Você tá falando da Abby?"

"Se Abby é o nome da sua linda namorada negra, então, estou. Eu vejo ela toda hora na Telegraph Avenue, sabe."

"Ah, é?"

"Acho que ela vai lá para olhar as livrarias ou alguma coisa assim. Ela não me conhece."

"Ela tá sempre com pressa", comentei, imaginando Abby andando por aquela rua repleta de gente, passando pelos mendigos adolescentes com suas jaquetas de couro de cem dólares — se eu passasse a cena como um videoclipe na minha tela mental, a música poderia ser "Walking into Sunshine", do Central Line, ou alguma outra faixa disco nem sequer remotamente depressiva. Enquanto isso, em Emeryville, a noite ia ficando mais escura antes de começar a clarear, e Van Morrison e os odores sagrados de sexo e maconha me chamavam para o turbilhão.

"Ela me parece uma pessoa meio *enfezada*", disse Katha, me causando espanto e imensa satisfação. "Mas não é da minha conta."

"Não, tudo bem", eu disse, assombrado com o fato de ela ter dito aquilo. "Talvez ela seja. Às vezes é difícil perceber como uma pessoa é, quando a gente tá muito perto."

"Eu não sei o que isso quer dizer."

"É como na sua música." Eu tinha perdido completamente a vergonha na cara. "Às vezes a gente saca tudo de repente, num flash." Eu estava tão grato por Katha ter chamado Abby de enfezada que a minha vontade era recompensá-la, afagá-la, invocar a bênção de uma chuva de orgasmos sobre ela por absolver a minha vida tosca com aquele comentário en passant.

Anos antes, eu lera um romance, um thriller em que pessoas glamorosas destruíam umas às outras por meio de intrigas sexuais. Uma personagem era o carrasco de outra, era o que eu me lembrava a respeito do livro — e a personagem que arruinara a outra explicava, numa determinada altura, que ela era extremamente perigosa porque era uma pessoa *ferida*. A ferida dessa personagem a transformava numa criminosa involuntária, o livro parecia querer dizer. Sua ferida — orfandade, maus-tratos, estupro, eu não conseguia me lembrar direito o que a ferira — tornava-a inapta a conviver com os que tinham tido mais sorte, com os que tinham conseguido atravessar a vida a salvo de coisas desse tipo. O livro era uma baboseira fascinante, impossível de largar sem ter lido até o fim, por mais asco e indignação que me causasse a sua tese implícita de que os não-feridos tinham de trancar suas portas a todo custo para as *pessoas feridas*, que as magoariam na primeira oportunidade que tivessem, que não tinham como não desejar magoá-las. Quando li o livro, eu nunca tinha conhecido ninguém a quem pudesse considerar um "não-ferido". E ainda acho que nunca conheci.

De repente, Katha Purly me pareceu ser uma refutação a esse livro, uma refutação da qual, até aquele momento, eu não fazia idéia de que precisava. Eu tinha ficado revoltado com aquele romance bobo e ordinário por causa do ponto nevrálgico que ele tocara — a vergonha que eu sentia da minha própria ferida, meu medo de que ela me tornasse um intocável, um ser nocivo para as outras pessoas. Katha transformava tudo isso numa tolice sem tamanho. Pensei que havia seguido um anjo perigoso até sua toca, que tinha sido atraído para lá por alguma promessa de destruição. Mas Katha era apenas um anjo comum. O quarto que ela montara para a irmã era uma prova disso, assim como a presença de M-Dog e de Peter. Mas a melhor prova era mesmo a minha própria presença ali. Katha tinha me acolhido quando eu precisava que ela me acolhesse.

A generosidade de Katha era apenas proporcional à sua ferida, que constituía a essência do que ela sabia. O que me tornava perigoso, ou pelo menos horrível, não era a minha ferida, mas o modo como eu a negava. O que eu deixara por fazer. Katha protegia a irmã e protegia M-Dog, Mingus abrira mão de um rim, e Abraham e Francesca levavam sopa e frango para Barrett Rude Junior. Em meu estado alucinótico, eu chegava a ver os potes de Tupperware e um Barry esquelético besuntando de mostarda uma coxa de galinha melada de gordura gelada. Enquanto isso, Abby e eu travávamos uma guerra de comentários mordazes para provar qual de nós dois estava mais deprimido. Fugindo da minha ferida, eu tinha depauperado a minha vida, era o que me parecia agora. Eu estava perdido em meio a estratagemas e escaramuças a cinco mil quilômetros da base. Katha tinha uma cama feita, à espera da irmã que viria de Walla Walla — eu tinha a *Falsetto Box* e *Your So-Called Friends*.

Dez meses antes, quando enviei meu texto para o encarte da caixa de CDs do Subtle Distinctions para Rhodes Blemner da Remnant, ele deixou que duas semanas se passassem sem me ligar para confirmar que tinha recebido. Por fim, não agüentei mais esperar e eu mesmo liguei para ele.

"Você recebeu?"

"Recebi, claro."

"Qual é o problema?"

"Nenhum. Nós vamos botar o texto no encarte, eu já mandei pro departamento de arte. Já tá na programação."

"E o que você achou?"

"Não é um dos seus melhores trabalhos, Dylan." Rhodes havia aperfeiçoado uma franqueza hippie letal, bem ao estilo de seus ídolos, que iam de Bill Graham a R. Crumb. "Eu fiquei decepcionado, considerando toda a pressão que você fez pra que a gente lançasse a caixa. Não era bem o que eu esperava."

"Pois eu acho que é *exatamente* o meu melhor trabalho."

"É, bom, dá pra perceber mesmo que você acha. É um texto cheio de grandes considerações, se é a isso que você tá se referindo. Mas eu pessoalmente acho que ele é cheio é de grandes asneiras. A começar pelas citações do início, aquele troço todo do Brian Eno, que aliás eu cortei."

"Vai se foder, Rhodes. Manda de volta pra mim."

"Não, não, a gente vai lançar. Quem sou eu pra dizer o que vai acontecer? Eu acho até que você vai ganhar um Grammy. De melhor conversa-fiada."

Fui para a defesa: "Eu tinha que criar um contexto...".

"É um falso contexto. A impressão que dá é que você ficou trancado dentro de um quartinho, sem ouvir nada a não ser discos dos Distinctions, e depois resolveu postular a história da música negra. A impressão que dá é que você tava fugindo de alguma coisa. Talvez da pesquisa que deveria ter feito e não fez. Você cita a *Cashbox*, porra! Isso é exatamente o tipo de coisa que um daqueles críticos ingleses faria — escrever um texto sobre músicos vivos e citar uma entrevista que um deles deu pra *Cashbox* em 1974."

Agora, ali no futon de Katha, assimilando uma camada de maconha sobre uma base de cocaína, nos estágios mais avançados de uma orgia que parecia arrancada do tempo, minha mão começando a explorar o joelho da garçonete numa lascívia automática, a birra de Rhodes Blemner com o texto que escrevi para o encarte parecia perfeitamente condizente com todas as outras revelações. Minha incapacidade de oferecer a Jared Orthman um final para a história dos Prisonaires carregava a mesma mensagem para mim que as rimas de M-Dog, que o quarto vazio da irmã de Katha, que o triângulo verde do meu pai — eu estava parado no meio de um movimento inconcluso. As informações de que eu dispunha não prestavam para nada. Eu tinha sido desbancado pelos estagiários de Zelmo Swift, suplantado pela sopa de Francesca. *O homem ainda está vivo*, eu tinha escrito, mas não tinha acreditado, por isso tivera que ouvir de novo uma, duas, três vezes da boca dos Jareds, Rhodeses e Zelmos. O homem ainda estava vivo e o filho dele também, ainda que juntos os dois só tivessem um par de rins.

Katha e eu conversávamos e nos beijávamos enquanto os pensamentos fervilhavam na minha cabeça, e até não fervilharem mais. Minha garçonete e eu tínhamos meses de provocações acumulados, e agora sacávamos dessa reserva. No viscoso futon coberto de tapeçaria, à luz do poste de rua que listrava a parede acima de nossas cabeças, com Van Morrison gemendo músicas de inspiração celta, nossos corpos transtornados se apertavam e se mordiam. Mãos quentes e desajeitadas ficaram presas sob o cós de calças jeans, até respirarmos fundo e abrirmos os botões com um puxão. A pele de Katha era macia e lustrosa, tão acetinada que fiquei pensando se não seria um efeito da presença de restos de pó nos meus dedos. Katha era tenra e lisa, como um bichinho de marzipã. Uma elegante trilha de pêlos descia a curva que ia do umbigo ao emaranhado pubiano.

Estaquei onde sempre estaco, melancólico no limiar da porta, um homem de sombra. Pensando: *Nós poderíamos parar por aqui. Isso já poderia ser bom, já poderia ser o bastante.* Eu quase sempre tenho mais certeza de querer ser abraçado do que de querer ser engolfado.

"Eu tenho que pegar uma coisa", sussurrou Katha. "Já volto."

"Tá bom", eu disse.

Minhas louras sempre tinham sido Leslie Cunninghams, atravessando o mundo ilesas, ou aparentemente ilesas, deusas impassíveis que me encaravam com desconfiança. Ou Heather Windle, ou irmãs Solver, eternamente passando de bicicleta ou de patins, eternamente fazendo as malas e se mudando para longe de mim. Agora eu tinha a minha loura em Katha Purly. Finalmente uma delas se entregara para mim, completamente e sem barganhas. Mas ela era diferente, era mais real, era rica em feridas. Essa foi uma epifania comum, fugaz, a última das dezenas de epifanias que tive naquela noite: minha jovem garçonete não era uma fantasia, porque ninguém era uma fantasia. As pessoas eram reais, todas e cada uma delas. Provavelmente até as irmãs Solver, onde quer que elas estivessem.

Eu tinha a minha loura agora, sim, mas acabei brochando dentro dela. Foram as drogas — de dentro da camisinha que ela tinha ido buscar, eu não estava conseguindo me sentir dentro dela. Mas Katha Purly foi insuportavelmente generosa comigo. Sob a pálida luz do dia que agora invadia o quarto, cobrindo com longas sombras as migalhas espalhadas pelos cantos bafientos e o aparelho de som emudecido, as ruas lá embaixo começando a produzir os primeiros ruídos da manhã, a casa à nossa volta quieta e cheia de corpos adormecidos feito uma nave interestelar, Katha se masturbou, proporcionou a si mesma, magnificamente, o orgasmo que eu queria ter lhe proporcionado, fez seu próprio rosto e pescoço ficarem vermelhos, a testa rosa sob as sobrancelhas claras, enquanto me incentivava a gozar em seus soberbos seios unidos, torcendo por mim, me estimulando com seus gemidos e arrulhos. Consegui então, mas foi por pouco.

Quando acordei, encharcado de suor, foi com um sol escaldante batendo sobre mim e Katha no quarto sem mobília, nossos corpos separados de seu abraço em lados opostos do futon, os lençóis retorcidos em volta de nossos pés. Katha abriu os olhos por um instante e disse que eu podia ficar, mas eu não podia. Vesti a roupa e fui embora, voltei para Berkeley a pé pela San Pablo Avenue. Eram dez da manhã. Eu não podia ficar em Katha Purly porque Katha Purly não era, afinal, um lugar. Nem, aliás, Abigale Ponders. Nem a própria Califórnia, não para mim pelo menos. Elas não eram, para ser mais exato, a Dean Street, não eram Gowanus, e era para lá que eu estava indo. Eu tinha que voltar para onde um dia já fora o meu lugar. Liguei para uma companhia aérea e fiz uma reserva num vôo de costa a costa. Depois tomei um banho e dormi. Quando acordei pela segunda vez, arrumei a mala de novo e mais uma vez levei o anel comigo.

6.

Não me lembro de quase nada das poucas semanas que restavam de verão entre a morte a tiro de Barrett Rude Senior e o dia em que deixei a cidade, a bordo de um ônibus interestadual, para começar meu primeiro período no Camden College. A tragédia se tornou um patrimônio comunitário da Dean Street, obviamente, e o fato de eu a ter testemunhado era segredo. Assim, minha percepção dela logo se embotou no imbróglio da boataria geral. Não cheguei a sentir grande compaixão por Mingus, que estava preso e sendo acusado como adulto; eu era um foguete furioso de negação da realidade esperando atingir a velocidade de fuga para sumir do mapa. O homicídio só deu um nome e uma forma clara para a minha névoa de razões para querer ir embora do Brooklyn. Enfim, a verdade é que eu estava com medo de Mingus. Ele tinha matado uma pessoa com uma arma. Coisas desse tipo não costumavam acontecer. Estávamos em 1981, e a moda dos atiradores motorizados ainda não tinha transformado os tiroteios em coisas corriqueiras. Ainda era uma época de facas e tacos de beisebol, de *nunchakos* caseiros, de cangas. Eu já tinha visto armas serem brandidas, mas nunca disparadas.

Vermont era o meu antídoto. Desde a minha viagem pelo Fresh Air Fund aos treze anos, eu só tinha voltado a Vermont uma única vez, apenas sete meses antes, quando fui fazer minha entrevista de ingresso em Camden no final de janeiro. Mesmo assim, embora as colinas verdes das paisagens de Vermont estivessem recém-cobertas de neve, a neve mais branca que eu tinha visto na vida, e o vento que soprava no campus vazio penetrasse em cheio no meu casaco acolchoado, eu sentia por toda parte vibrações do fantasma de Heather Windle e do meu verão da libélula e do calção de banho. Na rodoviária de Camden Town, comprei uma folha de bala de açúcar de bordo, que era vendida em embalagens unitárias de papelão e papel celofane, e quando deixei que ela derretesse na minha língua, como Heather me ensinara a fazer, tive a ereção mais intensa e inocente dos últimos quatro anos.

Camden College, no entanto, não era a Vermont de Heather Windle. Em Camden, Heather seria uma "nativa", uma das moças da cidade que você via no Brass Cat ou no Peanut's, um daqueles bares de cidade pequena que os alunos de Camden às vezes se aventuravam a freqüentar em suas escapulidas da idílica reserva murada, dos acres bucólicos do campus propriamente dito. Dentro desse santuário verde cuidadosamente podado, havia uma espécie de laboratório solipsístico coletivo, onde nervosas crianças urbanas tinham permissão para brincar como bem entendessem. Vestidos com roupas de couro, pele e batik, elas e eu — pois eu também fui uma delas, ainda que por pouco tempo — vagávamos por um ambiente que era em parte uma típica propriedade rural da Nova Inglaterra, com direito a dormitórios revestidos de ripas pintadas de branco, macieiras retorcidas que davam frutos incomíveis, muros de pedra frostianos cobertos de liquens que se embrenhavam pelos bosques e não chegavam a lugar nenhum e sepulturas deterioradas com lápides que datavam dos idos de 1700; em parte uma faculdade experimental de artes, fundada na década de 1920 por entusiásticos mecenas de inclinações comunistas e lendária por seus dançarinos modernos e casamentos entre professores e alunos; e em parte uma reserva de lunáticos para filhos rebeldes das classes privilegiadas, aqueles jovens familiarizados demais com tratamentos psiquiátricos e clínicas de reabilitação para seguir os passos dos irmãos mais velhos e entrar para Harvard ou Yale, e que reencenavam em formato juvenil os rituais tribais de resorts mediterrâneos, de verões em East Hampton e da sala VIP do Studio 54.

Eu não tinha a menor noção de nada disso. Era cego, surdo e mudo para classes, protegido de qualquer compreensão do dinheiro pelo elitismo de artesão do meu pai e, paradoxalmente, pelo orgulho populista radical de Rachel: eu fora criado por um monge e uma hippie, ambos os quais se mantinham propositalmente de fora de qualquer hierarquia de classe. Os desejos que a nossa pequena família não tinha dinheiro para realizar nunca me pareceram importantes, apenas esnobes, bobos e mal direcionados de alguma forma, como as prioridades de Thurston Howell em *A ilha de Gilligan*. Além disso, eu tinha tanto ou mais dinheiro do que a maioria das crianças que eu conhecia do Brooklyn, ainda que tivesse um pouco menos do que a maioria dos meus colegas da Stuyvesant que moravam em Manhattan, de forma que acabei concluindo que devia estar mais ou menos na média. Sim, claro, era isso: eu era classe média.

A verdade era que a imensa maioria dos alunos de Camden jamais tinha botado os pés dentro de uma escola pública, que dirá freqüentar uma delas. Como eu também nunca botara os pés na Brooklyn Friends, na Packer Collegiate ou na Saint Ann's. Um punhado de alunos de Camden que eram ex-alunos dessas escolas, garotos do Brooklyn Heights em sua maioria, foi apresentado a mim por outras pessoas, naquelas primeiras semanas, como sendo "do Brooklyn também", mas eles eram completamente estranhos para mim, e quando eu admitia que tinha sido da P.S. 38 e da I.S. 293 eles sabiam, melhor do que qualquer outra pessoa ali, a aberração que eu era no meio deles. De lados opostos desse abismo de experiência, meus novos conhecidos e eu nos olhávamos como quem olha para seres de um mundo do outro lado do espelho.

Numa atitude que poderia ser interpretada tanto como um duvidoso gesto de generosidade quanto como uma cruel segregação, fui colocado com um companheiro de quarto que também fazia parte do programa de auxílio financeiro. Matthew Schrafft era de Keene, New Hampshire, uma cidade bem parecida com Camden, só que sem uma faculdade glamorosa. Ele tinha freqüentado escolas particulares de Manhattan até a sexta série, mas a situação financeira da família decaíra quando o pai abandonou um emprego de produtor assistente da CBS News para ir morar numa cidade pequena e escrever um romance. Por essa razão, eu suspeitava que Matthew se sentia perigosamente próximo de ser um "nativo". Nós ficamos amigos, e era um consolo que o meu companheiro de quarto e amigo às vezes pudesse ser visto, como eu, do lado errado dos balcões do refeitório, de avental branco, pegando waffles quentes e ovos com salsicha de dentro de travessas de inox para pôr nas bandejas de nossos colegas. Servir comida era um dos trabalhos menos ocultos ou eufemísticos disponíveis para os alunos que precisavam trabalhar para pagar a faculdade — os outros bolsistas que trabalhavam sossegada e reservadamente, como assistentes de pesquisa ou atendentes na secretaria de ex-alunos, podiam se dar ao luxo de sentir pena de mim e de Matthew quando entravam na fila para pegar suas refeições.

Matthew e eu também tínhamos sido brindados com acomodações estranhas para uma dupla de calouros: o apartamento da Oswald House. A Oswald era famosa por ser o dormitório mais turbulento e repleto de drogados dentre todos os que ficavam situados ao redor do prédio do refeitório. Cada uma dessas oito casas revestidas de ripas dispunha de um "apartamento" central: uma suíte composta de dois quartos contíguos, com uma lareira e um banheiro privativo. Essas acomodações suntuosas normalmente eram reservadas para algum aluno da pós-graduação ou professor visitante, só que ninguém que desejasse ter um instante de paz na vida aceitaria ficar alojado na Oswald. As tábuas do assoalho da sala fediam ininterruptamente a um misto de cerveja velha com produto de limpeza, o tapete estava crivado de marcas de cigarro, as portas decoradas com fotos pornográficas presas com tachinhas e grafites de estilo punk. A Oswald House era como um navio pirata singrando o gramado coberto de maçãs, um navio-fantasma que retumbava Grateful Dead praticamente vinte e quatro horas por dia no fim do verão, quando caixas de som eram postas em cima dos peitoris das janelas do primeiro andar, viradas para o lado de fora, e os alunos se esparramavam na grama. O apartamento da Oswald tinha sido o domínio de uma lendária dupla de farristas barbudos e belushiescos, e eu acho que os responsáveis pelos alojamentos imaginavam que, substituindo essa dupla de agitadores por um par de calouros bolsistas de cara limpa e cabelo curto, estariam efetuando uma espécie de transplante de coração na Oswald — que Matthew e eu poderíamos aplacar os ânimos da casa de dentro para fora. Não foi bem assim que a coisa se deu, mas tenho certeza de que os oswalditas já estabelecidos ficaram tão profundamente desapontados de nos ver mudando para lá naquele mês de setembro quanto a administração provavelmente pretendia que eles ficassem.

Matthew e eu ironizávamos o nosso desconforto sublimando-o em referências culturais. Devo, uma banda para a qual eu nunca tinha dado bola quando estava na escola secundária, virou um símbolo da nossa diferença, não só em relação aos hippies de Camden, mas também em relação aos punks chiques que veneravam David Bowie, tinham assinaturas da *Interview* e passavam as férias em Paris. O Devo expandia o *ethos* nerd-cerebral de uma banda como o Talking Heads numa útil direção hostil. Idolatrando o Devo, era possível dar asas ao nosso ressentimento de classe mascarando-o como sátira anticapitalista. O nome da banda virou até adjetivo: certas coisas eram terrivelmente Devo naquela faculdade, não eram não?

Numa aprazível tarde daquela primeira semana em Vermont, ainda atordoados por termos nos catapultado de nossas vidas de secundaristas para um lugar onde não conhecíamos ninguém, Matthew e eu fomos assistir a uma palestra ao ar livre de Richard Brodeur, o novo reitor de Camden. Brodeur parecia tão apavorado com aquele lugar quanto nós. Como o pai de Matthew, ele havia trocado uma promissora carreira numa empresa por algo mais *verdadeiro*, e suas explicações sobre os motivos por que queria ser reitor de Camden pareciam denunciar uma atitude um pouco defensiva. Na verdade, Brodeur era um especialista em eficiência que fora trazido para Camden para consertar os estragos causados por um reitor carismático e tolerante, estilo anos 70. Ninguém além de nós, calouros otários, tinha se dado ao trabalho de ir à palestra dele.

"Tem uma história que eu gosto de contar", disse Brodeur. "Quando eu era garoto, eu adorava pizza, e sempre que meu pai me levava a uma pizzaria eu pedia duas fatias. Aí eu me sentava e o meu pai ficava me vendo devorar a primeira fatia de pizza com os olhos fixos na segunda. Eu não estava *saboreando* aquela primeira fatia. Então, um dia, meu pai disse pra mim: 'Filho, você precisa aprender a, enquanto estiver comendo a primeira fatia, *comer a primeira fatia*. Porque neste momento você está comendo a segunda fatia sem nem ter terminado a primeira'. E aí, um ano atrás, eu me dei conta de que estava precisando aprender essa lição de novo. Eu olhei para a minha vida e percebi que estava com os olhos fixos na *segunda* fatia de pizza."

A mensagem da parábola não me escapou de todo, muito embora eu não conseguisse parar de pensar no dia em que Robert Woolfolk e o amiguinho dele tinham tentado se apossar da minha fatia de pizza na Smith Street. Fiquei me perguntando se Richard Brodeur saberia de alguma abordagem que tratasse do problema de quem só tinha *uma* fatia de pizza. Eu desconfiava que não.

Depois da palestra, Matthew e eu voltamos para o gramado do refeitório, onde, atrás da última fileira de dormitórios, a borda de grama bem aparada formava um súbito declive e sumia de vista — um lugar que era conhecido como o Fim do Mundo. Lá, um bando dos nossos companheiros de dormitório se servia na torneira de um pequeno barril. Entramos na fila para receber nosso copo de plástico de chope espumoso, tendo ao fundo um mar de colinas verdes que o sol poente pontilhava de sombras.

"O quê que você entendeu daquilo?", perguntou Matthew.

"Que quando você acha que tá comendo a primeira fatia, na verdade pode estar comendo a segunda?"

"É, algo assim. Enfim, essa história me deu fome."

A coisa acabaria virando uma piada recorrente: quando Matthew e eu começamos a dormir até tarde no apartamento e a perder a hora das aulas, nós dizíamos que estávamos *comendo a primeira fatia*. Minha carreira em Camden, no fim das contas, não chegaria a envolver uma segunda fatia.

Naquela semana, fomos pela primeira vez a uma das famosas festas de sexta à noite. Os dormitórios eram abastecidos com um potente sistema de som e com copos de plástico e barris de chope do serviço de alimentação — a administração tinha grande interesse em manter seus jovens pupilos longe dos bares de Vermont nas noites dos fins de semana. Camden, na verdade, não era uma estufa acidental, mas sim uma estufa premeditada, um experimento como a Biosfera 2. Então, por volta das onze da noite, duzentos ou trezentos de nós dançávamos, tal qual uma massa pulsante, ao som de "Super Freak", do Rick James, no chão grudento da sala de estar da Fish House, outro dormitório festeiro apenas ligeiramente menos mal-afamado que a Oswald. Aquela apropriação fácil de um funk dançante foi uma primeira amostra, para mim, de algo que eu queria desesperadamente compreender: o alheamento suburbano daqueles jovens brancos para com as intrincadas fronteiras de raça e música que constituíam a minha herança e obsessão. Ninguém ali ligava para nada disso — era só uma música boa para dançar. A música do Rick James foi seguida por uma do David Bowie, a do Bowie por uma do Orchestral Maneuvers in the Dark, e a do OMC por uma da Aretha Franklyn. Eu me atirei na dança, brevemente liberto.

Umas duas horas depois, Matthew e eu voltamos para o Fim do Mundo levando duas meninas conosco. Agora a borda do gramado desembocava num declive escuro e brumoso, o que explicava o apelido do lugar. Aimee Dunst e Moira Hogarth eram, como nós, companheiras de quarto e calouras, além de condizentemente um pouco punks, com direito a sombra escura nos olhos e gel nos cabelos. Matthew tinha conhecido as duas na aula de um curso sobre Milton e Blake. Nós quatro tínhamos conversado ou tentado conversar no frenesi expelidor da festa, a penumbra repleta de corpos vomitando e se contorcendo, depois pegamos nossos copos de plástico de suco de grapefruit com vodca e saímos para a escuridão cricrilante.

Aimee era de Lyme, Connecticut, e Moira era de Palatine, um subúrbio de Chicago. Quase ninguém, eu já descobrira, era realmente de alguma grande cidade. Se eles diziam que eram de Los Angeles ou de Chicago ou de Nova York, na verdade estavam se referindo a Burbank ou a Palatine ou a Mount Kisko.

Como um truque de paquera, eu estivera me gabando dos meus conhecimentos de morador de um grande centro urbano, virando meu desconforto do avesso.

"Você já foi assaltado?", perguntou Aimee.

Aimee, como todo mundo que já tinha me feito essa pergunta antes ou veio a fazer depois, estava pensando num assalto à mão armada em algum beco, uma transação adulta, uma transação entre estranhos. Ela estava pensando em *Desejo de matar* e em *Kojak*. O mais perto que eu já havia estado de algo assim foi quando vi Robert Woolfolk render o traficante, um episódio impossível de explicar.

"Eu já fui cangado", respondi. "Você já foi cangada?"

"O que é isso?"

"Não dá pra explicar, eu vou ter que te mostrar."

As duas deram risadinhas nervosas e Matthew ficou olhando para mim, tão perdido quanto elas.

"Ah, não sei, não", disse Aimee, dando alguns passos trôpegos para trás. "Deixa pra lá, então."

"Faz comigo", disse Moira, intrépida.

"Tem certeza?"

"Ahn-hã."

"Não dói nada, na verdade. Mas é melhor você deixar o seu copo em algum lugar." Aninhamos nossos copos de plástico na grama molhada de orvalho. Levantando rápido demais, acabei ficando meio zonzo. Respirar o oxigênio de Vermont era como tomar mais um drinque, um digestivo.

"O quê que tá olhando, *porra*?"

Os três olharam para o outro lado, logrados pela súbita potência e hostilidade da minha voz. Mas nós quatro estávamos sozinhos ali, no Fim do Mundo, o único lugar do mundo em que eu conseguiria encenar a minha paródia, o meu show de branco pintado de preto.

Mantive os olhos cravados em Moira. Os outros eram irrelevantes. "É isso mesmo, garota. Não olha pros lados, não, que é contigo mesmo que eu tô falando. O quê que é tá olhando, porra?"

"Pára com isso", disse Aimee. Moira só me encarou de volta, com um olhar assustado mas desafiador.

"Tá vendo, tá tudo bem. Eu só tô querendo falar contigo. Chega aqui um instante." Apontei para o chão perto dos meus pés. "O que é, tu tá com medo? Eu não vou fazer nada, não." Mesmo bêbado, fiquei impressionado com quanto eu conhecia bem o roteiro. Aquelas palavras nunca tinham saído da minha boca.

Moira chegou mais perto, aceitando o desafio, Bacall para o meu Bogart. Eu poderia ter me contentado em parar por aí, mas o script exigia que eu representasse a cena até o fim. Havia uma fúria aninhada naquele script, uma urgência para a qual eu nunca dera vazão.

"Tá vendo, eu sou teu amigo, certo? Tu sabe que eu gosto de você." Pus o braço em volta dos ombros de Moira e a puxei mais para perto. "Tu tem um dólar aí que tu possa me emprestar?"

"Não dá nada pra ele, não!", berrou Matthew, captando a brincadeira por fim. Só que aquilo não era bem uma brincadeira.

"Não", disse Moira.

Prendendo Moira o mais gentilmente possível no triângulo punho-cotovelo-ombro, fiz com que ela se vergasse, como eu próprio fora vergado centenas de vezes. Não muito, só até o meu peito. "Tem certeza? Deixa eu dar uma conferida no teu bolso um instante." Revistei os bolsos da frente da sua calça de veludo, encontrei algumas notas e arranquei-as de lá. Moira começou a se contorcer, tentando se livrar de mim. Fiquei com pena e soltei. Furiosa, ela deu um salto para trás, na direção dos outros.

Levantei as notas de dinheiro dobradas. "É só um empréstimo, tu pode confiar em mim. Tu sabe que a gente só tamo brincando, não sabe?"

Moira partiu para cima de mim, me derrubou na grama e se atracou comigo. Eu sentia a fúria no corpo dela por ter sido manuseada como eu a manuseara, uma fúria que eu conhecia muito bem, da posição dela. Mas Moira também estava bêbada e excitada e botando nossos quadris de novo em conjunção. Cangando Moira, eu também a escolhera. Uma densa carga de energia sexual pairava no ar — como também pairara na pista de dança da Fish House. Na verdade, pairava em tudo quanto era lugar de Camden, à espera apenas de que alguém cortasse uma fatia para si, e agora Moira e eu tínhamos feito exatamente isso. Nunca, em toda a escola secundária, eu tinha conseguido beijar uma menina sem antes passar por longas preliminares verbais e, no entanto, ali era fácil. Quando Moira quis pegar as notas da minha mão, eu segurei a mão dela e nós botamos o dinheiro de volta no bolso de sua calça juntos, rolando na grama molhada, errando o alvo no rosto um do outro, beijando orelhas e cabelo. A uma certa distância de onde estávamos deitados, Matthew e Aimee deixavam o Fim do Mundo para trás e desapareciam na escuridão.

O que eu jamais teria como explicar a Moira era que o componente sexual de uma canga já estava presente antes que eu e ela a tivéssemos encenado, estava entranhado, eu tinha plena consciência, na raiz da própria prática.

Moira e eu passamos aquela noite juntos, no quarto que ela dividia com Aimee na Worthell House, enquanto Aimee e Matthew ficaram com o apartamento da Oswald. A partir daquela noite Moira e eu fomos um casal durante duas semanas — uma eternidade para os padrões de Camden, onde aspectos da vida adulta eram ensaiados em versão miniatura, comprimidos no tempo e no espaço. Todo um relacionamento podia ser encenado num único fim de semana, e a dor-de-cotovelo curada antes da próxima noite de sexta-feira. No nosso caso específico, por volta do halloween, Moira e eu não estávamos mais nos falando. Depois, por volta do dia de Ação de Graças, já tínhamos virado confidentes, andávamos pelo campus aos cochichos e gargalhadas e passávamos as noites juntos na cama, de forma que todo mundo tinha certeza de que estávamos namorando de novo, quando na verdade estávamos transando com outras pessoas. Aí, antes do fim do semestre, já tínhamos transado e brigado de novo. E assim por diante: não havia nada mais normal, naquela faculdade, do que a reciclagem regular das mesmas poucas almas com quem se tinha afinidade. Elas eram poucas demais para se desperdiçar.

A canga que dei em Moira, em pleno Fim do Mundo, acabou dando origem a uma estratégia: passei a alardear minha *brooklynice* como uma provocação. Eu precisava de *alguma* coisa. Estava fadado a me sentir um quadradão em Camden, onde meu cabelo curto e estilo cardigã-e-mocassim, que na Stuyvesant faziam uma linha definitivamente David Byrne ou *mod* à la *Quadrophenia*, pareciam apenas um visual típico de mauricinho de escola particular para aqueles que de fato tinham cursado escolas particulares. Mas ninguém poderia questionar a minha credibilidade de moleque de rua, ali onde ninguém tinha absolutamente nenhuma vivência das ruas. Conquistei o meu lugar ao sol em Camden bancando um artefato ambulante do gueto. Fingia não saber o que era Baja e Aspen, nem por que colegas com sobrenomes como Trudeau ou Westinghouse haveriam de ser particularmente abonados. Fumava cigarros Kool, usava um boné Kangol, chamava meus amigos de "*Yo*" — o que, muito antes de os Beastie Boys terem tornado a coisa amplamente conhecida, foi considerado engraçado o bastante por uma dupla de oswalditas veteranos, um par de traficantes de cocaína bossudos e descolados chamados Runyon Kent e Bee Prudhomme, para que eles transformassem uma versão disso no meu apelido: para eles, eu era o *Yoyo*. Em suma, eu me transformei numa caricatura de Mingus. A chinfra era uma embalagem perfeita para o meu autodesprezo e para a minha hostilidade em relação a meus colegas de faculdade. E me tornou popular.

Virei um perito em tapear e debochar dos ricos, o que eu fazia até o ponto máximo de tolerância deles. Eu filava descaradamente, enchia-os de vergonha para fazer com que me pagassem refeições, cortes de cabelo e maços de Kool, bajulava-os e estarrecia-os mencionando aquilo que eles já tinham passado anos se preparando para passar vidas inteiras sem nunca mencionar — o dinheiro deles, os fundos de investimento que os mantinham em BMWs, roupas de grife, brunches e jantares no Le Cheval sempre que a comida do refeitório não lhes apetecia, os cheques que não paravam de chegar muito embora não houvesse nada, absolutamente nada para comprar na região rural de Vermont. A não ser drogas. E as drogas foram a outra forma como conquistei o meu lugar ao sol.

Camden nos abastecia gratuitamente de chope, filmes, anticoncepcionais e psicoterapia. Essas eram as regalias divulgadas, sobre as quais se podia falar e fazer piada livremente. Mas a faculdade oferecia ainda outras coisas, não divulgadas, que também eram de graça, como um curso que tinha o nome de Música Não Ortodoxa, ministrado por um benevolente professor de cabelos brancos chamado dr. Shakti e amplamente conhecido como um curso de aprovação garantida por mais esporadicamente que você desse as caras na aula, ou os livros e fitas cassete que podiam ser surrupiados a mãos-cheias da livraria do campus porque alguém havia decretado que nenhum aluno deveria ter seu histórico conspurcado por acusações — a administração, presume-se, compensava discretamente os prejuízos do dono. Claro que nossos pais ririam amargamente se ouvissem essas coisas serem chamadas de "gratuitas": os custos estavam todos embutidos na famosa e absurda anuidade, nossa experiência imaculada. Camden era tão pródiga em privilégios que era fácil esquecer o fato de que um punhado de nós não era rico. Todos viajávamos no compartimento da primeira classe, ainda que alguns de nós também lavássemos o convés.

Quanto às drogas, a faculdade não chegava realmente a fornecê-las, mas a vista grossa que fazia a elas era percebida como outro privilégio. Traficantes como Runyon e Bee operavam com total liberdade. Fumava-se baseado abertamente no gramado do campus, e as festas da Pelt House eram famosas por um coquetel de ácido preparado num laboratório instalado no próprio dormitório. William S. Burroughs foi escolhido como patrono da colação de grau, e durante as exibições de *Eraserhead* e *O homem que caiu na Terra* uma nuvem de fumaça subia da platéia na direção do raio de luz do projetor no minúsculo auditório de campus. Embora fosse considerado de bom-tom fechar a sua porta quando fosse cheirar uma carreira de cocaína ou metedrina, poucos se davam ao trabalho de pendurar os espelhos de volta no lugar depois, sendo que alguns os deixavam eternamente pousados sobre engradados, como mesinhas de centro permanentes, mais ou menos como Barrett Rude Junior fazia.

Eu parecia um gambá atrás de cocaína. Fazia parte do meu show. Nas tardes em que deveríamos estar assistindo às aulas ou estudando na biblioteca, Matthew e eu jogávamos basquete com Runyon e Bee na quadra quase sempre às moscas que ficava incrustada no bosque, na margem do campus, depois do campo de futebol sempre às moscas — Camden definitivamente não era um lugar atlético. Runyon e Bee gostavam do jeito que eu tentava gingar e improvisar, todos os movimentos que eu tinha absorvido e nunca me atrevido a testar nos ginásios da minha adolescência. Matthew e eu viramos os protegidos, as mascotes de Runyon e Bee. Como eles, usávamos óculos escuros na quadra, fazíamos uma defesa preguiçosa ou não defendíamos coisa nenhuma e, entre uma partida de meia quadra e outra, cheirávamos e fumávamos à sombra atapetada dos pinheiros, na beira do asfalto. O fato de eu não poder pagar a minha parte era irritante ou enternecedor para os traficantes, dependendo do humor em que estivessem, mas pouco importante. À noite, eu ficava de bobeira nos quartos de Runyon e Bee no andar de cima e, sempre que algum outro aluno passava casualmente por lá para comprar um papelote, eu era incluído na obrigatória provinha do produto. Uma vez, paguei o meu quinhão datilografando um trabalho que Runyon tinha escrito sobre *Enquanto agonizo*, de Faulkner; o texto estava absurdamente crivado de erros gramaticais. Reescrevi o trabalho, como desconfiava que ele esperava que eu fizesse, e nós dois juntos tiramos um A.

Três ou quatro tardes naquele outono, doidão com alguma coisa numa hora incomumente prematura do dia e tendo me separado de fosse quem fosse que tivesse feito a farra junto comigo, Moira, Matthew ou os traficantes do andar de cima, sem conseguir segurar a onda do que quer que fervilhasse dentro de mim, me embrenhei no mato e voei. Eu já não tinha mais o uniforme e também já não era mais realmente o Aeroman, só um garoto da cidade solto no mato e dando vazão a uma energia louca, planando entre os galhos das árvores. O fato de eu não ser o Aeroman provavelmente foi o que me permitiu, depois de tanto tempo, conseguir voar. Eu nunca tinha voado no Brooklyn, tirando a vez em que decolei para pegar uma *spaldeen*. Tinha sido fisicamente covarde, mas também tolhido pelo fardo do que eu precisava que o Aeroman realizasse, por noções de heroísmo e salvamento. Em Camden, não havia ninguém para salvar de coisa alguma, a não ser que fosse para salvar a nós todos de nós mesmos, coisa que um garoto voador de dezoito anos não teria como fazer. Então, em vez disso, fui andando pelo meio das árvores a leste do Fim do Mundo, abaixo do campo de futebol e da quadra de basquete, enfiei o anel de Aaron Doily no dedo, procurei uma pedra alta de onde pudesse saltar e saí deslizando pelo ar. Quando me elevei ligeiramente acima do campus e fiquei olhando a distância para o relógio parado da torre do prédio principal, eu estava tentando acreditar na minha sorte, na minha improvável e inebriante fuga da Dean Street. Tentei tornar aquelas colinas reais confrontando-as sozinho e de cabeça, tentei tornar meus os galhos das árvores, roçando neles com as pontas dos dedos. Não sei se funcionou ou não. Eu nunca conseguia saber com certeza se estava sentindo o gosto da liberdade, não depois de passado o barato de uma carreira, não por mais tempo do que a duração de uma determinada música. E uma música, quando você a põe para tocar de novo, raramente é a mesma coisa. Fosse como fosse, eu sentia o pó branco, a fumaça mentolada, a brisa dos pinheiros — naquelas tardes voadoras, minhas narinas pareciam invertidas, como se eu pudesse cheirar para trás e sentir os odores gravados no meu próprio cérebro refrescado com menta.

Numa daquelas tardes, depois de pousar, fui surpreendido na minha caminhada de volta por entre as árvores rumo ao gramado central por Junie Alteck. Junie era uma sílfide hippie da Oswald, uma farrista resistente que podia ser encontrada decorando o quarto de Bee até altas horas, mesmo depois que todo mundo já tinha levantado acampamento. Nós suspeitávamos que Bee dormisse com ela, mas ele nunca admitiu. Runyon gostava de chamá-la de "Aspect". Ela estava andando sozinha pelo mato. Pela sua expressão, deduzi que tinha me flagrado.

"O quê que cê tava fazendo?", ela me perguntou, meio atordoada.

"O projeto do curso de artes performáticas", respondi.

"Ah."

"Bem legal, né?"

"Hum... é!"

Cocaína, gírias de negros, fintas, vôos: tudo que não tinha sido seguro a minha vida inteira era seguro ali, de repente. E por que não? Camden era planejada para transmitir segurança. Foi nesse estado de espírito que, numa noite no início de dezembro, atendi uma ligação no telefone público da Oswald. Era Arthur Lomb.

7.

Arthur despejou sua história apressadamente. A estranha parceria comercial forjada entre Lomb, Woolfolk e Rude nos últimos meses antes do tiro tinha sobrevivido à condenação de Mingus por homicídio simples e à fixação de sua pena, em outubro, a dez anos de prisão em Elmira, uma penitenciária no norte do estado. O resultado foi uma parceria mais estranha ainda: Arthur e Robert. Os dois tinham ficado com o dinheiro que eu pagara pelas revistinhas e pelo anel, dado um jeito de arranjar eles próprios o que ainda faltava para completar a quantia e comprado os duzentos e cinqüenta gramas. Depois, tinham revendido a droga com sucesso, sendo Barry um de seus principais fregueses, pelo que pude entender. Arthur e Robert também tinham conseguido não consumir todos os lucros, guardando o suficiente para comprar outros duzentos e cinqüenta gramas e começar tudo outra vez. Só que agora os dois tinham se desentendido. Robert fora à casa de Arthur acompanhado de dois comparsas de Gowanus Houses para exigir que ele lhe desse dinheiro. A mãe de Arthur tinha ficado histérica e chamado a polícia. Robert, então, jurou que mataria Arthur se ele não desse um jeito de botar uma determinada quantia na sua mão até uma determinada data, só que Arthur não podia ir sozinho a Gowanus para vender a droga, não com os amigos de Robert conhecendo a sua cara branca e sabendo da droga que ele estaria carregando; para piorar a situação, Barry tinha viajado no dia de Ação de Graças para se consultar com um médico na Filadélfia e só ia voltar...

Eu o interrompi, não precisava saber de mais nada. Na verdade, era importante para mim que eu parecesse não estar interessado nos detalhes daquele imbróglio distante.

"Não tem mais Mingus pra te proteger", comentei, com satisfação.

Em resposta, veio apenas a respiração de Arthur do outro lado da linha, e eu detectei uma leve sombra de falso ataque de asma em seu pânico genuíno.

"Compra uma passagem de ônibus pra cá", sugeri. "Em dois dias a gente vende o troço todo, sem problema. Você vai voltar pra casa com o dinheiro dele no bolso."

Não foi preciso muito esforço para convencer Arthur. No dia seguinte, uma terça-feira, caía uma neve branda, a primeira da estação, quando cheguei à rodoviária de Camden Town para esperar por ele. O ônibus entrou na ampla rodoviária, deixando rastros virgens na neve fresca. Parou com um suspiro numa das vagas e logo depois o motorista saltou para abrir o porta-malas, mas Arthur não tinha guardado nada lá dentro. Atravessando a neve na ponta dos pés, Arthur veio andando na minha direção com uma bolsa esportiva Adidas pendurada no ombro da sua jaqueta de aviador totalmente inadequada para o clima, soprando ar quente nas mãos em concha, com cara de atordoado.

"É aqui a sua faculdade?"

"Aqui é a cidade. A faculdade fica uns cinco quilômetros mais adiante."

Arthur olhou para mim confuso.

"A gente arranja uma carona fácil", eu disse, me exibindo. Isso era outra mordomia secreta: alguém da faculdade, um aluno veterano ou da pós-graduação que estivesse passando de carro, às vezes até um professor, invariavelmente identificava o jeito de vestir que nos distinguia dos nativos e parava no acostamento da Route 9A para oferecer carona e nos transportar do centro industrial moribundo de Camden, passando pelos shoppings de beira de estrada que tinham vampirizado a vida da cidade, para depois pegar a estrada que se embrenhava floresta adentro e ia dar na longa ladeira que levava aos portões da faculdade. Eu queria ver Arthur intimidado pelo efeito total do cenário. Peguei sua bolsa Adidas e nós atravessamos o estacionamento de um Dunkin' Donuts em direção à pista coberta de gelo cinza.

No fim, o carro que acabou parando para nos dar carona pertencia a ninguém menos que Richard Brodeur, o reitor. Talvez ele tivesse ido à cidade para comer uma fatia de pizza. Quando entramos no carro, eu apresentei Arthur como um amigo de Nova York que tinha vindo fazer uma visita. Brodeur o cumprimentou de um jeito um pouco nervoso e me lembrou do regulamento oficial que determinava que convidados que fossem passar a noite nos dormitórios tinham de se registrar na secretaria. E também do limite máximo de três dias permitido para tais visitas. Eu garanti a ele que nós cumpriríamos o regulamento. Brodeur parecia ter envelhecido desde o dia em que eu o vira dar a palestra da pizza — fiquei me perguntando se seus três primeiros meses em Camden teriam sido tão cheios quanto os meus. Na verdade, fiquei com pena dele. O fato de ter parado na estrada para nos dar carona parecia ser indício de um angustiado desejo de agradar, de encontrar um lugar para si na atmosfera casual, um lugar que ele não tinha encontrado, ainda.

Uma boa quantidade de neve se acumulava nas laterais do pára-brisa, amontoada pelos limpadores em colunas que volta e meia desmoronavam, enquanto novos flocos acorriam loucamente para se esborrachar contra o vidro.

"Você faz faculdade, Arthur?"

"Nã. Quer dizer, eu vou pro Brooklyn. O Brooklyn City College, quer dizer, mas eu... hum... eu tenho que terminar alguns créditos antes. Então, eu tô tirando este ano de folga."

Essa resposta confusa e contraditória não deixou muito espaço para que a conversa fosse levada adiante. Brodeur sorriu e disse: "Você tá um pouco mal agasalhado pra este clima de Vermont, não tá não?".

"Nã, eu tô na boa", disse Arthur. "Senhor."

Brodeur nos levou até a porta da Oswald House, quando qualquer outra pessoa deixaria um carona logo depois da guarita do segurança. Senti um ridículo impulso de convidá-lo para entrar. Fiquei me perguntando se ele já teria entrado em algum dos dormitórios dos alunos desde que começara a trabalhar ali — provavelmente não. E Matthew ficaria impressionado. Seria um lance muito Devo da minha parte. Não era muito provável que alguma parafernália de droga ou propriedade roubada do campus estivesse largada em algum lugar à vista, mas achei que não podia correr o risco e deixei o impulso passar.

"Aproveite bem a sua estadia, Arthur. Quem sabe você não acaba querendo se transferir para cá?"

"Ah, tá, valeu. Obrigado."

No espaço de dois dias, Arthur se tornou localmente famoso. Se eu era o Gato de Chapéu, eu agora tinha revelado um Gato mais insólito ainda escondido debaixo da minha cartola. Com sua calça jeans para lá de larga, seus cadarços frouxos, seu desajeitado dialeto de malandro, suas constantes referências a rap e grafite e seu sincero espanto, com direito a queixo caído e olhos esbugalhados, diante do lugar em que fora parar, Arthur foi percebido pelos meus amigos de Camden como uma estapafúrdia confirmação de que, fosse lá a que fosse que eu estivesse aludindo com a minha chinfra de garoto do gueto, eu não estava inteiramente de gozação. Por ironia, Arthur lhes pareceu algo *genuíno*. Quando ele fazia questão de contar o dinheiro deles antes de lhes entregar a droga — ele, eu e Matthew tínhamos passado as últimas horas daquela primeira tarde dividindo os duzentos e cinqüenta gramas de Arthur em porções compatíveis com Camden e embalando-as em pequenos envelopes de papel dobrado —, eles ficavam absolutamente extasiados com a sua franqueza de malandro de rua. Finalmente havia um traficante de verdade no campus. E embora Arthur fosse a piada, ele também tirava proveito dela, subvertendo seu alvo. Era impossível saber quem estava rindo com mais gosto da cara do outro.

No terceiro dia de Arthur no campus, Runyon e Bee nos levaram de carro até a loja de ferragens de Camden Town, onde afanamos algumas latas de tinta spray vermelha. Nós quatro passamos as primeiras horas daquela madrugada pichando as paredes laterais da Oswald, depois o bar do campus e, para completar, todo o complexo de artes também. Arthur e eu adornamos os sobrados com "autêntico" grafite do Brooklyn, reproduzindo *tags* de membros da FMD e da DMD, as gangues que tinham riscado nossos frágeis *tags* do mapa nos tachando de *toys*. Aquelas runas não significavam nada ali, muito embora se tivéssemos nos atrevido a nos apropriarmos delas nos muros do Brooklyn rapidinho teríamos ido parar no pronto-socorro do Long Island College Hospital. Runyon e Bee escreveram KING FELIX algumas vezes com uma letra de fôrma atamancada — o nome era uma referência a uma piada recorrente entre os dois —, mas, depois que viram nossa habilidade com as latas de spray, praticamente não se deram mais ao trabalho.

Arthur devia estar se sentindo como se tivesse caído de pára-quedas num quadro do *Saturday Night Live*: "O traficante samurai" ou talvez "Cocainômanos em Vermont". Já eu estava empenhado em agir como se a vida inteira eu tivesse estado pronto para me encaixar perfeitamente naquela atmosfera, como se não visse nada de mais em nada daquilo, movido pela necessidade de garantir que Arthur captasse a mensagem: Dylan Ebdus tinha sido uma espécie de príncipe em roupas de mendigo na Dean Street, à espera do momento certo de assumir seu lugar de direito. Eu definitivamente não queria discutir o que tinha acontecido entre Mingus, Barry e Senior. Recusava-me a relembrar o passado ou até mesmo a admitir quanto tempo fazia que eu e Arthur nos conhecíamos. Duvido que tenha tocado no nome de Abraham alguma vez, a não ser que tenha sido para fazer algum comentário debochado sobre como ele não fazia idéia do que era a minha vida naquela faculdade. Abraham, que obviamente era quem estava pagando as contas — mas isso era só um detalhe inconveniente.

Na sexta, acordamos para descobrir que tínhamos coberto toda aquela paisagem de sobrados pastoris com os *tags* de nossos inimigos. Foi realmente chocante ver a tinta fresca vermelha em contraste com o branco do revestimento de ripas à luz da manhã; era como se Arthur e eu tivéssemos importado nossos pesadelos urbanos numa espécie de compulsão sonâmbula. No refeitório só se ouvia um zunzunzum de teorias a respeito de quem poderia ter feito aquilo, mas Runyon e Bee me garantiram, aos sussurros, que não era nada de mais. Nós tínhamos redecorado o nosso cercadinho, só isso. Camden era nossa, podíamos desfigurá-la como quiséssemos.

Arthur deveria ter pegado um ônibus de volta para Nova York naquele dia para honrar o regulamento, mas o regulamento era a última coisa na nossa cabeça naquele momento. Eu queria que Arthur visse uma das festas de sexta-feira — a daquela noite ia ser na Crumbly House — e, embora o boato de que eu faria uma queima do estoque no apartamento da Oswald já tivesse se espalhado entre os cocainômanos do campus e Arthur já tivesse captado a quantia que tinha de dar a Robert Woolfolk, nós precisávamos de mais uma grande noite, uma noite de festa, para conseguir vender o resto.

Estávamos com o apartamento inteiro praticamente só para nós dois. Nos últimos tempos, Matthew vinha dormindo fora do campus com sua namorada segundanista numa casa no norte de Camden, e Arthur ficara com a cama dele, nos fundos da suíte. Minha cama ficava no quarto maior, o cômodo comum com lareira e sofá. Naquela tarde, enquanto a parca luz de dezembro ia minguando entre as macieiras desfolhadas lá fora, Arthur e eu nos aboletamos, chapados, nesse quarto da frente, tentando nos recuperar da noite anterior e esperando a noite cair de novo. Arthur não gostava dos discos do Devo, do Wire e dos Residents, que Matthew e eu mantínhamos em constante rotação naquela época e revirou a coleção de Matthew para encontrar algo que fosse mais do seu agrado: o *The Lamb Lies Down on Broadway*, do Genesis. Morgamos na semi-escuridão, eu na minha cama e Arthur no sofá, e o histérico glamour sinfônico daquela música pareceu falar tão bem do absurdo das nossas circunstâncias que a sensação que dava era que nunca mais precisaríamos trocar uma palavra na vida.

A primeira batida na porta não foi de um comprador para a mercadoria de Arthur, mas de um membro da equipe de limpeza, uma mulher que eu já tinha visto uma dúzia de vezes antes mas de quem não sabia o nome. Pálida, atarracada e curvada, ela me parecia uma velhinha encarquilhada, muito embora não devesse ter mais que quarenta anos. Sua função era lavar os banheiros da Oswald, a maioria dos quais eram espaços comuns, adjacentes a corredores públicos. Mas, uma vez por semana, ela tinha de lavar o banheiro privativo do nosso apartamento e, então, nós a deixávamos entrar. Fazendo um aceno quase imperceptível para Arthur, ela entrou pelo quarto de Matthew adentro e desapareceu nos fundos da suíte. Troquei o lado do disco e desabei na cama de novo.

A mulher era uma representante típica de um exército de nativos apagados que cuidavam da manutenção dos prédios e do terreno de Camden. Eram pessoas que não só não tinham o exotismo nem o ar desafiador dos habitantes comuns da cidade como eram verdadeiros servos, aperfeiçoando a arte da deferência ao ponto da invisibilidade. Sabíamos os nomes de alguns dos funcionários mais velhos, homens com vinte e cinco ou trinta anos de serviços prestados que, tendo visto gerações não só de alunos, mas também de professores passarem por ali, haviam alcançado status talismânico. Estes tinham largos sorrisos de dentes tortos e apelidos como "Zé da sidra" ou "Ruivo" e eram alegremente saudados quando passavam pelo campus pilotando um cortador de grama ou um removedor de neve. Mas as mulheres *morlockianas* que limpavam os banheiros nunca abriam a boca. Runyon gostava de chamá-las de *pessoinhas*; uma vez o vi levantar um copo de cerveja e dizer: "Eu gostaria de agradecer a todas as pessoinhas, principalmente a que limpou o vômito da escada no sábado de manhã, quando eu ainda estava abençoadamente desacordado".

Antes que o segundo lado do disco tivesse acabado, tive de me levantar de novo para atender outra batida na porta. Desta vez eram Karen Rothenberg e Euclid Barnes. Karen e Euclid eram amigos de Moira, da Worthell House, e suponho que fossem meus também. Agora os dois, além de amigos, estavam virando clientes — na verdade já tinham virado, durante os três dias da orgia cocainômana que se instalara em Camden desde a chegada de Arthur. Euclid era um terceiranista alto e delicado, com uma longa franja de cabelos pretos que lhe caía nos olhos. Era assumida e amuadamente gay, nunca encontrava ninguém disposto a transar com ele e vivia reclamando de seu isolamento em Vermont. Karen era sua protetora e procuradora, uma garota pesadona de cabelos escuros que usava uma maquiagem gótica e gostava de fingir que estava absolutamente exausta. Em seu incansável esforço de oferecer Euclid aos mais variados garotos, Karen me dava a impressão de estar na verdade se protegendo do pavor que sentia de seus próprios desejos. Numa inquieta madrugada, semanas atrás — o que, na cronologia de Camden, queria dizer eras atrás —, eu havia rechaçado uma investida dupla de Karen e Euclid. Agora os dois estavam abertamente obcecados por Arthur, o indômito menino do Brooklyn.

Euclid tirou sua japona e a atirou numa cadeira, depois começou imediatamente a remexer no seu maço de cigarros. "O que é isso que vocês estão ouvindo?", perguntou.

"Genesis", respondi.

"Balela, isso não tem nada a ver com o Genesis. Tira esse troço."

"Cadê a Moira?", perguntou Karen.

"Sei lá", respondi.

"Ela disse que ia se encontrar com a gente aqui."

"Tá, mas eu não tô sabendo de nada."

Karen desabou no sofá perto dos pés de Arthur, acordando-o de seu cochilo. Aquela farra toda talvez estivesse sendo mais cansativa para ele do que eu imaginava.

"Eu tô absolutamente liso", resmungou Euclid entre uma baforada e outra, jogando quatro notas de vinte em cima da cômoda. "Os meus pais estão atrasados com o meu cheque, os malditos. Essa vai ter que ser a última vez."

"O nosso estoque já tá quase acabando mesmo", eu disse. Arthur estava se sentando e esfregando os olhos.

Euclid franziu o cenho, desaprovando a minha falta de tarimba. "Ué, mas não tá sempre chegando mais?" Seus olhos deslizaram na direção de Arthur, que agora era encarado como a escolta pessoal da cocaína em sua inevitável viagem de Nova York para Camden. Pela primeira vez me ocorreu que aquilo não precisava ser uma experiência única, para nunca mais ser repetida. Eu vinha encarando a minha traficância como uma espécie de paráfrase, uma apropriação zombeteira da função de Runyon e Bee. Mas, pensando bem, talvez Runyon e Bee também tivessem tido uma postura irônica quando começaram.

"Essa música é uma tortura. Parece música *troll*."

"O quê que é música *troll*?", perguntou Arthur.

"É a música que os *trolls* escutam", disse Euclid, balançando a cabeça para mostrar que, se você não entendia o que isso queria dizer, não havia como explicar. "Eu sempre achei que o Dylan e o Matthew acabariam sucumbindo à pressão de morar na Oswald, mas lamento constatar que isso tenha acontecido tão rápido."

"Isto aqui é um ninho de *trolls*", concordei.

"Ah, bota isto aqui, eu adoro isto aqui", entoou Karen, fazendo voz de criança, só de farra. Ela tinha estado vasculhando uma pilha de LPs e agora levantava o disco do Psychedelic Furs.

"Putz, eu odeio essa merda", disse Arthur com sinceridade de doidão, e nós todos começamos a rir.

"Bota você", eu disse para Karen. Ela trocou um disco pelo outro, depois aumentou o volume. Richard Butler rosnou *Yaaah fall in love* e, como que pegando a deixa, Moira entrou sem bater e veio se sentar perto de nós, estávamos todos na minha cama agora, enquanto Arthur batia carreirinhas num pedaço de lâmina de aço, com as bordas forradas com fita isolante, que Matthew e eu tínhamos afanado da oficina de soldagem. Em quatro dias, Arthur tinha se adaptado um bocado ao estilo Camden de traficar cocaína, a provinha informal do produto que se seguia a todo ato de atirar notas em cima de um móvel, como Euclid acabara de fazer. No idioma de Arthur, o traficante era alguém que estava acima dessa coisa de farrear com os clientes, mas essa distinção simplesmente não existia ali.

Fiquei feliz de ver Moira. Os dias de esbórnia com Arthur, Runyon e Bee tinham sido uma farra só de homens, e eu sentia falta dela. Fiquei contente por ela ter se convidado para ir ao apartamento com Euclid e Karen e mais contente ainda por ela ter entrado sem bater. Na verdade, quando ela se sentou do meu lado, ao som daquela trovoada de guitarras que tornava toda conversa desnecessária, eu decidi que provavelmente a amava, que precisava ser mais do que seu confidente. Na verdade, seria apenas duas noites mais tarde, depois que Arthur finalmente foi embora, que Moira e eu dormiríamos juntos de novo, um erro desastroso num dezembro repleto de erros desastrosos. Agora eu apenas sorri, imaginando que ela estivesse sentindo o mesmo que eu.

Nós todos cheiramos. Quando Arthur reclamou que tínhamos dado pó demais de graça, eu calei a sua boca comprando eu mesmo um papelote com uma parte da minha parcela dos lucros. Na verdade, tudo o que fazia era com a intenção de humilhar Arthur. O fato de eu tratá-lo com tanta naturalidade como um assistente, um *sidekick*, mascarava a minha obsessão pelo que eu queria que Arthur testemunhasse. Enquanto cheirávamos, Euclid e Karen metralhavam Arthur com perguntas: Por que é que ele nunca amarrava os cadarços do tênis? Como é que ele conseguia andar com a calça jeans tão lá embaixo? Alguém já tinha tentado arriar a calça dele? Quando Arthur olhou para mim como quem pede socorro, eu virei para o outro lado, puxei Moira mais para perto e apenas ri. Veja eu ficar com as meninas, Arthur, e fique com os amigos, fique com as piadinhas, veja como eu sou descolado — se você tivesse sacado que eu estava no caminho mais promissor desde o início, você nunca teria me trocado pelo Mingus. Você e o Mingus nunca teriam me trocado um pelo outro. Arthur e eu ainda estávamos jogando xadrez, dois lastimáveis nerds sentados numa escada da Pacific Street, sendo que agora eu tinha comido a rainha dele mas deixado que ele continuasse jogando, coxo e condenado a perder. Tá vendo? Tá vendo? Dali a mais um ou dois dias, eu despacharia Arthur de volta para o Brooklyn e para Robert Woolfolk. Mas primeiro ele ia ter que dar uma boa olhada no que ele tinha perdido e eu tinha ganhado.

Eram cinco horas. A primeira leva de alunos, com suas bandejas, já estaria entrando na fila do refeitório. Ainda faltavam horas para a festa da Crumbly House começar, mas já tinha escurecido, nós estávamos doidões e a música estava alta. A nossa festa já tinha começado. Provavelmente dispensaríamos o jantar. Se ficássemos com fome, Karen Rothenberg nos levaria de carro até a cidade, atochados em seu Toyota. Logo outros se anexariam ao nosso grupo, atraídos para o apartamento atrás de pó. Encontraríamos Matthew, claro, e sua nova namorada, muito embora ela fosse uma chata e estivesse transformando Matthew num chato também, esse era o consenso. Faríamos uma visitinha a Runyon e Bee no andar de cima e daríamos uns tapas no *bong* de um metro e oitenta deles. Nossa tropa cresceria, depois se dividiria feito um paramécio. Beberíamos drinques sem sabor, veríamos todos os nossos amigos e inimigos, daríamos um rolé pela pista de dança, sofreríamos transmutações sem deixar de sermos nós mesmos. A certa altura, Euclid passaria uma melancólica cantada em Arthur, humilhando a ambos. Consolar Euclid seria um longo e complexo drama, que nos ocuparia a todos madrugada afora. Qualquer um podia ver o que estava para acontecer, e ninguém podia fazer nada para evitar que acontecesse, e essa era a beleza da coisa. A noite de sexta-feira estava escancarada à nossa frente e escrita na pedra.

A faxineira saiu do banheiro protegendo seu balde amarelo cheio de produtos de limpeza com o corpo, feito um zagueiro minúsculo. Devia ter tido medo de sair de lá, depois de acabado o serviço, e ficado ouvindo os ruídos da crescente movimentação, rezando para que debandássemos para o refeitório para jantar. Então, à medida que os minutos foram passando, ela provavelmente se deu conta, com horror, de que não iríamos a lugar nenhum e de que não lhe restava outra alternativa senão fugir feito uma louca. Para sair do quarto de Matthew e chegar à porta do apartamento ela precisava passar no meio de nós cinco, perfilados na cama e no sofá, e contornar a pilha de LPs que Karen tinha espalhado no chão — coisa que ela fez com muita agilidade, com a graça aflita de uma presa. Talvez tenha murmurado um *Com licença*, mas não num volume audível. Quanto a entender as referências da nossa conversa, ou ruído da gilete arranhando o aço, ela dava sinais de que tinha entendido tudo muito bem pelo medo estampado em seu rosto e pelo modo como desviara seus olhinhos de coelho para não olhar para nós quando passou entre as nossas pernas.

E, então, ela se foi, nos deixando numa mudez chocada ao som da música de serra elétrica.

Karen largou a nota enrolada de um dólar que estava segurando e cobriu a boca com as mãos, num gesto teatral de espanto.

Euclid foi quem falou primeiro: "O... *que*... *foi*... *aquilo*?"

"Cacete", disse Arthur. "Que vacilo."

"Eu esqueci completamente que ela tava lá", sussurrei, para ninguém em particular, minha cabeça girando com a constatação daquele erro insano.

"Será que ela viu?", perguntou Karen, seus olhos contornados de preto arregalados feito os de um pássaro.

"*Óbvio* que ela viu", disse Moira. "O quê que você *acha*?"

Nós sabíamos o que achávamos, mas nenhum de nós sabia o que aquilo significava. Havia uma história famosa em Camden — eu tinha certeza de que pelo menos Moira também a conhecia — a respeito de um aluno-traficante da Fish House que, alguns anos antes, fora discretamente advertido pela faculdade de que a polícia de Vermont planejava fazer uma batida naquele dormitório. Um membro compreensivo do corpo docente aconselhara ao aluno-traficante que trancasse a sua porta e passasse um longo fim de semana longe do campus. Moral da história: Camden tinha um interesse monumental em nos proteger de complicações com a lei. Jovens talentosos e excêntricos não deveriam ser julgados pelos severos padrões adultos da sociedade. Deixemos que eles atravessem com alguma tranqüilidade essa fase tão difícil — esse era o trato implícito na astronômica mensalidade, e também na localização da faculdade no total isolamento do meio da floresta.

Então, o que significava uma das *pessoinhas* ter descoberto que eu traficava cocaína no apartamento da Oswald? Talvez nada. Ela podia não dizer nada. Podia até não ter captado toda a implicação do que ouvira, na verdade; podia não ter visto o dinheiro trocar de mãos. Era fácil acreditar que nada de grave tinha acontecido, só um incidente bizarro e engraçado. Eu podia ouvir a voz de Runyon dentro da minha cabeça, tentando me convencer a encarar a coisa dessa forma. Procurei não recapitular as palavras que tínhamos dito em voz alta, as palavras que a mulher poderia ter entreouvido.

"Bom, eu considero isso simplesmente chocante", disse Euclid, quebrando o longo silêncio. "Essa idéia de manter uma faxineira trancada no seu banheiro como uma espécie de joguete sexual. Não consigo entender o que deu na cabeça de vocês para acharem que conseguiriam levar isso adiante sem que ninguém descobrisse."

"Erg, ela definitivamente *não* era o meu joguete sexual", retruquei.

"Claro que era", disse Euclid. "Você e o Arthur, vocês são dois animais. Foi muita sorte a gente ter distraído a atenção de vocês pra ela poder fugir. Vocês pelo menos tinham a intenção de dar algum tipo de comida pra ela? Vocês pelo menos tinham a intenção de dar algum tipo de *droga* pra ela?"

"Pô, cara", disse Arthur, entrando na brincadeira. "Todo mundo tem que pagar de alguma forma."

"Óbvio, eu não aceitaria se fosse de outra maneira", disse Euclid.

"Bom, eu tô aliviada que ela tenha ido embora", disse Karen. "Porque eu preciso mijar."

"Isso teria sido um tremendo choque", disse Moira.

"Vai lá ver se ela fez uma fogueira", recomendou Euclid. "Ela provavelmente tentou mandar sinais de fumaça pros outros da espécie dela."

"Talvez ela tenha comido o sabonete", sugeriu Arthur.

O escândalo passou e nós retomamos o script da nossa noite. Quando Matthew apareceu, nós relatamos o acontecido, competindo para ver quem exagerava mais os detalhes: a fuga alucinada da mulher, Karen quase mijando nas calças, Arthur certo de que era alguém da divisão de entorpecentes e pronto para engolir todo o seu estoque de pó. Nós cinco ainda estávamos rindo do episódio quando, às dez da noite, batemos um cassoulet no Le Cheval, cortesia do Mastercard da mãe de Karen Rothenberg. No dia seguinte, narrei o incidente para Runyon, que, como eu esperava, não achou nada de mais. E, então, o assunto foi esquecido.

Duas semanas depois, a visita de Arthur já era uma memória distante para todos nós, arquivada atrás de uma dezena de outros dramas. Moira e eu tivemos o nosso terceiro caso e implodimos em meio a um mar de mal-entendidos, cada qual magoado de um jeito que jamais seríamos capazes de explicar, cada qual consolado por amigos mais novos ainda. E enquanto o campus, envolto no frio e no escuro, se preparava para fechar as portas para o longo recesso de inverno, o semestre inteiro que acabara de passar reduzia-se a uma insípida irrelevância. Onde você ia passar o mês de janeiro, essa era a grande questão do momento. Mustique? Steamboat? Bom, eu ia para a Dean Street, mas deixa para lá. O futuro vinha feito um jato na nossa direção — quem seriam os nossos novos amantes quando voltássemos, em fevereiro? Estávamos de olho em alguns candidatos atraentes, pessoas que por alguma razão tinham nos passado despercebidas até então. O semestre passado já estava enterrado, assim como nossos erros e momentos de glória naquele lugar.

Era essa a minha sensação na tarde do último dia de aula, quando fui à minha conferência com meu supervisor docente, Tom Sweden. Além de meu supervisor, Sweden era também meu professor de escultura, e era um típico escultor de Camden, um fumante inveterado, ríspido e inarticulado, eternamente metido num uniforme proletário, com direito a botas de operário e calça jeans crivada de respingos de gesso, e com um certo ar de "homem dos cigarros Marlboro". Não íamos com a cara um do outro — eu tinha tanta antipatia pela sua ficção de falsa pobreza e pseudobronquice quanto ele pela minha de falso privilégio e pseudo-sofisticação. Mesmo assim, sabe-se lá por quê, eu imaginava que a minha sagacidade e vigor pusessem Sweden do meu lado da linha que dividia os alunos e professores descolados da administração quadradona. Eu realmente não sei por que achava isso, a menos que fosse porque estava bêbado de vida universitária.

Sweden estava sentado em sua ruína de sala, no subsolo do complexo de artes, cercado por um caos de tocos de madeira, cinzeiros transbordantes e papéis amontoados. Quando cheguei, dez minutos atrasado, ele já estava examinando, de cenho franzido, um maço de formulários rosa, as avaliações finais de cada uma das quatro disciplinas que eu cursara naquele período. Portanto, ele já sabia, como eu também sabia, que eu tinha sido reprovado de cara em sociologia e recebido um incompleto do meu professor de inglês.

"A coisa não tá muito boa, não", disse ele, amarfanhando os formulários.

"Eu vou cuidar do incompleto", prometi, encarando a reunião como uma negociação. "Já tô com metade do trabalho pronto." Eu não tinha nem começado.

Sweden coçou seu queixo hirsuto com dedos manchados de nicotina. Como Marlon Brando, ele era superior ao papel que estava representando, e isso lhe doía. Não tinha como encaixar seus pensamentos profundos na linguagem banal de que dispunha, então se limitava a franzir o cenho.

"É só que eu tava mais *empolgado* com escultura nesse semestre", falei, tentando a tática da bajulação.

"É, mas..." Ele não completou a frase, o que nos deixou a ambos em silêncio, tentando adivinhar o resto.

"E eu passei em Música Não Ortodoxa", salientei.

Sweden levantou uma sobrancelha. "Com o doutor Shakti?"

"É."

"Sei, mas isso não é realmente um curso, é?"

Se Sweden não sabia a resposta para essa pergunta, ele era o único no campus inteiro. Calei minha boca.

"Tinha alguma coisa..." Sweden toda hora olhava para a porta. "Tinha alguma coisa te... hum... *preocupando* nesse semestre, Dylan?"

"Não, eu só acho que foi um período de adaptação, sabe. Eu provavelmente vou conseguir me concentrar melhor quando voltar. Nas aulas e tudo o mais. Mas não tem nada errado, não."

Ele coçou o queixo de novo. Talvez o meu pequeno discurso tivesse sido suficiente para liberar a nós dois da conferência — Sweden parecia estar ponderando sobre isso. Então, alguém bateu na porta.

"Entra." O tom de Sweden sinalizava uma certa irritação, mas não surpresa.

Era Richard Brodeur, o reitor.

"Eu quis dar uma olhada nisto aqui eu mesmo", disse ele, mostrando a Sweden um punhado de arquivos. Sweden grunhiu e apontou para sua mesa com o queixo. Brodeur pôs os arquivos em cima da bagunça ali instalada.

"Richard... hum... Dylan Ebdus", resmungou Sweden, vencendo penosamente a relutância em dizer suas falas. "A gente tava aqui... hum... fazendo a nossa conferência."

Broudeur estendeu a mão na direção da minha e, quando a apertou, olhou bem dentro dos meus olhos. "É, nós já nos conhecemos", disse, num tom gentil.

"Claro. Oi", falei.

"Eu dei uma carona para você na 9A, não foi? Na neve."

"É, foi."

"Como vai o seu amigo?"

"Vai bem, acho."

"Bom, olha, eu não quero interromper", disse Brodeur subitamente, dirigindo-se a Sweden. "Esses papéis não são urgentes. Dê uma olhada quando puder, não tem pressa."

"Tá bom", disse Sweden, com uma careta.

Não havia nada a interromper. Com Brodeur fora da sala, Sweden pouco teve a dizer. Conseguiu me desejar boas festas e boa sorte com o trabalho de inglês, mas precisou acender um cigarro antes de desembuchar um *se cuida, cara*. Aparentemente, era só essa a mensagem que ele queria me transmitir.

A carta chegou menos de uma semana depois, no Brooklyn. Fora endereçada ao meu pai. Estávamos sentados à mesa do café-da-manhã quando Abraham a entregou para mim, recolocada em seu envelope rasgado, sem dizer nada além de um seco "Isso é pra você, suponho". Mas a carta tinha chegado no dia anterior — Abraham a levara lá para cima e passara uma tarde e uma noite a contemplando antes de decidir que não iria dizer nada.

A carta fora escrita no papel creme timbrado de Camden e trazia a assinatura de Richard Brodeur. Dizia que, lamentavelmente, em virtude do meu descumprimento dos regulamentos da faculdade referentes ao limite da estadia de convidados e à posse de substâncias narcóticas, eu seria submetido a um afastamento obrigatório pelo período de um semestre, ao fim do qual seria realizada uma audiência no conselho estudantil. O mais crucial, na verdade, era que minha bolsa havia sido suspensa em razão de eu não ter conseguido alcançar um patamar mínimo de excelência acadêmica. Depois de um determinado período de tempo, eu seria convidado a me *recandidatar* a uma bolsa de estudos.

A lenda do aluno-traficante da Fish House que fora aconselhado a fechar as portas não era enganosa, não realmente. Sim, Camden College podia, e não hesitaria em se proteger da divisão de entorpecentes da polícia de Vermont. Mas também podia se proteger de tipos como eu e Arthur Lomb. Enfiei a carta no bolso da calça, tomando o cuidado de manter a cabeça baixa para não olhar nos olhos de Abraham. Meu pai continuou tinindo pratos e raspando torradas, depois, num arroubo de excitação, pôs-se a ler para mim o obituário de Louis Aragon, poeta francês, oitenta e cinco anos. E, com essa, eu poderia ter saído porta afora, rumo à Nevins e à estação do metrô, levando nas costas a mochila cheia de deveres por fazer e de panfletos xerocados de bandas da Stuyvesant. A Dean Street continuava tão intacta quanto eu a deixara, a carta enfiada no meu bolso sendo o único indício de que eu estivera em outro lugar.

8.

A Universidade da Califórnia em Berkeley ainda me queria. E Berkeley era longe o bastante para contentar meu estado de espírito: visto daquela distância, Vermont se misturava àquela massa nodosa de velhos estados que ninguém que estivesse na costa ensolarada cogitaria em se dar ao trabalho de tentar distinguir uns dos outros. Os créditos que eu tinha cursado em Camden não serviram para nada na transferência, de modo que comecei do zero de novo, como se diz, ainda que eu tivesse a sensação de estar começando de um ponto bem abaixo do zero. A universidade era o oposto de Camden — um mar de estudantes asiáticos, mexicanos, negros e brancos, uma cidade costeira no lugar da estufa verdejante que era a faculdade de artes de Camden. Em Camden, as aulas eram dez ou doze alunos sentados ao redor de uma longa mesa de carvalho, todos debatendo e fazendo comentários sarcásticos, todos se exibindo e recebendo atenção. Em Berkeley, um professor murmurava para dentro de um microfone de cima de um tablado longínquo enquanto toda uma arquibancada de calouros tomava notas, braços sincronizados feito robôs saídos de uma mesma linha de montagem. Pela primeira vez na vida, aprendi a estudar.

A melhor coisa num raio de quilômetros era a estação de rádio do campus, a KALX. O formato aberto da estação dava à gangue de DJs que trabalhava nela a liberdade de perseguir suas obsessões em qualquer direção que quisessem; os resultados eram uma mixórdia esplêndida. Vários DJs tinham recebido permissão para manter seus programas anos depois de terem se formado — era essa exceção à regra habitual que dava à KALX sua profundidade especial, a profundidade de uma família anárquica, cujos membros faziam questão de inventar apelidos para distinguir seus programas: Marshall Stax, Gale Warning, Commander Chris e Sex For Teens eram alguns dos meus favoritos. Suas vozes cáusticas, carismáticas e despojadas pontuavam os dias e as noites do eterno verão de Berkeley. No meu quarto de dormitório, no décimo segundo andar de um espigão feioso, acima da copa das palmeiras que pontilhavam o caminho até a baía, suas vozes eram minha única companhia regular.

A fonte era um prédio minúsculo na Bowditch Street, feito de blocos de concreto brancos, com o prefixo da estação pintado numa faixa azul. A KALX era como um iceberg, quase todo submerso — as cabines e a coleção de discos ficavam no subsolo, enquanto no andar de cima havia apenas um escritório vago, mesas com telefones de disco e uma sala de espera cheia de sofás com jeitão de mercado das pulgas que vazavam espuma por buracos de cigarro. Visitei a estação na primeira oportunidade que surgiu, me oferecendo como voluntário para atender as ligações dos ouvintes durante uma maratona para arrecadar fundos. O meu turno era o das primeiras horas da manhã, e o DJ me olhou como se eu fosse um fracassado por me prestar àquele papel. Em seguida, ele me explicou o procedimento: doando acima de vinte e cinco dólares, um ouvinte podia ir até a estação e ganhar uma camiseta; para os que doassem acima de cinqüenta, eu podia dar de presente um dos discos xexelentos que entulhavam a caixa de entrada da estação. Ao longo do turno, atendi umas quinze ou vinte ligações. Eu podia ouvir a voz do DJ vindo encanada lá de baixo enquanto ele encaixava de má vontade a campanha de arrecadação ao formato do seu programa, mas não fui autorizado a entrar na capela que se escondia no subsolo.

Mais tarde, eu perguntei o que era preciso fazer para me tornar um DJ e recebi pouco encorajamento. Eram necessárias cem horas de tedioso trabalho voluntário para entrar na lista para receber o treinamento. Depois, a lista de espera, até mesmo para o horário mais minguado da madrugada, normalmente levava um ano. Eu seria treinado por outros DJs, que prefeririam que eu não desperdiçasse o tempo deles — eu tinha de estar disposto a levar a coisa a sério, ou era melhor nem me dar ao trabalho. A KALX era, bem aos moldes dos ideais de Berkeley, uma verdadeira coletividade voluntária, só que gerida sem nenhum traço da carolice e do misticismo típicos de Berkeley, mas sim com uma estóica exaustão punk. Isso foi em março de 1983. Ao fim daquele ano, eu já tinha conquistado o direito de ter um programa, no horário das duas às seis da manhã das quintas-feiras. Mantive o programa por três anos, o que era uma insignificância pelos padrões da KALX, mas foi o maior dos compromissos que eu já fora capaz de assumir na minha nova vida adulta.

Adotei o apelido de Caranguejo Fujão. Se antes eu tinha uma vaga suspeita de que ao me transferir para Berkeley eu havia imitado a longínqua debandada de Rachel rumo ao Oeste, agora eu brincava comigo mesmo, não sem amargura, que ela poderia estar no raio de alcance das ondas do meu programa. Ela poderia ficar se perguntando quem era ele, o seu xará fantasmático. Eu tocava "Reasons to Be Cheerful, Part 3" de Ian Dury — um rap branco *monty-pythonesco* — no início de todos os programas e declarava que aquele era o meu hino. Mas a minha amargura, assim como a minha lista de músicas, logo foi para a geladeira. O meu programa era ruim. Por mais músicas favoritas que eu pensasse que tinha, elas começaram a parecer batidas depois de algumas repetições. Eu estava tentando impressionar, tentando fazer gênero, como Matthew Schrafft e eu tínhamos feito usando Devo debaixo da manga.

Era impossível não reconhecer o fato: aquelas horas solitárias antes do amanhecer ou eram um vazio ou eram um espelho. Eu estava falando com as paredes, ou comigo mesmo. Então comecei de novo, num espírito de busca e descoberta. Antes de cada programa, eu desencavava álbuns esquecidos da discoteca embolorada da estação e, no ar, dava asas à minha própria curiosidade, tocando músicas que nunca tinha ouvido e sempre tido vontade de conhecer. O que eu mais gostava, quando me permitia tomar conhecimento dos meu gostos, era *doo-woop*, rhythm-and-blues e soul. Stax e Motown, mas também Hi, Excello e King e Kent, os marcos mais remotos das minhas descobertas. Otis Redding e Gladys Knight, mas também Maxime Brown e Syl Johnson. E grupos — eu adorava grupos vocais. Adorava Subtle Distinctions.

Virei um escavador de vinil, esquadrinhando lojas de discos à cata de

LPs fora de catálogo e estudando-os com dedicação talmúdica. As músicas que eu amava seriam todas desenterradas dos arquivos dos estúdios e lançadas em CD dali a poucos anos, mas naquela época elas ainda existiam apenas em discos arranhados, mofados e inteiramente meus. Eu lia Peter Guralnick, Charlie Gillett e Greg Shaw e esquecia quais opiniões eram deles e quais eram minhas, depois transformava todas elas em minhas tocando, tocando e tocando os discos — aprendi a calar a boca e tocar os discos. Intercalava as músicas não só com meus próprios comentários mas também com a leitura de trechos dos textos publicados nas capas dos LPs, alguns dos quais já tinham se tornado clássicos, como o que Richard Robinson escreveu para *Get It While You Can* de Howard Tate:

> Sim, Howard é underground negro, onde brancos só entram por insight. Ele tem a verdadeira emoção do soul, que desapareceu porque você não está ouvindo com o coração. É exatamente disso que Howard e sua música tratam: da terra indiferente e da longa batalha que é preciso travar entre o raiar do dia e o cair da noite.

Quem seria capaz de superar um negócio desses? Quem iria querer tentar? Eu lia o texto do encarte de um disco, depois tocava um lado de cada vez. Porque, no porão da KALX, eu descobri que tinha todo o tempo do mundo. Lá, aprendi que encontrar a sua arte é matar o tempo com um tiro só. Comecei a me identificar com Abraham. Eu passava as noites construindo um caminho com faixas de dois e três minutos como meu pai passava os dias em seu estúdio frio espalhando tinta numa escada de celulóide.

A estação não era um lugar que estimulasse a socialização. As reuniões de equipe eram mal-humoradamente eficientes, e os DJs formavam, no máximo, uma comunidade hermética. O mais comum era você criar laços apenas com aqueles cujos programas vinham antes ou depois do seu, literalmente de passagem. Mas acabei fazendo amizade com um grupo de DJs e ex-DJs que costumavam se reunir para jogar *softball* e se autodenominavam Liga do Povo. Nós nos encontrávamos todos os domingos num lugar chamado Deaf School Field para um esculhambado jogo misto, sem bolas ruins, sem *strikes*, sem marcar o placar e com muita cerveja e comida assada na grelha.

Dez anos dando pauladas em *spaldeens* com cabos de vassoura tinham me transformado num batedor bastante razoável, muito embora eu só conseguisse mandar a bola mais ou menos em linha reta na direção do meio do campo. Os outros DJs caçoavam da minha previsibilidade: todas as minhas rebatidas passavam por cima da cabeça de quem estivesse na segunda base.

Não era fácil explicar para eles o que era o losango estreito e achatado da Dean Street, em que maçanetas de carros de um lado e de outro marcavam a primeira e a terceira base e um longínquo tampão de esgoto marcava a segunda. Enviesar uma bola no Brooklyn era acertar a janela da sala de alguém e acabar com o jogo. Os outros DJs eram californianos e nunca tinham jogado numa rua. Do jeito que era o formato irregular do Deaf School Field fazia com que o campo tivesse um *left field* cavernoso, enquanto um pequeno aglomerado de árvores no centro do campo transformava o meu tique numa vantagem: as bolas *fly* de noventa metros de altura que os batedores mais fortes da liga rebatiam para a esquerda acabavam indo para fora, enquanto as minhas rebatidas rasantes iam voando para dentro de uma senda entre as árvores e sumiam. Enquanto o *center fielder* revirava o carpete dos eucaliptos à cata da bola, eu corria de uma base para outra para marcar um home run fácil. Uma vez, estimulado pela presença de uma menina que eu queria impressionar, consegui marcar quatro home runs com a ajuda das árvores numa única tarde. Aquele poderia ter sido o dia mais feliz da minha vida. Com certeza teria sido, se Mingus estivesse lá para testemunhar a façanha.

Minhas proezas na Liga do Povo foram realizadas sem nenhuma ajuda do anel de Aaron Doily, que estava de molho na prateleira. Eu tinha esquecido minha identidade como o mais patético super-herói do mundo e me transformado, em vez disso, num californiano. Tinha namoradas californianas, um apartamento californiano e, depois que abandonei a universidade por pura falta de interesse, uma carreira jornalística californiana, como crítico de música da *Alameda Harbinger*, um emprego que era uma espécie de extensão do trabalho que eu havia realizado reformulando a gazeta moribunda da KALX. Só três anos mais tarde senti necessidade de desencavar o anel, de tirar o Aeroman do convívio com as bolas de naftalina. Por quê? Porque fui cangado, num ônibus.

Eu tinha levado Lucinda Hoekke para ver um show de Jonathan Richman no Floyd's, um teatro minúsculo no centro de Oakland. Lucinda era uma segundanista que tinha se transferido da St. John's de Annapolis para Berkeley e uma tiete rasgada dos DJs da KALX; aquela noite de março, de muita ventania, era a terceira vez que saíamos juntos. Depois do show, pegamos um ônibus solitário na Broadway para voltar para Berkeley e sentamos perto demais da traseira. É possível que eu estivesse tentando mostrar para Lucinda Hoekke, ou para mim mesmo, que não estava com medo do único passageiro dentro do ônibus além de nós, um garoto negro e alto que estava sentado com as costas encurvadas no banco do canto, o casaco acolchoado estufado debaixo de seus braços feito uma bóia inflável. Então, sentamos num banco de dois lugares, de costas para ele. Entre um gorro de lã e um cachecol listrado, eu envergava pesados óculos de armação preta, um acessório estilo Buddy Holly/Elvis Costello que simbolizava bossudez roqueira. Isso era o que os óculos simbolizavam para mim, obviamente. Para o garoto, eu com certeza parecia uma caricatura viva da vítima perfeita: Woody Allen tinha acabado de subir no ônibus dele. Ele me cangou só por cangar, prendeu minha mandíbula debaixo do seu cotovelo só pelo tempo suficiente para mostrar que a coisa poderia ser feita.

"Eu só tô zoando contigo, *yo*. Ela é tua namorada?"

Lucinda piscou os olhos. As janelas podiam estar pintadas de preto que daria no mesmo. O ônibus seguia roncando pela avenida, o motorista impassível em sua cabine. Minha cara ficou vermelha.

"Tu tem um dólar aí que tu possa me emprestar?"

O script era o mesmo de costa a costa. Talvez ele estivesse escrito nas minhas costas. Agarrei a mão enluvada de Lucinda e a arrastei lá para a frente. Sentamos no primeiro banco do lado oposto do motorista, que mal olhou para nós com o rabo do olho.

"Você não vai contar pra ele?", sussurrou Lucinda.

"Shhh", foi só o que eu disse para ela.

"Pô, num precisa ficar assim não, cara", gritou o garoto lá de trás. "Tu num pode nem *falar* comigo, cara?"

Ele puxou a corda, depois desceu pela escada de trás, esmurrando ruidosamente a lateral do ônibus para se despedir. Fizemos o resto da viagem em silêncio, o motorista e eu cúmplices na vergonha, Lucinda amedrontada. Vi incompreensão nos olhos dela: nós tínhamos sido *assaltados*? Por que eu estava furioso daquele jeito — por que eu parecia estar furioso *com ela*? O enigma continuava inalterado desde a última vez em que me deparara com ele, em alguma calçada nas proximidades da I.S. 293. Uma canga era um *koan* — podia causar perplexidade perene e nunca vir a ser solucionado. A lição que ela tinha a ensinar era inexprimível. Nunca mais tornei a ligar para Lucinda Hoekke. Também nunca mais voltei a usar aqueles óculos depois daquela noite.

O uniforme do Aeroman estava perdido fazia tempo, mofando em alguma caixa de provas da polícia ou atirado em alguma lata de lixo. Melhor assim. Desta vez eu estava preferindo algo menos espalhafatoso, distante do modelito com capa do Super-Homem ou do Omega, the Unknown, e mais próximo do estilo daqueles vingadores urbanos mascarados e elegantemente trajados, como o Spirit ou o Besouro Verde. A mudança refletia o meu recente interesse por filmes noir das década de 40 e 50, aliado a uma sensação geral de vergonha em relação aos uniformes estilo papel de bala da Marvel, que na minha cabeça agora estavam amontoados numa pilha de lixo dos modismos dos anos 70 junto com o Kiss, o T. Rex e os uniformes dos Houston Astros. E, além do mais, nossas capas — a minha, a de Mingus, a de Aaron Doily — nunca tinham ajudado em nada no que dizia respeito a voar. Então, comecei a garimpar os brechós de Berkeley em busca de um bom terno clássico de lapelas estreitas, algo vistoso, memorável e digno das nobres intenções do Aeroman: um tropical marrom, talvez, ou quem sabe verde-musgo. Logo, porém, descobri que a busca era desnecessária: o Aeroman já não tinha mais uma aparência, já não tinha mais como se vestir com elegância, nem sem. O anel mudara desde as minhas sessões de vôo no bosque de Camden.

Descobri isso ao ar livre, ao entardecer, sem espelhos por perto. Eu tinha escalado as colinas de Berkeley, subindo até um penhasco de onde podia avistar os telhados de casas de luxo assentadas em estacas fincadas no declive, as estepes verdes acima do campus, incluindo o Deaf School Field e a borda de planície que se estendia até a marina. Tinha ido para o mato para reunir coragem, para me lembrar da minha única experiência de vôo que valia a pena rememorar, não nas ruas da cidade, onde estava a ação, mas entre árvores e lagos. Meu plano era planar colina abaixo, talvez pousando no Deaf School Field, só para começar. E eu não ia espreitar injustiças naquela noite. Não tinha uniforme nem plano de ataque. Aquilo era só um treino.

Senti a diferença assim que botei o anel. Ele não estava mais sendo puxado para o ar — esse lado dele estava morto. Ele agora não conferia mais a capacidade de voar, mas outra coisa. Minha mão estava invisível. Assim como o resto do meu corpo, até onde eu podia ver. Tropecei nas pedras do chão, entrelaçando pés invisíveis enquanto girava feito um pião, tentando ver algum pedaço de mim, em algum lugar. Enquanto estivesse com o anel no dedo, não haveria nada para ver. Eu podia levantar terra com o bico do sapato, podia tossir ou gritar e ser ouvido, podia sentir minha respiração com a palma das mãos, podia chupar a ponta do dedo e sentir a saliva evaporar no vento que soprava da baía. Só não podia ser visto.

Não sei por que o anel mudou. Imaginei que poderia ser uma coisa da Califórnia, que a natureza do anel poderia estar ligada a forças geofísicas e ter se alterado quando ele foi transportado para lá. Ou talvez pudesse ser algum tipo de transformação relacionada à idade — à idade do anel, não à minha, já que Aaron Doily tinha voado, ainda que mal, quando já estava com mais de cinqüenta anos. No fim, acabei aceitando a mudança em termos pessoais. Quando eu tinha doze anos e o anel veio parar nas minhas mãos, eu achava que voar era o denominador comum, a essência do super-heroísmo: todo super-herói voava, mesmo que alguns tivessem que trapacear saltando com auxílio de varas ou cordas, flutuando dentro de bolhas de força ou pilotando máquinas voadoras. Então, ele era um anel de voar. Mas, quando o botei no dedo de novo, naquela colina de Berkeley, eu já pensava diferente. Invisibilidade era o que todos os super-heróis *realmente* tinham em comum. Afinal, quem já tinha visto um super-herói na vida?

Na verdade, se ele ainda fosse um anel de voar, talvez eu nunca tivesse me enfiado em Oakland, talvez só tivesse voado um pouco nas colinas e depois aposentado o anel de novo. Minha covardia já tinha virado um hábito àquela altura. Minha revolta por ter sido cangado no ônibus na frente de Lucinda Hoekke poderia ter sido purgada com algumas voltinhas para lá e para cá pelo ar, com uma reatualização do meu irrelevante poder secreto. Mas essa alteração do anel parecia ser um sinal de que o Aeroman havia amadurecido. A invisibilidade era algo ardiloso e sofisticado e poderia funcionar. Eu estava sendo preparado para alguma coisa.

Enquanto estava lá parado, fascinado com a minha invisibilidade, um passarinho minúsculo, um pardal, tentando pousar no que com certeza lhe pareceu ser um penhasco vazio, desceu voando do céu e se chocou contra a minha têmpora, com força. Nós dois caímos. Em pânico, fiquei de quatro no chão e me levantei às pressas, sem saber se o ataque-surpresa iria continuar, até que vi o passarinho zonzo, caído de lado na terra. Achei que tinha se matado na colisão contra mim, mas depois ele começou a agitar os pezinhos e as asas, descrevendo um pequeno círculo na terra antes de se endireitar e ficar de pé, com a cabeça enviesada. Tirei o anel do dedo e olhei para as palmas das minhas mãos, que estavam rosa e esfoladas. Quando passei a mão na têmpora, encontrei sangue no meu cabelo — meu sangue, não do pardal.

O passarinho olhava fixamente para mim. Não parecia particularmente surpreso por eu ter me tornado visível. Imagino que tivesse comprovado minha existência por outros meios. Saltitou uma pequena distância e me examinou de novo. Em seguida — satisfeito? perplexo? emputecido? — deu as costas e, como eu, saiu andando, e não voando, do local do nosso encontro.

9.

Os primeiros CDs vinham em embalagens compridas, para serem guardados nos escaninhos feitos sob medida para os discos de vinil que eles haviam substituído. A primeira grande leva de caixas de CDs, ou *box sets*, também vinha disfarçada de vinil: tanto CDs quanto fitas cassete poderiam estar escondidos dentro das embalagens que imitavam caixas de LPs. Às vezes, até LPs mesmo — você tinha que ler as letras miúdas da embalagem para saber. Rick Rubin botou guitarras num rap e a MTV botou o rap na televisão. O grupo dele, o Run DMC, encontrou seu maior sucesso com um *cover* da música "Walk This Way" do Aerosmith, só que com o próprio Aerosmith no coro, já que rappers não cantam. A cocaína se bifurcou e os negros foram presenteados com o crack, o beneficiário da melhor campanha publicitária desde... o quê? O LSD? O aiatolá Khomeini? Em Berkeley, em plena era Reagan, alunos da escola Malcolm X Elementary passavam a hora do recreio no parque Ho Chi Minh.

Meu projeto épico naquele ano, e que jamais viria a ser concluído, era algo chamado *Notas do encarte: a caixa*. A embalagem seria uma daquelas caixas quadradas, do tamanho de LPs, tão apreciadas por colecionadores como eu próprio. Dentro, folhas soltas contendo as mais fantásticas notas de encarte de todos os tempos, em belas reproduções dos designs originais. Estariam incluídas tanto pérolas manjadas de Samuel Charters, Nat Hentoff, Ralph Gleason e Andrew Loog Oldham quanto textos escritos pelos próprios músicos: John Fahey, Donald Fagen, Bill Evans. Marcos como as notas de Paul Nelson sobre o *Live 69/70*, dos Velvets, as de Greil Marcus sobre *The Basemant Tapes* e as de Lester Bangs sobre os Godz. Joe Strummer sobre Lee Dorsey, Kris Kristofferson sobre Steve Goodman, Bob Dylan sobre Eric Von Schmidt. James Baldwin sobre James Brown, LeRoi Jones sobre Coltrane, Hubert Humphrey sobre Tommy James & The Shondells. O pai das Shaggs sobre as Shaggs, o psiquiatra de Charles Mingus sobre *The Black Saint and the Sinner Lady*. E, acima de tudo, a estranha e insuspeitada poesia dos elogios que eu vinha lendo em voz alta no microfone da KALX, como o de Deanie Parker a Albert King:

> Se alguma vez na vida você já foi ferido por um amor, enganado pelo seu melhor amigo, reduzido ao seu último tostão ou humilhado a ponto de querer entregar os pontos, Albert King tem a solução para você, se você tiver o tempo para ouvir. Talvez você esteja apenas curioso... mas pode deixar que ele vai mexer com você... ponha Albert na vitrola... ponha a agulha no ponto... agora se afogue no... blues.

A hipótese de as pessoas ficarem decepcionadas ao não encontrarem nem uma única nota de música de verdade dentro de *Notas do encarte: a caixa* nunca me passou pela cabeça. Não sei dizer por que exatamente, a não ser que tenha sido porque a óbvia intenção do projeto — a de botar os textos em pé de igualdade com a música — estivesse tão na cara que eu simplesmente não conseguia enxergar. As pessoas gostam de ser iludidas e gostam mais ainda de se iludir. Eu tinha vinte e três anos e acreditava do fundo do meu coração que os fãs da música precisavam de *Notas do encarte: a caixa*. Da mesma forma, me convenci de que a epidemia de crack, que então atingia seu auge regional em Oakland e Emeryville, era um trabalho para o Aeroman.

Fui ao lugar que mais me amedrontava: um bar na Shattuck Avenue, perto da rua 6, chamado Bosun's Locker, um lugar onde todo mundo sabia que era fácil comprar drogas e que era um excelente local para *não ir nem morto* se você fosse branco. Grupos nervosos de rapazes negros podiam ser vistos perambulando pelas calçadas ao redor, de uma forma que me fazia lembrar, quando eu passava por ali de ônibus, as esquinas próximas de Wyckoff Gardens ou de Gowanus Houses, no Brooklyn. Os extermínios praticados por atiradores motorizados eram agora um problema famoso nos subúrbios mais pobres da Bay Area, como Richmond e El Cerrito, mas eu era um típico nova-iorquino expatriado, ou seja, ainda não tinha carteira de motorista, e os subúrbios que cercavam Berkeley nos três lados me pareciam inatingivelmente distantes. Além disso, era difícil para mim imaginar como um homem invisível poderia impedir um atirador motorizado de atirar, a menos que ele tivesse um carro invisível. Decidi, então, ir ao lugar aonde *podia ir a pé* que mais me amedrontava, e que era a grande e soturna espelunca da Shattuck, um bar com sinuca.

Entrei lá visível às sete da noite de uma terça-feira, apalpando o anel dentro do meu bolso com a ponta dos dedos. Eu tinha certeza de que conseguiria ser assaltado — àquela altura, não havia nada que me parecesse mais certo e seguro do que isso. E tinha certeza também de que conseguiria me safar do assalto com a ajuda do anel. Mas apenas salvar o velho garoto branco de sempre não era o bastante. A vaidade do Aeroman exigia alguém para proteger. Talvez, em algum recanto obscuro da minha mente, esse alguém fosse um Rude, Mingus ou Barrett Junior, alguém que eu havia abandonado. Mas talvez fosse Rachel também, já que Mingus me abandonara tanto quanto eu o abandonara e acho que as duas coisas — abandonar e ser abandonado — tinham acabado ficando embaralhadas na minha cabeça. Essa foi a névoa que carreguei comigo para o Bosun's Locker e também a razão por que minha aventura invisível estava fadada a ser tão nebulosa. Mas eu não estava invisível, ainda.

Todas as cabeças viraram na minha direção, muito embora fossem apenas quatro. O barman de costeletas, que era grande o bastante para ser seu próprio leão-de-chácara, dois jogadores de sinuca cinqüentões, que ponderavam ângulos na mais afastada das três mesas, e um garoto, ou homem — ele tinha a minha idade e eu, na época, me considerava um homem —, sentado no canto do bar. Ele usava um cardigã bege com pala de camurça sob um casaco de lã e uma boina Kangol, a indumentária de um jogador. Eu era a única cara pálida no recinto. Ninguém falava nada ou, pelo menos, nada que eu pudesse ouvir sob o som do jukebox, uma música do Blue Notes, com Teddy Pendergrass entoando *Bad luck, that's what you got...**

"Pois não?"

"Uma Anchor Steam, por favor."

"Só tem Bud, Miller e Heineken."

"Tá, então, hum... Heineken."

Meu companheiro de bar mantinha os olhos cravados em mim, então levantei minha garrafa na direção dele antes de tomar o primeiro gole. Havia cinco bancos entre nós. Ele virou-se para a janela como se estivesse com enjôo, depois balançou a cabeça para a música, não para mim.

Fui até lá. "Oi..."

"*Yo*, sai de cima de mim, cara."

"Eu só queria perguntar..."

"Eu só tô falando pra você sair de cima, cara. Você pode até assustar um irmão desse jeito, cara."

"Eu posso perguntar..."

"Nã, cara, só sai de perto de mim, valeu?"

Voltei para o meu banco. Um minuto depois, ele sentou do meu lado. "Que que você queria me perguntar, cara?"

"É que eu tô a fim de comprar um lance."

Ele franziu o nariz. "Que porra de lance é essa que você tá falando, cara?"

A palavra crack me parecia explícita demais. Na época, a *Newsweek* e o 60 *Minutes* vinham comparando o crack às pestes da Idade Média. "Eu tava a fim de fumar um *freebase*", respondi. "Eu queria descolar umas pedras."

"*Yo*, cala essa boca, cara. Que merda você tem na cabeça pra achar que eu podia te ajudar a *descolar umas pedras*?"

"Desculpa."

"Tá procurando encrenca, cara?"

Bom, isso eu estava, não estava? Esse era justamente o ponto essencial. Nessa hora, ele tinha me sacado direitinho.

* "Azar, é isso que você tem..." (N. T.)

"Não", respondi.

"Você num ia vir aqui se num tivesse procurando encrenca, cara", disse ele, mas sorriu. "Escuta, *feebase* e pedra são duas coisas compretamente diferente uma da outra, cara." Apesar do *feebase* e do *compretamente*, ele realmente queria que eu entendesse.

"Desculpa", repeti.

Ele olhou ao redor para ver se havia alguém nos observando, depois me ofereceu um aperto de mão. Eu aceitei.

"Como você chama?"

"Dee", eu disse.

Mais uma vez ele olhou em volta. Não havia ninguém perto o bastante para ouvir coisa alguma, o barman a distância, os jogadores de sinuca alheios. "Tu pode me chamar de OJJJ." *Ou-jei-jei-jei*. Imaginei que as alcunhas OJ e OJJ já tivessem dono no pedaço de mundo que OJJJ freqüentava.

"Tu tá na boa, cara?", ele me perguntou. "Tu tá na minha?"

"Claro." Fiquei me perguntando se ele estaria achando que eu era policial e, se estava, por que não me perguntou diretamente.

"Tu quer viajar, né?"

"Eu tenho dinheiro." Ele estremeceu, depois se inclinou sobre o balcão, chegando mais perto de mim. "Porra, cara, cala essa boca. Tu num precisa de dinheiro se tu quer que o OJJJ descole uma viagem pra tu, cara. Tu só precisa pedir."

"Tá bom."

"Valeu." Nós apertamos as mãos de novo. OJJJ lutava contra o impulso de olhar por cima do ombro na direção da janela a cada dois segundos e perdia, ganhava, perdia, ganhava. Nesse meio-tempo, flagrei o barman nos examinando com olhos semicerrados e cara de desconfiado. Minha imaginação escreveu o comentário da voz em off: *O quê que o OJJJ tá fazendo com aquele garoto branco?* Eu tinha certeza de que todo mundo ali era freqüentador assíduo do lugar. E que todo mundo estava crente que eu era policial. Na verdade, de acordo com o que a reportagem que li pouco depois no *Oakland Tribune*, o barman não só nunca tinha visto OJJJ mais gordo como nem por um segundo imaginou que eu pudesse ser policial. Ao que parecia, essa não era a imagem que eu passava para as pessoas.

OJJJ me levou até o banheiro, passando pelas mesas de sinuca e pelos dois jogadores, que aparentemente continuavam achando que não valia a pena se dar ao trabalho de olhar para nós. O banheiro era estritamente utilitário, com um urinol todo de aço e um chão que se inclinava na direção de um ralo central, para facilitar o escoamento. As pichações ainda não tinham enegrecido completamente as paredes visguentas, embora faltasse pouco. As portas dos cubículos tinham sido arrancadas, mas nos escondemos dentro de um deles assim mesmo, cada qual de costas para uma parede divisória. O ar ali fedia a amônia, mas nada pior do que isso. Então, OJJJ abriu o casaco para sacar uma marica de vidro do bolso e aí, sim, eu senti um cheiro pior: o odor acre do seu suor, impregnando as camadas do seu charmoso cardigã. Fiquei me perguntando quantos dias faria que OJJJ não tomava banho ou nem sequer voltava para casa, se é que tinha uma casa para onde voltar. Mais tarde, eu ficaria sabendo que o cheiro era a química do medo agindo em seu corpo.

Agora o odor acre de OJJJ se misturava ao futum do crack, crestado no fundo de uma marica de vidro forrada com uma minúscula tela de cobre. Fiquei observando como OJJJ fazia e tentei fazer igual. Eu nunca tinha fumado cocaína antes, só visto Barrett Junior fumar. Acho que OJJJ sabia que estava me ensinando e ficou contente de estar no papel de professor. Acho que isso lhe deu coragem. Ele me mostrou o que era uma pedra e o que era um *pebble* e um *twig*. Nós fumamos alguns deles e uma ou duas vezes eu senti que tinha conseguido acertar, senti a corrente fria percorrendo meu corpo. Mas era um barato fugidio, impossível de saborear, como se fosse preciso correr atrás dele. Então, OJJJ pegou a marica e me mostrou a *pedrona* que ele tinha guardado para o final. Fiquei observando OJJJ fumar a pedrona e então ele me pediu que lhe mostrasse o dinheiro. Eu lhe ofereci quarenta dólares e ele me disse para guardar o dinheiro, que íamos precisar dele no lugar aonde ele ia me levar, se eu quisesse ir. Eu senti que ele queria que eu fosse. Fiquei me perguntando quando eu iria ficar invisível.

Quando saímos do banheiro, havia algumas mulheres no bar, já devidamente produzidas para a noite. Ao passarmos, uma delas disse para OJJJ: "Ei, tá indo pra onde, bonitão?".

"Cala a boca, piranha."

O barman sacudiu sua cabeça de morsa, mas nós já estávamos de saída, não estávamos nem aí para o que ele pensava. Com OJJJ mostrando o caminho, nós dobramos a esquina e descemos o escuro quarteirão residencial. As partes mais pobres de Oakland me pareciam idênticas às partes mais ricas, como subúrbios: fileiras de casas com gramados na frente e entrada para carros, ninguém nas calçadas. Só os carros denunciavam o que se passava lá dentro. Os carros estacionados na rua 6 tinham uns vinte anos de idade, Cadillacs com capotas podres de vinil, Oldsmobiles e Chryslers com estampas de ferrugem e pára-lamas descombinados.

OJJJ andava rápido à minha frente e me incitava a acompanhar seu passo. Parecia querer aproveitar algum impulso, provavelmente ocasionado pelo tapinha que ele dera na *pedrona*. Mais ou menos na metade do quarteirão, OJJJ estacou. Com a mão no bolso, apalpei novamente o anel. OJJJ apontou com o queixo para uma garagem sem ligação com casa nenhuma, mas cujo revestimento rosa indicava que pertencia à casa da esquerda. Uma luz amarela e o som de uma levada de baixo escapavam por baixo da porta larga.

"Preparado?"

"Ahn-hã, claro."

Entrando pela pista de carros, encontramos uma porta lateral. OJJJ bateu e a porta abriu só um pouco, presa por uma corrente. Um rosto nos examinou.

"*Yo*, sou eu."

"Quem é? OJJJ?" A voz veio de algum lugar atrás do rosto silencioso, que só olhava para nós.

"Qual é a desse teu garoto aí?", disse o rosto na fresta da porta.

OJJJ olhou para mim e balançou a cabeça. "Ele tá na boa."

"Não deixa o meu mano OJJJ aí plantado", disse a voz oculta. A porta se fechou de novo e, quando já tinha passado tempo suficiente para alguém soltar a corrente, nós a empurramos para entrar. Uma lâmpada amarela iluminava um grupo de homens sentados em cadeiras dobráveis dispostas mais ou menos em círculo em volta das espirais arreganhadas de um aquecedor de ar. Os quatro homens eram mais do que OJJJ esperava encontrar — um a mais, para ser mais exato. OJJJ quis sair porta afora de novo assim que viu o tal homem, mas já era tarde demais, nós já estávamos do lado de dentro e a porta estava bloqueada.

O homem se levantou, sorriu para OJJJ e estendeu a mão. OJJJ ignorou a mão estendida do homem e, sem em nenhum momento olhar para ele diretamente, virou-se para um dos outros homem do círculo e fez um apelo desesperado: "*Porra*, vocês deixaram o Horton vim aqui só pra armar pra mim? Isso num tá *certo*".

"O Horton contou que tu rapou ele, OJJJ." Era a mesma voz que tinha convidado a gente para entrar. "Isso num pareceu muito certo para nós também não, cara."

"Cala a *boca*, cara. Desde quanto tu acredita no que um filho-da-puta escroto feito o Horton *diz*?"

Horton abaixou a mão. "Eu não sou nenhum filho-da-puta feito você, não, garoto."

"Tu veio até aqui pra rapar a gente também, OJJJ? Quem é o teu amiguinho cara de fantasma?"

Com essa, OJJJ atingiu o limite da linguagem — ou, pelo menos, isso era o que o seu esgar parecia querer dizer quando ele sacou a pistola do bolso interno do casaco, o mesmo bolso de onde saíra a marica de vidro e para o qual voltara depois. Era um revólver de cano curto, tão datado quanto os carros estacionados na rua. Talvez OJJJ o tivesse comprado no mesmo brechó em que comprara o cardigã com pala de camurça, se é que brechós vendiam armas. Ele a disparou, ou ela disparou de alguma forma em sua trajetória de dentro para fora do bolso do casaco, despedaçando uma das placas de gesso do teto. Choveram lascas de reboco, cadeiras desabaram ruidosamente no chão. O estrondo parecia ter arruinado meus tímpanos, mas eles ainda sobreviveram para vibrar dolorosamente no ritmo da música. Entre o primeiro e o segundo disparo, houve um intervalo suficiente para que cada homem ali presente soltasse um puta que pariu, mas depois do segundo tiro os gritos de Horton abafaram todos os sons da sala. Sangue escorria por entre os dedos entrelaçados com que Horton apertava o joelho ferido. Em seguida, como uma criança brincando de polícia e bandido, ele gemeu: "*Tu me pegou, cara! Tu me pegou, cara!*".

Botei o anel e fiquei invisível. Ninguém notou. OJJJ estava imóvel, hipnotizado pelo estrago que tinha feito no joelho de Horton, mas a arma continuava se mexendo, sacolejando para a frente e para trás, tremelicando em dedos tensos, mas sem disparar. Alguém entoou um *merda, merda, merda*. Fui andando até onde OJJJ estava e, no maior ato de coragem física de que eu já fora capaz na vida, dei uma joelhada nos bagos de OJJJ e arranquei a arma da sua mão — ele se dobrou e começou a vomitar tão rápido que era como se eu o tivesse liberado da tarefa de segurar a bile lá dentro, como se vomitar fosse o seu objetivo ali desde o início.

O revólver foi engolfado pela minha invisibilidade por um instante, mas acabou tostando a minha mão, de tão quente que ficara com a combustão do disparo — era uma coisa primitiva, que mal passava de um naco de aço e dinamite feito para cuspir fogo numa determinada direção, para lançar sua carga e pronto, sendo que ele já tinha feito o seu serviço e agora mais parecia carvão em brasa. Ele me queimou e eu o soltei. Só que ele ainda não tinha acabado o serviço. Ao cair no chão, disparou mais uma vez e depois ficou girando até parar na poça do vômito verde e ralo de OJJJ. A terceira bala atingiu o pescoço de OJJJ, que engoliu em seco, desabou de costas no chão e ficou apertando o pescoço com as mãos como Horton tinha feito com o joelho. E enquanto ele engolia em seco e seu corpo desabava e se contorcia, sua boca formava palavras que provavelmente não existiam. Ou, se existiam, ele não conseguia dizê-las. Aquela bala calou a boca de OJJJ.

Eu? Eu fugi, me mandei. Já tinha descido uns dez ou doze quarteirões pela Shattuck, na direção oposta à das sirenes, quando bati de cara no ombro de uma mulher negra e alta que se enfiara de repente no meu caminho e me dei conta de que a série de espetaculares colisões que só por um triz eu conseguira evitar era culpa da minha invisibilidade. Com o impacto, a mulher deu um giro de cento e oitenta graus e eu cambaleei para trás e quase caí. Enquanto me recuperava, tirei o anel e o segurei na palma da mão. Quando me viu, a mulher partiu para cima de mim com uma raiva instintiva e me lascou um murro no olho com um pesado anel de pedra, que funcionou às mil maravilhas como soco-inglês. "Olha por onde anda, garoto!" Eu não podia culpá-la, mas também não podia explicar, só grunhir minha perplexidade. Pus a mão no olho e fugi de novo, agora com o anel de Aaron Doily dentro do bolso. O pardal que me abalroara na colina tinha uma mensagem para me passar, se eu estivesse disposto a ouvir: a natureza, ou pelo menos os pássaros e as mulheres, abominava o homem invisível.

Orthan Jamaal Jonas Jackson sobreviveu. Sua condição estável, assim como a de Horton Cantrell, na unidade de terapia intensiva do Herrick Hospital foi noticiada no caderno de notícias locais do *Oakland Tribune* na manhã seguinte. O artigo, encabeçado pela manchete DOIS FERIDOS NO NORTE DE OAKLAND, trazia a inquietante informação de que a polícia estava à procura de um pistoleiro branco. Ambas as vítimas eram conhecidas da polícia, tinham um histórico de detenções e, no caso de Cantrell, uma condenação por posse de drogas com sentença suspensa. Nenhuma acusação pairava sobre os dois na corrente investigação. Burocrática e superficial, a matéria nem de longe dava conta da arquitetura do incidente, em nenhum momento mencionando o fato de que Cantrell e Jackson tinham começado como inimigos antes de serem atingidos pela mesma arma. Provavelmente não era das notícias mais instigantes. O cenário era batido, drogas e armas, e, se tivesse terminado por aí, os olhos do mundo poderiam ter continuado indiferentes ao episódio.

Na quinta-feira, no entanto, a notícia já havia crescido e ganhado a primeira página do jornal. ATIRADOR MISTERIOSO DESCRITO COMO VINGADOR URBANO era o gancho. Àquela altura as duas vítimas já haviam prestado depoimento e, junto com os irmãos Kenneth e Dorey Hammond, donos da casa e da garagem, todos os presentes na cena tinham dado o mesmo testemunho: o misterioso garoto branco chegara ao local de arma em punho, tendo seguido seu primo distante e bom amigo Orthan Jackson do Bosun's Locker até lá. O barman contribuíra para reforçar a versão me descrevendo como um magrelo de jeito nervoso e confirmando que eu me comportara de modo estranho e que fora eu quem primeiro se aproximara de OJJJ. Fotografado com a camisola do hospital e um protuberante curativo que ia da orelha até a clavícula, OJJJ declarou que percebera desde o início que eu estava procurando encrenca. Embora ele não tivesse caído na minha esparrela nem por um segundo, eu tinha fingido que era policial e feito perguntas sobre os traficantes locais. Ele devia ter se tocado, disse OJJJ, que eu era *mais um branco maluco filho-da-p*** armando pra esburacar alguns cr*****os. Se foi o jornalista, Vance Christmas, que no parágrafo seguinte cunhou o apelido "O Bernhard Goetz de Oakland", OJJJ contribuiu um bocado para ele chegar lá. Vance Christmas teria que ser um péssimo jornalista para não cunhá-lo. Goetz ainda estava muito em pauta na época.

Passei horas me lamentando pelos cantos na KALX antes de fazer o programa daquela noite, um tributo mecanicamente abrangente a Bobby "Blue"

Bland que eu havia preparado semanas antes. A medonha mancha roxa no meu olho eu explicava, a quem perguntava, narrando a colisão na Shattuck, deixando de fora obviamente a parte da invisibilidade. Minha visita à garagem dos Hammond propriamente dita não deixara marcas visíveis em mim. Depois do programa, comprei os jornais de sexta-feira. Examinei o *Tribune* de cabo a rabo e, para meu grande alívio, não encontrei nenhuma menção ao tiroteio de terça-feira à noite. Depois, me encolhi na cama e dormi até escurecer.

Essa falsa calmaria durou só até domingo, quando Vance Christmas acabou com a minha paz na página de opinião que o jornal publicava nos fins de semana. O VINGADOR DE EAST BAY, COMO O ATIRADOR DO METRÔ DE NOVA YORK BERNHARD GOETZ, TRAI UMA MAL DISFARÇADA MENTALIDADE PRÓ-LINCHAMENTO tinha como inspiração um punhado de cartas em apoio ao misterioso pistoleiro branco recebidas pelo *Tribune* desde a publicação da notícia de quarta-feira. O longo artigo começava traçando um perfil psicológico de Goetz, um nova-iorquino de fala mansa que havia tentado cometer quatro assassinatos. Embora a história já estivesse ficando um pouco velha, Christmas lhe deu vida nova e uma perspectiva local costurando as declarações do barman e de OJJJ para montar um retrato especulativo do "Vingador de East Bay" segundo os moldes de Goetz. Não havia nenhuma menção ao que Horton Cantrell e os irmãos Hammond (o quarto homem havia desaparecido por completo da história) poderiam estar fazendo na garagem, além de esperar por OJJJ e pelo *fatídico momento de terror* que enfrentariam nas mãos do *torto justiceiro*. O encontro inicial no Bosun's Locker recebeu uma curiosa ênfase. Christmas se perguntava: será que o Vingador sabia que Bosun's Locker era o mesmo bar em que Bobby Seale e Huey Newton haviam um dia se sentado para rascunhar juntos o manifesto dos Black Panthers? (Eu não fazia idéia.) A pergunta levou a uma digressão a respeito do mau estado do radicalismo negro e da ascensão dos barões das drogas e das gangues de rua no lugar que um dia já fora o orgulhoso baluarte dos Panthers na comunidade. Será que brancos alarmistas — e episódios como o de Goetz e do Vingador — tinham sido parcialmente responsáveis por essa substituição? A conclusão de Christmas era um sugestivo talvez.

O *Oakland Tribune* era um jornal presidido por negros, numa cidade que tinha um prefeito negro, e quando, na segunda-feira, liguei para o jornal de um telefone público do prédio do diretório estudantil e pedi à telefonista para falar com Vance Christmas, o jornalista obcecado pelos Panthers, eu esperava ouvir a voz de um homem negro do outro lado da linha. Para mim, o nome dele parecia nome de negro. Mas Christmas era branco, eu percebi imediatamente pela sua voz. Assim que ele se identificou, eu disse que ele estava enganado a respeito do episódio.

"Hmmm, é mesmo? Enganado como?" Ele estava mastigando nenhuma coisa.

"Foi o Orthan Jackson que atirou."

Christmas não estava particularmente interessado. "Ele atirou nele mesmo?"

"A arma caiu."

"Sei. E... hum... qual é o seu nome?"

"Eu não posso te dizer o meu nome."

Ele ficou calado por um instante. "Então como é que você sabe que foi isso que aconteceu?"

"Digamos que eu estou em posição de saber."

"E por que eu deveria acreditar em você?" Não havia nenhum traço de hostilidade em seu tom de voz — era uma pergunta sincera.

"A arma caiu numa poça de vômito", eu disse. Nenhuma das reportagens fazia menção a isso, pelo menos que eu tivesse visto. "Pode checar no relatório da polícia."

"Você espera um instante na linha?"

"Não. Me dá o número da sua linha direta que eu ligo de novo daqui a pouco."

Ele me pediu dez minutos. Desliguei, comprei uma vitamina de blueberry numa carrocinha na Bancroft, procurei outra cabine telefônica e liguei de novo.

Desta vez Christmas disse: "Fala que eu tô ouvindo".

"Eles são traficantes." Na minha cabeça, eu estava correndo contra o relógio: como em um milhão de filmes de cinema, técnicos da polícia estariam rastreando a ligação para localizar aquela cabine telefônica e logo um enxame de equipes da SWAT invadiria o prédio. Eu só queria dizer o suficiente para encerrar aquele assunto — ou, pelo menos, eu me convenci de que era só isso que eu queria.

"Certo", disse ele, afável. "Você tem razão, eles são traficantes conhecidos. A questão é: o que você é?"

"Eu só queria ajudar. O OJJJ tava na fissura, louco atrás de crack, e eu acho que ele andava roubando daqueles caras. É possível que ele já estivesse planejando puxar a arma antes mesmo da gente entrar lá."

"Quem você queria ajudar?"

"Ajudar a pegar os caras", respondi, impaciente.

"Matando todos eles?"

"Eu não atirei em ninguém. Eu nunca usaria uma arma."

"Você quer dizer... que nem o Batman?"

"O quê?"

"Isso era exatamente o que o Batman vivia dizendo, que ele nunca usaria uma arma."

Isso me fez estacar. Tentei imaginar como Vance Christmas seria, mas nenhuma imagem me veio à cabeça. Suponho que nós dois estivéssemos tentando fazer a mesma coisa: imaginar como o outro era. Ele respirava calmamente do outro lado da linha enquanto esperava que eu voltasse a falar — talvez soubesse que tinha conseguido me fisgar —, mas eu também podia ouvir algo como um sussurro frenético ao fundo: o suave ruído de um lápis rabiscando uma folha de papel.

Minha vontade era dizer: *Não, o Batman é da DC, e eu gosto é da Marvel. A DC é uma bosta.*

"Então, na verdade, você não pretendia que nada daquilo que aconteceu tivesse acontecido." Christmas não forçou no tom compreensivo. Ele parecia estar matutando sobre o mal-entendido em que nós dois tínhamos caído feito patinhos. "Foi por isso que você ligou, pra tirar as coisas a limpo."

"Exatamente."

"Você não odeia os negros, então?"

Por um momento, eu quase deixei a coisa toda escapar: o desejo de ir à forra por "Play That Funky Music", a desolação que um dia dera origem ao Aeroman e agora o fizera renascer das cinzas. Mas a trilha que ia da Dean Street ao Bosun's Locker era longa e complexa demais, e eu disse apenas: "Não".

"Deve ser muito estranho se ver de repente nessa situação, não?"

Agora eu senti um tom condescendente. "O que eu tô tentando fazer não é fácil", disparei. "Eu dei uma mancada, só isso."

"Você já teve dias melhores."

"Vários."

"Uma história de sucessos, então?"

Vance Christmas estava começando a me fazer lembrar um programa de computador projetado para imitar um psiquiatra, ou um arranhão na minha córnea: ele me seguiria aonde quer que eu fosse. Então, resolvi ir na frente. "Quando dá certo, uma pessoa como você nem sequer fica sabendo de nada", declarei. "A satisfação está em ajudar."

"Você foge da publicidade."

"Normalmente, sim."

"Bom, então eu tive sorte", disse ele. "Você acaba de me dar uma exclusiva e tanto."

"Não me chama de Vingador de East Bay."

"Como eu devo te chamar então?"

"Aeroman."

"A-R-R-O..."

"Não, não." Soletrei para ele.

"E pra quando está programado o seu próximo... hum... evento?", perguntou Christmas.

"Eu vou aonde sou necessário."

"Uau. Claro. Escuta, você tem algum... hum... algum traço marcante de aparência? Quer dizer, uma pessoa teria como saber que é você se te visse?"

"Definitivamente não."

"E você não seria alguém já conhecido na comunidade? Tipo como, sabe, o Clark Kent e o Bruce Wayne são."

"Não."

"Você não é alguém que eu poderia conhecer de nome? Porque é engraçado, mas a sua voz me soa familiar."

Meu coração começou a bater forte. Seria possível que Vance Christmas fosse um ouvinte noctívago da KALX? Mais uma vez tentei imaginá-lo: alardeador de denúncias raciais, fã do Batman — quantos anos ele deveria ter? Depois que esses pensamentos me passaram pela cabeça, não consegui mais dizer uma palavra. Então, bati o telefone. Eu já tinha falado demais, ficado tempo demais na linha, do jeito que a coisa estava. Mas nenhuma equipe da SWAT invadiu o prédio do diretório estudantil, e eu concluí que tinha me safado daquela.

* * *

A exclusiva de Christmas saiu na metade superior da primeira página do jornal de terça. Nenhuma das declarações atribuídas a mim era mentira deslavada, mas o contexto em que foram citadas era terrível: "EU VOU AONDE SOU NECESSÁRIO"/VINGADOR PARA O TRIBUNE: VOU AGIR DE NOVO. Oakland, segundo Christmas, tinha de se pôr de prontidão, pois havia um louco delirante em plena fúria assassina andando livremente pelas ruas. Eu tinha me vangloriado de todo um legado de ataques velados, me julgando investido de uma legítima autoridade de justiceiro, embora admitisse ter cometido uma ligeira "mancada" no caso em questão. Eu negara ter ódio aos negros — claro. Mesmo assim, assumira que sentia "satisfação". E, embora eu tivesse agido como juiz e júri ao acusar Jackson e Cantrell de serem "traficantes", a grande cartada da matéria era uma denúncia de que eu havia consumido crack no banheiro do Bosun's Locker antes do tiroteio. O nome Aeroman não foi mencionado — desconfio que tenha sido a única palavra pronunciada por mim que não foi. Talvez essa fosse a isca de Christmas. Ele devia ter sentido a minha ansiedade com relação a isso e ter esperanças de que eu ligasse de novo para pressioná-lo a fazer a correção. Ele estava quase certo.

Na quarta-feira, o assunto atravessou a baía. Um editorial do *Examiner* espinafrava tanto o Vingador quanto o próprio Christmas por criarem um espetáculo secundário totalmente irrelevante diante da crise genuína que engolfava Oakland. Enquanto isso, a coluna de Herb Caen lançava a pergunta: "O Vingador de East Bay e Travis Bickle de *Taxi Driver*... alguma vez os dois já foram fotografados juntos?... Só curiosidade...". Essas foram as menções que encontrei antes de perder completamente o ânimo e parar de procurar. Era possível que houvesse outras.

Christmas não esquecera o nome Aeroman. Pelo contrário, guardara-o na manga e fizera um bom trabalho escarafunchando microfichas. Uma semana depois, quando eu já estava começando a acreditar que o assunto tinha morrido, a primeira página do *Tribune* estampou um par de fotos de rosto oriundas dos arquivos do NYPD: Mingus Rude, de frente e de perfil. As fotos tinham sido tiradas naquela longínqua tarde de domingo, o dia do tiro, depois que tudo aconteceu — capturavam a imagem de Mingus exatamente no ponto em que eu o deixara. VINGADOR LIGADO A ASSASSINO DE NOVA YORK? era a chamada no alto da página.

Mingus ainda cumpria pena em Elmira, fiquei sabendo pelo jornal. Sua primeira audiência de livramento condicional seria realizada dali a três meses, e ele não estivera nem perto do Bosun's Locker em momento algum em tempos recentes. Mesmo assim, fontes exclusivas apontavam para uma conexão. O nome Aeroman continuava sendo ardilosamente ocultado. Em vez de revelá-lo, Vance Christmas lançou a questão como uma charada, e o jornal prometeu uma recompensa para quem a solucionasse: mil dólares para quem conseguisse ligar os pontos entre um incidente ocorrido seis anos antes no conjunto habitacional Walt Whitman em Fort Greene, Brooklyn, e a recente atrocidade cometida na rua 6, ou entre aquele patético rosto negro trancafiado numa cela de prisão e o nosso esquivo maníaco branco à solta pela cidade. Teria Rude caído nos braços da lei no lugar do Vingador tanto tempo antes?

Christmas estava me desafiando a sair da toca, mas eu ia continuar entocado. Não tinha a menor intenção de reclamar aquela recompensa, nem a menor condição de responder aquela pergunta. Aposentei o anel. Minha incursão ao Bosun's Locker foi praticamente a última vez em que toquei nele, até aquela manhã em que Abigale Ponders o encontrou no meio de uma barafunda de mementos e o trouxe de volta à minha atenção.

10.

Arthur Lomb me pediu que o encontrasse num restaurante chamado Berlin, na esquina da Smith com a Baltic. O lugar era um entre uma série de novos e sofisticados restaurantes e butiques abertos no velho reduto hispânico, incrustados entre as lojas de *santería*, os clubes sociais e os bazares cheios de móveis de plástico empoeirados e utensílios ultrapassados. Abraham já tinha tentado me explicar mil vezes, mas eu só entendi quando vi com meus próprios olhos: a pobretona Smith Street fora transformada num playground de luxo. Imagino que tenha sido suscetível a tão rápido processo de colonização exatamente porque inúmeras de suas lojas estavam fechadas com tábuas e escuras. Mal dava para reconhecer a rua de tão chique que ela tinha ficado, a não ser pelo fato de que os porto-riquenhos e dominicanos ainda continuavam por lá. Refugiados em sua própria terra, eles passavam o tempo aboletados em engradados de leite bebericando de alguma garrafa escondida dentro de um saco de papel, empurrando carrinhos de compras do Met Food para casa, gesticulando para um lado e outro da rua, debruçados em peitoris de janelas do terceiro andar, tentando fingir que o aburguesamento não caíra ali feito uma bomba.

Arthur ainda não estava no Berlin quando cheguei. Eram onze da manhã e eu era o primeiro freguês a entrar. O lugar exibia sinais de uma reforma recente e cara, antenada com as virtudes de uma fachada secular. O teto de zinco fora preservado e os tijolos das paredes laterais expostos e polidos. O chão de tábua corrida clara brilhava, novo em folha.

O maître estava fumando no fundo do bar quando eu entrei, mas apagou o cigarro rapidamente e deu um sorriso forçado. Era alto e encurvado e tinha um ar um pouco soturno para aquela hora da manhã. Ele me ofereceu uma mesa perto da janela e um menu minimalista: uma sopa, um sanduíche, um crepe, ostras do dia. Eu ainda sentia os efeitos da minha farra com Katha Purly dois dias antes e da superalimentação de que fora vítima na noite anterior nas mãos de Francesca Cassini, depois que cheguei do La Guardia. Quando o maître voltou, pedi apenas um cappuccino e examinei seu rosto mais detidamente. A chamativa cabeleira preta tinha sumido, cortada rente à cabeça e salpicada de fios brancos, mas era Euclid Barnes.

Ele foi até o balcão e operou ele próprio a máquina cuspidora de espuma. Quando pôs a xícara de café na minha frente, percebeu que eu estava olhando para ele e olhou para mim também.

"Eu te conheço?"

"Dylan Ebdus."

Ele piscou os olhos.

"Nós estudamos juntos."

"Dylan de Camden?"

"Isso."

"Eu nunca pensei que fosse te ver de novo, cara."

Não chamei sua atenção para o fato de que ele estava trabalhando no meu quintal, ou no meu território habitual. Eu tinha feito três ou quatro visitas a Boerum Hill em quase duas décadas, e o bairro, obviamente, não era mais o meu bairro.

"Você ainda tem contato com alguém daquela época?", perguntei, me dando conta de que o fato de ter reencontrado Euclid — de ter sido servido de um cappuccino por Euclid Barnes num charmoso café a um quarteirão de distância da Intermediate School 293 — tinha me deixado um pouco atordoado.

"Cara, sei lá. Às vezes com todo mundo, às vezes com ninguém, você sabe como são essas coisas."

"Sei", falei, muito embora eu obviamente não soubesse. Nunca mais tinha tido notícias de ninguém de Camden. Moira Hogarth e eu estávamos brigados e sem falar um com o outro no final do meu único semestre lá.

"Eu posso sentar com você?", perguntou Euclid.

"Claro, por favor."

"Posso fumar?"

"À vontade."

Ele estava usando uma camisa preta de gola rulê, um pouco quente para aquele mês de setembro, que estava sendo ameno nas duas costas. Quando ele afastou a gola do pescoço, eu vi como a pele de sua garganta tinha ficado mole: Euclid quase não tinha mais queixo. Tirando isso, e tirando também o cansaço profundo estampado em volta de seus olhos, ele ainda conservava seu charme lúgubre; na verdade, tinha até ganhado mais charme, com o modo como a carne despencara levemente de seus salientes ossos da face. A barba incipiente que crescia sobre seus lábios exibia manchas grisalhas, como a minha, quando eu deixava que ela despontasse.

Olhando para Euclid, uma enxurrada de memórias inúteis me invadiu, como se já não bastassem as que eu acabara de despertar andando da casa de Abraham até a Smith Street. Claro que foi a Dean Street que provocou a enchente mais calamitosa de lembranças, mas eu tinha ido até ali com a intenção de convidá-las a vir à tona. Euclid foi um elemento inesperado.

Ele me encarou enquanto acendia o cigarro. "O que aconteceu com você?"

Eu entendi o que ele quis dizer. "Eu larguei a faculdade."

"Eu lembro de você mas não lembro", ele admitiu.

"O sentimento é recíproco", eu disse, embora soubesse que era bem mais difícil para ele se lembrar de mim do que o contrário. Minha vida em Camden foi um episódio singular, uma janela no tempo. Euclid tinha passado quatro anos lá, entre antigos colegas de escola e novos colegas com quem depois continuou a conviver. Eu fui uma fagulha.

"Eu me transferi para Berkeley", expliquei. "Depois acabei ficando na Califórnia. Só tô aqui de visita."

"O quê que você faz?"

Por um instante, fiquei tentado a dizer que estava escrevendo um filme para a Dreamworks. "Eu sou jornalista", respondi. "Escrevo sobre música, basicamente."

“Garoto esperto.”

“E você? Este restaurante é seu ou você só trabalha aqui?”

“Pra que ser dono de um restaurante quando se pode ser garçom?”

“Ah.”

“Eu trabalhava no Balthazar até um tempo atrás, mas uma certa pessoa resolveu que eu tinha perdido o charme e aí eu fui pro olho da rua.”

“Então você se mudou pra cá faz pouco tempo?”

“Céus, não, já faz anos que eu não consigo bancar um aluguel em Manhattan. Mal consigo bancar um aluguel em Boerum Hill.”

Claro. Do meu ponto de vista de pé-rapado, a riqueza do pessoal de Camden me parecia algo compacto, sem falhas e sem variações. Mas não era. O que havia era uma aura, um estilo endinheirado de ser, sustentado mesmo em casos em que o dinheiro em si já não existia. Os cheques dos pais de Euclid viviam atrasando, me lembrei então.

“Essa vizinhança ficou chique à beça”, comentei, ainda bancando o sonso.

“Eu odeio isto aqui, ficou badalado demais. Num período de, sei lá, uns seis meses, todo mundo veio pra cá e estragou o que tinha de bom. O que aconteceu foi que a Smith Street foi citada em algum guia de viagem alemão como ‘o novo Williamsburg’. Esses caras do mercado imobiliário são feito *vampiros*.”

“Então você faz parte da velha-guarda por aqui.”

“Bom, eu tô *velho*, sem dúvida. Obrigado por notar.”

“Este lugar me dá a impressão de que foi aberto ontem.”

“Este lugar é uma porra de uma *farsa*”, ele sussurrou alto e bom som. Como eu não pedira nada para comer, o chef tinha saído da cozinha e tomado o lugar de Euclid no bar, mas Euclid não estava realmente preocupado em evitar que o chef o ouvisse. “O dono é o proprietário do prédio”, explicou. “Ele é dono do quarteirão inteiro, na verdade. Ele viu que os inquilinos dele estavam todos ganhando duas estrelas do Eric Asimov no *New York Times* e achou que podia encher a burra de dinheiro abrindo um restaurante, já que não teria despesa com o aluguel. Ele não passa de um gordo filho-da-puta nativo. Todo mundo da comunidade despreza ele.”

Com *comunidade*, eu entendi que Euclid estava se referindo aos gastrônomos de verdade, chefs que haviam arriscado a carreira abrindo negócios naquele fim de mundo.

"Mas, vem cá, o que você veio fazer aqui afinal?", ele perguntou.

"Eu vim me encontrar com um velho amigo. Ele tá atrasado."

Talvez Euclid tenha visto alguma expressão passar pelo meu rosto, pois nesse momento ele se lembrou. "Você *é* do Brooklyn, não é?"

"Ahn-hã, bem daqui desta área mesmo." Eu me sentia estranhamente ressentido, mas isso estava longe de ser culpa de Euclid. Meu sentimento de posse era uma tolice. Eu via sentidos codificados por toda parte naquelas ruas, como nas pichações da DMD e da FMD feitas vinte anos antes e ainda visíveis em alguns lugares. Eu via as mudanças ocorridas ali nos termos da guerra de Rachel contra a noção de aburguesamento, guerra que fora travada basicamente no campo de batalha do meu crânio. Eu caminhava por um mapa invisível de incidentes, extorsões, arremessos de ovo, roubos de fatias de pizza, minhas próprias estações da cruz. Mas imaginar que esses termos pudessem ser relevantes para a horda de antenados e descolados que havia colonizado aquele lugar era como imaginar que "Play That Funky Music" tocada no rádio de um táxi era uma mensagem de culpa e vergonha dirigida especialmente aos meus ouvidos. Não, Isabel Vendle estava morta e esquecida, e Rachel tinha se mandado fazia tempo. O Boerum Hill de Euclid era o verdadeiro Boerum Hill. O fato de eu poder ver Gowanus bruxuleando por baixo da camada de verniz não era importante, não era nada além de levemente interessante.

"E como vai a Karen Rothenberg?", perguntei, desviando a conversa para um terreno mais seguro.

Euclid revirou os olhos. "Ela parou de me ligar depois que voltou de Minneapolis — da clínica de desintoxicação. Agora ela tem uma loja de chapéus exclusivos na Ludlow Street. Eles parecem hemorróidas, se você quer saber a minha opinião, mas o Dashiell Marks — você lembra do Dashiell?"

Eu menti e disse que sim.

"O Dashiell recomendou os chapéus da Karen na página de dicas da revista *New York*, então tá tudo indo às mil maravilhas."

Euclid gostava de relembrar o passado. Acendeu o cigarro seguinte na guimba do que acabara de fumar e me falou de outros ex-colegas, desfilando mágoas que pareciam tão frescas quanto se ele tivesse chegado de Vermont na véspera. Ouvindo aquela torrente de nomes, fiquei sabendo que Junie Alteck era diretora de arte de vídeos do Cypress Hill e do Redman, Bee

Prudhomme tinha sido morto a facadas por uma amante num chalé para esquiadores nos arredores de Helsinki e Moira Hogarth era uma artista performática que ficara conhecida por ter sido censurada por um senador do Meio-Oeste.

De repente, Euclid começou a apagar o cigarro, abanar a mão para enxotar a fumaça e se levantar da cadeira, tudo ao mesmo tempo. Arthur Lomb tinha acabado de entrar porta adentro — e foi então que eu entendi por que, entre toda aquela profusão de cafés e restaurantes da Smith Street, Arthur escolhera justo o Berlin como nosso ponto de encontro. Era bem a cara dele esconder o jogo e se exibir ao mesmo tempo. Arthur não estava exatamente gordo mas mais pesadamente roliço, conservando ainda a silhueta de garrafa de Coca-Cola que adquirira depois de seu estirão de crescimento aos dezessete anos. Mesmo assim, eu podia entender por que, sem nada que sugerisse uma conexão com aquela distante semana de intenso tráfico de cocaína em Vermont, Euclid não reconhecera o meu velho amigo naquele que era o seu detestável patrão.

Com o cinzeiro escondido de forma pouco convincente atrás da mão, Euclid fugiu às pressas para o fundo do bar, e eu vi o que dez ou quinze anos servindo mesas tinham feito com o frágil príncipe homossexual que tanto me intimidara naquele primeiro ano de faculdade. Em Candem, Euclid não fazia força alguma para que gostássemos dele, mas ansiava com todas as forças que sentíssemos pena dele. Eu nunca tinha conseguido, até aquele momento.

Rechonchudo e barbudo, Arthur Lomb fez uma carranca para as costas em fuga de Euclid, depois espanou cinzas reais e imaginárias do lugar que Euclid tinha ocupado à minha mesa e se sentou.

"Você não quer fazer uma boquinha? É por minha conta."

"Me disseram que isto aqui é seu."

"É, eu tô botando dinheiro pelo ladrão. Que mal vai fazer um pouco mais?"

"Eu não quero nada, não, obrigado. Tô a fim de pôr o pé na estrada logo." O carro que eu tinha alugado estava estacionado na Dean Street. O que me preocupava era o aparelho de CD acoplado ao painel.

Eu tinha convidado Arthur para ir comigo até a prisão de Watertown para fazer uma visita a Mingus, mas ele recusara o convite. Já tinha visitado Mingus no início do verão. Só que, como queria me ver, Arthur propôs que déssemos um pulo na casa de Junior juntos. Essa era a nossa missão naquela manhã, e agora que já tinha me desvencilhado da distração representada por Euclid, eu estava ansioso para acabar logo com aquilo.

"Tá bom, vambora então", disse Arthur. "O café é por minha conta, rapazes", ele gritou em direção ao fundo do restaurante.

Peguei meu embrulho e nós fomos andando juntos pela Smith, descendo o quarteirão que Euclid dissera ser todo de Arthur: uma barbearia caindo aos pedaços, com um daqueles antigos postes de vidro na frente; uma loja de *santería*, com a vitrine cheia de velas votivas e imagens de culto, encimada por apartamentos de gueto; e quatro ou cinco dos sexy e discretos bistrôs cuja freguesia o Berlin supostamente iria roubar com seus preços deslealmente baixos. A estética era extremamente precisa, com graciosas letras serifadas pintadas à mão em diminutas tabuletas ou diretamente nas vitrines elegantemente acortinadas. Em prol do kitsch ou do vodu, eles haviam se apropriado de alcunhas locais históricas: Breuklyn, Schermerhorn, Pierre-pont. Um deles se chamava Gowanus Tart Works, exumando o nome que Isabel Vendle batalhara tanto para enterrar.

"Quê que tu tava falando com o veadinho do meu garçom?"

Arthur usava um boné dos Yankees. Eu ainda não o perdoara por ter virado a casaca e abandonado o barco dos Mets quando nós tínhamos doze anos. Na minha cabeça, essa traição simbolizava a adaptação fácil de Arthur ao estilo negro, sua adesão a Mingus Rude. A mesma inibição que me fizera continuar fiel aos decadentes Mets havia impedido que eu me travestisse de negro e seguisse Mingus aonde quer que ele estivesse indo.

Foi uma forma de autismo, uma incapacidade de mimetismo social, que me impediu de fazer as adaptações que tornaram Arthur mais Brooklyn do que eu, no final das contas. Eu tive de me esconder nos livros, tive de me *manhattanizar*, tive de dar as costas e ir embora. Fazia todo sentido do mundo, portanto, que Arthur Lomb ainda estivesse ali, abocanhando os imóveis comerciais da Smith Street bem a tempo de encher os cornos de dinheiro às custas dos empreendedores yuppies, um *gordo filho-da-puta nativo*.

Dava muito trabalho fundir os miolos de Arthur fazendo com que ele se lembrasse que o veadinho do seu garçom um dia passara a mão na sua bunda então magrela e narcotizada no poço da escada de um dormitório em Vermont. Lomb e Barnes podiam recuperar sua pequena história, ou não, sem a minha ajuda. Eu não tinha nenhuma dificuldade de esconder segredos de Arthur. Tinha feito isso a minha vida inteira, no caso do anel.

"Ele me disse que você é dono do quarteirão inteiro", desconversei.

"Eu sou dono de cinco prédios, sim. Mas, se você for acreditar em tudo o que dizem, eu sou o Don Corleone da Smith."

Fiquei me perguntando se era relevante para Arthur que seus imóveis ficassem a alguns metros de distância, dobrando a esquina, da nossa antiga escola. Era provável que não. Era provável que você precisasse ir embora e voltar, como eu tinha feito, para sentir a justaposição, a compressão do tempo, enquanto nós agora refazíamos o nosso velho caminho da sexta série, rumo ao tabuleiro de xadrez de Arthur e às bolachas de farinha integral. Anos antes, Arthur Lomb e eu dobrando a esquina da Smith com a Dean Street éramos simplesmente o par mais *cangável* de seres humanos na face da Terra.

Na noite anterior, eu fora brindado com um tour pela minha própria vida guiado por Francesca Cassini. "*Imagina vocês dois sozinhos neste casarão!*", ela exclamara inúmeras vezes, e a minha vontade era responder: *Taí uma coisa que eu não preciso imaginar!* Francesca tinha desencavado algumas fotos desbotadas de mim e de Abraham e montado um novo álbum de família, um álbum para dar seqüência aos que Rachel havia feito e abandonado, com fotos minhas nos braços de minha mãe e de Abraham em seu cavalete, mais jovem do que eu jamais o vira, diante de pinturas que tinham sido vendidas ou perdidas antes que eu ou o filme tivéssemos sido concebidos. O álbum de Francesca reunia fotos escolares, meus desesperados sorrisos forçados contra um pano de fundo azul-celeste, e também algumas fotos das minhas férias de verão em Vermont, eu e Heather Windle, cabelos molhados da água do rio enroscados em chifres. As últimas páginas mostravam Abraham e Francesca numa viagem de férias à Itália, meu pai com a mão na testa, protegendo os olhos do sol, em terraços de hotel, varandas de restaurante e vinhedos. Eram um desfecho satisfatório para a história que as precedera — os dois homens sozinhos no casarão.

Mais interessante para mim eram as novas pinturas, umas dez mais ou menos, penduradas nas paredes do corredor e da escada. Tinham sido feitas em pranchas de papelão, o mesmo suporte que meu pai usava para pintar suas capas de livro. O estilo, no entanto, nada tinha a ver com o das capas. Fazia lembrar o das pinturas que apareciam naquelas velhas fotos e também o de outros quadros antigos do meu pai, os nus. Só que não eram nus, mas retratos: pequenos e penetrantes estudos do rosto de Francesca, sem os óculos. Não eram lisonjeiros, mas também não eram ofensivos. O que mais me impressionou foi a ausência de qualquer esforço para fazer com que as pinturas fossem diferentes umas das outras. Algumas delas eram quase idênticas. Nesse sentido, elas se pareciam com o filme ou, pelo menos, eram herdeiras dele em sua paciência diarística. *Algo aqui pode ou não mudar, pareciam dizer. Não estou particularmente interessado nem numa coisa nem na outra, mas, o que quer que aconteça, eu estarei aqui para registrar.*

Não consegui perguntar a meu pai sobre elas naquela noite, não tive chance de puxar o assunto. Francesca estava numa excitação louca com a minha presença na casa, e sua necessidade de tagarelar era algo a respeito do qual nenhum de nós três podia fazer nada, a não ser esperar passar. Meu pai foi para a cama. Francesca ainda continuou na agitação durante algum tempo, até se exaurir. Quando ela foi para o quarto, eu liguei duas vezes para a minha casa, para checar meus recados. Não havia nenhum de Abby.

Francesca dormiu até mais tarde. Eu tinha pedido a Abraham que me acordasse, para poder ir o encontro com Arthur no Berlin. Nós tomamos café sozinhos, mas eu não lembrava mais o que pretendia perguntar a respeito dos retratos. Disse a Abraham apenas que tinha gostado deles.

"Obrigado."

"Você vai tentar expor?"

"Eu nunca penso nisso."

"Você ainda tá trabalhando no filme?"

Abraham me lançou um olhar absolutamente horrorizado, *à la* Buster Keaton. "Claro, Dylan. Todos os dias."

A casa abandonada não estava mais abandonada. Tive de contar as escadas a partir da casa de Henry para descobrir qual ela era. Todas as *brownstones* do quarteirão tinham tido suas fachadas de tijolo rejuntadas, seus lintéis e degraus recuperados, suas cercas de ferro consertadas e repintadas de preto — o quarteirão parecia o set de um daqueles filmes idealizados que camuflam a pobreza com um gracioso ar antigo em tons de sépia. Até as pedras do calçamento estavam lisas e direitinhas, rejuntadas como as fachadas de tijolo, onde não tinham sido substituídas por concreto.

Eu estava olhando meio zonzo para as cornijas, me perguntando quantas *spaldeens* em processo de decomposição ainda estariam entupindo as calhas, quando Arthur me chamou e eu reparei que o deixara para trás. Arthur tinha parado para falar com uma mulher negra que estava sentada na escada de Henry, ou no que um dia já fora a escada de Henry, e embora, como Euclid, ela já não fosse mais esbelta, eu sabia que a mulher era Marilla. Suas tranças tinham crescido e estavam presas num ninho no alto da cabeça. Seu drinque matinal estava pousado a seu lado, dentro de um saco de papel, no primeiro degrau da escada.

"Lembra do Dylan?"

"Ih, que papo é esse, Artie? Eu conheci o Dylan quando eu ainda nem sabia que tu existia."

As reivindicações de proveniência brotavam de dentro de nós, como votos de lealdade a uma grande causa. Se Marilla não tivesse dito aquilo, talvez eu tivesse. Não era muito diferente de escrever, como eu um dia escrevera, *Ninguém que já tenha ouvido uma vez que seja a "Fever" de Little Willie John precisa se dar ao trabalho de escutar as gravações subseqüentes dessa canção.* Talvez tivesse sido na Dean Street que ela tinha começado, a minha ânsia furiosa por autenticidade.

"Tu tá um *homão*, Dylan. Por onde cê tem andado?"

"Eu moro na Califórnia."

"A La-La também foi pra Califórnia. Cê já viu ela por lá?"

"Não", respondi, a voz quase falhando. "Eu nunca esbarrei com a La-La, não." Pensei em fazer a gracinha *La-La em La-La Land,** mas achei que não surtiria efeito.

"Não?"

"É um lugar bem grande."

"Tenho que ver com meus próprios olhos um dia."

Marilla não estava nem um pouco surpresa de me ver, apenas com o fato de que fazia um tempo que não me via. Deduzi que ela nunca tinha saído

* Apelido de Los Angeles. (N. T.)

do quarteirão, que, para ela, Arthur devia ser um aventureiro que tinha ido longe. Eu queria expressar o meu espanto por ela ainda estar ali, por ainda ser capaz de me reconhecer depois de tudo por que eu já passara, mas nada que eu pudesse falar sobre Berkeley ou sobre Vermont, sobre a sala de Jared Orthman ou sobre a ForbiddenCon 7 significaria coisa alguma para Marilla além de, bem, falação. Na verdade, eu estava espantado comigo mesmo, com a forma como eu havia renegado aquele lugar. Parado ali na rua com Arthur e Marilla, eu tinha a sensação de que ficar era a coisa óbvia a se fazer.

"O Henry ainda mora aí?", perguntei, rouco.

"Ele passa aqui de vez em quando", disse Marilla. "Tu devia ver o jeito que esses brancos olham pra gente na nossa própria rua. Eles ficam querendo chamar a polícia, e o Henry é a porra da polícia."

"O novo tipo de gente que tá morando na vizinhança não consegue entender essa coisa de ficar sentado na escada", disse Arthur, em tom de justificativa.

"O Henry é policial?", perguntei.

"Na verdade, quem é policial é o Alberto, o Henry é assistente do promotor público." Arthur ficou pensativo por um instante, depois acrescentou: "Praticamente todo mundo da rua ou tá em cana ou tá na polícia. Menos você e o Dylan, Marilla".

"Eu sei de algumas pessoas que *deviam* tá em cana."

Arthur riu. "A gente tá indo visitar o Junior, Marilla."

"O Junior? Putz, ele é o primeiro da lista."

O diretor do departamento de arte de Rhodes Blemmer tinha conseguido encontrar uma foto espantosamente antiga no Michael Ochs Archive para a capa da caixa *Bothered Blue* da Remnant, uma foto que eu não só nunca tinha visto, como só fui ver quando cópias prontas da primeira tiragem da caixa chegaram à minha porta em Berkeley algumas semanas antes, enviadas diretamente da fábrica canadense. Nela, via-se Barrett Rude Junior diante de um microfone no estúdio da Sigma, cercado pelos olhares de admiração dos Distinctions, uma das mãos no ouvido, a boca aberta num urro descomunal, como um Ali fazendo bravatas. Ao que parecia, a foto registrava uma das primeiras sessões que eles tinham feito juntos, os Distinctions ainda embasbacados com a jóia que lhes caíra no colo.

Eu me perguntava se um estranho poderia ter associado aquele rosto largo e forte, as unhas bem aparadas, a carapinha geométrica, a gravata ajustada com perfeição ao colarinho de uma camisa branca feito papel, enfim, toda a autoridade e desenvoltura predatória do Barrett Rude Junior de trinta e poucos anos, com o Fu Manchu bigodudo, de garras amarelas e corpo de maçã murcha que agora recebia de mim a caixa de presente. Não era que eu achasse que ele devia estar tão bonito quanto na foto — *ninguém* jamais tinha sido tão bonito quanto o homem da caixa. Mas eu sinceramente não sei como poderia ter compreendido o trabalho do tempo no rosto de Barry sem a vantagem de que eu desfrutava de ter conhecido o filho e o avô. Essa era a lacuna que existia entre o homem da caixa e o homem de carne e osso. O cantor da fotografia era Mingus aos dezoito anos, num dia bom. Quanto ao homem que agora segurava o presente e apertava a minha mão, as unhas compridas se enterrando na minha pele — bom, se a frase que me veio à cabeça era menos que uma revelação, também era mais que uma piada: *Junior era Senior hoje*. Ele até estava usando o cordão com a estrela-de-davi de Senior, enovelada entre pêlos brancos na abertura do seu roupão. Quando o vi abaixar os olhos em direção à caixa e se descobrir ali, a vontade que eu tive foi de arrancar aquele troço das mãos dele e atirar no meio da rua, só que já era tarde demais.

"Eu escrevi as notas do encarte", falei.

"Ah?"

"Aí dentro tem um livrinho com um pequeno ensaio sobre a sua carreira. Fui eu que escrevi. Espero que você goste." Eu ainda não tinha, até aquele momento, calculado as chances de Barrett Rude Junior vir a ler o meu tributo. Foi então que me dei conta de que havia algumas frases que eu talvez preferisse que seus olhos não examinassem muito bem. Mais uma vez, era tarde demais.

"Eu já gostei, *baby*", disse Barry, sentando no sofá e botando a caixa ao seu lado. Ele tinha feito sinal para que entrássemos, tão pouco surpreso de nos ver quanto Marilla havia ficado. O apartamento estava praticamente igual, apenas corroído por vinte anos de descuido. Barry ocupava uma parte consideravelmente menor dentro dele. Eu podia jurar que alguns LPs estavam exatamente no mesmo lugar em que eu os vira pela última vez, em pilhas amontoadas no chão perto do estéreo, metade para fora das capas.

"Tá vendo, Arthur", disse ele, desviando só por um instante os olhos da televisão, que estava sintonizada no programa *Judge Judy*. "Eu não vivia te dizendo que o Dylanzinho ia nos dar orgulho?"

"É verdade", disse Arthur. "Aqui, Barry, eu também trouxe uma coisa pra você." Arthur apalpou os bolsos até que encontrou: um maço novinho de Kools, que ele atirou no colo de Barry. "Sabe aquela advertência que diz que fumar faz mal pra saúde? Muito pouca gente se dá conta, mas na verdade fui eu que *escrevi* aquelas palavras."

"Vocês dois são um par de meninos prodígios, tenho que admitir."

"Claro que eles mudaram uma porção de coisas, tiraram a maior parte dos meus melhores trechos."

"É, mas isso é prerrogativa deles, não é não, Arthur?"

"É."

"Tu tem que aceitar o que é prerrogativa deles."

"Imagino que sim."

"Podiscrê." Barry esticou o braço para trocar um roçar de dedos com Arthur, ainda com os olhos grudados no programa de televisão. Tinha empurrado o maço de cigarros para o lado, junto com a caixa de CDs.

"Você quer ouvir os CDs?", sugeri, burramente. "O som deles é fantástico." A parcela que Barry detinha dos direitos de publicação significava que ele iria receber algum dinheiro com a caixa, um dia. Isso deveria engrossar um pouco os royalties que, eu supunha, ainda pingavam em sua conta e o mantinham naquela casa. Talvez eu estivesse enganado em pensar que ele também devesse ficar orgulhoso com a homenagem. Talvez o Barry para quem eu gostaria de poder dar aquela caixa fosse o Barry de 1975. E aquele homem, como o da fotografia, estava tão inacessível para Barry agora quanto estava para mim.

"Eu conheço bem o som desses discos velhos todos."

"É, mas..."

"Eu dou uma conferida neles alguma outra hora, cara." Ele falou devagar e com cuidado, e eu entendi que tinha de parar de insistir. "E, além do mais, eu não tenho aparelho de CD."

Eu só balancei a cabeça.

"Sabe a Fran, aquela garota com quem o seu velho se juntou?" Mudando de assunto, Barry ficou com a voz suave de novo. "Ela é gente fina. Ela tem cuidado de mim, sabe."

"É, eu soube."

"Ele teve sorte de encontrar uma garota como ela."

"É, eu sei." Todo mundo concordava, de A a Zelmo. Eu só esperava que Abraham também pensasse assim. Foi então que me lembrei o que queria perguntar a meu pai a respeito das novas pinturas. Por acaso os retratos de Francesca tinham sido uma desculpa para ele olhar para ela, para tentar examinar a fundo a sua nova situação, examinar a fundo essa mulher que havia ocupado o lugar abandonado por Rachel fazia tanto tempo? Por acaso ele estava tentando desvendar Francesca? Ou foi ela que pediu que ele a pintasse, que quis que ele olhasse para ela com aquela intensidade? Quem tinha buscado o confronto que os retratos registravam?

Fez-se um longo silêncio, preenchido pela zoeira da televisão. Comecei a pensar no carro alugado de novo e no estirão de estrada que eu pretendia cobrir ainda naquele dia. Meu coração estava se atolando na Dean Street, mas era Mingus que eu tinha que ver.

Barrett Rude Junior olhou bem dentro dos meus olhos pela primeira vez em quase vinte anos, talvez lendo meus pensamentos. Seu olhar finalmente perfurou a membrana que parecia cobrir seus olhos mesmo quando ele nos encontrou diante de sua porta, e mais ainda quando examinou rapidamente a fotografia e as palavras impressas na capa da caixa de CDs.

"O que te traz até aqui pra ver este velho cantor acabado, Dylanzinho?", perguntou. Ele disse *cantor acabado* com uma pitada do seu velho tempero melódico, e eu senti uma fisgada nas minhas glândulas salivares, como se tivesse lambido cocaína.

"Eu só queria te dar os discos", respondi. Não podia mais chamá-los de *CDs* àquela altura.

"Isso cê já fez", disse ele, com certa frieza.

"E nós estamos indo visitar o Mingus. Quer dizer, eu estou."

"Hum." A expressão de Barry se anuviou. Ele franziu o cenho, concentrando-se em alguma coisa no reino de Judge Judy, talvez um julgamento que estivesse indo no caminho errado. Alguém tinha de ficar de olho nesse tipo de coisa.

"Eu achei que talvez você pudesse ter algum recado..."

Barry abanou sua mão cheia de garras, me cortando. Mingus em Watertown era uma coisa muito distante, era o que o gesto parecia querer dizer.

A Dean Street era real, Francesca e Arthur eram reais e dignos de reconhecimento. Uma trazia sopa, o outro cigarro. Judge Judy era real o bastante: estava bem ali na frente de seus olhos. Eu tinha ido até ali e proposto que Barry considerasse a Califórnia e o ano de 1967 e Watertown, e essas coisas todas eram remotas demais, cansativas demais.

"Sabe, eu tô assistindo os meus programas da manhã", disse ele, dirigindo-se a Arthur. "Eu nem acordei direito ainda, cara. Volta logo mais à noite que a gente faz uma farra."

"Tá bom, mas o Dylan vai ter que se mandar", disse Arthur. "Ele só queria te dar um oi."

"Diz pra ele que eu tô assistindo os meus programas da manhã."

Arthur me acompanhou até o carro e pediu desculpas. "Eu devia ter te avisado pra não tocar no nome do Mingus", disse ele. "O Barry meio que se tranca quando a gente fala nele."

"O quê que o Mingus fez pra ele?"

"Não é tão simples assim."

Eu já tinha posto a minha bolsa no porta-malas do carro alugado e me despedido de Abraham e Francesca, prometendo que passaria um dia com eles quando chegasse da minha incursão pelo norte do estado, antes de voltar para a Califórnia. Eu estava pronto para zarpar.

"Aqui", disse Arthur. Apalpou os bolsos de novo e puxou um envelope cheio de dinheiro, obviamente contado de antemão. Em seguida, pôs o envelope na minha mão. "Você não pode dar isso pra eles diretamente, eles não podem ter dinheiro na mão lá dentro. Você tem que fazer um depósito na conta da cantina deles e aí depois eles, cê sabe, tiram esse dinheiro em cigarro ou sei lá o quê. Cem pra cada um."

"*Eles* quem?"

"Tu lembra que eu tava dizendo pra Marilla que parece que todo mundo tá em cana?"

"Lembro, claro."

"Pois é, o Robert Woolfolk também tá lá. Em Watertown, no mesmo presídio que o Mingus."

11.

Eu era um amador ali, me sentia tão neófito cruzando aquelas fronteiras quanto me sentia em Los Angeles, ao penetrar no santuário de Jared Orthman. Só que agora eu era um amador entre profissionais. Todas as mães e avós negras e hispânicas, todos os imperturbáveis *maninhos* adultos que estavam ali para visitar seus velhos *maninhos*, todo mundo menos eu sabia como visitar uma prisão. A tarimba deles começou a ficar evidente logo depois da área do estacionamento, ainda a uma boa distância da cerca externa de arame, onde táxis vindos da estação ferroviária de Watertown e da rodoviária giravam para fazer o retorno e uma multidão de parentes de prisioneiros desembarcava de um ônibus fretado vindo de Nova York, enquanto o motorista esperava fumando cigarros enrolados à mão e tirando tabaco dos dentes com um palito. Lá, os visitantes formaram uma fila para entrar numa espécie de barracão comprido, um trailer de alumínio assentado sobre blocos de concreto. Tinha chovido na tarde anterior, quando eu estava saindo da cidade no carro alugado, chovido de novo quando parei num motel perto do centro de Watertown para passar a noite, e chovido mais um pouco naquela manhã, quando eu estava tomando café-da-manhã numa lanchonete. Agora, nuvens verde-cinza enovelavam-se no céu acima da prisão e espelhavam-se nas poças de chuva que cobriam o chão de cascalho aos nossos pés. Ninguém além de mim olhava para o céu e para o chão quando corri para pegar um lugar na fila. Dentro do trailer, três guardas — ou *agentes penitenciários*, como eram chamados — gerenciavam um posto burocrático avançado, no qual tínhamos de mostrar nossas identidades e preencher e assinar um formulário atrás do outro, informando endereço, especificando que tipo de relação tínhamos com o prisioneiro, garantindo que estávamos cientes das regras et cetera. Todo mundo sabia o número do prisioneiro que pretendia visitar, menos eu. Só o que eu sabia era o nome de Mingus, o que obrigou um capitão contrariado a consultar um gordo fichário para encontrar o número correspondente. O banheiro do trailer era a nossa última chance de mijar. Como todo mundo já conhecia a rotina, ninguém desperdiçou a chance. Eu segui o exemplo e fui para a fila também. O único telefone público do trailer era o último que nós veríamos até o fim da visita e também estava em uso contínuo. Pensei em ligar para casa, para tentar falar com Abby, mas a fila de gente querendo telefonar era longa demais.

A rotina que os visitantes conheciam era, acima de tudo, a da espera, em total e absoluta resignação. Ao que parecia, já tinham esgotado sua capacidade de reclamar fazia algum tempo. Esperamos numa zona de segurança depois da outra, à medida que avançávamos gradualmente pelo interior das instalações de Watertown. Primeiro, aprovados por alguma autoridade invisível, fomos levados do trailer para um pátio de concreto, que atravessamos caminhando ao longo de trilhas demarcadas no chão com tinta fluorescente amarela e laranja. Não consegui evitar o medo de levar um tiro se por acaso cruzasse uma das faixas pintadas, pois estávamos agora sob o olhar vigilante das torres de concreto, tendo deixado o trailer, o estacionamento e toda a cidade de Watertown para trás e fora do nosso campo de visão. Em seguida, passamos por uma coisa chamada "portas A/B" — uma gaiola de metal acionada por controle eletrônico de forma que a porta A e a porta B não pudessem ser destrancadas ao mesmo tempo. Depois de sermos examinados de dentro de uma sala com janela, veio um estalo alto seguido de um zumbido e o circuito se inverteu. As trancas da porta atrás de nós se fecharam e a porta da frente se abriu para permitir que saíssemos da gaiola.

Com isso, estávamos dentro, se é que "dentro" era a palavra certa. A prisão não era, como eu tinha imaginado, um edifício único, um Gormenghast de pedra ou uma Estrela da Morte de ferro, mas sim um conjunto esparramado de estruturas, cercas e portões, um triste rancho para gado humano. Entre uma coisa e outra, zonas de segurança, fossos de concreto protegidos por espirais de concertina. Atrás das portas destrancadas para nós por oficiais de uniforme cinza e gestos de autômato, as áreas internas tinham um tedioso ar institucional, como prédios escolares ou salas de emergência de hospitais construídos nos anos 60, com direito a ladrilhos verde-claros e painéis de madeira embaciados de tão gastos. Todos os lugares por que passamos nessa via-crúcis de visitantes pareciam provisórios, readaptados para aquele uso temporário, muito embora provavelmente fossem utilizados daquele jeito havia anos.

Mais tarde eu entendi que cada prisioneiro tinha de ser localizado, liberado e levado até a sala das visitas, que ficava escondida bem no fundo daquele labirinto de paredes — não havia razão alguma para que os guardas terminassem de nos processar antes que o prisioneiro tivesse sido escoltado até aquela sala para nos esperar. Aquele era um lugar em que o tempo fora cancelado: o tempo não tinha valor. Não éramos clientes, a serem agradados e paparicados. No entanto, apesar de toda a espera, eu sempre sentia um sobressalto de culpa quando meu nome finalmente era chamado, sempre estava olhando na direção errada, distraído com os papéis pendurados nas paredes, avisos amarelados, memorandos de dez anos atrás determinando que *os sargentos dos blocos permaneçam em seus postos até a chegada de outros sargentos para cobri-los* ou *proibindo a entrada de visitantes com saias mais curtas do que cinco centímetros acima dos joelhos* ou *"de barriga de fora"*, anúncios de serviços de *shuttle* e de creches, folhetos dos Alcoólicos Anônimos e de clínicas de pré-natal, e uma longa e hipnótica lista, estampada numa cópia xerox que transformara as letras em borrões rúnicos, de produtos da cantia: pasta de dente US$ 1,39; pente $ 0,19; sachê de ketchup $ 0,19; lata de galinha ensopada $ 1,79; lata de feijão $ 0,89; lata de café instantâneo $ 1,59; manteiga de amendoim $ 1,39; condicionador $ 1,29; rede de cabelo $ 0,29; pão doce $ 0,25; pão de chocolate $ 0,30, e assim por diante — a lista era assistemática, encantatória, terrível.

"Ebdus."

"Aqui."

"Tire o cinto e os sapatos. Esvazie os bolsos e ponha tudo naquela caixa de madeira."

Fui andando feito um pato até lá, o único ali que precisava de instruções.

"Tudo na caixa."

Esvaziei os bolsos, entreguei meus sapatos e meu cinto.

"A caneta não."

Encolhi os ombros, sem saber o que fazer.

"O senhor pode jogar ela aqui."

"Tá bom." Botei minha caneta esferográfica na lata de lixo verde. Outros visitantes foram passando pelo detector de metais enquanto eu continuava ocupado com os meus bagulhos.

"Que anel é esse?"

"É uma aliança de casamento."

"Por quê que ela não tá no seu dedo?"

"Ah, é a aliança da minha mãe. Eu tenho mania de andar com ela, mas ela não cabe no meu dedo." Não me faça botar o anel, rezei. A policial apertou os olhos, franziu a testa e deixou passar. Tinha encontrado outra coisa mais interessante.

"O quê que é isso?"

"O quê?"

Ela apontou para um tampão de ouvido laranja-claro que tinha saltado para o alto da pilha de moedas e chaves que eu pusera na bandeja de madeira junto com o anel. O tampão tinha desencolhido, inflado de ar como objetos de esponja costumam fazer.

"É um tampão de ouvido", respondi.

"Pra quê?"

Considerei a aparência do tampão, seu formato vagamente sugestivo de utilizações sexuais, tentando encará-lo com os olhos da policial. "É pro avião", eu disse.

Ela examinou o tampão mais de perto. Agora fiquei pensando se ele não se pareceria mais com alguma parafernália para consumo de drogas.

"Isto é pro avião?"

"Pra bloquear o barulho dos motores. Pra eu poder dormir."

"Mas um só?"

"Acho que eu perdi o outro."

"Hum."

Eu nunca tinha parado para pensar nas implicações burguesas de um tampão de ouvido. A policial fez cara feia, mas botou a bandeja com os meus bagulhos do outro lado da barreira. "Me dê a sua mão direita, senhor." Com um carimbo, ela marcou as costas da minha mão com algum tipo de tinta invisível. "Leve a sua caixa, senhor."

Uma vez do outro lado, comecei a calçar meus sapatos e a recolocar minhas coisas dentro do bolso.

"Senhor, aqui não."

"O quê?"

"O senhor não pode ficar nesta área. Leve a sua caixa para aquele banco ali."

Cinco de nós foram chamados e, em seguida, nossas mãos foram examinadas com um bastão de luz negra que fazia aparecer um emblema arroxeado. As chaves penduradas na argola em forma de figa presa ao cinto do policial que nos escoltava variavam de tamanho e de formato; algumas eram tão modernas quanto a chave de ignição do carro que eu tinha alugado, outras tão medievais quanto as usadas pelo alcaide das tiras do *Mago de Id*. Enquanto nosso grupo atravessava o corredor, eu aprendi outra arte sutil, a de diminuir o passo de forma a permitir que o policial, que tinha ficado para trás para retrancar a porta atrás de nós, tivesse tempo de nos ultrapassar e abrir a porta à nossa frente.

Eu tentava absorver a docilidade tarimbada dos outros visitantes, como um bálsamo. Estávamos sendo transformados em detentos, comecei a entender, como recompensa por termos pedido para entrar. Já tínhamos atravessado uns sete ou oito níveis de encarceramento quando fui levado ao encontro de Mingus Rude na sala das visitas, uma câmara revestida de azulejo azul-claro que fedia a água sanitária. Lá, nós nos sentamos frente a frente, isolados um do outro por uma janela de plexiglas coberta de minúsculos *tags* feitos de arranhão, e recebemos permissão para conversar através de interfones.

Ele teve de falar por nós dois, de início. Eu não conseguia encontrar o que dizer.

"D-Man. Cacete, eu não acredito que é você, cara."

Eu só balancei a cabeça.

"Dá só uma sacada nele. Não é que o moleque cresceu, hah!"

Eu tinha feito uma longa viagem de volta, deixado para trás aquele lugar em que Mingus às vezes parecia uma implausibilidade, um mito. Agora ele estava na minha frente, em humaníssima carne e osso. Sua pele estava colada no crânio e o branco dos seus olhos doentiamente amarelo; ele ostentava o mesmo ridículo bigode de Fu Manchu do seu pai e usava um suéter imundo de moletom vermelho; seu largo sorriso deixava à mostra um dente incisivo lascado, e suas sobrancelhas levantadas, uma fina cicatriz numa das pálpebras. Mesmo assim, eu me convenci de que ele não estava com má aparência, ou de que não estava tão diferente assim do homem de quem eu me lembrava. Olhando para a fotografia de Junior na capa de *Bothered Blue*, eu notara uma semelhança entre ele e Mingus, mas agora, apesar do bigode, eu não via Junior em Mingus. Mingus era apenas Mingus, o ídolo rejeitado de toda a minha infância, meu melhor amigo, meu amante. Sentado diante dele, eu sabia que Mingus já tinha virado um homem algum momento antes da última vez em que nos vimos, o dia do tiro. Odiava me lembrar do garoto que eu vira no espelho quando entrei pela primeira vez no meu dormitório de Camden — o garoto amedrontado, desesperado para impressionar com seu corte de cabelo punk novo em folha, disposto a passar a vida fingindo não ter visto o que tinha visto, fingindo não saber o que sabia.

"Não acredito. Por onde tu tem *andado*, filho?

Ele falava como se estivesse retomando a conversa do ponto em que a tínhamos interrompido, no meu penúltimo ano na Stuyvesant. Como se eu tivesse passado aquelas décadas cursando a escola secundária em Manhattan e nós apenas não tivéssemos esbarrado um com o outro na Dean Street, para trocar um rápido aperto de mão, durante alguns longos meses.

Então, por onde eu tinha andado? "Eu fui pra Califórnia", respondi.

"É, é, o seu pai me falou que tu tinha ido pra aqueles lados. Pô, eu tenho que dar um pulo lá qualquer dia — no *Estado Dourado*." Como Marilla, Mingus só ainda não tinha arranjado um tempinho para ir até lá. "Dillinger se mandou pras bandas do Oeste, foi dar uma conferida no Estado Dourado. Mesmo assim, apesar da boa vida que tá levando, o garoto não despreza suas raízes. Ele volta, *na responsa*."

Mingus estava criando um romance, embalando o meu constrangimento no seu velho carinho de narrador. Era absurdo, mas era também um presente, que aceitei de bom grado. Nenhuma menção foi feita à natureza especial do cenário do nosso reencontro, muito embora Mingus tivesse desfiado o seu lero-lero no bocal de um interfone. O cenário não era digno de registro. O sorriso caloroso de Mingus, o modo como ele irradiava afeto através daquela grossa janela de plexiglas, sugeria uma capacidade de visão binocular que excluía o ambiente ao redor. Lembrando como a cidade tinha se distanciado de nós quando ficamos olhando para aquele muro de pedra grafitado do alto da passarela da Brooklyn Bridge, eu concluí que esse sempre fora um dos talentos de Mingus.

"O Arthur não pôde vir", eu disse, como se Arthur fosse o amigo infiel. "Mas ele mandou um dinheiro pra conta da cantina."

"O Arthur tá sempre estendendo a mão prum irmão", disse Mingus. Ele não tinha intenção de me alfinetar, só de banhar Arthur também na mesma gratidão beatífica. "Eu sei que eu deixei o Arturo na mão algumas vezes, mas ele nunca deixou de dar um apoio."

"Eu sempre peço notícias suas pra ele", menti. Eu não tinha estado nem um pouco mais em contato com Arthur do que estivera com Mingus. E só tinha tido notícias de Mingus quando Abraham e Francesca puxaram o assunto em Anaheim, no jantar com Zelmo Swift.

"Ele tá indo bem também, o maninho", disse Mingus, me salvando do rumo perigoso que a conversa estava tomando. "Ficou gordo e feliz."

"Bom, gordo ele ficou."

Mingus soltou uma risada resfolegante, muito riso para pouca graça. "Uh, matou a pau", disse, fazendo gênero. "Podiscrê. Eu já avisei pro garoto que ele vai ter que perder umas gordurinhas se quiser arranjar uma *esposa*."

A palavra teve um curioso efeito silenciador: beirando os quarenta, nós dois estávamos com várias voltas de atraso no circuito da vida. Não tínhamos esposa. Mingus, pelo menos, tinha uma desculpa para não estar namorando nos últimos tempos. Quanto a mim, não havia nada que eu pudesse dizer sobre Abby que não parecesse autopiedade ou estupidez. A distância entre a Dean Street e a minha vida em Berkeley me parecia um abismo intransponível.

No lapso de silêncio, fiquei ouvindo os rumores à nossa volta: a metade de um diálogo travado num dos telefones dos visitantes, o bate-papo descontraído de dois agentes penitenciários perto da porta e uma voz viscosa de choro vinda de uma das cabines.

"Eu fui ver o Junior", falei.

"Lá na casa?"

"Ahn-hã. Ontem. Com o Arthur."

"O meu velho", disse Mingus. Ele falava sem afetação agora, com uma certa timidez no olhar. "Ele tá segurando as pontas."

"Foi bom ver ele de novo", eu disse.

"Ele deve ter ficado contente de te ver."

Não consegui pensar em nenhuma resposta para dar e então, pela segunda vez, ficamos em silêncio. Mingus tinha abandonado seu patoá, e a garrulice fabricada que o tinha acompanhado. Fiquei com vergonha quando percebi que preferia que ele voltasse para a encenação.

Mingus alisou as longas guias do seu bigode, coçou o queixo. Havia gotículas de cuspe do seu lado do plexiglas, indícios do seu entusiasmo de ator, que agora tinha sumido. Olhei dentro de seus olhos remelentos e vi um estranho. Eu me sentia tão incapaz de perguntar a Mingus o que ele havia se tornado — se a prisão o destruíra já na sua primeira pena, aos dezoito anos, ou o que o tinha levado de volta à cadeia depois de sua primeira soltura, ou o que sua vida tinha significado para ele no intervalo de tempo entre suas duas condenações — quanto de imaginar uma maneira de me confessar com ele. Não sabia como explicar quem eu tinha me tornado na Califórnia, nem como dizer a ele que me lembrava perfeitamente de todas as coisas que tínhamos passado juntos, apesar de tudo que acontecera depois.

"O Arthur me falou que o Robert também tá em cana", eu disse, sentindo absoluto desprezo por mim mesmo pelo falso tom casual, por ter dito em cana. Meu coração batia forte agora.

"Um monte de irmãos que tu deve lembrar de antigamente tão em cana agora", disse Mingus. Era possível que houvesse um certo tom de recriminação nas suas palavras, não consegui saber ao certo. "O Donald, o Herbert, uma pá de gente."

Eu não me lembrava de ninguém chamado Donald nem Herbert. Talvez Mingus soubesse disso.

"Você e o Robert se vêem muito?" Perguntas estúpidas jorravam de dentro de mim, sem que eu conseguisse fazer nada.

"Eu fiz tudo que eu podia pelo Robert, até a hora que não tive mais *condição*." Um tom frio de traquejo institucional se insinuou na voz de Mingus nesse momento, e ele desviou os olhos dos meus. "O nosso garoto Robert se meteu numa certa encrenca. Eles tiveram que transferir ele pruma cela de isolamento, pra poder dar proteção pra ele."

"Ah."

"Eu avisei pra ele, mas aquele infeliz metido a esperto não sabe ouvir."

Para distrair a raiva, que parecia inestancável, eu disse: "Na verdade, o Arthur mandou dinheiro pra vocês dois".

"Bota a minha grana no nome do Robert. Ele tá precisando."

"Sério?"

"Ainda não é tarde demais pra ele pagar a dívida dele. E além do mais eu tô fazendo um boicote contra esses filhos-da-puta da cantina. Eles pegaram os meus selos."

"Selos?"

"De carta. Selo postal, cara."

"Pegaram como?"

"Eu tinha trinta dólares em selos no meu colchão lá em Auburn. Quando eles me transferiram pra cá, eles tinham que ter transferido os selos junto..." Então, Mingus desatou a contar a tortuosa história de um erro burocrático. O presídio de Watertown proibia selos, porque eles pareciam papel de dinheiro e poderiam ser usados como moeda de troca. Os selos deveriam ter sido dissolvidos na conta da cantina de Mingus, mas, em vez disso, foram colocados junto com os pertences que seriam devolvidos a ele quando ele fosse posto em liberdade. Mingus preencheu vários formulários de queixa, mas os selos confiscados ficaram perdidos num limbo entre as duas prisões, os dois tipos de regulamento. Mingus relatava essa história com uma "bem-aventurança de perseguido" que só poderia ser chamada de kafkiana. Num mundo de privações, suponho que as menores coisas poderiam se transformar em fetiches. A história me deu dor de cabeça. Minha vontade era gritar *Esquece a porra dos selos, pelo amor de Deus! Eu compro trinta dólares em selos pra você se você quiser!* Mas os selos eram a causa de Mingus, e o que eram trinta dólares comparados a uma causa? Além do mais, num lugar como aquele as habilidades de um falante só eram encorajadas com um objetivo: estancar a ferida que sangrava havia horas, dias, anos. Tentei não perder a paciência com o monólogo.

"Eu trouxe também uma outra coisa pra você", eu disse, quando Mingus fez uma pausa para respirar.

Ele franziu o cenho, confuso.

Enfiei a mão no bolso da forma mais discreta que pude. "Eu tava guardando isto pra você", falei, empurrando o anel para a beira do plexiglas, como uma peça que eu quisesse que Mingus transformasse em dama.

"Guarda isso", ele disse, abanando a mão num movimento seco para baixo que parecia querer dizer *Bota debaixo da mesa*. "Eles vão confiscar."

Cobri o anel com a palma da mão. Mesmo assim, não pude deixar de declarar minha missão de resgate. "Foi por isso que eu vim — quer dizer, eu queria te ver. Mas eu também queria te dizer que o anel é seu."

"Nunca foi."

"Vai passar a ser agora, então."

"Merda."

Mingus tinha ficado frio e receoso, como se eu tivesse lhe pedido para lembrar de coisas que ele não podia se dar ao luxo de lembrar.

"Como é que eu posso fazer ele chegar até você?", perguntei, enquanto pensava feito um retardado: *Se eu soubesse da existência dessa barreira hermeticamente lacrada, eu teria feito um bolo.*

"Guarda esse negócio."

"Você poderia usar ele pra sair daqui", eu disse, baixinho.

A risada que ele soltou desta vez foi amarga. E autêntica.

"Por que não?"

"Você não poderia usar esse troço nem pra *entrar* aqui."

O resto do tempo da visita nós gastamos falando trivialidades. Mingus quis saber notícias do meu pai e eu então descrevi a homenagem que ele tinha recebido em Anaheim. Falei de Abby, omiti sua cor. Falamos até dos selos de novo. Mingus fazia perguntas e não ouvia minhas respostas. Um muro tinha surgido entre nós. Depois, fui escoltado até lá fora e as costas da minha mão inspecionadas de novo em busca do carimbo fosforescente que identificava um homem livre. Na saída, depositei duzentos dólares na conta da cantina de Robert Woolfolk, mantendo minha promessa.

12.

Invisível na penumbra, notei coisas que não tinha notado quando atravessei o pátio pela primeira vez.

No chão de concreto bem varrido, sem um único vestígio de lixo ou folha, uma luva de borracha virada do avesso, na pressa de ser removida.

Pendurada na cerca, uma placa pintada à mão: NÃO DÊ COMIDA AOS GATOS!

Depois da cerca, árvores malhadas de sombra. Colinas sensuais, inatingíveis. A lua, um disco pálido que se infiltrara sorrateiro no céu antes do pôr-do-sol.

Não era noite nem dia quando atravessei novamente os portões da casa correcional de Watertown, mas algo intermediário: o crepúsculo, a hora da troca da guarda.

Só tive de passar meia hora estendido em cima da colcha da minha cama de hotel, pulando de canal em canal na televisão a cabo — jogo dos Mets; *Emeril*; *A morte ronda a pantera*, com Farrah Fawcett e Charles Grodin; e *Teddy Pendergrass: Behind the Music* —, para que as palavras de Mingus penetrassem no meu cérebro em toda a sua profundidade: *Você não po-*

deria nem entrar aqui. Eu tinha ouvido aquela frase como um simples deboche, quando na verdade ela era um comentário sobre o fato de eu ter passado a vida inteira fugindo do que mais importava — não a Califórnia, imbecil, mas o Brooklyn. Não o Camden College, mas a Intermediate School 293. Não Talking Heads, mas Al Green. "Não há saída senão para dentro" (cf. Timothy Leary, 1967). "The old way out is now the new way in"* (cf. Go-Betweens, *Spring Hill Fair*, 1984). A vida por trás da música, claro. Mas eu precisava ir para trás dos muros. Minha primeira passagem pela prisão tinha sido rápida demais, uma incursão de turista, como sempre. Eu tinha que fazer por merecer a fuga de Mingus mostrando que estava disposto a entrar lá, mostrando que a coisa poderia ser feita. Eu já sabia que o Aeroman tinha uma última missão a cumprir, mas só agora me dava conta de que ela não poderia ser cumprida por um suplente. Eu mesmo usaria o anel, mais uma vez.

Essa certeza veio como uma febre. A impressão que eu tinha era de que meu quarto de hotel estava tombando, as paredes se movendo, como o quarto de Ray Milland em *Farrapo humano*. Comecei a suar, senti uma preocupante ameaça de desarranjo intestinal. Deitado em total imobilidade, a não ser pelo polegar que apertava o botão do controle remoto, procurei um canal que pudesse me fazer esquecer daquela idéia, mas foi inútil. Então, levantei da cama, lavei meu pescoço grudento de suor na pia do banheiro e passei uns cinco minutos me encarando no espelho debaixo da lâmpada fluorescente, para ver se me convencia a desistir do que estava prestes a fazer. Depois, refiz minha pequena bolsa de viagem, saí do quarto e fechei a conta.

Escondi o carro alugado no estacionamento gigantesco de um shopping center perto da fronteira da cidade, camuflando-o num mar de modelos idênticos. Lembrando dos detectores de metal, tirei o cinto e o relógio e deixei-os debaixo do banco. Depois, achando que não seria boa idéia carregar minha carteira para dentro da prisão, tranquei-a dentro do porta-luvas. Também tirei a chave do carro de seu volumoso chaveiro e a enfiei dentro do sapato, como fazia na sexta série para esconder dinheiro. Por fim, pus o anel de Aaron Doily, saí invisível do estacionamento e fui andando rumo à prisão, percorrendo três quilômetros de estrada pelo bem cuidado acostamento e passando por placas que diziam NÃO PARE PARA DAR CARONA.

* "A antiga saída agora é a nova porta de entrada." (N. T.)

O estacionamento dos agentes penitenciários ficava logo depois da ladeira, atrás do trailer em que se iniciara minha primeira viagem ao interior do presídio, algumas horas antes. Lá, a bordo de picapes e carros compactos de dez anos de idade, os agentes do turno da noite iam chegando aos poucos, um ou dois de cada vez, parando em frente ao portão para que os guardas da guarita fizessem uma rápida vistoria em seus distintivos e dessem uma espiada nos sacos em que traziam seus lanches em busca de sinais de contrabando. Não tive nenhuma dificuldade para me esgueirar portão adentro atrás de um Datsun — na verdade, tive a impressão de que até um homem visível teria conseguido, camuflado na neblina e na fumaça do escapamento. Em seguida, o Datsun que me servira de guia parou numa vaga entre alguns carros esparsos. Seu motorista era um homem baixinho, com corpo em forma de pêra e costeletas *à la* Elvis Presley, enfiado numa camisa de jérsei dos Buffalo Bills. Parado em frente à porta aberta do carro, ele deu uma longa última tragada no seu cigarro, depois esmagou a guimba no chão de cascalho com a ponta do pé e saiu andando em direção à entrada. Fui andando logo atrás dele, tentando coordenar meus passos invisíveis com suas passadas ruidosas. Cambaleei um pouco e me lembrei da natureza especial do estabanamento invisível, aquele pânico no ouvido interno que parecia acompanhar a invisibilidade. Mas imitar o andar de passadas longas e baixo centro de gravidade do sr. Pêra me ajudou a recuperar o equilíbrio.

Os agentes tinham suas próprias portas A/B, onde inspecionavam uns aos outros através de uma divisória de vidro. Para passar por ela, tive de fazer uma manobra arriscada, da qual só me safei por um triz: quando tentava sair da gaiola na cola do sr. Pêra, quase fui imprensado pela porta B e, na afobação de evitar que isso acontecesse, rocei o bico do meu All Star cano longo no calcanhar do sapato dele, quase lhe dando um "calço", como dizíamos na escola. O sr. Pêra virou para trás. Recuei, me encolhendo contra a porta, e prendi a respiração. Franzindo o cenho, o sr. Pêra olhou para um lado, olhou para o outro, não viu nada, acreditou em seus olhos e seguiu em frente. Soltei o ar, aliviado. Do fundo dos pavimentos, a prisão gemia e grunhia, e uma distante cascata de tinidos enchia o ar — ruídos suficientes para encobrir os inoportunos arquejos de um homem invisível tentando recuperar o fôlego.

Então, fui andando atrás do meu guia involuntário até o outro lado do pátio pálido de luar. Em seguida, entramos num prédio baixo onde se viam escritórios iluminados atrás de janelas sem grade, um pavilhão que eu não tinha notado na minha visita oficial e que, ao que parecia, não abrigava celas de prisioneiros. O sr. Pêra abriu uma porta destrancada e foi andando na direção de uma outra porta identificada por uma placa que dizia VESTIÁRIO MASCULINO. Foi então que me dei conta de que o sr. Pêra já havia cumprido o seu papel e que eu não tinha mais nenhuma razão para continuar a segui-lo. Era melhor tratar de encontrar outros corpos para rastrear — teria sido uma sorte inacreditável se o sr. Pêra tivesse me levado justo para o pavilhão em que ficava a cela de Mingus.

Assim, deixei que o sr. Pêra seguisse o caminho dele e fui dar uma espiada nos escritórios. A atmosfera ali não tinha o ranço de intimidação autoritária que eu sentira no prédio dos visitantes. Ao contrário, o lugar me parecia tão inócuo quanto o departamento de trânsito de uma cidade pequena. Dois agentes — um homem e uma mulher — flertavam perto de uma máquina de café; a mulher tinha o cabelo preto cortado à escovinha, mas curvas fartas debaixo do uniforme. Sentados com pranchetas no colo, dois outros agentes bocejavam diante da papelada que tinham de preencher. Mais outros dois, um dando ruidosas goladas numa garrafa de Coca-Cola, o outro dando pancadinhas no fundo de um maço de cigarros, olhavam para a tela minúscula de um minitelevisor que exibia as últimas rodadas do mesmo jogo dos Mets que eu tinha visto quando estava passeando pelos canais no meu quarto de hotel. As paredes verde-limão estavam cobertas com fotos escolares, cartuns recortados de jornal e calendários de oficinas mecânicas. Dez anos atrás, elas talvez estivessem cobertas de pinups, mas a presença de policiais mulheres impedia esse tipo de coisa. Imagino, no entanto, que pinups ainda decorassem as paredes do vestiário dos homens.

Eu ainda estava parado perto do vão da porta, encolhido num canto, quando o sr. Pêra, agora metido no seu bem passado uniforme cinza e com cassetete e chaves pendurados no cinto, adentrou o recinto.

"*Yo*, Stamos", disse o policial que estava perto da máquina de café.

"*Yo*", disse o sr. Pêra, ou Stamos para os íntimos. "Que tu tá fazendo?"

Os policiais eram todos brancos. No entanto, mesmo ali, naquele fim de mundo, tudo era *yo, yo, yo*.

"Te esperando", respondeu o policial, o que fez sua companheira sair de perto da máquina de café com um certo ar de indignação. "O Metzger quer a gente lá no uai pra dar reforço. Infeliz aniversário pra você."

"Com uma bola de sorvete em cima", disse Stamos, com voz de enterro.

"Cuidado com o que você deseja."

"Santo Cristo, não permita que eles me fodam hoje."

"Eu vou te proteger, benzinho."

Balançando a cabeça, Stamos e seu amigo deixaram o oásis dos escritórios rumo a fosse qual fosse a tarefa nefasta que "o uai" representasse. "A força esteja com vocês", disse outro policial de sua mesa, dando um adeusinho sem se dar ao trabalho de levantar a cabeça.

Não fui atrás de Stamos. Minha afeição por ele não era tão grande assim. Além do mais, achei que não teria muita dificuldade para colar em outro agente qualquer que fosse fazer a ronda em algum dos outros prédios, desde que eu fosse paciente o bastante para ficar de tocaia perto das portas trancadas e frio o bastante para prender a respiração e não deixar que meu coração batesse forte demais enquanto esperava que as chaves girassem nos trincos e por uma chance de me esgueirar na esteira dos policiais. Meu problema era como localizar Mingus naquela pequena cidade distópica em que as ruas não tinham nome — ou, pelo menos, não tinham placas.

As coordenadas da cela de Mingus talvez estivessem numa daquelas pranchetas, ou num fichário como o que o guarda do trailer tinha consultado. Então, comecei a vagar por entre mesas feito um fantasma, espiando por cima dos ombros dos guardas para ver se encontrava alguma coisa nos papéis expostos e até folheando pastas abandonadas em cima de mesas vazias quando achava que não havia muito perigo. Tudo inútil. O único livro de colunas que encontrei estava preenchido não com nomes, mas com horários e acontecimentos descritos num jargão indecifrável: *4:00 Trancado ATT/4:25 Sgt. Mortine no prédio G LFF/6:30 Detento Legman, Douglas 86B5978 pede colcha de cama via livro RHL* etc. Numa outra mesa, encontrei um exemplar da *CPO Family*, revista da Correctional Peace Officers Foundation, cuja matéria principal se intitulava simplesmente "Em minoria!"

Depois, numa prateleira baixa um pouco afastada das mesas, vi uma pilha de pastas de arquivo identificadas com nomes e números de detentos. As primeiras páginas trepidavam com o vento que entrava por uma janela aberta. Se a invisibilidade não tinha servido para mais nada de bom, pelo menos tinha liberado em mim um velho prazer infantil de derrubar coisas: tendo o vento como desculpa, derrubei a pilha, esparramando aquele monte de pastas no chão.

"Cruzes", disse o agente da força-esteja-com-vocês, que era quem estava mais perto.

A mulher que tinha flertado na máquina de café se levantou de trás de sua mesa para olhar embasbacada para a bagunça.

"Arruma essa zona, Sweeney", disse o Guerra nas Estrelas para ela.

"Arruma você."

"Nã, eu tô indo pra galeria. Além do mais, cê já devia ter arquivado essa zona na semana passada."

"Não fui eu que fiz a zona, foi o Zaretti."

"Tá, mas foi você que usou projeção astral pra atirar essa droga no chão, só pra me infernizar. Leva isso logo lá pra cima. E fecha aquela janela, daqui a pouco tá todo mundo gripado aqui dentro."

Para meu espanto, Sweeney obedeceu. Ajoelhando no chão, o que fez com que se abrisse uma pequena fresta no seu uniforme cinza para revelar uma borda de calcinha de florzinha, ela começou a juntar as pastas rapidamente, antes que eu tivesse a chance de dar uma olhada nelas. Lutei contra o impulso de içar os últimos papéis do chão em pés-de-vento imaginários, bagunçar com os arquivos deles, provocar um alegre caos naquela zona morta e mostrar a eles o desvario de homem invisível que eu sentia latejar dentro de mim. Em vez disso, fiquei apenas esperando enquanto Sweeney pegava a pilha de pastas nos braços e mastigava resmungos, que o Guerra nas Estrelas ignorou. A voz de um minúsculo anunciante dos Mets era o único ruído que concorria com o zumbido do ventilador. Quando Sweeney saiu da sala com as pastas, eu fui atrás dela feito um tarado, seguindo a calcinha estampada, aquela réstia brilhante.

A sala para onde Sweeney me levou, um escritório particular com porta de vidro granulado e repleto de arquivos, também tinha uma mesa grande de madeira com um telefone e algumas fotos de jornal e citações emolduradas — poderia ser a sala do chefe da carceragem, se eu acreditasse na existência de tal figura. Lembrei do meu espanto, como garoto criado no

Brooklyn, quando descobri que as cidadezinhas de Vermont de fato tinham xerifes, quando para mim esse título honorífico era algo tão antigo e fictício quanto *cavaleiro* ou *homem das cavernas*. Um chefe da carceragem era uma figura de um número de Lenny Bruce ou de uma rima de Slick Rick. Então, digamos que aquele escritório poderia ser a sala do *chefe dos agentes penitenciários*. Sweeney acendeu a luz e começou a abrir as longas gavetas do arquivo e a recolocar as pastas em seus devidos lugares, seguindo a ordem alfabética dos nomes dos prisioneiros, e eu percebi que tinha topado exatamente com o que estava procurando — só que justo na hora em que já não estava mais interessado. Fui chegando perto de Sweeney, mais perto do que precisava, fazendo de conta por um momento que não estava perdido no meio de uma prisão. Sweeney era um pouco atarracada, mas eu gamei por ela. Gamei pelo simples fato de ela ser uma mulher naquele inferno construído e patrulhado por homens, e por me deixar entrever o seu cofrinho.

Isso era novo para mim. Eu nunca havia explorado as oportunidades perversas que a invisibilidade oferecia — nunca tivera interesse por boates de strip-tease nem por pornografia, muito menos por espiar janelas alheias. Eu me identificava com a figura do bolinador do metrô quase tão pouco quanto me identificava com Bernhard Goetz. Agora, estando ali para abrir mão do anel e dos meus poderes secretos e me vendo sozinho naquela sala com uma mulher, uma estranha cupidez de última hora tomou conta de mim, e eu praticamente montei na generosa coxa de Sweeney quando me inclinei para captar um bafejo do perfume do seu cabelo. Ela cantarolava baixinho a música "Believe" da Cher e chegou até a soltar um peido, mas nada disso me deteve. Sem sair de perto dela, me imaginei sussurrando *Fica quietinha, Sweeney, não grita. Deixa as mãos invisíveis do homem invisível invadirem esse teu uniforme viril*. Fiquei de pau duro, agora a centímetros da bunda embalada em poliéster cinza de Sweeney, e mais excitado do que tinha conseguido ficar com a minha querida Katha. Esse acesso de tesão com certeza era uma última tentativa de negar que eu ia fazer o que na verdade já estava fazendo, de negar que a minha vida solitária e a de Mingus tinham chegado àquele ponto. Era um clamor por uma vida diferente da que eu tinha vivido, uma vida cheia de mulheres e de desatinos, uma vida com formas menos problemáticas de problemas. Foda-se toda essa triste coragem máscula! Foda-se essa história de "ir dentro", de cruzar fronteiras de arame farpado, de desvendar enigmas ancestrais! *Fodam-se as prisões, vamos foder! Sweeney, deixa eu te levar pra longe disso tudo.*

Sweeney abriu a gaveta R-S-T e lá estava: Rude, Mingus Wright, 62G7-634. Foi tudo o que foi preciso para me fazer brochar. Eu devia estar a um ou dois segundos de cometer uma asneira fenomenal, de permitir que Sweeney sentisse o meu bafo no seu cangote ou a minha ereção contra o seu corpo. Agora, no entanto, recuei para um canto e fiquei vendo-a terminar de arquivar as pastas. Sweeney estava alegre, continuava cantarolando sua disco music atonal e não fazia a menor idéia do risco que acabara de correr. Quando estava saindo da sala, Sweeney apagou a luz, e eu deixei que ficasse apagada. A luz dos holofotes do pátio que entrava pela janela foi suficiente para que eu conseguisse encontrar a gaveta de novo e a pasta dentro da gaveta.

Sentei, abri a pasta em cima da mesa e dei uma olhada.

A pasta tinha umas quinze, talvez vinte folhas. O primeiro documento, de longe o mais substancial, datava de 1978 — o ano em que Mingus começou a freqüentar a Sarah J. Hale, enquanto eu ainda continuava na I.S. 293 — e estava escrito em folhas de papel timbrado de Frank J. Macchiarola, secretário de educação.

> AVALIAÇÃO PSICOLÓGICA: Os resultados globais do teste sugerem um rapaz de capacidade intelectual muito superior à media, cujas habilidades verbais são consideravelmente mais efetivas do que sua habilidade para resolver problemas práticos. Foram detectadas algumas limitações de atenção, concentração e percepção (...) Pode-se especular que tais limitações sejam resultado de sentimentos inquietantes, tensões e desconfortos internos. O teste projetivo revela um rapaz moderadamente desconfiado, que tende a ver o mundo de uma forma cautelosa e a negar suas necessidades afetivas, mas que, ao mesmo tempo, é vulnerável a estresses emocionais...
>
> E:
>
> DESENVOLVIMENTO: Mingus foi um bebê a termo. Vindo à luz num parto de nádegas, ele nasceu lutando e chegou a derrubar o instrumento cirúrgico da mão do médico com um soco...

E:

ENTREVISTA: Mingus disse não entender o que aconteceu com ele. Declarou que, pelo que se lembrava, seus problemas tinham começado quando ele estava na pré-escola...

E:

Ele tem problemas por causa dos membros de "gangues" que existem dentro e ao redor de sua escola. Tem pouca vida social e não sabe explicar como preenche seu tempo...

E:

RESULTADOS DO TESTE: Mingus entrou na situação do teste prontamente. Observou-se, no entanto, um leve traço de irritação com o processo de avaliação, sugerindo uma atitude de desinteresse condescendente (...) os resultados obtidos variaram de Médio-baixo a Muito Superior, excetuando um resultado Deficiente obtido numa tarefa de cópia mecânica, mas que foi considerado espúrio por ele parecer não estar empenhando todos os seus esforços...

E:

Seus pensamentos tendem para temas ocultos e pressagiosos (i.e., no cartão V, uma borboleta camuflada, pousada no tronco de uma árvore; no cartão III, duas pessoas perto de um caldeirão, preparando uma poção de bruxa; no cartão IV, um dragão de asas abertas, voando em direção a você) (...) sugerindo uma visão apreensiva e por vezes desconfiada de suas experiências e do ambiente ao seu redor...

E:

O jeito de ser e o estilo típico de Mingus provavelmente o predispõem ao sarcasmo e a rompantes verbais de caráter negativista e hostil para fazer frente a figuras de autoridade de maneira velada...

O jargão descrevia um Mingus que eu mal reconhecia, um Mingus taciturno e emburrado sob o olhar escrutinador do psicólogo — nessa mesma época, na Dean Street, ele comandava o meu mundo entusiasticamente. Pulei para o fim do documento e, debaixo dele, encontrei a "ficha amarela" de Mingus, o registro resumido de suas prisões e condenações. Primeiro, cinco ou seis detenções por pichação, da época em que estávamos na escola secundária. Antes das leis específicas para grafite elaboradas por Ed Koch, os policiais que prendiam grafiteiros ficavam reduzidos a acusações eufemísticas:

2/3/78: Contravenção penal, Invasão de Propriedade
14/4/78: Contravenção penal, Invasão de Propriedade
27/9/79: Contravenção penal, Vadiagem, Porte de Ferramentas de Arrombamento

E assim por diante. As tais ferramentas de arrombamento provavelmente eram cortadores de ferrolho, para entrar nos pátios dos trens do metrô. Não havia nenhuma menção ao fato de Mingus ter pulado de cima de uma árvore, fantasiado, no pátio do conjunto Walt Whitman Houses — ele tinha sido liberado sob afiançamento de Junior naquela noite. Sua periculosidade adolescente era toda relacionada ao grafite. Até essa data, Mingus tinha tido a liberdade de fumar e cheirar em sua própria casa, quando era o fato de ser forçado a ir para as ruas que levava a detenções por porte de drogas.

Detenções desse tipo viriam, pouco depois. Mas antes, o desfile de acusações pelas mesmas pequenas transgressões seguidas de soltura desembocava no seguinte abismo:

16/8/81: Homicídio Simples, Porte de Arma de Fogo

E sua disposição:

23/10/81: Condenação por Delito Grave, Homicídio Involuntário

A longa sombra do assassinato de Senior se traduziu num silêncio de seis anos na ficha amarela de Mingus, até que as detenções recomeçaram, em 1987. Àquela altura, as ruas já tinham passado pela revolução do crack:

23/11/87: Porte Criminoso de Substância Controlada (entorpecente)

Nos registros subseqüentes, a mesma acusação foi abreviada por algum datilógrafo entediado com fixação por letras maiúsculas:

3/10/88: PCSC (entorpecente), Contravenção Simples
12/2/89: PCSC (entorp.), Contrav.
3/6/89: PCSC (entorp.), Contrav.

A seqüência foi interrompida pelo agora expandido código penal:

8/8/89: Porte de Instrumentos de Grafite

E então:

5/4/90: Furto

Boa parte das vezes em que foi preso, nesses anos em que praticamente bateu ponto nos tribunais, Mingus ficara detido por um tempo maior do que o que sua sentença determinava enquanto aguardava julgamento em Riker's, sendo portanto posto em liberdade logo depois de condenado, uma vez que já tinha cumprido sua pena. Nos anos que se passaram entre a sua permanência em Elmira e o seu atual encarceramento, Mingus nunca deixou a cidade, nunca foi exilado no norte do estado. Outras vezes, as queixas contra ele tinham sido retiradas. Talvez as tais *habilidades verbais superiores* — o que eu conhecia como o seu famoso poder de persuasão — tivessem salvado sua pele. Fosse como fosse, ninguém poderia dizer que ele não tinha sido avisado:

5/8/92: PCSC (entorp.), Contrav.
30/1/94: PCSC (entorp.), Contrav., Porte de Parafernália

Mais uma vez, ver onde essa ordeira fila indiana de contravenções iria desembocar produzia a sensação de uma queda num abismo, ou de uma colisão de trem:

8/11/94: Porte de Substância Entorpecente com Intenção de Venda, Porte de Arma de Fogo

E o desfecho:

Condenação por Delito Grave, 4 Anos a Perpétua

E assim se encerrava a ficha amarela de Mingus. Era como se o estado tivesse passado aqueles anos mordiscando-o, provando-o, antes de aplicar uma dentada mortal.

O resto eram documentos gerados pelo seu atual encarceramento: sua classificação inicial, fadando-o a instituições de segurança máxima em função de sua condenação anterior por homicídio — primeiro em Auburn e depois, em resposta a um pedido de transferência feito por ele próprio, ali em Watertown. Descobri mais tarde que Mingus havia remado contra a maré: os detentos originários da cidade normalmente tentavam ir para prisões mais próximas ao sul do estado, querendo encurtar a distância para as visitas.

Havia também cópias em carbono de bilhetes de infração que Mingus recebera de agentes penitenciários nas galerias — suas "advertências". Levei um tempo tentando decifrar a letra de alguns deles, até que fiquei petrificado:

Detento se recusou a sair da cela para inspeção
Material contrabandeado, pincel atômico
Detento cozinhava sopa com fio de resistência
Desenhou na camiseta
Excesso de jornais
Detento trepa no beliche, diz que é o Super-Homem
Material contrabandeado, marica

E, assim, encerravam-se as inadequadas notas do encarte para a existência inteira de Mingus Rude. Decorei os números do bloco e da galeria em que ele estava e guardei a pasta de volta na gaveta. Depois, antes de retomar minha incursão espectral pelo interior do presídio, sentei de novo em frente à mesa, tentado a usar o telefone da sala. Talvez fosse um resquício do meu encontro com Sweeney ou simplesmente mais uma tentativa de embromação, mas o fato é que eu estava angustiado para falar com Abby.

Já estava tão acostumado a ouvir os toques vazios na linha seguidos pelo estalido da secretária eletrônica que levei um choque quando Abby de fato atendeu.

"Abby?", eu disse, em resposta ao seu "alô".

"É."

"Você tá em casa."

"Bom, eu tô no seu apartamento", disse ela, cautelosa.

"E essa é uma distinção importante?"

"Eu só tô chamando atenção para o fato de que você não tá em casa." Ela esperou um instante para que essa resposta assentasse, depois perguntou: "Ainda curtindo a Disneyworld?".

"Não era a Disneyworld, era a Disneylândia. Mas não. Quer dizer, eu já não tô mais lá."

Ela esperou. Lentamente, eu me dei conta de que aquele tempo todo em que eu ficara ligando para o apartamento à procura de Abby ela poderia estar fazendo a mesma coisa à procura de mim e com o mesmo resultado.

"Eu não tô mais em Anaheim", falei. "Voltei pro Brooklyn."

"O seu pai tá doente?"

A princípio, fiquei perplexo com a pergunta. Levei um tempo para me tocar de que aquela era a suposição mais generosa que tinha passado pela cabeça de Abby para explicar a minha ausência. Ela tinha me poupado das mais hostis.

"Não... não", respondi.

"Então você tá numa busca patética *à la* João de Ferro, não é isso? Tá na selva tocando tambor?"

"Não exatamente."

"Tá atrás do cara do garfo afro?"

"Mais ou menos."

"Por quê que você tá sussurrando?"

"Eu na verdade não tô podendo falar direito agora. Pra ser sincero, eu não esperava que você fosse atender." Eu queria acrescentar *Há dias eu tô tentando falar com você*, mas já era tarde demais. Não conseguia tirar os olhos da luz nebulosa que entrava pela porta de vidro granulado, com medo de que algum guarda passasse pelo corredor. Se alguém ouvisse os meus sussurros e resolvesse abrir a porta para ver o que era, depararia com o fio do telefone pendurado entre o aparelho pousado em cima da mesa e o nada que era o fone coberto pela invisibilidade, perto da minha cabeça.

"Você na verdade não quer falar comigo agora, é isso que você tá me dizendo, Dylan?"

"Desculpa."

Fiquei ouvindo sua respiração, enquanto ela ponderava o meu silêncio. "Você não tá num bom momento, né?", ela perguntou, num tom ligeiramente mais gentil. "A nossa conversa realmente te deixou mal."

"Eu não tô num bom momento", respondi, concordando com a parte que era óbvia.

"Eu acredito em você."

"Obrigado", eu disse, baixinho.

"Imagino que você vá me ligar quando realmente puder falar."

"Vou."

"Então, tá. Eu acho que posso esperar."

"Obrigado", repeti.

"Eu vou ficar por aqui agora", disse ela. "Você pode me ligar quando quiser." Ela estava obviamente querendo facilitar as coisas para mim, facilitar para nós a tarefa de encerrar aquele telefonema.

"Abby..."

"Hã?"

Eu queria dizer alguma coisa antes de desligar, queria ter alguma coisa para dizer. Mas por onde iria começar? Como nada me ocorria, recorri a um factóide que vinha guardando para contar para ela, o tipo de papo que teríamos adorado levar em melhores dias. "Você lembra como eu vivia intrigado com o Four Tops, com o fato de eles nunca terem se separado nem trocado de formação depois de todas aquelas décadas, quando todos os outros grupos vocais se desintegraram?"

"Ahn-hã."

"Pois é, eu descobri a razão. É meio inacreditável. Eu esqueci de te contar. O motivo por que os caras do Four Tops nunca se separaram é que eles todos freqüentam a mesma sinagoga. Eles são judeus. Não é meio tocante isso?"

"Foi pra isso que você ligou? Pra dizer que os caras do Four Tops são judeus?"

"Bom..."

"Dylan, que eu me lembre você sempre disse que o fato de você por acaso ser judeu era a coisa que *menos* te definia."

"É, claro, mas não deixa de ser uma... uma informação interessante sobre o Four Tops."

"Hmmm. Imagino que ficar elucubrando sobre a negritude ainda continue sendo mil vezes mais fascinante do que fazer uma auto-reflexão, não é mesmo? Olha, com certeza ainda devem existir umas duas ou três *judias negras* escondidas em algum lugar lá pelas bandas de Crown Heights. Boa sorte na sua busca, irmão."

E, com essa, Abby bateu o telefone. Não era o pior final que eu poderia imaginar para aquela conversa telefônica, só um pouquinho unilateral.

E, então, nada mais me restava senão cumprir o meu propósito ali. Ou, nos termos de Abby, levar adiante a minha "busca": ir até Mingus.

13.

Ele nunca quis ser o Rei da A, nem da CC, nem de qualquer das outras linhas do metrô, nunca quis ser Rei de linha nenhuma. O lance de Dose não era esse, não era acumular pichações, se gabar, conquistar território. Não. Você podia até entrar em acordo com as *crews* que travavam guerras mudas na disputa por domínio — Dose acabou se juntando à FMD, por uma questão de menor esforço —, mas era só para poder ficar livre para praticar sua arte. A época de Mono, Lee e Super Strut — as figuras lendárias que tinham operado numa Gotham sem fronteiras que ainda precisava aprender o que era um *tag* ou um *throw-up* ou um *top-to-bottom*, o que era o grafite para começo de conversa, fora as piadas primordiais ou números de telefone de bichas rabiscados em paredes de banheiro — tinha acabado. Sumido. Agora, milhares de garotos pichavam e ninguém conhecia as histórias daquela época. Os garotos podiam achar que sempre tinha sido assim: coma, respire, veja televisão, entre para uma *crew*, piche.

Você precisava ter uma certa sensibilidade para captar a essência da arte solitária. O lance de Dose era a linha e a linguagem de um jato flocoso de tinta assentando numa superfície de pedra ou aço e se transformando numa prova vibrante da sua arte. A linha e a linguagem, o sobressalto que um *tag* perfeito entalhava na face da cidade. Que dirá um vagão pichado de alto a baixo atravessando uma estação feito um foguete: cacete! O mundo podia ter virado uma masmorra, mas algumas poucas vozes ainda faziam contato com algumas poucas outras. O grafite nunca foi um movimento popular, apesar da névoa de aspirantes que o cercava. Como na linhagem que ia de Jackie Wilson a Sam Cooke, de Otis Redding a Barrett Rude Junior, os artistas genuínos formavam um *continuum* extremamente rarefeito, uma constelação.

Barry talvez não entendesse, mas Dose sabia que sua arte aproximava os dois, pai e filho.

A cocaína talvez fizesse a mesma coisa — Barry parecia acreditar que sim, a julgar pelo modo como a oferecia a Dose.

Uma droga era um longo estudo, não era uma coisa para se levar na brincadeira. Você podia morrer antes de captar o que ela tinha a lhe dizer.

Seu pai Barry e seu amigo Dylan — eles não faziam idéia do quanto Dose os achava parecidos, no fundo. Ele sentia o peso das expectativas dos dois, com relação a Dose e ao mundo. Barry e Dillinger eram sonhadores, e isso os tornava inseguros. Fracos. Dose queria protegê-los, queria impedir que soubessem de coisas que os machucassem, mesmo que às vezes tivesse a impressão de que qualquer coisinha poderia machucá-los. Coisas que Mingus sabia só porque seus olhos estavam abertos. Quando ele abandonou Dylan à própria sorte na I.S. 293, por exemplo, não foi porque ignorasse o que estava para acontecer. Pelo contrário: não suportava saber do ressentimento que Dylan estava fadado a absorver e não suportava encarar sua própria incapacidade de estancar esse ressentimento. Havia dias em que a sua vontade era tocar a campainha de Abraham e gritar na cara dele: *Manda o garoto branco pra Brooklyn Friends School logo de uma vez! Tira ele de lá rápido*!

E quanto àquela história de voar? Ele basicamente só tinha tentado não decepcionar.

Pantera Negra, Luke Cage, Arrowman, pois sim. Como se o que Gowanus precisasse fosse de um super-herói negro.

Ao contrário de Dylan, Dose sabia ler nas entrelinhas dos quadrinhos e tinha consciência de que eles eram apenas figurantes naquele cenário urbano. Um título que logo seria cancelado.

Além do mais, metade dos cangadores que eles encestavam eram caras que Dose conhecia das redondezas dos conjuntos habitacionais.

Barry e Dylan tinham uma visão romanceada da Dean Street. Dose via o quarteirão como a frágil ilha que ele realmente era, uma frágil ilha no mar da vizinhança mais ampla — sua visão do quarteirão era a de um homem voador: vista aérea. Dose via a Nevins e a Hoyt e onde as duas desembocavam. Ninguém, a não ser talvez Marilla, fazia idéia de como Dose protegia o quarteirão dos irmãos sedentos de Wyckoff Gardens e de Gowanus Houses, dos jovens tios de Robert Woolfolk e outros como eles. Ninguém fazia idéia de como ele poupava os garotos da Dean, até mesmo Alberto e Lonnie, até mesmo o estufa-peito do Henry, de serem surrados, de terem seus skates e bicicletas arrancados de suas mãos centenas de vezes. Ninguém sabia como ele defendia as *brownstones* da gangue da Bergen com a Terceira, que usava um macaco para levantar a barra da grade das janelas do subsolo e penetrar nas casas. Um dia, vendendo erva para os caras, ele entreouviu e desbaratou um plano de invadir as casas dos reformadores: *Não tem nada lá pra roubar, cara! Tu acha que aqueles branquelos têm grana? Eles são um bando de hippies, cara! Tu acha que se eles tivessem escolha eles iam morar* aqui?

Boa pergunta, de fato. Será que os reformadores estavam pensando que aquilo ali era Park Slope? Ou o quê?

Mas por que Dose deveria carregá-los nas costas?

Abraham e Dylan eram uma coisa, mas alguns daqueles outros donos de *brownstones*, como David Upfield, Isabel Vendle, os Roths, eles nem sequer olhavam para a cara dele ou de Junior. Pareciam ter bronca do espaço que eles ocupavam na rua. Upfield todo santo dia aparecia, com seu bonezinho do Red Sox e seu bigodão de quitandeiro, para catar o lixo do seu jardim. Ficava olhando mal-encarado para os porto-riquenhos aboletados nos engradados em frente à loja do Ramirez, como se isso fosse fazer com que eles parassem de jogar tampinhas de garrafa e sacos de banana frita vazios nos galhos da forsítia dele.

Talvez tenha sido a mudança da Filadélfia para o Brooklyn que tenha deixado Dose alerta para as linhas de força. Abandonando as roupas de escoteiro e o uniforme de futebol americano como quem abandona uma pele velha, ele tivera de demolir tudo e começar de novo. Toda a série de pressupostos da classe média que era insustentável ali.

Junior podia ficar dentro de casa, polindo discos de ouro. Já você, você ia ter que dar um jeito de conseguir transitar pelas calçadas.

Havia manhãs em que ele simplesmente saía andando pela Montague Street, na contramão da multidão de garotos do Brooklyn Heights que corriam para chegar na Packer ou na Saint Ann's antes que o sinal tocasse, só para sumir do mapa e ir para debaixo da ponte fumar um baseado. Nada de professores, nada de inspetores, nada de Dylan, nada de Arthur, nada de Robert. Se alguém chamasse, ele não ia ouvir. Nada de Flamboyan Crew, hoje não. Nada de Savage Homicides Crew, que queria que ele cobrisse o caminho para Red Hooks; nada de Tomahawks Crew, que queria que ele cobrisse Atlantic Terminals. Sumidos, todos sumidos, como fumaça pelo olhal da ponte, enquanto ele passava o tempo sentado no ferro-velho da cidade, entre pára-lamas de radiopatrulhas amassados, parquímetros arrebentados e uma pilha de carcaças de máquinas de escrever da Secretaria de Educação, as teclas retorcidas num nó sobre o cilindro, como se tentassem cravar alguma palavra indizível. Sumidos. Junior sumido, Senior sumido, Mingus sumido.

Senior era mais parecido com Dose, de certa forma. Embora bravo feito um mangusto, Senior tinha olhos.

Dose chegou a seguir Senior algumas vezes quando ele subia a Nevins para cumprir as visitas da condicional e, depois da visita, até a livraria Avery, na Livingstone Street, onde, na aléia que ficava entre as revistas de astrologia e os livros de preparação para concursos do serviço público, Senior passava uma hora escarafunchando uma gôndola cheia de *Playboys* mofadas dos anos 60, até que o velho judeu dono da livraria viesse lhe dizer que ele tinha de comprar alguma coisa ou cair fora.

Um dia, no corredor do apartamento de subsolo que os dois dividiam, Senior deu um beliscão no braço de Dose e disse: *Eu reparei que você tem me seguido, filho. Espero que esteja aprendendo alguma coisa.*

O que ele se lembra do domingo do tiro, no entanto, é a vergonha abissal, a vontade de tapar os olhos do garoto branco.

O remorso para ele não foi como as pessoas disseram que seria. Se ele voltava no tempo mentalmente, era só para apagar Senior à noite, pegá-lo em flagrante com as prostitutas da Pacific, meter uma bala prateada naquele coração de vampiro.

Mas, na verdade, o seu avô não valia nem a bala. Se pudesse de alguma forma ter empunhado um escalpelo em vez do quarenta-e-cinco, Dose teria decepado *Senior* de *Junior*. Sua intenção era salvar seu pai. Isso, sim, teria valido a pena que ele cumpriu

* * *

Spofford.

Barry não foi à audiência inicial de Dose, quando sua fiança foi fixada. Na verdade, Barry tinha tirado o time de campo, voltado para a Carolina do Norte junto com o corpo de Senior e deixado a Dean Street para trás, o apartamento com o chão manchado de sangue, os restos de cocaína derretendo nas almofadas. Ninguém bancou a liberação de Dose, ninguém tinha dinheiro — o que Arthur Lomb poderia fazer, *traficar* para pagar a fiança? Fazer uma vaquinha na Nevins? Pedir dinheiro para sua mãe horrorizada?

Ninguém sabia que Dose já tinha completado dezoito anos. Então, a princípio ele foi jogado num dormitório do Spofford Juvenile, um reformatório no Bronx, junto com "aviões" de treze anos, travestis de catorze anos, crianças estupradoras de crianças. Conheceu dois assassinos, nenhum dos quais estava nem sequer na puberdade ainda. Tinham matado outras crianças. Dose já se barbeava. E tinha matado um adulto, um velho. Os garotos do Spofford o tratavam como um venerável ancião. Dez dias depois, alguém na Filadélfia desencavou sua certidão de nascimento e o erro foi corrigido. Dose foi transferido para a Riker's.

Mesmo assim, quando tem algum flash de agosto de 81, é do Spofford que ele se lembra: mais especificamente, do garoto de doze anos de Bed-Stuy que dividia o beliche com ele, ouvia vozes que descrevia como "o Pernalonga dentro da minha cabeça", tinha seqüestrado uma menina branca da terceira série do pátio da P.S. 38 e a levado para o terreno baldio atrás da Brooklyn Academy of Music e do terminal da Long Island Rail Road, onde tirara as roupas de ambos e forçara a menina a comer as fezes dele, e que agora passava as noites chorando e gemendo que queria a mamãe. Ninguém debochava do Pernalonga — sua cantoria noturna talvez fosse em nome de todos eles.

Riker's.

Tendo tido sua experiência desse lugar reescrita mil vezes, Dose não consegue mais se lembrar da primeira impressão que teve ao chegar lá. Dominar a técnica de sobreviver na ilha foi uma das grandes realizações da sua vida, qualquer que seja o mérito disso. Então, é provável que ele tenha purgado o terror das suas primeiras impressões por necessidade. O Prédio 6, doente com o pânico especial dos recém-encarcerados: Dose é e *sempre foi* um veterano ali.

Não há nada pior do que manos amedrontados, tentando provar que são durões. Depois que você via como a coisa funcionava, você preferia cumprir pena em qualquer prisão do norte do estado a passar uma temporada no 6. No norte do estado, os caras já estavam conformados com as suas sentenças. Havia menos incerteza, menos viciados em crack na fissura, uma atitude geral de "cumpre a tua pena e não aporrinha", uma preocupação de não levar advertências desnecessárias. No Prédio 6, toda hora chegavam levas recém-saídas das ruas. Moleques jericos, querendo se preparar para o que imaginavam que iam enfrentar no norte do estado e fazendo da Riker's um lugar mil vezes pior do que qualquer presídio do norte do estado. O boato que tinha vazado para as ruas era que a melhor coisa a fazer, assim que você entrasse portão adentro, era tratar de construir logo uma fama de valentão. Então, eles brincavam de pique gilete no longo corredor não patrulhado que levava até a cantina. A bolha — a sala envidraçada dos agentes penitenciários — ficava tão longe da ação que chegava a ser ridículo.

Todo mundo sabia que os adolescentes eram mil vezes piores do que qualquer homem adulto.

O método do medo poupa tempo nos tribunais. Neguinho chega no Prédio 6 jurando que desta vez vai pedir um julgamento com júri, que nunca mais vai entrar em acordo e se declarar culpado para cair fora mais rápido, achando que não pode se sujeitar a ter mais uma condenação na ficha — *E, além do mais, eu sou inocente, porra*! Mas aí, depois de passar uns seis meses tentando se esquivar dos moleques que cismam de retalhar uns aos outros na fila da cantina, você recebe uma visita do advogado que o tribunal arrumou para você e ele menciona um acordo. Condicional por delito grave e pena cumprida, ou então um a cinco anos numa penitenciária do norte do estado, e você aceita. O risco de pegar dez anos a perpétua, a sentença Rockefeller, é grande demais. Surpresa: passado um tempo, você vai em cana de novo.

Nada serve mais ao sistema do que o fato de o sistema fritar fora de controle pelas beiradas.

Tendo excursionado pela ilha nas mais diferentes condições, Dose acabou vendo os mecanismos dela, como quem vê um relógio por dentro. Quando viciados em crack chegam lá pela primeira vez e tentam arranjar um beliche, ninguém deixa os infelizes se instalarem em lugar nenhum. Fedidos, magricelas, eles nunca vão conseguir se recuperar, nunca vão convencer ninguém de coisa nenhuma. Valentões mais velhos ou caras mais novos, todos dizem a mesma coisa: *Porra, tu fede pra caralho, filho-da-puta*!

Vai lá ficar com os indigentes, vai, garoto. Não vem dormir aqui, não!

Você já foi o cara que teve de carregar o seu lençol para o quadrante dos indigentes, exilados na Bowery da Riker's, para dormir junto com os pinguços de pele perebenta e dedos rachados. Homens esmagados, os olhos tremelicantes são resultado de décadas se encolhendo de medo.

Depois você entra numas de que pode dar a volta por cima, feito um personagem de Horatio Alger. Pela primeira vez na vida, os caras começam a se preocupar com a aparência — caras que nunca tiveram um momento para si mesmos, que nunca ficaram limpos, que nunca passaram um dia sem se drogar. Você pode chegar lá uivando para dar um tapinha numa pedra, mas não vai acontecer. Aquela primeira estadia no xadrez é uma espiada no espelho. Os homens mais velhos têm costumes, ideologias — ou são advogados da cadeia, ou são muçulmanos, ou são cafetões, ou são das gangues nacionais, Latin Kings, Nietas, Bloods — e todos têm seus lemas, falam sem parar sobre respeito. Não há nenhum que não tenha uma atividade ou afiliação, mesmo que eles vivam dizendo que só sobrevive quem não confia em ninguém, quem preserva o seu espaço, quem não faz dívidas. Não deva nada a ninguém, é o princípio universal. Então, naturalmente, no primeiro dia que você chega lá, todo mundo quer emprestar cigarros para você, com juros de dois para um: o nome disso é dívida, filho.

E todo mundo tem uma certa camada de músculo também. Já você, você é uma aberração, um esqueleto ambulante recém-chegado das ruas, quarenta quilos quando finalmente consegue sair da crise de abstinência.

Você botou na cabeça que não vai contrair dívidas, mas aí o barbeiro da Riker's corta o seu cabelo e depois cochicha no seu ouvido *Tu me deve meio maço, meu chapa*, e você nem discute, só o que sente é gratidão, porque estava um verdadeiro lixo antes do trato que ele deu em você.

Riker's oferece o seu primeiro teste vocacional: qual vai ser o seu ramo de atividade? Vigilância? Veados? Drogas? Ou só conselhos empresariais e cigarros? Ou quem sabe contar histórias que não acabam nunca, feito uma Sherazade da cadeia?

A melhor mamata da ilha, no entanto, Dose descobriu por acaso na sua primeira estadia lá, no período entre o julgamento e a transferência para o norte do estado. Naquele mês de setembro, com uma piscadela para o fantasma de Senior, Dose marcou Judeu no seu formulário de entrada. O agente penitenciário nem piscou, disse apenas quando e onde as cerimônias eram realizadas. Dose se esqueceu completamente do assunto até os feriados do fim do ano, quando recebeu uma caixa de pães ázimos kosher no jantar e a permissão para levá-la com ele para o dormitório. Alguma autoridade rabínica deve ter feito um bocado de pressão para conseguir que esse privilégio fosse concedido — fosse qual fosse a fonte, os pães ázimos eram um presente absurdo, uma dádiva caída do céu, todo dia uma caixa cheia que o abastecia de lanchinhos por uma semana inteira.

O companheiro de beliche de Dose naquele mês de dezembro era um sujeito marrento que ele conhecia da vizinhança, um cara que ele costumava ver vagando ao redor do Albee Square Mall, vendendo bolos e distribuindo panfletos, vestido como Malcolm X. Um mero Five Percenter* mixuruca quando estava solto nas ruas, o sujeito tinha dado para estudar o islamismo a sério quando se viu preso lá dentro: todo dia, às cinco da manhã, ele e seus amigos estavam de joelhos na sala de recreação clamando *Alá, Alá*. Acontece que era Ramadã na época, e o filho-da-puta estava passando fome, já que durante a semana de celebração os muçulmanos não podem comer antes do pôr-do-sol. Na Riker's, isso significa perder todas as três refeições, ficar sentado no seu beliche enquanto os outros detentos são levados para o refeitório para o jantar, que é servido às cinco. Então, Dose resolve dar uma caixa de pão ázimo para o sujeito e depois outra para os amigos dele — àquela altura Dose já tem um estoque debaixo do beliche —, o que faz com que ele conquiste a simpatia dos caras rapidamente. Dose nem sequer pede maços de cigarro em troca, deduzindo que o presente vai fazer com que a Nação intei-

* Membro do movimento religioso e social conhecido como Five Percent Nation, que nasceu como uma dissidência da Nação do Islã e foi fundado no Harlem, em fins da década de 60, por Clarence 13X. (N. T.)

ra passe a lhe dar cobertura dali em diante. E é assim que um falso judeu negro banca o Papai Noel para um bando de muçulmanos famintos: é a lógica da Riker's.

Elmira.

Toda instituição carrega encarnações anteriores, como rios lerdos que acumulam limo de outro século no fundo de suas águas. Reformas do sistema correcional, inovações em *prisonologia* testadas e descartadas, todos esses antigos usos para as mesmas paredes deixam vibrações. Todo mundo sabe que Sing Sing é a casa da alta voltagem, o lar da cadeira elétrica; independentemente do fato de a pena capital ter sido abolida, o lugar simplesmente irradia uma energia de corredor da morte por suas vigas de aço. Auburn e Philadelphia's Eastern State são os berços da solitária, tumbas de pedra para trancafiar homens em infernos particulares — muito embora as novas penitenciárias de segurança máxima estejam se esforçando para fazer Auburn parecer ridícula.

Attica é simplesmente um merdel, do tipo *Apocalypse Now*.

Elmira já foi uma casa de detenção juvenil e, embora oficialmente tenha passado de fase, eles ainda têm uma certa preferência pelos mais jovens por lá, como se estivessem lhe fazendo um favor. Mais recentemente, Elmira substituiu Sing Sing na função de centro de triagem do estado, o lugar em que você é testado e classificado para depois ser encaminhado a algum outro presídio. O seu grau de escolaridade, somado ao seu desempenho num teste tosco de aptidão, determina o quanto você vai ganhar durante todo o tempo em que trabalhar lá dentro — quarenta centavos, setenta centavos por hora. Com base em uma hora de escrutínio ali, você pode passar dez anos da sua vida como faxineiro, prisioneiro de confiança ou encarregado de distribuir sabonete entre os detentos do bloco. Depois, tendo sido revistado em busca de vestígios de cores de gangue, você é mandando para algum canto, bem longe de qualquer outro garoto que eles suspeitem que possa ser seu mano. Não é incomum homens cumprirem penas inteiras em Elmira; mesmo assim, essa pressuposição de que todo mundo só está ali de passagem, combinada a uma atmosfera de prisão de garotos, faz de Elmira a penitenciária do "Você ainda não viu nada". Há um clima subjacente de *Cala a boca, garoto! Considere-se um sujeito de sorte por estar aqui*. Como se fosse possível ficar pior.

Dose ficou quatro anos em Elmira, como se estivesse esvaziando os bolsos da sua juventude. Como na Dean Street, ele se transformou da noite para o dia num veterano, num sujeito esperto. Abusava tanto do direito de bancar o espertalhão que chegava a ficar bobo, ensinando para homens com o dobro da sua idade como se dar bem num sistema que ele ainda mal conhecia. Mas, na verdade, tudo o que Dose precisava saber ele aprendeu no seu primeiro dia no pátio de Elmira, no banco, quando viu que os pesos livres estavam soldados na barra transversa, para não serem roubados nem usados para estraçalhar crânios. Em outras palavras, era melhor que você ficasse sarado rapidinho na Riker's ou não ia conseguir nem sequer tirar a barra do lugar ali. Além do mais, se você já não estivesse de um certo tamanho, os caras que ficavam em volta do banco não deixavam você chegar nem perto da barra. Se você ainda tinha alguma ilusão de que o seu destino ainda não estava traçado, pode ir tratando de esquecer. Todas as bifurcações do seu caminho já ficaram para trás, mais para trás do que você ousaria admitir.

Carreira.

Em Elmira, Dose virou um artista da cadeia. Como aconteceu com os pães ázimos da Riker's, ele descobriu sua carreira por acaso. Um dia, debruçado numa mesa da sala de recreação, ele tinha se encolhido numa concha introspectiva ao redor de uma série de folhas de caderno, fazendo esboços, com esferográfica azul, de pichações incrivelmente elaboradas para vagões de trem imaginários, em cores berrantes imaginárias. O esboço que ele tinha feito com mais capricho era o de um *top-to-bottom* com temática do Dia dos Namorados: corações fofinhos transpassados por flechas enfeitadas com penas atiradas por um personagem que parecia um Gaguinho querubim de tênis Nike de cano longo.

Um garotão negro com olhos de doidão, camiseta mamãe-sou-forte de rede e bandana na cabeça, um cara que Dose vinha evitando assiduamente até então, chegou por trás dele de repente, lhe dando um certo susto. Em seguida, apontou para o desenho do Dia dos Namorados e disse:

"Yo, essa merda é *legal*".

"Brigado."

"Tu podia fazer um negócio desse pra mim? Pra mim mandar pra minha garota?"

"Claro. Acho que sim."

"Bota o meu nome e o dela juntos. De Raf para Junebug."

"Tá."

"Bota em volta da beirada da folha, cara, pra mim poder escrever no meio."

"Tá bom."

"Quanto custa?"

Dose encolheu os ombros.

"Quatro maços", grunhiu Raf.

Raf era um daqueles sujeitos que, tendo provavelmente tratado a namorada com desprezo ou até com violência quando eram livres, viravam românticos dentro da prisão. O que mais, além de declarações de amor, cartas floreadas e promessas de casamento, um homem tinha a oferecer, se quisesse evitar que sua mulher deixasse de visitá-lo, ou se engraçasse com o Ricardão, ou fugisse com o filho dele? Raf com certeza tinha esgotado seu pequeno vocabulário de galanteios em um ou dois telefonemas, de forma que gestos como o papel de carta decorado se faziam cada vez mais urgentes. Talvez ele sentisse que Junebug estava ficando distante. Talvez as visitas dela tivessem escasseado. Fosse como fosse, o fato é que Raf encomendou a Dose uma série de cartões de amor com dizeres ornamentados, Hallmark estilo grafite.

Uma noite, Dose teve a presença de espírito de dizer: "Esse é de graça, cara".

Raf apertou os olhos: *Nada de dívidas*, era a mensagem que faiscava de dentro deles. *Nem pensa em me engrupir, cara.*

"Só não bota ele logo no correio, valeu? Mostra pros irmãos antes." Raf sentava na mesa dos Bloods no jantar, uma área de violência latente da qual era inviável se aproximar. "Diz quem desenhou pra tu."

Raf sorriu então, agora que a ficha tinha caído. "Tá certo, cara. Eu posso fazer isso pra tu."

Dose não tinha demorado muito para sacar que os pôsteres artesanais, logotipos e toscos desenhos pornôs pendurados com fita adesiva em várias paredes ao lado dos beliches eram obra de apenas alguns poucos prisioneiros, e que todo o resto da população carcerária era freguesa desses poucos. Não havia razão para não tentar conquistar esse mercado mais amplo — os cartões que ele fazia para Raf eram mil vezes melhores do que a média das porcarias que ele via pela prisão, a maior parte das quais parecia desenhos decalcados de revistinhas dos anos 50. O que enchia os olhos da rapaziada eram os desenhos estilo grafite.

Como era de esperar, um pouquinho de publicidade boca a boca trouxe a enxurrada de clientes. Dose se viu garatujando as bordas de um número inimaginável de cartas de amor — a verdadeira enxurrada de galanteios lançada inutilmente de trás de paredes de pedra e grades de ferro era capaz de deixar qualquer um zonzo se você parasse para pensar no assunto. Cada um daqueles amantes reformados era um ex-galinha espancador de mulheres, agora de joelho no chão. Dose tentava não se inteirar muito sobre quem estava recebendo ou não respostas para suas cartas ou visitas, ou mesmo tendo seus telefonemas atendidos.

Mas cartões de namorados eram apenas uma fatia do mercado: Dose fazia negócios às pencas criando porta-retratos de papelão para emoldurar fotografias de pessoas amadas e *tags* chamejantes em folhas de caderno para personalizar os espaços dos beliches — todo mundo que via um dizia *Pô, eu preciso descolar um desses pra mim* e entrava na fila no recreio seguinte. Dose também fazia trabalhos pornográficos personalizados, como histórias em quadrinhos obscenas estrelando, por exemplo, Crockett e Tubbs do Miami Vice trepando com a Madonna, o que quer que o freguês quisesse, o freguês sempre tinha razão. Desenhava protótipos para tatuagens, que tatuadores transferiam para bíceps, coxas e peitos usando simples canetas esferográficas. Às vezes, na fila da cantina, Dose via *tags* seus tatuados no corpo de caras que ele nem sequer conhecia. Ao que parecia, ele tinha virado Rei de Elmira. Coisas assim às vezes faziam Dose se sentir de volta aos tempos de escoteiro, como se ele pudesse ganhar uma medalha por Tatuagem ou Pintura de Peito.

Um garoto porto-riquenho pediu a Dose que personalizasse uma das camisetas brancas-padrão do uniforme carcerário. Ele queria uma caricatura dele, com as mãos levantadas e as palmas viradas para a frente num gesto de desamparo, tendo embaixo o slogan DEZ ANOS A PERPÉTUA?!? É triste mas é verdade, o garoto queria usar esse troço. Então, Dose fez o que ele pediu, lascou grandes olhos ovais de Gato Félix no garoto e, modéstia à parte, achou que não tinha ficado nada mau. No dia seguinte, um agente penitenciário negro chamado Carroll, um cara mais velho e normalmente justo, apareceu na cela de Dose.

"Sai daí pra eu fazer uma revista", disse Carroll.

"Qual é o pó, cara?"

"Cala o bico e sai daí."

Carroll emergiu da revista ao beliche com todo o material de desenho de Dose nos braços, mais os dez maços de cigarro que Dose vinha estocando. "Eu vou ter que confiscar este material e te passar uma anotação", disse ele. "É proibido guardar mais do que seis maços."

"Porra, cara, leva os cigarros se quiser, mas essa merda é o meu material de desenho."

"Escuta aqui, Rude, foi você que desenhou essa camisa?" Carrol mostrou a camiseta branca com a caricatura do porto-riquenho, que ele tinha tirado do bolso de trás da calça.

"E se foi?"

Carroll sacudiu a cabeça e as bochechas caídas, farto de tudo que já tinha visto em seus anos de experiência. "Você tá se arriscando a pegar sete anos por tentativa de fuga por ter alterado uma peça de roupa."

Dose começou novamente do zero, adquirindo novos materiais a crédito e tratando de não alterar peça de roupa nenhuma desta vez. O segundo ataque aos seus negócios aconteceu algumas semanas depois de ele ter recomeçado, pelas mãos dos irmãos Astacio: dois artistas da cadeia mais velhos, hispânicos e que podiam ou não ser irmãos de verdade, talvez primos. Ninguém sabia, muito embora ambos fossem baixinhos e gorduchos e usassem rede no cabelo, amarrada com um nó sebento na nuca. O estilo dos desenhos dos Astacio era o das tatuagens de Coney Island, só que tão tosco que chegava a ser patético. As letras que faziam em slogans ou nomes eram tão tronchas que pareciam xilogravura. Sem reparar, Dose vinha asfixiando o ganha-pão dos irmãos e, então, eles começaram a dar uma prensa nele, cercando-o na fila da comida, na fila da cantina, no pátio. Rosnavam animalisticamente, grunhindo algo sobre parar de roubar os clientes deles — como se achassem que Dose tivesse de filtrar os pedidos que recebia: *Tu por acaso não é da clientela dos estimados irmãos Astacio, não,* é?, ou alguma merda desse tipo. Dose se limitava a fingir que não estava entendendo, como se eles estivessem falando espanhol. Até que um dia Ramon Astacio encurralou Dose no mictório, num banheiro subitamente deserto da galeria F.

Ramon foi chegando perto de Dose, desta vez sem dizer uma palavra, como se não soubesse mais falar língua nenhuma, a não ser a do corpo. Em seguida, arreganhou os dentes e mostrou por que: girava uma gilete dentro da boca, rodopiando-a com a língua feito uma chefe de torcida rodopiando um bastão.

Dose perdeu as estribeiras, um ano de medo acumulado transbordando de dentro dele, o primeiro acesso de raiva que se permitia sentir desde que disparara a bala na direção de Senior. Acertou uma cotovelada no queixo de Ramon, fazendo com que ele mordesse a gilete ritualisticamente exibida. O golpe foi um sucesso. E um erro. Como numa canga, havia regras a seguir, uma arte do encontro. A ameaça tinha uma retórica. Ramon podia estar com a boca cheia de sangue, mas Dose tinha perdido o leme do momento.

Um homem não podia simplesmente agredir outro, a menos que estivesse preparado para ir até o fim e liquidar o cara, coisa que não estava nos planos de Dose.

Então, ele saiu correndo do banheiro, passando no caminho por Noel, o outro irmão, que estava de sentinela na porta.

No jantar, Ramon não apareceu, e o boato que corria pelo refeitório era que ele estava na enfermaria, costurando a boca. Noel sentava na mesa dos Nietas e ele e alguns dos outros membros da gangue lançavam olhares assassinos na direção de Dose. Dose sabia que ia ter de tomar alguma atitude mais cedo ou mais tarde e não estava vendo vantagem nenhuma em deixar para mais tarde, de modo que resolveu partir logo para o impensável e foi andando até a mesa dos Bloods. Não se aproximou diretamente de Raf, mas sim do lugar em que King Blood se sentava. Tinha a impressão de que seu coração ia sair pela boca, mas engoliu em seco e foi em frente.

"Peço desculpas por estar atrapalhando a sua refeição", ele disse a King Blood, "mas é que eu tô com um problema e preciso perguntar se posso falar com o Raf."

King Blood não levantou os olhos da sua bandeja. Era como se eles todos estivessem passando um roteiro tão manjado que não fosse preciso se dar ao trabalho de representar.

"Tu tá atrás de piedade ou tá querendo propor um negócio?"

"Tô querendo propor um negócio", respondeu Dose.

"Pode falar", disse King Blood, não sem antes fazer uma pausa considerável, deixando transcorrer um tempo suficiente para que todos os pares de olhos ali presentes vissem que tinha sido Dose quem fora até eles e se prestado a ficar esperando, trêmulo, por uma resposta.

E foi assim, então, que Raf virou protetor e empresário de Dose, embolsando cinqüenta por cento de todos os pagamentos e fazendo um estoque de um certo gênero de pôsteres — o gênero mulheres peitudas — para distribuição interna na rede dos Bloods. Numa negociação ocorrida em alguma esfera invisível, um membro do alto escalão dos Bloods levou um papo com um membro do alto escalão dos Nietas e os Astacio meteram o rabinho entre as pernas. Agora, os irmãos só se atreviam a lançar olhares ameaçadores para Dose quando tinham certeza de que ninguém estava vendo, quando então Ramon passava lascivamente sua língua cicatrizada nos dentes para que Dose visse o estrago que tinha feito e considerasse suas implicações.

Mas Raf era grande, forte e dedicado, de modo que a segurança de Dose em Elmira estava garantida. Dose era só uma de suas várias mulas; as outras traficavam "fininhos" — cigarros bem apertados de maconha malhada com tabaco mentolado para render mais. De vez em quando, Raf lhe dava um punhado deles, um pequeno agrado. Dose havia adotado uma política de abstinência de drogas dentro da cadeia, tendo testemunhado a rápida espiral de dívidas a que o consumo levava, mas ficar de barato com os fininhos que recebia de graça era uma exceção segura. Raf, no fim, também não era tão fiel assim à destinatária das suas incessantes cartas de amor a ponto de não querer que seu pau fosse chupado de vez em quando e de não chupar também o pau de Dose em troca, depois que eles passaram a confiar um no outro. Os Bloods tinham um armário de vassouras permanentemente alugado mais ou menos para esse exato tipo de coisa. Com o tempo, Dose aprendeu a admirar a maneira como Raf às vezes gostava de esticar um boquete até o limite da sua capacidade de controle, como quem quer adiar ao máximo o fim inevitável. E se passou até a ficar um pouco fissurado pela coisa tanto numa direção quanto na outra, a se perceber tão excitado pelo tensionamento das coxas de levantador de peso de Raf quanto pela avidez de uma boca, tudo bem, isso não queria dizer nada, não era particularmente bandeiroso.

Se havia uma coisa que Dose tinha aprendido com seu pai — o Grande Amante deitado na cama da sua fama, papando preguiçosamente o que entrasse dentro de casa, fossem as mulheres de Horatio ou, às vezes, o próprio Horatio — era que não havia nada de mais em chupar um pau de vez em quando, desde que ninguém tratasse você feito mulherzinha. Foi essa a conclusão a que Dose chegou no dia em que Barrett Rude Junior flagrou-o com Dylan Ebdus no quarto: havia coisas muito mais preocupantes acontecendo na face da Terra do que o que quer que dois marmanjos pudessem inventar de fazer um com o outro se não havia mulheres na área.

Não que Dose gastasse muito tempo pensando na Dean Street ou no tempo em que Senior ainda não tinha ido morar na casa, quando Barry ainda estava em pleno esplendor polimórfico, antes que o clima ficasse totalmente paranóico e sinistro por tudo quanto era lado, no subsolo, no andar de cima e na rua também. Naquela época em que ainda parecia que Barry podia voltar a fazer música a qualquer momento, ou até se enturmar com aquela galera de super-heróis do funk.

Quando o gravador de quatro canais ainda era a máquina secreta escondida debaixo das tábuas do assoalho, e não o quarenta-e-cinco.

Naquele pequeno intervalo de tempo entre o dia em que renunciou ao seu uniforme de escoteiro e o dia em que começou a andar com os caras da FMD e com Robert Woolfolk, em que chutou Dylan Ebdus para escanteio ou foi chutado por ele ou fosse lá o que fosse que tivesse acontecido, Dose ainda conseguia se empolgar com os jogos mais simples, *stoopball*, *wallball*, *skully*, ou com coisas como afanar revistas de mulher pelada da banca de jornal do triângulo de calçada da Flatbush com a Atlantic, ou como decorar cada sílaba da "Eighth Wonder" da Sugarhill Gang ou da "The Breaks" de Kurtis Blow.

Ou como ficar deitado, sentindo a brisa entrar pela janela do quintal, e ler uma revistinha dos *Inumanos*, torcendo para que o Raio Negro, o líder mudo do grupo, abrisse a boca e fizesse tudo desabar com um único murmúrio devastador, digno do Juízo Final: a ponte, as torres, as escolas, todo o concreto público que Mono, Lee e Dose tinham autografado com tinta spray para futura demolição.

Quando o Raio Negro finalmente soltasse a voz, a cidade inteira ficaria nivelada e só sobraria o metrô, correndo debaixo da terra pelo seu labirinto de túneis, a única vizinhança verdadeira.

Dose era capaz de ficar horas sonhando com isso, esparramado em cima da colcha, sentindo a brisa soprar o cheiro podre do ailanto.

Ou, então, correr para a rua num dia de calor escaldante e se juntar à molecada que brincava na água que jorrava de um hidrante arrebentado, usando uma lata aberta dos dois lados para direcionar o jato e acertar nas janelas abertas dos carros que passavam, enquanto os motoristas, quando viam o que os esperava, tentavam freneticamente fechar o vidro o mais rápido possível, mas nunca rápido o bastante.

Mas as histórias que você contava para si mesmo — e fingia se lembrar como se tivessem acontecido toda santa tarde de um verão interminável — eram na verdade histórias de um punhado de dias distorcidas até virarem lendas, mais um exagero típico do cotidiano da cadeia, como as dimensões dos peitos das mulheres que você desenhava e sombreava com caneta esferográfica ou das supostas montanhas de pó que você um dia já tivera a chance de cheirar. Ou como o urro de vingador que você tinha soltado quando apertou o gatilho de uma pistola que você na verdade havia brandido com um pavor que por pouco não o fez se mijar todo. Quantas vezes de fato aquele hidrante tinha sido arrebentado? Você tinha acertado o jato d'água na janela aberta de um carro? Duas, três vezes no máximo? O verão só escaldava durante algumas poucas tardes, no final das contas.

Quanto a voar, Dose nem sequer olhava mais para o céu. Essa coisa de voar tinha sido um verão dentro de um verão, uma extravagância passageira. Então para que ficar pensando nisso?

14.

Nos anos entre Elmira e Watertown, a vida de Dose nas ruas foi uma sombra, um sonho pálido entre uma temporada e outra atrás das grades.

As várias solturas se misturavam umas com as outras, como se ele estivesse num episódio de *Além da imaginação*, vivendo repetida e incessantemente o momento em que o ônibus da Riker's o despejava na Queensboro Plaza. Lá, o motorista parava o ônibus debaixo do elevado e, em seguida, distribuía fichas do metrô, uma para cada homem, o lacônico presente de despedida do sistema. Na plataforma, Dose ficava esperando o trem no meio de um bando de criminosos desnorteados, todos fingindo que não estavam na companhia uns dos outros, todos com pânico estampado nos olhos. Os libertos mascavam chiclete freneticamente, cuspiam, repuxavam roupas civis justas demais para seus novos bíceps e peitorais, todos tão obviamente mal blindados para enfrentar este mundo quanto lagostas soltas num campo aberto.

Da Queensboro Plaza, Dose tomava o rumo de volta para Gowanus. Pegava um trem da linha 7 até a Grand Central Station e depois, se estava se sentindo corajoso, um expresso até a Nevins, na esperança de ver algum *top-to-bottom* novo nos trens ou de esbarrar com algum conhecido. Em dias de menos coragem, andava dois quarteirões até a Queens Plaza para pegar um trem da linha G e fazer a longa viagem por Greenpoint, Bed-Stuy e Fort Green, treze estações que ninguém usava, uma hora dentro dos túneis para pôr os pensamentos em ordem.

Para cantar uma música da volta: *Sentiu minha falta, otário?* Bom, eu tô de volta.

De volta à trilha nova-iorquina, claro.

Quando saiu de Elmira, Dose tinha um destino certo, combinado de antemão: a toca de Arthur Lomb, na Smith Street. Barry alugara os quartos do subsolo, de modo que uma volta ao lar estava fora de cogitação. Na sua primeira temporada de liberdade, Dose trabalhou para um empreiteiro hippie chamado Glenray Schurz, substituindo esquadrias de janela em *brownstones* em ruínas, cúmplice da reforma que vinha transformando Gowanus em Boerum Hill. Naqueles primeiros tempos, Dose visitava Barry na hora do almoço, ainda coberto de poeira de reboco, sua máscara contra pó em volta do pescoço. Levava um saco com sanduíches da Buggy's, o de mostarda picante que seu pai adorava. Só que agora Barry nunca comia nada. Dose sentava ao lado dele no sofá, tentando conhecer seu pai, mas eles mal trocavam uma palavra. Só ficavam vendo televisão, *Phil Donahue*, *Missão impossível* ou, nas tardes de domingo, resmungando toda vez que os Jets não conseguiam tomar a bola.

Lá fora, o quarteirão estava morto, sem criança nenhuma.

Henry volta e meia passava e dizia *yo* de terno e gravata.

Barry botava o sanduíche na geladeira e abria a garrafa de cerveja que lhe servia de almoço com a porta da geladeira ainda aberta.

Dose às vezes também via seu pai na rua, na Atlantic, em frente ao Times Plaza Hotel. Mas lá Dose preferia não ser visto, preferia ficar só observando enquanto Barry se plantava na entrada, esperando algum traficante aparecer.

Mais tarde, depois que Dose foi preso e solto novamente, depois que começou o seu entra-e-sai da Riker's, quando dias movidos a crack geravam meses movidos a crack que geravam anos movidos a crack, anos inteiros passados *em missão*, Arthur Lomb ficou fresco demais para lhe oferecer o sofá da sua casa. Quando via Dose a uns dois quilômetros de distância na rua, vindo na sua direção, Arthur puxava a carteira do bolso e pegava uma nota de cinco dólares para enfiar na palma da sua mão quando eles se cruzassem para trocar um aperto de mão, esmola que Dose já não tinha orgulho bastante para recusar. Nessa época, quando o ônibus da Riker's o despejava na Queens Plaza, Dose já não voltava para Gowanus, nem para o Brooklyn ele voltava mais. Ia direto para Manhattan, para a Washington Square, para ver se esbarrava com alguma cara conhecida ou descolava alguma dica de boate ou festinha particular. Perto do fim da noite, já estava indo acampar na casa de alguma mulher desesperada o bastante para querer acompanhá-lo na sua viagem desesperada, tola o bastante para não ver onde essa viagem ia dar: numa trilha pelos bens dela penhorados que, como migalhas de pão, apontavam o caminho de Dose de volta para a cadeia.

A música da volta tinha virado um murmúrio na sua memória, só o que você lembrava eram algumas frases do refrão: *Pro xadrez é que não volto nunca mais, não mesmo!*

E aí, menina, quer ir pra farra comigo?

Mais tarde ainda, perto do fim desse período, mas antes de encontrar o caminho do apartamento de Lady em Gowanus Houses, Dose começava a sua temporada de liberdade como sabia que ela estava fadada a terminar: passando as noites na piscina pública desativada da Thompson Street. Lá, ele se escondia e dormia debaixo do deque da piscina, um espaço em que ele entrava de gatinhas, passando por um buraco na cerca de arame, e que nenhum indigente tinha ainda reivindicado para si, provavelmente porque o clube social do mafioso John Gotti ficava logo ali, subindo o quarteirão.

Ele era apenas um viciado em crack e um gatuno, então. Não fazia mais nada a não ser furtar dia e noite, trabalho duríssimo, muito mais árduo do que se pensa, afanando CDs, afanando roupas, afanando cintos, sapatos e pequenos aparelhos eletrônicos, até não restar mais nenhuma loja aberta de onde afanar. Depois, era sair à cata de algum restaurante que ficasse aberto até de madrugada e tentar afanar as gorjetas de cima do balcão.

Vivendo de sol a sol, da casa de penhores para a marica.

Só havia uma salvação possível naqueles anos: a prisão. Dose chegava a ansiar por ela como pelo início de uma nova estação, sua única chance de parar de morrer de fome em plena rua. Fumava até chegar aos quarenta, aos trinta e sete quilos, virava um homem-espantalho dormindo na sarjeta, e começava a rezar para ser preso de novo: *Pelamordedeus, me leva pra Riker's antes que eu morra!*

Invisível numa multidão de homens invisíveis, Dose tinha de chamar atenção para conseguir o que precisava. Abordar um policial disfarçado ou fazer ponto em algum lugar, o mesmo lugar todo santo dia, uma maratona no beco atrás da Tower Records ou na entrada da OK Harris Gallery, até que alguém finalmente pedisse à polícia que varresse aquele fiapo humano da fachada urbana.

Por onde quer que você andasse nos distritos de Dinkins e depois de Giuliani, aquela cidade-arquipélago estava sempre mudada depois que você saía de uma das suas temporadas na Riker's, a ilha do exílio.

Que merda tinham feito com os grafites que você não via mais nenhum?

Que porra estava acontecendo que um filho-da-puta não podia nem acender um baseado na rua 8?

Não que você fosse um zumbi, mas que a cidade por onde você vagava era irreal, isso ela era.

Vedação de janelas.

Foi Arthur quem levou Dose até a comunidade hippie da Pacific, uma das últimas que ainda restavam na vizinhança àquela altura, e o apresentou a Glenray Schurz. Schurz era barbudo, tinha olhos que giravam feito cata-vento, mas de macacão e sem camisa parecia feito só de veias e cartilagem, um fortão vegetariano. Já tinha ganhado a vida fazendo móveis artesanais, estilo utópico-woodstockiano. Depois, quando veio para o Brooklyn, passou a fazer armários de cozinha sob medida, redecorando as cozinhas das *brownstones* da vizinhança. Só que acabou achando que era aporrinhação demais ter de estar constantemente realizando as fantasias que as donas-de-casa tiravam das revistas. Aí, descobriu uma vida mais simples: começou a instalar tiras de vedação nos batentes vazados das janelas dos velhos sobrados, janelas de contrapeso que datavam de 1860, 1880 — trabalho tão repetitivo quanto trocar pneus, mas que deixava os reformadores à sua mercê. A sombra de Isabel Vendle podia atraí-los para a vizinhança, seduzi-los a assumir hipotecas perigosas, mas nenhum Vendle-fantasma nem muito menos vivalma estaria por perto para consolá-los quando o primeiro inverno chegasse e, com ele, as contas astronômicas da companhia de gás: socorro! Então, meio sem graça, os reformadores saíam perguntando pela vizinhança e acabavam recebendo a dica: *tiras de vedação Windsor. Tem um carpinteiro na Pacific que instala. Quarenta dólares por janela, fora o material, mas você recupera o investimento em seis meses, com o que vai economizar na conta do gás. O cara é meio mulambento, meio pinta-brava, mas...*

Então, Dose virou ajudante de Schurz. Duas vezes por semana, os dois iam comprar material na Quarta Avenida, na pequena empresa familiar que fabricava o revestimento de zinco. Em seguida, davam um pulo rápido na marcenaria que ficava ao lado e compravam frisos novos para substituir as ripas ruins que com certeza encontrariam pela frente. Depois, rumavam para a casa do cliente e, com freqüência sob o olhar inquieto de alguma mulher que, sozinha em casa, ficara incumbida de vistoriar o serviço contratado pelo marido — ela provavelmente pensando *Ele tinha mesmo que trazer esse... escurinho? Será que devo esconder minha bolsa?* —, davam início à sua pequena empreitada. Primeiro, retiravam a janela e punham os pesos e as polias de lado. Depois, cortavam o zinco no tamanho da moldura. Abriam sulcos nos batentes de cima e de baixo. Com os batentes livres, introduziam a tira de zinco por dentro do lintel e do peitoril. Em seguida vinha a parte complicada, aquela que, quando os reformadores tentavam fazer sozinhos, sempre acabavam comprovando o quanto dependiam da perícia de Schurz: recolocar aqueles antiqüíssimos pesos dentro das bolsas de ar escondidas de cada um dos lados da moldura, de maneira que as janelas ficassem equilibradas em suas polias. Pobre do infeliz que deixasse um peso escapulir de seus dedos e cair no fundo da bolsa de ar. Só destruindo o friso era possível pescar o peso lá de dentro.

Corretamente orientadas, as duas folhas de janela se encaixavam num lacre perfeito, com a tira de zinco presa hermeticamente na junção. Num bom dia de trabalho, Schurz e Dose conseguiam vedar umas oito janelas. Dose sentia a satisfação que um serviço bem-feito gerava em Schurz, muito embora Schurz não fizesse outra coisa senão desdenhar do trabalho, chamando-o de corrupto, e das pessoas que o contratavam, chamando-as de porcos burgueses.

Os companheiros de comunidade de Glenray estavam cedendo a vizinhança aos yuppies tanto quanto os negros e os porto-riquenhos. No processo de aburguesamento de um bairro, alguns brancos — como, digamos, Glenray, Abraham Ebdus ou a mãe de Arthur — podiam apenas servir de ponte para outros tipos de brancos. Brancos estes que não eram incapazes de *crioulizar* aqueles

Às vezes, um cliente reconhecia Dose e sinalizava isso com um simples arquear de sobrancelhas. Era a eterna lição da vida: as pessoas voltam em novas roupagens.

Era uma coisa que você aprendia e ensinava ao mesmo tempo.

Um dia, Dose passou por Abraham Ebdus na rua e olhou para o outro lado.

De vez em quando, abrindo paredes de cem anos de idade feitas de reboco e treliça, Glenray e Dose descobriam bolos de jornais amarelados deixados lá dentro por trabalhadores mortos fazia tempo, com notícias de jogos de beisebol e de naufrágios do início do século. Uma vez, encontraram uma garrafa fechada de brandy malocada bem no fundo de uma parede. O rótulo tinha ficado tão escuro que só era legível como um negativo de fotografia. Quando fizeram uma pausa para o descanso, os dois se sentaram na escada da entrada do prédio e mamaram a garrafa empoeirada inteira como se estivessem emborcando uma garrafa de Night Train. O troço era doce, espesso e rançoso, embolorado pelo tempo.

Outras vezes, encontravam apenas marcações feitas a lápis, nomes e datas deixados pelos trabalhadores que os tinham precedido, *Jno. Willson 16.2.09*. Então, Dose pegava o lápis de carpinteiro de Glenray e grafitava *Dose 1987*, lançando um pequeno enigma para a posteridade antes que eles selassem a parede de novo.

Havia dias em que Dose e Glenray aproveitavam o horário de descanso para subir até o telhado pela escada de incêndio e fumar a *sinsemilla* que Glenray trazia da caixinha da comunidade. Depois, ficavam contemplando a vista, fitando o horizonte além de Wyckoff Gardens, além da plataforma da linha F no ponto em que ela corcoveava por cima do canal, os olhos cravados na direção de Coney Island e do suposto oceano. Dose nunca mencionou que conhecia o desenho das ruas visto do ar.

Glenray disse: "Aquela porra daquela fábrica Ulano tá fazendo todos nós ficarmos com câncer nos testículos. Se algum dia ela pegar fogo no meio da noite, você já sabe que fui eu".

Glenray disse: "Eu queria montar uma tenda no alto da casa de detenção do Brooklyn".

Glenray disse: "O teu velho abriu um show dos Stones, cara? O teu velho é um deus, porra".

Glenray disse: "Teve uma vez que eu tava doidão com mescalina e aí eu toquei punheta dentro de um sanduíche de salsichão de fígado, só porque eu tinha lido sobre isso num livro".

E, um dia, Glenray disse: "É estranho, eu tenho milhares de contatos pra drogas marrons em folha, mas nenhum pra drogas brancas em pó, que é justo o que eu ando super a fim de descolar ultimamente. Por acaso você teria como me dar uma mãozinha nisso, Mingus?".

Em missão.

Tudo que ele conseguiu com os programas de reabilitação — Alcoólicos Anônimos, terapia de grupo na Riker's — foi um nome para chamar a sensação que ele tinha quando estava nas ruas tentando arranjar um jeito de descolar seu próximo barato: Dose estava em missão. O termo abrangia as mil e uma coisas que ele se pegava fazendo, seu ardiloso sortimento de expedientes e mutretas, como vender ingressos como cambista no Madison Square Garden, afanar livros de arte em St. Marks para vendê-los na Strand, empenhar o secador de cabelo ou o relógio de alguma garota, ou simplesmente perambular pela Washington Square à cata de algum traficante que ele conhecesse o bastante para tentar convencer a deixá-lo vender algumas pedras em troca de uma comissão em pedras. Essas coisas podem parecer ser muitas atividades, mas na verdade eram todas uma coisa só, Dose em missão: absorto, monomaníaco e autístico em sua fissura.

Sua experiência mais bizarra com a reabilitação, no entanto, não se deu nem na cidade nem na cadeia, mas em Hudson, uma cidadezinha industrial decadente do norte do estado, num programa chamado NewGap. Numa certa noite de janeiro, fugindo de temperaturas abaixo de zero, Dose se refugiou num abrigo municipal onde havia uma assistente social à cata de candidatos para programas assistenciais. Dose começou a conversar com ela em troca de uma xícara de café e, quando deu por si, estava preenchendo com letra de forma os quadradinhos de um formulário. Dali a pouco, já estava subindo num ônibus com destino à malfadada instituição, um esfacelado asilo de tuberculosos remodelado. O regime do NewGap consistia numa medonha combinação do fascismo de Gordon Liddy com a lavagem cerebral de Werner Erhard, cujo objetivo era reconfigurar o eu social dos recrutados em todos os seus níveis a fim de romper hábitos comportamentais gerados pelo autodesprezo. Dose e os outros "calouros" eram proibidos de falar sem uma permissão por escrito e só podiam se comunicar através de um elaborado sistema feito de etapas como escrever bilhetes e levantar o dedo, um interminável jogo de salão que durava vinte e quatro horas por dia, sete dias por semana, e em que os instrutores esbravejavam feito loucos furiosos a cada vez que alguém cometia o menor erro que fosse.

Dose jogou o jogo durante duas semanas. No dia em que conseguiu escapulir de lá, não precisou rodar nem uma hora pelas ruas de Hudson para encontrar o caminho da boca de crack da cidade, radar em perfeito funcionamento depois que ele recuperara as forças graças às refeições do NewGap. Invariavelmente, naqueles anos, tudo quanto era cidadezinha tinha a sua própria *crackidemia* microcósmica: traficantes, prostitutas, todos os elementos que o resto do país tachava moralisticamente de sintomas das grandes cidades podiam ser encontrados em qualquer fim de mundo que você se desse ao trabalho de vasculhar.

De fato, foi em Hudson que Dose testemunhou o que viria a considerar a cena mais baixa de degradação que já presenciara em toda a sua vida. Na cidade propriamente dita, não era incomum ver um traficante humilhar um viciado desesperado, daqueles que imploram para ganhar uma pedra de graça: *Aí, se tu quer uma pedra, chupa o meu pau que eu te dou uma*. Se o viciado fosse uma mulher, o traficante podia ou não estar falando sério; se fosse um homem, era só de farra, só para ver o espasmo da vergonha percorrer aquele esqueleto humano antes de lhe dar a esmola ou um chute dali para fora. No entanto, por mais que a humilhação pudesse ser a verdadeira linguagem do encontro, revesti-la com sexo mantinha os atores daquele drama acima de um certo patamar, na esfera da ganância, do desejo, de emoções humanas. Dose entendeu tudo isso quando viu o que viu em Hudson: a que nível de baixeza um ser humano podia desejar levar outro.

"Tu precisa de uma pedra, cara?", perguntou o traficante de Hudson ao viciado em questão. "Tá vendo aquela barata ali?"

Dose viu. Era maior do que uma barata, na verdade. Era uma lúgubre barata-d'água, castanha e reluzente, debaixo de uma pia quebrada. Dose viu que o viciado desesperado também tinha visto.

"Come a barata que eu dou pra você."

Então, o esqueleto foi atrás da barata-d'água, agarrou-a, engoliu. E recebeu sua pedra, enquanto o traficante e os outros se escangalhavam de rir. Dose só revirou os olhos, perplexo com o que tinha sido arrancado tão de repente da alma deles todos. Estavam todos mortos naquele cômodo de paredes descascadas, e só Dose sabia.

Quando policiais de Hudson pegaram Dose numa batida, eles não o prenderam, só o enfiaram num ônibus intermunicipal e o mandaram de volta para a cidade. Um ou dois meses mais tarde, depois que foi preso de novo, Dose contou a história de Hudson, sentado num beliche da Riker's. Por incrível que pareça, um dos detentos que estavam ouvindo Dose falar confirmou a história com um relato próprio. Ele também tinha visto a mesma coisa uma vez, a sacanagem do "come uma barata", numa boca da Flórida.

E todos concordaram: esse tipo de escrotice casca-grossa nunca colaria ali na cidade. Nova-iorquinos tinham amor-próprio demais para se rebaixar a esse ponto.

O apartamento de Lady.

A primeira e única vez em que Dose viu Lady fora de sua própria biboca foi numa reuniãozinha na sala de Barry, numa noite de junho. Chamar aquilo de festa seria forçar a barra: estavam lá Dose e seu pai, mais Horatio, Lady e uma outra garota magrela e mal-humorada que penava para manter a cabeça de pé.

Dose tinha passado uma cantada em Barry para que compartilhasse a marica com ele.

Se viciados em crack eram uma família extensa, tão cruéis uns com os outros quanto parentes de verdade, por que ele haveria de excluir o pai?

A fumaça desenhava garatujas no ar entre eles, como uma linguagem esgotada, o nome nunca mencionado de Senior delineado em fios de fumo.

De vez em quando, Dose sacudia a poeira da capa de um LP e botava a agulha num disco que Barry não tocava fazia uns dez anos — Esther Phillips, Donny Hathaway —, tesouros mofando por falta de uso. Na noite em que Dose a conheceu, no entanto, à meia-luz da sala-sarcófago de Barrett Rude Junior, Lady já tinha remexido na velha pilha de discos de vinil e feito uma seleção — *Curtis Live*, "Stare and Stare", "Stone Junkie", Mayfield rindo em falsete das paradinhas gaguejantes do baterista.

Lady tinha a maior capacidade de resistência que Dose já vira. Ele nunca tinha conhecido ninguém que conseguisse fumar mais crack do que ele, muito menos uma mulher. Lady farreava três, quatro dias seguidos e mal cochilava, sendo que nunca farreou tanto quanto naquela primeira vez, depois que Barry chutou todo mundo para fora, às quatro da manhã. Horatio e a garota do pescoço mole foram para a Nevins pegar o metrô, e Lady levou Dose para a toca dela em Gowanus Houses, um apartamento do programa habitacional do governo transformado em boca de crack.

O nome verdadeiro dela era Veronica Worrell, muito embora Dose jamais o tenha ouvido de sua boca. Para ele, ela ofereceu apenas o nome com que todos a chamavam: Lady. Era um nome que traduzia seus modos formais, um certo ar de severidade. Ela não era a garota nem a mãe de ninguém, mas era a Lady de todo mundo, famosa como tal.

Se quando estava descendo a Dean Street com ela naquela noite Dose poderia estar enganado com relação ao motivo do convite de Lady, ao que exatamente ela tinha visto nos olhos dele para querer levá-lo com ela para casa, ver o apartamento dela desfez qualquer tipo de mal-entendido. Sua porta abria para a fachada dos conjuntos que dava para a Hoyt Street, de cara para o trânsito, carros passando com o som no volume máximo, o batidão chacoalhando as janelas, policiais rondando também, sinistramente silenciosos em suas vans da força-tarefa de Giuliani. Lady mantinha uma sentinela de vigia, um viciado em crack treinado em dois sinais manuais, já que mais que isso eles não davam conta: punho fechado para sinalizar a chegada de um homem branco ou de um negro desconhecido, que talvez pudesse ser tira, mão aberta para sinalizar a chegada de um cliente conhecido ou de qualquer um que fosse obviamente um viciado, jovem ou esquelético demais para ser uma ameaça.

Dose não sabia, mas estava em sua última missão, a caminho da cadeia como um pombo a caminho de casa.

O lugar era uma fábrica montada com um único objetivo: sustentar o vício da própria Lady. O volume de empreendimentos realizados naquele apartamento de três quartos era assustador, uma façanha de causar inveja a Henry Ford ou Andy Warhol. Qualquer espaço era alugável, não só os quartos para garotas fazerem programas e a cozinha para traficantes partirem seus produtos, mas também armários para malocar drogas em trânsito, corredores e sofás para desabar o corpo. Você podia não dormir mais — muitos não dormiam. Depois de dois meses no apartamento de Lady, Dose já nem sabia mais o que era sono de verdade. Mas, se você não dormia, você cochilava e, se não cochilava, descansava de olhos abertos. Na casa de Lady, você pagava para descansar.

Dose pagava da única forma que podia: trazendo gente para o apartamento de Lady. Se as pessoas que ele trouxesse comprassem o produto, Dose saldava sua dívida. Essa era a especialidade de Lady, seu cérebro de máquina de calcular. Mesmo quando ela fumava mais do que Dose jamais imaginara que um corpo humano fosse capaz de tolerar, ele nunca tinha visto Lady perder nem uma conta sequer. Ela lhe avisava quando ele estava com crédito suficiente para ganhar uma pedra. Ou mais, quando estava com crédito suficiente para que ela permitisse que ele fizesse uma venda por conta própria. Dose galgou o posto de negociador umas quatro ou cinco vezes durante os meses em que esteve com Lady, levando frascos com o produto para vender na Hoyt ou na Fulton, no Albee Square Mall, ou mesmo no pátio do próprio conjunto habitacional. Depois acabava vacilando, fumava tudo, não tinha como pagar outro frasco e, quando cochilava, ficava devendo o espaço de parede que tinha ocupado. Era um sistema duro, mas justo. Ninguém podia acusar Lady de nada. Ela estava obviamente cuidando do seu pessoal, a turma da marica. Ninguém roubava o seu sapato ou a sua roupa quando você fechava os olhos na casa de Lady.

Esse era o verdadeiro caso de amor, não havia mais engano. Lady tinha olhado nos olhos de Dose e visto uma fome de pedra que não tinha fim, senão no fundo do poço.

E foi esse o último verão de Dose, um longo cochilo encostado na parede do corredor de Lady. Fumando, fumando, fumando até ficar tão magro, tão magro que, quando foi preso, não devia estar pesando nem trinta e cinco quilos.

Vamos lá, pessoal, vamo ficar pequeno, todo mundo ficando pequeno!

Naquele mesmo mês de junho, na Smith Street, a um mísero quarteirão de distância, foi inaugurado o Sans Famille, o primeiro restaurante francês sofisticado a abrir as portas na região. O bistrô conseguiu uma estrela da crítica gastronômica do *New York Times*, o primeiro tique da bomba-relógio do aburguesamento da Smith, tornando-se o precursor dos cafés e butiques que expulsariam as lojas de *santería* e os clubes sociais da rua, precursor também do fajuto Berlin de Arthur Lomb.

Os ajudantes de garçom e lavadores de prato do Sans Famille, no entanto, não estavam alheios à ação que transcorria na Hoyt. Na verdade, não eram poucos os que tomavam o rumo da soleira de Lady nos intervalos de descanso de dez minutos a que tinham direito pela lei municipal.

Depois que provou ser indigno de confiança para levar frascos do produto para as ruas, Dose aceitou sua sina óbvia, o posto que Lady talvez tivesse em mente para ele desde o dia em que eles se conheceram. Dose agora gerenciava a porta do apartamento. Não a janela de vigia — ele ainda não tinha decaído a esse nível de ignorância. Ele ainda era um traficante, só que um traficante que não tinha permissão para ir além da distância que sua mão alcançava ao passar pela fresta da porta presa com corrente de segurança. O dinheiro entrava e o produto saía. Dose tocava em tudo que passava e quase não ficava com nada.

Foi ele que tirou a corrente da porta para os policiais, quando eles vieram. E eles vieram bem na hora. Dose ia morrer se continuasse no ritmo de Lady.

A arma não era de ninguém em particular. Estava escondida numa gaveta, mas acabou sobrando para ele. Dose teve de ser filosófico. Era da natureza de uma situação de prisão que uma arma sem dono se acoplasse ao cara que já tinha uma condenação por homicídio nas costas.

Ele estava com seis meses de Riker's e quase sessenta quilos quando aceitou se declarar culpado em troca de uma redução de pena e foi transferido para o norte do estado, primeiro para Auburn e depois para Watertown.

Auburn.

Na sua primeira temporada, Dose tinha sido pródigo, um desbravador para toda uma geração destinada a parar atrás das grades. Agora não era mais apenas a Riker's que transbordava de rostos da vizinhança ou dos pátios. Eram as grandes penitenciárias do norte do estado também, como Auburn, como se o sistema estivesse inadvertidamente recongregando ali a cidade e suas facções, o ano de 1977 capturado no âmbar do cárcere. Grafiteiros se reencontravam com suas *crews*, revendo parceiros que não viam desde os velhos tempos, desde que tinham trocado suas afiliações adolescentes por vidas mais sérias e pesadas. No entanto, essas vidas adultas pareciam ter sido mutiladas pelos seus fracassos. O que sobrava eram adolescentes de trinta anos zoando na prisão: *Cacete, é você, cara! Esse aqui é o meu mano Pietro, da DMD!* Ou: *Putz, eu vivia vendo o teu* tag *na linha 6, tu era da Rolling Thunder Crew, né?*

Linhas de inimizade se dissolviam. Qualquer conexão era uma boa conexão, ali no meio do mato. Dose conheceu dois caras de uma gangue de Coney Island com a qual, anos antes, tinha pavor de cruzar. Num certo verão, Dose e dois outros garotos da FMD tinham entrado para a lista negra da *crew* de Coney Island por conta de um vacilo bobo: na penumbra de um pátio do metrô iluminado apenas pelo luar, os três tinham pichado o interior de alguns vagões aparentemente limpos da linha D usando canetões encharcados de tinta preta. Quando os trens voltaram a circular no dia seguinte, Dose e seus manos viram, com horror, o que a luz da lua não tinha revelado: o interior dos vagões já estava todo pichado com os *tags* tronchos da *crew* de Coney Island, feitos com tinta rosa. Agora, o preto cobria o rosa por tudo quanto era lado. Como explicar que não tinha dado para *ver* o rosa? Impossível. Os caras acharam que Dose tinha atropelado a pichação deles de propósito. Dose passou aquele verão inteiro olhando para trás com o rabo do olho à procura de sinais da gangue de Coney Island, sabendo que estava marcado para tomar um cacete.

Agora, porém, estava tudo beleza, tudo nos conformes, e o episódio servia apenas para dar umas boas risadas. Dose era um dos nomes famosos, de modo que a gangue de Coney relembrava o incidente como uma prova de que um dia eles já tinham sido pichadores importantes.

Dose era como um pedaço ambulante da História, e os moleques queriam reivindicar um pouco dela para si.

"*Yo*, tu lembra de mim, cara? Eu assinava *Kansur* 82. Tu me atropelava toda hora."

"Lembro, claro", Dose dizia quando estava num dia generoso.

Outras vezes, negava-lhes o gostinho e a glória de estarem ligados ao seu nome só para ver a frustração na cara deles: "Pra quê que eu ia me dar ao trabalho de te atropelar? O quê que tu era pra mim?".

"Eu era um *toy*, eu sei — tu tinha razão de me atropelar."

Dose negava, só para atormentar: "Tu tá querendo dizer que chegou antes de mim a algum lugar?".

"Pô, tu vivia pintando por cima de mim!", o pichador mais jovem insistia.

"Nã, cara. Tu é que pintava *por baixo* de mim."

Cirurgia.

Claro que foi Horatio, mais aparvalhado do que nunca, quem apareceu na sala de visitas de Auburn para rodear o assunto, falando e falando sem desembuchar o que tinha para dizer. Barry estava ficando doente — bom, isso Dose já sabia. Não, não, *doente de verdade*, a ponto de já ter ido parar umas duas vezes na emergência do Long Island College Hospital. O pai estava *precisando* dele agora, de alguma maneira que Horatio não conseguia explicar. Dose concordou sem entender com o que estava concordando.

Uma semana depois, Dose foi levado à enfermaria de Auburn para ter uma consulta com um cirurgião que agia como o dr. Doolittle entre os selvagens, sobrancelhas franzidas em desaprovação mesmo enquanto falava numa velocidade digna de débil mental. Dose tinha entendido o que estava oferecendo? Sim, claro, muito embora só agora estivesse entendendo. Não havia nenhuma garantia de que o procedimento iria funcionar, advertiu Doolittle. Vários testes teriam de ser realizados, para verificar a compatibilidade. Era preciso averiguar se Dose era um bom candidato a doador para o pai. Dose, já com longa tarimba em passividade àquela altura, se submeteu a três semanas de coleta de fluidos, líquido espinhal, bile e merda. O resultado: Dose era um candidato cem por cento compatível a salvar o sangue putrefato de seu pai.

Doolittle, irritado por estar servindo de instrumento para uma exceção aberta por vias escusas, os pauzinhos da prisão tendo sido mexidos por Andre Deehorn e outros figurões da cena da Filadélfia, desaconselhou Dose a se submeter ao procedimento. O rim poderia falhar dentro de cinco a dez anos — e isso se o transplante fosse bem-sucedido.

Dose teria doado coração, mãos, olhos.

Foram seis dias de recuperação no Albany Presbyterian Hospital. Dose e o pai deitados lado a lado em modorra narcótica, vigiados por um guarda armado plantado no quarto e obviamente empolgado com a missão que recebera, a cabeça cheia de fantasias com enfermeiras inspiradas pela *Playboy*.

Na véspera do dia em que Dose foi levado de volta para a cadeia, quando tanto ele quanto Barry já estavam prontos para outra, tendo demonstrado função renal a contento de Doolittle, os quatro — pai e filho de pijama, mais Horatio e o guarda — deram uma escapulida pela escada de incêndio até o telhado do hospital.

Lá, fumaram o baseado que Horatio tinha trazido, realizando seus próprios testes naquele novo rim — para que mais ele servia senão para isso?

Foi lá também que, diante da silhueta dos prédios de brinquedo de Albany e de uma luz ofuscante que os forçava a semicerrar os olhos, a reserva de rancor de seu pai provou ser um poço sem fundo. Barry podia se servir do rim extra de Dose e mesmo assim ser incapaz de olhá-lo nos olhos.

Quando descobriu o quanto a doação o tornara famoso em Auburn, Dose não quis saber de nada daquilo e pediu a transferência para Watertown, para terminar sua pena na paz do anonimato.

Watertown.

Dose não quis saber de mais nada. Não fazia mais trabalhos artísticos, tinha deixado isso de lado anos atrás — milhares de caras sabiam desenhar no estilo grafite àquela altura. E, além do mais, ele não tinha mais nenhuma ilusão de que estocar cigarro pudesse servir para alguma coisa. A fama como representante da velha escola do grafite também não lhe adiantava de nada, não mudava em coisa alguma o tempo que ele ainda tinha de cumprir, não chegava realmente a ajudar ninguém a manter a sanidade. A história de dizer que tinha essa ou aquela aliança no mundo lá fora — *Yo, tu saca o Fifty Cents? Eu conheço o irmão mais novo dele, aê. Pô, o cara é o Rei de Wyckoff Gardens, cumpadi. Ele vai arranjar uma boca pra mim quando eu sair fora* — parecia mais furada a cada dia que passava. Fuja de dívidas e de engodos de qualquer espécie, esse era o lema de Dose. Bajular agentes penitenciários só fazia sentido se você quisesse alguma coisa que um agente penitenciário pudesse lhe dar. Eles podiam lhe dar nada. Ter um protetor como Raf só tinha importância até a hora em que você se tocava de que não havia nada para proteger.

Invisibilidade, intangibilidade, olhos de Teflon.

Dose, no entanto, ainda tinha um último erro de afiliação nas costas.

Robert Woolfolk continuava sendo a mesma figura caótica de sempre, só que puída e desfigurada por mais quinze anos de sobrevivência nas ruas e atrás das grades. Com dentes de ouro, cicatrizes na dobra do braço adquiridas em caçadas a veias, uma orelha faltando um pedaço, Robert seguia em frente aos trancos e barrancos, décadas depois de aventuras que deveriam ter sido o seu fim se ele não tivesse tantas vidas, como o coiote do desenho animado escalando do fundo de um precipício, sacudindo a poeira do corpo, esfregando as mãos e arreganhando os dentes num sorriso de júbilo conspiratório. Você tinha vontade de pôr o homem numa cama.

A Dean Street tinha migrado para Watertown, como um sinal de rádio vagando pelo espaço, uma música do hit parade de 1976 transformada no único indício de vida em toda a galáxia.

Então, Dose achou de botar Robert debaixo da asa, como se tivesse alguma.

Depois de algumas semanas em Watertown, Robert Woolfolk já estava traficando fininhos, contrariando o conselho de Dose. Se tu quiser fumar, fuma. Seja um cliente, mas fica na moita. Mas não: Woolfolk começou a traficar na base do pague um e leve dois, a apostar que os cheques dos caras não iam chegar na hora, a fazer malabarismos com dívidas. Depois, passou a abrir os fininhos e esticar o produto com tabaco velho. Isso até que era tolerável, era um caminho que Dose já tinha visto caras trilharem anos a fio, um caminho que ele próprio já tinha trilhado algumas vezes, só para se distrair, na Riker's.

Passado um tempo, Robert descobriu o mercado de saquinhos de cuspe e perdeu o interesse pelos fininhos.

Um saquinho de cuspe era uma porção de droga líquida. Metadona, contrabandeada do ambulatório por viciados cadastrados, através de um método que consistia em esconder alguns dedos de uma luva de PVC na goela ou na bochecha para cuspir a droga lá dentro. Essa arte, de fingir engolir enquanto se mantinha a droga dentro do saquinho escorregadio, não era simples. Nem todo viciado que queria servir de mula conseguia aprendê-la. Os poucos que conseguiam eram um patrimônio. Um dedo de metadona noventa por cento era vendido por seis maços de cigarro. Era um comércio todo contido no interior dos muros, sem necessidade de conexões externas, sem vínculos de dependência com gangues.

De quem você roubava as mulas — estava aí um problema que envolvia um grau de dificuldade aparentemente acima da sagacidade de Robert Woolfolk.

No dia em que os Latin Kings cercaram Dose no pátio, ele sentiu a carga no ar minutos antes de a coisa acontecer. Tinha se transformado num barômetro do clima de uma prisão sem nem sequer se dar conta. Os que agora lhe davam encontrões de um lado e do outro eram homens que Dose vinha ignorando e pelos quais vinha sendo ignorado fazia anos, mas a nova intimidade era inegável. Três anos de desvio de olhos foram para o espaço.

Era a velha história de sempre, tão gasta que nem valia a pena contar: Robert atolado em dívidas até o pescoço, Dose tendo que responder por elas e tudo acontecendo conforme já estava escrito que ia acontecer desde um milhão antes de Cristo.

A não ser por uma coisa.

Justo naquele dia, Dylan Ebdus apareceu e ofereceu um anel.

15.

Perguntei a Mingus que horas eram: quinze para a uma. Eu estava sentado no chão da galeria já fazia cinco horas, com um ombro encostado numa fina borda de parede entre a cela de Mingus e a cela ao lado, a testa perto das grades, e a dele perto da minha, para que pudéssemos conversar. Senti nossas orelhas roçarem uma ou duas vezes. Só tinha me mostrado para ele uma vez, tirando rápido o anel do dedo e depois sumindo de novo, quando expliquei como tinha feito para entrar na prisão e encontrá-lo. Conversávamos em murmúrios, que se afogavam na zoeira de rádios ilegais, vozes de detentos e ventilação da ala cavernosa. Quando a zoeira da ala virou ela própria um murmúrio, nós passamos a sussurrar.

Nas últimas horas, praticamente só Mingus tinha falado, enquanto eu ouvia e tentava não me afogar junto com os nossos sussurros. Primeiro, porque nunca tinha ficado tantas horas seguidas invisível. E depois porque, sentado no concreto frio, senti que estava tendo uma recaída na micropsia da minha infância, um terror noturno que eu pensava ter deixado para trás aos onze ou doze anos, no meu quarto da Dean Street: a sensação de que o meu corpo tinha se reduzido ao tamanho de uma partícula num universo latejante de força gravitacional e de que eu estava sendo esmagado por um vácuo que me cercava por todos os lados. Quando os galhos do ailanto roçavam nas janelas dos fundos, eu imaginava que eram os braços espiralados de galáxias distantes. Mais tarde, na época em que aposentei o anel, eu comecei a achar que as alucinações da micropsia eram as responsáveis pela minha incapacidade de sair voando do alto de um telhado e pelo fato de eu preferir não olhar para o céu. Agora, as alucinações tinham voltado para minar o meu heroísmo na prisão. O meu heroísmo estava se esgotando. Só me restava o suficiente para fugir dali, me livrar de uma vez por todas da maldição de Aaron Doily atirando o anel no matagal ao lado da estrada, depois buscar o carro alugado e voltar, grato e aliviado, para a angústia corriqueira a que eu fizera jus como um californiano adulto. Eu era um autor de notas para encartes, um namorado inadequado. Como é que eu podia ter jogado fora essas conquistas em troca daquela quimera de salvamento? Só o que eu sentia era a pressão submarina da ala, a claustrofobia especial de uma abóbada de catedral subdividida em gaiolas de rato. A ala tinha um clima, um cheiro úmido e sufocante de anos humanos coagulados. Depois que as luzes se apagaram, iniciou-se uma sessão de planetário: pontas de cigarro reluziam nas galerias acima e ao redor de nós, fugazes estrelas reprovadoras. Vai embora, elas diziam.

Imagino que eu estivesse tentando não me afogar também na beleza da voz de Mingus, à medida em que suas histórias rocambolescas e recheadas de gírias iam dando lugar ao tipo mais sentido de confissão, a que era feita sem que se tivesse a menor noção do quanto se estava sentido. Mingus tinha suportado sua própria vida por uma centena ou um milhão de momentos a mais do que eu seria capaz de suportar. Eu tentava não me afogar no consolo e na culpa de tê-lo recuperado e estar a um minuto de perdê-lo de novo, de estar prestes a bater em invisível retirada.

O anel não tinha nenhuma utilidade para ele. Era isso que Mingus queria que eu entendesse. Ele me contou que vinha conseguindo manter um bom comportamento, não levava uma advertência fazia anos, apesar da confusão que Robert tinha arrumado com os Latin Kings. Na sua última avaliação, ele havia sentido que tinha chances de vir a obter um perdão e acreditava que pudesse estar perto de ser solto, dali a um ou dois anos. Talvez o fato de ter doado o rim tivesse causado uma boa impressão no conselho. E, além do mais, a vida de um foragido e fugitivo permanente, visível ou não, não o atraía.

Quando Mingus me disse o que queria, eu tive a impressão de que ele já tinha essa idéia em mente desde o início e de que tinha começado a me preparar para ela dez horas antes, na sala de visitas. Eu tinha oferecido um meio de evitar que Robert Woolfolk caísse nas mãos dos Latin Kings. O "uai" que eu tinha ouvido os guardas mencionarem no escritório era na verdade uma UAE — uma unidade de alojamento especial, uma ala de solitárias para detentos que estivessem ameaçando a segurança da população carcerária regular ou precisando ser protegidos dela. Era lá que o nosso mano de Gowanus estava trancafiado. Eu deveria levar o anel para ele — Mingus me explicaria como chegar lá e como encontrar o lugar em que os guardas tiravam cochilos em catres, deixando suas chaves à mercê de ladrões. Mingus sabia que eu conseguiria, como sabia que eu conseguiria marcar um home run com um cabo de vassoura. Mingus sabia que eu faria.

Eu ainda tinha algumas perguntas a fazer antes de me despedir de Mingus, antes de decidir se iria ou não decepcioná-lo — meu interesse pela UAE e por Robert Woolfolk era escasso. Fosse qual fosse a minha decisão, no entanto, eu já não tinha praticamente mais nada a fazer ali, a *madeleine* proustiana de "Play that Funky Music" já estava comida. Só me restavam migalhas para saborear.

"Mingus", eu disse, "você tinha alguma noção do quanto eu era cangado?"

"Tu tá falando de neguinho te passar uma chave de cabeça?"

A pergunta tinha sido feita no intuito de esclarecer, não de zombar. Mingus não tinha intenção de me envergonhar botando a minha queixa em contraste com o fato de ele em nenhum momento ter se lamentado. Ele não tinha pedido a minha pena, nem uma única vez. Eu tinha me envergonhado sozinho, mas ainda queria uma resposta.

"Passar uma chave de cabeça e depois me revistar, pra ver se eu tinha dinheiro", respondi. "Às vezes era praticamente todo dia, nos três anos em que eu estudei na I.S. 293. Eles me chamavam de garoto branco."

"Aqueles crioulos me raparam algumas vezes também." Mingus levou a minha pergunta mais a sério do que eu provavelmente merecia. "Caras de Gowanus Houses, de Whitman, de Atlantic Terminals, eles tavam sempre roubando, afanando, não sabiam fazer outra coisa. Nas boates de Manhattan, todo mundo vivia dizendo 'ó, abre o olho com aqueles moleques malucos do Brooklyn, aqueles filho-da-puta são tudo assaltante, sempre com um berro na mão'."

Então tá. Eu tinha sido só um boneco de teste para eles treinarem para os crimes de verdade. Nada pessoal.

"Não era uma coisa de preto contra branco", Mingus continuou. "Aqueles filho-da-puta eram só gente sedenta."

Gente sedenta. Isso mais ou menos encerrava a questão. Agora eu supostamente deveria ir ao encontro do mais sedento de todos — sedento da minha bicicleta, sedento do meu pânico — e libertá-lo de sua cela.

"Mingus?"

"Hã?" Percebi pela sua voz que ele estava tão cansado quanto eu. Ele já tinha me dado a minha tarefa, agora estava na hora de eu ir. Mingus havia falado a noite inteira, tentando não me desapontar, se esforçando para preservar minhas ridículas expectativas, para transformar a minha incursão ao presídio em algo com que nós dois pudéssemos conviver. Ele tinha ido para tão longe, para Watertown, o lugar mais fora de mão possível para visitantes da cidade, justamente para parar de carregar Barry, Arthur ou quem quer que fosse nas costas. Até onde será que ele ia ter que me carregar naquela noite?

"Você alguma vez já cangou um garoto branco?"

Mingus estava lutando contra a exaustão quando foi buscar no fundo da memória a resposta para essa pergunta, mas eu detectei uma ponta de espanto, em seu tom de voz, com o que encontrou. "Já", disse ele. "Uma vez. Quer dizer, eu não precisei dar uma chave de cabeça. Ninguém precisou."

"Como?"

"Eu e uns manos de Atlantic Terminals távamos a fim de comprar um bagulho, aí um irmão teve a idéia da gente ir pra Montague e rapar os bolsos de uns garotos da Packer ou sei lá de onde. A gente viu dois garotos de aparelho no dente andando no Promenade e encurralou eles, em plena luz do dia. Eu só fiquei perto, fazendo cara de mau enquanto os outros manos revistavam os bolsos deles. Mas eu sabia que tava fazendo o que bastava."

"Que era... o quê?"

"Isso que eu disse. Eu fui pro Brooklyn Heights e fiz cara de mau." Mingus aproximou o rosto da grade e da luz tênue da galeria, franziu o queixo e a sobrancelha para fazer uma demonstração: a *cara de mau*. Uma carranca de gato Silvester. No entanto, o choque de pânico que ela provocou em mim era meu velho conhecido.

Quantos anos um garoto negro tem quando descobre que provoca medo?

Mingus mostrou a cara por um instante, depois voltou para a sombra.

Acho que fiquei meio maluco depois que saí de lá e comecei a vagar pela prisão. A invisibilidade e a voz de Mingus tinham me deixado nu. Eu não tinha segredos a esconder. Não tinha uma cara de mau nem, aliás, cara nenhuma: não era de espantar que Zelmo Swift tivesse me tratado feito uma criança débil mental! Zelmo Swift e Jared Orthman constituíam nêmesis perfeitos para um sujeito que não tinha uma cara para mostrar para o mundo. Eu sentia que não podia sair do presídio de Watertown sem concluir minha missão, mas ao mesmo tempo não conseguia me imaginar abrindo mão do anel — ele tinha se tornado parte de mim, tinha se transformado na minha verdade. Então, durante um tempo, fiquei tentando pensar numa solução alternativa e andando a esmo pela instituição. Na verdade, eu estava indo para o lugar onde Mingus dissera que eu poderia conseguir chaves para entrar na UAE, só que sem admitir para mim mesmo que era isso que estava fazendo. Trôpego, fui me embrenhando pelos corredores adentro com uma imprudência assustadora, tirando finas dos agentes penitenciários que iam abrindo as portas para mim, uma turbulência viva nas "ondas aéreas", um poltergeist atormentado pela dúvida. Não tive dificuldade para afanar um gordo molho de chaves. Quando deparava com uma porta, testava as chaves descuidada e ruidosamente, chacoalhando o molho até conseguir enfiar uma delas na fechadura. Depois, deixava as portas abertas atrás de mim e seguia em frente. Talvez achasse que elas ainda pudessem estar abertas quando eu precisasse fazer o caminho de volta, talvez achasse simplesmente que devessem ficar abertas. Eu não estava pensando direito — meu cérebro estava invisível para si mesmo.

Atravessei o pátio de novo, desta vez na direção oposta. Agora a lua tinha sumido. Como uma marionete sob o comando de Mingus, encontrei a UAE, um pequeno prédio de três andares, mais um anexo de hospital do que uma ala da prisão propriamente dita. A aparência do lugar não me agradou. A besta-fera no centro do labirinto deveria estar trancafiada numa jaula a céu aberto, ou no fundo de um fosso, amarrada a um poste. A UAE parecia mansa. Se era para dar essa moleza toda, eles poderiam ter isolado o Senhor dos Cotovelos, o Ser Capaz de Atirar uma *spaldeen* Obliquamente, numa casinha de biscoito logo de uma vez, onde ele poderia roer seu caminho para a liberdade.

Abri a porta e entrei. O primeiro andar abrigava um pavilhão especial para detentos paraplégicos — viciados com aids terminal ou vítimas de tiros na espinha condenadas a cumprir penas em regime de segurança máxima. No segundo andar ficavam as solitárias. As celas lembravam as jaulas de loucos do inspetor Clouseau: janelas protegidas com barras de ferro, portas sem maçaneta e com fendas para passar bandejas ou papéis, eu supunha. Lá, me vi a sós com Robert Woolfolk num corredor ladrilhado.

Precisei erguer a voz para acordá-lo.

"Will Fuck!", chamei.

Tirei o anel e me aproximei da luz para que ele pudesse me ver, depois voltei para perto da grade da janelinha da sua porta.

"Dylan?"

"Oi, Robert."

"Quê que tu tá fazendo aqui, cara?"

Era ele, Robert Woolfolk, produto imaginário do meu ódio transformado em realidade mais uma vez. De macacão e cabeça raspada e com as feições distorcidas num longo esgar de desdém e asco, sua eterna Cara de Mau, ele lembrava Scatman Crothers vindo buscar o lixo. Aqueles braços e pernas, agora envoltos no laranja do uniforme dos prisioneiros, tinham se engalfinhado com os de Rachel na Bergen Street. Eu desprezava e invejava Robert por ter sido abraçado pelos punhos de Rachel.

"O Mingus pediu que eu viesse", resmunguei.

"Tu deve ter achado que eu tava dormindo, né?"

"Você tava dormindo."

"Nã, cara, eu tava fingindo que tava dormindo, mas eu tava acordado. Ninguém chega de fininho perto de mim não, cara."

"Sei."

"Tu sabe o que eu tava fazendo?"

Não era essa a conversa que eu pretendia ter com Robert. "O quê?", perguntei.

"Eu tava escrevendo uma música na minha cabeça, cara. Já tô com um disco inteirinho na cabeça, cumpadi. Nenhum desses mané aqui sabe o que eu tô fazendo, eles acha que eu tô maluco porque eu tô sempre de olho fechado, balançando a cabeça. Eu vou sair da merda com essa porra um dia, cara, tu vai ver só. Neguinho vai tudo levar o mó choque."

Vai sair mais cedo do que imagina, pensei.

"Tu quer ouvir?"

"Hm... claro."

Tu sabe o meu nome, se num sabe lê na capa
Tem rapper aí com gogó de vagina e sangue de barata
Acha de ir pra Gowanus passear no canal de barquinho
Afanam seu casaco de grife e só o que ele faz é beicinho
Vive falando de guerra, mas se o couro come
Pode contar que ele some...

Robert cantava com voz rouca e arrastada, rosnando os versos de sua letra incoerente — ou, talvez, a incoerência estivesse em mim.

Escuta o meu conselho, bundão, e espera o medo passar
Que o teu dente tava batendo que nem se fosse rachar...

"Robert, pára."

"O quê?"

"Eu não tenho tempo." Botei o anel na sua cara, impaciente. Antes, a minha idéia era fazer com que ele me pedisse o anel (Yo, *deixa eu dar uma olhada nesse anel um instante, deixa eu dar uma voltinha no quarteirão com ele. Qualé, cara? Tu num confia em mim, não?*). Agora o jogo tinha acabado.

"Você se lembra disso?", perguntei.

"Cacete, isso é do G."

Eu não tinha conseguido convencer Mingus de que o anel era dele, mas Robert cantou a bola na mesma hora, o que me deu uma estranha satisfação. "Certo", disse eu. "Ele me pediu que entregasse pra você."

"Cacete."

"Você pode usar pra sair daqui." Enfiei o anel pela fenda da porta, deixando que caísse nas mãos em concha de Robert. No instante em que meus dedos soltaram o anel, senti uma onda de pânico me percorrer e lavar toda a embriaguez de mim: eu não estava mais bêbado de nada agora. Ia ter de encarar o que viesse.

"Por que que o Gus não quis usar o anel ele mesmo?", perguntou Robert.

"Ele quis que você usasse."

"Como é que funciona?"

"Você vai descobrir."

Robert ficou matutando sobre isso um instante, depois seus pensamentos se desviaram para outra questão. "*Yo*, Dylan, você tá com as chaves aí, cara?"

"Eu preciso delas."

"Tá, mas abre essa porra dessa porta."

Fiquei olhando para Robert pelo que deve ter sido um longo instante.

"*Yo*, Dylan?"

"Hã?"

"Vai se fuder, filho-da-puta."

Prisões dormem. Eu tinha trânsito livre pelo presídio de Watertown àquela altura — três, quatro horas da manhã, ou fosse lá que hora fosse. Os sons familiares de trincos retinindo e chaves chacoalhando não chamavam a atenção de ninguém. A única certeza que eu tinha era que as portas A/B eram o meu limite, um teste pelo qual eu não teria como passar visível. No meu plano original — o plano que eu havia bolado não fazia mais do que algumas horas, muito embora tivesse a sensação de ter bolado em outra vida — eu pretendia pedir a Mingus que esperasse alguns dias antes de usar o anel, para me dar uma margem de tempo para escapar. Eu duvidava que Robert fosse ter essa consideração por mim. E, de qualquer forma, eu não havia lhe pedido que tivesse.

Mesmo assim, me ative ao plano original, que consistia em chegar o mais perto possível da sala das visitas. Se fosse flagrado dentro do presídio, eu supunha que a inocência por associação era a minha melhor chance de me safar — um civil, eu iria para onde volta e meia civis podiam ser vistos. Lá, ficaria esperando as últimas horas da madrugada passarem, depois tentaria me misturar com a primeira leva de visitantes da manhã, talvez dando a desculpa de ter entrado por acidente pela porta errada. Eu ainda não tinha esfregado a tinta ultravioleta das costas da minha mão e podia ter razoáveis esperanças de que a marca ainda pudesse ser detectada pelos scanners dos agentes penitenciários. Eu ofereceria isso, junto com a minha pele branca, como prova de que eu não fazia parte da população carcerária. E, afinal, eu não fazia mesmo. Eles iam ter de me deixar sair.

Voltei para o pavilhão ladrilhado de verde que ia dar na sala das visitas e fui parar num dos corredores pelos quais eu havia passado ao entrar, o que ficava separado por uma enorme janela de plexiglas da sala em que eu havia tirado o cinto e os sapatos e sido indagado a respeito do meu tampão de ouvido. Lá, encontrei uma saleta sem porta, na verdade apenas um vestíbulo que não ia dar em lugar nenhum, onde havia um par de máquinas de Pepsi, uma outra vendedora automática com embalagens de Oreo e Cheez-Its enfiadas em espirais que lembravam saca-rolhas e um aparelho de televisão preso no alto da parede e virado para baixo, como que para ser visto por um paciente acamado.

Enfiei o molho de chaves debaixo da vendedora automática de Oreo, bem no meio de seus pés e da poeira acumulada. Ainda poderia alcançá-lo se voltasse a precisar das chaves, mas, se eu fosse pego, estar com um molho de chaves na mão não iria me ajudar em nada. Depois, sentei no vão da porta, encolhi as pernas e me espremi até achar que estava fora do campo de visão do corredor de todos os ângulos que pude calcular. A exaustão era tóxica e a minha cabeça começou a balançar. Não para marcar o ritmo — eu não estava compondo e memorizando uma obra-prima perdida na forma de um disco de rap, só cabeceando de sono. Qualquer um poderia chegar de fininho perto de mim se quisesse. O olho negro da televisão espreitava, mas não era inteligível, não era Darth Vader nem o Grande Irmão. Não havia autoridade ali, nem maligna nem de qualquer outra espécie. A máquina de Pepsi irradiava luz, mais nada.

* * *

Quando acordei com a claridade ofuscante do sol e uma vontade medonha de mijar, olhei pela janela de plexiglas e encontrei o corredor cheio não de morosos visitantes da manhã, mas de uma agitada multidão de agentes penitenciários e policiais de Watertown e de mais um punhado de homens brancos de meia-idade e ternos escuros, alguns dos quais tomavam notas em blocos de taquigrafia. Em seguida, fui sobressaltado por ruídos ainda mais próximos: havia um jovem agente penitenciário dentro do vestíbulo comigo. De costas para mim, ele enfiava notas de dinheiro na máquina, uma depois da outra, até juntar uma braçada de latas de Pepsi. O que tinha me acordado, na verdade, fora o estrépito de uma lata de Pepsi rolando pela goela da máquina. O agente não tinha me visto, mas nesse momento se virou de salto.

"Eu... hum... perdi umas moedas", falei, piscando os olhos para espantar o sono e tateando o chão, fingindo procurar as moedas.

"Peraí, como é que você entrou aqui?"

"Por aquela porta", blefei. "Ela estava aberta."

"Minha nossa, se o Talbot te visse!"

"Foi o Talbot que disse que eu podia entrar aqui", arrisquei. "Acho que eu tô um pouco perdido. Onde é que é o banheiro, hein?"

Agora o agente apertou os olhos para me examinar melhor, sentindo que havia alguma coisa estranha. Ele teve de endireitar os ombros e reorganizar o carregamento de latas de refrigerante que segurava no braço dobrado. Ele era o agente penitenciário mais novo que eu já tinha visto, obviamente um novato feito de garoto de recados, muito embora seu cinto estivesse carregado com chaves, cassetete e, fiquei feliz em descobrir, scanner de ultravioleta.

"Você é jornalista, né?", ele me perguntou.

"Você sem dúvida deve se lembrar de mim, rapaz." Eu me levantei, sacudi a poeira e adotei um ar britânico de impaciência atarantada, me imaginando no papel de Cary Grant e ele no de Ralph Bellany.

"Mas qual é o seu nome mesmo?"

Vasculhei minha mente e me saí com esta: "Vance Christmas". Foi o único jornalista em que consegui pensar no estado em que me encontrava, além de Jimmy Olsen. Achei que Christmas merecia qualquer que fosse a encrenca tardia que o Aeroman pudesse lhe causar.

"Tá, mas de onde?"

"Albany", respondi. "Eu trabalho pro... pro *Albany Herald-Ledger*. Nós estamos fazendo uma matéria especial sobre as condições das prisões, sabe."

"Mas você entrou junto com aqueles outros caras, não foi?" A névoa de incerteza que pairava entre nós era uma pedra no sapato para o rapaz, o meu hesitante captor — ele queria que eu lhe desse uma resposta certa tão desesperadamente quanto eu queria lhe dar, a fim de poder retomar a tarefa bem menos problemática que fora cumprir ali.

"Claro. O Talbot me convidou para acompanhar o grupo", respondi. Eu supunha que *aqueles outros caras* eram os que estavam logo do outro lado da janela de plexiglas. Se eu pudesse me juntar a eles, talvez os agentes me deixassem seguir o grupo e, mais cedo ou mais tarde, cair fora. "Por causa da coisa da matéria especial, do suplemento." Essa ficção estava ficando tão real na minha cabeça que estava até atrapalhando a minha concentração — eu já sonhava não só com uma reportagem-bomba, como com Pulitzers para o desprestigiado *Herald-Ledger* —, de forma que esqueci de me perguntar por que cargas-d'água um bando de repórteres, repórteres de verdade, teria ido até ali.

Eu cometera um erro, no entanto, tentando invocar pela segunda vez as bênçãos do invisível Talbot. O novato apertou ainda mais os olhos e em seguida pôs-se a depositar as latas de refrigerante em cima da máquina para ficar com as mãos livres. Depois, esfregou a parte interna do braço para desadormecer sua carne congelada e pigarreou, procurando recuperar a dignidade e o comando da situação.

"Eu posso ver os seus documentos, por favor?"

"Escuta", eu disse, abaixando o tom de voz. "Eu na verdade não vim junto com aqueles outros caras."

"Como é que você entrou aqui então?"

"Eu passei a noite aqui. Eu entrei como visitante, ontem — aqui, checa o carimbo na minha mão, você vai ver."

"Hum, não sei não..." Ele parecia estar prestes a entrar em pânico e procurar ajuda. Nossa presença ainda não tinha sido notada pelos homens aglomerados na sala de revista. Aquela era a minha chance, a minha brecha para escapar, e ela estava sumindo rapidamente.

"Olha, espera", tentei de novo. "Eu sou mesmo repórter do *Albany Tribune*." Será que eu tinha trocado minhas credenciais? Não importava: "Eu convenci dois guardas a me deixarem entrar escondido — sabe o Stamos e o Sweeney?"

"Ahn-hã."

"Eu não queria criar problemas pra eles, foi por isso que eu inventei aquela história. Eles me deixaram passar a noite aqui, pra eu fazer a minha investigação."

"O Stamos fez isso?"

"Ahn-hã."

"Putz, esses caras são muito idiotas!"

"É, eu sei."

"O Talbot vai *matar* os dois."

"Talvez não, se você der um jeito de me tirar daqui. É só você me levar de volta pro estacionamento. Eu não vou tocar no nome de nenhum de vocês, juro por Deus."

"Ai, ai, ai..."

"Checa o carimbo."

Sacudindo a cabeça, o novato tirou o scanner do cinto e o apontou para as costas da minha mão. O emblema roxo parecia bruxulear, feito um minúsculo holograma.

Minha tática era não lhe dar tempo para pensar, agindo como se ele já tivesse concordado. "Vamos agora que eles não estão olhando."

"Ai...

"Só que eu realmente preciso ir ao banheiro, fiquei preso aqui a noite inteira."

"Ai, meu santo..."

Quando eu saí do banheiro dos homens, o novato olhou para mim com um certo ar de pena. Meu poder de ameaça aparentemente tinha se dissipado. "Tremendo azar o seu essa confusão toda ter acontecido justo hoje, né?"

"Bota azar nisso", concordei.

"É bom pra te ensinar a não fazer mais esse tipo de coisa."

"É, realmente. Nunca mais."

"Não tem graça."

"Eu não tô rindo."

Quando chegamos nas portas A/B, eu sussurrei: "Talvez seja melhor você dizer que eu esqueci alguma coisa no carro". Ele fez uma careta, depois enfiou a cabeça pela fresta de uma janela corrediça.

"Este cara aqui tá precisando voltar pro estacionamento", ele disse num tom mal-humorado, como um menino forçado a fazer o que não quer. "Eu vou levar ele até lá."

"Tá bom", alguém respondeu com voz sonolenta. As trancas das portas se abriram e se fecharam, uma de cada vez, e nós atravessamos a gaiola.

"Mas, vem cá, o que exatamente aconteceu lá, afinal?", perguntei ao novato na entrada do estacionamento. A luz clara do amanhecer, ainda despontando por entre a copa das árvores, fulminava meus olhos ardidos. Senti o cheiro que exalava do meu corpo, uma catinga normal de vinte e quatro horas de cecê acumulado. Contrariados com a nossa aproximação, três corvos saíram correndo pelo chão de cascalho, bateram asas e voaram, tirando uma fina da espiral de concertina que encimava a cerca de arame, depois arremeteram rumo à estrada e ao shopping. Os pássaros prenunciavam a desenxabidez da minha liberdade: a perspectiva do ar-condicionado do carro alugado, de um café em algum McDonald's.

"Pelamordedeus", disse o novato, pasmo com o fato de eu ter estado tão perto e mesmo assim ter conseguido perder a grande notícia do dia. "Nada não, só um cara da UAE que conseguiu passar a conversa num agente pra abrir a porta dele e deu o pira. Acho que ele tava com chaves roubadas, então a gente agora tá tendo uma dor de cabeça danada por causa disso. O Talbot tá tiririca."

"O cara fugiu?" Tinha sido muita sorte minha, eu entendi naquele momento, ter sido só uma dor de cabeça a mais num dia já cheio de dores de cabeça. Daí eu ter conseguido me safar tão fácil. Ninguém, muito menos o novato, queria ver o tal do Talbot mais enfezado do que já estava. Eu não poderia ter escrito um papel melhor para Robert Woolfolk nem se quisesse.

"Não, se matou."

"O quê?", perguntei, sem conseguir disfarçar o meu choque.

O novato fechou os olhos e pôs a língua para fora.

"Você quer dizer que *mataram* ele, né?"

"Não." Para criar um clima, ele cochichou como se contasse um segredo: "Foi suicídio. O infeliz fugiu e depois se matou, o maluco".

"Por que que ele ia se matar se tinha acabado de conseguir fugir?"

O novato deu de ombros. "O que eu sei é que o cara pulou de cima de uma torre de vigia, o lugar mais alto do presídio. O sentinela disse que o maluco tava grasnando feito uma águia. Ele bateu numa rampa de concreto, caiu de lado, eu acho. Se esborrachou feio, só de olhar dá vontade de vomitar. Tinha uns caras lá tirando foto, mas eu duvido que algum jornal publique aquilo. É a coisa mais doida que eu já vi — os braços dele ficaram embolados debaixo do corpo, então ele meio que se dobrou e se quebrou ao meio quando tava rolando pela rampa abaixo. Não parecia nem gente mais, quando parou de cair."

16.

O Hoagy Carmichael Room, uma falsa sala de estar decorada no estilo típico do Meio-Oeste, com tapetes, móveis e vitrines cheias de cadernos de recortes e objetos pessoais do próprio Carmichael, só podia ser visitado com hora marcada, mas eu consegui marcar uma hora lá mesmo. Não me pareceu que os funcionários que tomavam conta da sala tivessem muitas demandas a atender. As formalidades eram só para garantir que nenhum intruso se sentisse no direito de sentar diante do piano vertical de Hoagy e começar a tocar ou de surrupiar bilhetes manuscritos de Bix Beiderbecke ou do governador Ronald Reagan. Quem guardava a chave da sala era uma secretária de meia-idade instalada no final de um corredor dos Archives of Traditional Music, no Morrison Hall. Ela entrou na sala junto comigo e ficou me rondando, nervosa, até se convencer de que eu não oferecia perigo. Quando ela me deixou sozinho, eu pude enfim renovar minha alma na contemplação da partitura original de "Ole Buttermilk Sky" e "My Resistance Is Low" e de um roteiro de *Uma aventura na Martinica* autografado por Bogart, Faulkner e Hawks e amarrado com um laço de fita. Depois, fui para a sala de áudio e passei um tempo com os fones de ouvido, explorando acetatos perdidos, matrizes raras da música de Carmichael. The Collegians, a banda que Carmichael formou com membros de sua fraternidade na Indiana University, tinha gravado uma canção chamada "March of the Hooligans" — um jazz quente e dançante com um solo de violino para lhe dar uma cor local, um gostinho de Indiana. Ouvi essa pequena e milagrosa obra de arte juvenil umas cinco ou seis vezes, depois voltei para relaxar mais um pouco naquele jardim zen em forma de sala de estar.

Eu tinha passado o dia inteiro e um boa parte da noite de domingo dirigindo, depois que saí do estacionamento do shopping de Watertown, cumprindo uma espécie de penitência topológica na travessia do oeste do estado de Nova York até a Pensilvânia, numa rodovia interestadual ampla e plana que não julgava nem perdoava nada, apenas me deixava entregue ao meu próprio julgamento. Agora eu tinha entendido tudo: eu ressuscitara o Aeroman para matar Robert Woolfolk. Fora um plano cuja elaboração demandara a colaboração de Mingus, do anel e de anos do meu ódio semiconsciente, muito embora a semente da inspiração que lhe dera origem tivesse sido sem dúvida o mergulho de Aaron X. Doily naquela pracinha da Pacific Street, vinte e três anos antes — o que sobe tem de descer. O Aeroman não era nada senão um corpo negro no chão. Eu nem sequer tinha jogado limpo com Robert e lhe contado sobre a mudança do poder do anel para a invisibilidade. Eu me perguntava se Robert teria percebido a mudança. Eu me perguntava se os guardas que estavam na torre não teriam apenas imaginado que tinham visto o homem grasnando feito uma ave de rapina enquanto desabava de encontro ao chão, se haveria realmente alguma coisa para ver antes que Robert tivesse se espatifado na rampa de concreto.

Durante muito tempo, acreditei que o legado de Abraham fosse a minha sina: me enfiar num sótão, sem capacidade ou disposição para cantar ou voar, só para compilar e colecionar, para esculpir estátuas dos meus amigos perdidos — eles, sim, genuínos atores da vida — na minha própria fortaleza da solidão. Para ver o mundo numa nota de encarte: eu sou o DJ, eu sou o que eu toco. Mas, naquele dia, sentado numa cadeira de avião, eu me catapultei para o outro lado do país, um tresloucado homem-seta* de pura intenção, para desencavar Mingus e Robert em Watertown — ninguém havia me pedido que fosse até lá. Talvez eu tivesse subestimado a Rachel que existia em mim, o Caranguejo Fujão pronto para destruir e correr, para destroçar vidas e dar no pé.

* No original, *arrow-man*. (N. T.)

Então agora eu tinha de me locomover no chão, com os pés na terra. Precisava seguir suas pegadas de caranguejo com precisão, sem me enganar a respeito de quem estava rastreando desta vez. Eu dirigia apenas um pouco acima do limite de velocidade, anônimo no fluxo de veículos, mas dentro do espaço do carro eu era um justiceiro, um vigilante num carro envenenado. Dirigia sem música; meu estojo de CDs estava largado no banco de trás, intocado — nada de trilha sonora para embelezar a horrível cena de mim mesmo. Só parei para esticar as pernas, abastecer o tanque, ir ao banheiro e dar alguns telefonemas. Liguei para Abraham e Francesca para avisar que não iria mais voltar para o Brooklyn, liguei para a companhia aérea para cancelar minha passagem e liguei para o escritório da firma de aluguel de carros para dizer que só iria devolver o carro dali a alguns dias em Berkeley, e não no dia seguinte em La Guardia. Ninguém ficou contente com as minhas mudanças de plano, mas eu não dei outra escolha a nenhum deles senão se conformarem. Não liguei para Abby porque não tinha nada para lhe dizer, não ainda pelo menos.

Por volta das três da manhã, percebi que estava ficando desnorteado de cansaço, incapaz de me concentrar na estrada. Os faróis esporádicos que vinham no sentido oposto pareciam sempre prestes a colidir comigo, apesar do largo canteiro de grama que nos separava. Parei num hotel Howard Johnson então, na entrada de Ohio, dormi algumas horas de um sono agitado, tomei uma chuveirada e voltei para a estrada. Cheguei a Indiana no meio da manhã — peguei uma entrada à esquerda em Indianápolis, depois de uma concessionária Larry Bird, ao sul de Bloomington. O estacionamento do campus era péssimo, de forma que resolvi parar numa das vagas reservadas para professores. Eu tinha matado um homem na véspera — não haveria de ser uma multa por estacionar em local proibido num campus que iria me abalar.

Num terminal da biblioteca, fiz uma descoberta importante: a pessoa que eu procurava não só continuava morando em Bloomington como trabalhava no campus. Eu não teria nem de tirar o carro da vaga. Os investigadores da firma de advocacia de Zelmo Swift que rastrearam o paradeiro do Caranguejo Fujão tinham apontado como seu último endereço conhecido um lugar em Bloomington, onde Rachel teria morado até 1975, antes de sumir do mapa depois de ser liberada sob fiança em Lexington, Kentucky. Abraham, porém, tinha se recusado até mesmo a ver o que havia dentro da pasta de informações para o "Esta é a sua vida!" programado por Zelmo, e nem Zelmo nem Francesca tinham conhecimento, como eu tinha, de um outro nome que poderia ser usado para retomar a trilha que terminara em Bloomington.

Os Archives of Traditional Music e a Carmichael Collection dividiam o Morrison Hall com uma parte dos departamentos de inglês e de psicologia da Indiana University e também com o Kinsey Institute for Research in Sex, Gender, and Reproduction, que ocupava os dois últimos andares do prédio. Foi no Kinsey Institute que localizei Croft Vendle. Ele trabalhava na secretaria de relações públicas do instituto. Liguei para ele de um telefone da biblioteca e ele me convidou para ir à sua sala.

Quando cheguei lá, a secretária do instituto me informou que Croft estava atendendo uma ligação. Então, me sentei numa sala de estar e fiquei lendo panfletos. Ao que tudo indicava, o instituto ainda estava batalhando para defender sua primeira e semi-indesejada doação de conhecimento ao saber americano, sempre sob a ameaça de ser banido do campus pela legislação puritana de Indiana. As paredes ao meu redor guardavam o maior repositório de "materiais eróticos" do mundo, reunido graças ao trato que Alfred Kinsey fizera com departamentos de polícia de todo o país para que lhe enviassem discretamente materiais apreendidos, poupando-lhes assim os gastos com seu armazenamento ou destruição. Apesar de tudo isso, as salas do instituto tinham uma atmosfera caseira, com paredes repletas de bem emolduradas imagens eróticas da safra dos anos 50, fotos em preto-e-branco tão ensolaradas quanto fotografias de *cards* de beisebol. Na parede perto da mesa da recepcionista, via-se uma fileira honorífica de retratos de estúdio de antigos diretores, começando pelo próprio Alfred de gravata-borboleta e continuando com uma charmosa seqüência, que se estendia até os dias atuais, de compenetrados psicólogos a roerem a armação dos óculos, gentis aeromoços de uma realidade monstruosa.

Enfiado num terno de veludo ferrugem, gravata marrom e sapatos de camurça cor de leite achocolatado, Croft era um homem que eu mal reconhecia. Seu rosto corado estava coberto por uma espessa barba prateada, toda ela aparada exatamente no mesmo comprimento, inclusive a parte que brotava de suas orelhas. Ele parecia um guru de dieta ou de exercícios, alguém que você normalmente só via de short de corrida, mas que excepcionalmente vestira um terno para divulgar seu livro num programa de televisão. Foi um choque. Na minha cabeça, só Abraham tinha envelhecido; Rachel e seu amante continuavam viçosos, eternamente em seus corpos de 1974.

"Eu tô com uma pessoa no telefone", Croft se desculpou, fazendo um gesto em direção à sua sala. Sua voz era extremamente estridente, coisa de que eu também não me lembrava. Tive a impressão de que ele ficou bem menos perturbado com a minha aparência do que eu com a dele, apesar da minha pinta de foragido moído da estrada: barba de três dias, braço queimado de sol, olhar opaco de veterano do Vietnã. Talvez Croft já estivesse me esperando havia anos. "É um colecionador gay riquíssimo de Los Angeles. Há meses ele tá me acenando com uma doação fantástica, uma coleção de arte erótica japonesa, milhares de peças. Eu tô quase conseguindo fazer ele se resolver, mas a coisa tá tendo que ser muito bem trabalhada, sabe."

"Não tem problema, não. Eu posso esperar", falei. Fiquei me perguntando se os nus de Rachel comprados por Erlan Hagopian também acabariam indo parar ali um dia. Talvez até já tivessem.

"Eu estava pensando que, se você não tiver compromisso, talvez você possa ir até a fazenda comigo pra jantar", disse ele. "Pra gente poder conversar."

"Rural Route 8, número 1?", perguntei.

Croft arregalou os olhos. "A gente prefere chamar de Watermelon Sugar Farm, mas o endereço é esse mesmo. Traz o seu carro pra cá às cinco que eu te mostro o caminho. É um lugar um pouco difícil de achar — fica meio escondido no meio de lugar nenhum."

"Tá bom."

"Combinado, então", disse ele. "É melhor eu voltar pra aquele telefonema agora. Se você estiver querendo matar o tempo, eu posso pedir pra Susie, a nossa estagiária, pra fazer o tour completo pelo Kinsey com você."

"Não, tudo bem. Não precisa, não."

Eu tinha visto a opção do Hoagy Carmichael Room quando estava atravessando o lobby e desconfiava que ela combinaria melhor com o meu estado de espírito. Então, Croft foi para o telefone e eu para a "March of the Hooligans".

"Tem uma coisa que eu queria te mostrar", disse Croft. "Depois a gente podia dar um passeio pela propriedade, antes que a luz vá embora. Tá uma noite linda."

Pilotando um Peugot decrépito, Croft tinha me guiado através de uma sinuosa estrada rural, passando por pequenos povoados e terras cultivadas e seguindo floresta adentro, até dobrarmos numa ruazinha de terra bem conservada identificada por uma caixa de correio em que se lia W. SUGAR. Avançando pela rua de terra, passamos por alguns exoesqueletos de Fuscas Volkswagen cobertos de ferrugem, com mato crescendo pelo meio do motor, até pararmos em frente a uma choupana feita de tábuas rústicas, cuja pintura antiqüíssima já se descascara praticamente por completo. Tive a impressão de que a choupana estava perigosamente torta, mas assim mesmo nós fomos andando em direção à sua porta semi-aberta. Perto dali, um cortador de grama manual carcomido de ferrugem erguia-se do chão, rígido feito uma escultura, ao lado de um poço de pedra primitivo. Como os Fuscas, ambos já tinham se rendido ao mato fazia tempo.

"Você mora aqui?", perguntei, omitindo a dúvida que acompanhava a pergunta: será que Croft era o último habitante que sobrara na propriedade? O cenário tinha uma beleza que lembrava o refúgio de Thoreau em Walden, mas era um pouco desolado, para os padrões da civilização.

"Cruzes, não, as casas ficam lá embaixo da colina, no bosque. Nós temos cento e sessenta acres. Este lugar aqui era o antigo refeitório da comunidade, na época em que todo mundo comia junto. E, no inverno, o sótão virava um dormitório suspenso para o pessoal que morava em tendas. Mas isso já faz um tempo. Hoje em dia ninguém mais usa isto aqui pra nada, a não ser as abelhas."

Suponho que não havia razão para botar abaixo uma choupana velha ou para levar para o ferro-velho um carro que não andava mais, quando se tinha todos aqueles acres à disposição. Principalmente se os seus modelos de decoração exterior eram fotos do autor Richard Brautigan na porta de um casebre kaczynksiano em Montana.

Dentro, havia uma cozinha abandonada: um velho fogão, com o esmalte todo trincado feito o verniz de uma pintura renascentista, uma longa bancada manchada que ainda poderia ser salva dos escombros para ser instalada num loft de Emeryville ou de Gowanus, e uma pia de duas cubas com um velho balde de plástico embaixo, no lugar de encanamento. O que Croft chamara de dormitório suspenso estava tão arqueado que ameaçava encostar no fogão. Vi madeiras podres e ovos de inseto. Senti cheiro de tronco oco. Croft passou por cima de algumas aduelas de barril e tonéis de aço até chegar ao canto debaixo do sótão e, de uma estante cheia de livros de capa dura inchados de umidade, tirou alguma espécie de aparelho mecânico. Com o aparelho debaixo do braço, veio andando de volta por cima do entulho até onde eu estava e entregou o aparelho para mim: era uma máquina de escrever manual. A fita bicolor, preta e vermelha, que tinha sombreado de vermelho a fonte dos cartões-postais do Caranguejo Fujão, ainda estava esticada entre os dois carretéis, muito embora os carretéis em si estivessem corroídos de ferrugem e não parecessem nem um pouco dispostos a sair do lugar.

Qualquer resquício de fantasia de que Croft pudesse estar prestes a sacar Rachel em carne e osso da manga, ou de que Rachel pudesse estar vivendo incógnita numa daquelas casinhas no meio do bosque feito uma daquelas pacatas mães de família com obscuros passados criminosos, evaporou-se naquele momento, antes mesmo que Croft dissesse qualquer coisa.

"Nós levamos ela na mala do Fusca, quando fomos para a costa. A gente escrevia um cartão-postal pra você toda vez que parava pra abastecer, ou pra ficar de barato."

"Era você que escrevia ou era ela?"

"Eu tinha meio que insistir com ela, mas ela ajudava. Eu acho que ela tava envergonhada, sabe? Os últimos fui só eu. Depois que ela foi embora." Eu segurava a máquina de escrever desintegrada com as duas mãos, como um mendigo segurando o chapéu. Croft tentou espanar os grudentos fragmentos de ferrugem que a máquina tinha depositado na manga do seu paletó de veludo.

"Você quer ficar com ela?", ele perguntou.

"Não." Eu queria era o depósito da lavagem de volta quando devolvesse o carro alugado, isso era o que eu queria.

"Vamos dar uma volta."

A rua de terra fazia uma curva para se desviar do campo aberto na entrada da propriedade, descia a colina e se embrenhava bosque adentro. Nós deixamos os carros onde estavam e fomos andando pela trilha, no meio da mata fria, íngreme e irregular demais para já ter sido cultivada algum dia. Com o sol já escondido atrás da colina, os troncos dos vidoeiros e as pálidas samambaias pareciam bioluminescentes, energizados pela luz do dia. Nossos passos sussurravam, sem que ninguém os respondessem, na camada fresca de cascalho cinza e pontiagudo que cobria a rua particular. O bosque era uma máquina de silêncio, bombeando quietude para o céu.

A cada curva havia uma casa. Sobrados de madeira, de dois andares, sete ou oito no total, cada qual com seu toque bem pensado de Buckminster Fuller ou Christopher Alexander — salas circulares com domos de vidro, janelas de estufa, passagens abertas ligando um anexo ou pequeno estúdio. Cada casa com um ou dois carros na garagem, algumas soltando fumaça pela chaminé. Aqui e ali bicicletas, serras elétricas, botas de neve, montinhos de palha, marcas de machadadas rodeadas de lascas de lenha e um machado cravado num toco. Os habitantes de Watermelon Sugar estavam em casa, suas cozinhas iluminadas. Da distância da rua de terra, no entanto, nós passamos sem invadir sua privacidade. Estava sendo uma lição de humildade para mim, como tinha mesmo de ser, ver quantas formas diferentes de vida podiam se esconder entre as costas arrogantes e indiferentes.

"A Rachel e o Jeremy foram provavelmente os maiores desafios que a nossa comunidade já enfrentou", disse Croft, com sua voz esganiçada de contratenor. "Confrontar os dois nos ajudou a crescer, então eu suponho que isso significa que nós devemos muito a eles. Eu nunca vou me esquecer daquela noite. Nós sentamos num círculo em volta dos dois, demos as mãos e falamos para eles que eles tinham que ir embora. Eu quase me borrei de nervoso. O Jeremy já tinha me esmurrado umas duas ou três vezes, mas eu tinha vergonha de falar sobre isso com outras pessoas. Na verdade, ele já tinha esmurrado um monte de gente, eu fiquei sabendo depois."

"Eu não sei quem é Jeremy", falei.

"Alguém me contou que ele morreu uns dois anos atrás. Basicamente, ele era um cara extremamente carismático e extremamente violento de Kentucky, que resolveu nos usar como seu parque de diversões particular durante alguns meses. A brincadeira preferida dele era deixar os caras apavorados fazendo eles ficarem completamente doidões e depois contando pra eles que uma vez tinha matado um homem na porta de um bar, só com um golpe na garganta. Ele tinha um monte dessas histórias de horror de motoqueiro. E aí, assim que ele acabava de contar a história do golpe na garganta, ele começava a dar em cima da namorada do cara. Todo mundo ficava meio passivo, sabe, tipo 'Ah, se ela quer ficar com o Jeremy, tudo bem, talvez ela traga um pouco de paz pra ele'. A Rach na verdade foi a única pessoa que realmente enfrentou o Jeremy."

"Ele roubou ela de você?", perguntei. Estava escurecendo, e eu tinha ficado momentaneamente hipnotizado pela cena que vira pela janela de uma cozinha bem iluminada — uma mulher de meia-idade, de cabelos tão grisalhos quanto os de Croft, fatiava tomates numa bancada, enquanto, atrás dela, duas meninas louras, tão claras e radiantes quanto as irmãs Solver, jogavam videogame, cada qual com seu controle remoto, com a imagem de algum calabouço ou paisagem submarina colorindo a tela de um azul sobrenatural. Mas elas não podiam me ver e eu fiquei me sentindo como o monstro de Frankenstein, espionando os seres humanos. Então, virei para o outro lado.

"Ah, a gente já não estava mais passando muito tempo junto nessa época. A Rachel já era um problema por si só, teve muita gente que ficou meio de nariz torcido quando eu trouxe ela pra cá. Ela tinha aquela coisa sarcástica nova-iorquina que acabava com o barato de muita gente." Croft riu. "Quer dizer, ela estava léguas à frente de muita gente, verdade seja dita. Ela estava léguas à *minha* frente. Além do mais, ela não estava feliz aqui. Na verdade, ela não estava feliz, ponto, ou ela nunca teria embarcado na do Jeremy. Eu acho que ela estava arrependida de ter saído de Nova York."

"Ela falava de... do Abraham?"

"Bom, ela estava muito envergonhada", disse Croft. Era a mesma palavra que ele tinha usado para explicar por que costumava ter de pressioná-la para escrever os cartões-postais. Supus que fosse verdade, que essa fosse a palavra certa. Fosse como fosse, resolvi parar de tentar me aprofundar no assunto.

Croft continuou: "Eu basicamente só me lembro de um dia, foi quando eu tentei fazer com que ela fosse catar cogumelos junto comigo. Ela detestava esse tipo de coisa, achava tudo uma grande bobagem. Isso foi depois que o Jeremy apareceu por aqui. Eu só estava tentando me aproximar dela, sabe, fazer algum tipo de contato. Ela estava parecendo tão perdida, tão grilada... Mas ela tinha uma mania, toda vez que eu tentava arrastar ela pra fazer alguma coisa ao ar livre, ela dizia 'Eu tava aqui pensando, que filme será que tá passando no Thalia?'. Como se eu devesse saber o que ela estava perdendo, da sua antiga vida. Aí ela dizia 'Talvez seja *Os trinta e nove degraus*, ou *Mil palhaços*', ou sei lá o quê. Só que nesse dia, sei lá por quê, ela aceitou o convite. Tinha chovido três dias seguidos, e então lá fomos nós catar cogumelos frescos." Croft apontou para o chão da floresta, e eu entendi que ele estava se referindo àquele lugar específico. Mais ou menos naquele exato lugar em que estávamos. "Não que ela tenha realmente catado cogumelo nenhum. Ela só ficou fumando um cigarro atrás do outro — sendo que ela também não dirigia, então volta e meia eu era obrigado a ir até a cidade com ela para ela comprar cigarro. Mas, enfim, ela veio andando junto comigo, fumando feito uma chaminé, e aí dali a pouco ela começa com a história do Thalia de novo: 'Talvez esteja passando *O diabo riu por último*'. E aí eu disse 'O quê que tem de tão fantástico em *O diabo riu por último*?'. E aí ela passa uma hora me contando a porra da história do filme. Tipo, fazendo a voz do Peter Lorre e tudo, sabe, todas as falas — ela simplesmente sabia o filme inteiro de cor".

Só fui botar uma música para tocar depois que já tinha saído de Indiana. Primeiro, Croft e eu fomos buscar nossos carros e, então, ele me mostrou sua casa, mais uma belezura aninhada no meio do bosque, no final da ruazinha de terra, quase no limite do terreno da Watermelon Sugar. Uma trilha de acesso aos bombeiros atravessava outros doze acres, depois desembocava na rodovia interestadual que vinha de Louisville, Kentucky. Se o vento estivesse soprando na direção certa, dava para ouvir o ronco dos caminhões. Foi então que Croft mencionou, meio de passagem, que a fazenda estava travando a batalha de sua existência, contra uma criatura menos quimérica do que Rachel e Jeremy. O governo pretendia expandir a auto-estrada fazendo-a atravessar pelo meio da fazenda, num contrato de quatro bilhões de dólares para a construção local — uma expansão que, segundo Croft, só encurtaria em dez minutos o trajeto até Chicago. Nós ficamos refletindo sobre isso, aguçando os ouvidos para escutar o grunhido distante das jamantas. Depois, Croft me convidou para entrar, acendeu a luz da cozinha e preparou um prato de espaguete para mim. Também me ofereceu uma cama no quarto de hóspedes, mas eu queria voltar para a estrada. Ele me disse que eu podia usar seu telefone e eu quase usei, mas depois decidi ligar para Abby de outro lugar mais a oeste dali, algum lugar mais perto de casa, quando tivesse conseguido entender melhor tudo o que teria que explicar.

Na porta, Croft me abraçou, constrangido, e eu o abracei de volta, constrangido. Não havia nada a aceitar nem a recusar no abraço. O sobrinho de Isabel Vendle não era a mãe que eu nunca tive, como uma máquina de escrever esbodegada também não era. E ele também não era o pai que eu nunca tive. Abraham era o pai que eu nunca tive, e Rachel era a mãe que eu nunca tive, e Gowanus ou Boerum Hill era o lar que eu nunca tive, tudo era apenas exatamente o que era, não importava quantos nomes diferentes carregasse. Então, eu abracei Croft, voltei para trás do volante do carro alugado e me enfiei floresta adentro, rumo à estrada sinuosa. Cheguei a me perder algumas vezes a caminho de Bloomington, mas não parei para pedir informações. Não havia ninguém a quem pedir. E eu não estava com pressa.

Já passava da meia-noite quando contornei Gary, Indiana, cidade natal dos Jackson Five. Em Illinois, parei para abastecer e notei o estojo de CDs no banco de trás. De volta à estrada, enfiei um CD na boca do aparelho do carro, o primeiro que caiu na minha mão — *Another Green World*, do Brian Eno. Rock progressivo — música de *troll*, como diria Euclid Barnes. Eu tinha ouvido esse álbum a minha vida inteira desde que o descobrira na gôndola de produtos com desconto no oitavo andar da Abraham & Straus, na loja de discos moribunda que havia lá, atrás da seção de selos e moedas. Tempos depois, usando minhas habilidades de moleque do Brooklyn, afanei uma fita cassete do mesmo álbum, da loja de discos da Main Street de Camden Town, e passei uma noite inteira ouvindo-a sem parar enquanto fazia amor com Moira Hogarth. Eu adorava a sinistrice inofensiva daquele disco: os marulhos do teclado de Eno, o violoncelo rascante de John Cale, os arabescos gotejantes de Robert Fripp. E eu sempre o associei a viagens de carro, a quilômetros de estrada passando debaixo dos faróis e dos meus olhos. Na verdade, eu o associava a uma viagem de carro em particular.

Isso foi no inverno em que fui expulso do Camden College. Depois de receber a carta de Richard Brodeur, eu ainda fui obrigado a voltar ao campus mais uma vez para buscar as coisas que tinha deixado lá — livros, roupas de cama, um aparelho de som — e que estavam todas encaixotadas no porão da Oswald House. Então, com a sua típica e enervante mudez, Abraham me levou até lá num carro emprestado. A faculdade estava fechada para o recesso de inverno, que em Camden era mais longo do que o normal para economizar combustível. Mesmo assim, por insistência minha, Abraham ficou esperando no carro, enquanto eu ia atrás de algum segurança que pudesse abrir o porão do dormitório para mim. Eu não queria que o meu pai pusesse os pés no campus.

Na volta, nós pegamos uma daquelas nevascas típicas de Massachusetts, com o vento fazendo um rodamoinho com os flocos de neve e erigindo um túnel de brancura ao redor do olho de toupeira do nosso pára-brisa. Nosso silêncio era total. Para estancar a minha vergonha diante da decepção que eu presumia que Abraham estivesse sentindo, eu tinha mergulhado numa raiva empedernida e preventiva. Quando a tempestade estava no auge e nós avançávamos com velocidade de lesma pelo ciclone polar, tendo como único instrumento de navegação as lanternas traseiras de um caminhão ziguezagueante cujas rodas abriam trilhas na neve molhada, eu estiquei o braço em direção ao banco de trás, enfiei a mão dentro de uma caixa cheia de livros e fitas cassete, pesquei a fita do Brian Eno, como pescara o CD naquela noite, e a coloquei no toca-fitas. O álbum se revelou a trilha sonora ideal para a irrealidade da nevasca. Suponho que Abraham estivesse lutando contra perigos nada irreais dirigindo naquelas condições, mas a placidez sobrenatural de *Another Green World* parecia reconhecer esse esforço e nos acalmar ao mesmo tempo. Eno cantava *I can't see the lines I used to think I could read between...**

Antes, nos meus primeiros anos de escola secundária, quando eu, Gabriel Stern e Timothy Vandertooth estávamos alucinados pelo Clash e pelos Ramones, eu às vezes levava um disco para casa, botava na vitrola para Abraham ouvir e perguntava: "Você tá ouvindo? Não é o máximo? Nunca existiu uma música como essa!".

"Realmente", Abraham dizia. "É fantástica."

"Mas você *realmente* tá ouvindo o que eu tô ouvindo? Você consegue ouvir a mesma música que eu ouço?"

"Claro", ele dizia, me deixando totalmente insatisfeito, deixando o mis-

* "Não consigo ver as linhas em cujas entrelinhas eu costumava achar que sabia ler." (N. T.)

tério insondado: *será que o meu pai conseguia ouvir a minha música?* Na época da faculdade, no entanto, eu jamais teria feito uma pergunta dessas, mesmo que nós não estivéssemos no meio daquela medonha viagem de volta para casa. Essas linhas de indagação estavam fechadas, de forma que eu nem me dei ao trabalho de especular o que *Another Green World* poderia significar para Abraham ou se ele sentia a música moldar a nossa travessia pela neve. Eno cantava *You'd be surprised at my degree of uncertainty...**

Agora, fiquei pensando que o que eu costumava amar nesse disco e em alguns outros também — *Remain in Light*, "O Superman", *Horses* — era o espaço intermediário que eles criavam e habitavam, um demi-monde boêmio, um sonho hippie. E esse mesmo espaço, essa formulação improvável, era exatamente o que tempos depois eu tinha passado a odiar e a renegar, envergonhado, o que eu tivera que recusar em favor do soul, em favor de Barrett Rude Junior e de sua dor desafiadora e nada sutil. Eu passara a precisar de uma música que falasse da vida como ela é, como eu tinha aprendido que ela era, nas periferias dos grandes centros urbanos. *Another Green World* era como o filme de Abraham: frágil demais, *cangável* demais — eu queria uma música mais forte do que isso. Eu sabia de coisas que B. Eno e A. Ebdus não sabiam, e eu não podia me dar ao luxo de carregar nas costas a ingenuidade deles, da mesma forma que Mingus não podia ser dar ao luxo de carregar a mim ou a minha.

Tinha sido disso que o Caranguejo Fujão tinha fugido, do meio decadente. Era o mesmo espaço que os comunistas, os gays e os pintores de celulóide imaginavam que encontrariam em Gowanus, para no fim acabarem apenas servindo de cunhas involuntárias a abrir caminho para os corretores imobiliários, feito bolas de demolição racial. O aburguesamento era a cicatriz deixada por um sonho; a Utopia, o show sempre cancelado na noite de estréia. E não era tão diferente assim do espaço contra o qual Abraham vivia vociferando por não encontrar uma brecha capaz de acolher seu filme, um espaço do tamanho de um verão nanico, um lugar em que Mingus Rude sempre fazia arremessos espetaculares de *spaldeen*, home runs natos.

Todos nós ansiávamos por esses espaços intermediários, aquelas horas de verão em que Josephine Baker fazia Paris cair de joelhos, quando "Bothered Blue" reinava no topo das paradas, quando um Elvis adolescente, ainda

* "Você ficaria surpreso com o meu grau de incerteza." (N. T.)

sonhando com sua primeira sessão, ficava sentado nos estúdios da Sun vendo os Prisonaires cantarem, quando um vagão pintado de alto a baixo com um imenso grafite chamejante passava zunindo por uma estação do metrô, renovando o mundo por um instante, quando no pátio das escolas os toca-discos eram alimentados por um fio ligado a um poste de luz, quando a energia simplesmente fluía. Eu tinha ido até Indiana não para ver uma máquina de escrever nem para me encontrar com Croft, mas para andar por aquela ruazinha de terra ao anoitecer e ver o espaço intermediário que os habitantes de Watermelon Sugar tinham batalhado para tomar do mundo, antes que os construtores de auto-estradas o tomassem de volta, da mesma forma que eu tinha ido à casa de Katha para ver o colchão que ela mantinha para a irmã e ouvir as rimas de M-Dog. Um espaço intermediário aparecia e desaparecia feito um lampejo, você era capaz de nem ver se piscasse os olhos. Talvez Camden também já tivesse sido um deles um dia, antes de ser envenenado pelo dinheiro. Tinha toda a pinta de que sim. Nesse mesmo espírito, em nome dos princípios de Rachel, eu fora empurrado para as ruas feito um dedo cego para cavar um espaço inexistente, um garoto branco freqüentando escolas públicas que justo naquele momento estavam sendo abandonadas, estavam virando apenas ensaios para a prisão. O erro de Rachel foi tão lindo, tão estúpido, tão americano... Ele aterrorizou a minha cabecinha, e ainda aterrorizava. Abraham tinha tido uma idéia melhor: tentar esculpir o espaço intermediário diariamente, sozinho em seu estúdio. Se o triângulo verde jamais caiu no chão antes que Abraham morresse deixando o filme inacabado, ele não teria caído nunca — não é verdade? Não é verdade?

Brian Eno cantava *How can moments go so slowly?** enquanto atravessávamos a nevasca, sozinhos dentro do carro. Abraham e eu nos deixamos engolir pelo túnel branco, sem possibilidade de resgate, mas calmos por um instante, absortos em nossa tarefa, um pai levando o filho de volta para casa, de volta para a Dean Street. Não havia Mingus Rude nem Barrett Rude Junior conosco ali, não havia cartão-postal do Caranguejo Fujão nem carta do Camden College na caixa do correio. Estávamos num espaço intermediário então, num cone branco, pai e filho seguindo em frente a uma certa velocidade. Lado a lado, não exatamente quietos mas quiescentes, dois emaranhados de rabisco humano, código humano, sonho humano.

* "Como é possível que alguns momentos passem tão devagar?" (N. T.)

Just Walking in the Rain, de Jay Warner, que D. Ebdus não leu, é um relato responsável da história dos Prisonaires.

"It was the Drugs" ("Foram as drogas"), letra de Chrissie McClean.

Entre as inúmeras pessoas a quem tenho de agradecer, preciso mencionar ao menos Elizabeth Gaffney, Lynn Nottage, Sarah Crichton, David Gates (o homem na casa abandonada), Christopher Sorrentino, Lorin Stein, Julia Rosenberg, Walter Donohue, Zoë Rosenfeld, Bill Thomas, Richard Parks e Yadoo.

Acima de tudo, a Christina Palacio, Karl Rusnak, Dione Ruffin e a meu irmão, Blake.

ESTA OBRA FOI COMPOSTA PELO GRUPO DE CRIAÇÃO EM ELECTRA E IMPRESSA
PELA RR DONNELLEY MOORE EM OFSETE SOBRE PAPEL PÓLEN SOFT DA SUZANO PAPEL E
CELULOSE PARA A EDITORA SCHWARCZ EM ABRIL DE 2007